# 녹음의 관

## II

시야 장편소설

# 녹음의 관 2

**초판 1쇄 인쇄** 2019년 6월 12일
**초판 1쇄 발행** 2019년 7월 10일

**지은이** 시야
**발행인** 오영배
**편집** 편집부
**디자인** Purpleplum
**본문디자인** 오정인
**제작** 조하늬

**펴낸곳** (주)삼양출판사 · 피오렛
**주소** 서울시 강북구 도봉로 173
**대표 전화** 02-980-2112 / **팩스** 02-983-0660
**편집부 전화** 02-987-9393 / **팩스** 02-980-2115
**블로그** blog.naver.com/dan_gul
**출판등록** 1999년 3월 11일 제9-00046호

ISBN 979-11-283-9675-5 (04810) / 979-11-283-9673-1 (세트)

+ (주)삼양출판사 · 피오렛의 서면 허락 없이는 어떠한 형태나 수단으로도 이 책의 내용을 이용하지 못합니다.
+ 지은이와 협의하에 인지는 생략합니다. 잘못된 책은 구입한 곳에서 바꾸어 드립니다.
+ 이 도서의 국립중앙도서관 출판시도서목록(CIP)은 서지정보유통지원시스템홈페이지(http://seoji.nl.go.kr)와
  국가자료공동목록시스템(http://www.nl.go.kr/kolisnet)에서 이용하실 수 있습니다. (CIP제어번호: CIP2019022326)

**fioret** 은 (주)삼양출판사의 로맨스 판타지 문학 브랜드입니다.

# 녹음의 관

## II

시야 장편소설

# Contents

## Chapter 1.

—

공평한 애정은 현실감이 없다

출발하는 일행은 평범한 상단처럼 위장했다. 골든로즈 상단의 짐수레와 표시를 빌렸다.

힘 있는 상단이기 때문에 산적의 염려도 없고, 국경이나 경비소를 통과하는 데도 좋다며 레버리가 적극적으로 밀어줬기 때문이었다.

란 역시 평범한 여행자 복장을 몇 개나 구비했다. 오랜만에 바지를 입으니 어찌나 편한지 몰랐다.

드워프는 눈에 띄니 제투라와 파셴은 짐마차 안에 앉았고, 로스가 마차를 몰았다. 다른 또 하나의 짐마차는 디모디아가 몰았고, 란은 그 옆에 앉아 있을 때가 많았다.

유스타프와 루미에는 말을 탔는데, 이제 막 승마를 배우기 시작한 것치고 루미에의 승마 솜씨는 훌륭했다.

말은 귀족의 것이다.

말을 키우는 데에도 시간과 돈과 인력이 들어가고, 그걸 단지 '한 명을 태우기 위해' 사용한다는 것 자체가 승마가 귀족의 전유물인 이유였다.

물론, 돈이 있다면 상인이나 용병들도 타기는 하지만 말이다.

당연히 루미에도 말을 탈 줄 몰랐다. 하지만 승마는 기사의 기본이다. 루미에는 필사적으로 승마 연습을 했고, 이제 제법 말을 타고 랜스를 들 정도는 되었다.

그런 그를 보며 유스타프가 란에게 말했다.

"누님, 조금은 말을 타서 익숙하게 해 놓으시죠."

"그럴까……?"

"네."

실력이 늘려면 많이 타는 수밖에 없다. 유스타프는 긴 여행길이니 란 에게 확실히 승마 연습을 시켜놓을 생각이었다.

"네, 이리 오시죠."

유스타프가 그렇게 말하며 말에서 뛰어내렸다.

란은 자리에서 일어나 움직이는 마차에서 폴짝 뛰어내렸고 디모디아 가 눈을 찌푸렸다.

"멈추면 내리셔야죠."

"느리니까 괜찮아."

웃으며 란은 대꾸했다. 유스타프가 그녀가 등자를 밟고 올라가는 것 부터 도와주었다.

파셴이 그걸 보며 말했다.

"왜 저렇게 높은 곳에 올라가지 못해서 안달인 건지."

"우리도 노새는 타잖아."

"그야 안전하니까."

제투라의 말에 파센이 반박했다. 둘의 이야기를 들으며 로스는 '등자에 발이 안 닿아서 못 타는 거 아닌가.' 하고 생각했지만 현명하게 그걸 입 밖으로 내뱉지는 않았다.

그보다 그는 다른 게 불만이었다.

'내가 마차를 모는 게 아니라 신입이 몰아야 하는 거 아닌가?'

저 빨강머리 신입이 란 때문에 굴러들어 왔다는 건 청염 기사단원은 다 알았다.

물론 철저하게 테스트해서 받아들이기는 했지만 그래도!

'내가 선배인데.'

영 마음에 들지 않는 로스였다.

마치 그런 그의 마음을 읽은 듯이 루미에가 로스에게 다가왔다.

"이제 제가 마차를 몰까요?"

"어?"

"피곤하실 테니 번갈아서 몰지요."

"어, 그럴까."

로스는 '의외로 괜찮은 녀석인가.' 하는 단순한 생각을 하며 마차 고삐를 그에게 넘겼다.

유스타프는 란의 자세를 바로잡아 주고 말을 달리게 시켰다.

그의 말은 훈련이 잘 된 말이었기 때문에 유스타프의 가벼운 소리에 즉각적으로 반응해 걷고 달리고 멈추기를 반복했다.

해가 지기 시작해 작은 마을에 들렀을 때쯤 란은 후들후들 다리가 떨려왔다.

"못 내려가겠어……."

란이 중얼거리자 유스타프가 손을 뻗었다.

"등자에서 발을 빼시고, 절 붙잡으세요."

란은 괜찮을까, 하고 머뭇거리다가 에잇 하고 상체를 기울였고 유스타프는 단단히 그녀를 붙잡아 안았다.

말에서 내려오니 저절로 온몸에 긴장이 풀려 란은 흐늘흐늘해졌다. 멈춘 짐마차 뒤 칸에 유스타프는 란을 앉혔다.

"괜찮으십니까?"

"응."

란이 힘없이 고개를 끄덕였다.

"처음보다 많이 좋아지셨습니다."

"정말?"

"네."

유스타프가 고개를 끄덕이고 제투라와 파센에게 가는 길을 다시 한 번 확인했다.

마차는 여관 근처에 세우고, 말은 마구간에 넣었다.

디모디아와 란은 한 방으로 배정을 받았다.

"죽겠다."

란이 침대에 푹 퍼지자 디모디아가 웃으며 말했다.

"피곤하시죠?"

"응. 그래도 이렇게 계속 말 타면 익숙해지겠지?"

"그럼요."

디모디아가 고개를 끄덕이며 그녀를 격려했다. 그때 '똑똑' 가벼운 노크에 디모디아가 문을 열자 루미에가 서 있었다.

"루미에?"

란이 침대에서 일어나며 고개를 갸웃했다.

"무슨 일이야?"

"근육을 풀어드릴까 해서 왔답니다."

그가 생글 웃었다. 란이 무슨 소리인가 했다가 '아! 마사지해 준다는 이야긴가!' 하고 솔깃했다.

안 그래도 종아리며 허벅지며 땅땅 뭉치는 것 같은데 마사지라니, 감사한 이야기다.

"안으로 들어와."

그녀의 말에 디모디아가 "란 님!" 하고 눈을 부릅떴고 란은 움찔했다.

"응? 안 되나?"

"시녀님께서 옆에 이차피 계실 거고, 옷 위로 마사지할 겁니다. 아니면 내일 더 고생하실 테고요."

생글생글 웃으며 루미에가 말했다. 디모디아는 참으로 뻔뻔하고 매끄러운 낯짝이라고 생각했다.

라치아에서는 볼 수 없는 타입의 인간이다.

하지만 루미에의 말이 틀린 것도 아니라 "그거야 그렇지만……." 하고 말꼬리를 흐렸다가 한숨을 내쉬었다.

"알겠어요."

디모디아가 고개를 끄덕여 루미에는 안으로 들어왔다. 그가 소매를 걷으며 말했다.

"침대에 누워 주세요."

란은 얼른 도로 침대에 누웠다. 루미에가 그녀의 발바닥을 꾹 누르자 그것만으로도 저절로 신음이 흘러나왔다.

루미에는 섬세하게 그녀의 다리 전체를 마사지해주었다. 마사지를 끝냈을 때 란은 완전히 잠들어 있었다.

"잠 드셨네요."

루미에가 가볍게 혀를 내밀어 보이고 디모디아에게 살그머니 미소를 지어 보였다.

유혹하는 듯한, 그런 미소.

고양이처럼 살짝 올라간 눈초리에, 독특한 주홍빛 눈동자에 그 미소는 잘 어울렸다.

디모디아가 딱딱한 얼굴로 말했다.

"뭘 노리는지는 모르겠지만, 가주님도 도련님도 만만한 분은 아니니까요."

"알고 있답니다."

루미에가 미끄러지듯 침대에서 일어났다. 그가 속삭였다.

"저도 제 주인님께 최선을 다할 뿐입니다."

"그 주인님이 누군데요?"

"물론 란 님이시죠."

루미에가 달짝지근한 목소리로 대답했고 디모디아는 더더욱 얼굴을 굳혔지만, 대답 대신 문을 가리켰다.

루미에는 가볍게 인사를 하고는 문을 나섰다.

쯧, 혀를 차고 디모디아는 완전히 잠든 란을 바라보았다. 깨우자니 너무 깊게 자고 있어서 깨우기 죄송스러웠다.

'야식을 준비해 둘까.'

새벽에 깨시면 배고프실 테니, 뭔가 먹고 다시 주무시면 되겠지.

디모디아는 그렇게 생각하며 조심스럽게 다가가 란의 머리카락을 풀어 주었다.

녹영에서 명령을 받고 차출되어 나왔지만, 개인적으로 만난 란은 좋은 사람이었다. 친절하고, 상냥하고, 다정하고, 무엇보다도 그걸 시녀들이나 다른 자들에게 공평하게 분배하려고 애쓰는 게 보였다.

그건 귀족들에게서는 볼 수 없는 모습이라 몇몇은 '역시 핏줄은 속일 수 없다.' 하고 비하했고 몇몇은 '능력도 있고 좋은 사람 아닌가.' 하고 편을 들어주었다.

디모디아는 편을 드는 쪽에 가까웠다.

'그리고 요즘 유스타프 님의 모습을 보면, 왠지.'

디모디아는 눈을 데굴 굴렸다.

자신은 응원하는 편, 이라고 생각하며 디모디아는 란에게 이불을 덮어 주었다.


란이 말에 제법 익숙해지고 잘 달리게 되었을 때 일행은 드워프 도시에 도착했다.

높은 산 안쪽으로 뚫려 지하로 내려가는 거대한 지하 도시는 제투라와 파센이 자랑하지 않아도 란의 입을 떡 벌리게 하기에 충분했다.

높은 천장에는 별처럼 마법 등이 박혀 있어서 내부를 밝혀 주고 있었다.

"굉장해."

"하하하하하, 굉장하지? 그렇지?"

제투라가 호탕한 웃음을 터트리며 제 배를 두들겼다. 파센은 구역이 어떻게 정리되고 나눠져 있는지를 알려주었다.

"인간이 대가문의 수장을 만나는 건 오랜만이구만."

제투라의 말에 파센이 고개를 끄덕였다. 파센이 말을 이었다.

"우리 집으로 초대하고 싶지만 말이야. 말을 둘 공간이 없으니까, 외부 손님은 그쪽에서 지내는 게 더 편할 거야. 크기도 인간에게 맞을 거고."

"응."

란은 고개를 끄덕이고 깊게 숨을 들이마셨다. 그녀는 자신이 드워프에 대해서 아는 것을 다시 머릿속으로 암기해 보았다.

일행은 주거 지역으로 들어가 커다란 집으로 안내되었다. 직접 마구간으로 가서 말을 집어넣고 저택 안으로 들어가니 화려한 내부가 눈에 들어왔다.

돌 자체의 아름다움을 살린 저택 내부가 암석 박물관을 연상시킨다고, 란은 생각했다.

"어서 오시오. 얼굴을 뵙는 건 처음이구려. 락투라고 하오. 란 님이신가?"

"네, 만나 뵈서 반갑습니다. 수장님."

싱긋 웃으며 란이 인사하자 락투가 고개를 끄덕였다.

"나도 반갑습니다. 머리색이 아름답군. 나도 그런 색으로 금을 뽑아낼 줄 알지."

란이 경쾌하게 웃었다.

"저는 반짝임을 좋아하는 눈이 있지요."

락투의 눈이 살짝 이채를 띠었다. 그가 한 번 더 말했다.

"그쪽 눈동자 같은 에메랄드 원석도 만져봤다네."

"그 에메랄드가 꼭 어울리는 하얀 손도 있답니다."

둘의 대화에 로스는 대체 뭔 소리를 하는 건가 하는 얼굴을 했다.

락투가 크게 웃음을 터트렸다.

"오래된 말장난을 아는 인간이 있을 줄이야. 참으로 환영하네."

"환대 감사드립니다."

란이 씩 웃었다.

일종의 주고받는 말이었다.

나는 뭐뭐 할 줄 안다.

그래? 난 이거이거 할 줄 알지.

하는 식으로 제 기술을 자랑하는 게 드워프식 인사였다.

하지만 란은 인간이고, 기술을 자랑할 수는 없다. 그렇다면 어떻게 대응해야 하는가?

당신의 기술을 감상할 수 있어요, 하고 대응한 것이다.

아무리 솜씨 좋은 장인이라고 해도, 사용자가 없으면 소용없지 않나요? 하는 말이었다. 동시에 난 당신의 작품에 경탄할 준비가 되어 있는 말.

그래서 락투는 기분 좋게 그 인사를 받아들였다.

이어 란이 말했다.

"그리고 제 예상이 틀릴지 맞을지 모르지만, 가능하다면 빨리 광산으로 들어가서 산울림을 들어보고 싶습니다. 그것 때문에 여기까지 온 것이니까요."

락투의 얼굴이 금세 진중해졌다.

"자세한 이야기를 들어보고 싶군."

"네, 하지만 그 전에 제 일행들은 들어가서 쉬게 해도 될까요?"

란의 말에 락투는 고개를 끄덕였다.

"물론이네! 포포스! 이분들을 손님방으로 안내해 드리게."

그러자 짧은 단발머리를 한 여성 드워프가 잽싼 몸놀림으로 안으로 들어왔다.

"자, 날 따라오세요."

그녀는 그렇게 말하며 일행에게 손짓했고 란은 따라가라고 턱짓했다. 루미에가 마지막으로 머뭇거리며 일행의 꽁무니를 따라가자 유스타프만이 남아 있었다.

"유스?"

"저도 이야기를 들을 권리가 있습니다."

"그건, 그렇지."

란은 고개를 끄덕였다.

"일단 자리에 앉게."

락투가 권하며 자신도 자리에 앉았다. 응접실에 있는 소파도 돌이라 란은 조심스럽게 자리에 앉았다.

곧이어 따끈따끈하게 데운 술이 차 대신 나와서 란은 술에 입만 댔다. 그랬는데도 알코올이 확 느껴졌다.

'대체 얼마나 도수 높은 술을 데운 거야.'

란은 그런 생각을 한 뒤 술잔을 손바닥 안에서 굴리며 말했다.

"제 생각에 검은 산에 광천수가 터지는 게 아닌가 싶습니다."

"광천수?"

정말로 뜻밖의 말이라 락투는 눈을 크게 떴다.

"네, 그 독특한 울림 소리는 수맥이 움직이는 소리가 아닌가 싶습니다. 정령이 깨어나는 소리가 아닐까요."

"수맥이라……."

락투는 턱수염을 쓰다듬었다.

"물론 정확한 건 제가 광산에 직접 들어가서 소리를 들어봐야 알겠지만요. 하지만 제가 빙벽의 주인이라는 것 역시 알아주시길."

덧붙인 말에 락투의 손이 멈췄다. 그의 갈색 눈이 진지해졌다.

"검은 산의 주인은 빙벽의 주인이 하는 이야기를 듣겠소."

란이 빙긋 웃었다.

"그럼 바로 움직여도 될까요?"

광천수가 언제 터질지 모르니, 빠르게 확인하는 척이라도 하고 싶었다. 만약 울림 소리가 들리지 않게 되었다면 정말로 무시무시한 사태가……

"알겠네."

락투가 몸을 일으켰다. 소파 뒤에 서 있었던 유스타프가 란에게 속삭였다.

"쉬지 않으셔도 괜찮으신 겁니까?"

"응. 어차피 확인만 하고 오는 거니까."

란은 그렇게 말하고 빙긋 웃었다.

"유스타프는 쉬어도 돼."

"누님을 혼자 가게 할 수는 없지요."

유스타프는 그렇게 말했다.


1시간 뒤.

깜깜한 어둠 속에서 유스타프가 낮게 말했다.

"누님을 혼자 보내지 않아서 다행이군요."

"유, 유스. 괘, 괘, 괜찮아?"

덜덜 떨면서 란이 속삭였다. 어둠 속에서도 녹슨 쇠 냄새가 나는 게 느껴졌다.

피비린내가.

"누님은 괜찮으십니까?"

"난 괜찮아. 하지만, 유스가―"

란은 저도 모르게 흐느끼듯 말하려다가 입술을 깨물었다.

지금은 울 때가 아니다.

깊게 깊게 호흡을 들이마셨다 내쉬었다를 반복하고 란은 깜깜한 사방을 손으로 더듬어 보았다.

거친 돌바닥과 돌멩이들이 손끝에 닿았다.

'그러니까, 그러니까―'

지하 도시와 광산은 바로 이어져 있었다. 아직 도시를 확장하는 부분도 있었고, 깊게 들어간 부분도 있었다.

락투는 광산 안으로 란과 유스타프를 안내했다. 꽤 안으로 들어가자 그제야 울림 소리가 났다.

'아.'

란은 전신에 소름이 돋는 것 같았다. 쿵쿵 하는 땅울림이 아니라 마치 고래가 우는 것 같은 소리가 광산 안쪽 깊숙이에서 들려왔다.

그때, 청염이 울기 시작했다.

유스타프는 놀라 제 목에 걸린 목걸이를 빼 들었다.

반지가 눈으로 보기에도 미친 듯이 떨리면서 웅웅웅 소리를 내고 있었다.

"청염?"

유스타프가 눈을 찌푸리는 그 순간 지진이 일어났다.

위에서 돌멩이가 떨어져서 란이 몸을 던져 유스타프를 밀쳐냈고―

'그 다음이 생각이 안 나.'

뭔가 쿵 하고 엄청 아프게 전신에 뭔가가 부딪치고 정신을 잃은 것 같은데……

"유스."

"네."

"나 유스를 밀치고 나서부터 생각이 안 나."

유스타프가 잠시 침묵하더니 느리게 말했다.

"바닥이 꺼졌습니다."

"뭐?!"

"저희는 아래로 떨어졌고, 다른 자들은 어떻게 됐는지 모르겠군요. 그리고 위에서 낙석이 떨어져서 일단 무조건 안으로 누님을 데리고 온 겁니다."

'그럼…… 지금 광산 안에 갇힌 거야……?'

오싹 소름이 돋으며 동시에 목소리가 떨렸다.

"다친 곳은?"

"괜찮습니다."

"안 괜찮거든? 심하게 다친 거 아냐? 제길, 하나도 안 보여!"

초조함을 감추지 못한 란의 외침에 건너편에서 피식 바람 빠지는 듯한 웃는 소리가 났다. 란이 그쪽으로 손을 조심스럽게 뻗었다. 살짝 어디에 닿는 기분이 들자 유스타프가 손을 마주 잡아 왔다.

"여기 있습니다."

"웃음이 나와? 정말이지."

다른 한 손으로 열심히 유스타프를 더듬으며 란은 그의 몸 상태를 살폈다. 마지막으로 얼굴을 손끝으로 조심스럽게 쓸 때에 그의 얼굴이 경직되는 게 느껴졌지만, 눈도 코도 입도 얼굴도 머리 뒤통수도 멀쩡했다.

'그럼 어디가 다친 거야?'

란이 설마 하고 조심스럽게 몸을 숙여서 그의 등을 더듬으려고 하자 유스타프가 몸을 살짝 돌렸다. 그가 맞잡은 손을 꽉 잡았다.

"역시! 다쳤구나!"

"등을 좀 다치지만, 괜찮습니다. 그보다 누님은요?"

"난 괜찮아."

정말입니까? 하는 말 대신 유스타프의 손이 그녀의 몸을 조금씩 더듬기 시작했다.

제가 유스타프에게 했던 짓인데, 왜 당하니 민망스러운 건지. 란은 움찔거리면서도 얌전히 있었다.

그의 손이 조심스럽게 란의 얼굴을 쓸었다. 마지막으로 등까지 쓸어내리고 그가 안도의 한숨을 내쉬었다.

"정말로 괜찮으시군요."

"그렇다니까—"

대답하고 란은 자리에서 일어나려 하다가 혀를 깨물 뻔했다.

'아파!'

왼쪽 발목이 욱신거렸다. 아니 욱신 정도가 아니라…….

누가 발목에 못을 박아 넣은 듯한 통증이었다. 부츠를 못 벗을 것 같았다.

그녀는 이를 악물고 느리게 자리에서 일어났다.

"유스타프는 부상자니까 앉아 있어봐 내가 주변을—"

"청염."

그때 유스타프가 작게 속삭이자 자그마한 파란 불꽃이 팟팟 켜졌다. 란이 눈을 둥글게 떴다가 투덜거렸다.

"불을 켤 수 있으면 진즉에 말해."

"저도 지금 생각났습니다."

유스타프는 그렇게 말하고 자리에서 일어났다. 란이 그의 등을 보고 비명을 질렀다.

"유스!"

"보이는 것만큼 심하지 않습니다."

"하지만—"

옷이 찢겨져 있고, 피와 흙투성이였다. 괜찮을 리가 없다.

"척추에 문제가 있는 것도 아니고, 그저 살이 좀 찢긴 겁니다."

유스타프는 그렇게 말하고 괜찮다는 듯이 그녀의 머리를 도닥였다. 그리고 주변을 둘러보며 말했다.

"이 굴이 어디로 이어져 있는 걸까요? 보니까 드워프들이 만든 광산 같지는 않고 자연적인 동굴 같은데요."

"유스는 여기서 기다리고 있어. 내가 다녀올 테니까."

그렇게 말하며 란은 태연하게 걸음을 옮겼다.

불꽃이 흐려서 다행이었다. 아니었으면 얼굴이 고통으로 창백해진 걸 들켰을 거다.

'그, 그렇게 아프지는 않은 것 같기도 해. 응. 이 정도는 괜찮은 것 같아.'

"제가 없으면 불꽃도 없는데요."

"─!!"

란은 눈을 찡그렸다가 주변을 살펴보았다. 땅이 꺼졌으면 뭔가 같이 떨어지지 않았을까─

"아!"

가죽 가방이 눈에 들어와 란은 후다닥 그쪽으로 가서 가방을 끌고 왔다.

"이것 봐!"

"이것도 어딘가에서 떨어진 걸까요? 오래되어 보이는군요."

"어쨌든 고맙지."

란은 그렇게 말하고는 쓸모 있는 게 들어 있기를 빌며 가방을 열어보았다.

작은 삽이나 망치, 정과 끌 같은 도구들이 나오고, 이어 간단한 구급약품과 딱딱하게 굳어버린 빵 덩어리가 나왔다.

"아, 물통─이 아니라 술통이잖아?"

작은 물통을 열자마자 알코올 냄새가 확 풍겨왔다. 그리고 수건이 한 장.

'정말 쓸모없군.'

하지만 없는 것보단 낫다.

란이 술통과 구급약품을 챙긴 후에 말했다.

"일단 상처부터 보자."

"그걸 제 등에 끼얹으시려고요?"

"감염보다는 낫잖아."

"남의 일이라고."

중얼거리는 유스타프에게 란이 눈을 샐쭉 떴다.

"얼른."

유스타프는 한숨과 함께 돌아앉았다. 란은 수건으로 살살 먼저 유스타프의 등을 닦아내고, 술을 부었다.

그의 전신이 움찔하고 경직했으나 신음 하나 내지 않았다. 술을 전부 다 부어버리자 상처의 실체가 드러나 란은 다시 눈물이 나오는 걸 느꼈다.

수건으로 꽉 상처를 눌러서 피를 닦아내며 지혈을 하고, 란은 구급상자를 열어서 연고를 조심스럽게 발랐다.

"미안해."

"뭐가 말입니까?"

"내가 오늘 오자고 하지 않았으면…… 아니, 유스타프를 데리고 오는 게 아니었는데."

그러면 유스가 이렇게 다치지도 않았을 거다.

"제가 안 왔으면 누님 혼자 여기 떨어지셨겠죠."

"그건 상관없지만―"

유스타프가 몸을 홱 돌려서 그녀의 손목을 낚아채듯 붙잡았다.

그의 푸른 눈에서 불꽃이 튀는 듯했다.

"왜 상관이 없습니까?"

그런데도 그의 말투는 부드러워서 란은 침을 삼켰다.

"아니, 그게—"

"그게요?"

"난 괜찮지만, 유스는……."

"왜 누님은 괜찮습니까?"

"……."

란이 입을 살짝 벌렸지만 대답은 나오지 않았다. 유스타프가 고개를 기울였다.

"—?!"

키스라도 하는 줄 알고 그녀가 움찔하는데 그가 그녀의 귀에 속삭였다.

"약속을 잊지 마십시오."

란은 어색하게 미소 지었다.

"안 잊었어. 안 죽을 거야. 그러니까 우리 여기서 꼭 나가자. 나만 믿어!"

가슴을 두들기며 란은 힘차게 말했고 유스타프는 작게 한숨을 내쉬었다. 란은 최대한 왼발에 힘이 가지 않도록 조심스럽게 걷기 시작했다.

30여 분쯤 걸었을까.

이제 왼발에 감각이 없는 것처럼 느껴졌을 때쯤 길이 끝났다.

그리고—

"누님 말이 맞군요. 밑에서 물이 올라오고 있어요."

갱도의 끝, 벽에서 물이 맺혀 흘러나오고 있었다. 바닥은 이미 펄같이 되어 있었고 말이다.

"큰일이다."

란이 중얼거렸다.

"이대로 광천수가 터지면 나랑 네가 먼저 익사할 텐데."

그리고 그녀는 힐끔 유스타프를 보았다.

그는 경악하거나 놀란 얼굴이 아니라 담담한 얼굴이었다.

"걱정 안 돼?"

"누님께서 누님만 믿으라고 하셨으니까요."

유스타프는 그렇게 대답했고 그 대답에 란은 눈을 깜박였다가 웃었다.

"유스가 날 구해줬으니까."

"제가요?"

"왜 등을 다쳤겠어. 그 정도는 안 봐도 뻔하거든?"

감싸다가 다친 거지.

란은 한숨을 내쉬었고 유스타프는 뜻밖이라는 얼굴을 했다.

"이상한 곳에서는 눈치가 빠르시군요."

"뭐야."

중얼거리고 란은 깊게 숨을 들이마신 후 손을 내밀었다.

"나, 잠깐만 손 잡아주면 안 돼?"

"언제든지."

유스타프는 그렇게 말하고 그녀의 손을 잡았다. 란의 손이 떨리는 게 느껴져서 그는 눈썹을 모았다.

"누님?"

그러나 란은 그를 보지 않았다. 그녀는 펄 바닥을 내려다보고 속삭였다.

"샬."

다음 순간 진흙 펄이 솟구치더니 란을 덮쳤고 란은 그대로 시야가 확 도는 걸 느꼈다.

"내 이름을 아는 자, 부르는 자, 그대는 누구인가?"

웅웅 어둠 속에서 목소리가 들린다.

"저는 읽는 자. 프하니아스입니다."

란이 대답하자 사방이 확 밝아졌다. 연푸른색의 물결이 출렁이는 듯한 공간이었다.

"그것참, 진귀한 손님이로군."

굵고 낮은 목소리가 들려와 란은 고개를 돌렸다가 입을 떡 벌렸다.

커다란 사람이 턱을 괴고 있었다. 적어도 키가 5m쯤은 되어 보였다. 하반신은 고래였고, 상반신 역시 인간의 피부가 아니라 대리석이나 조개껍질 안쪽 같은 매끄러운 흰색이었다.

게다가 눈이…….

'흰자가 없어.'

새까만 동자가 눈을 꽉 채우고 있었다. 머리카락은 짙푸른 색이었는데, 기묘한 광물 같은 광택을 내고 있었다.

"진귀한 이방인이여. 내 이름은 왜 부르는가?"

"부탁드리고 싶은 게 있어서요."

란은 침을 꼴깍 삼켰다. 그의 거대한 꼬리가 가볍게 좌우로 움직였다.

"부탁?"

"저와 제 일행이 광산에 갇혔습니다. 저희를 지상으로 꺼내주시면 감사하겠어요. 그리고― 지금 당신의 위에 지하 도시가 있습니다."

"시끄럽게 구는 놈들 말이군."

"가능하다면 도시를 가라앉히시지 말고 평화롭게 해결했으면 합니다."

그러자 그가 씩 웃었다. 상어 이빨 같은 무수한 송곳니가 번득였다.

"왜? 넌 내게 뭘 해줄 거지? 게다가 내 이름만 아는 것은 아닐 테지. 제 이득을 위해서 남의 이름을 함부로 부르는 무례한 자야."

란은 심장이 크게 뛰는 걸 가라앉히려고 노력하며 말했다.

"죄송합니다. 제 목숨이 달린 일이라 그랬습니다. 원하시는 대가를 말씀해주신다면 제가 할 수 있는 한은—"

그 말에 그가 손을 뻗었다. 정령의 손에는 손톱이 하나도 없었는데 생각보다 그게 더 이상해 보였다.

커다란 샬의 손이 란의 머리와 어깨를 쓸었다.

"하지만 즐겁구나."

"네?"

"생각보다 이런 대화가 오랜만이니. 정령과 다른 생명체의 교류가 끊긴 지도 오래되었고."

그가 깊게 숨을 들이마시자 란의 머리카락이 마구 흩날렸다.

"빙벽의 냄새가 난다. 이스타리프도 거기에 있나."

"있다."

익숙한 목소리에 란은 반가움에 깜짝 놀라 외쳤다.

"이스타리프!"

이스타리프는 스타사파이어 같은 눈동자로 란을 보고 사자 앞발로 땅을 긁었다. 불쾌하다는 명백한 표시였다.

"다른 자는 내 주인이야."

"알아, 그래서 여기로 못 데리고 왔지. 인간과 함께 가는 길은 여전히 즐거운가?"

"나름대로."

이스타리프의 대답에 샬은 다시 이를 드러내고 웃었다. 촘촘한 이빨이 좀 무섭다. 란이 그렇게 생각하는데 샬이 말했다.

"네가 나에 대해 읽은 것을 말해 봐라."

란은 순순히 광천수가 터져 도시가 가라앉고, 나디움이라는 광물이 탄생한 것에 대해 이야기했다.

이야기를 다 들은 샬이 물었다.

"왜 이걸, 질문에 대한 답을 거래 대가로 삼지 않았지?"

"그럴 수도 있지만……."

란이 슬쩍 샬을 보며 말했다.

"그런 관계는 싫습니다. 서로 이득을 위해서 이야기하는 관계요."

그 말에 샬이 입을 살짝 벌렸다가 마구 웃기 시작했다.

"속에 뭐가 들었는지. 신기하구나, 이방인이여. 다른 세계에서 넘어온 자여. 내 이름을 부르는 자야."

그의 검은색 동자가 짙푸른 빛으로 바뀌었다.

"마음에 들었다."

그가 그렇게 말하고 팔을 흔들자 란은 순식간에 몸이 휙 어디론가 빨려 들어가는 걸 느꼈다.

눈이 저절로 번쩍 떠졌다.

"컥?!"

그때 누가 가슴을 꽉 눌러 저절로 소리가 나왔다.

"란!"

"뭐야, 아파―"

"정신이 듭니까?"

유스타프가 창백한 얼굴로 물어 와서 란은 고개를 끄덕였다. 그녀가 멍하니 중얼거렸다.

"하늘이네?"

붉은 하늘이 보이고 있었다. 느릿느릿 져 가는 해와…….

"유스, 완전히 젖었어."

중얼거리며 란이 몸을 일으키자 그가 그녀를 꽉 끌어안았다.

"유스?"

"정말로— 당신은—"

이를 악문 듯한 목소리가 새어나오다가 그가 그녀를 천천히 놓아주었다.

란은 주변을 둘러보았다. 바로 옆에는 그렇게 크지 않은 호수가 있었고, 둘은 그 옆의 잔디에 나란히 앉아 있는 꼴이었다.

"여기가 어디야?"

"드워프 도시 근처입니다."

"어떻게 된 거야?"

"제가 묻고 싶은—"

유스타프는 말을 하다가 분노를 가라앉히려는 듯 깊게 숨을 들이마신 후에 느리게 말했다.

"누님이 제 손을 잡고, 뭔가 말하신 후 갑자기 물이 솟구쳐서 저희 둘을 끌고 들어갔습니다. 그나마 손을 잡고 있었기에 망정이죠. 계속 급류에 휩쓸려서 죽겠다고 생각했는데, 여기로 나온 겁니다."

"나는…… 정령을 만났어."

"정령을요."

유스타프의 얼굴이 진지해졌다. 란은 '왜 잘생긴 사람은 흠뻑 젖어도 멋있을까. 아니, 왜 더 섹시해 보일까?' 같은 생각을 하며 말했다.

"응. 광천수가 터지게 된 원인인 정령이었어. 유스는 청염이 있어서 데리고 올 수가 없었대."

그 말에 유스타프는 목에 걸린 반지를 어루만졌다.

그의 머리카락에 매달린 물방울이 노을빛을 산란하며 반짝반짝 보석처럼 빛났다. 창백했던 얼굴에도 이제 혈색이 돌기 시작해서 란은 넋을 잃고 그 얼굴을 바라보다가 멋쩍어져서 헛기침을 하고 물었다.

"유스, 상처는 괜찮아?"

"네. 덕분에요."

"다들 걱정할 테니까 얼른 가자."

그리고 란은 자리에서 일어나다가 비명도 지르지 못하고 그대로 쓰러졌다.

"~!"

"누님?!"

유스타프가 놀라 그녀를 붙잡았다.

'발목, 진짜 아파!'

까먹고 있었던 만큼 반동이 장난 아니었다. 눈물이 찔끔 흘러나왔다. 유스타프가 재빠르게 그녀의 상태를 눈치채고 그녀의 왼 발목을 부츠 위로 붙잡자 란은 "악!" 하는 소리를 냈다.

"이게 뭐가 괜찮습니까!"

유스타프가 으르렁거리듯 소리 질렀다. 그러면서도 그의 손은 부드럽게 그녀를 잔디밭에 앉혔다.

부츠 위로도 느껴질 만큼 그녀의 발목은 부어 있었다.

유스타프는 제 허리띠에 달린 단검을 빼냈다.

"자를 겁니다."

"발을?"

울먹울먹하는 말에 유스타프는 농담도 받아쳐주지 않고 말했다.

"자릅니다."

그는 가죽부츠를 자르기 시작했다. 란은 이를 악물었다. 칼이 날카롭기 때문인지 아니면 유스의 솜씨가 좋아서인지, 젖은 가죽 부츠는 생각보다 잘 잘렸다.

그리고 나자 보라색으로 변해 퉁퉁 부은 발목이 모습을 드러냈다. 압박하던 부츠가 사라지자 통증이 더더욱 느껴져서 란은 입술을 깨물었다.

유스타프는 입을 딱 다물고 발목을 내려다보았다.

그가 화가 났다는 걸 단번에 알 수 있어서, 란은 아픈데도 그의 눈치를 살폈다.

"유스……?"

작은 부름에 그가 획 눈을 들었다.

"대체 왜―"

그가 목소리를 높이다가 입술을 꽉 깨물었다. 유스타프는 발목을 꼼꼼히 살피고 말했다.

"이대로는 못 걷습니다."

"아냐, 부축해주면 걸을 수 있어."

유스타프는 란의 말이 대꾸할 가치도 없다는 듯이 무시하며 그녀를 번쩍 안아 들고 일어났다.

"유스! 등!"

상처 도로 터지겠어!

란이 버둥거렸지만 유스타프는 꿈쩍도 하지 않고 걷기 시작했다.

"누님, 얌전히 계시지 않으면 이대로 손을 놓을 거고, 그럼 착지하실 텐데 매우 아프시겠지요."

유스타프의 말에 란은 움찔하며 버둥거리는 걸 그만두었다.

"참 잘했습니다."

유스타프는 그렇게 속삭이고 빠른 걸음으로 걸었다. 란은 얌전히 안겨서 침묵 속에 손을 꼼지락거렸다.

뭔가 이야기하고 싶은데, 이야기할 분위기가 아니다. 한참 말을 고르다가 란은 슬그머니 동정받을 만한 대사를 골랐다.

"유스."

"네."

"나 이제 못 걷게 되는 걸까?"

유스타프가 가볍게 눈을 깜박이고는 부드럽게 말했다.

"그렇지는 않을 겁니다."

"……발목 아파…….."

"물론 아프시겠지요."

그의 목소리가 더더욱 다정해져서 어쩐지 란은 어리광 부리고 싶은 기분이 되었다.

하지만 자신은 유스타프에게 어리광을 부리면 안 되는 게 아닐까, 하는 자각도 있었다.

왜냐면 자신은 임시라도 가주이며, 유스타프는 그녀의 책임하에 있는 사람이니까.

학생이 다치면, 선생님의 부상은 일단 뒤로 미뤄두게 되는 것처럼.

이제 유스타프에게 그렇게 해줄 사람은 아무도 없으니까.

'하지만 이 정도면 사이도 매우 좋아졌고.'

처음에 유스타프가 자신을 죽일까 봐 벌벌 떨었던 거에 비하면, 요즘은 '아, 날 죽일지도.' 하는 건 좀 관성 같은 느낌이었다.

여전히 속을 알 수 없는 구석이 있고 선을 긋고 있다는 건 알지만, 그래도 유스가 정말로 자신을 죽일까? 싶기는 했다.

"유스."

"네."

"남동생과 누나는 싫어?"

"싫은 게 아니라, 그런 관계 자체가 성립하지 않습니다."

"하긴."

란은 가볍게 웃었다.

만약 유스타프가 진심으로 자신을 '누님'이라고 부른다면 그건 역시 아닌 것 같다.

적당히 빈정거리는,

'너와 나는 아무런 관계도 아니지만 그래도 부를 호칭이 딱히 없으니까.'

하는 뉘앙스의 누님이 유스타프에게는 딱이지.

"당신은 정말로 날 남동생 삼고 싶은 겁니까?"

유스타프의 물음에 란은 "아니." 하고 대답했다.

유스타프가 남동생이라니, 감당 안 되죠.

"그럼 우리 관계는 뭘까?"

란이 중얼거리자 유스타프가 말했다.

"남자와 여자죠."

그 말에 란이 다시 웃었다.

"왜? 인간과 인간이라고 하지?"

그건 너무 원론적이다. 하고 란이 말하자 유스타프가 고개를 끄덕였다.

"그것도 좋군요. 인간과 인간."

"에이."

란은 그렇게 말하고 슬쩍 유스타프를 보며 말했다.

"그럼, 친구는 안 될까요. 유스타프 라반 드 라치아 씨?"

"거절합니다."

"냉정해."

란은 투덜거렸다.

자신이 말하고도 란은 잠시 생각에 잠겼다.

'정말로 우리는 뭘까?'

친구도 아니고, 동료도 아니고.

아무것도 아니야.

원작자와 캐릭터도 아니지.

문득 모든 게 막막해졌다. 란은 붉게 지는 노을을 바라보았다.

발목은 아프고, 오늘은 죽을 뻔하고.

라치아를 위해서 열심히 했지만, 자신은 이제 곧 라치아를 떠날 거다.

새로운 신분.

새로운 삶.

'왜 다들 증인 보호 프로그램에 들어가기 싫어하는지 알겠어.'

미국 드라마나 영화에 나오는 완전히 새로운 신분을 주는 삶.

그걸 거부하는 사람들을 보면서 '왜 저렇게 싫어하지?' 했는데 이제는 알겠다.

'쓸쓸하네.'

이러니저러니 해도 이미 라치아에서 오랜 시간 살았다.

가장 정이 붙은 곳이 라치아인데, 거기를 떠나 전혀 모르는 곳에서, 전혀 모르는 사람들과……

저도 모르게 눈물이 흘러나와 란은 화급히 눈 밑을 훔쳤다.

"누님?"

"어, 아니. 눈에 뭐가 들어갔나 봐."

그러나 한번 터진 울음은 멈추지가 않았다.

그쪽에서는 죽은 거니까, 여기서 보너스로 사는 삶은 기뻐해야 하는 거 아닌가. 보너스라 현실감이 없는 그런 삶인데.

그러니까 아프지도 괴롭지도 않을 텐데.

그렇게 기쁘지도 않아.

유스타프는 란을 추궁하지 않았다.

대신 그는 그녀의 자세를 바꾸어서, 제 어깨에 고개를 기대게 한 후에 그녀의 등을 쓸어주었다.

란은 순순히 그의 목에 팔을 두르고 어깨에 뺨을 묻었다.

'내, 내가 고생한 게 얼만데. 이 정도는 기대도 되지 않아?'

그런 변명을 속으로 하며 란은 눈을 꾹 감았다.

눈 안쪽이 뜨끈했다.

감은 눈 밑으로 눈물이 계속 흘러내렸다.

"유스…… 나…….."

외로워.

힘들어.

어느 말도 나오지 않았다. 그러나 유스타프는 마치 그녀의 말을 들은 것처럼 속삭였다.

"제가 있습니다."

확 눈물이 흘러넘쳐서 란은 입술을 깨물고 팔에 힘을 주었다. 젖은 셔츠 너머로 그의 체온이 전해져왔다.

단단한 어깨와 팔의 열기가 실감이 나서 위로가 되었다.

진짜 정말 여기 있는 유스타프.

어차피 내 것은 아니지만, 어차피 시나의 것이 될 거지만, 지금은 아주 조금만 빌릴게.

란은 흐느껴 울었다.

우는 내내 유스타프는 아무런 말도, 추궁도 하지 않았다. 단지 그의 손이 위로하듯 일정하게 그녀의 등을 두들겼을 뿐이었다.

란은 어깨에서 고개를 떼고 속삭였다.

"미안."

"미안하실 건 아무것도 없, 지는 않군요."

드물게도 유스타프가 끝말을 바꿨다. 그가 이어 말했다.

"다음에는 아픈 곳이 있으면 미리 말씀해 주십시오."

"응."

"누님이 아프다고 두고 가거나 버리고 가지 않습니다."

란은 그 말에 눈을 크게 떴다가 작게 웃었다.

"유스는 바람둥이가 될 자질이 보여."

"누님보다는 덜하죠."

"뭐?"

놀란 란이 "말도 안 돼" 하고 반박했다.

"내가 무슨 인기가 있어? 황태자는 논외로 쳐."

"물론 걔는 논외로 쳐야지요."

"맞아!"

큰 소리로 대답했다가, 란은 슬그머니 주변을 둘러보았다.

"유스, 진짜 황실모독죄로 잡혀가."

그녀가 속닥속닥 말하자 유스타프는 표정 하나 변하지 않은 채로 코웃음을 쳤다.

그때 저쪽에서 빠른 속도로 마차가 달려오는 게 보였다. 저러다가 마차가 부서지는 게 아닌가 하는 속도였다.

"로스군요."

유스타프의 말에 란이 눈을 가늘게 떴다.

'눈도 좋아.'

난 아직 안 보이는데, 아!

순식간에 가까워진 짐마차의 마부는 로스였다. 그가 팅팅 부은 눈으로 마차에서 뛰어내려 달려왔다.

"주군!!"

그가 유스타프의 앞에 부복했다.

"무사하셔서, 정말, 정말─"

말을 잇지 못하고 로스는 얼굴을 문질렀다. 짐마차 뒤에서 뛰어내린 루미에의 얼굴을 보자 란은 저도 모르게 손을 뻗었다.

"란 님!"

"괜찮아. 괜찮아."

그녀가 루미에의 손을 잡았다가 비명을 질렀다.

"너 손 왜 이래?!"

손이 피투성이였다. 손톱이 깨지고 빠진 게 보였다.

"그냥, 일이 좀 있었습니다. 괜찮답니다. 란 님은─ 발목이……."

루미에가 팔을 뻗으며 말했다.

"제가 안겠습니다."

"됐어."

"아뇨, 제가!"

로스가 자리에서 벌떡 일어나며 말했다. 란 역시 버둥거렸다.

"이제 내려 줘. 마차 있으니까. 게다가 유스도 부상당했잖아."

"뭐라고요!"

로스가 펄쩍 뛰었다.

"그런데 안겨 오신 겁니까!"

"나도 괜찮다고 했는데……."

"어딜 다치셨습니까. 괜찮으십니까, 도런님!"

로스가 황망한 얼굴로 유스타프를 살폈고, 그 사이 루미에가 빼앗아 들듯이 란을 당겨 제 품에 안았다. 유스타프의 푸른 눈이 확 타오를 듯하다가 가라앉았다.

"루미에, 손 다쳤잖아."

란이 당황하며 그에게 안겨 속삭이자 루미에는 솜사탕처럼 달콤하게 웃었다.

"괜찮습니다. 란 님은 가벼워서요."

"얼른 마차에 내려줘. 그보다 여기는 어떻게 온 거야?"

로스는 유스타프의 상처를 발견하고 그를 안아 옮길 듯이 굴었고 유스타프는 단칼에 거절했다.

그 사이 루미에는 짐마차 뒤 칸에 란을 조심스럽게 앉혔다.

"정령이 나왔습니다."

루미에가 란의 발목을 살피며 말했다. 란은 눈을 크게 떴다.

"정령이?"

"네, 그리고 란 님과 일행분을 근처 호수로 보냈다고 하더군요. 그래서 달려온 겁니다. 자세한 내용은 저도 잘 모르고요."

"그래……."

샬이 나타났다는 말이겠지?

대체 무슨 이야기를 했을지…… 란은 끙끙거리며 한숨을 내쉬었다.

유스타프가 그녀의 옆에 훌쩍 올라타며 말했다.

"출발하지."

루미에는 움직임이 없는, 짐승과 같은 눈동자로 유스타프를 보았다가 살풋 웃으며 말했다.

"바로 출발하도록 하지요."

곧, 짐마차가 출발하자 란은 몸을 마차 벽에 기대며 한숨을 내쉬었다.

'피곤해…….'

긴장이 풀리자 그녀는 저도 모르게 그대로 잠들었다. 유스타프는 그녀의 몸이 기울어져서 툭 하고 제 어깨에 기대지는 걸 느꼈다.

돌아보니 란은 완전히 잠들어 있었다.

온몸은 다 젖어서 엉망이고, 아직 눈가에는 운 흔적이 남아 있었다. 유스타프는 몸을 돌려 그녀가 편하게 기대게 해주며 조심스럽게 눈물 자국을 훑었다.

'날씨가 따뜻해서 망정이지.'

아니었으면 둘 다 벌벌 떨었을 거다. 그래도 흠뻑 젖은 상태보다는……

하고 마차 안을 둘러보는데 그 흔한 담요 한 장 없었다.

'도대체.'

정신없이 달려와 준 점은 고맙지만, 그래도 제대로 준비를 갖추고 와주었다면 더 좋았겠지.

유스타프는 로스와 디모디아가 얼마나 황망했을지 생각해 보았다.

광산이 낙석으로 폐쇄되고, 안에 라치아 후계 두 명이 다 갇혀버렸다. 순식간에 라치아를 이을 사람이 다 사라져 버린 것이다.

정신없는 게 이해가 가지 않는 바는 아니었다.

마차가 지하 도시 안으로 들어가 저택에 도착하자마자 디모디아가 커다란 수건을 들고 뛰어나왔다.

"욕실도 준비해 뒀습니다. 다치신 곳은요?"

디모디아의 목소리는 침착하고 부드러워서 유스타프는 '한 명이라도 제대로 일한다'는 사실에 안도했다.

"누님은 다리를 다치셨고, 난 등 쪽에 부상을 입었어. 누님, 일어나세요."

유스타프가 란의 어깨를 잡고 흔들었다. 몇 번 강하게 흔들어서야 란은 눈을 떴다.

"으응?"

"도착했습니다. 의사의 진찰을 받고 씻으셔야죠."

"그리고 정령이 기다리고 있습니다."

디모디아가 마지막 말을 붙여서 란은 눈이 번쩍 떠졌다. 자리에서 움직이려다가 란은 멈칫하고 말했다.

"나 지금 한 걸음도 못 움직이겠어. 가만히 있어도 아파."

"제가—"

유스타프가 말하는데 언제 왔는지 로스가 말했다.

"안 됩니다. 도련님, 등의 상처 터지신다고요."

"맞아. 맞아."

란이 맞장구를 치자 루미에가 "제가 하지요." 하고 란을 가볍게 들고 마차에서 내렸다. 이어 유스타프가 내리자 디모디아가 수건을 건넸다.

락투와 몇몇 드워프들이 저택 앞에 나와 있었다.

"정령의 말이 정말이었군. 몸은 괜찮은가?"

"발목과 피곤한 것만 빼면요."

루미에에게 안긴 채로 그녀가 말하자 락투가 고개를 끄덕였다.

"그래도 그만하길 다행이지. 자네 연인이 얼마나 필사적이었는지! 맨손으로 돌을 파내고 있는 걸 말리느라 혼났네."

"네?"

연인? 누구?

순간 란의 머리에 루미에의 손이 스쳐 지나갔다.

당황해 란이 말했다.

"저 연인 없는데요. 아니 그보다, 루미에 손이 그래서! 아니, 나 내려줘. 생각해 보니까 그 손으로 날 든다는 게—"

횡설수설하는 란을 데리고 루미에는 안으로 들어갔고, 락투는 "애인이 아니라고? 그럼 짝사랑인가?" 하는 소리를 하며 그 뒤를 따랐다.

"루미에와 저는 그런 거 아니거든요?"

그 말에 란이 큰 목소리로 반박했다. 안의 의자에 루미에가 란을 내려놓자 의사인 게 틀림없는 차림을 한 드워프가 다가와 란의 발목을 살폈다.

락투가 갸웃하고 말했다.

"하지만 그렇게 필사적인데ㅡ"

"아니, 아악!"

란은 저도 모르게 비명을 질렀다. 드워프 의사가 란의 발목을 건드렸기 때문이었다.

"이거 아무래도 뼈에 이상이 있는 것 같은걸요. 평생 절름발이가 될수도 있지요. 일단 제대로 붙여 보기는 하겠지만……."

ㅡ내가 고쳐줄까.

그때 바닥에서 반투명한 상체가 쓰윽 솟아올랐다. 란은 저도 모르게 '샬!' 하고 외칠 뻔한 걸 참았다.

드워프들은 그 사이에 겪은 일인지라 놀라지 않고 공손히 물러났다. 락투가 말했다.

"정령이시여, 다시 보게 되어 영광입니다."

ㅡ모처럼 날 즐겁게 해주는 여행자다. 날 나디움이라고 불러도 좋아.

샬이 란을 향해 말해서 란은 "나디움." 하고 그를 불렀고 그는 다시 히죽 웃었다.

ㅡ그 발목 고쳐줄까?

"그래 주시면 감사하지요."

ㅡ그럼 넌 대가로 뭘 줄 거지.

"그 대가는 제가 지불하지요."

샬ㅡ나디움이 고개를 돌렸다. 유스타프가 서 있었다. 나디움의 푸른 광물성 머리카락이 기묘하게 흔들렸다.

—청염의 주인이로군.

"그렇습니다."

"아니지. 두 분 모두 손님 아닙니까! 게다가 란 님은 우리 도시가 물에 잠길 뻔한 걸 막아주셨지요. 저희가 대가를 지불하는 게 당연합니다."

락투가 한 걸음 나서서 말해 나디움은 갸웃하다가 말했다.

—좋지.

그리고 손을 뻗었다. 그의 반투명한 손이 마치 관절 없는 문어 다리처럼 그녀의 다리를 휘감았다.

"—!"

란은 차가움에 몸을 움츠렸다. 하지만 곧 그 차가움이 뼈 안까지 스며들면서 통증이 사라졌고, 나디움이 손을 떼자 그녀의 발목은 퉁퉁 부은 보라색에서 보통 때처럼 희고 가늘게 돌아와 있었다.

"혹시 가능하면 유스타프도 고쳐주실 수 있나요? 아, 루미에도요."

란이 부탁하자 나디움은 별말 없이 유스타프에게도 손을 뻗었고, 그는 움찔했다가 곧 신기한 얼굴로 등을 돌아보았다.

그의 상처 역시 깨끗하게 사라져 있었다. 이어 루미에의 상처도 고쳐주고서 나디움이 락투에게 고개를 돌리고 말했다.

—내 쪽으로는 더 땅을 파지 마라. 시끄러우니까.

"알겠습니다."

—그리고 광천수가 고일 수 있게 호수도 만들어.

"그건 시간이 걸리겠지만, 하겠습니다."

—난 꽃이 좋아. 꽃 모양의 작품을 매년 하나씩 호수에 던저 넣어라.

"네."

—그럼 대가로 호수에 선물을 섞어 주지. 이건 란, 내가 그대에게 주

는 선물이다. 모처럼 즐거운 대화였으니까.

그렇게 말하며 나디움이 손을 내밀었다. 그의 손바닥 위에 볼링공만한 진줏빛 물체가 생성됐다.

란은 그게 뭔지 알았다.

'나디움!'

란이 의자에서 일어나 손을 내밀자 나디움이 그녀의 두 손 위로 떨어졌다. 무게는 아주 가벼웠다.

─그럼.

그렇게 말하고 나디움은 팡! 하는 소리와 함께 비눗방울 터지는 것처럼 산산이 사라져 버렸다.

락투와 드워프들이 눈을 반짝이며 란을 둘러쌌다.

"그게 대체 뭔가?"

"만져 봐도 되나?"

"한번 보여주게."

"오오, 가벼워!"

"금속인가?"

"새로운 금속 같은데─"

"소리를 들어 봐. 강도도 높을 것 같군. 미스릴과 비교하면 어떨까?"

란이 드워프들 사이에서 왔다 갔다 하는 나디움을 얼른 집어 들고 씩 웃으며 말했다.

"저는 금속을 다루는 데에는 문외한이니, 가능하면 이 나디움을 여러분께 맡기면 어떨까 합니다."

"나디움?"

"좋은 이름 같은데?"

"그렇군. 맡겨 달라고."

란이 더더욱 짙은 미소를 짓고 이어 말했다.

"물론 그 전에 협상을 먼저 해야겠지만 말이지요."

      \*      \*      \*

란이 일어난 것은 하루 종일 자고 나서, 이튿날의 아침이었다.

멍한 눈으로 부스스 일어나니 디모디아가 산뜻한 목소리로 말했다.

"일어나셨어요?"

"응……."

란은 길게 하품을 했다.

"배고프시죠? 드워프 음식이 의외로 괜찮네요."

디모디아는 그렇게 말하며 침대에서 란을 일으켜 씻으러 가라고 떠밀었다.

뜨끈한 욕조에서 완전히 기운을 차리고 란은 벌떡 일어났다.

진한 토마토 스튜로 뱃속까지 든든히 채우고서 란은 옷을 갈아입고 방을 나섰다.

호위를 하고 있던 로스가 인사해 왔다.

"드디어 일어나셨군요."

비꼬는 건가 했더니 의외로 그런 얼굴은 아니어서 란은 고개를 끄덕였다.

"드디어 일어났지. 유스타프는?"

"도련님은 대련 중이십니다."

"대련?"

"루미에와요."

어라? 그건 또 진귀한 조합이네.

란은 그렇게 생각하며 물었다.

"어디서?"

두 사람의 대련 장소는 옥상이어서, 란은 맨 꼭대기 층으로 올라갔다. 지하인데도 어떻게 설계를 했는지 바람이 솔솔 불어왔다.

저택의 옥상인 만큼 꽤 넓어서 란은 저쪽 끝에서 두 사람이 대련하고 있는 걸 발견했다.

날카로운 쇠붙이 소리에 란은 움찔했다.

'목검이 아니고?'

당황해 빠르게 다가가니 두 사람이 진검으로 대련하고 있는 게 보였다. 문외한인 란이 보기에는 위험하기 짝이 없는 짓이었다.

하지만 괜히 너무 다가가거나 소리를 내면 방해가 될까 봐, 란은 적당히 떨어진 장소에서 발만 동동 굴렀다.

루미에의 검이 빠르게 꺾여 유스타프의 목으로 들어갔다. 유스타프는 그걸 흘려 피해내며 속으로 혀를 찼다.

'진짜로 살기를 뿌리는군.'

이런 상대도 재미있기는 하지만, 동시에 짜증도 났다.

'없애 버릴까.'

방법은 여러 가지가 있다. 벌레는 미리미리 제거해 두는 게 상책이고.

유스타프는 제 것을 빼앗길 생각은 조금도 없었다.

루미에는 유스타프의 검술이 약간 달라진 걸 눈치챘다.

그리고 등 뒤의 시선도 느껴졌다.

돌아보지 않아도 누군지 알 수 있어서 루미에는 순식간에 마음속이 가라앉았다.

깊게 깊게.

"괜찮아, 괜찮아."

머리를 쓰다듬던 손과 목소리.

루미에는 간격을 띄웠다. 유스타프의 눈에 이채가 서렸다.

살기가 억제되고 그게 검술에서도 나타나기 시작한다.

유스타프는 좀 더 날카롭게 공격하기 시작했고, 루미에는 거기에 맞추면서도 날뛰던 기색을 제어하기 시작했다.

한참 후 유스타프가 뒤로 물러서면서 자연스럽게 대련이 끝났다. 유스타프는 고개를 들어 달려오는 란을 보고 피식 웃었다.

"뛰다가 넘어지십니다."

"그 정도로 운동신경이 없지는 않네요. 두 사람 다 괜찮아?"

루미에가 란을 보고 웃었다.

"도련님이 잘해 주셨답니다."

"누님에게 검집 역할을 맡기는 건 어떨까 싶지만 말입니다."

"응?"

란이 갸웃하자 루미에가 옅은 미소를 지으며 그녀의 머리카락을 귀 뒤로 넘겨주었다.

"몸이 좋아 보이셔서 다행입니다."

"24시간을 꼬박 자고도 더 잤으니까. 루미에는 이제 손 괜찮아?"

그녀가 루미에의 손을 잡아 살폈다. 나디움 덕분에 그의 손톱도 깨끗하게 나아 있었다.

"다행이다."

란은 안도의 한숨을 내쉬었다. 그녀가 눈을 찌푸리며 말했다.

"왜 그런 무모한 짓을 하고 그래? 손으로 광산을 파 봐야 안 되는 거 알면서."

"주인님을 잃은 개가 되는 것보다야 낫지요."

생글생글 웃으면서 꽤나 통렬한 소리를 해서 란은 입을 떡 벌렸다.

뭐랄까.

란에게 루미에는 아픈 손가락 같은 느낌이었다. 제 타이밍에 구해 주지 못한 것도 그랬고, 서브 남주라서 시나랑 결국 이어지지 않는 것도 그렇고.

"개 같은 거 아니거든요."

란은 그렇게 말하고 꽉 잡은 루미에의 손등에 허리를 숙여 입 맞췄다.

루미에가 경직하는 게 느껴지는 순간 란의 몸이 확 끌려갔다.

"켁? 유스?"

"뭐 하십니까."

그의 목소리가 하도 스산해서 란은 제가 큰 잘못을 했나 싶어 당황했다.

"어? 아니, 루미에도 소중하다구……."

자신을 소중하게 여기란 말이지요.

"자신의 위치를 자각하십시오."

"으, 으응."

란이 대답하자 유스타프가 그녀의 목깃을 놓아 주었다.

란은 깃을 다듬고 목을 가다듬었다.

루미에는 제 손등을 붙박인 것처럼 들여다보고 있었다.

"루미에……?"

조심스럽게 란이 그를 부르자 루미에가 고개를 들어 그녀를 보고 웃었다.

'우와.'

저도 모르게 심장이 쾅하고 어딘가에 부딪치는 느낌이 드는 웃음이었다.

그때 유스타프가 둘 사이에 살짝 끼어들어서 란의 팔을 잡아당겼다. 란은 어어 하며 그에게 끌려가며 말했다.

"유스? 왜?"

"더는 봐 줄 수가 없을 지경입니다."

"어?"

"누님."

유스타프가 딱 멈춰 섰다. 란 역시 멈춰 서서 그를 바라보았다.

"여기들 있었군!"

그때 커다란 목소리가 들려 란이 돌아보자 제투라가 옥상 문을 열고 들어오고 있었다.

유스타프가 가볍게 한숨을 내쉬는 소리가 났다.

제투라가 란에게 손짓했다.

"잠깐 이쪽으로 와 보게."

"응. 잠깐만. 유스, 뭐 할 이야기 있어?"

들을게, 해 봐.

"아닙니다. 나중에."

유스타프가 그렇게 말해서 란은 고개를 끄덕이고는 제투라 쪽으로 가볍게 뛰어갔다.

"뭔데? 무슨 일이야?"

"그 나디움 말인데─"

두 사람이 이야기하는 걸 유스타프는 비딱하게 서서 지켜보았다. 그때 루미에가 소리도 없이 다가왔다.

"저는 란 님을 지킬 겁니다."

그의 말에 유스타프는 그를 돌아보았다가 피식 웃었다.

"할 수 있다면."

"네."

루미에는 그렇게 대답하며 짙게 웃었다.

제투라의 이야기는 간단했다.

"그러니까 지금으로써는 나디움을 다룰 수가 없다는 거지?"

란의 말에 그의 얼굴이 붉어졌다.

"조금만 더 시간을 달라는 거지. 하지만 정말로 놀라운 광물이야. 저런 광물에 '나디움'이라는 이름이 붙는다니 기분이 좋구만."

우리 고향의 이름이니, 하고 제투라가 핫핫 웃었다.

란이 고개를 끄덕였다.

"그럼 여유 있게 만들어 줘. 어차피 일도 다 끝났고, 슬슬 돌아가려고 생각하고 있거든."

그 말에 제투라가 깜짝 놀랐다 그의 눈썹이 삐죽 올라갔다.

"벌써? 도착한 지 얼마 되지도 않았잖은가? 여독도 풀리기 전에 출발한다고?"

"나도 내 영지를 내버려둘 수는 없잖아."

유스타프가 라치아에 남아 있었다면야 여기서 엉덩이를 한참 붙이고 있었겠지만, 자신과 유스타프 둘 다 라치아를 비우고 있는 상태니 빠르게 돌아가야 했다.

"한 달은 있을 줄 알았는데."

"나 혼자였다면 그랬겠지."

"아쉽군. 그렇다면 대족장에게 얼른 말해야겠는걸. 언제 떠날 예정인가?"

"글쎄? 빠르면 내일모레?"

"이럴 수가."

제투라는 짧은 다리로 폴짝 뛰더니만 후다닥 옥상에서 내려가 버렸다. 홀로 남겨진 란은 당황했지만 곧 돌아섰다.

"더 대련할 거야? 이제 내려가자."

그녀가 손을 흔들자 두 남자는 별말 없이 고개를 끄덕이고 란과 함께 옥상에서 내려왔다.

그러며 란은 제 계획을 이야기했다.

"모레나, 글피쯤에는 라치아로 돌아갈까 하는데. 어때?"

유스타프는 고개를 끄덕였다.

"괜찮습니다."

"모처럼 여기까지 왔는데, 아쉽기는 하네요."

루미에의 말에 란이 웃으며 "그렇지?" 하고 힐끗 유스타프를 보았다.

"유스, 혼자 먼저 돌아가라고 하면—"

"안 갑니다."

"역시. 그렇지. 응, 같이 돌아가자. 아니면 유스는 좀 더 있다가 올래? 내가 먼저 돌아가고—"

"누님께 눈을 뗄 수 있으면 좋겠군요."

"으응?"

"눈을 떼면 무슨 일이 꼭 생기니 제 눈이 닿는 곳에 계셔야겠습니다."

"그건—"

란은 가볍게 웃듯이 한숨을 내쉬었다.

"그러네. 변명의 여지가 없군."

깔끔하게 란이 인정하자 유스타프는 뜻밖이라는 듯 그녀를 내려다보았다.

그렇지 않다고 우길 줄 알았는데.

"유스만 돌려보내는 건 나도 불안하고."

씩 웃으며 덧붙이는 말에 유스타프는 희미하게 미소 지었다.

"그렇군요."

방으로 돌아가 일행에게도 알리자 디모디아는 "벌써요?" 하고 보라색 눈을 크게 떴다가 고개를 끄덕였다.

"하긴, 영지를 너무 오래 비워두는 것도 그렇지요."

"맞아. 그리고 라치아의 겨울이 빠르다는 걸 감안하면……."

란은 눈을 찌푸렸다.

"이러다가 라치아에 가는 길에 첫눈을 맞을지도 몰라."

"설마요."

디모디아가 날짜를 가늠하며 고개를 저었다. 하지만 란은 "혹시 모르잖아."라고 해서 디모디아가 바싹 긴장하게 만들었다.

디모디아가 "그럼 물자를 좀 챙겨야겠네요." 하고 주먹을 불끈 쥐는데 유스타프가 찾아왔다.

"누님, 모처럼 왔으니 한 바퀴 돌아보지 않으시겠습니까?"

"도시?"

란의 눈이 반짝였다. 유스타프가 고개를 끄덕여 그녀는 재빠르게 말했다.

"당연히 좋지."

그러며 란이 디모디아에게 말했다.

"모처럼이니까 디아도 같이 가자."

"네?"

디모디아는 슬쩍 유스타프의 눈치를 살피고는 빠르게 말했다.

"전 괜찮습니다. 두 분이 다녀오세요."

"그래도 괜찮아? 여기에 다시 올지 안 올지도 모르는데. 아, 로스는?"

"로스는 지금 저택에 없습니다."

유스타프의 말에 란은 눈을 크게 떴다.

"어?"

"심부름을 보냈으니까요."

"어디로?"

저도 모르게 나온 말에 유스타프는 미리 준비한 듯이 매끄럽게 답했다.

"어제 대족장과 하셨던 협정을 일단 문서로 정리했습니다. 그걸 대족장에게 보내라고 했지요."

"유스가 정리한 거야?"

"네. 일단 문서화하는 게 중요하니까요."

"난 생각도 못 했어…… 고마워."

"별말씀을. 그럼 가실까요?"

"응, 루미에도 데리고 가자."

"……원하시는 대로."

어쩐지 뒤에서 디모디아가 한숨을 내쉬는 소리가 났다.

결국, 란은 유스타프와 루미에를 데리고 저택을 나섰다.

드워프의 집은 제각각 솜씨를 뽐내며 높고 낮게, 그러면서도 어울리게 지어져 있었다.

돌의 재질이 다 같아서 통일감이 느껴졌다. 셋은 대족장의 저택을 나와 주거 지역을 지나서 상업 지구로 들어갔다. 도시를 구경한다고 하자 포포스가 종이에 도시 구조를 간단히 그려줘서 란은 그걸 보며 길을 걸었다.

"드워프제 국사나 드워프제 냄비는 어때?"

란의 중얼거림에 유스타프가 "그걸 어디에 쓰려고요?" 하고 되물어서 란은 하긴 하고 고개를 끄덕였다.

처음 보는 식재료를 파는 곳도 있었다. 그렇게 가게들을 쭉 지나니 안에 대장간이 보였다.

"드워프제 칼은?"

란의 물음에 루미에가 "궁금하네요." 하고 말해 란은 대장간으로 향했다.

"아…… 하지만 역시 칼이나 갑옷을 걸어 두고 팔지는 않는구나."

대장간이라고 해도 늘어놔져 있는 물건은 대부분 생활용품이었다.

'하긴 생각해 보면 드워프들은 대부분 자기가 자기 물건을 만들 테니까.'

"오, 인간 손님이로군. 얼마 전에 정령으로 우릴 구해 준 사람 맞지?"

앞치마를 맨 드워프가 안에서 걸어 나와 란을 보며 웃었다.

"네, 검을 볼까 했는데―"

"검이나 갑옷은 미리 만들어 두지 않아. 전부 맞춤이라고."

드워프의 말에 란은 어깨를 늘어트렸다.

"그렇군요."

"응? 그런데 그쪽 손님이 차고 있는 검은 뭐지?"

날카로운 눈으로 드워프가 유스타프의 검을 가리켰다. 유스타프가 제 검을 힐끗 내려다보았다.

"그냥 검입니다."

"그냥 검이라고?"

후다닥 드워프가 판매대를 돌아왔다. 란의 가슴께밖에 오지 않는 키였지만 몸놀림은 잽쌌다. 그가 유스타프의 검집을 바라보고 눈을 팍 찡그렸다.

"이건 엘프제로군."

란이 고개를 끄덕였다.

"맞아요. 어떻게 아셨죠?"

"이 나무는 엘프들밖에 못 키우거든. 제길. 검날을 한번 보여줄 수 있습니까?"

드워프의 말이 정중해졌고, 유스타프는 망설이다가 검을 뽑았다.

"오―"

드워프가 검날에 얼굴을 들이댔다.

"이 반짝임은 어떻게 연마한 거지? 어이, 카룩! 이리 와봐! 엘프제 검이야!"

그러자 안쪽에서 일하던 드워프들이 우르르 자리에서 일어났다.

"뭐? 엘프제?"

"어디 봐봐."

"이 물결무늬는 어떻게 만들어 낸 거지?"

유스타프는 순식간에 드워프들에게 둘러싸였다. 그중 한 명은 심지어 망치로 유스타프의 검날을 두들겨 보려고 하다가 그의 정중한 제지를 받았다.

"이봐, 그 검을 내 검과 바꾸지 않겠어?"

흥분한 드워프 중의 한 명이 제안했다. 그러자 다른 드워프가 빽 소리를 질렀다.

"말도 안 되는 소리! 내 검이랑 바꾸자고! 미스릴 함량이 아주 높은 검이야."

"어허! 네 솜씨로 만든 미스릴 검이야 뻔하지."

"뭐? 풀무 불 맛 좀 볼래?"

"나는 검 두 개를 제안하지."

"난 세 개!"

"네 검은 세 개 줘도 안 가져!"

"웃기시네, 풀무 불이나 꺼트려 버려라."

"뭐라고!!"

갑자기 분위기가 흉흉해지더니 자기들끼리 옥신각신하기 시작했다. 이제 공용어가 아니라 드워프어로 된 거친 말들이 튀어나오기 시작했다. 란이 당황하는데 유스타프가 제 검을 도로 검집에 넣으며 말했다.

"죄송하지만 어떤 것과도 바꾸지 않을 겁니다."

"뭐야, 우리 검보다 그 엘프 검이 더 좋다는 건가?"

갑자기 화살이 이쪽으로 향하는 것 같아 란이 유스타프의 소매를 살짝 당기려는데 그가 그녀의 손을 잡으며 말했다.

"선물받은 거니까요."

그 말에 질문을 던진 드워프가 쩝 입맛을 다셨다. 확실히 선물로 받은 걸 팔라고 하는 건 어렵다.

"돌아가죠."

유스타프가 란에게 속삭이고 그대로 몸을 돌려 걷기 시작했다. 란은 드워프들에게 인사하고 손이 잡혀 그대로 끌려 걸었다.

상업 지구를 빠져나오자 란이 가슴을 쓸어내렸다.

"진짜 놀랐네."

루미에가 신기한 듯이 말했다.

"저렇게 금방 흥분하는 종족인지는 몰랐습니다."

"그지? 엘프제라서 그런 게 아닐까."

란이 고개를 절레절레 흔들었다.

"뭔가 생각했던 즐거운 도시 구경이 아닌걸…… 돌아갈까?"

란의 말에 두 남자는 고개를 끄덕였다.

나중에야 란은 상업 지구로 가는 게 아니라 건축이나 조각 같은 걸 보러 갔어야 했다고 후회했다.

하여간 짧은 외출을 끝내고 시무룩해져 돌아오니 락투가 기다리고 있었다.

"금방 떠난다고 제투라가 그러던데, 사실인가?"

인사 없이 용건부터 바로 물어 란은 웃으며 고개를 끄덕였다.

"그렇게 됐습니다. 아무래도 영지를 오래 비워둘 수는 없어서요."

"내가 큰 연회를 베풀려 했는데…… 일단 오늘 저녁에 작은 연회라도 열 테니 꼭 참석하게나."

"알겠습니다."

란은 고개를 끄덕였다. 락투는 잠시 그런 란을 바라보다가 말했다.

"그대가 올해 몇 살이라고 했지?"

"스물입니다."

"정말로 젖먹이 같은 나이로군. 인간과 교류는 오랜만이라."

"드워프들은 오래 살지요."

"인간에 비하면 그렇지. 나는 올해로 126세네."

드워프들의 평균 수명은 300세. 인간의 세 배 정도다.

126세라면 그야말로 한창인 젊은 나이었다. 락투는 씩 웃었다.

"그래도 성인은 된 거겠지?"

"네."

"좋아, 좋아. 좋은 술을 많이 준비할 예정이네."

락투는 그렇게 말하고 자리를 떴다. 란은 '드워프의 좋은 술……' 하며 신음을 흘렸다.

연회가 열린다는 말에 디모디아는 란에게 드레스를 입어야 하는 게 아니냐며 권했고, 란은 고민하다가 고개를 끄덕였다.

어쨌든 연회를 중요하게 생각하고 있다는 걸 보여주는 게 좋을 것 같았다.

그리고 연회장에 나가, 란은 그렇게 입기를 잘했다고 생각했다.

락투 역시 화려한 갑옷을 두르고 있었기 때문이었다. 연회장은 장밋빛 마블이 들어간 새하얀 대리석으로 아름답게 치장되어 있었다.

란은 벽에서 반짝이는 마법 물품들을 눈여겨보았다. 대부분이 라치아 산 얼음수정인 게 보여서 그녀는 뿌듯한 미소를 지었다.

대족장인 락투는 제 자리 옆에 란의 자리를 권했고, 란은 자리에 앉았다.

락투가 뿔잔을 높게 들며 말했다.

"우리의 손님이자, 정령을 부른 자, 란 로미아 드 라치아를 드워프의 친구로 선포한다! 그대의 풀무 불이 꺼지는 일이 없기를!"

드워프의 친구.

란은 놀라 눈을 동그랗게 떴지만 곧 재빠르게 자신의 잔을 들고 말했다.

"친구로서 오랜 우정이 지속되기를 바랍니다. 그대의 광산이 마르지 않기를!"

란의 말에 아래 앉아 있던 드워프들이 소리를 지르며 같이 잔을 들어 올렸다.

락투는 잔을 비웠고, 란은 잔을 비우고 나서 숨을 삼켰다.

'목구멍이 타는 것 같아.'

순식간에 머리가 핑 돌았다. 대체 얼마나 독한 술인 것인가?

생각하기도 무서웠다.

"그대가 우리 모두의 목숨을 구했소. 게다가 나디움이라는 새로운 광물도 선물했지. 우리도 그대에게 작은 선물을 준비했소."

락투의 말에 드워프들이 줄줄이 상자를 들고 들어왔다. 그리고 란의 앞에서 제 상자를 하나씩 열어보였다.

모두가 눈이 휘둥그레질 만큼 어마어마하게 화려한 세공품이었다.

"푸른 다이아몬드로 만든 목걸이입니다."

"붉은 산호와 하얀 옥으로 만든 머리 장식입니다."

"팔목에 꼭 어울릴 금세공 장식입니다."

드워프들은 그렇게 말하며 제 물건을 내밀었고 란은 정신없이 칭찬하고 놀라기에 바빴다.

그런 장신구뿐만이 아니라, 단검이나 마법 물품도 있었다. 그렇게 상자를 스무 개 정도 받고 나니 란은 돌아갈 길이 걱정되었다.

'강도를 당하지는 않겠지.'

선물 증정이 끝나자 본격적으로 먹고 마시는 시간이 되었다. 드워프들의 춤은 어깨동무를 하고 추거나 하는 군무가 대다수여서 란은 얌전히 앉아서 락투가 잔을 채워주는 대로 술을 마시며 정신을 다잡기 위해 노력했다.

술을 거절하는 것은 드워프 예절에 매우 무례한 일이었기 때문에 란은 울며 겨자 먹기로 술을 마셨다.

어느 정도 시간이 지났을까?

유스타프가 자리에서 일어나 란에게 다가왔다.

"누님, 괜찮으십니까? 대족장님, 가주님께서 너무 취하신 것 같습니다."

"응? 몇십 잔 한 것도 아닌데?"

"인간은 이런 술은 한 잔만 마셔도 취합니다."

"그렇군. 이런. 내가 실례했네. 먼저 올라가 보아도 좋네."

"감사합니다."

유스타프가 그녀를 일으키자 란은 묘하게 흐느적거리며 일어나 말했다.

"난 아직 괜찮아."

"아뇨, 전혀 아닌데요. 똑바로 서지도 못하시면서."

"아냐. 난 똑바로 서 있어."

그러면서 몸이 좌우로 흔들린다.

"……."

락투가 "이건 취했군." 하고 확인 도장을 찍어주었다.

유스타프는 란의 허리를 단단히 안아서 흔들리지 않게 하고 반쯤 질질 끌며 걷기 시작했다. 연회장을 나와서야 그는 그녀를 번쩍 안아 들었다.

란이 "욱" 하고 제 손으로 입을 가리며 말했다.

"나 토해."

"—!"

유스타프의 걸음이 빨라졌다. 건물 밖으로 나가서 배수로에 내려놓자마자 란은 토하기 시작했다.

유스타프가 그녀의 등을 두들겨 주었다. 속을 다 게워내고 나서 란은 숨을 헉헉거렸다.

"란 님, 수건과 물을 가져왔습니다."

언제 왔는지 루미에가 다가와 물 잔과 수건을 내밀었다. 란은 비틀거리며 몸을 일으켜 물 잔을 잡았다.

물을 얼마 마시지도 못하고 그녀는 다시 토하기 시작했다.

무릎이 후들후들 떨려 란은 그 자리에 그대로 주저앉았다. 유스타프가 붙잡아 주지 않았다면 바로 쓰러졌을 거다.

"술을 잘하시지도 못하시면서."

"하, 하지만…… 거절하는 거 예의가 아니란 말이야…… 모처럼…… 대족장의 호의도 얻었는데……."

좋은 거래를 따낸 영업사원마냥 란이 중얼거렸다.

루미에가 그녀의 얼굴을 훔쳐 주었다. 그녀의 눈가에도 눈물이 글썽글썽했다.

"제가 안으로 모시겠습니다."

"내가 하지."

유스타프의 말에 루미에가 란에게 물었다.

"어떻게 할까요?"

"으응……? 루미에가 데려다 줄래? 유스는, 연회장 너무 비우면 안 되잖아……."

유스타프는 눈을 찌푸리고 잠시 서 있다가 고개를 끄덕였다.

"알겠습니다."

그가 몸을 숙여 그녀의 정수리에 키스해주고 말했다.

"푹 쉬십시오."

란은 고개를 끄덕였다. 끄덕이는 것만으로도 몸이 같이 휘청휘청했다. 유스타프가 자리를 뜨자 루미에가 그녀를 반짝 안아 들었다.

"어떠세요?"

"응, 괜찮아."

란이 고개를 끄덕였다.

란의 방으로 돌아가니, 디모디아가 어디로 갔는지 보이지 않았다. 루미에는 그녀를 침대에 앉히고, 드레스를 벗겼다.속치마만 남겨두고 루미에가 물었다.

"마저 벗겨 드릴까요?"

"응……."

란이 고개를 끄덕였다가 화들짝 고개를 저었다.

"아니, 괜찮아. 괜찮은 거지?"

사고도 제대로 돌아가지 않았다. 루미에가 피식 웃었다.

"아, 웃었다."

란이 눈을 깜박이며 말하자 루미에가 그녀의 앞에 무릎을 꿇으며 말했다.

"항상 웃고 있는데요."

란이 양손을 뻗어 그의 뺨을 감쌌다.

"하지만 진짜로 웃는 것 같지는 않은걸. 루미에는, 좀 더, 마음대로 해도 되는데에……."

"마음대로요?"

"응."

"그건 무섭습니다."

"뭐가?"

루미에가 입술을 달싹였다. 란이 고개를 기울인다는 게 상체가 확 기울어져서, 그쪽으로 쏟아지려는 걸 루미에가 붙들었다.

란이 키득키득 웃었다.

"나, 진짜, 취했나?"

"네, 완전히요."

루미에가 그렇게 말하며 그녀가 균형을 잡을 수 있게 도와주었다.

"말해 봐."

"뭘 말입니까?"

"무서운 거. 왜 무서워?"

루미에의 주홍색 눈이 란을 바라보았다. 그가 조심스럽게 말했다.

"미움받는 게 무섭습니다."

"누가?"

"제가요."

"누구에게?"

"란 님에게요."

란이 눈을 깜박이다가 웃음을 터트렸다. 그녀가 배를 붙잡고 구르다가 침대에서 굴러떨어질 뻔한 걸 루미에가 붙잡았다. 하지만 침대에서 떨어지는 걸 막을 수는 없었다.

루미에는 그녀 밑에 깔린 꼴이 되어 말했다.

"뭐가 그렇게 우스우십니까?"

"루, 루미에─"

킥킥 웃으며 란이 말했다.

"내가 루미에를 미워하는 일은 없어."

그의 얼굴에서 웃음이 지워졌다.

"어째서입니까?"

"내가 루미에를 잘 아니까."

"어떻게요?"

"내가 프? 프? 프 뭐더라? 하여간 뭐 있는데."

"그게 뭡니까?"

"읽는 자아─ 루미에."

"네."

"루미에는 강하고 멋진 사람이야. 나는 알아. 행복해질 수 있어. 나에게 미움받는다니, 그럴 리가 없잖아. 좋아해, 루미에."

활짝 웃으며 란이 말했다.

루미에의 눈이 크게 열렸다. 그의 입술이 파르르 떨렸다.

"그러니까, 본래 루미에답게 굴어도 괜찮아."

내 비위를 맞추느라 그러는 건 좀 싫잖아? 그지이?

그러며 란이 그를 꼭 끌어안았다. 루미에는 잠시 그녀의 다음 말을 기다렸다. 하지만 돌아온 건 건강한 숨소리뿐이었다.

루미에는 잠시 그녀를 내려다보았다가 한숨을 내쉬었다.

역시나 잠들었다.

그때 문이 열리고 디모디아가 들어와 그 광경을 보고 꺅 소리쳤다.

"가주님! 다, 다, 당신!"

"제가 덮친 게 아니라 주인님이 덮친 겁니다."

제가 위에 있는 게 아니라 가주님이 위에 계신 걸 봐주시죠.

그렇게 말하고 루미에가 조심스럽게 몸을 일으키며 잠든 란을 들어 올려 침대에 내려놓았다.

디모디아가 후다닥 달려와 침대 앞을 가로막았다. 루미에가 날카롭게 웃었다.

"저에게는 란 님이 소중하고, 해칠 생각은 없습니다."

디모디아의 표정이 묘해졌다.

'뭔가 분위기가 바뀌었어?'

사람의 비위를 맞추려고 눈치를 보는 듯한, 그 살살거리는 미소가 사라졌다.

"그럼."

루미에는 그대로 방을 나섰고 디모디아는 침대에 누운 란을 돌아보았다. 소동을 아는지 모르는지 이제 작게 코까지 고는 모습을 보니 한숨이 나왔다.

디모디아는 양팔을 걷어붙였다.

'일단 옷을 갈아입히자!'


란은 새벽에 눈을 떴다.

'머리 아파…… 목 말라…….'

주변을 더듬거려 그녀는 자신이 침대에 누워 있다는 걸 깨달았다. 란은 길게 하품을 하고 옆의 협탁에서 작은 물 컵을 찾아내 물을 마셨다.

'부족해.'

잠시 고민하다가 란은 우물을 떠올렸다. 조심스럽게 침대에서 일어나서 란은 잠시 머리를 붙잡고 있다가 물 컵을 들고 밖으로 향했다.

디모디아가 혹여나 깰까 봐 란은 조용히 움직였다.

밤은 밤인지, 천장을 밝히던 마법 등의 대부분이 꺼져 있었다. 진짜 환한 별처럼 몇몇 개만 남아서 반짝이는 게 보였다.

가짜 밤하늘을 올려다보고 란은 우물에 두레박을 던졌다가 당황했다.

'두레박이 물에 떠서 물이 안 퍼져.'

물 표면에 닿은 두레박은 둥둥 떠 있었다. 그때 누군가가 줄을 붙잡아 란은 기겁했다.

돌아보니 유스타프였다.

"이, 인기척을 좀 내."

란이 뭐라고 하는 걸 듣는 둥 마는 둥 하며 유스타프는 줄을 좌우로 흔들었다. 그러자 두레박이 가라앉았고, 그는 그걸 쉽게 끌어올린 후에 물었다.

"한밤에 우물가에서 뭐 하십니까?"

"물 긷지."

"디모디아는 뭐 하러 데려오신 거고요?"

"자는데 깨우는 거 미안하잖아."

"제 할 일을 안 하고 주인을 밖으로 나오게 하는 게 더 미안해할 일이지요."

유스타프의 말에 란은 입을 비죽이며 얼른 두레박의 물을 물 컵에 퍼서 연거푸 몇 잔 마셨다.

차가운 물을 마시자 좀 살 것 같았다.

"유스."

"네."

"나 기억이 안 나."

"……언제부터요?"

"연회장에서 술을 마시다가, 락투가 영원한 우정을 위해서 건배하자고 하고…… 그 뒤부터?"

"상당히 기억이 안 나시네요."

"나 이상한 짓 했어? 추태 부리거나 그런 거 아니지?"

"안 그러셨습니다."

"그래? 다행이다."

란은 가슴을 쓸어내렸다.

"머리 아파. 속 안 좋아."

그녀가 투덜거리듯 말해서 유스타프가 그녀의 머리카락을 쓸어 넘겨 주며 말했다.

"그렇게 마시셨으니 당연하죠. 적당히 마시지 그러셨습니까?"

"하지만 모처럼 좋은 분위기였잖아? 게다가 드워프 예절에서 술을 거절하는 건 무례한 일이란 말이야."

"이야기하면 그쪽도 이해해줬을 텐데요."

"그런가……."

란은 한숨을 내쉬었다. 아직도 숨에서 알코올 냄새가 나는 게 느껴졌다. 술기운이 다 빠지지 않아 약간 어지럽기도 했다.

"하지만 성과가 좋잖아? 드워프 기술자들도 몇 명 보내주기로 하고, 마법 물품도 꾸준히 만들어 주겠다고 했고. 라치아와 검은 산 일족 사이에 동맹도 맺었고."

친구라고 불리기도 했고.

그녀가 헤헤 웃었다.

"고생했지만, 그럴 만한 가치가 있었어."

"그렇군요."

유스타프는 그렇게 중얼거리고 말했다.

"며칠 더 머무르시겠습니까?"

"응?"

"여기에요."

"뭐야, 갑자기."

란이 가볍게 웃었다. 별빛처럼 그녀의 녹색 눈동자가 빛났다.

"그래도 집이 최고야. 얼른 돌아가자."

라치아로.

그러자 유스타프의 얼굴에 부드러운 미소가 서렸다. 란은 심장이 꼬옥 쥐어지는 것 같았다.

"네, 돌아가죠."

라치아로.

유스타프가 낮게 속삭여서, 그건 왜인지 낯간지럽게 들렸다.

뺨이 뜨거워지는 기분이라 란이 화급히 말했다.

"그럼 이제 들어가서 자자."

"네."

유스타프는 란을 방까지 데려다 주었다. 복도를 걷다가 란이 물었다.

"그런데 유스는 왜 나와 있었어?"

"방금 연회가 끝났습니다."

"정말?!"

란이 놀라 펄쩍 뛰었다.

"네. 그래서 취기가 도는 것 같아서, 바람을 좀 쐬고 들어가려고 했는데— 아는 사람이 비틀비틀 나오더군요."

"비틀비틀 안 나왔어. 그럼 유스, 지금까지 계속 마신 거야? 괜찮아? 취한 거 아냐?"

"그렇게 보이십니까?"

"으음—"

란이 눈을 가늘게 뜨자 유스타프가 낮게 웃었다.

"조금은 취했을지도 모르겠군요."

"그럼 유스가 취한 틈을 타서 뭔가 부탁해볼까."

"말씀해 보십시오."

"으—음."

란이 멈춰 서서 그를 힐끔 돌아보며 말했다.

"유스타프가 가주가 된 후에도 계속 라치아에 남아 있게 해달라든가……?"

유스타프가 우뚝 멈춰 섰다.

복도의 작은 등을 그가 등지고 있어서, 유스타프의 얼굴이 잘 보이지 않았다.

란은 차가운 복도 벽에 기대며 그를 바라보았다.

"안 돼?"

유스타프가 손을 뻗어 벽을 짚었다. 그와의 거리가 가까워져 란은 가볍게 숨을 삼켰다.

역광 속에서 푸른 눈만 빛나는 것처럼 보였다. 한참 침묵하다가 유스타프가 속삭였다.

"나중에요. 제 조건을 들어보시고 결정하시지요."

"뭐야, 조건도 있어?"

분위기를 가볍게 하려, 란이 투덜거리듯 말하자 그의 입가에 미소가 스쳤다.

"있습니다."

"뭔데?"

"제가 가주직을 이은 후에 말씀드리지요."

유스타프는 그렇게 말하고 한참 란을 내려다보다가 비켜섰다.

"그럼 들어가세요, 누님."

일부러 덧붙인 듯한 '누님'이라 란은 뭐라고 하려다가 그냥 방으로 들어왔다.

'무슨 조건일까?'

상속권 포기, 이런 걸까?

'그런 거라면 말하지 않아도 얼마든지 해줄 텐데.'

란은 그런 생각을 하며 다시 침대 속으로 기어들어갔다. 하지만 생각은 잠깐이었고, 그녀는 다시 깊은 잠에 빠져들었다.

＊　　＊　　＊

라치아로 돌아오니 모두가 반가운 얼굴로 란과 유스타프를 맞이했다.

그제야 몸의 긴장이 풀리는 것 같아 란은 편한 옷으로 갈아입고 소파에 몸을 던졌다.

카루소와 데릴은 죽어가는 얼굴로 보고서를 올렸고, 엘리자벳도 만족스러운 얼굴로 진행 보고서를 올렸다.

루미에가 싱긋 웃으며 서류를 바라보았다.

"바쁘시네요, 주인님."

"응, 바쁘지."

란은 씩 웃었다.

뭔지 모르겠지만, 루미에의 말투나 행동에도 변화가 있었다.

'좋은 쪽으로.'

란 님이라고 부르는 걸 그만두고 주인님으로 돌아가기는 했지만 부를 때의 억양이 좀 달랐다.

게다가 '뭐라고 하시든 주인님이라고 부를 겁니다.' 하고 단호하게 말해서 란은 "정말로 원한다면." 하고 고개를 끄덕여 줄 수밖에 없었다.

라치아는 온통 붉은색으로 물들어 있었다. 조금 더 있으면 시월에 접어든다.

'세월 빠르다.'

이제 두 달만 있으면 신년이고, 그러면 유스타프가 성년이다.

'그러면 가주직도 넘겨줄 거고.'

그리고 라치아에 남을 수 있을지도 몰라.

유스타프가 조건을 건다고 하긴 했지만,

'호적에서 파내는 걸 수도 있어.'

이건 가능성이 좀 높았다.

'하지만 별 상관 없기는 해.'

어차피 새 신분으로 시작할 거였고, 그러면 라치아와 관련된 건 다 버리는 거였으니까.

'그런데 호적에서 파내면 난 어떻게 되는 거지?'

본래 성으로 돌아가나?

본래 성이 뭐더라?

'그리고 라치아가 아니면 여기에 남을 명분이 없어지는 거 아닌가…….'

그래도 공녀로 꿀 빨기는 빨았는데, 아쉽다.

란은 그런 생각을 하며 레버리가 사람을 시켜 보내준 네모난 상자를 떠올렸다.

거기에는 새로운 신분을 증명하는 신분 패와 새로운 이름으로 만들어진 골든로즈 상단의 계좌가 함께 들어 있었다.

언제든지 그 상자만 들고 떠나면 되는 거다.

란은 그렇게 생각하며 눈을 감았다.

벌써 시간이 이렇게 흐르다니.

'고생 많았다, 란. 정말.'

핫, 하고 란은 눈을 떴다.

'잠깐. 뭐야, 이거. 주마등? 아직 엔딩 크레딧이 올라갈 때는 아니거든요.'

란은 정신을 차리고 소파에서 일어났다. 루미에가 "주무시지요?" 하고 말해서 란은 고개를 저었다.

"아니. 그래도 집에 오니까 좀 덜 피곤한 것 같아. 그런데 루미에. 너무 당연하다는 듯이 옆에 있는 거 아냐? 블레인에게 돌아왔다고 보고하지 않아도 돼?"

"로스 경에게 대신 부탁드렸습니다."

루미에가 씩 웃었다.

란은 어쩐지 로스가 불쌍하다는 생각이 들었다.

오는 길에 로스와 루미에는 대련을 했고, 로스가 져버렸다. 그 후로 로스는 시간이 될 때마다 루미에에게 대련을 신청했는데 전부 다 루미에가 이겼다.

로스는 상당히 충격을 받은 얼굴이었고, 그 뒤로는 마차 뒤에서 열심히 검술 훈련을 하고는 했다.

'정말로 하늘이 무너진 듯한 얼굴이었지.'

란은 고개를 끄덕였다.

디모디아는 그걸 보고 "권력 관계가 바뀌어 버렸네요." 하고 가볍게 평했다.

여행하는 동안, 란은 디모디아가 더 좋아졌다.

은발에 보라색 눈이 자꾸 미로 공작가를 연상시켜서 란이 한번 물어본 적도 있었다.

"혹시 황태자비 전하와 친척 관계라도 되는 거 아냐?"

그랬더니 디모디아가 고개를 갸웃하고 대답했다.

"글쎄요. 벨로인 백작가는 왕국민이지만, 어쩌면 선대에 제국과 피가 섞였을지도 모르지요."

그 태연자약하기 짝이 없는 대답이 란의 마음에 쏙 들었다. 게다가 묘하게 카라나 소다보다 거리감이 적었다.

잔소리하는 디모디아는 더더욱 란의 마음에 들었고, 란이 본인에게 직접 그렇게 이야기하자 디모디아는 입을 쩍 벌렸다가 웃었다.

"정말로 가주님은 특이하시네요."

그게 그녀의 평가였다.

'게다가 굉장한 미인이고.'

란은 가산점도 더했다.

"가주님, 벌써 일하시는 거예요?"

디모디아가 눈을 찌푸리며 말해서 란은 서류에서 눈을 뗐다.

"아니, 딴생각하고 있었어."

"딴생각을 하시면서 서류 페이지는 넘어가시나 보죠."

디모디아의 말에 란은 웃었다. 소다가 둘 사이에 끼어들었다.

"디모디아도 좀 쉬어야지요. 그건 가주님도 마찬가지고요. 가주님이

쉬시지 못하면 저희도 못 쉽니다.”

“응. 알았어.”

란은 순순히 고개를 끄덕이고 서류를 내려놓았다.

약간 불편한 얼굴로 소다가 루미에를 바라보았고 루미에가 정중하게 말했다.

“전 그냥 서 있는 나무라고 생각해 주시면 됩니다.”

“그런 잘생긴 나무는 없어요.”

소다는 입 안으로 그렇게 웅얼거리고 헛기침을 한 뒤 큰 소리로 말했다.

“그래도 남자분이 계시면 편히 쉬기가 어려우니까요.”

루미에가 양팔을 벌리며 말했다.

“저는 나무입니다.”

소다가 입을 떡 벌리는데 란이 웃음을 터트리고 말했다.

“나는 괜찮지만. 역시 직접 보고하는 게 좋지 않겠어? 블레인 경 보기에 내가 민망해.”

란의 말에 잠시 생각하다가 루미에는 고개를 끄덕였다.

“알겠습니다. 그럼.”

루미에가 거실을 나서자 소다가 눈을 굴리며 말했다.

“저분 저런 분이셨나요?”

저런 사람이 아니었던 것 같은데.

란이 진지하게 말했다.

“나도 몰랐는데, 저런 사람이었나 봐.”

그리고 내가 뭔가 했을지도 몰라.

란은 그렇게 생각했다.

왜냐면 술에 취해서 아무것도 기억나지 않는다고 하니까 루미에가 상당히 묘한 얼굴을 했기 때문이었다.

'하지만 본인이 아무 말도 하지 않는데, 뭐. 어쩔 수 없지.'

란은 그렇게 생각하다가 '참' 하고 웃으며 말했다.

"드워프들에게서 받아 온 장식품 볼래?"

소다의 눈이 마치 태양처럼 빛났다.

"볼래요."

시종의 손에 들려 나온 장신구 상자를 하나씩 열어보며 소다와 카라는 연신 비명 같은 탄성을 질렀다.

"세상에 이 보석 좀 보세요."

"어떻게 이렇게 반짝거리죠?"

"스스로 빛이 나는 것 같아요. 맙소사. 이 팔찌는 어떻구요? 진짜 나뭇잎에다가 금칠한 것 같아요. 진짜 금이죠? 다 금이죠?"

"응, 진짜 금이야."

란이 확인해주자 카라도 소다도 모두 잎맥까지 섬세한 금세공을 바라보았다.

반지도 밀그레인(millgrain) 세공이 촘촘하게 들어가 있었는데 인간의 솜씨로는 불가능한 작품들이었다.

"이건 뭐죠? 작은 램프?"

손바닥 절반만 한 크기로 만들어진 램프는 새장을 모티프로 한 아름다운 모양새였다.

"응, 그거 위에 고리를 돌려봐."

란의 말에 소다가 고리를 돌리자 팟 하고 환한 빛이 켜졌다. 소다가 경탄하며 웃었다.

"마법 도구군요."

"예쁘고 실용적이에요. 허리춤에 차고 다녀도 되겠어요."

"맞아요."

두 사람이 번갈아 고개를 끄덕였다.

"이것도 너무 예쁘지 않아요?"

이미 모든 상자를 여행 내내 열어보고 또 열어본 디모디아가 다른 상자를 열어서 몇 가지 마법 도구를 더 선보였다.

그럴 때마다 소다와 카라는 경탄했다. 작은 단도 역시 두 사람의 마음을 사로잡았다.

"이거라면 장신구로 패용하고 다니겠어요."

소다와 카라가 입을 모아 말했다.

그렇게 구경이 끝나고 나서 란은 모처럼 유스타프와 함께 식당에서 저녁을 먹었다.

"겨울 준비는 잘 되어가?"

"네. 영지민들에게 표시한 얼음수정을 배분하고, 마법 물품 역시 나눠주는 작업에 착수했습니다."

"참, 마법 세공사들이 사는 마을을 만드는 건 어때?"

"그것도 괜찮겠군요. 길드를 옮겨올 테니 그걸 중심으로 해서 말이지요."

"응."

란이 고개를 끄덕였다.

"설탕을 만드는 작업 역시 내년부터 본격적으로 시작될 겁니다."

"정말? 와아—"

란이 작게 환호성을 질러 유스타프는 픽 웃었다.

란은 기분 좋아져서 말했다.

"설백나무 설탕은 정제할 필요도 없이 흰색으로 나오니까 좋은 것 같아. 이름을 눈설탕이라고 짓자! 이것도 브랜드화 하는 거야."

"얼음설탕이 아니고요?"

"그건 뭔가 이름이 안 예쁘잖아."

란의 말에 유스타프는 '그런가?' 하고 고개를 갸웃했다.

란은 꿈에 부풀었다가 슬쩍 유스타프의 눈치를 보며 말했다.

"물론 이걸 맡을 만한 사람이 필요하겠지…… 내가 앞으로 없게 될 수도 있으니까……."

"그렇지요."

유스타프는 눈 하나 꿈쩍하지 않고 그렇게 말해서 란은 잠시 입술을 꾹 다물었다가 곧 재빠르게 미소 지었다.

"일루미니티 백작의 아들은 어때? 그쪽은 아들만 셋 아니던가? 성에서 고용한다면 좋아할 것 같은걸."

"안 그래도 후보를 추리는 중입니다. 총관이 필요할 것 같아서요."

"나에게도 보여줘."

"이미 서류는 보내놨습니다."

"응."

란은 고개를 끄덕였다.

'행정관과 회계관 둘만으로는 아무래도 힘들지. 총관이 있으면 좀 더 확실하게 일을 조율할 수도 있을 거고.'

내 일도 상당량 나눠지겠지. 떠날 걸 생각하면 그편이 좋아.

란은 고개를 끄덕였다.

카루소와 데릴은 무척이나 만족스러웠다. 회계 정리도 깔끔했고, 장부 정리도 빈틈이 없었다.

"그러고 보니, 누님."

"응?"

"카루소가 그러는데 현금이 많이 남으니까 돈을 빌려주는 게 어떠냐고 하더군요."

유스타프의 말에 란은 저도 모르게 눈을 찌푸렸다.

"고리대금업자 같은 거?"

"고리까지는 아니지만, 현금을 그대로 놔두는 것도 아쉬우니까요."

"싫어. 사채업자는."

란은 저도 모르게 말했다.

귀족들에게 사실 돈놀이나 이자 놀음은 흔한 일이었다. 하지만 란의 현대적 감각에는 그다지 좋지 않게 들렸다.

"게다가 돈 못 받으면 그건 그것대로 손해잖아."

"라치아 공작가에 돈을 안 갚는다고요?"

"으, 그러니까 그렇게 되는 게 싫어. 아, 그런데 돈을 빌릴 구석이 필요하기는 하겠고, 그러면 안전한 제1 금융권이 나은 건가…… 우리 영지민들 중에 돈 빌릴 사람이 많아?"

"제1 금융권이 뭔지는 모르겠지만, 글쎄요. 영지에 제대로 돈이 돌기 시작한 건 얼마 되지 않았으니까요. 고리대금을 진 영지민도 꽤 될 것 같습니다."

"그러면…… 그건 대신 갚아주는 게 좋겠군. 그리고 낮은 이자를 갚게 하는……."

란은 한숨을 내쉬었다.

"뭐 하나 쉬운 게 없네. 이 일을 하려고 해도 사람이 꽤 필요하겠는걸."

중얼거리고 란은 웃었다.

"그래도 라치아 공작령은 작아서 다행이야. 인구수도 다른 공작령에 비하면 절반 정도밖에 되지 않고."

"땅이 황폐하니까요."

"그렇지. 겨울도 엄청 길고. 농사짓기 좋은 곳은 얼마 있지 않아."

"하지만 눈설탕과 얼음수정이 나오지요. 설백나무를 대대적으로 심게 하는 게 좋겠습니다."

"맞아. 목재로도 가치가 있으니까. 난 좋아해, 색이 예쁜 크림색이라."

"하지만 무른 게 문제죠."

"그러네."

무른 나무는 가공하기에는 좋을지 몰라도, 아무래도 가치는 좀 떨어진다. 물론 아름다운 크림색 때문에 장식품으로 쓰이기는 하지만.

"그리고 목재보다는 설탕이 더 효율적일 겁니다."

"그것도 그렇지."

란은 고개를 끄덕였다.

'좀 더 부유한 영지가 되면…… 영지민들도 잘 먹고살게 될 테고…….'

멍하니 란은 그런 생각을 하다가 문득 떠올렸다.

"전염병."

유스타프이 눈이 꽉 찡그려졌다.

"무슨 말씀이십니까?"

"어, 아니. 아냐."

란은 화급히 고개를 저었다. 그녀의 칼질이 좀 더 빨라졌다.

'아니지, 전염병은 생각해 보면 린드버그 숙부 때문에 일어난 거잖아? 영지 상태가 안 좋아져서 피폐해져서…… 더 쉽게 번졌던 거고…….'

란은 힐끗 유스타프를 바라보았다. 그리고 보면 원작의 유스타프는 숙부의 딸과 결혼했었지.

거기에 대해서 불평을 한 적도 없다. 그 딸을 처리하려고 하지도 않다. 그냥 전염병이 돌았을 때 죽었을 뿐.

시나가 오기 전에도, 유스타프가 고민하고 있던 문제는 결혼 문제였다. 그때 라치아 공작가는 정말로 이름 말고는 아무것도 없고 빚뿐이어서, 지참금을 많이 가져올 수 있는 여자를 찾는 게 그의 의무였다.

하지만 시나가 오고, 그녀가 얼음수정을 발견하면서 거기서 벗어나게 되었지.

란은 칼질을 멈췄다.

소고기에서 흘러나온 붉은빛 육즙을 바라보며 그녀는 당혹감을 삼켰다.

유스타프가 시나를 좋아하게 된 데에는 분명히 그 이유도 있었겠지. 어려운 순간에 이 세계에서 날아와 구명줄을 내려준 은인.

'만약에 유스가 시나를 안 좋아하면 어떻게 하지?'

그건 단 한 번도 생각해 본 적 없는 가능성이었다.

'생각해 보면 내가 살아 있는 것 자체가 말이 안 되고.'

끙끙거리며 고민하는데 눈앞에서 접시가 치워졌다. 란이 놀라 고개를 드니 유스타프가 가지런히 고기를 자른 제 접시와 그녀의 접시를 바꿔 주었다.

"칼질이 힘들어 보이셔서."

"어? 아냐. 괜찮아─"

"저도 괜찮습니다. 드시죠."

"미리 썰어 두는 건 안 좋은 거래."

란의 중얼거림에 유스타프가 픽 웃더니 가져간 란의 스테이크를 자르며 말했다.

"안 먹는 것보다는 미리 썰어 두는 게 낫겠지요."

"안 먹는 거 아닌데……."

그러면서도 란은 스테이크를 얼른 입 안에 넣었다. 확실히 썰려져 있으니 먹기 편하기는 했다. 칼질이 은근히 귀찮으니까.

먹으며 란은 가볍게 생각했다.

'미래가 바뀌는 건 당연한 거야. 생각해 보면 바꾸려고 내가 고생을 한 거잖아. 나름 나도 예언자인 거니까.'

만약에 시나와 유스타프가 사랑에 빠지지 않는다고 해도.

그게 둘 사이의 결정이라면 어쩔 수 없는 게 아닐까.

란은 그렇게 생각하며 유스타프의 단정한 얼굴을 힐끔 바라보았다. 그가 물었다.

"아까부터 무슨 생각을 그렇게 하십니까?"

"연애……?"

휙 그의 푸른 눈이 빠르게 란의 얼굴에 고정되었다.

"절 바라보시면서요?"

그의 물음에 란은 약간 당황해 고개를 끄덕였다가 저었다가 하고 말했다.

"아니, 그냥, 유스타프의 미래 연인에 대해서……?"

"대체 왜 누님이 그런 걸 생각하십니까."

란은 눈을 깜박였다.

"진짜 그러네."

내가 왜 그런 걸 고민할까.

"그냥 걱정이 돼서? 그랬나 봐."

란은 그렇게 중얼거리고 남은 고기들을 입 안에 쏙쏙 집어넣었다. 적당히 익힌 소고기는 부드러웠고 독특한 허브와 소금 간만으로도 충분히 맛있었다.

"그 돈 빌려주는 문제는 카루소와 데릴과 한 번 더 이야기해보자. 생각해 보면 둘 다 평민 출신이니까, 영지민에게 나쁘게 하지 않겠지."

"그건 편견입니다."

"그런가?"

"네, 오히려 그랬기에 더 혹독하게 착취할 수도 있는 거지요. 귀족이라 몰라서 더 관대해질 수도 있는 거고요."

"그렇군…… 그럼 편견 없이, 이야기해 보도록 하자."

"그러지요."

유스타프는 고개를 끄덕였고 란은 식사를 마저 끝냈다.


라치아의 겨울은 빠르게 오고, 길게 간다.

란이 가주로 머무를 시간도 얼마 남지 않았지만, 그렇다고 그녀를 무시하는 사람은 아무도 없었다.

골든로즈 상회를 통해서 밀을 잔뜩 들여와서 영지민에게 저렴한 가격에 파는 일이나, 마법 도구를 나눠주는 일은 착실하게 진행되었다.

땔감을 들여놓을 필요가 없다는 것만으로도 겨울 준비에 큰 도움이 되었다.

하늘 저택 곳곳에도 마법 물품이 가득 채워졌다. 프란체는 재미있는 물건들도 많이 만들었고, 그의 요청에 따라 란은 마법 관련 서적도 잔뜩 구매했다.

작년 겨울이 빚을 갚기 위해 졸라맨 겨울이었다면, 올해 겨울은 여유가 넘치는 겨울이었다.

첫눈이 내리기 시작하고 모든 게 빠르게 흰 눈에 파묻혔다.

더 이상은 행정적인 사항을 전달할 수도 없다.

겨울은 쉬는 때다.

신년회 준비로 은가시나무를 몇 그루나 베어오고, 사방에 반짝이는 장식을 달았다.

청염 기사단원들은 드워프제 갑옷을 애지중지하며 날마다 반들반들하게 관리했고, 란은 블레인에게 마구도 엘프제로 바꿀 예정이라고 이야기했다.

아침마다 란은 토스트처럼 따끈한 침대 안에서 나오기 싫어서 웅얼거리다가 침대 밖으로 나오곤 했다.

온풍기를 펑펑 돌려서 방 안은 전체적으로 따뜻했지만, 그래도 이불 속만큼은 아니었다.

아침 식사를 하던 란은 유스타프의 말에 놀라 물었다.

"겨울 사냥?"

"네."

"이 겨울에? 무슨 사냥감이 있어서?"

"빙벽에서 마수들이 내려오니까요."

"그런 거…… 안 했잖아?"

"예전에는 했습니다."

"그래?"

란은 고개를 갸웃하며 생각을 더듬어 보았지만 아무래도 기억이 나지 않았다.

"누님이 오시기 전에는요."

유스타프의 말에 란은 "아." 하고 짧게 말하고 입을 다물었다.

"겨울 사냥은 라치아의 전통입니다. 하지만 아버님께서 멈춰 버리셨지요. 그 뒤로 종종 겨울에는 산 아래에 마수 피해가 생깁니다."

"아아, 맞아. 작년 겨울에 그런 일이 있었지."

"네."

"그랬군."

란이 고민하다가 물었다.

"하지만 위험하지 않아? 게다가 신년회 전이잖아? 그런데―"

"겨울 사냥을 끝내고 돌아와서 신년회를 크게 열 겁니다. 작년에는 공작가 식솔들만 불렀지만, 올해는 가신들도 전부 다 부를까 하는데요."

그 말에 란은 눈을 크게 떴다. 그녀는 곰곰이 생각하다가 말했다.

"그래, 네가 가주가 된 것도 발표하는 자리를 같이 가져도 되겠다. 모처럼이니까 화려하게 할까."

우리 돈도 많이 벌었고.

란이 빙긋 웃자 유스타프는 말없이 그녀를 바라보다가 말했다.

"그러면 허락하신 걸로 알겠습니다."

"너무 무리는 하지 말고."

겨울에 사냥이라니, 잘못하면 동사 아닌가. 이럴 줄 알았으면, 캠핑용 마법 도구도 만들어 달라고 할걸.

그런 말을 늘어놓으며 란은 뜨거운 옥수수 빵과 나무딸기 잼, 부드러운 홍차를 마셨다.

식사를 끝내고 란과 유스타프는 블레인을 불러서 겨울 사냥에 대해 이야기했다.

블레인은 준비도 해야 하니 사흘 후에 출발할 수 있게 하겠다고 이야기했고 유스타프는 고개를 끄덕였다.

란은 유스타프에게 언제쯤 사냥이 끝날지 물었다.

"글쎄요. 신년회 전에는 끝낼 생각입니다."

"그러니까, 그게 언제인데? 그래도 미리 들어와야 할 거 아니야. 사흘 후 출발해서 한 달씩이나 밖에 있지는 않을 거잖아?"

란의 물음에 유스타프는 대답 없이 고개를 기울였고 그게 대답이라 란은 펄쩍 뛰었다.

"미쳤어? 이 겨울에? 한 달씩이나? 마수를 잡기 전에 얼어 죽겠다."

"하지만 마법 물품도 있고…… 침낭 안이 따끈따끈하니 괜찮지 않을까 합니다."

"그래도."

란이 눈을 찌푸렸다.

유스타프는 고민하다가 말했다.

"알겠습니다. 그럼 짧게 2주 정도로 하지요."

"제발 그렇게 해줘."

란의 말에 유스타프가 싱긋 웃고 그녀의 뺨을 살며시 쓸어주고 말했다.

"누님은 너무 걱정이 많지요."

"네가 너무 태연한 거거든."

란이 입을 비죽였다. 문득, 그녀는 자신이 정말로 걱정이 많은 축일지도 모른다고 생각했다.

루미에가 사람을 죽인 걸 봤을 때 충격을 받았다. 하지만 눈앞의 유스타프도 사람을 죽인 건 마찬가지다.

이게 당연한 세상에서 혼자만 이런 생각을 하고 있으면, 정말로 걱정이 많은 사람이라고 생각될지도 모르지.

"너무 걱정하는 건 그런가?"

란이 중얼거려서 유스타프가 푸른 눈을 깜박였다.

"전 좋습니다."

"정말? 걱정할 때마다 타박했으면서?"

"타박하지 않았는데요."

유스타프는 그렇게 말하고 창문 밖을 내다보았다.

눈이 어찌나 쌓였는지 오늘 1층 현관문을 사용하는 건 포기해야 할 것 같았다.

"그럼 전 준비하러 가보겠습니다."

"응."

란은 고개를 끄덕였다. 유스타프가 방을 떠나자 란은 제 방으로 돌아와서 책을 열심히 읽고 있는 루미에를 발견했다.

얼마 전에 글을 배우기 시작한 그는 이제 어린아이 수준의 책을 읽을 만큼 글을 읽게 되었다.

"루미에는 안 가?"

"제 주인님을 두고 어딜 갑니까?"

루미에가 책을 덮으며 웃었다.

"유스타프가 그러는데, 기사들 데리고 겨울 사냥 갈 거라고 하더라."

"겨울 사냥이요."

어감이 좋지 않아 루미에는 눈을 찌푸렸고 란이 가볍게 설명했다.

"겨울이 돼서 배고픈 마수가 내려오지 않게 미리미리 처치해 두는 거라는데."

"그런 거군요."

그의 굳은 얼굴이 살짝 풀렸다. 그리고 이어 말했다.

"제가 가면 주인님을 누가 지킵니까? 안 갑니다."

"아니, 그건 안 되지. 일단 루미에 너도 청염 기사단 단원이고, 단원은 단장의 말을 들어야 하는 법이야."

"저는 주인님 건데요?"

애교스러운 미소를 지으며 그가 말해서 란은 저도 모르게 마주 웃었다가 단호하게 말했다.

"안 돼."

그리고 덧붙였다.

"내가 없어도, 루미에는 여기에 남아 있어야 하니까."

"왜 그래야 합니까?"

"응?"

그의 얼굴에 묘한 미소가 서렸다.

"이곳에 와서 저도 이야기를 들었습니다. 다 망해가는 라치아 공작가를 일으키신 게 주인님이시라고요. 라치아의 피가 섞이지 않았지만, 호적상으로는 확실히 라치아 아닙니까. 그런데 왜 이걸 다 유스타프 도련님에게 주고 주인님이 물러나셔야 하는 거지요?"

란은 저도 모르게 입을 벌렸다가 주변을 휘휙 돌아보았다.

다행히도 다른 시녀들은 보이지 않았다. 아니, 없으니까 저런 말을 한 건가.

"루미에."

이름을 부르고 란은 뭐라고 설명해야 하나, 하며 다가가 그의 옆에 털썩 앉았다.

그녀가 속닥였다.

"괜찮아. 나 다른 주머니도 착실하게 챙겼거든."

예상외의 말이라 루미에가 주황빛 눈을 크게 뜨자 란이 작게 웃었다.

"그리고 일단 처음부터 그렇게 하기로 하고 시작한 거니까. 라치아 공작이라는 자리에 크게 미련도 없고. 이런 건 하고 싶은 사람이 하는 게 제일이지."

"하지만 계속 일하시잖습니까. 저와 놀아줄 시간도 없으실 정도로요."

투덜투덜 하는 말에 란은 다시 당황해서 말했다.

"나랑 놀고 싶어?"

"제가 매일 그렇게 말씀드리지 않았나요? 주인님?"

"아니, 농담인 줄."

중얼거리고 란이 말했다.

"그럼 나가서 썰매라도 탈까……?"

"주인님의 일을 방해할 생각은 없습니다."

루미에가 등을 슥 돌리며 하는 말에 란은 어쩐지 웃음이 터지려는 걸 꾹 눌러 참았다.

왜 이렇게 귀엽지?

덩치는 란보다 한참 더 큰데, 어쩐지 귀여웠다.

커다란 개가 슥 뒤돌아선 다음에 어떻게 나오나 슬쩍 한 번 돌아보는—

눈이 마주치자 루미에는 얼른 다시 시선을 내렸고 란은 큰 소리로 웃었다.

"괜찮아, 괜찮아. 오늘은 그럼 루미에랑 놀지, 뭐. 낮에 놀고 밤에 일하면 돼. 어차피 밤이 긴걸."

란은 그렇게 말하며 자리에서 일어났다.

란과 루미에는 몇 겹이나 옷을 꽁꽁 싸매어 입었다. 그리고 썰매 대용으로 쓸 만한 널빤지를 하나씩 가지고 눈밭을 올라가기 시작했다.

모두가 눈을 크게 뜨고 입을 모아 "썰매요? 두 분이서?" 하고 말했지만, 란은 "응." 하고 당당히 대답했을 뿐이었다.

눈은 어디에나 쌓여 있었기 때문에 란은 인적이 드물고 경사가 완만한 곳을 골랐다.

루미에가 길게 숨을 내뱉으며 말했다.

"정말로 춥군요."

"오늘은 그래도 날씨 좋은 거야."

"그렇습니까?"

"응, 진짜로 추워지면 숨이 바로 서리가 되어버리거든."

머플러에 내뱉은 숨이 그대로 얼어붙어서 얼굴에 달라붙으면 기분 나빴다.

"루미에는 어디 출신이야?"

"여기보다 더 서쪽 출신입니다."

"그런가. 그럼 춥겠네."

"주인님도 여기 출신이 아니시면서."

그 말에 란은 웃었다. 숨이 흰 구름처럼 뭉게뭉게 피어올랐다.

"그건 그러네. 그러면 타 볼까."

란은 그렇게 말하고 널빤지를 펴서 앉았다. 그리고 발을 당겨서 앞으로 널빤지를 밀자 순식간에, 날아가듯이 썰매가 달리기 시작했다.

10초간의, 길다면 길고 짧다면 짧은 시간이었다. 란은 멈춘 썰매에서 벌떡 일어났다.

그녀의 에메랄드색 눈이 반짝반짝 빛나는 게 보였다. 이어 내려온 루미에가 웃음을 터트렸다.

"이거 보기보다 재미있는데요."

"그지?"

"주인님과 함께 타니 더 재미있는 것 같네요."

생글생글 웃으며 루미에가 말하고 그녀의 손에서 널빤지를 빼앗아 들며 말했다.

"그럼 더 타죠."

란은 웃으며 그의 뒤를 따라 걷기 시작했다. 그렇게 몇 번 썰매를 타자 이제 온몸이 후끈해졌다. 중간에 넘어져서 눈밭에 구르자 완전히 눈사람이 되어버리기도 했다.

"잠깐만요."

루미에가 어린아이를 다루는 것처럼 조심스럽게 그녀의 눈가에서 눈을 닦아 주었다.

그러는 사이에도 란은 웃음을 멈출 수가 없었다. 둘은 더, 더 높은 곳을 찾아서 올라갔다.

그렇게 질릴 정도로 썰매를 타고 란은 비틀거릴 정도로 마구 웃으며 성 안으로 돌아왔다.

"완전히 눈투성이가 되셨네요."

묘하게 공손한 어조로, 유스타프가 현관에 서 있다가 란을 맞이했다. 그 말에 란이 다시 웃었다.

"나 나무에 부딪쳤어."

유스타프의 얼굴이 굳었다.

"괜찮으십니까?"

"응, 그런데, 나무에서 눈이 떨어져서ー"

그녀가 마구 웃었다. 가지에 쌓인 눈에 푹 묻혀버렸다. 그 상황에는 당황했는데, 자신보다 더 당황해서 "주인님!" 하고 부르며 눈에서 자신을 꺼낸 루미에를 생각하자 또 웃음이 흘러나왔다.

유스타프가 손을 뻗어 그녀의 양 뺨을 감쌌다.

"차갑네요."

"응, 뺨이 얼었나 봐. 감각이 없네."

유스타프의 손이 따뜻한지 아닌지도 느껴지지 않았다. 그가 혀를 찼다.

"웃음이 나오십니까?"

"아니, 동상은 아니야. 괜찮아. 이제 좀 간질간질한걸."

유스타프는 란의 눈이 불꽃 튀듯 빛나는 걸 보고 낮게 신음했다.

"뜨거운 물을 준비했으니 가서 푹 쉬십시오."

"응! 그리고 다음에는 본격적으로 썰매를 만들어야겠어."

그리고 방울을 잔뜩 달아야지.

란은 그렇게 말하며 뒤뚱뒤뚱 제 방으로 올라갔고 루미에가 그 뒤를 따르려는 걸 유스타프가 붙잡았다.

"잠깐 기다려."

루미에는 충실하게 멈춰 서서 물었다.

"옷은 벗어도 될까요?"

눈투성이 옷이 따뜻한 실내에 들어오면서 녹아, 그의 발아래에 웅덩이를 만들고 있었다.

"들어가서 벗지."

유스타프는 그렇게 말하고 앞장섰고, 루미에는 올라가는 란의 뒷모습을 보았다가 그의 뒤를 따랐다.

근처의 작은 응접실로 들어가 루미에는 머플러와 외투를 벗어서 탁탁 털었다.

그 안에 입은 외투를 또 벗고서 루미에는 똑바로 섰다.

"말씀하십시오."

"사흘 후부터 겨울 사냥이고, 블레인이 명단을 짰어. 블레인은 네가 네 위치를 자각하고 있지 못하는 걸 걱정하던데."

그 말에 루미에는 가지런한 속눈썹을 내리깔며 물었다.

"도련님은 어떻게 생각하십니까?"

"처음에는 살의도 제어 못 하는 미친개를 주워 왔다고 생각했는데."

유스타프가 느리게 흑단목으로 만들어진 벽장에 기대며 말했다.

"제법 목줄에 익숙해진 모양이지."

"애정보다 강한 목줄은 없지요. 주인님이 저에게 좋아한다고 말씀해 주셨거든요."

루미에가 달콤하게 웃으며 수줍게 말하자, 응접실의 온도가 단박에 떨어졌다.

아니, 그렇게 느껴졌다.

유스타프는 한참 아무 말도 하지 않고 침묵하다가 피식 웃었다.

"그래?"

"네."

"란은—"

뭔가 이야기하려다가 유스타프는 입을 다물었다. 그리고 그는 잠시 생각하다가 말했다.

"충실한 개는 싫어하지 않아. 개라는 본분만 잊지 않으면."

"도련님도 아시잖습니까. 주인님이 어떻게 사람을 보는지."

유스타프의 새파란 눈이 가늘어졌다.

루미에 역시 더는 눈을 내리깔지 않았다. 그의 불꽃같은 눈동자가 똑바로 그를 마주 보았다.

유스타프가 느리게 입을 열었다.

"내가 충고 하나 할까."

루미에는 대답하지 않았고, 유스타프도 대답을 바란 게 아니어서 말을 이었다.

"란이 어떻게 사람을 보는지, 대하는지 알아. 그러니까 착각하지 말라고 충고해 두는 거야."

말하고 나자 유스타프는 약간의 피로감을 느꼈다.

그녀가 어떤 방식으로 사람을 대하는지 자신이 가장 잘 알았다.

사심 없는 녹색 눈동자.

대가를 바라지 않는 애정과 다정함.

대가를 바라지 않기에 잔인한 애정과 다정함이지.

유스타프는 그렇게 고쳐서 생각하고 말했다.

"겨울 사냥에는 빠져도 상관없어. 마음내로 해."

그리고 가보라는 듯 돌아섰고 루미에는 인사를 하고 방을 나섰다.

　　　　　*　　　*　　　*

　겨울 사냥으로 기사단원들이 빠져나가자 란은 기합을 넣어 신년회 준비를 시작했다.

　가기 싫어하는 루미에를 일부러 사냥에 밀어 넣은 것은 란 자신이었다. 그래도 합숙은 빠지면 안 되는 거 아닌가?

　단체 생활을 하면 자연스럽게 친목이 생기기 마련이다.

　란은 거기서 루미에가 제외되기를 원하지 않아서 굳이굳이, 일부러 그를 가라고 부추겼다.

　유스타프에게는 드워프에게 선물받은 등불을 빌려주었다.

　"비싼 거니까 돌아와서 돌려줘야 해?"

　출발하는 그의 앞에 서서 말하자, 그는 웃고 말 위에서 허리를 숙여 그녀의 뺨에 키스해주었다.

　"다녀오지요."

　란은 얼굴이 붉어져 펄쩍 뛰었고 유스타프는 픽 웃고는 말을 출발시켰다.

　줄줄이 말을 탄 기사단이 출발하는 걸 배웅하고서, 저택에는 묘하게 활기가 없어졌다.

　그걸 내버려 두지 않고, 란은 기합을 넣어서 시녀장을 불러 신년회 무도회에 대해서 이야기했다.

　얼마나 크게 열지에 대해서도.

　신년회 겸 무도회 소식은 순식간에 저택에 퍼져서 모두가 들뜬 얼굴이 되었다.

　란은 일루미티니 백작, 와일드 남작, 란스 남작에게도 각각 초대장을 보냈다.

저택에는 장식으로 황금빛과 진홍색의 커다란 리본들이 매달리고, 커튼도 녹색에 금빛 자수가 놓인 것으로 바뀌었다.

벽에는 평소의 태피스트리 대신에, 라치아 공작가의 문장이 새겨진 깃발이 빽빽하게 걸렸다.

신년회 만찬 메뉴와 자리를 정리하고, 란은 느긋하게 뜨개질을 하고는 했다.

수를 놓거나 뜨개질을 하는 일은 그녀에게 잘 맞았다.

그리고 한밤중이 되면 시녀들 몰래 레버리가 준비해 준 상자를 열어 보고는 했다.

한참 그 상자를 들여다보며 이런저런 생각을 하다가 다시 그 상자를 깊숙한 곳에 넣고 란은 잠들었다.

## Chapter 2.

——

두 갈래의 길

바람 불지 않는, 라치아의 겨울치고는 좋은 날씨였다.

정원에는 눈 조각상과 눈 등불이 여기저기 서 있었다. 깨끗하게 다져진 눈길 위로 썰매들이 속속히 도착했다. 모두가 마법 장판인 '다사'로 몸을 칭칭 두르고 와서 그렇게 춥지 않다고 이야기했다.

'이동형 전기장판이라니.'

마법이 가능한 세계라 멋지다.

'사실 현대 사회에서도 배터리의 소형화는 큰 문제이기도 하니까.'

그런데 얼음수정은 어마어마한 에너지를 축적하고 있고, 그걸 마법이라는 다양한 형태로 뽑아낼 수 있다.

'앞으로 진짜 많은 게 바뀌겠지.'

란은 그런 생각을 하며 가신들을 맞이했다.

일루미니티 백작은 장남만 성에 남겨 두고 두 아들과 딸을 데리고 왔다. 루루는 눈을 반짝이며 란에게 숙녀처럼 깊게 인사했고, 란 역시 미소를 지으며 그녀에게 레이디를 대하듯 마주 인사했다.

시녀들은 백작의 두 아들을 보며 킥킥거리고 눈웃음을 보내고는 했다.

란스 남작 부부 역시 딸과 아들을 데리고 왔고, 와일드 남작 부부는 이미 아들들이 성에 있었기에 편하게 성으로 왔다.

모두가 입을 모아 성 안 장식의 아름다움을 칭찬했다. 손님방을 배정하고 손님들을 접대하는 동안 금방 시간이 흘러갔다.

얼마 지나지 않아 청염 기사단 역시 겨울 사냥을 끝내고 돌아왔다.

부상자도 몇 있었지만, 심하지 않다고 유스타프가 말했다.

12월 31일에서 1월 1일로 넘어가는 연회는 밤새도록 열렸다. 웃고 있지만, 란은 긴장으로 뒷덜미가 빳빳해지는 것 같았다.

만이 아니라 한국처럼 연으로 나이를 세는 이곳은 신년이 되자마자 유스타프가 성인이 되며, 그러면 가주직 역시 그의 것이다.

모두를 초대한 자리이니 란은 그걸 확실하게 해 두고 싶었다.

12시, 신년을 알리는 시계 소리가 무도회장에 크게 울려 퍼지자 란은 모두를 조용히 시키고서 단 위에서 유스타프에게 깊게 허리를 숙이며 말했다.

"청염을 떨치시길."

모두가 고요한 가운데에 그걸 바라보았다. 공식적으로 란이 유스타프에게 가주직을 넘기는 모습을 모두가 보고 있었다.

유스타프는 잠시 란을 바라보다가 대답했다.

"불꽃의 가호가 그대에게."

란이 싱긋 웃으며 허리를 펴고 돌아서서 말했다.

"즐거운 신년 보내시길."

그러자 모여 있던 사람들이 입을 모아 외쳤다.

"유스타프 가주님 만세!"

유스타프가 란의 손을 잡아끌며 말했다.

"새해 첫 춤은 저에게 맡겨 주시겠습니까?"

"기꺼이요."

란은 웃으며 플로어로 나왔다. 오케스트라가 연주를 시작하자 둘은 플로어 위를 미끄러지듯 춤췄다.

에메랄드 홀의 대리석은 거울처럼 반짝였고, 금색 빛무리들이 회장을 가득 채우고 있었다.

황금빛 거품이 보글보글 올라오는 샴페인과 달콤한 꿀 술, 도수가 있는 과일주.

생기 있게 장식된 생화와 길게 늘어진 매끄러운 비단 리본과 반짝거리는 장식들.

완벽한 신년회다.

란은 그렇게 생각했다.

"유스타프."

"네."

"이제 유스타프에게 존댓말을 듣는 것도 마지막일까."

그녀의 말에 그의 푸른 눈이 그녀를 내려다보았다. 란이 빙긋 웃었다.

은회색 드레스를 입고, 드워프에게 선물받은 푸른색 다이아몬드 목걸이를 차고, 밀빛 머리카락을 보석 알처럼 땋아 올린 후 차가운 별빛처럼 반짝이는 다이아몬드 장식을 달고 있는 란은 어디에 내놓아도 빠지지 않을 정도로 아름다웠다.

술과 더위 때문에 양 뺨은 장밋빛으로 물들어 있었고, 입술은 촉촉한 분홍빛이었다.

무도회장은 온풍기를 펑펑 틀어 대서 춤을 추면 약간 더울 정도였다.

"이제 유스타프가 가주니까."

"그렇지요."

"공식으로 허가를 받으려면 물론 황궁에 연락해야 하지만, 가신들 앞에서 이야기한 거니까—"

"오늘 이야기하실 줄은 몰랐습니다."

"신년회 때 이야기하겠다고 했잖아?"

"그게 지금일 줄은."

따로 모일 자리를 가진 다음에 이야기할 줄 알았다, 하는 유스타프의 말에 란이 입을 비죽였다.

"이런 건 공개적으로 모두가 보는 앞에서 땅땅 선언하는 게 좋아."

"그건 그렇지만."

유스타프가 그녀의 허리를 붙잡은 손에 힘을 주었다.

"유스?"

"불안합니다."

"뭐가?"

란이 눈을 크게 떴다가 찡그리며 물었다.

"누가 인정하지 않을까 봐? 인정하고 말고 할 게 뭐 있어? 게다가 란스 남작이나 와일드 남작이나 네 편이잖아. 일루미니티 백작도 라치아를 거스른 적은 없었어. 게다가 너만큼 훌륭한 후계자가 어디 있다고 그래?"

딴소리하는 사람이 있으면 말해. 내가 혼내 줄게.

란이 씩씩거리는데 유스타프가 전혀 다른 이야기를 했다.

"누님이 가 버리실까 봐요."

"어?"

"제게 가주직을 넘겼고, 더는 라치아에 아무런 미련도 없으니 그냥 떠나실까 봐 불안합니다.”

　“그런…….”

　란은 당황해 눈을 이리저리 굴렸다. 그런 생각을 해보지 않은 것은 아니다. 하지만―

　“조건이 있다고 했었잖아.”

　란이 작게 말했다.

　“그랬지요.”

　“들어 보기 전까지는 떠나지 않아.”

　그가 희미하게 웃었다. 어쩐지 쓴웃음 같은 미소라 란은 불안해졌다.

　“왜? 더는 아니야?”

　“아뇨, 그게 아니라…….”

　유스타프는 눈을 깜박이다가 말했다.

　“나중에 이야기하지요.”

　“응.”

　란은 고개를 끄덕였다. 음악이 끝나고 둘은 맞절을 한 후에 플로어에서 물러났다.

　이어 두 사람 모두에게 춤 신청이 쏟아져서 란은 정신없이 연달아 네다섯 곡을 췄다.

　그러고서 란은 슬쩍 잔을 들고 기둥 사이로 빠져나와서 섰다.

　“발은 괜찮으십니까?”

　돌아보니 루미에라 란은 웃었다. 청염 기사단 제복을 입은 그는 제법 멋있어서, 몇몇 시녀들이 한숨을 흘리게 만들었다.

　“춤 안 춰?”

　질문에 루미에가 웃으며 고개를 기울였고 란은 “아.” 하고 작게 속삭였다.

"춤 못 추는구나."

"배운 적이 없어서."

"나도 사실 배운 지 얼마 되지 않아서. 계속 발만 밟고 있고…… 루미에를 가르칠 정도가 되면 좋을 텐데."

중얼거리다가 란이 웃으며 잔을 홀짝이곤 말했다.

"서툴러도 괜찮으면 출까?"

루미에의 주홍색 눈이 반짝했다.

"정말이십니까?"

"응. 하지만 여기서 춤을 추면 사람들이 우리를 비웃을 테니까―"

너무 못 추는 두 사람을 보면서 슬퍼하겠지, 하고 란이 빠르게 마저 잔을 비운 후에 말했다.

"나가자."

둘은 발코니로 나왔다. 반원형으로 생긴 발코니는 제법 넓이가 있어서, 그럭저럭 대여섯 명이 서 있을 수 있는 정도의 크기였다.

"추워~"

란이 비명처럼 몸을 움츠리며 말하자 루미에가 얼른 망토를 벗어서 둘러 주었다. 그녀가 얼른 그의 손을 잡아당겨 하나는 제 허리에, 하나는 맞잡고 말했다.

"얼른 추자. 봐 봐, 이렇게 손을 얹었으면 스텝은―"

란은 제 발을 내려다보며 설명하려다가 웃음을 터트렸다. 진지하게 들을 자세를 하고 있던 루미에가 의아해져서 제 발을 내려다보았다.

부츠에 구멍이라도 난 걸까?

하지만 부츠는 깨끗했고, 오늘을 위해 열심히 닦아서 반짝거렸다.

"주인님?"

"아니, 진짜 미안해, 루미에. 나 남자 스텝은 모르겠어."

와, 나 취했나 봐.

그렇게 말하고 란이 그를 당겨 빙글 돌기 시작했다. 그녀가 상기된 얼굴로 그를 올려다보며 말했다.

"그냥 우리 마음대로 추자. 춤은 다음에 선생님을 붙여 줄게."

루미에는 곤란한 얼굴을 했다가 웃었다. 그가 빙글빙글 돌며 말했다.

"잘은 모르지만, 확실히 이건 아닌 것 같습니다."

"그렇지?"

돌다가 그녀는 결국 비틀거리며 물러났다. 루미에가 그녀를 단단히 붙잡았다.

"그렇게 도시니 어지러우시죠."

"루미에는 괜찮아?"

"이 정도는 괜찮습니다."

란이 '후우―' 하고 길게 숨을 내쉬며 비틀비틀하다가 그에게 안기듯 기댔다.

루미에는 그녀의 등에 손을 가져갔지만 대지 못하고 내려놓으며 물었다.

"언제 출발하실 겁니까?"

"응?"

"이제 유스타프 도련님이 가주가 되었으니까요."

"아―"

루미에가 살짝 눈을 찌푸리며 말했다.

"설마 절 두고 가시거나 하는 거 아니시겠죠."

"그거 말인데. 어쩌면 머무르게 될지도 몰라."

란의 말에 루미에의 턱이 살짝 굳었다. 그는 한참 아무 말 없이 란을 바라보다가 말했다.

"뭐든 주인님께서 바라시는 대로 될 겁니다."

란이 후후 웃었다. 그리고 몸을 부르르 떨었다.

"더는 밖에 못 있겠다. 추워—"

"들어가죠."

실내로 들어오자 후끈한 열기가 느껴졌다. 역시 온풍기 열기에 익숙해진 얇은 옷차림으로 이 겨울에 밖을 나가는 건 무리지.

란은 그렇게 생각하며 목을 감싼 초커를 어루만졌다.

그사이에 차가워진 금속의 감촉이 느껴졌다. 추운 배 속을 달래려 란은 시종에게 손짓해서 술을 한 잔 더 가져오게 했다.

루미에가 말했다.

"계속 술만 드시면 속이 상하십니다. 먹을 거라도 가져오지요."

"어? 응, 고마워."

싱긋 웃으며 말하자 루미에는 음식들이 늘어선 코너를 향해 갔다. 그러자 거짓말처럼 그 자리를 유스타프가 채웠다.

"추운데 왜 나갔다가 오십니까?"

란은 그 말에 히죽 웃었다.

"루미에에게 춤 가르쳐 주려고 했는데, 남자 스텝은 하나도 모르겠더라."

"아."

유스타프는 그렇게 짤막하게만 말했다. 란이 그를 올려다보며 말했다.

"유스는? 춤 많이 췄어?"

"충분히 췄습니다."

"아직 추고 싶어 하는 사람이 많은 것 같은데—"

란이 놀리듯이 말해서 유스타프는 그녀를 힐끗 바라보고 말했다.

“제가 춤을 추고 싶은 사람은 따로 있으니까요.”

“오? 누구야?”

유스타프가 손을 내밀어 란은 눈을 크게 떴다가 웃었다.

“또?”

“싫으십니까?”

“싫지는 않지만. 아직 잔을 덜 비웠는걸.”

란이 제 손에 들린 꿀 술을 들며 말하자 유스타프가 그 잔을 당겨서 제가 다 마셔 버렸다. 빈 잔을 옆의 시종에게 건네고 유스타프가 다시 손을 내밀어 란은 그 손을 잡았다.

킥킥 웃으며 플로어에 올라서서 란이 속삭였다.

“유스타프랑 출 때가 제일 편하더라. 나도 더블릿을 잘 추는 것 같고. 음음.”

“취하셨군요.”

“응, 취했어.”

방긋 웃으며 란이 말해서 유스타프는 곤란한 얼굴을 했다.

“이야기할 게 있었는데요.”

“무슨 이야기인데?”

“취한 상태로 할 이야기는 아닌 것 같습니다.”

“취해도 멀쩡해요.”

“취했는데 어떻게 멀쩡합니까?”

“멀쩡하니까.”

란이 진지한 얼굴로 말해서 유스타프는 한숨을 내쉬었다.

춤을 끝내고 란은 유스타프를 복도로 잡아끌었다. 자신을 잡아끄는 그녀의 손을 유스타프는 물끄러미 바라보았다. 얼마든지 뿌리칠 수 있었지만, 그는 그 대신에 순순히 그녀의 손을 따랐다.

연회장은 시끄러웠지만, 정문이 아니라 밖의 정원으로 나 있는 회랑에 이어지는 뒤편의 복도는 조용했다. 여기로 오가는 사람은 없었다.

어둡고 조용한 복도 너머에서 연회장의 소리가 작게 들려왔다.

"말해 봐."

란이 팔짱을 끼며 말했다. 유스타프가 "나중에요." 하고 돌아서는 걸 그녀가 붙잡았다.

"아니, 지금. 그 조건 말하는 거지? 이야기해 줘."

정말로 난 멀쩡하다고.

"게다가 그 이야기를 듣지 않으면 어째 잠도 안 올 것 같단 말이야."

유스타프는 그 말에 그녀에게 돌아서서 말했다.

"누님께서 듣겠다고 우기신 겁니다."

"응, 응."

란이 제 가슴을 두들겼다.

유스타프가 깊게 숨을 들이마시고 말했다.

"누님을 라치아 호적에서 제할 겁니다."

충격이 란을 휩쓸고 지나갔다. 살짝 벌어진 입술이 파르르 떨렸다. 말이 아니라 가쁜 숨이 잇새로 흘러나왔다.

란은 바닥을 내려다보고 숨을 내쉬었다.

'술 다 깼어.'

지금 한 방으로 확실하게 술이 깼다.

그녀는 깊게 숨을 들이마셨다가 내쉬고 말했다.

"그 정도는 예상하고 있었어."

의기양양하게 말하려고 했지만 역시나 목소리가 떨려서 란은 부끄러워졌다.

'아, 생각보다 더 충격이구나.'

그럴지도 몰라.

그럴 수도 있지.

그랬는데, 막상 눈앞에 현실로 닥치니 너무나 충격을 받아서 당황스러웠다.

눈물마저 찔끔 고이기 시작해서 란은 눈을 빠르게 깜박였다. 그녀가 말했다.

"알았어. 그럼."

최대한 빠르게 이곳에서 나가 줄게.

그 말이 나오지 않아서 란은 그대로 몸을 휙 돌렸다. 유스타프에게 우는 걸 보여 주고 싶지 않았다.

"누님."

"나, 먼저, 들어갈게."

란이 걸음을 옮기기 시작해 유스타프가 뒤에서 그녀를 불렀다.

"다 듣고 가지 않으실 겁니까?"

그 말에 란이 우뚝 멈춰 섰다. 등을 돌린 채로 그녀가 말했다.

"더 할 이야기가 있어?"

"네."

"해 봐."

"만약 라치아를 떠나기 원하신다면, 원하시는 건 뭐든지 가지고 가서도 됩니다."

"뭐?"

란이 놀라 돌아섰다. 유스타프가 어둠 속에서 조용히 말했다.

"얼음수정 채굴권이나, 골든로즈 상단과의 계약, 엘프나 드워프와 계약한 것이나, 전부. 누님께서 만드신 거니 다 가져가서도 됩니다."

란을 입을 벌렸다.

멍하니 그를 바라보다가 란은 이를 악물고 발끈해서 소리쳤다.

"그런 거 필요 없어!"

그 외침에 유스타프는 저도 모르게 바람 빠지듯 웃었다.

그걸 '그런 거'라고 말할 수 있는 사람은 눈앞의 사람밖에 없겠지.

"그걸 원하는 게 아니야! 네게서 가져가고 싶은 마음도 없어!"

란은 화가 났다.

뭐라고 해야 할까?

죽어라 일해서 뒷바라지했더니만 '그런 거 누가 해 달라고 했나? 필요 없다.' 하는 말을 들은 기분?

동시에 눈물이 팡 솟구쳤다.

"누님."

곤란하다는 말투로 그가 손을 뻗어 그녀의 양 뺨을 감쌌다.

이제 익숙해진 온기에 란은 더더욱 눈물이 흘러나왔다.

동글동글 진주알처럼 떨어지는 눈물을 조심스럽게 닦아내며 유스타프가 말했다.

"울리려는 게 아니었는데요."

충분히 좋은 조건이라고 그는 생각했다. 이보다 더 유리한 조건은 없다.

란이 훌쩍이며 말했다.

"나 정말로 아무것도 아냐?"

닦아주던 손가락이 딱 멈췄다. 란은 그것도 눈치채지 못하고 눈을 들어 유스타프를 보며 물었다.

"진짜로 너에게 아무 의미도 되지 못했어?"

조금은, 조금은 마음을 열어 줘도 되지 않아?

우리 많이 친해지지 않았어?

"누님."

유스타프가 란을 낮게 불렀다.

"저는 누님께 기회를 드리고 있는 겁니다."

"······?"

의문이 그녀의 눈에 들어차, 유스타프는 허탈하게 웃었다.

"저와 라치아에서 도망칠 기회를 드리는 겁니다."

"어······?"

그가 웃었다.

"지금 도망가시면 잡지 않습니다. 찾지도 않습니다. 원하시는 곳으로 가실 수 있습니다."

란은 입을 헤벌렸다. 지금 유스타프가 뭐라고 하는 건지 이해가 잘 되지 않았다.

라치아에서 도망가?

유스타프에게서 도망쳐?

"내가 왜?"

저절로 중얼거리는 말이 넘쳤다. 유스타프가 허리를 숙여 그녀의 눈 깊숙한 곳을 바라보며 말했다.

"아니면 제가 누님을 잡아먹을 테니까요."

그의 입가에 미소가 서렸다.

"부디 녹음을 드리우시길."

순간, 머리가 텅 비었다.

란은 그가 무슨 말을 하는지 제대로 입력이 되지 않았다. 아니, 입력이 되기는 했는데 해석이 되지 않았다.

앞과 뒤의 단어를 연결하면─

멍하니 입을 헤벌리고 자신을 바라보는 란을, 유스타프는 즐거운 눈으로 바라보았다.

"지금 저는 누님께 청혼을 하고 있는 겁니다."

"거짓말."

란의 입에서 부지불식간에 낱말이 튀어나왔다. 하지만 유스타프는 정중하게 "아닙니다." 하고 대답했을 뿐이었다.

란은 최대한 빠르게 머리를 굴리며 말했다.

"하지만, 유스, 난 정말로 아무것도 필요 없어. 내가 없다고 해서 가신들이 충성하지 않거나 하는 일은 없을 거야. 물론 엘프와 드워프 쪽과 하는 무역은 좀 어려워지겠지만, 그건 그렇게 재정에 큰 타격을 주지는 않을 거고ㅡ"

"아닙니다."

유스타프가 중간에 그녀의 말을 끊었다. 란은 다시 입을 헤 벌리고 그를 바라보았다.

"뭐가 아냐?"

"제가 뭔가 잘못 이야기한 것 같군요. 제 말은 제가 누님을 좋아한다는 말입니다."

란의 입이 떡 벌어졌다.

"거짓말!"

그녀의 목소리가 더욱 커졌다.

유스타프가 느리게 한숨을 내쉬었다.

"거절하셔도 좋고, 떠나셔도 좋습니다. 하지만 제 마음을 누님의 뜻으로 해석해서 부정하지는 말아 주십시오."

란의 녹색 눈동자가 마구 흔들렸다. 도무지 유스타프의 고백을 믿을 수가 없었다.

왜?

유스타프가 나를?

왜?

"하, 하지만 유스. 생각해 봐. 우리는 남매잖아."

"호적상 남매, 그것도 이제 호적에서 제적될 테니 아니게 되겠지요."

"하지만 그런 시간이 있었고, 그럼 사람들이 뭐라고 생각하겠어?"

"욕하는 사람들은 어차피 저희가 뭘 해도 욕하겠지요. 그 사람들은 우습게도, 누님이 라치아의 피가 섞이지 않았으면서 가주 노릇을 한다고 비웃었던 사람들입니다."

란의 얼굴이 붉어졌다.

"그리고 가신들은?"

"별 상관하지 않을 겁니다."

그녀는 자기 능력을 증명해 보였고, 붙잡으면 붙잡았지 반대할 자는 없을 터였다.

"난, 나는― 난 모르겠어."

도무지 믿기지 않아서 란은 중얼거렸다.

란이 입을 다물자 복도는 조용해졌다. 연회장의 소리가 그나마 침묵을 지우고 있는 게, 란의 마음을 달래 주었다.

란이 고개를 들며 물었다.

"만약 내가 네 고백을 거절하면?"

"그럼 어쩔 수 없지요."

"거절하고도 라치아에 남고 싶다고 하면?"

유스타프가 희미하게 웃었다.

"그러시면 작위를 드리겠습니다."

"어?"

"그리고 제 구애에 시달리시겠지요."

"어?"

"그건 어쩔 수 없는 일 아니겠습니까."

유스타프는 그렇게 말하고 손을 내밀었다. 란은 멍한 얼굴로 그 손을 마주 잡았고, 유스타프는 허리를 숙여 그녀의 팔 안쪽에 키스했다.

따끔한 통증에 란은 흠칫하며 팔을 빼냈고 유스타프가 그녀의 팔을 놓아주며 말했다.

"혹시 꿈이라고 생각하실까 봐."

복도의 희미한 빛 아래 란은 제 팔뚝에 새겨진 키스 마크를 확인할 수 있었다. 그녀의 얼굴이 시뻘게졌다.

"유스타프!!"

그녀가 꽥 소리 지르자 유스타프가 드물게 소리 내 웃었다. 그리고 그가 길게 숨을 내쉬고 말했다.

"이틀 안에는 결정해 주십시오."

란은 잡혔던 팔을 다른 손으로 꽉 감싸 쥐었다.

"알았어."

란이 고개를 끄덕였고 유스타프가 물었다.

"연회장으로 돌아가시겠습니까? 아니면─"

그녀가 팔을 들어 올리며 말했다.

"이런 흔적을 가지고 어떻게 돌아가?"

유스타프가 빙긋 웃었다.

"디모디아를 보내지요."

그리고 연회장의 빛 사이로 돌아가 버렸다. 란은 멍하니 복도에 서 있다가 비틀비틀 걸어 벽에 기대섰다.

도무지 현실감이 없었다.

술을 너무 마셔서 꿈을 꾼 게 아닐까? 아니, 뭐 이런 리얼한 꿈이 있단 말인가?

"괜찮으십니까?"

나지막한 목소리에 란은 펄쩍 뛰었다. 루미에가 미안한 얼굴로 말했다.

"놀라게 해 드릴 생각은 아니었습니다."

"아, 루미에……."

멍하니 그를 보다가 란이 고개를 저었다.

"미안, 음식 가져오게 시켜 놓고…… 시간 얼마나 지났어?"

"그렇게 오래 지나지 않았습니다."

"그래……."

"고백받기는 충분한 시간이었던 것 같지만요."

루미에의 말에 란은 전신이 달아오르는 것 같았다.

"봐, 봤어?"

"우연히요."

란은 작게 앓는 소리를 내뱉었다.

"죄송합니다. 보이지 않으셔서, 찾으러 왔다가 그만."

루미에의 사과에 란은 손을 저었다.

"아냐, 뭐…… 숨길 일도 아니기는……."

루미에는 가볍게 입술을 깨물었다가 물었다.

"어떻게 하실 겁니까?"

"응?"

"유스타프 님의 고백 말입니다."

"……그러게."

어떻게 해야 하나.

란은 손등으로 뜨거워진 뺨을 눌렀다. 역시 현실감이 없다.

'유스타프가 날 좋아한다고.'

생각하니 다시 열이 올랐다.

'왜지?'

뭐 하나 빠지는 거 없는 멋진 남자가 왜 날 좋아한단 말인가?

게다가 그런 낌새는 조금도 없었…….

그 순간, 유스타프의 스킨십들이 그녀의 기억을 빠르게 스쳐 지나갔고 란은 몸을 비틀며 벽에 기댔다.

'아, 진짜 장난 아니었잖아! 미쳤나? 돌았나?

눈치 못 챈 내가 좀 이상한 것 같아!!'

란이 몸을 비비 꼬는 걸 보고 루미에가 당황해 말했다.

"주인님, 괜찮으십니까?"

"어? 어어어─ 아니, 안 괜찮아."

"아가씨?"

그때 복도에 긴 그림자를 드리우며 디모디아가 등장했다. 란은 어쩐지 몸의 긴장이 쑥 풀리는 걸 느끼며 말했다.

"디모디아─"

어쩐 우는 소리가 섞여 나왔다. 디모디아가 놀라 후다닥 다가왔다.

"괜찮으세요? 어디 몸이 안 좋기라도 하신가요? 도련님이 아가씨께 가 보라고─"

란은 한숨을 폭폭 내쉬었다. 그녀가 말했다.

"일단 나 연회장으로는 못 가."

그녀의 말에 디모디아가 란의 얼굴을 살폈다가 놀랐다.

"우셨군요! 얼굴이─ 일단 방으로 돌아가죠."

디모디아는 뒤쪽 계단을 올라서 근처의 방으로 향했다.

방의 공기는 차가웠지만, 디모디아가 부지런히 움직여 불을 피우고 램프를 켜니 금방 훈훈해졌다.

디모디아가 설렁줄을 당겨 하녀에게 따뜻한 물과 수건을 가져오게 한 뒤에 물었다.

"무슨 일이세요?"

란은 저도 모르게 말했다.

"유스타프가 고백했어."

"아."

디모디아의 짧은 '아'에 란은 눈을 크게 뜨며 말했다.

"유스타프가 나에게 결혼하자고 했다니까?"

"어머? 거기까지 말씀하셨어요?"

"……."

란이 아무런 대꾸도 못 하고 멍하니 자신을 보자 디모디아가 생글생글 웃으며 말했다.

"도련님도 참 마음이 급하시네요. 설마 청혼까지 하실 줄은."

"알고 있었어?!"

놀라 비명처럼 란의 입에서 말이 튀어나왔다. 그때 하녀가 따뜻한 물과 수건을 가지고 돌아왔고, 둘은 입을 다물었다.

하녀가 물러나자 디모디아가 따뜻한 물을 적신 수건을 꼭 짜며 말했다.

"자, 어디 봐요. 화장이 다 얼룩져 버렸네요."

그녀가 조심스럽게 수건으로 얼굴을 닦기 시작하자 다시 픽 하고 눈물이 터져 나왔다.

"아가씨……."

놀라 디모디아가 중얼거리고 란의 옆에 나란히 앉았다.

"괜찮으세요? 그렇게 싫으신가요?"

그러다 그녀의 눈이 번쩍 빛났다.

"혹시 도련님이 강제로 어떻게 했나요? 강요하거나, 협박을—"

"아냐."

란이 고개를 휙휙 저었다.

"그게 아니라, 모르겠어, 나도."

중얼거린 말에 디모디아가 진지하게 말했다.

"어떻게 거절해야 할지가 고민이시면, 고민하실 필요 없어요. 제가 당장 떠날 수 있게 도와드릴게요."

"물론입니다."

그림자처럼 서 있던 루미에가 찬동하고 나섰다.

란은 루미에를 보았다가 디모디아를 보았다. 어쩐지 마음이 진정되는 것 같았다.

왜 울었는지 자신도 알 수가 없었다.

"아냐. 그런 게 아니라, 그냥 감정이 너무 격해졌나 봐."

그녀는 그렇게 말하고 길게 숨을 내쉬었다. 디모디아가 란의 손을 꼭 잡아 주었다가 다시 수건으로 얼굴을 닦아 주기 시작했다.

눈을 감고 있으려니 마음속이 부드러워지는 듯했다.

"나, 유스가 싫은 거 아냐."

어떻게 유스타프를 싫어할 수 있겠어?

"하지만 잘 모르겠어. 유스타프랑 사귀는 거 말야."

말하고 나니 더욱 그게 현실감을 가지고 뚜렷하게 다가왔다.

사귄다고.

연애한다고.

나랑 유스타프가!

유스타프가 날 좋아한다고!

입술을 꾹 다물고 있다가 란이 다시 생각을 정리하듯이 말했다.

"하지만 유스타프의 마음이 바뀔 수도 있잖아."

시나가 나타나면, 자신을 선택한 걸 후회할지도 모른다.

"그럼 그것만 아니면 괜찮다는 말이에요?"

디모디아의 물음에 란이 움찔했다가 끙하고 말했다.

"나도 내 마음을 모르겠어."

디모디아가 그 말에 조심스럽게 말했다.

"저는 남아 주셨으면 좋겠어요."

란이 눈을 반짝 떴다.

"정말로?"

"그럼요!"

"하지만, 유스와 나는 남매 사이였잖아— 그런데……."

그 말에 디모디아가 흥 하고 콧방귀를 뀌고 말했다.

"아가씨와 도련님이 남매라고는 아무도 생각하지 않았습니다."

"정말?!"

"하지만 그렇잖아요. 만약에—"

디모디아가 곰곰이 생각하다가 말했다.

"이건 가정인데요, 만약 아가씨가 지금 같지 않고 평범한 귀족 아가씨였다면, 유스타프 님이 가주가 된 순간 모두가 입을 모아서 아가씨를 호적에서 파내라고 할걸요. 절대로 라치아의 성을 줄 수 없다고."

란은 고개를 갸웃하고 말했다.

"그건 그래."

아무도 나를 라치아라고 인정하지 않았겠지.

"그러니까 눈 가리기를 하기는 했지만— 그건 사실 청염 덕분이죠."

"맞아."

청염의 인정이 아니었다면, 란이 물구나무서기를 해도 절대로 가주가 되지 못했을 거다.

디모디아가 소파 등받이에 팔을 괴며 말했다.

"그러니까 어떻게 하셨는지는 모르지만, 반대로 청염에게서 거부당하면."

"정말로 쫓겨나는 거네."

디모디아가 싱긋 웃었다.

"싫으세요?"

"그런 건 아니지만."

란은 눈을 감았다가 떴다. 그녀가 디모디아를 보며 말했다.

"디모디아의 말이 사실이라면, 남아 볼까."

사람들이 싫어하지 않는다면.

"제가 아는 방법을 알려 드릴까요?"

"어떻게?"

란이 고개를 갸웃했고 디모디아의 눈이 반짝 빛났다.


신년회가 끝나고, 이튿날 저녁에 회의가 열렸다.

란의 얼굴은 더 이상 운 것처럼 보이지 않았다. 소다와 카라, 디모디아는 제힘을 있는 힘껏 발휘해서 란을 꾸몄다.

'역시 어젯밤 고백은 꿈이 아닐까?'

란은 그렇게 생각했다가 소다가 "어머? 팔에 벌레 물리셨나 봐요." 하는 말을 듣고 전신이 타오르는 것 같은 기분을 맛봤다.

'꿈이 아냐.'

회의실까지 그녀를 에스코트하기 위해서 온 유스타프는 한참 란을 바라보다가 그녀의 비단 장갑 위에 키스하며 말했다.

"여전히 아름다우시군요."

란은 얼굴이 붉어지는 걸 느끼며 답했다.

“고마워.”

유스타프가 가볍게 웃었다.

“뭐야? 왜 웃어?”

더더욱 당황해 목소리가 뾰족하게 나왔다. 유스타프가 느긋한 목소리로 말했다.

“이제 저를 남자로 인식해 주는 것 같아서, 그 점이 감사하군요.”

란은 대답하지 않고 그저 휙 고개를 돌렸다. 하지만 손은 착실히 유스타프의 팔 위에 올라와서, 그는 걷기 시작했다.

당장에라도 대답을 듣고 싶은 마음을 억누르며 유스타프는 회의실로 향했다.

아직은 몰아붙이면 안 된다.

그러기로 약속했으니까.

결정을 내릴 때까지는.

그는 깊게 숨을 들이마시고 회의실 안으로 들어갔다. 란은 기시감을 느꼈다.

그녀가 가주직을 잇겠다고 선언한 때에도 이렇게 모두가 모여 있었다. 단지, 그때 있었던 린드버그 남작이 지금은 없지만.

숙부의 동향은 가끔 이야기가 들어오기는 하지만 거의 저택 안에서 두문불출하는 모양이었다.

란은 모두에게 싱긋 미소를 지어 보였다. 그리고 자리에 앉았고, 유스타프는 선 채로 이야기했다.

“정식으로 제가 가주직을 잇게 되었다고 알리려는 자리입니다. 이미 아시겠지만.”

“청염을 떨치소서.”

한목소리로 모두가 인사했고, 유스타프가 고개를 까닥한 뒤 답했다.

"불꽃의 가호가 있길."

그가 가볍게 탁자를 두들기고 이어 말했다.

"그리고 내가 첫 번째로 얘기할 건, 란 로미아 드 라치아를 라치아 공작가에서 제적한다는 말이오."

그 말에 순간 가신들은 숨을 삼키고 란을 바라보았다가 유스타프를 보았다.

란은 저도 모르게 표정이 살짝 굳었다. 이미 알고 있었다고는 해도, 아무래도 모두의 앞에서 이런 식으로 이야기를 듣는 건 또 다른 느낌이었다.

그러자 엘리자벳이 자리에서 일어나며 말했다.

"가, 가주님. 아무리 그래도―"

유스타프의 서늘한 눈동자가 그녀에게 닿자, 엘리자벳은 마른침을 삼켰다.

"그, 란 님은 노력해 왔고⋯⋯."

블레인 역시 안절부절못하는 얼굴이었다. 일루미니티 백작이 낮게 말했다.

"이런 식으로 란 님을 이용만 하고 내치는 것은 옳지 않다고 봅니다."

란스 남작이 고개를 끄덕였다. 란은 좀 놀랐다.

'얼굴도 몇 번 못 본 사이인데.'

설마 다들 한목소리를 내줄 줄은 몰랐다.

'디아가 맞았네.'

디모디아는 유스타프가 뭐라고 하든 입을 꾹 다물고 사태를 지켜보라고 했고, 그래서 란은 어쩐지 감동받았다.

와일드 남작이 조심스럽게 손을 든 후에 말했다.

"란 님께는 죄송하지만, 라치아 가문에서 제적하는 건 당연한 일이라고 봅니다."

그 말에 모두가 침묵했다. 그중에 엘리자벳이 다시 말했다.

"하지만 그렇게 해 버리면—"

와일드 남작이 이어 말했다.

"대신 다른 작위를 내리거나 하는 게 어떻습니까?"

엘리자벳은 생각해 보듯이 입을 다물었고, 웅성거리는 소리가 들렸다. 란이 손을 들자 사방이 조용해졌다. 그녀는 진심에서 우러나오는 미소를 지으며 말했다.

"다들 저를 걱정해 주셔서 고마워요. 저는 돌 맞고 쫓겨나는 게 아닌가 걱정했거든요."

그 말에 작게 웃음이 터져 나왔다. 그녀의 말을 완전히 농담으로 생각하는 반응이라, 란은 잠깐이라도 진짜로 그럴 거라고 생각했던 게 미안해졌다.

"가주님에게는 이미 여러 가지 제안을 들었습니다. 떠나든 남든 제 선택에 맡겨 주겠다고 하셨고요. 그래서 저도 생각해 보겠다고 했답니다."

그녀가 깊게 숨을 들이마시고 말했다.

"걱정해 주셔서 감사해요."

란은 마음이 훈훈해지는 걸 느꼈다. 유스타프가 란을 슬쩍 보았다가 다시 시선을 들며 말했다.

"그럼 다음 이야기로 넘어가지."

대부분의 이야기는 작년과 별다를 바가 없었다. 그가 가주가 되었다고 해서 새로운 사람을 뽑거나 하지 않는 데다가, 어차피 란과 유스타프가 함께 일했기 때문에 인수인계에 어려움은 없었다.

짧은 회의가 끝나고서 란이 자리를 뜨는데 블레인이 그녀를 붙잡았다.

"란 님."

"블레인 경."

생글생글 웃고 있는 그녀를 보고 블레인이 어렵게 운을 뗐다.

"저는…… 란 님이 남아 주시면 좋겠습니다."

그녀가 눈을 크게 뜨자 블레인이 화급히 덧붙였다.

"물론 남아 주시는 게 어려운 일이라는 것은 압니다. 하지만, 그래도……."

"저도 동감입니다."

엘리자벳이 고개를 끄덕여서 란은 얼굴이 붉어졌다.

"다들 그렇게 말해 줄 줄은 몰랐어요."

그녀가 솔직하게 말하자 엘리자벳이 눈을 크게 떴다가 웃었다. 중년의 여성은 다정하게 말했다.

"남으신다면 아마 지금처럼 일하시게 될지도 모르지만요. 란 님이 일하시는 걸 싫어하신다는 건 잘 압니다."

란은 그 말에 눈을 동그랗게 떴다.

"그렇게 싫어하지는 않아요."

성취감이 있는 일이니까.

힘들다고 징징거리기는 해도 일이 힘든 건 당연한 거고, 대신 거기에는 즐거움이 있었다.

"그렇지 않다면 이렇게 열심히 일하지는 않았겠지요."

란의 말에 엘리자벳은 "그런가요?" 하고 웃었다.

"그렇다면 다행입니다."

블레인이 고개를 끄덕였다.

"물론 라치아를 그렇게 좋아하지 않으시는 것도 알고 있습니다."

이잉?

란이 이번에도 놀라 눈을 깜박였다. 엘리자벳이 옆에서 듣고 고개를 끄덕이며 말했다.

"그러니까 이기적인 부탁일지도 모르지만요."

그러며 그녀가 눈을 찡긋하고 덧붙였다.

"어차피 작위를 달랠 거 크게 백작 위 정도로 달라고 하세요."

"물론 떠나신다고 해도 붙잡지는 않겠습니다."

블레인이 정중하게 말했고, 그는 엘리자벳과 함께 깊게 고개를 숙인 후에 자리를 떴다.

그리고 나서 란은 복도를 걷기 시작한 지 얼마 되지도 않아서 헐레벌 떡 달려온 란스 남작에게 붙잡혔다.

"란 님."

"란스 남작."

"남아 주시면 안 되겠습니까."

단도직입적인 말에 란은 빵 터져서 웃어 버렸다. 그리고 재빠르게 입가를 가리며 덧붙였다.

"실례. 아까부터 그런 말을 들을 거라고는 생각을 못 했거든요."

"물론 떠나시고 싶은 마음이야 잘 압니다. 배신감도 느껴지시고 그러셨겠지요. 이렇게 말하는 것도 뻔뻔할 테지만, 그래도 남아주셨으면 한다고 꼭 말씀 올리려고 왔습니다."

"고마워요."

남작이 정중한 인사를 남기고 떠나자 란은 잠시 복도에 멈춰 섰다.

정말로, 이런 말들을 들을 거라고는 생각 못 했는데.

"선객이 많군요."

"팔튼 경."

그녀가 가볍게 웃었다. 일루미니티 백작이 싱긋 웃고 다가왔다.

"어떻게 하실 작정입니까."

그녀는 곰곰이 생각하다가 속삭였다. 그에게는 말해도 되겠지, 싶었다.

"사실은 유스에게 청혼을 받았어요."

일루미니티 백작은 놀란 얼굴을 했다가 씩 웃었다.

"그래서 받아들이실 겁니까?"

"반대하지 않아요?"

"어째서요?"

"음― 나랑 유스랑 남매였던 기간 때문에?"

"지금은 아니시잖습니까. 게다가 란 님이 공작 부인이라면 더할 나위 없이 완벽할 것 같군요."

"이렇게 쉽게 찬성할 줄은 몰랐는데 말이죠."

"다들 그렇게 생각할 겁니다. 놓쳐서는 안 된다고."

"그거 좀 무서운걸요."

란이 중얼거리자 일루미니티 백작이 이어 말했다.

"물론 원하시는 대로 하시는 게 제일이지요. 마지막 손님이 오는군요. 전 이만."

일루미니티 백작이 떠나자마자 저쪽에서 서성이던 와일드 남작이 빠른 걸음으로 다가왔다.

딱딱해 보이는 얼굴은 블레인 경을 조금 닮았나?

란이 그렇게 생각하는데 와일드 남작이 빠르게 말했다.

"아까는 실례했습니다. 하지만 부디 이해해 주시길 바랍니다."

"네? 아니에요."

란이 손을 저었다.

"저도 문제가 되는 점은 잘 알고 있습니다."

만약 란이 라치아 공녀로 남아 있으면, 그리고 그녀가 결혼해서 아이를 가지게 된다면, 그 아이 역시 라치아의 피가 흐르는 아이가 되어버린 다. 그러면 언젠가 라치아의 피가 섞이지 않은 자가 라치아의 자산에 대 한 소유권을 주장하는 일이 나올지도 모르고.

와일드 남작이 손수건으로 땀을 닦으며 말했다.

"이해해 주셔서 감사합니다. 그리고— 그런 발언 후에 이런 말은 파렴 치하게 들리시겠지만—"

"남아 주길 바란다고요."

"그렇습니다."

깊이 고개를 끄덕이며 그가 말했다.

"부디 부탁드립니다."

그는 그렇게 몇 번이나 말하고는 복도를 떠났다. 란은 한숨을 내쉬고 복도를 마저 걸었다.

복도 끝에 도착하자 유스타프가 기다리고 있었다.

"세상에."

란이 투덜거렸다.

"회의실에 있던 사람 모두가 날 기다리고 있을 작정인가."

"조금이라도 마음이 달라지셨을까 봐."

유스타프가 그렇게 말하며 빙긋 웃었다. 란은 잠시 그의 얼굴을 바라 보다가 휙 고개를 돌렸다.

그가 나에게 고백했어.

그렇게 새삼 생각하니 제대로 이야기하는 게 불가능했다.

얼굴이 빨개진 채로 입을 꾹 다물고 그의 앞을 지나쳐 가는 란을 바라 보다가 유스타프가 그 뒤를 쫓아가며 말했다.

"아까까지는 괜찮으셨잖습니까?"

"아까는 아까고 지금은 지금이지."

"계속 얼굴을 보지 못하는 채로 있는 건 슬픈데요."

"유스, 뻔뻔해졌어."

"그렇습니까?"

"그래."

말을 주고받으니 점점 긴장이 풀렸고, 얼굴이 도로 돌아온 게 느껴져서 란은 고개를 들었다.

"유스."

"네."

"나는 유스타프를 좋아해."

유스타프의 얼굴이 흐려졌다. 그가 느리게 말했다.

"'하지만'이 나올 차례 같군요."

란이 곤란한 미소를 지었다.

"하지만."

내뱉고 나서 그녀는 미소를 보내고 덧붙였다.

"그게 유스타프를 남자로서 좋아하는 건지는 모르겠어. 아니, 아니라고 생각해."

유스타프는 침묵했다.

"미안해."

그녀가 양손을 꼭 모아 쥐었다. 잠시 침묵이 복도를 떠돌았다. 유스타프가 길게 한숨을 내쉬는 소리에 그녀의 어깨가 떨렸다.

"그럼 떠나실 겁니까?"

그의 말에 란이 고개를 들어 그를 바라보았다.

손가락을 꼬며 머뭇머뭇하는 그녀를 보자 유스타프의 푸른 눈이 빛났다.

"남으실 겁니까?"

"할 수 있다면."

"제가 제안한 조건은 여전히 유효합니다."

란은 눈을 감았다. 그리고 천천히 사람들의 얼굴을 하나씩 떠올렸다. 그녀가 눈을 뜨고 단호하게 말했다.

"그럼 남을래."

"네, 기꺼이."

유스타프가 희미하게 미소를 지으며 말했다.

환호작약도 아니고, '이제부터 당신을 공략하겠어!' 하는 것도 아니어서 란은 안심했다.

"그럼 작위 말인데ㅡ"

"제가 드릴 수 있는 작위의 한계는 백작 위입니다."

"그 정도면 충분해."

란이 씩 웃었다. 그러다가 그녀가 미간을 찌푸리며 말했다.

"그런데 우리 남는 영지가 있던가?"

"공작 영지에서 좀 떼어서 드리면 되지요."

"그렇게까지?"

"딱히 상관없지 않습니까."

유스타프가 그렇게 말하고 걷기 시작해서 란은 그 옆을 재빠르게 따라잡았다.

"어디서부터 어디까지를 떼어 주려고? 음…… 아냐, 나 역시 영지는 필요 없어. 그냥 작위만 주면 충분해."

봉토는 부담된다.

하지만 그렇기에 유스타프는 그녀에게 어떻게든 봉토를 주고 싶었다.

"영지도 없는 백작 위라니, 들어본 적도 없습니다. 원하시는 곳을 가져가십시오."

"유스타프. 그러다가 내가 노른자위만 쏙 빼 가면 어쩌려고 그래?"

그러자 그는 그저 미소만 지었을 뿐이었다.

란이 눈을 찌푸렸다가 말했다.

"나중에 결정해서 이야기해도 되지?"

"네."

"아, 그리고 이제 이 말버릇도 안 되겠네. 그럼 이제 가주님이라고 불러야 하는 거겠지요."

유스타프는 힐끗 란을 보았다가 말했다.

"그럼 난 란이라고 불러도 되는 겁니까?"

엇, 하고 란은 눈을 크게 떴다.

"싫으신가요?"

"싫은 건 아니지만……."

란은 말꼬리를 흐렸다가 얼른 되물었다.

"그런데 저에게 계속 존대하실 건가요, 가주님?"

"구애하고 있는 상대에게는 예의를 갖추는 게 맞는 거겠지요."

유스타프의 말에 란의 얼굴이 다시 붉어졌다. 그가 란을 그녀의 방까지 데려가 주며 덧붙였다.

"새로 성을 얻고 영지를 처음부터 꾸리는 게 쉬운 일은 아닐 겁니다. 그리고 사교계에서도요."

그의 덧붙임에 란은 "아." 하고 피곤한 얼굴을 했다.

자신이 라치아 공작일 때 이를 박박 갈고 있던 사람들이 자신이 백작으로 다시 등장하면 어떻게 나올까.

"물론 공작 부인으로 등장하신다면 그런 염려는 없겠지만."

유스타프가 속삭여서 란은 얼굴을 붉히며 등을 문에 대고 물러섰다.

"그런 이유로 결혼하지는 않을 거야─ 거예요."

재빠르게 어미를 바꾸자 유스타프는 피식 웃었다.

"원하시는 대로 하시길."

그는 그렇게 말하고는 문 앞을 떠났고, 란은 잽싸게 방 안으로 들어왔다.

디모디아와 카라, 소다는 모르는 척하면서 태연하게 움직이고 있었다. 디모디아가 그제야 눈치챘다는 듯이 "어머? 오셨어요?" 하고 말해서 란은 피식 웃었다.

루미에가 느리게 눈을 들고 물었다.

"결정하셨습니까? 아니면."

"결정했어."

란의 말에 모두가 그녀를 바라보았다. 란이 싱긋 웃으며 말했다.

"남을 거야."

"꺅!"

디모디아가 소리를 지으며 란의 손을 꼭 잡았고, 카라와 소다의 얼굴도 확 밝아졌다.

루미에만이 살짝 눈을 찡그렸다가 곧 얼굴을 폈다.

어쨌든 주인님의 결정이고, 자신보다는 그녀의 선택이 먼저였다. 디모디아가 란의 손을 잡은 채 흔들며 말했다.

"그러면 어떻게 되시는 거예요?"

"일단 백작 위를 받겠지? 그다음에는 하늘 저택을 떠나게 되려나? 어떻게 될지 모르겠네."

봉토를 받을지 말지, 받는다면 어디를 백작령으로 달라고 할지도 고민이다. 디모디아가 웃으며 말했다.

"하여간 남으시겠다고 하셔서 기뻐요."

"디아가 말해 준 덕분이야. 게다가 다들 날 붙잡더라고."

그렇게 나오면 마음이 약해지는 게 인지상정. 디모디아의 말이 맞았다. 게다가 일루미니티 백작의 반응이라니……
그가 특이한 건지, 아닌 건지.
어쨌든, 그녀는 라치아에 남게 되었다.

*　　*　　*

이제 승마에 익숙해진 란이 등자를 밟고 말에 올라탔다. 여전히 옷은 두툼하게 입고 있었지만, 그래도 전처럼 말 위에서 불안한 모습은 보이지 않았다. 란이 의기양양하게 "어때?" 하는 얼굴을 하자 유스타프가 고개를 끄덕였다.
"많이 좋아지셨군요."
"열심히 탔으니까요."
"물론 그러시겠지요."
유스타프가 그렇게 말하며 혀를 찼고, 말이 출발했다. 란 역시 허둥지둥 말을 출발시켰고, 그 뒤를 청염 기사단이 따랐다.
빙벽으로 올라가는 길이었다.
원래라면 신년회 전에 의식을 끝내야 하지만, 올해는 유스타프가 가주가 되고 나서 치르기로 해서 신년회가 끝난 후에 길을 오르는 거였다.
눈길은 여전히 험했지만, 그래도 란은 자신감이 붙어 있었다. 이제는 제법 익숙해져서 이야기도 나눌 정도였다.
"그래서 생각해 봤는데, 역시 봉토는 받지 않는 게 좋겠어."
란의 말에 유스타프는 눈을 찌푸렸고, 란이 미소 지으며 말했다.
"대신에 궁내 작위를 받을 테니까, 적당한 직위를 내려 준다든가……?"
그 말에 유스타프는 잠시 생각하다가 말했다.

"좋습니다. 그러면 거처 말입니다."

"아, 응."

"하늘 저택에 그대로 머무르시지 그러십니까?"

"어?"

"어차피 궁내 작위를 받으실 거면, 하늘 저택에서 일하는 편이 더 효율적 아닙니까?"

"그렇지."

이곳이 행정의 핵심이니까.

게다가 하늘 저택은 마을과 떨어진 곳에 있어서, 여기서 일하는 자들은 숙식을 저택 내에서 해결했다.

"그러니 이대로 하늘 저택에서 머무르시면 될 것 같습니다."

"그, 그런가……?"

사실 마을 근처에 저택을 하나 구하려는 생각이었다. 하지만 유스타프의 말을 들으니 그것 역시 그럴 듯했다.

"네, 더불어서 제 일도 도와주시면 좋고요. 총관직을 드리지요. 집으로 돌아가실 시간도 없을 겁니다."

엄포를 놓듯 덧붙인 말에 란이 웃었다. 새하얀 입김이 햇빛에 반짝였다.

"그게 본론이시군요?"

"물론 그것만은 아니지만. 궁내 작위란 그런 거지요."

유스타프가 그렇게 말하며 힐끗 란을 보았다.

"어떻게 하시겠습니까?"

"일단은 그럼 그렇게 하는 거로 하지요."

란의 말에 유스타프는 먹잇감을 문 듯한 미소를 재빨리 감췄다.

그걸 전혀 눈치채지 못한 란은 마음이 가벼워졌다.

아무래도 영지로 내려간다는 게 부담이 되었던 것도 사실이었다. 새로운 사람들과의 적응 문제도 그렇고, 디모디아나 루미에와 헤어지는 것도 그랬다.

'게다가 봉토는 여차할 때 버리고 갈 수도 없잖아?'

하지만 궁내 작위뿐이라면, 어떻게든 될지 모른다. 그런 일은 없어야겠지만 말이다.

더해서 하늘 저택에 머무르는 것으로 확정되자 마음이 가벼워졌다.

'그러면 짐도 안 싸도 되고, 계속 여기에 있어도 되는 거네? 좋다.'

저절로 콧노래가 나왔다. 란은 그렇게 생각하며 고개를 들었다.

빙벽은 말 그대로 빙벽이 되어 있었다. 여름이면 그래도 꼭대기만 흰색이고 그다음은 갈색, 그 아래에는 초록빛이 무성해지지만, 겨울에는 위부터 아래까지 전부 다 새하얀 색이다.

"저 위까지 가본 사람이 있을까?"

란이 저도 모르게 물었다. 유스타프는 그녀와 마찬가지로 고개를 들어 빙벽 위쪽을 바라보다가 말했다.

"어느 정도까지 올라가고 나면 험한 얼음산이라고 합니다. 굳이 그곳을 올라간 사람은 없는 것 같군요."

"하긴."

그녀가 고개를 끄덕였다. 후, 하고 숨을 내쉬는데 몸이 저절로 부르르 떨렸다.

정말로 추운 건 딱 질색인데.

삼십여 분간 말을 타고 올라가, 다시 은빛 아치 앞에 도착했다. 어쩐지 감회가 새로웠다.

말에서 내린 란은 반짝이는 돌길을 걸어, 유스타프의 뒤를 따라 안으로 들어갔다.

언제나처럼 새하얀 방이었다.

이제 유스타프의 손가락에 끼워져 있는 청염이 희미하게 떠는 소리를 냈다. 란이 속닥였다.

"나도 모르게 따라왔는데, 따라오면 안 되는 게 아니었을까요."

"상관없습니다."

유스타프는 그렇게 말하고는 다른 손으로 란의 손목을 붙잡고 안으로 걸어 들어갔다. 란은 얼굴이 붉어졌지만, 뿌리칠 마음은 들지 않았다.

새하얀 벽 앞에 서서 유스타프는 깊게 숨을 들이마신 후에, 벽에 손을 가져다 댔다.

문장이 차례로 푸르게 빛났다.

똑똑.

그때 적막을 깨고 노크 소리가 들려왔다. 란은 저도 모르게 입을 벌렸다.

똑똑.

그때 다시 한 번 정확하게 두들기는 소리가 들렸다.

벽 너머에서.

란의 등을 타고 소름이 쫙 돋았다. 그녀의 손목을 잡은 유스타프의 손에 힘이 들어가는 게 느껴졌다. 하지만 그의 표정은 변함없었다.

푸른색의 빛이 하나씩 채워져 가기 시작했다.

똑똑똑똑똑똑똑똑똑.

건너편에서 두들기는 소리가 빨라졌고, 란은 비명을 지르고 싶어졌다.

마지막 문장이 푸른빛을 발하자 더는 두들기는 소리가 들리지 않았다. 저도 모르게 어깨에서 힘이 빠지는데—

쾅—!!

요란한 소리에 란은 힉 하고 어깨를 움츠렸다. 유스타프는 천천히 손을 뗐다.

문장은 빛나다가 사라졌고, 더는 아무런 소리도 들리지 않았다.

란의 손이 부들부들 떨리는 걸 유스타프가 천천히 붙잡아 주었다.

그는 한참 동안 새하얀 벽을 바라보았다.

"돌아가죠."

란은 고개를 끄덕였다. 입술이 떨려 와서 그녀는 입술을 꽉 깨물었다.

벽 너머에.

벽 너머에서 어둠이 깨어나고 있다.

'하지만 벌써?'

아직 그럴 때가 아니지 않나?

내가 읽은 바로는 이런 내용은―

'아.'

아차, 싶은 마음이 그녀를 스쳤다. 원래라면 작년부터 린드버그 남작이 섭정이 되고, 이 의식도 멈추게 된다.

그에게는 '청염'의 존재를 의식시키는 이 의식이 하기 싫었겠지.

'그래서 내가 몰랐던 거였어. 일어나지 않은 일이니까.'

하지만 작년도, 올해도, 읽은 것과는 다르게 의식을 치렀다.

'그것과 상관이 있는 걸까.'

란은 한숨을 내쉬었다. 어쨌든 상대는 '여기가 입구'라는 걸 인식했다.

"유스."

"네."

"아니, 가주님."

얼른 호칭을 고치자 유스타프가 슬쩍 돌아보며 말했다.

"둘만 있을 때는 상관없습니다."

란이 씩 웃으며 "그럼 유스." 하고 이어 말했다.

"이런 사태에 대해서 혹시 알고 있었어?"

"아뇨."

"그런데 침착해 보여."

"허둥거려 봐야 해결되는 일은 없으니까요."

"그건 그렇지만……."

란은 잠시 고민하다가 말했다.

"옛 기록이나 한번 뒤져 볼까? 뭔가가 나올지도 모르잖아."

"그것도 괜찮겠지요."

그가 고개를 끄덕였다. 란이 그의 손을 꽉 마주 잡으며 말했다.

"하여간 내가 있으니까."

그러자 그의 사파이어색 눈이 빤히 그녀를 보아 란은 황급히 부인했다.

"아니, 그런 의미 말고!"

"저런."

유스타프는 그렇게 중얼거렸고 란은 입 안으로 작게 '그런 의미는 아니고……' 하고 다시금 중얼거렸다.

밖으로 나오자 소음이 들려와 란은 안심했다. 아무래도 저 안의 적막과 고요는 약간 무섭다.

아니, 유스와 있으면 괜찮기는 한데, 아까 노크 소리는 진짜 무서웠다.

'호러 영화인 줄.'

그런데 블레인이 어두운 얼굴로 재빠르게 다가와 말했다.

"얼른 내려가는 게 좋겠습니다. 날씨가 심상치 않습니다."

그 말에 란이 고개를 드니 태양이 보이지 않았다.

어둡고 음산한 기운이 산맥을 따라 감돌고 있었다.

"눈 폭풍이라도 오려나?"

그녀의 중얼거림에 유스타프가 고개를 끄덕이고 말했다.

"얼른 내려가는 게 좋을 것 같습니다. 여기서 고립되면—"

그가 눈을 찌푸리고 휘파람을 불었다. 기사단 전원이 이쪽을 주목했다. 유스타프가 말했다.

"전원 둘씩 짝지어. 만약 중간에 눈 폭풍 때문에 흩어지게 되면, 둘이 한 팀이다. 그 외에는 신경 쓰지 말고 알아서 내려가도록."

"존의!"

한목소리로 기사단이 외치고는 알아서 둘씩 짝을 짓기 시작했다. 유스타프가 란에게 말했다.

"저와 한 팀을 하시죠."

"아, 응."

따로 가야 하는 거 아닌가? 생각했다가 란은 자신이 더는 라치아의 가주가 아니라는 걸 깨달았다.

'이럴 때는 좋군.'

란은 잽싸게 유스타프의 옆에 붙었다. 블레인이 말했다.

"얼른 출발하죠."

유스타프가 고개를 끄덕였다. 란은 걱정되기 시작했다.

'여기서 말을 달릴 수 있을까?'

눈 덮인 산을 전력으로 달려 내려가는 게 자신의 실력으로 가능할까? 그런 란의 마음을 읽은 듯이 유스타프가 말했다.

"등자를 꽉 디디고, 허벅지에 힘을 주십시오. 그리고— 갈기를 잡으세요."

"어? 하지만—"

"고삐를 잘못 잡아당기는 게 더 안 좋습니다. 갈기를 잡는 것 정돈 봐

줄 겁니다."

란은 고개를 끄덕이고 말했다.

"정 힘들면 그렇게 할게."

블레인이 말했다.

"제가 먼저 가겠습니다. 다음은 란 님이 따라오시고, 뒤에 가주님이 오시죠."

란은 고개를 끄덕였다. 바람이 점점 거세지기 시작해서, 마른 나뭇가지들이 부딪치는 소리가 뒷덜미를 바싹 곤두서게 하였다.

"이랴!"

블레인이 말을 출발시키고 란 역시 그 뒤를 쫓았다.

'으아아아—!'

혀를 깨물 것 같아, 란은 이를 악물었다. 그래도 온몸이 흔들리는 걸 막을 수가 없었다.

말들 역시 뭔가가 오는 걸 감지하고 있는 것 같았다. 하지만 말보다, 눈이 더 빨랐다.

순식간에 사방이 어두워지고 눈발이 날리기 시작했다. 깃털같이 푹신하고 큰 눈송이가 아니라 작은 싸라기눈이었다.

'눈을 뜰 수가 없어!'

란은 눈앞을 보려고 애썼지만 제대로 볼 수가 없었다. 말은 제 주인이 저를 통제하지 못한다는 것과 눈앞이 보이지 않는다는 것에 더 당황해 마구잡이로 뛰기 시작했다.

'엄청 추, 추, 추워—'

갑자기 온도가 무서울 정도로 쑥 내려갔다. 란은 덜덜 떨기 시작했다. 한기가 뼛속까지 파고들어서 통증이 되기 시작했다.

그때 뭐에 놀랐는지 말이 펄쩍 뛰었다.

"―!!"

장갑 사이로 갈기가 미끄러지고 몸은 균형을 잃고 미끄러졌다.

입이 벌어졌지만, 비명은 나오지 않았다. 너무 놀라니 소리도 나오지 않았다. 몸이 가벼워진 말은 속도를 올렸다. 란은 등자에 발이 걸린 채로 눈밭을 끌려가다가 간신히 풀려났다.

"……."

멍하니 눈밭에 누워 있다가 란은 벌떡 자리에서 일어났다. 온몸이 눈 투성이인 데다가 눈앞이 새하얀 빛으로 잘 보이지 않았다.

눈알이 얼어붙는 것 같았다.

"블레인 경!! 유스타프!!"

그녀가 목청껏 외쳤지만, 눈보라 소리가 더 컸다. 거기다가 숨을 쉴 때마다 목구멍이 얼어붙는 것 같았다.

내쉰 숨은 바로 머플러에 얼어붙어 서리가 되었다.

란은 비틀비틀 자리에서 일어났다. 온몸이 아팠다. 떨어져서 아픈 게 아니라 추워서 아팠다.

바람 때문에 똑바로 일어나기도 힘들 정도였다.

"블레인! 유스!"

소리치고 그녀는 걷기 시작했다. 어느 쪽이 위이고 아래인지 구별도 되지 않았다.

'걸어야 해, 계속 움직여야 해.'

란은 그렇게 생각하며 자신이 가지고 있는 물건 중에서 쓸 만한 게 있을까 고민하다가 더듬더듬 허리춤에 걸어둔 램프의 고리를 돌렸다.

빛이 나왔지만, 눈 폭풍을 뚫고 보일지는 미지수였다.

'눈 폭풍이 이렇게 지독했나?'

아니, 그 전에 이런 눈 폭풍이 라치아에 일어난 적이 있던가?

똑똑.

그때 그 세찬, 귀가 먹어버릴 듯한 눈 폭풍 소리를 뚫고 정확하게 노크 소리가 들려왔다.

란은 몸을 떨었다.

"란!"

그때 누가 제 팔을 잡고 확 일으켜 세워서 란은 얼떨떨해졌다.

"유, 유스?"

그녀가 그를 부르자 유스타프는 안도했다. 꼼짝도 하지 않기에 얼어 죽어 있는 줄 알았다.

"나, 마, 말에서 떨어져서······."

정신을 차리니 고통이 더더욱 밀려들었다. 란이 이를 다닥다닥 부딪치며 말했다. 유스타프가 물었다.

"다친 곳은 없습니까!"

가까이 있는데도 거의 고함치듯 해야 소리가 들렸다. 란은 고개를 끄덕이며 동시에 말했다.

"응."

들렸는지 들리지 않았는지 모르겠지만, 란의 대답에 유스타프는 그녀를 끌고 걷기 시작했다. 란은 바람에 비틀거리며 그를 따라갔다.

유스타프는 얼른 제 말에 그녀를 태우고 자신도 올라탔다. 그리고 말을 몰기 시작했다.

란은 고통이 희미해지는 걸 느꼈다. 대신 점점 졸음이······.

"란."

유스타프가 어깨를 붙잡아 흔들어 란은 퍼뜩 정신을 차렸다. 그러자 다시 추위의 고통이 파도처럼 몰려왔다.

"자면 안 됩니다."

"안 자."

란은 그렇게 말하고 눈을 부릅뜨려 애썼다. 유스타프는 숨을 길게 내쉬고 손을 들어 올렸다.

"청염."

푸른색 불기둥이 솟구쳐 올랐다. 말이 놀라 날뛰는 걸 유스타프가 진정시키며 계속 달리게 했다. 허공까지 솟구친 이 푸른색 불기둥은 어디에서나 뚜렷하게 보였고, 길을 잃었던 기사들은 그걸 따라 달리기 시작했다.

물론 하늘 저택에서도 이 푸른 불기둥을 볼 수 있었다.

란은 약간 최면에 걸린 듯한 몽롱한 상태가 되었다. 불기둥에서 나오는 열은 조금도 그녀의 몸을 데워 주지 못했다.

불기둥을 보고 빙벽 깊은 곳에서, 숲에서 울부짖는 듯한 소리가 울려 퍼졌다.

유스타프는 란의 어깨를 몇 번 더 흔들어서 그녀를 깨웠다. 불기둥이 앞서서 달리고 유스타프는 그 뒤를 따라가, 둘은 겨우 하늘 저택에 도착했다.

"가주님! 란 님!"

시종들은 바람에 비틀거리며 마중 나와 란과 유스타프를 안으로 들이고 말을 마구간에 넣었다.

쾅!

문이 바람에 닫히는 소리가 요란했지만, 란은 여전히 멍한 상태였다. 루미에가 서둘러 그녀의 옷을 벗겨 냈다. 꽝꽝 언 목도리와 겉옷을 벗기는 중에도 란은 흐느적거리며 서 있었다.

"주인님."

루미에가 속삭였다. 디모디아가 외쳤다.

"욕조에 물을 가득 받아요! 가주님은 괜찮으신가요?"

"난 괜찮아."

유스타프는 그렇게 말했지만, 집사는 그에게도 뜨거운 물로 목욕할 것을 강력하게 권했다.

유스타프는 그 제안을 미뤄 두고 할 일들을 지시하기 시작했다.

루미에가 란을 번쩍 안아 들고 걷기 시작했다. 그러나 욕실 앞에서 그는 소다와 카라에게 쫓겨났다.

란은 미지근한 물 속에 들어가자마자 신음을 내뱉었다.

"뜨거워."

"뜨거운 물 아닙니다."

카라가 그렇게 말하고 그녀의 손발을 살폈다. 다행히도 그렇게 동상이 심한 것 같지는 않았다.

그보다는 저체온증으로 더 위험했던 것이리라.

조금씩 란이 물 온도에 익숙해질 때마다 뜨거운 물을 부어서 온도를 올렸다. 소다와 카라가 다람쥐처럼 부지런히 움직여 란은 이제 완전히 체온이 돌아왔다.

그녀는 욕조에 흐늘흐늘 늘어져서 눈을 감았다.

"저런 눈 폭풍은 처음 봤어……."

그녀가 중얼거리자 카라가 말했다.

"저는 어렸을 때 본 적이 있어요."

"그래?"

"네. 가끔 저런 눈 폭풍이 온다고 하더군요. 그게 하필 오늘이 될지는 몰랐지만요."

란은 '그렇구나…….' 하고 한숨을 내쉬었다.

'추우면 정말로 그렇게 아픈 거구나. 상상도 못 했어.'

눈가도 따끔거렸다. 그녀가 눈가를 누르자 소다가 말했다.

"만지지 마세요, 란 님. 눈가에 상처가 났어요."

"상처?"

손가락을 보니 정말로 피가 묻어 나왔다. 싸라기눈에 긁힌 것이다.

그녀는 끙 소리를 내고 물었다.

"다른 사람들은? 기사들은? 유스타프는 괜찮아?"

"다른 분들도 적절한 조치를 받고 있을 거예요. 가주님의 불기둥 덕분에 헤매던 사람들도 제대로 길을 찾은 것 같더군요."

"아."

그 불기둥.

꼭 3D 영화 같은…….

란은 자리에서 벌떡 일어났다. 욕조에서 물이 촤악 하고 흘러넘쳤다. 놀라 카라가 말했다.

"아직 좀 더 몸을 데우셔야 해요."

"아니, 괜찮아."

"아가씨!"

"란 님!"

둘의 외침을 무시하고 란은 도톰한 샤워 가운을 챙겨 입고 욕실을 나왔다. 디모디아가 소리를 질렀다.

"란 님! 머리를 다 말리지도 않고! 감기 걸리십니다!"

"디모디아 님의 말이 맞습니다."

루미에 역시 그녀의 모습에 당황하며 말했다. 둘은 그녀를 반쯤 억지로 벽난로 앞 가장 따뜻한 자리에 앉히고 근처에 온풍기를 틀었다.

젖은 손으로 달려 나온 소다와 카라는 기가 막힌다는 얼굴이었다.

"아니 갑자기 그렇게 나가시면 어떻게 하나요."

"아이참, 머리도 말리시지 않고."

그녀들이 수건을 가져와 머리카락을 문지르기 시작했다. 거기에 이리저리 흔들리며 란이 말했다.

"유스타프가 어떤지 좀 보고 와 줘."

"가주님은 괜찮으십니다."

"맞아요."

란은 다시 신음을 삼켰다.

청염은 가주에게 내려오는 것.

하지만 사용에 대가가 없는 것은 아니다.

먼저 체력, 그리고 생명력.

아무리 유스타프라고 해도 그렇게 큰 불기둥을 만들어 냈으니 상당히 체력이 빨렸을 터였다.

세 사람이 달라붙어서 머리를 말려주고 나서 란은 허둥지둥 옷을 갈아입었다. 모피 망토까지 단단히 걸치고서야 란은 나가는 걸 허락받을 수 있었다.

"정말이지. 앞으로는 항상 절 데리고 다니셔야 합니다."

루미에가 그녀의 곁을 바싹 따르며 투덜거렸다.

"혼자서 마음 졸이는 일은 이제 지겹습니다."

그의 말에 란이 쓴웃음을 지으며 말했다.

"알았어."

하지만 정말로 이런 일이 일어날 거라고는 생각도 못 했다.

눈 폭풍이라니.

'그리고 그게 이렇게 무서운 거라는 것도 처음 알았어.'

은빛 폭풍, 이렇게 말하면 좀 낭만적이지 않은가?

그래서 이렇게 폭력적인 거라고는 생각도 못 했다. 스노우볼 안에서 날리는 눈 같은 거라고 생각했지.

란이 사무실로 들어가자 유스타프가 고개를 돌렸다. 그는 옷도 다 갈아입지 않은 채였다.

"란."

그가 서둘러 다가와 그녀의 뺨을 어루만졌다. 따뜻한 온기에 그는 안도하며 말했다.

"괜찮아 보이셔서 다행입니다."

"난 괜찮지만, 유스— 아니, 가주님은요?"

"전 괜찮습니다."

그가 그렇게 말했지만, 란은 입술을 꾹 다물었다가 말했다. 그녀가 휙 집사를 돌아보며 말했다.

"여기 일은 제가 지휘해도 되겠지요? 가주님을 일단 욕조에 처넣으려면요."

집사가 반색했고 사무관들은 당연한 일이라는 얼굴이었다.

유스타프만이 약간 당혹스러운 얼굴을 했다. 그녀가 그의 등을 떠밀며 말했다.

"얼른, 욕조로 들어가서 쉬어요. 청염을 그렇게나 쓰고……."

마지막 중얼거림에 유스타프는 그녀를 슬쩍 돌아보았다가 어깨를 늘어트렸다.

"알겠습니다."

"당연히 알아야죠."

란이 그렇게 말했고 유스타프는 픽 웃고 그녀의 뺨에 키스했다. 란이 입을 떡 벌리는데 그가 말했다.

"그럼."

그러고는 휙 방을 나갔고, 란은 뺨을 문질렀다.

'입술이 차가웠어.'

문득 그런 생각이 들어 더욱 걱정되었지만, 지금은 일단 그런 생각을 할 때가 아니다.

"그래서, 기사는 몇 명이나 돌아왔죠? 돌아오지 않은 자는? 말은 어떻게 되었나요? 바로 마구간에 넣지 않으면 얼어 버릴 텐데요. 끓인 물이 부족하지는 않은가요?"

그녀의 말에 시종장이 빠르게 대답했고 란은 차례로 해야 할 일들을 지시했다.

다행히도 란처럼 말에서 떨어진 자는 없었다. 유스타프의 불기둥이 유효해서 낙오한 기사도 없었다.

란은 가슴을 쓸어내렸다.

이런 눈 폭풍 때문에 기사를 잃었다면 큰 손실이었을 거다.

하지만 불행히도, 란을 버리고 달린 말은 찾지 못했다. 불기둥을 보고 놀라 반대로 도망갔을 가능성이 크다고 시종이 전했다.

란은 가슴이 시렸다.

'나 때문이야.'

내가 좀 더 말을 잘 다뤄서 낙마하지 않았다면, 그 말은 살았을 텐데.

죄책감이 그녀의 마음을 쿡 찔렀지만, 일단 그것은 나중의 문제였다. 마지막 기사의 귀환까지 알리고 나서야 일은 대충 마무리가 되었다.

유리창의 덧창은 모조리 닫혔고, 지하 창고의 얼음수정 재고는 충분했다. 란은 요리사에게 따뜻한 수프를 잔뜩 만들어 돌리게 지시하고, 유스타프의 방으로 향했다.

막 씻고 나온 유스타프가 수프 그릇과 함께 도착한 란을 보고 말했다.

"그러고 보니 누님은 꼭 제가 씻고 나서 오시더군요."

란의 얼굴이 붉어졌다.

"일부러 그런 건 아니거든."

그리고 그녀가 갸웃하며 물었다.

"호칭이 누님으로 돌아간 거야?"

"이쪽을 더 좋아하시나 하고요. 누님, 란, 어느 쪽이 더 설레십니까?"

란은 얼굴이 달아오르는 걸 느끼며 수프 그릇을 탕 내려놓았다.

"쓸데없는 소리 하지 말고 얼른 먹기나 하시죠. 가주님."

"저에게는 중요한 문제인데요."

유스타프는 그렇게 말하며 긴 다리를 쭉 뻗었다. 약간의 피로감이 얼굴에 비쳐서 란은 곧 걱정이 고개를 치켜드는 걸 느꼈다.

"역시 피곤한 거 아냐? 괜찮아?"

"이 정도는 견딜 만합니다."

유스타프의 말에 란은 "그렇다면 다행이지만." 하고 소파에 웅크리고 앉았다. 머리를 풀고 달려와 그녀의 머리카락이 마구 흐트러져 있었다. 란이 머리를 대충 쓸어내리는 걸 루미에가 붙잡았다.

"제가 묶어 드리지요."

"고마워."

루미에는 조심스럽게 그녀의 머리를 모아서 손으로 빗질했다. 엉켜 보였던 머리카락은 매끄러워 금방 걸림 없이 내려갔다. 빗은 머리를 세 갈래로 나눠서 땋은 후에, 루미에는 머리카락 끝에 키스했다.

살며시 머리카락을 내려놓으니 란이 돌아보고 웃었다.

"엄청 깔끔하게 묶었잖아? 고마워."

"별말씀을."

루미에의 눈동자에 부드러운 온기가 있어서 란은 저도 모르게 빤히 그를 바라보았다. 그러자 곧 그 특유의 미소가 얼굴에 번졌다.

"제 얼굴에 뭔가 묻었습니까?"

"아니, 그게 아니라."

란은 소파에서 몸을 돌려 등받이에 한쪽 팔을 올린 채로 물었다.

"머리는 어떻게 땋을 줄 알아?"

"어렸을 때, 릴리의 머리를 땋아 주고는 했답니다."

"그랬구나."

"주인님의 머리카락은 석양에 물든 밀밭 같네요."

란이 웃었다.

"칭찬 고마워. 그리고 루미에."

"네."

"걱정 끼쳐서 미안해."

루미에가 살짝 입을 벌렸다가 다시금 애교스러운 미소를 지으며 말했다.

"그렇게 생각하시면 앞으로는 저를 꼭 데리고 다니십시오."

"그래."

란이 고개를 끄덕였다.

"란."

그때 유스타프가 그녀를 불러 란은 다시 몸을 정면으로 돌렸다.

"응? 왜?"

"절 보러 오셨으면 절 신경 써 주시지요."

란이 멍하니 그를 바라보다가 다시금 힘주어 말했다.

"가주님, 너무 뻔뻔해지신 거 아닌가요?"

"아니었다면 지금도 누님은 제 마음도 모르고, 아무것도 모른 채로, 사방팔방에 빗방울을 흩뿌리고 다니셨겠지요."

"무슨 빗방울을 뿌려?"

당황해 란이 물었다.

그러고 보니 예전에도 유스타프가 이런 말을 한 적 있지 않던가?

"적어도 지금은 제 마음을 아시니 다행이지요."

유스타프는 그렇게 말하고 이어 물었다.

"그런데 누님은 뭔가 드셨습니까?"

"응? 아─ 그러고 보니 아직."

중얼거리자 유스타프는 별말 없이 시종에게 수프를 한 그릇 더 가져오게 했다. 란이 말했다.

"하지만 배고프지 않은데……."

"지금은 배고프시겠지요."

말하고 보니 그런가. 란은 그렇게 생각하며 눈을 감고 길게 숨을 내쉬었다.

"일단 그 소리도 너무 신경 쓰이는데…… 내일부터 찾아봐도 될까."

그녀가 중얼거려서 유스타프는 저도 모르게 '질렸냐고' 물어볼 뻔했다. 란이 라치아를 좋아하지 않는 건 잘 알고 있었다. 한 번도 '좋아한다.'고 대답해 준 적도 없고, 이 겨울에, 눈 폭풍에 얼어 죽을 뻔까지 하고, 빙벽 너머에서 이상한 소리까지 들리는데 누가 이 영지를 좋아하겠는가?

부와 권력이 있다고, 그렇게 말할 수도 있지만 유스타프는 란이 그런 거에 좌지우지되지 않는다는 것도 알았다.

'하지만 도망치지 않았잖아.'

정말로, 그녀가 그대로 떠났으면 잡지도 찾지도 않았을 거였다.

하지만 란은 남았다.

라치아에 머물기로 했고, 그는 제 이빨 아래 물린 짐승을 놔주고 싶은 마음은 조금도 없었다. 그게 유스타프가 루미에에게 관대한 이유이기도 했다.

란이 그를 아낀다는 건 그도 알았고, 그래서 처리해 버리려는 마음을 꾹 참고 있었다. 루미에가 청염 기사단에 있으니, 그것도 란이 여기 남을 이유 중의 하나가 되었겠지.

'물론 저 자식은 란이 떠난다고 하면 당장 다 버리고 따라가겠지만.'

란은 그걸 모르니까.

유스타프가 말했다.

"그건 누님께서 신경 쓰실 일이 아닙니다."

라치아 때문에 그녀가 부담가지는 일은 이 이상 피하고 싶었다.

란이 움찔하고 고개를 들었다.

녹색 눈동자가 불안하게 흔들렸다.

"물론, 그건 나도 알지만……."

란은 입술을 팽팽하게 당기며 고개를 휙 돌렸다. 그렇다고 그렇게 퉁명하게 말할 건 없잖아?

나 좋아한다고 그랬으면서.

그렇다면, 좀 더 다정하고 상냥하게―

생각했다가 란은 저도 모르게 무릎 사이에 고개를 푹 박았다.

'아악! 이거 내가 유스타프에게 했던 말이잖아!'

란은 마음속으로 눈밭을 마구 구른 후에 헛기침하며 고개를 들었다.

"물론 난 아무것도 아니지만…… 그래도―"

"아무것도 아니지 않습니다. 제 가장 소중한 사람이지요."

아무렇지도 않게 유스타프가 대꾸해서 란은 다시 얼굴이 화르르 타올랐다. 때마침 시종이 수프를 가지고 들어와서 란은 허겁지겁 수프 그릇으로 시선을 내렸다.

뜨거운 토마토 수프를 마시며 란은 마음속을 가다듬었다.

따뜻한 것이 들어가자, 위장이 요동쳤다. 꾸르륵 소리가 나서 란은 빠르게 수프를 삼키듯이 넘겼다.

"하여간 공작 일도 하면서 조사까지 하기는 어렵잖아. 나도 같이 조사할게. 손은 하나라도 더 많은 게 좋지."

란의 말에 유스타프는 고개를 끄덕였다.

"그렇게까지 말씀하시니, 알겠습니다."

빠르게 수프 그릇을 비우고 란이 자리에서 일어나며 못 박듯 말했다.

"오늘은 푹 쉬어. 더 일하지 말고."

란의 잔소리에 유스타프는 픽 웃었다.

"그렇게 하지요."

"좋아."

란은 고개를 끄덕이고 유스타프의 방을 나섰다. 덧창을 모조리 닫아 어두운 복도에는 마법 등이 어른어른 빛나고 있었다.

덜컹덜컹.

덧창이 흔들리는 소리가 났다. 그 노크 소리가 생각나 란은 부르르 한 차례 몸을 떨었다. 다시 생각해도 소름 돋는다.

"추우십니까?"

루미에의 물음에 란은 고개를 저었다.

"아냐, 얼른 들어가자."

제 방으로 들어가니 디모디아가 맞아주었다.

"잘 다녀오셨어요?"

"응. 그리고 배고파—"

저도 모르게 앓는 소리가 나왔다. 뒤에서 소다와 카라가 웃으며 말했다.

"안 그래도 식사를 주문했습니다."

"일단 차부터 마시세요."

란은 설탕과 우유를 듬뿍 넣은 밀크티를 마시며 벽난로를 바라보았다.

'하긴 장벽 너머의 그게 요동치는 건 생각하면 당연한 일이야.'

슬슬 이브리아의 봉인이 뚫릴 때가 오고 있었다.

'그러니까 시나가 오는 게…….'

이제 정말 별로 안 남았다.

'내년이면 오는구나.'

그녀를 이곳으로 내동댕이친 것이 바로 저 빙벽에 봉인된 것이니, 힘이 강해지고 있는 게 당연하다는 생각 역시 들었다.

'시나가 오면.'

란은 느리게 팔걸이에 몸을 기대며 춤추는 벽난로 불빛을 바라보았다.

여자 주인공인 그녀가 오면.

모든 것은 그녀를 중심으로 돌아갈 테지. 유스타프도, 루미에도.

란은 시나를 생각하며 작게 웃었다. 하루빨리 만나고 싶은 마음도 있었다.

'아, 하지만.'

유스타프가 나에게 냉랭해질 거라고 생각하니 그건 좀 슬픈데.

멍하니 그렇게 생각했다가 란은 맛있는 냄새에 정신을 차렸다.

"뭐야, 맛있는 냄새 나."

그녀가 찻잔을 내려놓으며 들뜬 목소리로 묻자 소다가 웃으며 접시를 내려놓았다.

갓 구운 따끈따끈한 빵과 뼈에서 발라내 먹기 편하게 손질된 닭구이, 새콤달콤한 피클과 버터, 잼이 함께 나왔다.

"맛있겠다."

란은 껍질을 바삭바삭하게 구운 닭구이를 황홀하게 보았다.

"얼른 드세요."

소다가 그렇게 말하며 란의 무릎 위에 냅킨을 펼쳐 주었다.

란은 순식간에 이른 저녁 식사를 해치웠다. 겨울에 체온을 유지하려면 많이 먹어야 한다더니, 그게 사실인가 보다.

순식간에 음식을 전부 먹어 치우고서, 마지막 디저트로 나온 사과 절임까지 먹으니 저절로 한숨이 나왔다.

"너무 많이 먹었나 봐⋯⋯."

그녀가 중얼거리자 루미에가 말했다.

"주인님은 좀 찌시는 게 좋아요."

란이 그 말에 녹색 눈을 반짝이며 말했다.

"아, 루미에. 그 말 여자에게 진짜 인기 좋을 것 같은 말이야."

"다른 여자에게는 안 합니다."

루미에가 그렇게 말해서 란은 고개를 끄덕였다.

맞아, 오해할 법한 언사는 하지 않는 게 좋아. 루미에가 그런 그녀를 바라보다가 물었다.

"배부르시면 잠깐 걸을까요?"

"아, 그럴까?"

좋은 생각이야, 하고 란이 몸을 일으켰다. 소다가 "아니, 그 고생을 하시고도 또 움직이시려고요?" 하면서도 단단히 옷을 입혀 주었다.

방 안은 온풍기를 돌려도 복도는 추웠다.

입김이 나올 정도였지만 외부와 비교하면 엄청나게 따뜻한 것이었다.

부른 배를 안고 란은 루미에와 함께 복도를 걸으며 방을 구경했다. 란은 어쩐지 도슨트(docent)가 된 기분으로 루미에에게 방이나 태피스트리나 그림을 하나씩 설명했다.

쓰지 않는 몇몇 방들은 가구를 천으로 덮어놔서 좀 을씨년스러운 느낌도 들었다.

루미에가 돌벽을 어루만지다가 물었다.

"혹시 비밀 통로 같은 것도 알고 계십니까?"

그의 물음에 란은 고개를 휙휙 저었다. 그녀는 모피가 달린 망토를 두르고 있어서 꼭 인형처럼 보였다.

"왜 남기로 하신 겁니까?"

저도 모르게 루미에가 물었다. 란이 그를 보고 웃었다.

"그럼 갔으면 좋았겠어? 루미에랑도 못 보게 될 텐데."

"어째서요?"

그가 눈을 찌푸렸다.

"설마 주인님, 저까지 버리고 가실 생각이셨던 거예요? 같이 가기로 하시고서는."

"어? 아니 그게 아니라, 루미에는 이제 청염 기사단원이잖아. 그런데 데리고 갈 수는 없지. 릴리도 있고."

루미에는 입을 벌렸다가 다물었다.

그깟 자리 없어도 된다.

그는 그렇게 말하고 싶었지만, 그렇게 말하면 기사단에 넣어준 란이 어떻게 생각할까 싶어 참았다.

"릴리는 주인님을 따라가도 만날 수 있지요. 어차피 엘프와 인연이 있는 건 주인님 아닙니까."

대신 그는 그렇게 말하며 부루퉁한 얼굴을 했다.

"결국, 이 추워 빠진 곳에 남게 되어버렸네요."

"하하하, 그러네."

"주인님은 좀 더 따뜻한 나라가 어울리는데요."

"그런가?"

란이 고개를 갸웃했다. 그 모습을 보다가 루미에는 깨달았다. 그가 말했다.

"정말로 절 두고 가실 생각이셨군요."

"응? 음…… 그랬겠지?"

그녀의 말에 루미에는 기가 찼다. 기가 차고 분노가 치밀었다. 이런 일방적인 관계는 너무하지 않은가?

멋대로 주워 놓고, 멋대로 혼자 서라고 하고, 멋대로—

순간 루미에는 유스타프가 했던 말을 깨달았다.

착각하지 말라고.

하, 하는 탄식 같은 한숨과 웃음이 그의 폐 깊숙이서 솟구쳤다.

"주인님."

"응?"

"사탕 장수 이야기를 아세요?"

루미에가 물어 란은 고개를 저었다.

"아니, 모르는데. 무슨 이야기야?"

"거기 나오는 사탕 장수가 꼭 주인님 같아서요."

그 말에 란이 허리에 손을 얹으며 그에게로 돌아섰다.

"뭐야? 뭔가 안 좋은 거 아냐?"

루미에는 히죽 웃었다.

"그렇게 생각하신다는 건 주인님께 켕기는 게 있다는 걸까요."

"아니, 없는데."

당당하게 말하는 그녀를 보고 루미에는 다시 웃었다.

"그럼 된 거 아닙니까?"

그가 그렇게 속삭이고 더듬던 벽에 달린 촛대를 잡아당겼다.

그르릉—

낮은 소리와 함께 문이 돌아가며 반쯤 열렸다. 란은 눈을 휘둥그레 떴다. 검은 입구에서 차가운 공기가 마구 밀려들어 왔다.

"가 볼까요?"

루미에의 물음에 란은 망토 앞섶을 단단히 여미고 후드를 뒤집어쓴 다음 고개를 끄덕였다.

"가보자."

이런 모험을 마다할쏘냐.

비밀 통로라니 흥미진진하지 않은가? 란은 그렇게 생각하며 루미에의 뒤를 따라 종종걸음으로 들어갔다. 내부는 깜깜해서 란이 허리춤을 더 듬어 램프를 켜려고 하자 루미에가 손을 덮어 왔다.

"켜지 마세요. 혹시 밖에서 빛이 보일 수도 있거든요."

"아, 응."

란은 고개를 끄덕였다. 하지만 안으로 걸어 들어가면 갈수록 깜깜해져서 그녀는 숨을 삼켰다. 저도 모르게 손을 뻗어 루미에의 옷자락을 붙잡자 루미에는 그녀의 손을 잡아 왔다.

뜨거운 손이었다.

루미에는 여기가 어두워서, 아무것도 보이지 않아서 다행이라고 생각했다. 아니면 지금 웃고 있는 걸 다 들켰을 테니까.

기뻤다.

너무 기뻐서 가슴속이 콱 조여지는 기분이었다.

별거 아닌, 그냥 손을 잡은 것뿐인. 그냥 이곳이 어두워서 그녀가 자신에게 기댄다는.

그 하나만으로도 이렇게나 기쁘다니.

'약을 먹었을 때도 이런 느낌은 아니었는데.'

루미에는 그렇게 생각하며 걸었다. 이곳이 더 어둡다면, 이 길이 아주 길면 좋을 텐데.

자신이 앞서고, 그녀가 그의 손을 잡고 따라오는 이 길이.

"루미에."

속삭이듯 란이 말했다.

"네, 주인님."

그의 목소리가 경쾌해서 란은 저도 모르게 미소를 머금고 말했다.

"언제까지 갈 거야? 나 진짜로 하나도 안 보이는데."

"이왕 들어온 거 끝까지 가보지요."

"이러다가 한 30분 걸어서 밖이고, 그러면 어쩌지?"

"그러면 밖으로 나가는 길을 하나 찾은 거지요."

"그런가."

란은 그렇게 말하며 갸웃했다. 만약에 유스타프에게 물어본다면…….

'왠지 알려줄 것 같아!'

란은 그렇게 생각하자마자 다시 얼굴이 따끈따끈해지는 걸 느꼈다. 자의식 과잉이라고 할지도 모르겠지만, 어쩐지 유스타프는 알려줄 것 같았다.

'소, 소중한 사람이라고 했고…….'

그때 발에 뭔가 차이고, "찍." 하는 소리가 났다. 란은 기겁하며 비명을 질렀다.

"쥐! 쥐!"

그녀가 발을 구르며 루미에에게 달라붙어서 그가 그녀를 번쩍 안아 들었다. 란이 부들부들 떨었다.

"그야 밖이 추우니 안에 쥐가 있겠죠."

루미에가 웃음 섞인 목소리로 말해서, 란은 그 소리가 나는 쪽을 원망스럽게 바라보았다.

"하, 하지만 내 발에 치이는 거랑 내 눈에 안 보이는 건 다르다고."

"그러고 보니 라치아는 쥐가 적은 편이기는 하지요."

"아, 제발. 쥐 진짜 싫어."

"어디 가서 새끼 고양이라도 얻어 올까요?"

루미에가 그녀를 어르며 하는 말에 란의 눈이 반짝 빛났다.

"새끼 고양이?"

"네. 쥐잡이가 있다면, 쥐도 덜하겠지요."

"그런가…… 그거 좋네…… 고양이……."

그녀는 그렇게 말하며 루미에의 목에 팔을 둘렀다.

"루미에, 춥지 않아? 생각해 보니까 제복에 망토 하나만 둘렀잖아?"

"춥지 않습니다."

"에이."

란은 그렇게 말했고, 루미에는 계속 걷고 있었다. 그는 살짝 입술을 깨물었다.

이렇게 닿아 있으면 심장이 뛰는 소리가 들리겠다. 고막까지 쿵쿵 울리는 소리에 부끄러울 지경이었다.

그러나 다행히도, 그냥 자신에게만 들리는 것인지 란은 아무렇지도 않게 그에게 안겨서 말했다.

"이상하네, 점점 위로 올라가고 있는 건가?"

"네, 그런 것 같습니다. 아."

"왜?"

루미에가 아주 작게 속삭였다.

"빛이 보이네요."

"빛?"

란 역시 놀라 고개를 들었다. 정말로 깜깜한 가운데 저쪽에서 빛이 비쳐 들어오고 있었다.

"내려 줘."

그녀의 말에 루미에가 조심스럽게 란을 내려놓았다.

다가가 보니 바닥에 구멍이 나 있었고, 그 아래는─

"연회장이네?"

"그러네요. 다이아몬드 홀인 것 같군요."

"맞아. 허, 참. 완전히 한눈에 다 보이잖아? 대체 이 통로는 구조가 어떻게 되어 있는 거람?"

"그러게요. 제 생각에는 이야기 소리도 상당히 뚜렷하게 들릴 것 같군요."

"그럴지도."

란은 한참 홀을 내려다보다가 한숨을 내쉬고 말했다.

"그러니까 연회장을 관찰하는 용도란 말야? 하늘 저택을 지은 이브리아는 무슨 생각이었던 걸까."

그녀는 고개를 갸웃했다. 루미에가 이어 말했다.

"저쪽으로 더 갈 수 있을 것 같습니다."

"가 볼까."

란은 그렇게 말하다가 갑자기 경사로가 시작되어 발이 쭉 미끄러져 굴러떨어지기 시작했다.

"꺄악!"

"주인님!"

놀란 루미에가 뒤를 따라왔지만, 어떻게 잡을 수 있는 구조가 아니었다. 마치 미끄럼틀을 타고 하염없이 내려가는 것 같은 모양새였다. 앞으로 엎어져서 미끄럼틀을 탄 모양새가 된 란은 어떻게든 멈춰 보려고 애썼지만 두툼하고 매끄러운 옷에 장갑까지 끼고 있으니 속절없이 미끄러질 수밖에 없었다.

다음 순간 저쪽에 빛이 보였다.

'잠깐, 이 속도로 저 밖으로 튕겨져 나가는 거야?'

그때 루미에의 손이 란의 손목을 붙잡았고 동시에 몸이 허공에 붕 뜨면서 시야가 밝아졌다.

'떨어진다!'

눈을 꽉 감았지만, 곧 푹 하고 두 사람은 눈밭에 파묻혔다. 아직 바람에 눈발이 날리고 있었지만, 아까 낮만큼 심하지는 않았다.

란은 눈을 떴다. 멍하니 하늘을 바라보다가 란이 허둥지둥 자리에서 일어났다.

둘이 어디서 튕겨져 나왔는지 보였다. 빗물을 배출할 때 쓰는 우수관 중의 하나였다.

그냥 커다란 우수관이라고만 생각했는데.

"루미에, 괜찮아?"

란이 휙 돌아보며 말하자 루미에가 자리에서 일어나며 눈을 털었다.

"네, 괜찮습니다. 눈 폭풍이 좀 잦아들어서 다행이군요."

"어, 얼른 들어가자."

란이 이를 닥닥 부딪치며 말해서 루미에는 고개를 끄덕였다. 그리고 그녀의 손을 잡았다가 저도 모르게 말했다.

"이대로 떠나 버리면 어떨까요?"

"얼어 죽는 건 싫어."

란의 대답은 간결했고 그래서 루미에는 웃었다.

"그렇지요. 저도 싫네요. 그건."

둘이 다시 돌아서 현관으로 들어가자 시녀들은 난리가 났다.

대체 왜 이 날씨에 또! 밖으로 나간 거냐며 디모디아는 잔소리를 해댔고, 루미에 역시 "어떻게 그렇게 분별이 없어요?" 하는 소리를 들을 수밖에 없었다.

다시 따끈한 욕조를 거쳐서 란은 완전히 기진맥진해져 그대로 쓰러지듯 잠자리에 들었다.

* * *

그렇게 심했던 눈 폭풍은 하루 만에 잦아들었고, 아랫마을 영지민의 피해 상황을 살피며 며칠을 보냈다.

그 후로는 다행히도 청명한 겨울 날씨가 이어져서 란은 한시름 놓았다.

그 후로 그녀는 대부분의 시간을 도서관에서 보내고 있었다.

아침에 일어나서는 유스타프와 함께 서류를 보고, 점심을 먹고는 도서관으로 향했다.

라치아의 도서관은 두 곳으로 나뉘는데, 하나는 일반적인 커다란 도서관이었다. 란은 라치아의 도서관을 좋아했다.

도서관의 이데아 같은 곳이라고, 란은 생각했다.

유리온실 같은 둥근 돔 천장에서 겨울의 날카로운 햇빛이 쏟아지고, 돔을 중심으로 책장에는 책들이 나란히 꽂혀 있고—

'물론 책이 그렇게 많지는 않지만.'

이곳의 인쇄 기술로는 많은 책을 양산할 수는 없고, 현대인처럼 책을 몇천 권, 몇만 권씩 가지고 있을 수는 없으니까.

대신 모든 책은 표지를 앞으로 해서 진열하듯이 놓여 있었다.

아름답게 채색된 가죽 장정을 들여다보는 것만으로도 시간이 훌쩍 지나갈 정도였다.

그리고 특별 관리가 필요한 고서들과 라치아 가문의 역사를 기록한 책은 도서관 안쪽 서고에 보관되어 있었다.

'이렇게 멋진 도서관을 만들다니. 이브리아는 뭘 아는 사람이야.'

물론 그녀가 100% 인간이냐고 묻는다면 좀 미묘하기는 하지만.

인간은 인간이니까.

란은 그렇게 생각하며 안쪽 서고로 들어갔다. 서고 출입권을 가지고 있는 건 유스타프와 란뿐이라서, 루미에는 도서관에서 기다렸다.

"심심할 텐데 다른 데 가도 괜찮아."

란의 말을 루미에는 "책이나 보죠." 하고 일축했다.

란은 어깨를 으쓱하고 서고 안으로 들어가서 책들을 살폈다.

'이건 책이라고 할 수도 없어.'

양피지 묶음들이 한 아름씩 쌓여 있는 걸 보면 란은 저절로 한숨이 나왔다.

말했다시피 라치아는 천 년 가문.

기록물의 양도 어마어마했다.

'빙벽에 대해서 기록한 것만 추릴 수 있으면 좋을 텐데. 그런 생각은 하지도 않고 그냥 쌓아 두기만 했군.'

검색 시스템이 절실하다.

란은 괜히 허공에 타자 치는 시늉을 해 보다가 한숨을 내쉬었다.

날을 잡아서 이걸 정리하는 게 좋겠다.

'하려면 지금이다!'

결심한 그녀는 도저히 손댈 엄두가 나지 않는 기록물의 산을 바라보다가 팔을 걷어붙였다.

정리하다가 읽고, 읽다가 정리하고.

정신없이 내용을 읽는데 맛있는 냄새가 확 풍겨 와서 란은 고개를 들었다.

돌아보니 유스타프가 서고 한쪽에 있는 작은 테이블에 쟁반을 올려놓고, 그 앞에 앉아 있었다.

"유스? 언제 왔어?"

놀란 란이 다가오며 물었고 유스타프가 픽 웃었다.

"제가 온 것도 모르시고 뭘 그렇게 열심히 보십니까?"

"아— 300년 전 글인데, 정복 황제와 나눴던 이야기나 인상 같은 게 적혀 있어서 흥미롭네."

"그건 정말로 흥미롭네요."

"유스도 볼래?"

란은 그렇게 말하며 얼른 자리에 와 앉아서 스푼을 들었다. 그녀가 히죽 웃었다.

"배고픈 건 어떻게 알았어?"

"그 정도는 알지요."

란은 설탕을 뿌려 구운 따끈한 토스트를 한입 깨물었다. 그을린 황금색 표면이 바삭하는 소리를 냈다.

유스타프는 란을 빤히 바라보았다. 그 시선에 란의 얼굴이 붉어졌다.

"왜 그렇게 봐?"

"예뻐서요."

란의 얼굴이 더더욱 달아올라서 유스타프가 물었다.

"이제 익숙해질 때도 되지 않으셨습니까?"

"익숙해질 리가 없잖아?"

"하지만 그렇게 일일이 얼굴이 붉어지시면."

유스타프가 손을 뻗어 그녀의 입가에 묻은 설탕 부스러기를 닦아 주고 웃었다.

"제가 그다음을 못 나가지 않습니까?"

으악, 으악, 으악.

란은 말문이 막혀 손등으로 제 입가를 문질러 닦고 와와 토스트를 집어삼키듯 먹었다. 유스타프가 따뜻한 우유를 그녀 쪽으로 밀어 줘서 그것까지 꿀떡꿀떡 마셨다.

"안 나가도 괜찮습니다!"

란이 항변해서 유스타프는 고개를 끄덕였다.

"그래도 괜찮지요."

그러고서 그가 고개를 기울였다. 매끄러운 검은색 머리카락이 부드럽게 흘러내리고 지나치게 잘생긴 얼굴에 완벽하게 어울리는 빙하 같은 푸른색 눈이 빛을 발한다.

란은 순간 이곳이 어딘지를 잊고 유스타프의 얼굴을 바라보았다.

'아니, 이렇게까지 잘생길 필요가 있나?'

란이 그렇게 생각하는데 유스타프가 물었다.

"싫으십니까?"

순간 란은 질문을 알아듣지 못하고 "으응?" 하고 되물었고, 유스타프는 다시 물었다.

"제가 이러는 게 싫으십니까?"

그제야 정신이 돌아온 란은 제 손가락을 꼼지락거리고 손톱만을 지그시 노려보다가 작게 말했다.

"싫……진 않아."

그게 문제였다.

유스타프가 자신을 좋아하는 게 조금도 싫지 않은 게. 당황스럽기는 하지만 거부감은 눈곱만큼도 들지 않았다.

끙끙거리며 제 손만 내려다보는 란을 보며 유스타프는 웃음이 터지려는 걸 참았다.

그렇구나, 싫지 않구나.

깊은 안도감이 파도처럼 그를 덮쳤다. 그뿐 아니라, 그녀를 밀어붙이고 '어디까지가 싫지 않냐고.' 물어보며 하나하나 시험해 보고 싶은 마음이 솟구치는 걸 참는 게 힘들었다.

'서두르지 마.'

서두르면 안 돼, 유스타프 라반 드 라치아.

억지로 밀어붙이는 건 란에게는 조금도 통하지 않는다. 조금씩조금씩, 저 스스로 걸어 들어오게 해야 한다.

"그건 기쁘네요."

유스타프는 그래서 순순히 말했고, 란의 귀 끝이 빨개지는 걸 바라보았다.

"그럼, 쓸 만한 내용은 찾으셨습니까?"

유스타프가 주제를 바꿔서 란은 숨통이 트이는 기분으로 얼른 답했다.

"아니, 아직 못 찾았어. 보다시피 기록들이 엉망으로 섞여 있어서⋯⋯ 조금씩 정리를 하고 있기는 한데. 라치아의 겨울은 기니까, 겨우내 정리하면 어떻게든 되지 않을까?"

"혼자서 다 하시려면 힘들 텐데요."

그가 눈을 찌푸려 란이 고개를 저었다.

"아냐, 어차피 딱히 할 일도 없는데, 뭐."

"아침마다 서류도 보시면서요. 그리고 좀 편하게 지내셔도 괜찮습니다."

유스타프의 말에 란은 따끈따끈한 벽난로 앞에서 즐기는 게임과 눈썰매와 오락거리들을 떠올렸다.

"음, 그럼 적당히 열심히 할게."

란의 말에 유스타프는 피식 웃었다.

"그리고 서고 안이 썰렁한 것 같은데 난로도 켜시고요."

"응, 하지만 건조하면 양피지에 안 좋을까 봐…… 적당히 춥지 않게 할게. 지금도 양말 세 겹이나 신어서 괜찮아."

란의 말에 유스타프는 "그래도……." 하고 말꼬리를 흐렸다가 쟁반을 챙겨 일어났다.

"알겠습니다. 대신 너무 오래는 일하지 마십시오."

"응, 고마워."

걱정해 주는 것도, 존중해 주는 것도 양쪽 다 좋다.

란이 웃으며 말하자 유스타프는 한숨을 내쉬고 서고를 나섰다.

배가 든든해지니 훨씬 기운이 나서 란은 아까 읽던 서류 쪽으로 씩씩하게 다가갔다.

'올겨울은 서류를 보면서 지내려나?'

하지만 그런 그녀의 예상은 완전히 깨져 버렸다.

\* \* \*

3월의 라치아는 아직도 추운 겨울이었다. 수도에야 봄바람이 불고 있겠지만, 라치아의 바람은 아직도 칼바람.

그래서 황실의 사자는 전신을 부들부들 떨고 있었다.

유스타프가 자동 난로를 내주자 사자는 그 앞에 바싹 붙어 서서 젖은 부츠에 뜨거운 온기를 쬐었다. 그가 입고 있는 옷은 새까만 색이었다.

가신으로 그 자리에 같이 서 있던 란은 심장이 크게 뛰었다.

'황태자가 죽었나?'

시나가 왔을 때는 이미 황태자가 죽은 후라서, 정확하게 언제 황태자가 죽었는지는 란도 알지 못했다.

하지만 이쯤 죽었다고 해도 문제없는 시기였다.

하지만 사신이 가져온 소식은 완전히 다른 소식이었다.

"황제 폐하께서 붕어하셨습니다."

란은 저도 모르게 숨을 삼켰다. 유스타프는 사신의 손에서 검은색 조기를 받아 들며 말했다.

"라치아는 깊은 슬픔을 표하는 바요. 정확히 언제쯤 승하하신 겁니까?"

"올해 신년쯤입니다. 라치아에는 도무지 들어올 수가 없어, 연락이 늦어지게 되었습니다."

"그럼……."

유스타프가 조기를 더듬으며 말했다.

"황태자 전하께서 즉위하셨겠군요."

"네, 그렇습니다. 새로운 황제 폐하 만만세!"

사신은 큰소리로 외쳤다. 란은 뒤통수를 누군가가 한 대 친 기분이었다.

'루스가 죽은 게 아니고? 황제 폐하가? 아니— 어째서?'

분명히 현 황제는 시나가 올 때까지 살아 있었다.

'올리비아가 계획을 바꾼 건가? 아니면 다른 변수가 생긴 거야?'

"즉위식이 4월에 열립니다. 부디 꼭 라치아 공작께서도 참석해 주시길 바랍니다."

사신이 이어 초대장을 건넸고 유스타프는 그걸 받아 들며 말했다.

"고맙네. 들어가서 쉬도록."

사신은 고개를 깊게 숙이고 물러났다. 그가 물러나자마자 란과 유스타프의 시선이 마주쳤다.

유스타프가 말했다.

"제가 생각하고 있는 걸 란도 생각하고 있습니까?"

"생각하고 있어요."

란은 그렇게 말하고 깊게 한숨을 내쉬었다.

어찌 되었든, 새 황제는 라치아를 적대하고 있었고 그게 라치아에게 득이 되지는 않을 것이다.

'즉위식에서 무슨 짓을 할지.'

란은 그렇게 생각하며 입술을 깨물었다.

"4월의 즉위식까지 갈 수 있을까?"

"길이 좋지 않을 겁니다."

유스타프는 그렇게 말하고 생각에 잠겼다.

"참석하지 않을 수는 없겠지요."

"그건 안 되죠. 사태를 파악할 수 있는 가장 좋은 기회인데요."

란의 중얼거림에 유스타프가 그녀를 보며 말했다.

"제가 가주가 되어서 다행입니다."

그 말에 그녀의 녹색 눈이 가늘어졌다.

"뭐예요? 제가 못 감당할 것 같아서요?"

"아뇨. 란이 불쾌한 일을 당하지 않아도 되어서요."

그의 말에 란의 미간이 찌푸려졌다.

"그런 일을 가주님이 당하는 것도 싫습니다."

"하지만 분명히 하겠지."

유스타프는 잘라 말하고 고개를 들었다.

"블레인."

서 있던 블레인이 고개를 숙였다.

"청염 기사단을 점검해라. 아무래도 곧 출발해야 할 것 같으니까."

"존의."

"다른 가신들에게도 미리 알리는 게 좋겠군. 로미아 백작."

그녀를 부르는 말에 란은 얼른 자세를 바로 했다.

"그대에게 라치아를 맡겨도 될까?"

란은 저도 모르게 반사적으로 항의하려고 했다.

아니, 지금 날 두고 가겠다고?

하지만 모두의 앞이고, 그녀는 가신이고, 그는 가주다.

모두가 "네."를 외치는 상황에서 혼자 "싫어요."를 외쳐도 되는가.

"알, 겠습니다."

간신히 대답하고 나니 유스타프가 희미하게 미소 지었다.

"나중에 이야기 나누지요. 가주님."

란이 덧붙인 말에 그의 미소가 짙어졌다.

"기꺼이 그리하지."

란은 머릿속을 빙글빙글 돌리며 유스타프의 이야기가 끝나기를 기다렸다.

원래 그녀가 아는 대로라면 황태자가 죽고, 황제는 살아 있어야 한다.

그런데 황태자는 살고 황제가 죽었다. 그럼 황제가 자연사한 건 아닐 테니, 누군가가 황제를 죽였다는 이야기고—

'올리비아가 황제를 죽였단 말인가?'

대체 왜?

'어디서 마음을 바꾼 거지? 황태자를 더 참아 주기로 한 건가? 하지만 그러면 황제는 왜······.'

잠깐.

란은 머릿속을 고쳤다.

'예전 이야기는 떼어 놓고 지금 상황만 보고 생각해 보자.'

루스가 황제가 되었으니 올리비아는 이제 황후다. 명실상부, 제국 여성의 일인자가 된 것이다.

야심만만한 올리비아에게는 어울리는 자리임이 틀림없었다.

'하지만 그 황태자를 참아 주면서?'

아니면 황태자가 정신을 차리고 올리비아와 화해를 하기라도 한 것일까. 그렇다면 골치 아파질지도 모르겠다.

"란."

유스타프가 속삭여 란은 펄쩍 뛰었다. 그가 눈을 깜박였다.

"그렇게 놀랄 줄은 몰랐습니다."

"아뇨, 죄송합니다. 제가 다른 생각을 하고 있었습니다."

"그런 것 같았습니다."

유스타프가 빙긋 웃었다. 돌아보니 알현실에 남은 것은 란과 유스타프뿐이었다. 저절로 란의 말투가 풀어졌다.

"지금 아무도 없는 거지요?"

"네."

"그럼 왜 나를 데려가지 않는 거야? 사교계에서 움직일 사람이 필요하지 않아?"

"필요하지만, 그 개새―, 실례. 그 쓰레기가 황제가 되었으니 분명히 그가 가지지 못했던 걸 노릴 겁니다. 게다가 누님은 이제는 라치아 사람도 아니고, 백작입니다. 좀 더 만만한 상대가 되었다는 거지요."

란이 공작이었을 때에도 어떻게든 손에 넣으려 안달했던 인간이다. 그녀가 백작이 되었으니 더더욱 쉽게 생각할 게 틀림없었다.

게다가.

"더해서 란은 내 약점이고, 약점을 외부에 노출시키고 싶지는 않습니다."

"하지만—"

란은 불만 서린 눈으로 유스타프를 바라보았다.

"어쨌든 백작 위를 정식으로 인정받으려면 루스를 만나야 해. 유스가 작위를 주기는 했지만, 어쨌든 모든 작위는 황제의 승인이 필요한 거니까."

"그 작자가 누님께 무슨 짓을 했는지 벌써 잊었습니까?"

"잊지 않았어."

란은 그렇게 말하고 깊게 숨을 들이마신 후에 말했다.

"하지만 그렇다고 벌벌 떨면서 그의 얼굴을 보지도 못하고 살고 싶지는 않아."

그녀가 머뭇머뭇 손을 뻗어서 그의 손을 잡았다. 유스타프가 움찔하는 게 느껴졌다.

"그리고, 이건 그런 의미가 아닌 걸 미리 말해 둘게. 어, 그러니까. 어쨌든 나에게는 유스가 있잖아?"

유스타프는 제 손을 감싸 쥔 그녀의 손을 반대로 감싸 쥐며 말했다.

"그럼 어떤 의미입니까?"

"내가 유스를 믿는다는 의미."

유스타프의 상체가 기울어졌다. 가까워진 그의 눈동자를 보고 란은 눈을 크게 떴다가 살짝 내리깔았다. 속눈썹이 파르르 떨렸다.

유스타프는 미소 짓고 그녀의 눈가에 키스해 준 후에 말했다.

"그렇게 말해 주시니 감사하군요. 하지만 그래도 동행은 안 됩니다. 라치아를 비우기에도 리스크는 너무 크니까요. 이전 같은 일이 있을 수도 있고."

유스타프의 말에 란은 눈가를 비비며 말했다.

"아, 알았어."

순순한 그녀의 대답에 유스타프는 웃고 손을 놓아 주었다.

"그럼 자세한 건 후에 이야기하지요."

그의 말에 란은 고개를 끄덕였다. 말이 잘 나오지 않았다. 그가 떠나자 란은 제 입술을 누르며 한숨을 내쉬었다.

'키스하는 줄 알았는데.'

안 해서 아쉽다, 하는 생각이 들자마자 란은 "으악." 하고 소리를 내며 양손으로 제 얼굴을 감쌌다.

"안 돼, 정신 차려, 란 로미아. 지금 그럴 때가 아니에요."

그럴 때가 아니기는 하지만, 그래도 그거랑 이거랑은 다르잖아?

머릿속에서 다른 목소리가 속삭였다.

유스타프가 시나를 좋아하면 분명히 울 거야. 그냥 선수를 쳐 버려.

'으으, 아냐. 아냐. 휙휙, 정신 차려라, 란.'

란은 그렇게 생각하며 제 머리를 꽉꽉 눌렀다.

알현실을 나오자 루미에가 기다리고 있었다. 란이 "아." 하고 고개를 들었다.

"오래 기다렸지, 미안."

"아닙니다. 이야기는 어떻게 되셨나요?"

"으-음. 일단 나는 수도에 가지 않고 남는 게 됐어. 하지만 어차피 백작 위를 받으려면 한 번은 얼굴을 봐야 하는데."

"누굴 말입니까?"

"새 황제 폐하."

란의 말투에서 닝기가 뚝뚝 떨어져서 루미에의 얼굴 역시 좋지 않아졌다.

"무슨 일이 있는 건가요?"

"아, 그게―"

란은 뭐라고 설명을 해야 할까, 하다가 그냥 솔직하게 루미에에게 털어놓았다.

어차피 알게 될 텐데, 그래도 당사자 입으로 듣는 게 가장 깔끔하지.

이야기를 들으며 루미에는 감정 조절을 하기 위해 애썼다.

"그래서 유스타프는 걱정이 되나 봐."

"저도 걱정되는데요."

루미에의 대답이 빠르게 나왔다. 그에게 황제는 구름 위의 사람이고, 얼마큼의 권력을 가졌는지 실감이 나지 않았다.

하지만 그런 자들이 사람을 깔아뭉개려고 하면 얼마나 잔혹해지는지는 잘 알고 있었다.

라치아가 아무리 공작가라고 해도, 상대는 황제 아닌가?

밑바닥에서 흙먼지를 먹고 살아온 인생이다. 그런 자신 위에 군림했던 자들도, 귀족이라면 맥을 못 췄다. 그들은 까마득히 높은 곳에 있는 존재들이었으니까.

그건 란 역시도 마찬가지다.

그녀 역시 반짝이는 별 같은 높은 존재이니, 자신과는 닿을 수 없는 높은 사람.

하지만 란은 그의 손을 잡고, 손등에 키스를 해주었다. 인간으로서 고개를 들고 설 수 있게 해 줬다.

'할 수 있다면…….'

가능하다면 그녀를 데리고 아주 멀리, 제국을 벗어나 도망치고 싶었다.

하지만 란은 도망치지 않으리라.

루미에는 길게 숨을 내쉬었다. 란이 그의 한숨에 가볍게 웃었다.

"너무 걱정하지 않아도 괜찮아. 잘될 거야."

"그러길 바랍니다."

그리고 루미에가 싱긋 웃으며 고개를 숙여 말했다.

"만약 그러지 않아도 주인님께는 제가 있답니다."

눈을 찡긋하는 루미에를 보고 란은 웃었다.

"알았어. 기억해 둘게."


유스타프는 일주일 후에 출발했다.

"차라리 아직 얼음이 얼어 있을 때 출발하는 게 나으니까요."

그는 그렇게 말했고, 거기에는 란도 동의했다. 질척한 진흙밭을 달리는 건 어려운 일이니까.

유스타프가 떠나고 나자 어째 저택이 텅 빈 기분이었다.

유스타프는 청염 기사단의 절반을 끌고 갔다. 블레인을 두고 가겠다는 걸 란이 괜찮다고 몇 번이나 말했지만, 유스타프는 얄짤없이 블레인을 두고 대신 로스를 데리고 떠났다.

블레인이 란을 달래듯 말했다.

"또 영지전을 걸어올 멍청이가 있을지도 모르니까요."

"하긴, 그건 그러네요."

란은 그렇게 대답하며 한숨을 내쉬었다. 만약 영지전이 열린다면 란의 지식과 경험으로는 한계가 뚜렷했다.

'하지만 수도에 올라간 유스타프가 걱정되는 것도 사실이라……'

더 이상 자신이 도울 수도 없고, 읽은 것과는 완전히 달라진 상황은 란을 더 불안하게 만들었다.

하지만 그런 기색을 보이면 안 되리라.

유스타프는 총관이라는 직분을 새로 만들어서 란에게 수여했다. 가주 대리와 마찬가지인 자리였다.

그녀는 가주 대리로 일하게 된 만큼 힘을 내야 한다고 결심했다.

실제로도 곧 일이 바빠져서 란은 정신없이 일했다.

날씨가 풀리니 약속했던 드워프 기술자들이 우르르 몰려왔다.

"머물 곳은 스스로 만들면 되지."

"맞아, 맞아."

드워프들은 그렇게 말하며 광산 주변에 자기들이 묵을 집을 '파기' 시작했다.

임시 거처를 만들 때까지는 하늘 저택에 손님방을 내주기로 했고, 매일 음식을 준비하게 했다.

그리고 나자 마법 세공사인 리디아가 말을 전해 왔다.

"따로 나가서 살고 싶다고요?"

란이 갸웃하자 리디아가 고개를 끄덕였다.

"저택에서 사는 것 역시 가주님의 큰 배려이니 감사드립니다. 그런데 마법 세공사 길드원들이 이쪽으로 이주하고 있는 것은 아시지요?"

그녀의 물음에 란은 고개를 끄덕였다. 캐머론 후작과의 싸움 이후로 그는 마법 세공사 길드에 대한 압력을 강하게 가했다.

그래서 세공사들은 길드를 뛰쳐나와 라치아 공작령으로 들어와서 작은 마을을 이루었다.

란은 기꺼이 얼음수정을 판매하고 그들이 만든 마법 세공품을 판매할 수 있도록 골든로즈 상단과 연결해 주었다.

"새 길드를 세우려는데, 제가 길드장으로 추천을 받았습니다."

그렇게 말하는 리디아의 뺨은 붉었지만, 눈은 반짝반짝 빛나고 있었다.

"어머? 리디아, 정말 잘됐어요!"

란은 눈을 크게 뜨며 말했다. 길드장이라니.

중년 여성이라 라치아로 쫓겨나듯 온 것이 얼마 전인데, 이제 새로운 길드장이라.

"하지만 한 품목에 한 길드밖에 세워지지 않잖아요?"

란의 물음에 리디아가 미소 지었다.

"저희는 얼음수정 마법 세공 길드입니다."

란은 입을 살짝 벌렸다가 웃음을 터트렸다. 눈 가리고 아웅이기는 하지만, 그래, 그럴 듯하다.

기존의 마력석과 얼음수정은 차원이 다르니까.

"그렇군요. 그렇다면 마음 아프지만 허락해 줘야지요. 물론 라치아 공작가에서도 새 길드장을 적극적으로 옹호하겠어요."

이 각박한 세상에 여자끼리 돕는 건 당연한 거 아닌가요?

란이 그렇게 말하며 눈을 찡긋하자 리디아의 눈시울이 붉어졌다.

"감사합니다. 가, 아니, 백작님."

리디아가 이어 말했다.

"프란체는 이 저택에 남겨 두고 싶습니다. 공작가의 수석 마법 세공사는 좋은 자리니까요."

그 말에 란은 힐끔 옆에 서 있는 프란체를 보았다. 남자아이는 하루하루가 다른 걸까.

그 역시도 처음 왔을 때에 비하면 훌쩍 자라 있었다. 게다가 그가 만드는 마법 세공진은 섬세하고 정교하다고 정평이 났다.

란이 말한 현대의 도구를 프란체가 하룻밤 만에 뚝딱 설계한 적도 있었다.

'천재는 천재라는 거지.'

"남아 주면 나야 고맙지요."

란이 그렇게 말하고 빙긋 웃었다. 리디아가 "감사합니다." 하고 고개를 숙인 후에 말했다.

"전에 말씀하셨던 마법 세공품도 완성되었답니다."

"정말?"

"네, 휴대용 난로 말이에요. 프란체, 보여 드리렴."

프란체가 그 말에 얼른 제 책상으로 가더니 네모난 물건을 들고 왔다. 문고본 정도의 사이즈로 우윳빛 유리 같은 빛깔을 띠고 있었다. 프란체가 말했다.

"이 옆에다가 얼음수정을 끼우면 되고요."

그가 가공된 육각형의 얼음수정을 한쪽 구멍에다 끼워 넣었다.

"그리고 활성화를 위해서 여기 버튼을 눌러 주면 돼요."

그러자 휴대용 난로는 따뜻한 노란색으로 은은하게 빛나기 시작했다. 란은 그걸 손으로 어루만졌다. 약간 뜨겁기는 했지만 못 만질 정도는 아니었다.

"버튼을 한 번 더 누르면 더 뜨거워지는데, 그러면 손으로 잡지 못할 정도로 열이 뿜어져 나와요. 그럴 때는 이렇게―"

그가 밑을 당겨 짤막한 네 개의 받침대가 나오게 했다.

"받쳐 두고 두르면 됩니다."

"굉장하다! 이거 양산해서 보급할 수 있을까……."

기사단원들에게 동계 훈련용으로 하나씩 보급하고 싶다.

란이 그렇게 말하자 프란체가 당혹한 얼굴로 말했다.

"아마, 그건 안 될 거예요, 백작님."

"아, 그래?"

"네, 그게…… 손으로 일일이 그려야 하는데― 그렇게 복잡하게 그리려면 시간이 많이 들어가거든요."

"아아."

란은 고개를 끄덕였다. 마법 세공이 얄팍한 철판 같은 곳에 은으로 가

느다랗게 마법진을 새기는 작업이라는 건 란도 알고 있었다.

"어쩔 수 없지."

란은 그렇게 말하며 고개를 끄덕였다. 리디아가 말했다.

"세공사 길드가 생기면 좀 더 빠르게 만들 수 있을 겁니다."

"아, 그러네요."

란이 미소 지었다.

"그럼 필요한 것이 있다면 행정보조관인 율리아에게 말하도록 해요. 내가 이야기해 두지요."

"알겠습니다."

리디아의 인사를 받으며 란은 방을 나왔다.

'라치아 영지에 새 길드라…… 좋지. 문제가 착착 해결되어 가네.'

하지만 아직 유스타프에게서 연락은 없다. 란은 그걸 생각하면 저절로 마음이 어두워져서 얼른 다른 걸로 생각을 돌렸다.

"그래도 날씨가 많이 좋아졌어."

란의 말에 루미에가 고개를 끄덕였다. 4월 초는 확실히 라치아도 봄이라서, 바람은 더 이상 따갑지 않았고 고드름과 눈들이 녹아서 질척한 진흙땅을 만들고 있었다. 아직 남아 있는 눈 사이로도 뾰족뾰족 푸른 싹들이 올라와서 봄이 왔음을 알리고 있었다.

이미 스노우드롭은 예전에 꽃을 피워서 란의 집무실 화병에 장식되어 있었다.

'분명히 수도에 도착했을 텐데.'

하지만 란의 생각은 다시 유스타프에게로 돌아갔다.

마법 통신구가 존재하는 세계이기는 하지만, 이게 거리의 한계가 명확했다.

'중간에 송신탑을 세우면 해결될 문제인데…….'

아무도 송신탑을 세울 생각은 없어 보인다.

'물론 비용도 들고…… 나도 사실 어떤 원리인지는 모르니까.'

그러다 보니 수도와 라치아처럼 멀리 떨어진 곳에서 마법 통신구를 사용하는 건 불가능했다.

'그리고 또 이 세계는 순간이동이라는 마법이 없단 말야.'

마법이 없다기보다는 일종의 금기였다.

**시간을 되돌리는 것.**

**죽은 자를 되살리는 것.**

**무에서 유를 창조하는 것.**

이 세 가지는 대현자 이브리아가 쓰면 안 되는 마법이라고 땅땅 해 놨고, 몰래 연구하는 자가 없는 것은 아니지만 불가능이라는 딱지가 붙어 있는 듯했다.

'마법이라는 건 물리법칙을 뛰어넘어야 하는 거 아닌가요.'

란은 그렇게 생각하며 작게 투덜거렸다.

하여간 문제는 그래서 수도와 라치아 사이의 편지에는 기나긴 시간이 필요하단 것이었다.

"전령새 같은 걸 만들까."

중얼거리고 란은 '앗, 정말 그런 걸 만들면 되지 않나?' 하고 눈을 빛냈다.

우체부 드론 같은 것을 만들면 될 것 같은데.

'나중에 프란체에게 부탁해 보자.'

란은 그렇게 생각하며 고개를 끄덕였다. 그러고 나니 기분이 조금은 나아졌다.

"……설 보러 가신다면서요?"

그래서 란은 한 박자 늦게 루미에의 말을 알아들었다.

"응?"

란이 그를 돌아보자 루미에는 별 기색 없이 다시 물었다.

"수로 시설을 보러 가신다고 들었습니다."

"아, 응. 봄이 돼서 둑이나 수로가 어떤지 직접 눈으로 보려고. 일단 내가 직접 신경을 쓴다는 걸 아랫사람들에게 알려 줄 필요도 있고."

란의 말에 루미에가 말했다.

"당연히 저도 데리고 가시는 거겠지요?"

란은 미소를 머금고 말했다.

"당연하지."

루미에가 우아한 미소를 머금었다.

"그렇다면 됐습니다."

## *Chapter 3.*

———

드리워지는 그림자

'진짜로 겨울에 둑이 얼었다가 녹으니까 허물어지는구나.'

처음부터 부실하게 지어서인 건지, 아니면 여기 토양이 원래 그런 건지.

하여간 란은 말을 타고 꼼꼼하게 살피는 시늉을 했다.

잘은 모르지만, 그래도 신경 써서 본다는 걸 보여 주면 확실히 신경을 쓰겠지!

게다가 관리인이 특별히 농부를 직접 불러서 이야기를 나눌 수 있게 해줬다.

'높은 분이라고 눈도 못 마주치는 것 같지만.'

사실은 옷도 좀 더 검박한 것으로 입으려고 했는데, 디모디아가 기겁하고 반대했다.

"무슨 말씀이세요? 영주님이 허름한 옷을 입는 걸 누가 좋아해요?"

하며 말이다.

"어, 친근해 보이지 않아?"

"평민과 친해서 어디에 쓰시려고요?"

보라색 눈을 크게 뜨면서 갸웃하고 물어와 란은 할 말을 잃었다. 그래서 결국 그녀는 평민의 감각에 가장 가까운 루미에에게 화려한 옷차림에 대해서 물었고, 루미에는 의아해하며 대답했다.

"모시는 분이 초라한 건 싫습니다."

그야말로 문화 충격.

란은 신분제는 역시 현대인의 감각으로는 뚜렷하게 이해하기가 어렵다고 생각했다.

그러니까 영지민들도 "우리 영주님 예쁘고 옷도 진짜 멋있지!" 하는 편을 원한다는 말인가.

그렇게 되물으니 루미에가 미소 지으며 답했다.

"물론 그보다는 얼마나 구휼을 베푸는가에 달렸지만요."

하고 답해 주었다.

란은 "그건 확실히 그러네." 하고 고개를 끄덕였다. 라치아는 겨울이 길어서, 식량 부족은 만성적이었다. 작년에 돈으로 대량의 식량을 구매해서 나눠 주기도 했고, 봄이 되자마자 시작한 것도 식량을 빌려주는 일이었다.

'공짜로 주면 안 된다는 것 정도는 알고 있어…….'

대신 이자를 낮게 책정해서…….

유스타프는 고리대금업자들을 손가락으로 개미 누르듯이 제거해 버렸고, 란은 '그, 그렇게까지?' 하고 생각했는데 현대의 사채업자와는 비교도 안 될 정도의 고리에다가 악덕업자였던 모양이었다.

그 엘리자벳조차도 속 시원하다는 어투였으니까.

'생각해 보면 루미에도 그런 축 아닌가.'

노예로 팔릴 가능성이 있는 세계에서 사채업자란 정말로 엄청난 존재인 거겠지.

하여간 그래서 너무 화려하지는 않지만 충분히 화려한 옷으로 차려입고 순시를 나섰다.

나서는 길마다 영지민들이 나와서 '라치아 만세!'를 외쳐서 란은 그건 도무지 참을 수 없다고 금지했다.

"어떤가요? 올겨울은 지낼 만했나요?"

란의 물음에 농민은 안절부절못하는 기색으로 대답했다.

"네, 물론입니다! 영주님 덕분에 아무도 얼어 죽지 않고 겨울을 보냈습니다."

"혹시 얼음수정이 부족하거나 하지는 않았나요?"

"충분했습니다."

"다행이네요."

란은 빙긋 미소를 지어 보였다. 그녀가 말했다.

"혹시 더 필요한 게 있다면 말해 줘요. 제가 공작님께 청원하겠어요."

그러자 갑자기 농부는 울음을 터트렸다.

"아닙니다, 이것만으로도 충분합니다. 더 바라면 제가 욕심쟁이지요."

그러며 엉엉 울어서 란은 정말로 당황했고, 중간에 있던 관리자가 그를 달래며 말했다.

"이렇게 높으신 분께서 이야기를 들어주신 것이 감격스러운가 봅니다."

아니, 그 무슨 위대한 수령 동무 같은 이야기야······?

란은 그렇게 생각하며 "혹시 억지로 말하고 있는 건가? 강제당하고 있는 건 아닌가?" 하고 캐물었고 그러자 농부는 정색하며 넙죽 엎드렸다.

"아닙니다!! 정말로, 저는, 이렇게 풍족한 겨울을 보낸 게 너무 오랜만이라서— 게다가 저 같은 놈에게 그리 친절히 대해 주시니……!"

하며 감격했다는 대사를 늘어놓아 란은 당황했지만 애써 침착함을 유지하며 말했다.

"그랬다면 다행이네요. 앞으로 불편한 일이 있다면 가감 없이 말해 줘요."

그러고는 재빠르게 일행과 함께 그 자리를 떴다.

말에 올라타고 그곳을 벗어나 란이 나란히 달리는 루미에게 속삭였다.

"진짜 깜짝 놀랐어."

"그런가요?"

루미에는 눈을 깜박였다. 그는 그 농부의 마음이 너무 잘 이해가 되었다.

"혹시 누가 협박하거나, 내 칭찬을 하라고 한 게 아닐까?"

그녀가 눈을 찌푸리며 진지하게 물어서 그는 작게 웃었다.

"그런 건 아닐 거예요. 저도 주인님을 생각할 때마다 눈물이 나는걸요."

그 말에 란은 눈을 크게 떴다가 웃음을 터트렸다.

"그래, 알았어, 알았어."

란은 그렇게 말하고 주변을 둘러보았다. 다들 낡고 허름한 옷을 입고 있지만, 그래도 표정은 나쁘지 않았다.

'나중에 암행이라도 해 봐야겠는데.'

괜히 왕이 암행을 하거나 암행어사를 보낸 건 아닌 것 같아.

란은 그렇게 생각하며 고개를 설레설레 저었다.

할 수만 있다면 영지 끝에서 끝까지 순시를 하고 싶지만, 그건 어려울 것 같았다.

가신들의 봉토를 직접 둘러보는 것도 해보고 싶기는 하지만―

'내가 그걸 할 수는 없지.'

공작인 유스타프가 직접 순회하는 건 모두가 상당히 기뻐할 듯했다. 하지만 백작인 란에게 그럴 권한은 없었다. 총관이며 가주 대리라고 해도, 그건 선을 넘는 일이다.

'공작 부인이라면 모를까.'

생각하자 란은 저절로 뺨이 붉어지는 걸 느꼈다.

그녀는 의식적으로 그 생각을 털어내려고 애쓰며 말을 좀 더 빠르게 달렸다.

"그럼 이제 슬슬 순시도 끝이네."

그녀의 말에 뒤에서 따라오던 블레인이 고개를 끄덕였다.

"그렇습니다. 오늘까지는 외부에서 묵고, 내일은 하늘 저택으로 돌아가는 일정입니다."

"아, 드디어 가는구나."

하늘 저택이 완전히 '나의 집'이라는 감각이 되어 버렸구나, 하고 란은 생각하며 미소 지었다.

"그 전에 오늘은 별장에서 묵겠지만요."

블레인이 그렇게 말하며 덧붙였다.

"더해서, 일부러 이렇게 나오실 필요는 없었는데요."

란은 그 말에 눈을 크게 떴다가 살짝 미소 지었고, 블레인이 화급히 덧붙였다.

"물론 뭐라고 하는 말은 아닙니다만, 외부 순시는 힘든 일이니까요."

"알아요. 하지만 유스― 아니, 가주님이 맡기고 가신 거니까 최상의 상태를 유지하고 싶어요."

그녀가 그렇게 말하며 빙긋 웃었다. 블레인은 잠시 그녀를 바라보았다.

유스타프가 따로 가신들을 모아서 한 이야기가 있었다.

"란에게 청혼했어."

마치 '오늘은 빵을 먹지.' 하는 것 같은 평이한 말투여서 모두 눈을 깜박였다.

그러다가 튕기듯이 자리에서 일어난 게 자신의 아버지ㅡ 그러니까 와일드 남작이었다.

"청혼하셨다고요! 로미아 백작님께?!"

"그래."

그러자 일루미니티 백작이 느릿하게 물었다.

"그래서 성공하셨습니까?"

"아니."

드물게 유스타프가 쓴웃음을 머금고 말하고는 날카롭게 물었다.

"그쪽은 이미 알고 있었넌 것 같군."

"란 님께 이야기는 들었습니다."

"그런가?"

유스타프의 푸른 눈이 그를 빤히 봐서 일루미니티 백작은 "전 반대하지 않았습니다." 하고 짤막하게 답했다.

유스타프가 그렇게 말하고서 가신들 사이의 분위기는 제각각이었지만, 다들 공통적으로 '괜찮은데?' 하는 느낌이었다.

엘리자벳만이 후에 "란 님을 좋아하지도 않으시면서 이익 때문에 혼인하시는 걸까요?" 하고 말했지만, 블레인은 그게 아니라고 생각했다.

'여하튼 일단 거절하셨다고 하셨고.'

블레인이 그렇게 생각하며 란을 물끄러미 보아, 란이 물었다.

"얼굴에 뭐라도 묻었나요?"

"아뇨, 아무것도 아닙니다."

화급히 블레인은 고개를 돌렸다. 란은 의아해져서 눈을 깜박였다가 말했다.

"오늘은 별장이라고요?"

"네, 예전에 지어 둔 라치아 가문의 별채나 별장이 여기저기 존재하고 있습니다. 관리 상태가 나쁜 곳도 많지만− 오늘은 괜찮은 곳이랍니다."

"그렇군요."

란은 고개를 끄덕였다.

이 순시도 일주일째였다. 진흙탕 길을 마차로 달리는 건 말을 달리는 것보다 어려워서 란은 말을 타고 있었고, 그래서 저녁에 말에서 내려서 침대에 몸을 던지는 순간은 항상 행복했다.

"얼른 도착하면 좋겠네요."

란은 그렇게 말하고 빙긋 웃었다.


별장은 깔끔하게 지어져 있었다. 2층짜리 작은 저택을 별장이라고 해도 되는 걸까, 란은 생각했지만 뭐 별 상관은 없겠지.

마지막이니 기분도 느슨해져서 란은 완전히 흐물흐물 녹초가 되어 버렸다.

이제 마지막 순시도 끝, 집에 돌아가는 일만 남았다,

하니 긴장이 풀렸다고 해야 할까.

디모디아가 소파에 녹아내린 양초처럼 붙어 있는 란을 보고 말했다.

"란 님, 그렇게 계시지 말고 일단 씻으세요."

"어? 씻을 수 있어?"

"그럼요. 욕조도 있고, 물은 기사분들이 퍼다 주셨어요."

그 말에 란은 미안한 기분이 되었다. 욕조를 채울 만큼 물을 퍼오는 것은 쉬운 일이 아니다.

"물도 충분히 끓여 놨고요."

"고마워."

란은 그렇게 인사하고 욕실로 들어갔다. 거기에는 끓인 물을 담은 냄비와 찬물을 담은 통이 놓여 있었다.

'아껴서 잘 써야겠군.'

란은 그렇게 생각하며 느긋하게 물을 섞기 시작했다.

\* \* \*

유스타프는 따끔따끔한 적의를 느끼고 있었다.

한쪽 무릎만 꿇고 있는 자세는 편한 게 아니지만, 그렇다고 자리에서 멋대로 일어나면 일이 더 귀찮아지겠지.

요즘 새로 황제가 된 루스가 하고 있는 짓이 이거였다. 정식으로 작위를 승인해 준다고 불러 두고, 알현실에 무릎을 꿇게 한 다음에 그대로 한 시간이고 두 시간이고 방치해 두는 것.

모욕감을 느끼기보단 지루했고, 시간이 아까웠다.

'어떻게 할까.'

그가 그렇게 생각하는데 알현실 문이 열리고 가벼운 발소리가 들려왔다.

"자리에서 일어나세요, 공작."

유스타프가 고개를 드니 방긋 미소를 지으며 서 있는 것은 올리비아였다.

"황후마마."

그가 고개를 숙이자 올리비아가 그의 손을 잡아당겼다.

"자, 일어나요. 혹시 다리가 아파서 일어나지 못하는 건 아니겠죠."

그녀가 싱글싱글 웃으며 하는 말에 유스타프는 자리에서 느리게 일어나며 말했다.

"마마께서 오실 줄은 몰랐습니다."

"그런가요?"

그녀가 보라색 눈에 반짝임을 담으며 물었다. 유스타프가 이어 말했다.

"전 폐하를 알현하러 온 거니까요."

"폐하께서는 지금 바쁘세요. 남작 부인을 만나러 성을 나가신 지 오래랍니다."

"아."

유스타프는 짧게 소리를 내고도 별 표정의 변화가 없었다. 올리비아는 그런 젊은 공작을 찬찬히 살펴보며 말했다.

"여기서 이러지 말고 나와 이야기하지 않겠어요?"

유스타프의 푸른 눈이 보라색 눈을 무심하게 바라보았다.

올리비아는 한 점의 그늘도 없는 표정으로 그를 바라보았고 유스타프는 고개를 끄덕였다.

"저도 목이 마르군요."

"좋아요."

올리비아가 키득키득 웃으며 그에게 손을 내밀었고 유스타프는 에스코트 요청을 정중하게 받아들였다.

올리비아가 이미 다과를 준비해 놓은 방으로 그를 데리고 갔고, 유스타프는 자리에 앉았다.

올리비아는 그의 찻잔을 직접 채워준 후에 의미심장한 미소를 지었다.

"폐하의 무례에 대해서는 제가 대신 사죄하지요."

"마마께서 신경 쓰실 일은 아닙니다."

"그런가요?"

올리비아가 순진한 얼굴로 갸웃했다가 미소 지으며 말했다.

"아니면 그럴까요?"

올리비아는 유스타프를 바라보았다. 자신보다 어린 젊은 공작은 여전히 무슨 생각인지 모를 얼굴을 하고 있었다.

'황제를 치운 건 잘되었어.'

올리비아는 그렇게 생각하며 느리게 케이크를 포크로 잘랐다.

사실은 자신의 남편―루스를 없앨까 했지만, 생각을 바꾸었다.

그녀는 루스를 없애기 위해 가지고 있던 독을 황제에게 내주었다. 말썽부리는 황태자와 그의 짝인, 마음 아픈 손가락인 황태자비가 내민 음식을 별 감식 없이 납죽납죽 삼키고, 황제는 어느 날 그냥 심장마비로 명을 달리했다.

잔소리꾼인 황태후 역시 뒷방으로 치워 버리자 황제인 루스를 달랠 수 있는 것은 영리한 황후인 자신뿐.

올리비아는 루스가 마음껏 밖으로 돌게 내버려 뒀다.

그리고 거기에 불만을 가진 세력이 저에게 와서 호소하는 걸 내치지 않았다.

깊게 들어주고, 그리고 때때로 힘도 써 주었다. 루스는 황제가 된 후에도 국정에는 큰 관심이 없었고, 심지어 그녀가 서류를 보고 대신 결재하는 것도 몰랐다.

'멍청한 놈.'

야금야금 올리비아는 황궁을 장악하고 있었다.

그러니 눈앞의 라치아 공작에게도 충분히 빚을 지우고, 얻어낼 것을 얻어내고 싶었다.

'더불어서.'

올리비아는 자신을 가장 돋보이게 하는 순진한 미소를 지었다.

'내 취향이기도 하고.'

"제가 공작을 도울 수 있을 것 같군요."

"마마께서요."

"네, 제가 화해의 자리를 주선해 보면 어떻겠습니까?"

"폐하와의 화해의 자리요."

"그래요. 물론, 어떻게 해야 할지 공작도 잘 알겠지요. 전 라치아 공작이 더 이상 라치아가 아니게 되었다는 건 들었어요."

그 소식을 듣고 올리비아는 기쁨을 느꼈다. 하지만 곧 유스타프가 그녀에게 백작 위를 주었다는 걸 들었고, 올리비아는 두 가지 가능성을 생각했다.

**1. 유스타프가 란의 능력을 높게 평가하고 있다.**
**2. 유스타프가 란을 마음에 들어 하고 있다.**

'아니면 둘 다일지도.'

하지만 그래 봐야, 한 사람.

가치는 그렇게 높지 않다.

"그녀를 수도로 오게 하는 게 어떤가요? 화해의 장소에 그녀가 함께하면 폐하께서도 기뻐하실 거고, 일도 잘 마무리가 될 거예요. 라치아는 별 문제 없이, 예전처럼 황실의 존중을 받게 되겠지요."

한마디로 란을 황제에게 바치라는 말이었다. 그러면 내 모든 문제가 해결될 텐데?

"그렇군요."

유스타프는 그렇게 대답하고 차를 마셨다. 찻상을 차려 놓은 지 오래되었는지, 찻물은 미지근했다.

유스타프가 잔을 내려놓으며 말했다.

"일단 이건 폐하와 저 사이의 문제이니까요. 그리고."

유스타프가 아무렇지도 않게 말했다.

"승인을 받지 않는다고 라치아가 라치아가 아니게 되는 것도 아니지요."

그 오만한 말에 올리비아는 움찔했다. 그녀가 굳어지는 얼굴에 재빠르게 웃음을 덧칠했다.

"무서운 말씀을 하시네요, 공작님은. 반역죄가 될지도 몰라요?"

"그런가요."

유스타프는 그렇게 말하고 자리에서 일어났다. 퇴석 요청도 하지 않은 무례함이었다.

"그럼 전 이만 먼저 가 보겠습니다. 황후마마, 고견은 새겨듣겠습니다."

그는 그렇게 말하고 가볍게 인사한 후에 자리를 떴다. 그가 나가자 올리비아의 얼굴이 굳었다.

흥!

그녀가 코웃음을 치며 의자에 비스듬히 기댔다.

'그래, 제힘으로 얼마나 하는지 한번 보자고.'

그녀는 입을 비죽였다.

유스타프가 궁전을 나오며 하늘을 바라보았다. 어느새 해가 기울고 있었다. 마차와 함께 로스가 다가와 험악한 얼굴을 했다.

"오늘도 자리에 없었습니까?"

"남작 부인과 놀러 갔다는데."

유스타프가 아무렇지도 않게 한 말에 로스의 얼굴이 붉게 달아올랐다. 너무 화가 나서 그는 말도 나오지 않았다. 몇 번 "씨!" "아오!" 같은 말을 중얼거리고 그가 말했다.

"계속 이렇게 치졸하게 나올 거랍니까? 그래서 어쩌려고요?"

"그러게, 어쩌려는 걸까."

유스타프는 그렇게 생각하며 크라바트를 잡아당겨 느슨하게 하며 말했다.

"벌써 더워지는군."

"수도의 여름은 빠르니까요."

"그래, 그렇지."

유스타프는 그렇게 말하고 차갑게 미소 지었다.

"황궁을 둘러봤나?"

"네?"

느닷없는 물음에 로스는 눈을 꿈벅였다. 황궁을 둘러보았냐니?

유스타프가 마차에 올라타며 말했다.

"마법 세공품을 아주 많이 쓰고 있더군."

*　　*　　*

루미에는 피가 튀는 걸 슬쩍 피하며 주변을 둘러보았다. 블레인이 마지막 한 놈을 해치우는 게 눈에 들어왔다.

루미에가 느긋한 어조로 말했다.

"누굴까요. 습격한 놈들은."

블레인은 무시무시한 표정으로 시체를 걷어차며 말했다.

"한 놈은 살려 놓을 걸 그랬군."

"그랬으면 자살했을걸요."

루미에가 그렇게 말하고 머리가 없어진 시체 몸뚱이를 이리저리 뒤지기 시작했다.

"딱히 신분을 알려 줄 만한 건 없네요. 이런 한밤중에 습격이라니. 게다가 우리가 오늘 밤 여기서 묵을 거라는 건 어떻게 안 거죠?"

블레인이 신음을 흘리며 말했다.

"란 님의 순시 일정은 모두에게 알려져 있어."

"저런."

"이런 일이 생길 거라곤—"

"생각도 못 했겠죠. 저도 그렇습니다. 라치아에서는 칭송받는 분, 그자체 아니던가요."

비꼬는 건지 아닌 건지, 그렇게 말하며 그가 시체의 주머니에서 유리병을 꺼냈다. 안쪽에 뭔가 액체가 들어 있었다.

"비싸 보이는 유리병과 정체불명의 약이네요."

루미에가 뚜껑을 열고 향을 맡더니 눈을 찌푸리며 뚜껑을 도로 닫았다. 그걸 블레인에게 던지며 그가 말했다.

"수면제입니다."

"수면제?"

"일종의 마취제지요. 납치가 목적이었던 걸까요?"

"그런가."

블레인은 아리송한 얼굴이었다. 그도 그럴 것이 귀족 납치는 중죄였다. 루미에가 시체의 옷을 벗기며 말했다.

"주인님이 소수 인원을 데리고 나왔으니까요, 전원 죽여 버리고 납치할 자신이 있었던 게 아닐까요. 실제로도 상당한 실력자들이었고."

블레인은 루미에가 옷을 벗겨 내는 걸 보며 눈을 찌푸리고 말했다.

"그렇다고 대여섯 명의 인원으로 습격을 해 왔단 말인가?"

"이렇게 쉽게 발각될 줄은 몰랐던 것 같네요."

루미에의 말에 블레인은 움찔했다가 한숨을 내쉬었다.

확실히, 그건 그럴지도 몰랐다.

"게다가 가지고 있던 건 수면제만은 아닌 것 같네요."

뒤에서 여자 목소리가 들려 블레인과 루미에는 뒤를 돌아보았다.

디모디아가 짜증 난 얼굴로 다가와 블레인에게 솜뭉치 같은 걸 내밀었다.

"난로에 이런 게 설치되어 있던데요."

"솜?"

"수면향이에요. 모르고 난로를 피웠다면 다들 그걸 마시고 곯아떨어졌겠지요."

디모디아의 말에 블레인의 얼굴이 딱딱해졌다. 루미에가 알몸이 된 시체를 보며 말했다.

"확실히 훈련을 받은 놈들이네요. 암살자 길드?"

중얼거리고 루미에는 혹시 제 과거와 연결된 놈들이 아닐까 고민했다. 하지만 그 고민은 금방 사라졌다. 아무리 그래도 백작 납치를 할 만큼 배짱 있는 놈들은 아니다.

"주인님은?"

루미에의 말에 디모디아가 웃었다.

"아가씨는 잘 주무시고 계세요. 피곤하셨겠지요."

루미에는 그 말에 웃었다.

"피곤하시겠지."

그리고 디모디아가 말했다.

"둘 다 먼저 가세요. 여기는 제가 치우지요."

블레인이 "혼자?" 하고 물었다가 얼른 정정했다.

"알았네."

루미에 역시 손을 털고 자리에서 일어났다. 두 사람이 저택으로 사라지자 디모디아가 뒤를 돌아보았고, 어둠 속에서 녹영이 한둘씩 모습을 드러내기 시작했다.

"이들 말고 더 있었나요?"

디모디아의 물음에 녹영 중 한 명이 대답했다.

"한둘 정도."

"살아 있나요?"

"물론."

디모디아가 피비린내 나는 미소를 지었다.

"그럼 시체도 같이 가지고 가서 연구하면 되겠네요."

그녀의 말에 녹영들은 아무 말도 하지 않고 시체를 자루에 넣고, 핏자국을 치우기 시작했다.

디모디아는 제 입술을 두들기며 생각에 잠겼다.

녹영의 역사는 길다.

청염과 녹음.

이 둘의 역사는 라치아의 시작과 같이했다.

전면의 청염 기사단이 생긴 것보다 후면의 녹영이 생긴 게 좀 더 후의 일이지만 말이다.

원래는 이름이 녹음이었지만, 후에 녹영이라고 이름을 바꾸었다.

이름이 '녹음'이었던 초기에는 공작 부인 소속의 집단이었다는 이야기가 내려오고 있었다.

그 후로 공작이 직접 통솔하게 되면서 이름도 녹영이라고 바꾸었고 말이다.

유서 깊은 집단인 만큼, 녹영은 자부심도 컸다.

'그만한 능력도 있고.'

디모디아는 차갑게 미소 지었다.

"누군지 몰라도 싸움을 건 걸 후회하게 될 거야."


란은 이튿날 아침 콧노래 소리에 잠이 깼다. 자리에서 일어나니 디모디아가 웃으며 인사해 왔다.

"일어나셨어요?"

"응……."

하품과 함께 중얼거리고 란이 디모디아를 보았다. 뭔지 몰라도 디모디아는 한껏 신이 난 듯이 보였다.

'돌아가는 날이라서 그런 걸까.'

녹영이라고 해도, 이런 곳까지 시녀로 따라오게 하고. 힘들기는 하겠지.

란은 그렇게 생각하며 미안함을 담아 그녀에게 미소 지으며 말했다.

"하늘 저택으로 돌아가면 휴가를 줄게. 디아만 너무 고생하는 것 같아."

그녀의 말에 디모디아가 "어머?" 하고 웃었다.

"란 님을 위해 일하는 게 제 기쁨이지요. 자, 얼른 일어나세요. 오늘 날씨가 좋아요."

란은 기지개를 길게 쭉 폈다.

창가로 다가가 창문을 여니 정말로 기분 좋은 봄바람이 불어오고 있었다. 라치아도 이제 완연한 봄이었다.

'오늘은 집에 가는 날이다!'

란은 들떴다.

쾅!!

요란한 소리와 함께 낮은 탁자가 넘어졌다. 루스가 씩씩거리며 외쳤다.

"실패해? 네놈들에게 준 돈이 얼마인 줄 알아? 어?!"

"송구합니다."

납작 엎드린 상대에게 다가가 루스는 마구 발길질을 해 댔다. 황태자 때부터 안하무인이었던 성격은 황제가 되자 더욱 꽃을 피웠다.

"내가 뭐 어려운 걸 말한 것도 아니고! 힘없는 여자 한 명 데리고 오는 게 그렇게 힘든 일이냐!"

루스의 눈이 희번덕거렸다. 몇 번 더 그가 발길질을 하고 씩씩거리자 그의 애첩인 코르티잔 새러가 다가가 루스의 팔에 붙었다.

"폐하, 마음을 푸세요, 네? 또 기회가 있겠지요."

그녀는 창녀답게 비위를 살살 잘 맞출 줄 알았다.

"이걸로 폐하의 위엄을 그도 알았을 겁니다. 그렇지요?"

콧소리를 내며 아양을 떠는 새러를 보자 루스의 마음도 풀렸다. 제 위대함을 알아주는 건 언제나 기분이 좋다.

새러의 알랑알랑하는 말에 남자는 더더욱 납작 엎드리며 맞장구를 쳤다.

"그렇습니다."

"흥, 내가 관대해서 봐주는 줄 알아라. 다음에는 꼭 그 여자를 봐야겠어."

"물론입니다."

말하고 푸아킨은 재빠르게 물러났다. 방을 나오며 그는 이를 갈았다.

할 수만 있다면 길드장의 목을 따 주고 싶었다. 이런 일을 받아오는 것 자체가 이상했다.

길드장이 높은 연줄을 잡았다고 시시덕거릴 때만 해도 보통의 귀족이라고 생각했지. 설마 황족, 그것도 황제라고는 생각도 못 했다.

자신같이 미천한 신분이 그런 높은 자와 얽히는 게 뭐가 좋단 말인가? 푸아킨은 위장이 뒤틀리는 기분을 느꼈다.

암살자 길드라고 하면 '누구든 돈만 내면 죽여 주는 무서운 집단'이라고 생각하는 사람이 많겠지만, 이것도 사람이 하는 일이다.

그런 실력자를 키우는 데는 돈과 시간과 공간이 필요하고, 당연히 실력이 좋을수록 몸값도 높아진다.

'그런데 그런 실력자들이 전부 다 죽어 버렸잖아!'

비명을 지르고 싶은 심정이었다. 성공해야 한다는 중압감에 길드 최고의 실력자들을 전부 보냈는데, 한 명도 돌아오지 못했다. 그런데 이번에는 반드시 성공하라니.

푸아킨은 못 한다고 드러눕고 싶은 심정이었다. 하지만 그런 말을 했다가는 자신이 먼저 제거될지도 모른다.

'길드장이 알아서 하라지.'

푸아킨은 그렇게 생각하며 걷어차여 아픈 등을 문질렀다.

* * *

란은 슬슬 걱정되기 시작했다.

'아직도 연락이 없어.'

아무리 시간이 걸린다고 해도, 벌써 5월 초입. 이제 유스타프에게서 편지가 도착해야 할 시점이었다.

아니, 자신이 얼마나 많이 편지를 보냈는데?

읽씹인가요?

'어째 데자뷰가 느껴지는데?'

란은 자신이 열심히 편지를 써 보냈던 유스타프의 아카데미 시절을 생각했다. 그때도 답장 한 통 없었지.

'적어도 내가 백 통은 보냈을 텐데!'

그리고 또 이런 상황이라니.

처음에는 화가 났지만, 이제 더럭 겁이 났다.

황제가 유스타프에게 뭔가를 한 게 아닐까? 루스는 멍멍이니까 뭔가 말도 안 되는 짓을 한 걸지도 모른다.

그렇지 않으면 유스타프에게 연락이 오지 않을 리가 없다.

예전이라면 그에게서 답장이 오지 않아도 '또 이러네.' 하고 말았겠지만 지금은 달랐다.

'유, 유스는 날 좋아한다고 했고!'

그런데 좋아하는 사람이 쓴 편지에 답장하지 않을 리가 없잖은가?

그리 생각하니 란은 초조해졌다.

그래서 란이 '당장 수도로 찾아가 봐야겠어!' 하고 결심할 때쯤 유스타프에게서 편지가 도착했다.

편지를 받자 안도해서 눈물이 나올 지경이었다.

란은 떨리는 손으로 편지 봉투를 찢었다.

그 안에는 수도에서의 일이 상당히 세세하게 적혀 있었다.

'얼음수정의 황궁 출하를 막아 달라고?'

란은 유스타프의 계획에 혀를 내둘렀다.

'이거 빨리 레버리에게 연락을 해야겠군.'

란은 그렇게 생각하고 쭉 편지를 살폈다. 황제가 유스타프에게 한 짓에 저절로 그녀의 미간이 찌푸려졌다.

그리고 걱정하실까 봐 연락을 못 했다, 하는 그의 말에 란은 한숨을 내쉬었다.

'연락하는 편이 덜 걱정한다고.'

그리고 마지막 덧붙임을 보고 란은 저도 모르게 미소 지었다.

**P.S. 보고 싶습니다.**

유스타프의 글씨체는 예뻐서, 보고 또 봐도 질리지 않았다.

'보고 싶다니, 갈까.'

란이 그런 생각을 하며 갸웃거리는데 집사가 헛기침을 했다.

란이 고개를 들자 그가 얼른 말했다.

"드워프분이 오셨습니다."

"들어오시라고 해."

마침 그녀는 서재에 있었으므로, 란은 격의 없이 드워프를 서재로 불렀다.

이미 드워프 기술자들은 얼음수정 광산에서 큰 영향을 발휘하고 있었고, 새로운 작업 방식으로 채굴량 역시 크게 증가했다.

하지만 서재로 들어온 것은 검은 산에 남아 있었던 제투라였다. 란은 눈을 크게 떴다.

"제투라, 온다면 온다고 말을 하지 그랬어?"

그 말에 제투라가 큰 소리로 웃으며 제 다리를 쳤다.

"편지보다 내 다리가 더 빠르다고."

란은 그 짤막한 다리를 보며 의구심에 빠졌지만 하여간 친구의 방문을 환영하며 말했다.

"어쩐 일이야?"

"어쩐 일이긴, 나디움으로 만든 물건이 완성되어서 그렇지!"

그가 그렇게 말하며 뒤를 돌아보았고 시종 둘이 나란히 상자를 가지고 들어왔다.

제투라가 투덜거렸다.

"내가 내 손으로 들고 들어올 수 있는데 말야. 인간은 손이 없는 것도 아니면서. 참, 나."

"그게 우리의 예의니까."

란이 웃으며 말하고 시종에게 상자를 내려놓게 했다.

검은 산의 문장이 낙인찍힌 나무 상자 두 개가 나란히 놓여졌다. 하나는 길쭉한 것이 검 같은데, 다른 하나는 뭘까?

란은 그렇게 생각하며 상자를 바라보았고, 참지 못한 제투라가 먼저 상자 뚜껑을 열었다.

"이건 란에게 주는 선물이야. 우리의 친구에게."

에헴 하며 제투라가 상자 안의 옷을 꺼내 보였다.

란은 눈을 동그랗게 떴다. 설마 광물로 옷을 만들 수 있을 거라고는 생각도 못 했다. 진줏빛의 아른아른한 민소매 웃옷은 가운데에 보석까지 박혀 있었고, 짤 때부터 문양을 넣은 건지 독특한 문양이 새겨져 있었다.

"게다가 특별히 마법 세공까지 한 물건이지."

제투라가 씨익 웃었다.

"입고 나면 어떤 칼도 창도 두려워할 필요가 없지!"

란은 그 말에 깜짝 놀랐다.

"방어 마법이 걸려 있는 거야?"

"아니, 나디움 자체가 그런 성질을 가지고 있어. 우리는 거기에다가 마법 세공을 한 것뿐이지. 입고 나서 꼭 그 보석을 반 바퀴 돌려봐."

"고마워. 잘 입을게."

란이 조심스럽게 옷을 받아 들었다. 서늘하고 매끄러운 감촉이라 금속 같은 느낌이 들기는 했다.

란은 연신 감탄하며 두 번째 상자를 열었다.

역시나 검이었다.

검막과 검손잡이는 단순하게 딱 떨어지지만, 보통 금속이 아닌 게 느껴졌다.

새까만 금속은 존재하지 않을 테니까.

란은 침을 삼키고 천천히 검집에서 검을 뽑았다.

스르렁하는 차가운 소리와 함께 검은빛 검신이 뽑혀 나와 그녀는 작게 찬탄했다.

"그 빌어먹을 숲지기 놈들의 제품보다 훨씬 더 나을 거다! 나디움으로 만든 검이니까."

제투라가 제 수염을 잡아당기며 가슴을 쭉 내밀었다.

'신경 쓰고 있었구나.'

유스타프의 검이 엘프제라는 걸, 하고 생각하며 란이 웃었다.

"고마워. 잘 쓸게."

"별말을. 그 광천수에 나디움이 포함되어 있으니 이제 우리 검은 산은 드워프들 중에서 최고가 될 거야. 그에 비하면 이 정도는 싸지."

제투라가 손사래를 쳤다.

14개의 대가문 중에서 제 산의 이름을 붙인 최고의 광물을 가진 가문은 자신들뿐이었다.

눈앞의 인간은 검은 산 일족에게 큰 은인이라 제투라는 은근히 말했다.

"뭔가 더 필요한 거 있으면 이야기해. 얼마든지 만들어 줄 테니까."

란이 싱긋 웃었다.

"고민해 볼게."

그러다 그녀는 '아.' 하고 한 가지 궁금한 점을 물었다.

"혹시 말야, 드워프 쪽에는 이브리아나 빙벽에 대한 기록이 남아 있을까?"

"대현자 말이야?"

제투라는 의외의 질문에 눈을 끔벅였다. 란은 고개를 끄덕였다.

"그건 라치아가 가장 많이 남아 있지 않은가?"

"그건 그렇겠지만, 그래도 그쪽은 수명이 길잖아?"

드워프의 수명은 300년.

인간과 시간이 다르니 기록도 훨씬 뚜렷하지 않을까.

제투라는 수염을 잡아 뽑을 듯이 두툼한 손으로 당기며 말했다.

"글쎄. 한번 물어보기는 해 보지. 어쩌면 서고에 남아 있을지도 모르고."

"그래 주면 고맙겠어."

란이 정중하게 감사 인사를 했다. 생각난 김에 나중에 하레쉬에게도 물어봐야겠다.

라치아의 서고는 여전히 살펴보고 있지만, 요즘은 일이 바빠서 통 들어가 보지 못하고 있었다.

'생각해 보면 그쪽 일도 보통이 아닌데.'

란은 끙끙거리다 한숨을 내쉬었다.

'발 동동 구르지 말고 눈앞의 일 하나부터 하나씩.'

그녀는 그렇게 생각하고 다시금 제투라에게 선물에 대한 감사를 표했다. 그때 문득 머릿속을 스치는 생각에 그녀가 말했다.

"참, 하나 더 부탁해도 될까?"

"물론이지."

제투라의 말에 란이 작게 말했다.

"루미에라고 내 호위기사 본 적 있지? 혹시 그 사람을 위해서 검을 만들어 줄 수 있을까?"

제투라가 "드디어 들어줄 만한 부탁을 하는구만!" 하고 제 가슴을 탁탁 두들겼다.

"좋아, 맡겨만 두라고!"

"정말? 고마워."

란이 웃자 제투라는 으쓱거리며 말했다.

"내가 진짜 좋은 검을 만들어 주지. 일단 그 호위라는 자와 이야기해 봐도 되겠나?"

"물론이야."

란이 고개를 끄덕였다.

제투라는 당장 찾아가 보겠다고 말하며 쉬었다가 가라는 란을 뿌리치고 밖으로 향했다.

"아니, 루미에가 어디 있는지도 모르면서⋯⋯."

란은 그렇게 중얼거리고 시종을 한 명 불러서 제투라를 쫓아가서 루미에가 있는 기사단까지 안내해 달라고 부탁했다.

'드워프나 엘프나 참.'

그녀는 그렇게 생각하며 상자를 시종에게 맡겨서 올려 보내게 했다. 그리고서 그녀는 레버리에게 연락했다.

얼음수정의 판매는 전부 골든로즈 상단에 위탁하고 있었기 때문이었다. 통화권 밖이라 레버리에게는 바로 연락이 닿지 않았지만, 란은 메시지를 남겼다.

'황실에 납품을 중단해 달라'는 내용을 남기자 받는 직원은 당황하는 눈치였지만 공손하게 "전하겠습니다." 하고 대답했을 뿐이었다.

란은 자리에 앉아서 천천히 깃펜을 들고 유스타프에게 답장을 쓰려다가 문득 드는 생각에 입을 비죽였다.

'저쪽 답장이 늦어서 내 속을 다 태웠는데 난 왜 바로 답장을 보내야 해?'

그녀는 그렇게 생각하고 흥, 하고는 펜을 도로 꽂아 넣었다.

당분간 답장은 보내지 않을 생각이었다.

대신 란은 엘리자벳과 블레인을 불러서 유스타프에게 답장이 온 것과 그 내용을 이야기했다.

두 사람의 얼굴에 안도감이 스쳤다.

'역시 둘 다 걱정하고 있었구나.'

그렇게 연락이 안 되면 걱정될 만하다.

그리고 란이 이어서 황실에 얼음수정 납품을 중단했다고 하자 둘은 입을 떡 벌렸다.

엘리자벳이 곧 웃음을 터트렸다.

"그거 좋은 생각입니다."

블레인이 미심쩍은 얼굴로 물었다.

"그게 좋은 성과가 날까요? 아무리 마법 세공품에 익숙해졌다 해도 기간이 얼마 되지 않았잖습니까?"

그걸로 타격을 줄 수 있을까요?

그런 물음이라 엘리자벳이 웃으며 말했다.

"이 일의 핵심은 다른 사람은 모두 마법 세공품을 즐기고 있다는 겁니다."

"맞아. 여름에 다들 냉풍기를 틀고 시원하게 지내고 마법 램프를 켜는데, 자기들만 양초를 켜고 부채를 부친다고 생각해 봐."

그것도 황궁이.

마차를 타고 다닐 때 말의 날개를 펼칠 수도 없다.

블레인의 얼굴이 밝아졌다.

"확실히 그렇군요."

"그지?"

란은 싱긋 웃었다.

"그리고 한 가지 더 이야기할 게 있는데 말야."

이어 말하며 란이 의미심장한 미소를 지었다.

\*　　\*　　\*

유스타프는 녹색 아치에 처박혀 있는 중이었다.

황제에게 미운털이 박혔다고 해도, 라치아는 라치아.

여기저기서 사교 시즌의 초청장이 날아왔지만, 녹색 아치는 대답 없이 침묵을 지켰다.

그러는 사이에 날은 점점 따뜻해졌고, 화창하다 못해 더운 날이 이어졌다.

녹색 아치의 집사 롤프는 드물게도 걸음을 빨리했다.

"가주님. 손님께서 오셨습니다."

"손님이?"

유스타프는 의아한 얼굴로 고개를 들었다. 초대장도 없이 바로 들이닥치다니, 어지간히 무례한 손님이다 하는데 롤프가 얼른 덧붙였다.

"키릭스 후작 부처이십니다."

유스타프는 자리에서 일어났다.

"세 번째 알현실로 모셔라."

"네."

롤프가 지시를 듣고 빠르게 돌아가자 유스타프는 옷매무새를 매만졌다.

'연락도 없이 어쩐 일이지?'

그러면서도 키릭스 후작의 성격상 그럴 수도 있겠다고 생각했다.

세 번째 알현실로 들어가니, 두 부부가 사이좋게 나란히 앉아 있었다.

"카로크."

"라치아 공작님."

싱긋 웃으며 카로크가 일어나 제법 예를 갖추자 유스타프가 손을 저었다.

"그냥 유스타프라고 부르면 돼."

자연스러운 하대였다.

"그럼 유스타프."

카로크는 그렇게 말했고, 엘리제도 가볍게 무릎을 굽혔다 펴며 인사했다. 그녀가 물었다.

"그런데 란은 같이 오지 않은 건가요?"

"네."

유스타프는 엘리제에게는 정중하게 대답했다. 엘리제가 입을 비죽였다.

"아쉬워요. 그보다 란을 라치아에서 쫓아냈다는 게 사실이에요?"

엘리제의 호박색 눈이 가늘어져서 유스타프는 "그렇습니다." 하고 대답했다. 엘리제가 그 말에 화가 치밀어 올라 말했다.

"어떻게 그럴 수가 있어요?"

"저는 란에게 충분히 기회를 주었습니다. 그리고 지금 그녀는 백작이고요."

"백작이라고요?"

엘리제의 얼굴에서 약간 화가 빠져나갔다.

유스타프는 그녀에게 작위를 줬다고 설명했고, 그러자 엘리제가 눈을 찌푸리며 말했다.

"그렇다면 더더욱 지금 수도에 와 있어야 하는 거 아닌가요? 작위를 승인받으려면. 아무리 라치아가 천 년 가문이라고 해도―"

"네, 그래서 폐하와의 일이 좀 풀리면 그녀를 부를 생각입니다."

"그렇군요."

엘리제는 갸웃하고는 빙긋 웃었다.

"뭘 꾸미고 있는지는 모르겠지만, 우리가 찾아왔으니 같이 나가지 않겠어요?"

유스타프는 의아해졌다.

"같이 말입니까."

"말을 타고 외곽 산책이라도 하죠. 요즘 그러기 딱 좋은 날씨니까요."

유스타프는 잠시 생각해 보다가 고개를 끄덕였다. 계속 저택 안에 있는 건 확실히 지루한 일이었고, 키릭스 후작 부처와 가깝다는 걸 알려서 손해 볼 일도 없었다.

유스타프가 키릭스 후작 부처와 함께 말을 타고 나가겠다고 하자 롤프는 무척 기뻐했다.

"빠르게 말을 준비하겠습니다. 손님용 말도 함께 준비하지요. 도시락도 준비할까요?"

잠시 고민하다가 유스타프는 고개를 끄덕였다.

가져가서 손해 볼 일은 없으리라.

유스타프는 엘리제가 옆 안장으로 앉는 모습을 보고 지도 모르게 미소 지었다. 그러다 엘리제와 눈이 마주치자 그가 말했다.

"란은 분명히 옆 안장으로 타지 못할 겁니다."

엘리제가 "어머? 정말요?" 하고 눈을 크게 떴고 유스타프는 고개를 끄덕였다.

앞 안장으로도 간신히 타게 되었는데, 옆 안장으로 탈 수 있을 리가.

"그럼 다음에 가르쳐 줘야겠네요."

엘리제의 말에 유스타프가 고개를 끄덕였다.

"그거 감사하군요."

마지막으로 유스타프가 말에 올라타 세 사람이 말머리를 나란히 하고 나가자 그걸 배웅한 롤프가 빠르게 시종을 불렀다.

"지금 나가셨다고 전해 드려라."

그의 속삭임에 시종은 고개를 끄덕이고 재빠르게 저택 밖으로 향했다.

세 사람은 삼나무 길을 경쾌하게 달렸다. 날씨는 눈부신 초여름 날씨였고, 모두가 산뜻한 차림으로 말을 달리고 있었다.

이제 날개 달린 말은 상당히 흔해서 거리에서 마주치는 말 세 마리 중 두 마리는 날개를 달고 있었다.

어차피 환상 마법이라 날개끼리는 겹치거나 닿아도 상관없으므로 통행에 문제도 없었다.

그래도 거슬리는 사람들은 걸을 때는 날개가 보이지 않다가, 달릴 때만 날개가 펼쳐지는 세공품을 선호했다.

엘리제가 그늘을 따라 말을 몰며 말했다.

"란이 백작이 되었다는 이야기는 못 들었어요. 한겨울에는 라치아에 도무지 편지가 가지 않네요."

"이제 슬슬 편지가 오고 갈 때죠."

유스타프의 말에 엘리제가 씩 웃었다. 그녀의 모자에 달린 최신 유행

장식이 반짝였다.

"티파티에서 란 이야기가 나올 때마다 다들 '쫓겨난 전 라치아 공작' 이야기를 해서 얼마나 화가 났는지 몰라요. 어쩜 그 소문만 그렇게 쏙 퍼진 걸까요."

엘리제는 그렇게 중얼거리며 눈을 가늘게 떴다.

"란이 어떻게 될지는 모두가 주목하고 있었으니까. 작년 사교 시즌에 너무 이목을 끌기도 했고."

카로크가 그렇게 말하며 잠시 생각하다가 말했다.

"하지만 그걸 확실하게 확인하려면 귀족 계승도를 살펴봐야 하지."

귀족 계승도는 황실 서고에 보관되고 있는 커다란 책으로, 각 귀족의 직계와 방계 계보도를 그려 놓은 책이었다. 혹시 모를 상속 싸움이나 몰래 신분을 세탁하는 걸 막기 위한 장치였다.

물론, 그 계보로 신분 세탁을 하는 작자들이 없지는 않지만 말이다.

매해 새로 간행되는데, 귀족들 사이의 필수품이었다.

그해에 나온 귀족 계승도를 보고 신분을 암기하는 것이 귀족의 기본적인 소양이었다.

유스타프가 고개를 끄덕였다.

"맞아. 게다가 내가 계승도를 수정한 건 수도에 도착해서였으니까."

"누군가가 그 계승도를 살펴보고서 말을 퍼트렸다는 거네요."

살짝 엘리제가 입매를 일그러트렸다.

"황후마마일 것 같아요."

말은 추측이지만 어조는 확신이었다. 엘리제가 콧방귀를 흥 뀌고 말했다.

"소문이 일단 여자들 사이에 먼저 퍼졌다는 것도 그렇고요. 그분은 항상 란을 마음에 들지 않아 하셨으니 말이죠."

"그야 제 남편이 그러면 그럴 만하지."

카로크의 말에 엘리제는 눈을 찌푸리며 대꾸했다.

"하지만 그게 란의 탓은 아니잖아요?"

"그야 그렇지만. 그러고 보니 새 황제 폐하는 이제 란에게서 손을 뗀 겁니까?"

카로크가 갸웃했고 유스타프는 차갑게 말했다.

"아닐걸."

"황제가 뻣뻣하게 나오는 게 결투 때문만은 아니라는 거군요."

카로크가 씁쓸하게 말했다.

새 황제가 라치아 공작을 어떻게 대하고 있는지 역시 이미 사교계에 소문이 파다했다.

결투 때문일 것이 뻔해서 모두가 황제는 명예도 모른다고 수군거렸지만 대놓고 그런 이야기를 하는 자는 없었다.

말을 타고 지나가다가, 키릭스 후작 부부와 라치아 공작을 발견한 귀족들은 말 위에서 모자를 벗어 인사했다.

카로크가 말했다.

"내일이면 우리가 라치아 공작과 산책했다는 소문이 파다하겠군요."

"어머? 설마요."

엘리제가 눈을 찌푸리고 말했다.

"오늘 저녁 시간에 이미 파다할 거예요."

그 말에 유스타프는 질린 기분마저 느끼며 물었다.

"사교계의 소문이 원래 그렇게 잘 퍼지는 겁니까, 아니면―"

"라치아가 지금 화제의 중심이어서냐고요? 물론 양쪽 다지요."

엘리제의 말에 유스타프는 짧게 침음을 흘렸다.

카로크가 말했다.

"이러다가 이제 길에서 만나서 이야기를 나누자는 사람이 나오겠군요."

"어디로 들어갈까요?"

엘리제의 말에 유스타프가 고개를 끄덕였다.

"그게 좋겠군요."

"그럼 제가 적당한 곳을 알아요."

엘리제가 싱긋 웃고 앞장서기 시작했다.

세 사람은 삼나무 길을 한 바퀴 돌아서 엘리제가 안내한 찻집으로 들어갔다.

골든로즈 상회에서 출자해 만든 이 찻집은 부띠크가 아닌, 다른 만남의 장소로 요즘 유행 중이었다. 귀족의 저택 못지않게 화려하게 지어진 내부는 마법 세공품들이 가득 설치되어 있어 어떤 자리든 쾌적했다.

2층으로 지어진 건물의 1층은 귀족이면 다 들어갈 수 있었고, 2층은 백작 이상의 귀족만 들어갈 수 있었다.

그래서 말을 맡기고 올라간 2층은 테이블 사이의 간격이 넓고, 높은 파티션으로 적절하게 자리가 나누어져 있었다.

자리에 앉아 아이스티를 주문한 뒤 엘리제가 눈을 감고 냉풍기 바람을 음미하며 말했다.

"얼음수정 덕분에 여름에도 살기 편해졌어요."

"란 덕분이죠."

유스타프의 말에 엘리제가 조심스럽게 물었다.

"이건 소문인데ㅡ 황궁에 공급되는 얼음수정이 전부 끊어졌다고 하던데요."

유스타프가 그 말에 싱긋 미소 지어 보였다. 엘리제는 오싹 등을 따라 소름이 돋는 걸 느꼈다.

카로크는 '진짜였나.' 하고 그 놀라운 배짱에 혀를 내둘렀다.

"공작령도 아닌, 미승인된 영지에서 나오는 정체불명의 마력이 깃든 광물을 황궁에 마구 들여놓으면 안 되지요."

유스타프는 그렇게 말하며 의자에 깊게 몸을 묻었다.

"그렇지 않나?"

"그야 그렇지요."

카로크는 맞장구를 치고 잠시 황실이 얼마나 난리가 날지 생각해 보았다. 자신 역시 얼음수정이 없는 생활을 상상하면 답답한데—

게다가 이제 사교 시즌.

황궁에서 무도회가 열리는데 마법 세공품을 전혀 사용하지 못한다?

어떤 꼴이 될지 뻔했다.

'잘못하면 황실과의 전면전이 될지도 모르는데 말이지.'

그 황제가 과연 고개를 숙이고 들어갈까?

카로크는 루스를 떠올렸다. 황제가 된 그가 얼마나 엉망인지는 이미 모두가 알고 있었다.

더해서 '인자하신 황후마마가 얼마나 고생하시는가'에 대해서도.

카로크가 낮게 말했다.

"황제 폐하께서 돌아가신 것 말입니다만."

유스타프가 시선을 들어 카로크를 바라보았다.

"자연사일까요?"

엘리제가 움찔했다. 그녀는 저도 모르게 '여보!' 하고 외칠 뻔한 걸 간신히 눌러 참았다.

유스타프의 얼굴에서 표정이 지워졌다. 그가 말을 골랐다.

"정정하신 분이셨지."

"그렇죠. 그런데 그렇게 하루아침에?"

"죽음은 모두에게 공평하니까."

"물론 그렇지만."

카로크가 눈을 찌푸렸다. 마침 파티션 뒤에서 가볍게 나무 두드리는 소리가 나고, 시종이 차를 가지고 다가와 테이블 위에 차 세트를 늘어놓고는 물러났다.

유스타프가 차가운 냉차를 한 모금 마시고 말했다.

"하지만 동의해."

엘리제는 눈을 휘둥그레 떴다. 그녀가 목소리를 가다듬고 경쾌하게 말했다.

"예전에 저에게 피비린내 어쩌고 하시더니 두 분이야말로 정말 무서운 이야기를 이런 장소에서 하시네요."

카로크가 웃으며 그녀의 어깨를 감싸고 뺨에 키스했다.

"내 아내가 무섭다면 그만두지."

"제발 그래 줘요."

엘리제가 입을 비죽였다.

그 뒤로 셋은 그 이야기를 꺼내지 않았고, 대화는 평범한 주제로 흘러갔다.

유스타프는 엘리제가 전해 주는, 란에 대한 악의 가득한 소문에 기분이 나빠졌다.

란의 거취를 모르는 작자들은, 란이 라치아 계승도에서 지워졌다는 이야기를 듣고 온갖 상상을 부풀려 란에 대해 안 좋은 이야기를 했던 것이다.

"그리고 유스타프가 누구와 혼인할까 하는 것 역시 소문이 무성해요. 일단 가장 큰 후보는 우슬라 공작 영애랍니다. 그리고 나미아 후작 영애도 있지요."

유스타프의 입가에 비소가 서렸다.

"안 그래도 몇 번이나 초대장은 받았습니다. 어쩐지 끈질기다 싶더니만, 그런 소문이 있었습니까?"

"그래요. 젊고 돈도 많고, 심지어 라치라고요? 물론 겨울이 싫기는 하지만 그건 녹색 아치에 나와 있으면 해결되는 문제니까요."

사정없지만 정당한 평가였다.

"저는 생각이 없는데 말입니다."

"젊은 남자들이 다 그렇죠."

엘리제가 그렇게 말하며 은근히 그를 넘겨다보았다. 유스타프가 그녀의 시선에 말을 덧붙였다.

"다른 좋아하는 사람이 있으니까요."

그 말에 엘리제의 입가에 짙은 호선이 그려졌다.

"누군지는 묻지 않겠어요."

"그거 감사하군요."

유스타프는 그렇게 답했고, 카로크는 "난 궁금한데?" 하고 중얼거렸다가 아내에게 옆구리를 찔렸다.

그렇게 가벼운 티타임이 끝나고 유스타프는 녹색 아치로 돌아왔다.

당연히 키릭스 후작 부부도 함께 돌아올 줄 알았는데, 둘은 다른 일이 있다며 빠져 버렸다.

충분히 무례한 일이었지만, 이미 말없이 쳐들어온 일부터가 그런 거라 유스타프는 별말 하지 않았다.

솔직히 말하면 그런 모습이 싫지도 않았다.

녹색 아치로 돌아오니 저택의 분위기가 밝아져 있었다.

'내가 없어서 그런 건가.'

유스타프는 그런 생각을 하며 싱글벙글 웃는 롤프에게 겉옷을 벗어

주었다.

"하늘 저택에서 연락은 없나?"

유스타프의 물음에 롤프가 웃음을 지우고 말했다.

"아직 없습니다."

"그래."

유스타프는 저도 모르게 미간을 찌푸렸다. 그가 편지를 보낸 게 한참 전이었다. 원래대로라면 란에게서 답이 오고도 남을 시간이었다.

아무리 진흙탕 길을 지난다고 해도 너무 늦는다.

'화난 건가?'

자신이 편지를 너무 늦게 보내서?

그렇게 생각하니 초조함이 살짝 몰려와서 유스타프는 한숨을 내쉬며 소파에 앉았다.

딱히 란에게 숨기려는 생각은 아니었다. 그저 뭐라고 써야 할지 잘 알 수가 없었을 따름이었다.

그가 쓰다가 버린 편지가 한가득이었다. 유스타프는 편지를 쓰는 게 이렇게 힘들다는 걸 처음 알았다.

결국, 그가 보낸 것은 사건을 나열하기만 한 보고서 같은 편지였다. 할 수 있는 것은 추신으로 보고 싶다고 덧붙인 것뿐이었다.

'하지만 란은 직설적으로 말하지 않으면 모르니까.'

그렇다고 편지를 쓰다가 실패했다고 말하는 건 아닌 것 같았다.

그때 누군가가 뒤에서 휙 눈을 가렸다.

"누구게~?"

경쾌한 물음에 유스타프는 너무 놀라 순간 몸이 경직했다.

더듬더듬 제 눈을 가린 손을 더듬고 유스타프는 그 손목을 붙잡으며 중얼거리듯이 물었다.

"란……?"

란은 '누님'이 아니라 '란'이라고 불리자 저도 모르게 얼굴이 약간 붉어졌다. 아주 부드럽고 달콤한 '란'이었다. 그녀는 짐짓 태연한 척하며 손을 떼고 웃었다.

"정답입니다."

"여기는 어떻게―"

"보고 싶다며? 그래서 달려왔지요."

씩 웃으며 말하고 물러나려는데 유스타프가 손목을 놓아주지 않아서 란이 말했다.

"유스, 놓아주지 않으면 소파를 돌아갈 수가 없어."

그 말에 유스타프는 그녀의 손을 놔 주었다가 그녀가 팔걸이 부근을 돌자마자 재빠르게 그녀를 당겨 자리에 앉혔다.

"유스타프."

짐짓 눈을 찌푸리며 엄한 표정을 지었다가 란은 그와 눈이 마주쳐서 저도 모르게 눈을 떨궜다.

"보고 싶었습니다."

머리 위에서 들리는 간질간질해지는 목소리에 란은 헛기침을 하고 다시 고개를 들었다.

"그래서 왔지요. 도대체 편지를 그렇게 늦게 보낸 이유가 뭐야?"

"여러 가지 일이 있어서……."

중얼거리고 유스타프는 눈을 살짝 찌푸렸다. 아직 루스와의 일이 마무리되지 않았다는 생각에서였다.

"이렇게 오실 줄은 몰랐습니다."

"물론 유스타프가 라치아를 부탁하기는 했지만, 봄철 주요한 일들은 끝났고, 이쯤에서 와도 괜찮을 거라고 생각했어. 모두 찬성해 줬고."

"그렇습니까."

그의 대답이 애매하자 란은 저도 모르게 샐쭉해졌다.

"내가 온 게 좋은 거야? 싫은 거야? 하나만 해."

란의 말에 유스타프가 웃었다.

"싫을 리가 없지요."

그 말에 란은 곧 기분이 풀어졌다. 그가 물었다.

"그럼 오늘 키릭스 후작 부부가 온 것도─"

"리제에게 부탁했지. 유스를 잠깐 밖으로 나가게 해 달라고. 그사이에 후다닥 들어왔답니다."

그녀의 말에 유스타프가 속삭이듯 말했다.

"정말로 란을 이길 수가 없네요."

"이길 생각이야?"

란이 순진한 얼굴로 눈을 깜박이며 말하자 유스타프는 "설마요." 하고는 몸을 숙여 그녀의 이마에 키스했다.

란은 얼굴을 붉혔지만, 아무런 말도 하지 않고 태연한 척 자리에서 일어나며 말했다.

"황궁에 들어가는 얼음수정은 중단됐어. 이제 슬슬 재고가 떨어질 때야. 레버리의 말에 의하면 황실의 항의가 어마어마하다고 하는데."

"그게 저희가 원하는 거 아닙니까. 게다가 일 년 더 독점을 주고 있으니 이 정도는 들어줘야지요."

그 말에 란은 고개를 끄덕였다.

유스타프가 손을 뻗어 그녀의 손을 잡으며 말했다.

"오시는 길이 위험하지는 않았습니까?"

"응, 괜찮았어. 위험할 게 뭐가 있어?"

란은 방긋 웃었다. 유스타프는 잠시 침묵했다가 말했다.

"호위는요?"

"루미에를 데려왔어."

말하며 란은 슬쩍 유스타프의 눈치를 보았다. 그가 왜인지 루미에를 좋게 생각하고 있지 않은 것 같다는 건 란도 아는 사실이었다.

"그랬군요."

하지만 유스타프는 고개만 끄덕였을 뿐 별말 하지 않았다. 란이 웃으며 말했다.

"그리고 유스타프에게 새 검을 가져왔지."

"새 검이요?"

"응, 전에 검은 산에서 드워프들에게 넘겨줬던 금속 기억나? 나디움이라고 말야."

"납니다."

"그걸로 만든 검을 제투라가 가지고 왔더라고. 내가 보기에도 상당히 훌륭한 검이니까, 유스타프의 마음에도 들 거야."

그 말에 유스타프는 제 허리춤에 있는 검을 만지작거리며 말했다.

"그렇게 바꾸고 싶지는 않은데요."

"어? 그래?"

"누님의 선물이니까요."

유스타프의 말에 란은 순간 말문이 막혔다. 말없이 서 있는 란을 보고 유스타프가 미소 지었다.

"하지만 받아 둘까요? 이 검은 누님의 선물이고, 그 검은 란의 선물이니까."

"뭐, 뭐야, 그게—"

간신히 말문이 트여 괜스레 투덜거리고 란은 시종을 불러 검을 가져오게 했다.

상자를 열어 검을 확인하고 유스타프는 작은 탄성을 질렀다. 엘프의 검과는 완전히 다른 물건이었다.

엘프가 검을 만들며 숲의 기운과 예술혼을 불어넣었다면, 드워프제 검은 뭐라고 해야 할까.

살의가 있었다.

베고 상처 입히고 죽이는 것에 지독하게 충실한 데서 오는 날카로운 기운과 아름다움에 유스타프는 순수하게 감탄했다.

유스타프가 검을 도로 검집에 꽂아 넣으며 말했다.

"란의 말이 맞습니다. 훌륭한 검이네요."

"그렇지?"

란이 싱긋 웃었다.

그때 롤프가 노크를 하고 안으로 들어왔다. 그의 표정은 딱딱해져 있었다.

"무슨 일이냐?"

유스타프의 물음에 롤프가 말했다.

"황궁에서 사신이 와 있습니다."

"곧 가지."

유스타프는 고개를 끄덕이고 란에게 물었다.

"여기에 란이 왔다는 걸 아는 사람이 또 있습니까?"

"시종들이랑 리제 외에?"

"네."

"음, 아니. 없어."

몰래몰래 왔으니까.

일부러 공작가 문장이 붙지 않은 마차를 골라서 타고 오는 치밀함을 보였다. 유스타프에게 들킬까 봐 말이다.

"좋습니다."

유스타프는 "얌전히 계십시오." 하고 덧붙이고는 방을 떴다.

그와 롤프가 방을 떠나고 나서 란은 털썩 소파에 주저앉아서 양 뺨을 감쌌다.

이런 때에, 이런 감정이라니.

'나 유스 좋아하나 봐.'

항복하듯이 란은 인정했다.

그의 손길이, 눈길이, 전혀 싫지 않았다. 오히려 좀 더 눈을 마주치고 싶고, 좀 더 만져 줬으면 했고, 좀 더 붙어 있고 싶었다.

'하지만, 하지만.'

하지만을 붙여가며 뒷걸음질 치는 자신이 있다.

'시나가 오면.'

그게 그녀의 발목을 붙잡고 있었다. 지금도 이렇게 유스타프가 좋은데, 만약 연애라도 하면 더더욱 그가 좋아지겠지.

그러다 만약 시나가 오면.

유스타프는 그녀가 좋아진다고 해도 그걸 란 앞에서 티 내거나 하지 않을 거다.

하지만 그것조차도 무서웠다.

'그리고 그걸 신경 쓰게 될 나도 싫어.'

란은 문득 상자를 떠올렸다.

하늘 저택 자신의 방, 서랍 깊숙이 아직도 존재하는 상자.

'시나가 오면 떠날까?'

란은 그런 생각을 한 후 얼굴을 감싸고 한숨을 내쉬었다.

'내가 이렇게 약한 사람인 줄은 몰랐는데.'

그래도 '도망칠 곳'이 존재한다는 것 자체는 그녀에게 퍽 위안이 되었다.

사람은 누구나 안전한 곳, 도망쳐서 쉴 수 있는 곳을 원하는 거다. 란은 자리에서 벌떡 일어났다. 여기서 유스타프를 기다리고 있을 생각은 없었다.

그녀는 익숙하게 녹색 아치에 있는 제 방을 찾아갔다. 롤프에게 가신으로서 새 방을 배치해 달라고 말했는데, 그는 공녀일 때 사용했던 방을 그대로 쓰시라고 권했다.

란이 거절하려고 했지만 그가 '쓰시던 물건도 그대로 있으니, 그게 편합니다.'라고 재차 말해서 결국 항복했다.

방은 이미 시녀들이 부산을 떨어서 환기를 시키고 시트로 새로 간 후였다.

기다리고 있던 루미에와 디모디아, 그리고 카라가 입을 모아 인사했다.

"다녀오셨어요?"

"응, 갔다 왔어."

란은 그렇게 말하고 빙글 한 바퀴 돌아 일인용 소파에 털썩 앉았다.

"수도는 진짜 덥다."

그녀의 말에 카라가 고개를 끄덕였다.

"햇빛 아래 서 있으면 땀이 날 정도예요. 올해는 유난히 덥네요."

"그러게. 우리에게 도움이 되려고 그러나."

란은 그렇게 생각하며 비스듬히 팔걸이에 기댄 후 소파 위로 양반다리를 했다. 그 자세를 처음에 시녀들은 무척 신기해했지만, 이제는 그러려니 하며 그녀를 바라보았다.

디모디아가 물었다.

"어때요? 가주님이 좋아하시던가요?"

"응."

란은 그렇게 대답하며 저도 모르게 뺨을 붉게 물들였고, 그걸 디모디아는 흐뭇하게 보았다. 카라 역시 미소 지으며 말했다.

"살금살금 온 보람이 있네요."

"그러게."

란은 고개를 끄덕였다.

루미에의 표정이 좋지 않아 란이 그에게 손짓하자 루미에는 얼른 다가와 그녀 앞에 무릎을 꿇었다.

그리고 얌전히 눈을 내리까는 자세에 란은 저도 모르게 웃고 그의 머리를 쓰다듬어 주며 작게 물었다.

"괜찮아?"

"괜찮습니다."

사락사락 제 머리를 쓰다듬는 손길을 느끼며 루미에가 말했다. 이 손이 있다면, 괜찮다.

란이 더더욱 작은 목소리로 속삭였다.

"수도에 와서 신경 쓰이는 거 아냐?"

신경? 뭐가?

의아한 얼굴로 고개를 드는 루미에를 보고 란이 고개를 저었다.

"아냐. 아니라면 됐어."

그제야 루미에는 그녀가 빈민굴의 조직 때문에 자신의 표정이 어두운 것으로 생각했다는 걸 알았다.

'완전히 잊고 있었군.'

사람의 기억이란 얼마나 얄팍한가.

이런 생활을 한 지 얼마나 되었다고, 그렇게 바닥을 굴렀던 것은 먼 옛날처럼 느껴졌다.

"신경 쓰이는 건 황제지요."

그녀의 무릎에 기대며 루미에가 말해서 란은 쓰게 웃었다.

"괜찮아. 괜찮아."

괜찮다고?

루미에는 저도 모르게 저번 습격에 대해서 말할 뻔했다. 그 뒤로 블레인에게도 물어봤지만, 블레인도 그 후로 녹영에게 보고받은 게 없다고 알려주었다.

순순히 알려 주어 루미에는 약간 놀랐지만, 곧 감사하다고 인사했다.

'그렇다면 유스타프는 보고를 받았을까?'

루미에는 그렇게 생각하며 눈을 가늘게 떴다.

"머리카락 좀 잘라야겠다."

그때 제 머리를 만지던 란이 말해서 루미에는 살며시 웃었다.

"잘라 주시나요?"

"안 돼, 안 돼. 내가 자르면 쥐가 파먹은 것처럼 되어 버릴걸."

란은 손사래를 쳤다. 그러자 카라가 말했다.

"그럼 제가 잘라 드릴까요?"

"아, 맞아. 그러고 보니 카라가 머리카락 잘 잘라. 내 머리도 잘라 줬는걸."

예전에 카라가 상한 부분을 살살 쳐내고, 긴 머리카락을 가볍게 잘라 준 적이 있었다.

그 솜씨를 생각하면 루미에의 머리를 다듬는 것 역시 어렵지 않을 거다. 루미에가 고개를 끄덕였다.

"그럼 카라 님에게 부탁하지요."

"어차피 마음먹은 거 지금 자를까요?"

카라가 그렇게 말하자 루미에가 "좋습니다." 하고 대답해, 도구를 챙겨 두 사람은 함께 베란다로 나갔다.

둘이 나가자마자 잽싸게 디모디아가 말했다.

"너무 가까우신 거 아닌가요."

"응?"

"루미에 경과 백작님 말이에요. 두 사람 너무 가까워요. 보통 남녀 사이의 가까움을 훌쩍 뛰어넘었다고요."

"나도 알아."

"아신다고요? 알면서도 그러시는 거예요?"

"루미에는 심적으로 불안한 부분이 있으니까, 안정될 때까지 나에게 좀 기대는 것뿐이야. 금방 괜찮아질 거야."

"그게 벌써 1년 아닌가요. 언제까지 응석을 받아 주실 거예요? 빨리 다른 곳으로 보내버려요."

그 말에 란은 어색하게 웃었다. 루미에를 어딘가로 보내 버릴 수는 없었다.

'시나가 오면—'

오면 어쩔 건가?

문득, 그런 생각이 들었다.

어차피 시나와 루미에는 이어지지 않는다. 시나와 유스타프가 이어지는 이야기지. 그런데 굳이 루미에를 여기 묶어 둬야 할 필요가 있을까?

란이 그런 생각을 하는데 방문을 두들기는 소리가 났다.

"누구세요?"

"접니다."

"아, 들어와."

유스타프의 목소리에 란은 반색하고 말했다.

들어온 유스타프를 향해 란은 질문을 퍼부었다.

"사신이 뭐라고 그래? 알현하러 오래? 아니면 승인해 주겠대? 그것도 아니면 막 뭐라고 그랬어?"

"입궁하라고 하더군요."

"흐음."

"당장이요."

"진짜?"

란은 눈을 크게 떴다가 팍 얼굴을 찌푸렸다.

"진짜 웃기지도 않는 자식이네. 원래부터도 그런 놈이기는 했지만."

"일단 가 봐야지요."

"괜찮을까?"

더럭 겁이 나서 란이 중얼거렸다. 상대가 상식인이라면 모를까, 비상식인인 만큼 어떤 비정상적인 방법으로 나올까 걱정이 되었다.

예를 들어 무력으로 겁박한다든가…….

"괜찮을 겁니다."

유스타프는 그렇게 말하고 깊게 숨을 들이컨 후에 말했다.

"청염을 맡기고 싶지만—"

"절대 안 돼."

란이 자리에서 벌떡 일어나며 말했다. 그래도 이제는 제 키가 유스타프의 가슴께밖에 오지 않아서, 그녀는 그가 얼마나 컸는지 실감했다.

"청염은 최후의 보루야. 무슨 일이 생길지 모르는데 나에게 맡기고 가다니 말도 안 돼."

정령이 있다면, 어지간한 무력시위는 타개하고 나올 수 있다.

란의 말에 유스타프는 고개를 끄덕였다. 그녀의 말은 틀리지 않았다. 그래도 불안해서, 란을 위해 남겨 두고 싶은 마음이 존재했다.

'이런.'

유스타프는 픽 웃었다.

지금 라치아의 후계자는 자신뿐이고, 자신이 죽고 나면 끝이다. 정말로 린드버그 남작에게―숙부에게 라치아가 넘어갈지도 모른다.

그러니 언제나 제 목숨이 최우선.

그랬는데, 자신의 목숨보다 이제 란의 목숨이 더 소중하게 여겨졌다.

유스타프가 양손을 뻗다가 멈추고 슬쩍 물었다.

"끌어안아도 됩니까?"

그 말에 란이 먼저 그를 꽉 끌어안았다.

"묻지 않고 안아도 괜찮아."

유스타프는 그녀를 마주 안았다.

루미에는 머리카락이 잘려 나가는 소리를 들으며 방 안을 바라보았다. 카라가 마지막 가위질을 한 후에 말했다.

"다 잘랐어요."

"감사합니다."

의자에 앉아 있던 루미에가 그녀를 돌아보며 인사했다. 카라는 그제야 방 안을 보고 "어머?" 하고 웃었다.

"두 분 정말 잘 어울리시지 않아요?"

카라의 말에는 암묵적인 압박이 있었고, 루미에는 순순히 대답했다.

"네, 잘 어울리십니다."

란과 자신 사이에는 건널 수 없는 강이 있다.

란의 마음이 유스타프를 향해 기울어지는 건, 루미에에게 너무나도 투명하게 보였다.

'만약.'

만약 내가 고백하면 어떻게 될까?

루미에는 생각해 보았다. 그녀는 마음이 약하고 다정하니까, 유스타프는 모든 걸 가졌지만, 난 당신 하나뿐이라고 말하면 곤란한 얼굴로 알겠다고 할지도 모른다.

그녀의 새로운 신분을 가지고 둘이 멀리멀리 달아날 수 있을지도 모른다.

어쩌면, 적어도 유스타프의 고백은 거절해 주지 않을까?

그런 생각을 하다가 루미에는 씁쓸하게 미소 지으며 문을 열었다.

문소리에 란이 얼른 유스타프를 놓아주려는데 유스타프가 한 번 더 그녀를 꽉 끌어안고 고개를 들어 루미에를 바라보았다.

이건 내 거야.

그런 얼굴로. 표정으로.

그래서 루미에의 기분은 썩 나아졌다. 유스타프가 자신을 아예 견제하지 않았다면 오히려 기분 나빴으리라.

"유스? 숨 막혀."

제 품 안에서 란이 버둥거려 그제야 유스타프는 그녀를 놓아주었다. 란이 휴 하고서 돌아보고는 웃었다.

"루미에, 머리카락 깨끗하게 잘렸네."

"보기 좋은가요?"

"응."

"주인님이 보기 좋다면, 저도 좋아요."

생글생글 웃으며 하는 말에 란은 "정말이지." 하고 어쩔 수 없다는 얼굴을 했다.

'루미에도 나에게서 심리적인 독립을 해야 할 텐데.'

릴리가 돌아오면 잘되지 않으려나.

란은 그렇게 생각했다가 아! 하고 말했다.

"유스, 루미에 데려가라."

그러자 두 남자가 동시에 말했다.

"싫습니다."

"싫어요."

그리고 멀뚱히 서로 바라보았다가 당황한 란을 보았다.

"아니, 나는…… 루미에도 강하니까. 호위로 가면 좀 낫지 않을까 하고…… 물론 로스 경도 강한 걸 알지만—"

임기응변에는 루미에가 좀 더 강하지 않을까, 하는 게 란의 생각이었다. 유스타프가 말했다.

"루미에는 누님 곁에 있는 편이 낫습니다."

그는 그렇게 말하고 슬쩍 밖을 한 번 보았다가 말했다.

"바로 가봐야 할 것 같습니다. 제가 돌아올 때까지 얌전히 계셔 주세요."

란은 어깨를 으쓱했고 유스타프는 그녀에게서 "알겠어." 하는 대답이 나올 때까지 바라보았다.

가는 유스타프를 배웅하고 란은 잠시 생각에 잠겼다.

'황제가 어떻게 나올까?'

나쁜 쪽으로만 머리가 굴러 란은 한숨을 내쉬었다.

*　　*　　*

루스는 머리끝까지 화가 난 상태였다. 황궁 안은 더웠다.

예전이라면 부채로 이 더위를 식혔겠지만, 냉풍기를 맛본 사람에게 부채는 답답하게 느껴졌다.

'얼음수정을 주지 않겠다고!'

씩씩거리며 루스는 그럼 강제로 골든로즈 상회에서 수정을 강탈해 오라고 말했다.

그러자 근위대장은 난색을 표했다. 그런 약탈은 할 수 없단 거다.

아니, 황제의 명령인데 왜 안 된단 말인가?

이 제국의 모든 건 다 내 것 아닌가?

시종관과 올리비아를 통해 얼음수정이 떨어져 가고 있다고는 들었지만, 정말로 그런 일이 일어나랴 한 귀로 넘겼다. 그런데 정말로 얼음수정이 다 떨어져서 초로 불을 켜고, 부채로 바람을 부치고, 심지어 마차를 끄는 말에 위풍당당한 무지개 날개도 펼치지 못하게 되었다.

'쓴맛을 보여 주마.'

루스는 그렇게 생각하며 이를 갈았다.


올리비아는 당혹스러움을 감추지 못했다. 그녀는 화급히 대알현실로 향하다가 반대편 복도에서 자신과 같이 당황한 얼굴로 오고 있는 라벨을 발견했다.

라벨은 형수와 마주쳐 정중히 인사했고, 올리비아가 물었다.

"소식은 들었나요?"

"폐하께서 라치아 공작을 부르셨다는 일 말입니까?"

"그래요. 도대체 어떻게 하시려고 그러시는지……."

올리비아 잠시 생각하다가 말했다.

"제가 먼저 들어가 보지요. 저하께서는 잠시 후에 상황을 보고 들어와 주십시오."

라벨은 망설이다 고개를 끄덕였다. 올리비아가 알현실로 들어가자, 거기에는 황제의 복장을 하고 평소에는 쓰지 않는 화려한 대관식용 관까지 꺼내서 쓴 루스가 서 있었다.

"여기는 무슨 일이야?"

그가 눈을 찌푸리며 물었다. 올리비아는 그 모습이 어릿광대 같다고 생각하며 가볍게 인사한 후에 물었다.

"어찌하시려고 그러십니까?"

"뭘?"

"라치아 공작 말입니다."

그 말에 루스가 이를 갈았다.

"공작은 무슨 공작! 내 그 작위를 몰수하고 반역죄로 가둘 것이야! 그리고 라치아령은 황실이 다스리겠다."

그 말에 올리비아는 뒤통수가 띵해지는 기분이었다. 그녀가 침착하게 말했다.

"라치아령에는 빙벽이 있습니다. 빙벽은 라치아 사람에게 맡겨진 것이고 청염이 아니면 들어갈 수 없는 곳들이 존재합니다."

"그 청염도 뺏으면 되지."

"라치아의 가주가 아니면, 청염은 모든 걸 태워 버립니다."

"그런 헛소리가 어디 있어!"

루스가 버럭 소리를 질렀다. 그가 말했다.

"가서 궁정 마법사를 불러와라. 그 청염이 그렇게 대단한지 직접 물어 봐야겠으니까."

올리비아는 더더욱 초조해졌다.

정말로 라치아와 척질 생각이란 말인가?

역대 황제 중에 그런 멍청하다 못해 뇌가 해파리인 것 같은 생각을 한 자는 아무도 없었다.

너무 멍청한 행동에 화가 나기보다는 이제 어이가 없었다.

"폐하, 그럼 라치아와 전쟁이라도 하겠다는 말씀이십니까?"

그녀의 단도직입적인 질문에 루스는 움찔했다.

사실 그는 유스타프가 무서웠다.

결투에서 그렇게 당한 이후로 분노도 있었지만, 그 시퍼런 눈이 생각나면 섬뜩하기도 했다. 그래서 더더욱 권위로 눌러 버리고 싶은 마음이 있었다.

올리비아는 그가 말문이 막힌 순간을 놓치지 않고 파고들었다.

"폐하, 그런 공작 따위에게 무슨 신경을 쓰십니까? 라치아는 어차피 변방, 제국의 위광이 미치지 못하는 촌구석이죠. 얼음수정으로 돈 좀 벌었다고 해봐야 졸부나 다름없습니다."

올리비아가 사근사근하게 하는 말에 루스는 코웃음을 쳤다.

"너 따위가 뭘 알아? 다들 라치아, 라치아 하는 걸 너만 모르지."

"그래 봐야 제국 황제 폐하 앞에 서면 모두 사라지는 것 아닙니까."

올리비아는 애써 스스로가 멍청하게 느껴지는 말을 지껄였다. 지금 루스가 죽으면 아무것도 되지 않는다.

'아직, 아직은.'

적어도 자신이 궁정을 장악할 시간이 더 필요했다.

그때 부름을 받은 궁정 마법사가 허겁지겁 달려왔다.

"폐하를 뵙습니다."

긴 지팡이를 짚은 궁정 마법사는 새하얀 수염을 풍성하게 기르고 있어서, 사람들이 생각하는 '마법사'의 표준 같은 모습이었다.

"무슨 일로 부르셨습니까?"

정중하지만 위엄 있게 궁정 마법사가 물었다. 루스가 헛기침을 하고 물었다.

"라치아의 청염이 그렇게 대단하다는 게 사실인가? 내가 그걸 착용할 방법은 없는 건가?"

상상치도 못한 질문에 순간 마법사는 눈알이 튀어나올 뻔했다.

'라치아와 황제의 사이가 좋지 않다는 건 알았지만, 이 정도일 줄이야.'

그는 머리를 굴렸다.

라치아와 마법사 협회는 서로 비밀 조약을 맺은 상태이다.

제국의 황실이 어쩌니 저쩌니 해도 협회는 절대로 그 싸움에 참전하지 않을 터였다.

'어차피 빙벽 근처에는 다가갈 수도 없는 것을.'

게다가 수틀리면 그 잔혹한 라치아의 새 가주가 마법사들이 폐인이 되게 습격하고 다닐 수도 있잖은가?

그런 생각을 하고 궁정 마법사가 수염을 쓰다듬으며 말했다.

"그런 어리석은 말씀은 하지 마십시오. 정령은 인간의 법도와는 완전히 다른 세계의 생물입니다. 마법으로는 정령과 싸울 수 없지요. 태풍을 향해서 칼을 휘두르는 자는 비웃음거리가 되지 않겠습니까?"

루스의 얼굴이 딱딱하게 굳었다. 하지만 아무리 그라 해도 마법사에게 욕을 할 수는 없었다.

궁정 마법사는 제국에 소속된 사람이 아니다. 직위 명에 '궁정'이라는 말이 붙어 있기는 하지만, 어디까지나 황실이 협회에 부탁해서 와 있는 형태를 취하고 있었다.

즉, 언제든지 떠나도 상관없는 사람인 거다.

게다가 마법사들과 척지는 건 루스가 생각해도 안 될 말이었다.

"이게 다 너 때문이야! 네가 좀 더 황실 살림을 잘 꾸렸다면 이런 일도 없지 않아!"

그래서 불똥이 황후인 올리비아에게 튀었다. 엉뚱한 분풀이에 마법사는 당황했지만, 올리비아는 고개를 숙였다.

"죄송합니다."

"무능한 것!"

그리고 그가 마법사에게 말했다.

"석녀를 고치는 마법이 있으면, 내 아내에게 사용해 주면 좋겠군."

마법사는 저도 모르게 얼굴이 굳었다.

"폐하, 말씀이 지나치십니다."

마법사가 저도 모르게 말하자 올리비아가 고개를 저었다. 그때 그 아수라장 사이로 시종이 들어와 말했다.

"유스타프 라반 드 라치아 님께서 대기실에서 기다리고 계십니다."

"일단 병사들을 불러들여라."

루스는 재빨리 관을 고쳐 쓰며 말했고, 올리비아는 뒤로 물러났다. 루스의 말에 시종은 뒷문으로 나갔고, 곧 황실근위대 병사들이 줄줄이 들어와서 알현실의 붉은 카펫 양옆에 나란히 도열했다.

붉은 카펫이 길게 깔려 있는, 평소에는 쓰지 않고 행사 때에나 쓰는 대알현실을 일부러 고른 것 역시 루스의 의향이었다.

루스가 옥좌에 앉으며 말했다.

"들라 해라."

그 말에 알현실 끝에 있는 문이 열리고, 유스타프가 들어왔다.

짙은 남색 망토를 가볍게 나부끼며, 그는 움찔하는 기색도 없이 병사들 사이를 가볍게 지났다.

적당히 걸어와서 유스타프는 걸음을 멈췄다.

"폐하를 뵙습니다."

무릎 꿇는 대신 그는 가볍게 가슴에 손을 대고 허리를 숙였다. 이어 그가 허리를 똑바로 펴며 말했다.

"이리 절 부르시니, 어쩐 일이십니까?"

"어쩐 일이냐고?"

저도 모르게 목소리가 높아져 루스는 그걸 눌러 참으며 팔걸이를 꽉 쥐었다. 위엄을 찾으려 애쓰며 그가 말했다.

"그대는 제국에 충성하는가?"

"라치아는 정복 황제이신 라이언 님께 공작 위를 받았고, 그 후 300년 간 우정이 변한 적은 없습니다. 그러나, 폐하. 폐하께서도 그러십니까?"

"우정이라고!"

루스는 이를 악물었다. 그가 자리에서 벌떡 일어나며 말했다.

"저놈을 붙잡아라!"

그러자 병사들이 칼을 뽑았고, 놀란 마법사가 루스를 만류했다.

"폐하!!"

그때 푸른 불꽃이 유스타프를 휘감았고, 병사들은 작은 비명과 함께 뒤로 물러났다.

날름거리는 불꽃은 그들이 한 치라도 다가오는 것을 용납하지 않았다. 그러면서도 카펫이나 대리석 바닥에는 그을린 자국조차 생기지 않았다.

"청염⋯⋯."

마법사는 신음을 흘렸다.

유스타프는 남은 걸음을 걸어와, 옥좌 밑 계단에 한 칸 올라섰다. 루스는 자리에서 벌떡 일어났다.

"이, 이, 무례한—"

"폐하."

유스타프의 어조는 흥분되어 있지도 않았고, 차분했다. 올리비아의 보라색 눈은 그를 뚫어져라 바라보았다.

"저는 폐하의 것을 탐내지 않습니다. 그러니 제 것을 건드리지 않으신 다면 저희는 평행선이 될 수 있겠지요."

가까워지지도 않겠지만, 멀어지지도 않는.

"제국의 것은 모두 황제의 것이다."

식은땀을 흘리면서도 루스는 자존심을 굽히지 않았다. 무릎이 후들후들 떨릴 지경이었다.

그러자 유스타프의 한쪽 입꼬리가 올라갔다. 무표정한 얼굴을 깨는 그 미소는 지독히 차가웠다.

"그럼 나와 싸울 텐가? 제국의 모든 걸 걸고?"

푸른 불꽃이 그의 발치에 원을 그리며 춤추듯 타올랐다가 사라졌다. 루스의 얼굴이 굳었다.

마법사도, 올리비아도 저도 모르게 침을 삼키고 루스의 입만 바라보았다.

"그럴 생각은 없으실 겁니다!!"

무거운 침묵을 뚫고 벌컥 문을 열며 라벨이 소리쳤다. 모두가 고개를 돌려 그를 바라보았다.

라벨은 빠르게 걸어오며 태연하게 루스를 보고 웃어 보였다.

"형님, 장난은 그만두십시오. 라치아 공작도 무슨 농담을 그렇게 받아들이나? 안 그렇습니까?"

루스는 순간 상황 파악을 하지 못하고 '이놈이 무슨 말을 하나.' 하는 표정으로 그를 바라보았다.

그때 올리비아가 잽싸게 끼어들었다.

"맞습니다. 정말로 폐하께서 라치아와 싸우려고 그러는 줄 알고 공작이 놀랐잖습니까?"

유스타프가 비소를 지으며 세단에서 도로 한 걸음 내려가며 말했다.

"저도 농담이었습니다, 폐하."

라벨이 말했다.

"자네에게 작위를 승인하려고 부른 거였다네. 물론 로미아 백작의 작위 역시 함께 승인하겠네."

"감사합니다, 저하."

인사하고 유스타프가 루스를 보며 말했다.

"그럼 전 이만 물러나겠습니다. 즐거운 하루 되십시오."

가볍게 허리를 숙여 보이고 유스타프는 알현실을 나섰다. 자신이 나가고 나면 라벨이 곤욕을 치르겠지만, 그건 제 알 바가 아니었다.

'그러니까 내가 이야기할 때 미리.'

라벨과 자신이 손을 잡았다면, 지금쯤 모든 것이 훨씬 더 수월했을 터였다.

생각하다가 유스타프는 올리비아에게로 시점을 돌렸다.

'그 멍청이가 독살이라는 방법을 생각해 냈을 것 같지는 않아.'

게다가 올리비아는 이미 피임약을 구해서 먹고 있는 전적이 있다. 그런 약을 황궁에서 몰래 구입해서 사용한다는 것 자체가, 그녀가 그런 쪽과 연관이 있다는 걸 뚜렷하게 보여 주고 있었다.

'독약도 다룰 수 있겠지.'

유스타프는 그렇게 생각하며 제 반지를 내려다보았다. 청염을 끼고 가라고 했던 란의 말이 떠올랐다.

'이렇게 강하게 나갈 생각은 아니었는데.'

설마 자신을 정말로 붙잡을 생각을 하고 있는지는 몰랐다. 그러면서 라치아와의 전면전은 할 배짱도 없는 놈이다. 차라리 라치아와 전면전을 할 각오를 했다면 이렇게 어설픈 일도 없었겠지.

전 제국과 라치아와의 싸움을 될 테니까 말이다.

그런데 그것도 아니면서 일을 이렇게까지 키웠다.

'저놈도 얼마 남지 않았군.'

올리비아를 떠올리며 유스타프는 그렇게 생각했다.

＊　　　＊　　　＊

녹영의 첫 번째는 두 번째를 바라보았다.

"암살자 길드라고?"

"네, 수도에 존재하는 암살자 길드였어요. 그런 짓을 하는 나부랭이 뒷골목 놈들이 많아서 시간이 좀 걸렸네요."

"의뢰인은 알아냈나?"

"이제 알아보려고 합니다."

두 번째의 말에 첫 번째는 한숨을 내쉬었다.

"느려."

"그러네요. 전부 다 죽어 버려서 단서를 찾기가 힘들었지요."

"살려 둔 놈이 있다고 들었는데."

첫 번째의 말에 두 번째가 슬픈 표정을 지었다.

"상당히 빠르게 자살했어요. 불쌍해라."

두 번째는 새까만 머리카락에 남장을 하고 있었다. 예전에 란을 만나러 갔었던 녹영이 바로 그녀였다. 첫 번째는 낮게 신음을 흘렸다.

"가주님이 란 님의 신변에 대해서는 민감하시니까."

"그래서 배후를 알아낼 때까지는 보고를 미뤘던 게 패착이지요. 이렇게 오래 미루게 될 줄 누가 알았겠어요?"

깔깔 두 번째가 웃으며 하는 말에 첫 번째는 "네가 혼나는 게 아니라고." 하고 중얼거렸다.

"디모디아 말고도 다른 호위를 더 붙이는 게 좋을지도 모르겠네요."

"기존 시녀 대신에?"

"란 님께서 허락하신다면요."

두 번째의 말에 첫 번째는 다시 한숨을 내쉬었다.

"일단 보고하러 다녀오겠어."

"무운을."

두 번째가 히죽 웃으며 말했다.

첫 번째는 다시금 한숨을 삼켰다. 녹영의 역사는 길고, 자부심은 남다르다.

하지만 이런 녹영이라고 해도 자금난을 견딜 수는 없다. 산지사방에서 녹영의 첩자들이 일하고 있지만, 이들에게는 돈이 들어간다. 제국과의 300년 평화 동안 라치아 가문은 녹영에 주는 예산을 착실하게 줄여왔고, 마지막 자금난이 큰 타격을 가했다.

지금에 와서야 대대적으로 금화를 퍼부어서 녹영을 살리고 있는 중이었다. 물론 기본적으로 뿌리가 있으니 새로 이런 집단을 세우는 것보다는 빠르긴 했지만, 그래도 미흡한 건 미흡한 거다.

그렇다 해도 최초 보고가 늦은 것은 변명의 여지가 없는 일이라, 첫 번째는 제 선택을 돌리고 싶다고 생각하며 방을 나섰다.

*     *     *

란은 생각보다 유스타프가 빨리 돌아와 기뻐하며 마중을 나갔다.

"유스!"

하지만 그의 표정이 좋지 않아, 달려 나가던 란은 주춤했다.

"유스? 괜찮아?"

유스타프는 주춤한 란을 보고 미소 지으며 슬쩍 팔을 벌렸고 란은 마저 달려가 그를 꽉 안았다.

"다녀왔습니다."

"어떻게 됐어? 황제가 뭐라고 했어? 아니면—"

"이야기가 좀 길어질 것 같군요."

유스타프는 그렇게 중얼거렸다.

황궁에서 녹색 아치로 돌아오는 길에, 마차에 올라탄 녹영에게서 들은 보고는 유스타프를 분노하게 하기 충분한 얘기였다.

란에 대한 납치 시도가 있었다는 이야기를 이렇게 늦게 전해듣다니. 어째서 그 이야기를 진작 하지 않았는가?

게다가 아직도 의뢰인을 밝혀내지 못했다니.

녹영에게 들어가는 돈이 아깝다고, 저도 모르게 내뱉을 뻔했다.

유스타프가 양손으로 란의 얼굴을 부드럽게 쓸었다. 란은 의아한 얼굴로 그를 올려다보았다.

'역시 황궁에서 무슨 일이 있었나?'

"황제가 역시 작위 승인을 해 주지 않았어?"

"아뇨. 승인받았습니다. 란의 것도요."

"그럼 뭐가 문제야?"

유스타프는 그녀를 노리던 암살자가 있었다는 것을 말해야 하나 말아야 하나, 잠시 망설였다.

하지만 결국 말하기로 했다.

그는 그녀를 짝으로 택했고, 그렇다면 정직해야 하니까.

란은 아직 선택을 하지 않았지만 말이다.

얼른 이야기하라고 추궁하려던 란은 그에게서 한 걸음 떨어지며 헛기침을 했다.

"음, 여기서 이러는 게 아닌데. 일단 옷 갈아입고 쉰 다음에 이야기하자."

"알겠습니다."

유스타프는 고개를 끄덕이고 얌전히 물러났다.

란은 서재에서 얌전히 기다리고 있었다. 산뜻한 연노란색 실내복을 입고, 그녀는 창밖을 내다보는 중이었다.

밖에는 부슬비가 내리고 있었다. 노을이 지는 중이라, 구름이 가득 낀 하늘은 온통 장엄한 붉은색으로 물들어 있었다.

란은 깊게 숨을 삼켰다가 내뱉었다.

"비가 굵어질까요?"

질문에 란은 고개를 돌렸다. 유스타프가 문가에 서 있는 걸 보고 그녀는 웃었다.

"왜 왔다고 말 안 하고?"

"생각에 잠기신 것 같아서."

"응, 생각을 좀 했지."

란은 그러게 말하고 창가에서 멀어지며 말했다.

"아직까지는 그냥 부슬비고, 굵어지지는 않을 것 같아."

"그렇습니까."

유스타프가 소파를 권해 란은 자리에 앉았고, 그는 그 옆에 자연스럽게 앉았다.

"그래서, 무슨 일이 있었어?"

유스타프는 처음부터 끝까지 전부 이야기했다.

그와 루스와의 대화, 라벨이 끼어든 이야기, 결국 그런 식으로 승인을 받아 낸 것까지.

이야기를 들으며 그녀의 얼굴은 시시각각 바뀌었고, 마지막 말까지 마치자 란이 외쳤다.

"미친 거 아냐?!"

유스타프는 잠시 생각하고 물었다.

"어느 쪽이 말입니까?"

"당연히 루스 쪽이지!"

란은 크게 대답하고 팔짱을 꼈다.

"라치아랑 전면전이라도 하려고? 아니, 게다가 병사들에게 널 잡으라고 했단 말야? 말도 안 돼."

이어 그녀는 다시 이마를 양손으로 눌렀다.

"아, 게다가 라벨이 그렇게 말리면— 나중에 저하께 불똥이 튀게 될 텐데. 그리고 황후마마랑."

말하고 란은 다시 팔짱을 꼈다. 유스타프는 그녀의 행동을 보고만 있어도 즐겁겠다고 생각하며 말했다.

"그건 우리가 알 바는 아니죠."

"그야 그렇지만."

란이 미간을 좁혔다.

"난 도무지 황후의 생각을 모르겠어."

"그렇습니까? 생각보다 단순하다고 생각하는데요."

"뭐라고 생각하는데?"

갸웃하며 란이 물었다.

"제 생각에 황제를 죽인 건 올리비아 같습니다."

그 말에 란의 얼굴이 살짝 굳었다가 풀렸다. 그녀가 한숨과 함께 말했다.

"사실 나도 그렇게 생각해. 하지만 난 오히려 황태자를 죽일 거라고 생각했거든."

술술 무서운 소리를 늘어놓는 란을 바라보며 유스타프가 속삭였다.

"왜 그렇게 생각하십니까?"

"하지만, 황제를 죽여서 얻는 이득은 별로 없잖아? 그에 비하면 황태자는 쓰레기고."

"하지만 황후 자리에 오르지 않았습니까? 게다가 궁에서 착실하게 지지 기반을 쌓아 가고 있더군요."

"지지 기반을?"

"네. 여차해서 황제가 죽으면 충분히 국정을 이끌어 나가며 섭정할 수 있는 황후로요."

"아."

란은 그렇게 말했다가 다시금 말했다.

"하지만 아이가 없잖아?"

자손이 없다면, 황위는 라벨에게 넘어갈 확률이 컸다.

"저도 그 점은 아직 잘 모르겠습니다. 그리고 란, 한 가지 더 말할 게 있습니다."

"뭔데? 황제가 다른 억지라도 썼어?"

"란을 납치하려는 시도가 있었습니다."

순간, 란은 멍쩠다. 멍하니 유스타프를 바라보다가 그녀가 물었다.

"언제?"

"라치아에서 순회를 다니셨을 때, 별장에서 묵으신 마지막 날에요."

"전혀 몰랐어!"

"아무도 말하지 않았으니까요."

"왜?!"

"저도 사실 오늘에서야 알았습니다."

"정말이야?"

"네."

유스타프가 고개를 끄덕이자 그녀는 눈을 가늘게 뜨고 그를 살피다가 고개를 끄덕였다.

"알았어. 유스타프가 그렇다면."

란은 그렇게 말하고 물었다.

"그럼 누가 배후인지도 알아?"

"그건 아직 조사 중입니다."

"그래……."

란은 생각에 잠겼다.

"아무리 생각해도 날 납치할 만큼 원한에 차 있는 사람은……."

"캐머론 후작과 황제."

유스타프가 손가락 두 개를 꼽았다.

"제 생각에는 이 정도군요."

"린드버그 남작은?"

"요즘 도박에 푹 빠졌답니다."

"그래."

일단 뭘 하는지 알고 있다면, 유스타프의 시선 안에 있다는 거다. 그
렇다면 그가 배후는 아니겠지.

"우리 은근히 적이 있구나."

중얼거린 란의 말에 유스타프가 그녀의 이마에 키스하며 말했다.

"제가 지켜 드리겠습니다."

란은 얼굴이 붉어져서 살짝 고개를 숙였다. 조심스럽게 유스타프는
그녀의 뺨에도 입 맞췄고, 여전히 란은 뭐라고 하지 않은 채로 얌전히 앉
아 있었다.

"란."

그가 작게 속삭였다.

"그렇게 가만히 있으면 제가 착각해 버립니다."

그 말에 란은 손끝을 내려다보았다. 유스타프가 다가오는 게 싫지 않아.

나는―

"……데……."

그녀가 아주 작게 말해서 유스타프는 갸웃하고 말했다.

"한 번 더 말씀해 주시겠습니까?"

"차, 착각 아닌데……."

간신히 내뱉고 나자 심장이 미친 것처럼 뛰기 시작했다. 유스타프가 아무런 말도 하지 않아서 더욱 그랬다. 란은 제 손끝을 쏘아보며, 그가 뭔가 말해 주기를 기다렸다.

'더 확실하게 말해야 하나? 내가 뭐 잘못 이야기했나?'

그녀의 머릿속이 휙휙 돌아가는데 유스타프가 손을 뻗어 그녀의 턱을 살짝 들어 올렸다.

새빨개진 그녀의 얼굴이 눈에 들어와 유스타프는 작게 웃었다. 그리고 그의 손이 부드럽게 그녀의 뒷목과 머리를 감쌌고 란은 눈을 꽉 감았다.

생각보다 한참 뒤에, 살며시 입술이 와 닿았다. 따뜻하고 부드러운 감촉은 닿았다가 떨어졌고, 그것만으로도 란은 목덜미를 타고 저릿저릿해지는 기분을 느꼈다.

심장이 너무 빠르게 뛰어서 터질 것 같아.

그녀가 파르르 숨을 내쉬며 눈을 뜨고 슬쩍 유스타프를 보았다가 고개를 떨궜다.

짧은 침묵이 흐르고 유스타프가 그녀에게 뭔가 말하기 전에 란이 손을 들었다.

"내, 내가 먼저 말해도 돼?"

"물론이지요."

그의 목소리가 달콤해서 란은 슬쩍 유스타프의 얼굴을 보고 말했다.

"음, 일단 결혼은 하지 않을 거야."

순간, 유스타프의 얼굴이 굳었다. 하지만 그는 입을 열지 않고 란이 계속 이야기하기를 기다렸다.

"하, 하지만 연애하는 건…… 괜찮아……."

"연애요."

"응."

"약혼도 아무것도 하지 않고 말입니까?"

"응."

란은 고개를 끄덕였다.

잠깐이라면 괜찮지 않을까?

시나가 오기까지 잠시라면 괜찮을 것 같아. 그다음에, 시나가 오면 그 상자와 함께 멀리 가 버리면 되지.

란은 그렇게 생각했다.

비겁하다고 비난하거나, 이기적이라고 해도 어쩔 수 없었다.

상처받는 건 무서웠다.

"알겠습니다."

의외로 산뜻하게 유스타프가 대답했다. 란이 눈을 크게 떴다.

"정말?"

"네. 그럼 연애하지요."

그가 그렇게 말하며 팔을 뻗어 그녀의 허리를 감싸 당기고 물었다.

"그럼 한 번 더 해도 됩니까?"

"묻지 않고 하는 거야."

진부한 대사지만, 그 대사 말고는 생각나지 않아 내뱉자 유스타프는 다시 키스해 왔다.

아까보다 더 길고, 더 달콤한 키스였다. 버드키스를 끝내고 유스타프는 그녀를 꼭 끌어안았고 란은 그를 마주 안았다.

유스타프에게 폭 안겨서 그의 심장 소리를 듣는 건, 상상보다 훨씬 더 기분 좋은 일이었다.

'유스, 심장 빠르게 뛴다.'

유스도 나처럼 두근거리는구나, 하자 웃음이 흘러나왔다.

간질간질 달짝지근한 기분이 흘러넘쳐서 그녀는 그를 꽉 안고 말했다.

"유스."

"네."

"내 몸은 내가 지킬 수 있어."

느닷없는 말이었지만, 유스타프는 이게 키스 전 대화의 연장이라는 걸 알아차렸다.

"어떻게 말입니까?"

유스타프는 그렇게 묻고 그녀의 머리에 키스한 후에 말했다.

"계속 이렇게 안고 다니면 좋을 텐데요. 제 품 안에서 떼어 놓지 않고 말입니다."

그 말에 란이 웃었다. 그녀가 제 품 안에서 웃어서, 그의 몸이 울리는 감각에도 유스타프는 떨리는 걸 느꼈다.

당장 그녀를 끌어안고 거칠게 밀어붙이고 싶다는 생각과 유리 세공품처럼 아주아주 소중하게 다루고 싶다는 모순적인 감정이 섞여서 소용돌이쳤다.

'하지만 아직, 아냐.'

좀 더, 좀 더.

그녀가 완벽하게 제 것이 될 때까지는 밀지 않으리라.

유스타프는 그렇게 생각하며 그녀의 머리카락을 쓸어내렸다. 매끄러운 밀빛 머리카락이 손가락 사이로 흘러내렸다.

란이 그의 품 안에서 몸을 떼어 내며 말했다.

"그런데 말야, 생각해 보니 캐머론 후작은 날 납치하지 않을 것 같아."

"아. 확실히."

"물론 날 납치해서 고문해 죽이겠다, 하는 복수심이 있을지는 모르지만, 그보다는 단순하게 날 죽이고 싶을 거라고 생각해. 그편이 훨씬 더 편하고."

"그리고 캐머론 후작답지요."

바로 영지전을 벌인 그 멍청한 후작다운 짓이었다.

"그러면 황제의 짓이라고 생각하십니까?"

"그 외에는 잘 모르겠는걸. 물론 녹영이 조사해 봐야 알겠지만."

"태워 버릴 걸 그랬나 봅니다."

유스타프가 그렇게 말하며 몸을 숙여 그녀의 목덜미에 키스했고, 그 감각에 란은 부르르 떨며 "힉." 하는 작은 소리를 냈다.

목덜미가 이렇게나 민감한 곳이던가?

유스타프가 몸을 떼자 란은 목과 어깨 사이 오목한 곳을 문질렀다. 아직도 간질간질한 기분이 남아 있는 것 같았다.

"태우다니, 황제 살해 같은 걸 했다가는 맘 편하게 라치아에 머물지 못하잖아."

"그건 그러네요."

유스타프가 순순히 대답해 란은 눈을 살짝 찌푸렸다가 말했다.

"게다가 이제부터가 걱정이야. 어쨌든 정면으로 유스타프를 굴복시키려던 게 실패했으니까, 이제 뒤에서 뭔가 할지도 몰라."

"이미 한 거 아닙니까."

란을 건드리려고 했으니까.

유스타프는 그렇게 말하며 란의 얼굴 윤곽을 훑었다.

"유스타프."

"네."

"전에 스킨십 싫어한다고 하지 않았어?"

"싫어합니다."

"그런데 이 손은 뭐죠?"

"란에게 하는 건 좋아하지요."

당당한 말에 란의 얼굴이 붉어졌다. 유스타프가 덧붙였다.

"란이 해 주는 것도 좋아합니다."

란은 입을 떡 벌렸고 그는 그녀의 손을 잡아 제 뺨에 대며 말했다.

"싫다면 싫다고 말하세요."

"시, 싫지 않아."

란이 작게 말하자 그는 웃고서 손바닥에 입 맞췄다.

"우리는 아주 잘 맞을 것 같군요."

*　　*　　*

란은 완전히 흐늘흐늘해져서 제 방으로 돌아왔다. 방 앞까지 유스타프가 데려다 주고, 작별의 키스도 잊지 않아서 어딘지 발이 땅에 닿지 않는 기분이었다.

발과 땅 사이에 공간이 있는 것 같은, 이렇게나 몸이 가벼운 기분이라니. 날아갈 수 있을 것 같다고 생각하며 란은 제 방으로 들어왔다.

디모디아와 루미에가 돌아보며 인사하려다가 말을 멈췄다.

란은 그것조차 눈치채지 못하고 멍하니 여운에 젖어 있다가 디모디아의 물음에 정신이 돌아왔다.

"아가씨, 무슨 일 있으세요?"

루미에는 묻지 않았다.

원하지 않는 말이 그녀의 입에서 나올 것 같았으니까.

"그게―"

란이 웃었다.

"유스랑 사귀기로 했어."

그 말에 디모디아는 들고 있던 수건을 던져 버리고 달려왔다. 소리도 없이 그녀는 열심히 란의 손을 붙잡고 흔들었고, 란은 웃음을 터트렸다.

그녀가 고개를 저으며 말했다.

"사귀기로만 한 거야. 결혼이나 약혼은 아직 아니야."

"그거야 시간문제죠."

디모디아의 말에 란은 대답 없이 웃기만 했다.

침실을 정리하고 나온 카라가 "무슨 일이에요?" 하고 묻자 디모디아가 싱글벙글 웃으며 답했다.

"가주님과 교제하기로 하셨답니다."

"어머나?"

카라의 뺨이 붉어졌다.

"축하드려요."

그녀의 인사에 디모디아가 킥킥거리며 말했다.

"그 대사는 가주님에게 해야 하는 거 아니에요?"

"디모디아도, 참."

카라가 그렇게 말하며 후후 웃었다. 디모디아가 눈을 빛내며 물었다.

"어떻게 되신 거예요? 왜 마음이 바뀌셨어요? 게다가 이렇게 갑자기요?"

"나중에, 나중에."

란이 그렇게 말하고 웃었다. 이어 그녀가 진지한 얼굴을 했다.

"그리고 디아랑 루미에에게 따로 할 이야기가 있어."

디모디아를 남기는데도 카라는 섭섭한 기색 없이, 허리를 숙인 후 조용히 다른 방으로 물러갔다.

란이 두 사람을 제 침실로 불러들이고 말했다.

"날 납치하려는 시도가 있었다면서?"

디모디아는 눈을 크게 떴고, 루미에도 움찔했다.

"유스타프에게 들었어."

"주인님, 저는—"

당황한 표정으로 루미에가 화급하게 변명을 시도해 란이 손을 저었다.

"아냐, 뭐라고 하려는 게 아니야. 둘 다 고생했고, 다음에는 나에게 숨기지 말아 줬으면 한다고 말하려는 거야. 그래야 나도 조심하니까."

"알겠습니다."

디모디아가 고개를 끄덕였고, 루미에는 머뭇거리다가 대답했다.

"알겠습니다."

하지만 그런 일은 하나도 란에게 알리고 싶지 않았다. 그녀의 웃음에 그늘이 드리워지는 일은 피하고 싶었다.

"나도 앞으로는 좀 더 조심할 테니까. 어쩌면 시녀가 바뀔지도 모르겠어. 소다랑 카라가 섭섭해하지 않을까."

"그러네요. 굳이 바꿀 필요가 있을까요?"

디모디아의 말에 란이 고개를 끄덕였다.

"역시? 나도 그렇게 생각해. 유스는 과보호라니까."

투덜거리면서도, 뺨에는 옅은 홍조가 감돈다.

"좋으시면서."

디모디아가 입을 가리고 킥킥거리며 말했고, 란은 새침하게 "꼭 그런 것도 아니거든?" 하고 대답했다.

"하여간 이야기하려는 건 이게 다였어."

싱긋 웃으며 란이 마무리하자 디모디아가 치맛자락을 우아하게 붙잡으며 말했다.

"알겠습니다."

"주인님."

루미에가 그때 작게 란을 불렀다. 란이 그를 바라보자 루미에가 말했다.

"단둘이 이야기할 수 있을까요?"

란은 고개를 끄덕였다.

"물론이지."

그녀가 눈짓하자 디모디아가 휙 돌아서서 루미에를 위아래로 훑어보고는 침실을 나갔다.

란이 웃으며 말했다.

"무슨 일이야?"

"아뇨. 다름이 아니라."

루미에는 가만히 란을 바라보았다. 그녀는 언제나처럼 다정한 미소를 머금고 자신을 보고 있었다.

"만일, 만약에―"

루미에는 말을 쥐어짰다.

제가 당신을 연모하고 있다면―

말은 혀끝에 걸린 듯이 나오지 않았다. 루미에는 허탈하게 웃었다.

"아뇨, 아무것도 아닙니다."

"뭐야? 뭔데. 부담 가지지 말고 이야기해."

란이 눈을 크게 뜨며 루미에를 독려했다.

루미에가 싱긋 웃으며 말했다.

"아뇨, 그분이랑 사귀시다니, 정말로 라치아에 남겠구나 해서 말이죠."

"아, 그거."

란은 말하고 쓸쓸하게 웃었다. 그 틈을 루미에가 놓치지 않고 물었다.

"뭔가 있으신가요?"

"응? 아니, 아무것도 아냐."

란은 고개를 저었다. 그리고 여전히 수상쩍다는 듯이 물었다.

"정말로 그게 전부야? 만약에 뭐? 다른 거 있었던 거 아냐?"

"만약에― 차이면 어떻게 하실 겁니까?"

"어?"

란이 눈을 크게 떴다. 루미에가 화급히 손을 저으며 말했다.

"그냥, 가상으로요. 주인님이 그러신다는 게 아니라요."

루미에의 말에 란은 "그러네." 하고 턱을 문질렀다.

"울겠지, 일단."

"운다고요."

"응, 눈알이 빠질 만큼 울고, 화내고― 그리고 사방에 징징거리고. 또 울고. 욕하고. 그러면 좀 나아지지 않을까?"

"과연."

루미에는 웃었다.

"그렇군요."

"그런데 그건 왜?"

란이 조심스럽게 그의 얼굴을 살폈다. 차이다니, 루미에가 누군가에게 차이기라도 한 걸까?

아니, 시나와 안 되는 것도 서러운데 벌써 차이다니. 너무 불공평한 거 아닌가?

루미에는 가만히 란의 얼굴을 보았다. 그 에메랄드 색 눈을 똑바로 바라보며 루미에가 말했다.

"아무래도 제가 차인 것 같아서요."

그 말에 란은 입을 떡하니 벌렸다가 제 팔을 벌렸다.

"그럼 내 품에서 울어도 괜찮아!"

그녀의 말에 루미에는 눈을 크게 떴다가 웃음을 터트렸다. 그리고 그가 몸을 푹 숙여서 그녀의 어깨에 이마를 댔다. 웃음이 계속해서 흘러나왔다.

"정말로, 주인님은 이상하신 분입니다."

"맞아. 내가 생각해도 그래."

란이 중얼거린 말에 루미에는 다시 웃음을 터트렸다. 웃음은 잦아들어 침묵이 되었고, 란은 손을 뻗어 그의 등을 토닥거렸다.

한참 후에 루미에가 몸을 일으켰지만, 그의 눈에 물기는 없었다.

"위로 감사해요. 역시 주인님뿐이라니까요."

"괜찮아. 더 좋은 사람 만날 거야."

란이 가슴을 두드리며 장담했다.

"그건 불가능할 것 같은데요."

루미에가 중얼거리자 란은 고개를 저었다.

"아냐, 그렇지 않아. 루미에는 꼭! 꼭! 좋은 사람 만날 거야."

"……감사합니다."

인사를 하고 루미에는 희미하게 웃었다.

"연애!"

엘리제의 호박색 눈이 불이 들어온 것처럼 반짝거렸다.

"세상에, 정말? 정말로?"

"응, 정말로."

란은 쑥스럽지만, 이제 익숙해졌다는 듯이 당당히 대답했다. 두 사람은 어느 순간부터 자연스럽게 말을 놓고 있었다. 엘리제가 킥킥 웃고 말했다.

"역시, 내가 그럴 줄 알았다니까?"

"뭐가?"

"라치아 공작님이 란을 붙잡을 거라고 생각했거든."

"진짜? 언제부터?!"

놀라 란이 묻자 엘리제는 "그때 같이 소풍 나갔을 때부터."라고 대답했고, 란은 넋이 빠져 답했다.

"전혀 몰랐어."

전혀 몰랐다.

아니, 그보다는 그렇게 볼 생각조차 하지 않았다.

란의 반응에 엘리제는 고개를 끄덕였다.

"그럴 줄 알았어. 이상하게 란은 자신이 남의 연애 대상이 되지 않을 거라고 생각하는 것 같더라고. 그렇게 미인인데."

칭찬에 란은 웃었다.

"그건 고마운데. 그러네, 확실히 그런 생각은 안 해 봤어."

유스타프가 그렇게 직구를 날리지 않았다면, 자신은 여전히 몰랐을 거다.

'하긴 생각해 보면 유스타프가 지나치게 달라붙기는 했어.'

란은 그런 생각을 한 후에 살짝 눈을 찡그렸다.

'아니, 지금이랑 비교하면 그래도 그건 자제한 거였어.'

연인이 되기로 한 후부터 유스타프의 스킨십은 부쩍 늘었다. 란은 냉풍기가 있어서 다행이라고 생각했다. 찰싹 붙어 있어도 덥지 않으니 말이다.

키득키득 웃고 엘리제가 말했다.

"그러면, 이번에 리젤로티 백작 부인이 여는 무도회에 올 거야? 란도 초대장은 받았지?"

란은 고개를 끄덕였다.

"응. 받았어."

리젤로티 백작 부인은 사교계의 뚜쟁이로 유명했다. 그녀의 파티에서는 게임이 준비되는데 대부분 쌍쌍 짝을 이루는 게임들이었고, 그래서 알게 모르게 커플들이 생긴다는 것이다.

물론 기존 커플들에게도 인기가 좋아서, 그녀의 무도회는 사교 시즌에 초대장 구하기가 빠듯할 정도였다.

"나는 카티와 함께 가겠고, 란은 그럼 공작님과 함께?"

란이 "응." 하고 작게 대답하고 고개를 끄덕였다. 엘리제는 웃었다.

"기대된다."

"나도."

이런 건 처음이다.

그리고 유스타프도 처음이겠지.

두 사람이 처음을 같이한다는 것 자체가 너무 즐겁고 설렜다.

첫 번째는 뭐든 특별하니 말이다. 그녀의 얼굴을 보고 엘리제는 고개를 갸웃했다.

"그런데 왜 연애만 한다는 거야? 약혼 정도는 해도 괜찮지 않아? 아무리 시대가 그래도, 단순 연애라고 하면 뒷소문도 엄청 날 텐데."

엘리제의 말에 란은 "그렇지—" 하고 곤란한 미소를 지었다.

엘리제가 어깨를 으쓱했다.

"물론 말하기 싫으면 묻지는 않겠지만, 란 네가 공작님을 좋아하고 공작님도 널 좋아하는데 뭐가 문제인가 싶어서."

말하고 엘리제가 바싹 상체를 기울이며 말했다.

"혹시 나쁜 소문 때문에 그래? 막, '공작님에게 내 나쁜 소문이 묻을까 봐. 흑흑.' 이런 거야?"

중간에 '흑흑'을 할 때 엘리제가 양손을 꼭 붙잡고 연극적인 어조로 말했기 때문에 란은 웃음을 터트렸다.

그녀가 고개를 저었다.

"아니, 그런 건 아니야."

"그럼?"

"그게—"

란이 멋쩍은 표정을 지었다.

"유스타프의 마음이 변할 것 같아서……?"

말하고 나니 너무나도 터무니가 없어서 란은 입을 꾹 다물었다. 그건 엘리제에게도 마찬가지로 느껴져서, 그녀는 커다란 눈을 몇 번 깜박이고 물었다.

"그럴 기미가 보여?"

"응?"

"아니, 뭔가 란의 말을 들으면 공작님이 란에게 마음 주는 건 잠깐이고 곧 마음이 변할 바람둥이처럼 느껴지거든. 그래서 란이 그런 촉을 어디서 느꼈나 하고."

"아니, 유스타프는…… 그럴 기미가 보이는 사람이 아니잖아."

"그러니까, 그게 이상하다는 거야. 물론 행복하면 불안하다고도 하지만─ 란은 뭐랄까, 좀 다른데. 음…… 이미 그렇게 될 거라고 지레짐작하는 그런 거?"

엘리제의 말이 핵심을 푹 뚫고 들어와서 란은 눈을 깜박였다.

"그런가……?"

"응, 그래."

엘리제가 진지하게 덧붙였다.

"그리고 그건 공작님에게도 큰 실례 아닌가."

정론이라 란은 반박할 수 없었다.

"그건 그러네."

란은 순순히 고개를 끄덕였고, 엘리제는 피식 웃었다.

"물론 란이 나보다 더 공작님과 가까우니까 뭐 다른 느끼는 점이 있을지도 모르지."

"아냐, 큰 도움이 됐어."

란이 깊게 고개를 끄덕였다.

"그렇다면 다행이고."

싱긋 엘리제가 웃었다. 그녀가 양 손가락을 깍지 끼며 말했다.

"리젤로티 백작 부인의 무도회 기대된다. 작년에도 재미있었거든."

"가봤어?"

"그럼. 올해는 어떤 걸 하시려나?"

둘은 기대감으로 웃으며 대화를 나눴다.

\* \* \*

올리비아는 드반이 가져온 약을 한쪽으로 밀었다.

"뭘 이런 걸 가져오고 그러세요?"

그녀의 말에 드반이 자리에 앉아서 작게 속삭였다.

"내가 특별히 용하다는 곳 소문을 듣고 지어 온 거다. 아이가 잘 들어서게 해 주는 약이야. 먹고 나서 아이가 안 생긴 부부가 없다고 하더구나."

"마음은 감사하지만, 전 괜찮아요."

올리비아의 말에 드반이 고개를 끄덕였다.

"네가 괜찮다는 거야, 내가 잘 알지. 하지만―"

드반은 살풋 미간을 모았다.

"소문이 아예 새지 않게 할 수는 없지. 폐하와 라치아 공작 사이에서 무슨 일이 있었는지 들었다. 그게 사실이냐?"

"어떤 게 사실이냐고 하시는 건가요?"

드반은 제 여동생을 뚫어져라 바라보았다. 결국 먼저 입을 연 것은 올리비아 쪽이었다.

"공작이 전면전을 원하냐고 물은 거라면, 사실이에요."

탕!

손바닥으로 탁자를 내려치고 드반은 이를 갈았다.

"그럴 수가 있나. 라치아 촌구석 놈들은 예도 없고, 아무것도 없지."

"하지만 루스가 잘못한 것 역시 사실이에요. 원래 라치아와 황가의 사이는, 그냥 그런 사이잖아요?"

"그야 그렇지만."

드반은 여전히 분이 풀리지 않았다. 그가 물었다.

"너는 괜찮으냐? 그자가 너에게도 겁박한 거 아니고?"

"전 괜찮아요."

올리비아가 살며시 웃었다. 그러다 그녀는 눈을 내리깔며 말했다.

"오라버니, 사실 할 이야기가 있습니다."

"응, 말해보렴."

"황제는 아직도 전 라치아 가주, 그러니까 로미아 백작을 놓지 못한 것 같아요."

드반의 보라색 눈에 불꽃이 번쩍했다. 그는 황제가 그 여자 때문에 제 여동생에게 수치를 줬던 것을 잊지 않고 있었다.

올리비아의 입술이 파르르 떨렸다.

"게다가 전 아직 아이가 없잖아요? 혹시 저 대신―"

드반이 올리비아의 손을 꽉 잡았다.

"그런 일은 결코 없다! 폐하께서 제정신이시라면 후계에게 정통성이 얼마나 중요할지 아실 텐데."

'그런 머리가 없답니다.'

올리비아는 그렇게 생각하며 더더욱 수심에 잠긴 얼굴을 했다.

"제가 그래서 만류했더니, 저에게 손을 올리셨습니다."

"……뭐……?"

드반의 목소리가 낮게 가라앉았다. 그가 금이야 옥이야, 여동생이지만 친딸처럼 아끼며 키운 올리비아다.

"그가, 너에게 손을 올렸다고?"

목소리가 분노로 딱딱 끊어졌다. 그 반응에 올리비아는 저도 모르게 눈물이 흘러넘쳤다.

드반이 그녀의 손을 꽉 힘주어 잡았다. 그의 목소리는 속삭이는 듯했다.

"설마 아이도 폐하께서 주시지 않는 거냐?"

올리비아는 눈을 깜박이며 고개를 끄덕였다. 눈물이 다시 주룩 뺨을 타고 넘쳤다.

"그래, 그랬단 말이지."

드반이 자리에서 벌떡 일어나, 서성이며 말했다.

"로미아 백작은 이미 라치아 공작의 비호 아래 있어. 폐하는 절대로 그녀를 손에 넣지 못할 게다."

그 말이 올리비아에게 목에 가시처럼 걸렸다. 저도 모르게 그녀가 말했다.

"그건 모르는 일이잖아요?"

드반은 올리비아가 걱정해서 그런다고 생각하고 다정하게 말했다.

"라치아 공작은 황제의 압박에도 로미아 백작을 내놓지 않았다. 게다가 둘이 녹색 아치에서 함께 지내고 있다고 하더구나. 그렇다면 뻔하지. 하지만……."

다른 사생아들과 여자들은 정리할 필요가 있을 성싶었다. 황제에게 제멋대로 굴지 말라고 경고를 해야 했다.

생각했던 것과 약간 다르게 일이 진행되어 올리비아는 입술을 깨물었다.

드반이 싱긋 웃었다.

"넌 걱정할 필요 없어. 비아. 내가 다 알아서 하마. 넌 여전히 제국의 황후고, 가장 높은 자리에 있는 사람이다. 그 자리를 잃게 하지는 않을 거야."

그리고 그는 방을 박차고 나갔다. 올리비아는 눈물을 닦아 냈다. 피식 웃음이 나왔다.

'그래도 당장 함께 집으로 돌아가자는 말은 하지 않으시는군요.'

하지만 그건 자신도 마찬가지다.

미로 공작가의 피가 흐르는 이상, 마찬가지인 거겠지.

'저도 이 자리를 잃을 생각이, 가련한 꽃이 될 생각이 전혀 없답니다.'

올리비아는 그렇게 생각하며 드반이 두고 간 약을 바라보았다.

'아이라.'

루스의 아이를 가질 생각은 없었다. 사실 그게 가장 안전한 방식이겠지만, 그래도 그녀는 싫었다.

그녀의 자존심을 뭉갠 상대의 아이를 가진다니. 말도 안 된다.

'하지만 슬슬 가질 때이긴 하지.'

올리비아의 손가락이 가볍게 테이블을 두들겼다.

'오라버니는 분명히 루스와 관련된 여자들을 다 제거할 거야.'

미로 공작의 자존심을 건드렸으니 말이다. 올리비아가 입술을 살짝 핥았다.

'루스는 그것 때문에 또 분노하겠지만, 오라버니가 무서워서 나에게 손대지는 못할 테고. 흥, 란 로미아 따위가 라치아 공작을 차지한다니.'

그녀는 약병을 집어 들었다.

# Chapter 4.

---

폭풍 전의 고요함

"어? 오늘 같이 못 간다고?"

"갑작스럽게 일이 생겨서 말입니다. 정말로 죄송합니다."

유스타프의 말에 란은 잠시 그를 바라보다가 고개를 끄덕였다.

"알았어."

"일만 끝나면 바로 합류할 겁니다."

유스타프의 말에 란의 얼굴이 밝아졌다.

"아, 올 거야?"

"네. 단지 좀 늦어질 것 같아서—"

"알았어."

란이 싱긋 웃으며 답해서 유스타프가 란의 허리를 감고 가볍게 입맞춤했다. 그가 제 입술을 핥고 말했다.

"왜 달콤하죠?"

당황한 란이 더듬더듬 말했다.

"좀 전에 입술에 꿀을 발라 놔서 그래. 그게ー 입술을 촉촉하게 해 준다고⋯⋯."

"그렇습니까."

유스타프가 그렇게 말하며 다시 입맞춤했다. 란이 숨을 삼켰다. 유스타프가 입술을 떼고 속삭였다.

"정말로 그런 것 같네요."

"유스!"

유스타프가 제 입술을 가볍게 핥고 말했다.

"나쁘지 않네요. 달콤한 것도."

란의 얼굴이 붉어졌다.

"정말로, 정말이지ー"

하지만 할 말이 없었다. 그때 디모디아가 방으로 들어오며 눈을 찌푸렸다.

"단장하실 때 함부로 들어오시는 거 아닙니다."

"그런 겁니까?"

유스타프의 물음에 란이 그의 어깨를 밀어내며 말했다.

"나중에, 나중에."

"그건 기대하지요. 그럼 무도회장에서 뵙겠습니다."

유스타프가 그녀의 손등에 키스하고는 물러났다. 디모디아가 투덜거렸다.

"두 번째 화장 시간에 부르시는 거면 모를까, 아무리 연인 사이라고 해도 지금 오시는 건 아니지요."

"응. 한집에 사니까 아무래도 그런 점이 좀 무뎌지나 봐⋯⋯."

란은 그렇게 중얼거렸다. 디모디아가 싱긋 웃으며 말했다.

"뭐 그래서 좋은 점도 있지만요. 자, 그럼 마저 꾸미기로 해요."

로미아 백작으로 첫 번째 사교 데뷔 아닙니까, 하고 디모디아가 씩 웃었고 란도 각오를 단단히 다지며 고개를 끄덕였다.


어스름 가운데 시작한 리젤로티 백작 부인의 무도회는 화려하게 물이 올랐다.

차례로 유명인의 이름이 호명될 때마다 다들 기대감을 가지고 입구 쪽을 바라보았다.

"로미아 백작 드십니다!"

시종의 목소리가 회장 입구에 울리자 술렁하고 사람들의 시선이 물결쳤다.

계단을 내려오며 란은 싱긋 미소를 지었다. 그녀가 계단을 다 내려오자 호스티스인 리젤로티 백작 부인이 웃으며 인사했다.

"백작님을 뵙게 되어 기쁘군요."

오십 대 초반쯤 되는 나이에, 최첨단으로 유행하는 옷을 걸치고 있는 리젤로티 백작 부인은 눈을 반짝이며 흥미롭게 란을 바라보았다.

"초대해 주셔서 감사합니다."

란 역시 정중히 인사했다.

"혼자 오셨나요?"

리젤로티 백작 부인의 물음에 란은 고개를 끄덕였다.

"네, 어쩌다 보니 일행이 늦네요."

그녀의 말에 리젤로티 백작이 싱긋 웃고 말했다.

"제 시간에 맞춰서 오시면 좋겠네요. 그럼 느긋하게 즐겨 주세요."

"감사합니다."

서로 가볍게 인사하고 란은 돌아서서 쓴웃음을 삼켰다.

"엄청난데, 냉대가."

그녀의 말에 에스코트를 해 준 루미에가 의아한 얼굴을 했다.

"방금 말인가요?"

"루미에가 누군지도 물어보지도 않았고, 보통 이렇게 오면 무도회장 내를 설명해 주는데 그러지도 않고. 뭐, 어쩔 수 없지."

로미아 백작에 대한 소문이 대충 어떤지 란도 알고 있었다.

"어머? 이게 누구신가."

짝 하고 부채를 접는 소리가 났다. 란은 상대방을 보고 웃으며 가볍게 인사를 했다.

"우슬라 공작 부인, 오랜만입니다."

"리젤로티 백작 부인도 참 사람도 좋지."

우슬라 공작 부인은 그렇게 말하며 란을 바라보지도 않고 말했다.

"신기한 거에 흥미가 깊은 사람이라는 건 알았지만 말이지."

그러고는 휙 란을 지나쳤다. 루미에의 얼굴이 굳었지만, 란은 어쩐지 웃음이 나올 것 같았다.

'무시로 끝날 줄이야.'

이런저런 모욕을 잔뜩 줄 줄 알았는데.

"란."

그때 경쾌한 목소리가 들려와 란은 웃으며 돌아섰다.

"리제."

"어쩜, 뭐예요? 왜 혼자서 온 거예요? 이쪽은─"

"아, 청염 기사단원인 루미에라고 해."

"왜 기사분이 에스코트를 하고 온 거야? 공작님은 어쩌고?"

"일이 있다면서, 좀 늦는다고."

엘리제의 눈이 찌푸려졌다. 그녀의 남편이 저쪽에서 어슬렁 걸어와 똑같은 질문을 던졌다.

"라치아 공작님은 어쩌시고?"

"일이 있다고 해서요."

"급한 일인가 보네요."

란은 고개를 끄덕였다.

"그런 것 같아 보였어요."

그렇지 않으면, 자신 혼자 오게 하지 않았을 거다.

란에게는 그런 믿음이 있었다. 그때 수군거리던 여자들이 웃으며 다가왔다.

"로미아 백작님이시죠?"

"처음 뵙겠습니다."

란 역시 예의 바르게 인사했다.

"네, 처음 뵙겠습니다."

그중의 한 명이 거만한 얼굴로 그녀를 위아래로 훑어보고 말했다.

"로미아 영지는 상당히 부유한 모양이네요."

영지도 없는 작위면서, 하는 비꼬는 말에 란은 빙긋 웃었다.

"영지가 없어도 이 정도 능력은 있답니다."

란이 그렇게 말하는데 다른 영애가 "어머나?" 하더니 갑작스럽게 비틀거렸다.

'설마?!'

란이 놀라 움찔하는데 몸이 뒤로 확 밀렸다.

그녀의 앞을 가로막고 선 것은 루미에였고, 그의 제복 위에 포도주가 확 쏟아졌다.

영애는 당황한 듯 루미에를 보았고 그가 란을 돌아보며 물었다.

"괜찮으세요?"

"아, 응."

란은 얼빠진 목소리로 대답했다. 설마 이런 구식 드라마에도 나오지 않을 법한 괴롭힘을 당할 줄이야?

"어머, 죄송합니다. 기사님. 제가 실수를 했네요."

조금도 미안하다고 생각되지 않는 어조로 영애가 눈을 깜박이며 말했고 루미에는 생글 웃었다.

"괜찮습니다, 레이디. 신경 쓰지 마세요."

그 웃음에 그녀는 살짝 얼굴을 붉혔다. 키릭스 후작이 묘한 얼굴로 이 상황을 지켜보다가 말했다.

"일단 옷을 갈아입는 게 좋겠군."

"아, 맞아. 갈아입고 와."

란의 말에 루미에는 머뭇거리다가 고개를 끄덕였다. 어쨌든 포도주에 물든 웃옷을 계속 입고 파티장에 있을 수는 없었다.

"다녀오겠습니다."

인사하고 루미에가 나가자, 엘리제가 기가 막히단 얼굴로 말했다.

"영애는 대체 뭐에 발목이 걸리신 거예요?"

"제가 요즘 몸이 허해서. 좀 어지러웠어요."

그렇게 말하자 서 있던 여자들 모두가 키득거리며 웃었다.

"맞아요. 브린 남작 영애가 요즘 몸이 허하지요."

"네, 아픈 건 어쩔 수 없잖아요? 그렇죠, 솔루스 백작 영애?"

그러자 아까 거만하게 란을 위아래로 보았던 영애가 빙긋 웃었다.

"그럼요. 아픈 것을 탓할 수는 없지요. 안 그런가요, 백작님?"

"네, 그럴 수는 없지요."

란이 조금의 흔들림도 없이 말했기 때문에 솔루스 백작 영애의 미간이 좁아졌다.

엘리제가 재빨리 말했다.

"잠시 제가 백작님을 독점해도 될까요?"

그 말에 솔루스 백작 영애가 피식 웃고 말했다.

"얼마든지 하세요, 후작 부인."

솔루스 백작 영애는 그 후에 키릭스 후작을 바라보며 제 부채를 펼치고 말했다.

"제 댄스 카드가 아직 비어 있는데요, 후작 각하."

"펜이 없어서."

키릭스 후작이 거절의 말을 하자 백작 영애는 "그러시군요." 하고 고혹적인 미소를 흘리며 제 무리를 끌고 사라졌다.

란이 진지하게 물었다.

"예전에도 솔루스 백작 영애가 저랬었나?"

"저랬었어. 하지만 란은 몰랐을걸? 라치아 공작이어서, 영애들과는 이야기해 볼 일이 많지 않았잖아?"

"그런데 왜 저렇게 적대적인 거야?"

의아하기까지 하다.

"그야—"

엘리제가 설명하려는 걸 키릭스 후작이 가로챘다.

"바닥에 떨어진 줄 알았던 상대가 그렇지 않은 걸 알면 더 미워지지 않겠습니까?"

그러며 그가 들고 있던 레모네이드를 아내와 아내의 친구에게 차례로 건네주었다.

"게다가 그 고전적인 수법이라니."

엘리제는 기가 찼다.

"하지만 그것만으로 저렇게까지 한다는 게 이상해요―"

란이 키릭스 후작의 말에 반박하자 엘리제의 얼굴이 어두워졌다. 란이 그녀를 보고 눈을 찌푸렸다.

"또 뭐가 있는 거야?"

"황후마마."

"아."

란은 입을 꾹 다물었다가 이마를 짚었다.

"그렇구나. 황후마마께서 나에 대해 좋게 말하지 않는다면 이건 당연하지."

로열패밀리는 언제나 화제의 중심이고, 사교계의 중심은 당연히 황후다. 그건 어떻게 바꿀 수가 없는 일이었다.

그런 황후가 자신을 저격하고 있다면, 귀족 여식들이 저러는 것도 당연했다.

"올리비아가 말이지."

"생각해 봐."

엘리제가 이어 말했다.

"너 때문에 폐하께서 결투까지 하셨잖아? 당연히 황후마마께 동정심이 쏠리지. 그런 데다가 선황제께서 돌아가시고서는 더더욱."

"그랬군."

란은 가볍게 미소 지었다.

"리제가 내 친구라서 다행이야."

"나야 어차피 가난한 기사의 딸이 운 좋아 후작 부인이 된 케이스인걸."

"그건 나도 마찬가진데?"

란이 그렇게 말하자 두 사람은 가볍게 웃었다. 란은 잠시 고개를 갸웃하며 생각에 잠겼다.

올리비아가 자신을 적대해서 사교계가 힘들어진다면—

'사교계를 양분할까.'

방법을 찾아내면 될 것도 같은데— 하다가 곧 관두기로 했다.

그런 골치 아픈 일은 더 이상 하고 싶지 않았다. 딱히 파티나 사교계의 교류를 즐기는 것도 아니니까.

'하지만 이대로는 귀찮으니.'

가볍게 막을 정도는 해 둘까.

란은 그렇게 생각하며 미소 지었다. 엘리제가 떨떠름한 얼굴로 물었다.

"무슨 그런 얼굴을 해?"

"응?"

"사냥을 앞둔 고양이 같은 얼굴이야."

"그게 무슨 얼굴이야?"

"아까 란 같은 얼굴."

엘리제의 말에 란은 "어머나." 하며 부채로 얼굴을 가렸다가 가볍게 웃었다.

"그냥 이 상황을 어떻게 할까, 생각한 것뿐이었어."

"어차피 다 헛소문인걸, 다들 란을 만나서 이야기를 나누면 그게 아니라는 걸 알게 될 거야."

"온건하네."

란은 그렇게 중얼거렸다.

'하지만 나는 아니지.'

그녀는 받는 대로 갚아 주는 사람이다. 란이 싱긋 웃고 엘리제에게서 돌아서며 말했다.

"후작님과 춤이라도 춰. 난 잠깐 돌아다닐 테니까."

"혼자?"

"응, 그럼. 이렇게나 얼굴을 아는 사람이 많은걸."

그렇게 말하고 란은 명랑하게 인사한 후에 그녀의 옆을 떠났다. 괜찮을까, 하고 걱정하는 제 아내의 팔을 당기며 키릭스 후작이 말했다.

"아무래도 라치아 사람은 걱정할 필요가 없는 모양이야."

엘리제는 "그렇다면 다행이지만요." 하고 남편의 손을 마주 붙잡았다.

란이 곧장 찾아간 사람은 우슬라 공작 부인이었다.

"공작 부인."

생글생글 웃으며 란이 말을 붙이자 우슬라 공작 부인은 흥 하고 코웃음을 치며 물었다.

"무슨 일이지?"

"아뇨, 다름이 아니라."

란이 얼굴이 살짝 어두워졌다.

"황태후마마께서 잘 계시나 걱정이 되어서요. 저에게 참 잘해 주셨던 분인데…… 요즘 통 소식을 들을 수가 없어서."

그 말에 우슬라 공작 부인이 움찔했다. 그녀는 카트야 황태후의 친구였고, 황태후의 위세를 빌려 사교계를 휘젓고 다녔다.

물론 공작 부인이라는 직위가 있으니 올리비아도 그를 함부로 하지는 못했지만, 그래도 황태후와 한 묶음으로 뒷방 취급을 당하고 있는 건 사실이었다.

"황태후마마께서는, 요즘 몸이 좋지 않으시다네."

"그러셨군요. 참으로 걱정이 됩니다. 황태후마마와는 그 사건 이후로 뵙지 못하여—"

란이 말끝을 흐리자 우슬라 공작 부인은 '그 사건'이 뭔지 재빠르게 알아챘다. 황태자였던 루스가 란의 강간을 시도한 사건이었다.

바로 카트야의 야회 무도회에서 말이다.

우슬라 공작 부인의 말투가 누그러졌다.

"그렇다면 걱정이 많겠군."

"네, 제가 황태후마마를 한 번 뵐 수 있을까요? 꼭 인사를 드리고 싶습니다."

"물론이지, 황태후마마도 기뻐하실 걸세."

우슬라 공작 부인이 부드럽게 말했다. 그녀 역시 란이 자신을 이용하려고 한다는 건 어느 정도 알고 있었다. 하지만 서로가 서로를 이용하는 건 사교계에서 당연한 일이다.

우슬라 공작 부인이 웃으며 말했다.

"내가 몇 명 사람을 더 소개시켜 주겠네. 아, 리젤로티 백작 부인은 만나 보았나? 백작 부인은 발이 넓거든."

이미 만났지만, 만나지 않은 것과 다름없다.

"그래 주신다면, 저는 기쁘지요."

란은 그렇게 말하며 부채를 팔락이고 웃었다.

해가 완전히 지고 무도회의 분위기가 한껏 달아올랐을 무렵, 시종의 외침이 들려왔다.

"라치아 공작님 드십니다!"

다시금 시선들이 입구에 와서 박혔다. 유스타프는 빠른 걸음으로 계단을 내려왔다.

젊은 아가씨들은 모두 그를 보고 한숨을 내쉬며 몸을 곧추세웠다. 유스타프의 눈이 천천히 사방을 살피다가 곧 찌푸려졌다.

그의 눈에 란이 들어왔다.

들어온 것까지는 좋은데―

문제는 그녀가 남자들에게 둘러싸여 있다는 점이었다.

그가 성큼 그쪽으로 걸음을 옮기는데 호스티스인 리젤로티 백작 부인이 재빠르게 다가왔다.

"공작님, 오실 줄은 몰랐습니다."

백작 부인의 눈은 반짝이고 뺨은 홍조로 물들어 있었다.

"제 파트너가 오고 싶다고 해서."

유스타프의 말에 백작 부인이 의아한 얼굴로 물었다.

"어느 아가씨와 함께 오셨나요?"

갸웃거리며 주변을 둘러봤지만, 입장할 때도 혼자였으니 당연히 들어와서도 혼자다.

"아뇨, 제가 일이 있어서 먼저 보냈습니다."

그렇게 말하면서도 그의 시선은 계속 란에게 고정되어 있었고, 리젤로티 백작 부인은 그의 시선을 따라 고개를 돌렸다가 란을 보았다.

아차, 싶은 마음이 스쳤다.

란을 남자들에게 소개해 준 것은 리젤로티 백작 부인 본인이었다. 우슬라 공작 부인에게서 소개를 받고 나니 곧 란이 미혼의 백작이라는 사실이 머릿속에 떠올랐고, 뚜쟁이 기질이 발동했던 거다.

제국은 장자상속제.

둘째나 셋째로 태어난 남자들은 작위가 없으므로 살아남기 위해 여러 가지 방법을 강구해야 했고, 그중 하나는 작위가 있는 미망인과 결혼하는 것이다.

그런데 란은 미망인도 아니며, 작위가 있는 젊고 아름다운 여인이다.

봉토가 없기는 하지만, 계승되는 백작 위는 커다란 매력이었다. 어차피 봉토는 영지전을 통해서 빼앗거나 사들여도 된다. 더해서 란의 수완이 좋다는 걸 모르는 사교계 인사는 없었다.

그 생각에 미치자 리젤로티 백작 부인은 적극적으로 남자를 소개시켜 주기 시작했고, 그녀의 예상대로 란의 인기는 곧 하늘을 찔러서 그녀는 남자들 사이에 푹 파묻히고 말았다.

그리고 남자들에게 인기가 좋은 것이야말로, 사교계의 꽃이 되는 첫 걸음.

리젤로티 백작 부인은 제 작품에 퍽이나 뿌듯해하고 있는 중이었다.

라치아 공작의 얼굴을 보기 전까진 말이다.

"공작 각하—"

백작 부인이 뭔가 말을 하려는데 유스타프가 고개를 돌려 그녀를 보고 말했다.

"일행을 발견해서 이만 실례하도록 하지요."

유스타프는 그러고는 휙 빠른 걸음을 뗐다.

란은 제 손을 붙잡고 놓아주지 않는 상대에게 어색한 미소를 지어 보였다.

'이름이 뭐더라? 무슨 남작의 둘째였는데—'

그녀는 대여섯쯤 되는 남자들에게 둘러싸여 소파에 앉아 있었다.

'리젤로티 백작 부인이 뚜쟁이라는 말은 들었지만.'

정말로 이렇게 적극적으로 남자를 소개시켜 줄 거라고는 생각도 못 했다.

"백작님의 머리카락은 꼭 달빛과 같군요. 란이라고 친근하게 불러도 되겠습니까? 전 벌써부터 백작님과 오래 알고 지낸 듯한 기분이 듭니다."

"그보다 저와 춤을 추시지 않겠습니까?"

"제가 춤이 좀 서툴러서─"

"하하, 괜찮습니다. 춤에 서투르시다니 참으로 귀여우시군요."

란이 이 상황에서 어떻게 빠져나가야 하나 고민하는데 정면에서 빠르게 걸어오는 사람이 보였다.

다른 사람보다 키가 커서 한눈에 알아볼 수 있었다.

'유스!'

란은 소리칠 뻔한 걸 간신히 눌러 참았다. 란의 시선이 그쪽으로 향했지만, 주변에 몰린 남자들은 그것도 눈치채지 못하고 여전히 달콤한 소리를 하기 바빴다.

'어라?'

란은 의아해졌다.

'화났나……?'

갸웃하는데 그녀가 앉아 있는 소파 앞까지 도착한 그가 말했다.

"내 파트너에게 무슨 볼일이라도 있는 건가?"

냉기가 뚝뚝 떨어지는 말에 남자들이 돌아보았다가, 유스타프가 서 있는 걸 보고 당황했다.

몇몇은 상대가 누군지도 모르는 눈치였다. 란은 당황스러움을 숨기고 자리에서 일어나며 인사했다.

"공작님, 오셨군요."

그제야 남자들은 상대가 누군지 알아챘다.

라치아 공작.

란이 한 걸음 걸어가서 살며시 유스타프의 손을 잡았지만, 유스타프는 남자들을 하나씩 쏘아보는 걸 멈추지 않았다.

그러자 그중 한 사람이 헛기침을 하며 말했다.

"선약이 있으신 줄은 몰랐습니다."

"나중에 다시 이야기하도록 하지요, 란."

"또 만날 날을 기대하겠습니다."

"연락하는 놈은 내 결투장도 같이 받는 걸 기대하는 게 좋을 거야."

유스타프가 차갑게 말해서 순간, 분위기가 얼어붙었다. 유스타프가 란의 허리를 감고 말했다.

"가시죠."

"어? 아, 네."

인사를 하는 둥 마는 둥 하고 란은 그 자리를 떴다.

"유스?"

"네."

"화났어?"

"……."

유스타프는 잠시 침묵하다가 그녀를 내려다보며 말했다.

"화났습니다."

"어째서?"

"어째서라뇨—"

그가 말하다 눈을 찌푸렸다.

"란도 제가 저렇게 여자들에게 둘러싸여 있으면 화날 거 아닙니까?"

란은 잠시 그 광경을 생각해 보았다. 너무 자연스럽게 그려지는 광경이다.

"아니, 아닌데."

란의 말에 유스타프의 얼굴에 충격이 지나갔다.

"아니라고요."

그의 중얼거림에 란이 "응." 하고 고개를 끄덕였다.

몇 번이나 상상했던, 유스타프와 시나가 나란히 서 있던 그림에 비하면 그건 아무것도 아닐뿐더러 별 타격도 없었다.

그저 '유스가 귀찮겠구나.' 그런 느낌?

란은 유스타프가 아무런 말도 하지 않아 그를 올려다보았다.

"유스?"

"네."

"화났어—?"

"아뇨."

짤막하게 유스타프가 대답했다. 그가 잠시 침묵하다가 물었다.

"란."

"응."

"왜 저와 사귀기로 하셨습니까?"

"어—?"

생각도 하지 못한 질문이라 란은 눈을 크게 떴다.

"그거야—"

그녀가 말하려는데 갑자기 팟 하고 조명이 꺼지고 사방이 깜깜해졌다.

오케스트라 음악도 잠잠해져서, 놀란 사람들이 웅성거리는 소리가 어둠 속에서 들려왔다.

짝짝!

그때 손뼉을 두 번 치는 소리가 들리고 단 위에 핀 조명이 떨어졌다. 리젤로티 백작 부인이 단상 위에 서 있었다.

"모두들 놀라셨지요. 오늘의 게임을 시작하려고 합니다."

그러며 그녀가 연극적으로 팔을 벌리자 반짝이는 나비들이 무수히 피어올랐고 모두가 탄성을 질렀다.

란은 놀라 무지갯빛으로 빛나는 나비를 바라보다가 말했다.

"환영 마법?"

"마법사가 있는 것 같습니다."

"신기하다."

라치아에는 마법사가 없어서, 마법 세공품은 흔하지만 마법사는 처음이었다.

란은 흥미진진한 얼굴이 되어 환영 마법을 바라보았다.

깜깜했던 내부는 희미한 빛을 반짝이며 나는 나비들로 인해서 어렴풋이 밝아졌다.

리젤로티 백작 부인이 말했다.

"자, 그러면 숙녀분들은 이쪽으로 모여주세요. 규칙은 따로따로 설명 드리겠습니다."

리젤로티 백작 부인이 오른편을 가리키며 말하자 다른 연회장으로 통하는 문이 밝게 빛났다.

"무슨 게임을 하려는 걸까."

란이 중얼거리고 유스타프의 품에서 살짝 벗어나며 말했다.

"나중에 봐."

"네."

어둠 속에서도 그의 표정이 좋아 보이지 않아 란은 그의 손을 한 번더 꽉 쥐어 줬다가 문 쪽으로 향했다.

'일이 잘 끝나지 않은 건가?'

아니면,

"왜 저와 사귀기로 하셨습니까?"

그 물음이 문득 떠올랐다.

왜냐니.

'좋아하니까인 게 당연하잖아.'

생각에 잠겨 있는데, 엘리제가 어느 사이엔가 다가와 잽싸게 팔짱을 꼈다.

"흥미진진한 밤이네요."

그녀의 호박색 눈이 반짝반짝 빛나 란은 상념에서 깨어나 웃었다.

"그러게. 대체 무슨 게임을 하시려고 그런 걸까?"

모두 궁금증을 품고 방을 건너가자, 오른편 방에 있던 시녀들이 다가와 한 사람, 한 사람에게 작은 크리스털을 하나씩 나눠주었다.

호두만 한 마름모꼴의 크리스털은 옅은 빛을 뿜어내고 있었다.

"예뻐라."

탄성을 내지른 엘리제가 제 눈가에 크리스털을 가까이 대고 돌려 보았다. 빛의 파편들이 반짝거리며 요정의 날개처럼 빛났다.

"자, 모두 그 크리스털을 가지고 이 저택 어디든 숨으시면 됩니다. 만약 숨바꼭질 구역 밖으로 나가면 크리스털의 빛이 꺼지니, 그걸로 구별하시면 된답니다."

이어 안으로 들어온 리젤로티 백작 부인이 말했다. 그 말에 모두가 숨을 죽이고 그녀의 설명에 귀 기울였다.

"신사분들에게도 크리스털을 나눠드릴 겁니다. 그분들이 가지고 계시는 크리스털은 여러분의 크리스털과 한 쌍이지요. 가까이 다가가면 반짝반짝 빛이 납니다."

그리고 리젤로티 백작 부인이 웃으며 시녀의 바구니에서 크리스털을 하나 꺼내 입 맞추며 말했다.

"그리고 어느 크리스털과 어느 크리스털이 한 쌍인지는, 아무도 모르지요."

그 말에 "꺄." 하는 환호성인지 아닌지 모를 소리가 터져 나왔다.

"그럼 행운을 빕니다, 숙녀분들. 10분의 시간을 드리지요. 나가시는 문은 저쪽입니다."

모두가 흥분된 음성으로 웃고 떠들며 우르르 잰걸음으로 반대편 문을 빠져나갔다.

느긋하게 문을 빠져나가며 엘리제가 말했다.

"나 카티가 찾아오겠네."

"어떻게 알아?"

"리젤로티 백작 부인은 수완이 있거든. 게다가 불륜을 싫어하니까. 기혼자들에게는 이미 따로 뭔가를 했을 거야."

"그렇구나."

정도를 아는 부인이로군.

"응, 그럼 얼른 가서 숨자."

웃으며 엘리제가 란의 팔을 잡아당겼다. 곳곳에 숨을 곳을 찾는 사람들이 보였다.

"밖으로 나갈까?"

란의 말에 엘리제가 고개를 저었다.

"정원은 덥잖아."

"여름밤인데?"

란의 말에 엘리제는 뺨을 부풀렸다가 말했다.

"그럼 따로 숨을까?"

"그게 좋을 것 같아. 어차피 일단 만나면 후작님과 리제는 달콤한 말을 해야 하는 게 아닐까."

"어머?"

엘리제가 눈을 크게 떴다가 웃었다.

"공작님이 란을 찾으면 좋겠다."

"아무래도 어렵지 않을까."

란은 현실적으로 그렇게 생각하고 "시간 다 되겠다." 하며 엘리제의 등을 떠민 뒤 자신은 정원으로 나섰다.

'아, 정말로 사람이 없네.'

다들 냉풍기에 길들어서 밖으로 나오지 않는군.

란은 그런 생각을 하며 크리스털을 바라보았다. 정원도 숨바꼭질의 영역인지 크리스털은 여전히 빛나고 있었다.

"좋아."

란은 고개를 끄덕이고 정원에 난 돌길을 따라 걸었다. 바람이 불어 관목 숲을 흔들리게 하고, 달콤한 밤의 향기가 사방에 가득했다.

란은 기지개를 쭉 켰다.

'이렇게 좋은데.'

하지만 확실히 숨을 곳을 확보하는 건 문제였다. 바닥에 그냥 앉으면 드레스가 흙투성이가 될 텐데.

란은 조심조심 정원을 살폈다. 그리고 조약돌이 깔린, 작은 미로 정원 안쪽에 자리 잡고 앉았다.

'미로보다는 기하학무늬의 정원이라고 해야 할지도.'

얼마 전에 전지한 것인지, 나무에서는 달콤한 풋내가 났다. 란은 그 돌바닥에 털썩 앉았다.

손바닥을 벌려보니 크리스털이 여전히 빛나고 있었다.

'여기 있으면 못 찾겠지.'

다들 저택으로 찾으러 들어갔을 테니까.

저택 쪽을 바라보니 유리 창문 안쪽으로 어른어른 빛나는 나비가 보였다. 꽤 아름다운 볼거리다.

'루미에가 불쌍하다.'

란은 그렇게 생각했다.

입장하자마자 포도주를 뒤집어써서, 옷을 갈아입으라고 돌려보냈더니—

'예비 옷이 없었지.'

그래서 공작저에 가서 옷을 갈아입고 오겠다는 걸, 그냥 가라고 잘라버렸다.

'뭔가 버림받은 강아지 같은 얼굴을 해서 불쌍했지만……'

적당히 끊어 내지 않으면 안 돼. 너무 오냐오냐만 하면 안 좋아.

게다가…….

'유스타프가 혹시 오해하는 건 싫으니까.'

선을 그어야지.

란은 그렇게 생각하며 무릎을 모아 웅크리고 숨을 내뱉었다. 뺨을 무릎에 기대고 그녀는 생각에 잠겼다.

'카트야 황태후가 본격적으로 다시 사교계에 나오면, 아무리 올리비아라고 해도 불리하지. 이이제이처럼 로열패밀리는 로열패밀리로 무찌른다는 거죠.'

사실 이런 사교계의 사소한 싸움 따위, 란에게는 귀찮은 일일 뿐이었다.

'루스와 올리비아 때문에 골머리를 썩이게 될 줄이야. 지금은 그게 문제가 아닌데.'

빙벽에 봉인된 '어둠'이 눈을 떴다. 시나가 내년이 되면 이곳에 오니까, 어둠은 내후년…….

'금방이잖아!'

란은 으으 하는 신음을 내뱉었다. 더더욱 큰 문제는 뭐냐면—

'내가 글을 완결 내지 않았다는 거지.'

그래서 '어둠을 물리치고 해피엔딩.'이라는 얼개는 아는데, 어떻게 그렇게 되는지는 모르겠다.

게다가 그때 그렇게 완결을 쓸 '계획만' 가지고 있었던 게, 실제로 이뤄지는 건지도 모르겠고.

'하긴, 이제 더 이상 원작은 중요하지 않을지도.'

그녀는 그러며 제 손을 펴 보았다.

'원래라면 나야말로 벌써 죽었어야 하는 거 아닌가. 아니지, 본래 란이 죽은 건 맞는 건가?'

그리고 부모님과 타스도.

란은 눈을 감았다.

바꿀 수 있었던 거라면, 왜 돌아가신 걸까?

'잠깐. 그러면 지금 내가 유스타프랑 사귀고 있는 것도 이상하고, 사실 내 사업도 쫄딱 망했어야 할 거고, 린드버그 숙부가 날 이미 죽였겠지.'

정말로 커다란 흐름을 바꿀 수 없는 거라면 말이다.

'그냥 우연이었나? 정말?'

란은 길게 숨을 내쉬었다.

바작.

그때 저쪽에서 발소리가 들려왔다. 조약돌을 밟는 소리에 란은 오싹 소름이 돋았다.

전신의 솜털이 곤두섰다.

란은 제 손을 열어 보았다. 크리스털이 깜박이고 있었다.

'거짓말!'

상대가 누군지는 몰라도, 여기서 단둘이 만나는 건 사양이다.

'게다가⋯⋯.'

납치 시도가 있었다, 하는 말이 불현듯 떠올라 란은 깊게 숨을 삼키고 크리스털을 꽉 쥐었다.

그녀는 크리스털을 관목 안에 숨기고 기듯이 자리를 이동했다.

그리고 적당히 튼튼한 나뭇가지를 찾아낸 다음, 숨을 삼키고 누가 거기에 오는지 지켜보았다.

자박자박.

돌을 밟는 소리의 주인은 제 위치를 숨길 생각도 없는 것 같았다. 란은 눈을 가늘게 뜨고 상대를 보았다. 상대는 제 크리스털이 마구 깜박이는 걸 꺼내 보고 주변을 둘러보았다. 란은 깜짝 놀라 자리에서 벌떡 일어났다.

"유스!"

"란."

유스타프의 얼굴에 미소가 지나갔다가, 그녀의 손으로 시선이 내려갔다.

"그건 뭡니까?"

"아, 수상한 사람이면 때려 주려고."

그녀가 나뭇가지를 흔들며 말하자 유스타프는 한숨을 쉬고 그녀의 손에서 막대기를 빼내어 던진 뒤 말했다.

"숨는다든가 도망친다는 선택지는 없습니까?"

"숨어 있었잖아?"

란이 얼른 관목을 돌아 나오며 말했다. 그녀는 숨겨뒀던 크리스털을 꺼내었다.

"신기하네. 어떻게 유스타프랑 한 쌍이 됐을까?"

"운명이 아닐까요."

너무 아무렇지도 않게 유스타프가 말해서 란은 저도 모르게 수긍할 뻔했다.

"그러—네가 아니지. 하여간 다행이다. 이상한 사람이 아니라서."

"다행이지요. 그 나뭇가지를 휘두르셨다가는 큰일 났을 테니까요."

"풀스윙으로 휘두르면 확실히 타격이 되지 않을까."

란이 획획 제 팔을 휘두르자 유스타프는 "나중에 저에게 한번 시험해 보세요." 하고 짤막하게 답했다.

란은 눈을 치켜 올렸다가 웃었다.

"유스타프에게는 못 하지."

"그걸로 저에게 타격을 입힐 수 있다면 제가 걱정을 하지 않겠지요."

"아무리 유스라도 나무에 맞으면 아프잖아?"

"맞을 때의 이야기 아닙니까."

"몰래 때리면 맞을걸."

"지금 해 볼까요."

"어?"

유스타프가 던진 나뭇가지를 집어 들어 란에게 건네주고 뒤로 돌아섰다.

"때려 보십시오."

란은 얼떨떨해져서 제 손에 들린 막대와 유스타프의 뒤통수를 바라보았다.

"진짜?"

"네."

"정말로?"

"네."

"진짜 때린다?"

"네."

"정말, 진짜, 정말—"

"란."

유스타프가 짧게 그녀를 불렀다.

"그냥 휘두르십시오."

란은 제 손에 들린 가지를 다시 보았다. 아니, 그래도 좀.

하고 란은 단단히 나뭇가지를 붙잡고 유스타프를 본 다음에 힘차게 나뭇가지를 휘둘렀다.

'아무리 그래도 머리를 맞으면 안 되니까—'

란은 그의 옆구리를 겨냥했다.

붕— 소리가 나는 상당히 힘찬 일격이었다.

하지만 그녀의 나뭇가지는 허공을 갈랐다.

"어?"

너무 세게 휘둘러서 허리가 휙 돌아 휘청하는 걸, 뒤에서 유스타프가 붙잡았다.

란은 놀라 고개를 돌렸다.

"유스?"

"네."

"방금, 내 앞에 있었잖아."

"그랬습니다."

그가 뒤에서 그녀를 끌어안고 란의 정수리에 턱을 올렸다.

꾸욱 하고 힘주어 붙잡혀서 란은 당황했다.

"아니, 어떻게 그럴 수가 있어?"

"이제 아시겠습니까?"

란은 입을 떡 벌리고 돌아서려고 애썼지만, 그에게 꼭 안겨서 도무지 몸을 돌릴 수가 없었다.

"마법 아냐?"

"아닙니다."

유스타프는 엉뚱한 소리를 한다고 타박하지 않고 진지하게 대답했다. 란은 제 배 앞에서 깍지 낀 그의 손을 붙잡아 벌린 후에 휙 돌아섰다.

유스타프가 그녀에게 말했다.

"이제 덤비지 않고 도망치겠다고 약속해주십시오."

"……."

"란."

"약속할게."

그녀가 고개를 끄덕이며 대답해서 유스타프는 살며시 미소 지었다. 그 얼굴을 보고 란은 약속하길 잘했다고 마음속 깊이 생각했다.

"그래서, 사실은 뭐야?"

란이 손을 뻗으며 말해서, 유스타프는 자연스럽게 그 손을 마주 잡아 깍지 끼며 물었다.

"뭐가 말입니까?"

"크리스털."

"운명이라고 말씀드렸지요."

유스타프는 리젤로티 백작 부인에게 은근히 압박을 넣어서 란과 짝이 되는 크리스털을 손에 넣은 건 입을 싹 닦았다.

자신이 달라고 실제로 말한 건 아니지 않은가?

란의 녹색 눈이 가늘어졌다가 곧 호선을 그렸다.

"가주님이 그렇게 말씀하시면 믿어드리는 게 가신의 도리지요."

유스타프가 피식 웃고 손을 내밀었다.

"크리스털을 주십시오."

의아해하면서도 란은 순순히 관목 속에서 찾은 제 크리스털을 내주었고, 유스타프의 손바닥 위에서 크리스털 두 개가 서로 닿자 색이 무지갯빛으로 바뀌어서 반짝이더니 사방에 꽃과 별가루가 반짝이며 떨어지는 환영이 나타났다.

란은 웃음을 터트렸다.

"정말이지. 아이디어 좋은데? 예쁘다. 반짝반짝하네."

란은 환영을 몇 번 어루만지다가 손을 내렸다.

"이런 거 좋−"

아한다고, 말하려는 란의 시야에 뭔가가 들어왔다.

반짝이는 게 날아온다.

그렇게 생각을 하자마자 반사적으로 란은 유스타프를 밀었다.

챙!

날카로운 소리와 함께 표창이 그녀의 옆구리에 박혔다.

"란!"

유스타프가 란을 붙잡아 당기며 그녀를 바닥에 내리누른 순간, 표창이 몇 개 더 날아왔다.

어느 사이인가 그의 손에서 검이 뽑혀 나와 날아오는 표창들을 튕겨 냈다. 만(卍)자 모양으로 생긴 표창들은 박히면 빠지지 않도록 낚싯바늘 같은 돌기가 나 있었다.

바닥에 박힌 표창의 가운데에는 작은 얼음수정이 박혀 있었고, 그게 작게 진동하기 시작했다.

유스타프의 몸 밑에 깔려 있던 란은 제 옆구리에 걸린 표창에 무의식적으로 시신을 내렸고, 유스타프가 속삭였다.

"죄송합니다."

그가 그녀의 옆구리에 박힌 표창을 잡아당기자, 드레스가 찢어지는 소리가 났다. 그가 그걸 던지자마자 표창들이 폭발했다.

'맙소사.'

란은 몸을 일으키려고 애썼지만 유스타프의 손이 단단히 그녀를 누르고 있어서 움직이지 못했다.

다음 순간, 뭔가 빛이 번쩍하고 푸른색 화염이 솟구쳤다.

"끄아아악!"

날카로운 비명에 란은 저도 모르게 그쪽으로 시선을 돌렸다.

나무에서 불꽃에 휩싸인 사람이 떨어졌다. 그의 입과 눈에서 푸른 불꽃이 솟구쳐 나오고 있었다.

"—!!"

너무 끔찍한 모습이라 란은 숨을 삼켰다. 모든 걸 태울 듯하던 불꽃은 약간 잦아들었고, 그는 불을 끄려는 건지 고통 때문인지 바닥을 구르기 시작했다.

타죽을 듯하면서도 죽지 않는다.

란은 멍하니 그걸 바라보다가 유스타프를 올려다보았다. 푸른 불꽃에 비친 그의 얼굴이 너무 차가워서, 란은 저도 모르게 그의 어깨를 붙잡았다.

"유스."

그녀가 헐떡이며 작게 말하자 유스타프의 눈동자가 그녀에게로 떨어졌다가 잠시 흔들렸다. 그가 이를 악물고, 그 사람을 향해 뻗었던 손을 내리며 손가락을 튕기자 펑! 하는 작은 소리와 함께 불꽃의 기세가 강해지고 사람은 곧 형체도 남기지 않고 가루가 되었다.

이어 그가 그녀의 옆구리를 누르며 말했다.

"괜찮습니까? 잠시 기다리면 의사를—"

"유스, 나는 괜찮아. 긁히지도 않았어. 안에 갑옷을 입고 있었거든."

란의 목소리는 마구 떨리고 있었지만 의미 전달은 되었고, 유스타프는 순간 얼빠진 얼굴을 했다.

"갑옷이요?"

"응."

제투라가 선물해 준, 그 나디움으로 된 옷을 란은 납치 이야기를 들은 후부터는 항상 입고 있었다.

"옷만 찢긴 거야. 나, 나는 괜찮아."

이제 목소리뿐만 아니라 전신이 떨리고 있었다.

유스타프는 느리게 그녀의 몸 위에서 일어났다. 소동 때문에 사람들이 몰려들고 있었다.

란도 몸을 일으키려 애썼지만, 잘 되지 않았다. 유스타프가 그녀가 일어날 수 있도록 붙잡아 주었다.

"아, 아까 그 사람이 그런 거야?"

"네."

"주, 죽였어야 했어?"

말이 똑바로 나오지 않아, 스스로가 얼치기 같아 란은 입술을 꽉 깨물었다.

떨지 마. 울지 마.

"괜찮으십니까?"

"무슨 일이야!"

사람들의 외침이 작은 침묵을 깨며 가까워졌고, 유스타프가 작게 속삭였다.

"제가 무서우십니까?"

란의 입술이 파르르 떨렸다. 그녀의 숨도 나비 날개마냥 함께 떨리고 있었다. 그녀가 말했다.

"당연하지!"

속삭이듯 외치고 란은 그를 꽉 끌어안았다. 눈물이 팍 터져 나왔다.

"누님, 란, 제가 잘못했습니다. 울지 마세요."

유스타프가 달래듯 말해서 란은 더더욱 눈물이 왈칵왈칵 쏟아졌다.

자신을 죽이려고 폭탄이 날아왔다는 게 무섭다. 사람이 눈앞에서 타죽는 걸 본 것도 무섭다.

유스타프가 그녀를 안아 들었다.

"공작 각하?!"

"백작님!"

"이게 무슨—"

달려온 병사들과 사람들이 물어 유스타프가 말했다.

"암살 시도가 있었습니다."

"뭐라고요?!"

"암살자는 어떻게 됐습니까?"

"도망갔습니다."

유스타프가 모든 질문에 하나씩 답하는 동안 란은 그의 어깨에 얼굴을 묻었다. 리젤로티 백작 부인이 기절했다는 말도 들린 것 같고, 몇몇 심약한 숙녀들이 쓰러졌다는 이야기도 나왔지만, 그 소동을 뚫고—사실 반쯤 무시하고— 유스타프는 녹색 아치로 향하는 마차에 올라탔다.

란이 그의 어깨에서 웅얼거렸다.

"손수건 있어?"

유스타프는 말없이 손수건을 건넸고, 란은 얼굴을 닦아 내고 후— 숨을 내뱉었다.

그녀가 고개를 들고 말했다.

"미안."

"뭐가 말입니까?"

"사람들 혼자 상대하게 해서."

유스타프는 눈을 찌푸렸다.

"그 정도는 할 수 있습니다."

"그래도."

란이 몸을 비틀어 그의 다리에서 내려와 맞은편 의자에 앉았다. 그녀가 제 옆구리를 내려다보고 말했다.

"이거 고칠 수 있을까?"

"글쎄요."

"버리기에는 아까운데."

"침방시녀에게 맡겨 보시죠."

"응……."

꽤 크게 찢어졌구나, 하고 란이 멍하니 옷에 난 구멍을 매만지는 사이 고요함이 마차 안을 채웠다.

마차 바퀴가 바닥을 굴러가는 경쾌한 소리가 아니었다면, 이 침묵이 더 무거웠을 것이다.

란은 한참을 멍하니 있다가 고개를 들었다.

"유스타프 괜찮아?"

"네."

"청염을 그렇게 썼으니까―"

"그 정도는 괜찮습니다."

"그래?"

"란."

"어?"

"화내서도 됩니다."

란은 유스타프를 바라보다가 시선을 돌리고 한숨을 내쉬었다. 그 한숨이 비수처럼 느껴져, 유스타프는 움찔했다.

란이 자리에서 일어나 마차의 낮은 천장 때문에 어색하게 허리를 굽히더니 그의 양 뺨을 꾹 당겼다.

"?!"

생각지도 못한 행동에 유스타프의 눈이 크게 떠졌고, 란이 말했다.

"'목숨을 구해 줘서 고맙습니다.'라고 해야 하는 거겠지, 이 상황에서는. 게다가― 맞아. 유스타프가 무서워. 그야 그런 장면을 봤는데 당연하잖아?"

투덜투덜 란은 큰소리로 말했다. 아니면 울지도 모른다.

란은 설핏 입술을 일그러트리듯이 웃었다.

"그래도 유스가 좋아."

그의 눈동자가 떨어지지 않고, 그녀가 진심을 말하는 것인지 재보는 것처럼 똑바로 란의 눈을 마주 봐 와서 란 역시 똑바로 그를 바라보았다.

"이런 사람을 좋아하다니, 하고 누가 비난한다면 그건 내가 감당해야 하는 몫이겠지. 왜냐면 내가 유스타프 라반 드 라치아를 좋아하니까."

이번에는 좀 더 자연스럽게 웃을 수 있었다.

"이걸로 답이 될까?"

그때 마차 바퀴가 돌부리에 걸렸는지 크게 덜컹 하고 마차가 흔들렸고, 란이 "꺅" 하고 흔들리는 걸 유스타프가 붙잡아 제 다리 위에 앉히고 말했다.

"답이 됐습니다."

"정말이지, 왜 사귀냐니. 당연하잖아?"

"그게 아니라―"

말하다가 묘하게 씁쓸하게 그가 웃어서 란은 그의 크라바트를 당기며 추궁했다.

"아니라?"

"란은 다정하니까."

유스타프가 그녀를 바라보았다.

"라치아에 남고 싶어서, 아니면 다른 사람이 부탁하니까, 아니면ー 제가 불쌍해서."

란은 입을 떡 벌렸다.

뭐라고 해야 하나?

항상 자신만만해 보이기만 했던 유스타프의 입에서 나온 거라고는 도무지 믿을 수 없는 소리였다.

"그럴 리가 없잖아?"

"그런가요?"

"그런 걸로 사귀지는 않아."

단호하게 말하고 란은 잠시 생각한 후에 말했다.

"아니, 그렇게 사귈 수 있다고 해도, 유스타프와는 그래서 사귀는 게 아니야."

"그거 다행입니다."

유스타프는 그렇게 말하고 작게 웃었다. 도무지 사람을 그렇게 잔인하게 죽인 자의 얼굴은 아니다.

'그러고 보면.'

이미 유스타프는 여럿 죽인 전적이 있지.

이번도 확실히 정당방위이기는 했다.

"대체 누굴까?"

란이 그에게 몸을 기대며 중얼거렸다.

"이번에는 납치가 목적이 아니라 죽이려는 게 목적 같았어."

유스타프가 그녀의 관자놀이에 키스하고 말했다.

"금방 잡을 겁니다."

이성을 잃었다.

란이 상처 입었다고 생각하자, 제대로 생각을 할 수가 없었다.

그저 그녀에게 상처 입힌 새끼를 가장 잔혹하고 끔찍하고 느리게 죽이겠다는 생각밖에는 들지 않아서—

그는 숨을 내쉬고 그녀의 머리카락에서 나는 달콤한 향기를 삼켰다.

그때 문득,

그녀가 처음에 어떻게 했는지 뚜렷하게 떠올랐다.

"란."

"응?"

"왜 그랬습니까?"

"뭐가?"

"왜 절 밀쳤습니까?"

"그야 뭔지 몰라도 유스타프가 맞을까 봐 그랬지."

"전 맞아도 됩니다."

"안 되거든?!"

란이 몸을 휙 돌리며 항의했다.

"나야 갑옷이라도 입고 있지만, 유스타프는 아무런 장비도 없었잖아."

"전 버틸 체력이 있으니까요."

"체력이 있다고 고통당할 필요는 없지."

"게다가 이 갑옷은 몸통만 보호해 주는 거 아닙니까? 만약에 다리나 팔이나, 다른 곳에 맞았다면요? 그리고 독이라도 발라져 있었다면요?"

"그건 유스타프도 마찬가지잖아."

"마찬가지가 아닙니다."

"마찬가지거든? 유스타프는 독에 내성이라도 있어? 아니면—"

"있습니다."

"……어?"

"독에 내성이 있습니다. 어렸을 때부터 내성을 길러 왔습니다. 그러니까, 부디 그런 무모한 짓은 하지 말아 주세요."

란은 그 말에 머뭇머뭇하다가 한숨을 내쉬었다.

"노력은 해 볼게."

"란."

"몸이 저절로 움직이는 건 어쩔 수가 없잖아? 하지만 노력할게."

란의 말에 유스타프는 눈을 찡그렸다가 한숨과 함께 고개를 끄덕였다.

적어도 노력은 해 본다니까.

하지만 멍청한 녹영을 떠올리자 저절로 이가 뿌드득 갈렸다.

호위를 붙이면 뭐 하는가?

어디 가서 나자빠져 있기에 주인이 위기에 처했는데도 오지 않아?

돌아가면 가만두지 않겠다고, 그는 생각했다.

*　　*　　*

"전원 사망했습니다."

두 번째가 고개를 내리깔고 보고했다. 그녀의 목소리는 격분해 있어서, 오히려 낮고 부드러웠다.

유스타프는 다리를 꼬고 앉아 있다가 되물었다.

"전원?"

"네, 두 명의 녹영을 붙여 놓았는데, 두 사람 다 시신으로 발견했습니다."

유스타프는 툭툭 팔걸이를 두들겼다.

"독특한 무기를 쓰더군. 마법 세공품을 무기로 썼어. 게다가 마지막의 공격 역시 마법이었다."

"마법 무기란 말입니까?"

두 번째가 고개를 들고 물어 유스타프는 생각하고 답했다.

"그런 독특한 세공품은 출처를 찾기 어렵지 않겠지. 게다가 전에 말한 그 암살자 길드 말인데─ 위치는 알아냈나?"

"네."

"그래."

유스타프가 피비린내 짙게 나는 미소를 지었다.

"그럼 모처럼이니 함께 갈까?"

두 번째는 눈을 깜박였다가 경쾌하게 노래하듯이 대답했다.

"영광입니다, 가주님. 청염의 춤에 참여하게 되어."

"환영하네."


푸아킨은 입속으로 온갖 상스러운 욕설을 집어삼켰다.

'인간이 아냐, 인간이 아니라고.'

새파란 불꽃이 날리고, 그림자 속에서 검과 창이 솟구친다.

불꽃은 꺼지지도 않았고, 단숨에 모든 걸 집어삼켰다.

'길드장 xx새끼─'

이 모든 일의 원흉은 그라는 생각밖에 들지 않았다. 전신이 부들부들 떨려 왔다.

몇 번이나 욕을 내뱉으며 푸아킨은 장롱 구석에서 벌벌 떨었다.

길드에 남아 있는 길드원들 중에서 오늘 밤 길드 밖으로 빠져나간 사람은 아무도 없으리라고, 그는 쉽게 짐작할 수 있었다.

그때 거칠게 장롱 문이 열렸다.

"어머나?"

"으아, 으아아아아!"

역광으로 상대가 그저 시꺼멓게만 보이는 가운데 씩 웃는 입이 눈에 들어왔다.

"주인님, 아직 남아 있는 자가 있어요."

"그거 다행이군."

두 번째는 웃으며 푸아킨의 머리채를 붙잡아 장롱에서 꺼냈다.

"히, 히익, 힉힉!"

바닥에 내동댕이쳐져 푸아킨은 부들부들 떨었다.

피에 젖은 새까만 부츠가 시야에 들어왔다. 감히 그 위로 시선을 올릴 생각도 못 하고 푸아킨은 이마를 바닥에 댔다.

"사, 사, 살려주십시오."

"내 질문에 제대로 답한다면."

"어, 얼마든지!"

"로미아 백작을 납치하라고 의뢰한 자가 누구지?"

"황제입니다!"

대답은 한 치의 망설임도 없이 바로 튀어나왔다. 이딴 길드에 지킬 의리 따위는 없다.

그러자 머리 위에서 여자가 웃는 목소리가 들려왔다.

"맞는 것 같네요. 길드장도 똑같은 말을 했으니까요."

"그럼 두 번째. 납치에서 살해로 의뢰가 바뀌었나?"

그 말에 푸아킨은 침을 삼키고 "네." 하고 대답했다.

"너희 길드에는 그만한 실력자가 없는 것 같은데, 누구에게 살해를 의뢰했지?"

"그, 그건―"

순간 말문이 막히자, 두 번째가 사정없이 그의 얼굴을 걷어찼다.

"끄악!"

짧게 비명을 지르는 그의 등을 내리밟으며 두 번째가 말했다.

"비명 지를 시간에 대답해 줬으면 하네. 부츠가 더 더러워지는 건 싫으니까."

"시, 시, 시드라에게 의뢰했습니다."

그리고 그는 끄흑흑 하고 울기 시작했다. 나이를 먹을 만큼 먹은, 암살자 길드의 오른팔이라고는 생각되지 않는 울음소리였다.

뒷세계에서도 시드라는 잔혹한 자로 유명했다.

자신이 발설했다는 게 알려지면, 지금 여기서 살아 나가도 살아 나가는 게 아니리라.

"이것도 길드장의 말과 맞네요."

"그래."

부츠가 뒤돌아 걷기 시작하자 푸아킨은 살았다고 생각했다. 하지만 그건 잠깐이었고, 곧 그의 머리가 바닥을 굴렀다.

두 번째가 픽 웃었다.

"자기는 돈 때문에 실컷 사람을 죽이고선."

겨우 그 정도 말했다고 살아 남을 거라고 생각했니?

"메롱이다."

두 번째는 그렇게 말하고 깔깔 웃으며 얼른 유스타프의 뒤를 따라갔다. 복도로 나오자 녹영들이 나란히 서 있는 게 눈에 들어왔다.

"뭘 해야 할지 알지."

유스타프가 말하자 두 번째는 날아갈 듯이 절했다.

"물론입니다."

유스타프는 두 번째를 힐끗 보았다가 지하 저택을 빠져나갔다. 곧 저택에서 불이 치솟았다. 사람들은 불을 잡아 보려 했지만, 불은 꺼지지 않았다.

다행스럽게도 주변을 태우지는 않아 피해는 그 저택에 있던 사람들뿐이었다.

\* \* \*

올리비아는 손끝을 깨물었다.

'그 건방진 계집이!'

화가 치밀어 올랐다.

뒷방으로 밀어 뒀던 카트야 황태후가 다시 활동을 하고 있었다. 그게 그녀에게 도움이 되지 않는 건 당연한 일이었다.

그 일의 중심에 란 로미아 백작이 있다는 건, 한쪽 눈이라도 있는 사람이라면 누구나 알 수 있는 거였다.

리젤로티 백작의 집에서 사고가 난 후에 황태후는 란을 위로해 준답시고 그녀를 궁으로 불러들였고, 그걸 시작으로 본격적인 다과회를 열었다.

란이 힘주어 공략한 것은 여자만이 아니라 젊은 남자들이었다.

리젤로티 백작 부인의 연회를 보고 깨달은 점이 있었기 때문이었다.

황태후가 여는 연회에 괜찮은 남자들이 모인다는 소문이 파다하자, 당연히 참석하는 여자들도 늘었다.

올리비아의 편에 있는 여자들을 하나씩 꼬셔서 데려오기는 어려우니

자발적으로 오게 하자는 작전이었다.

올리비아는 분통이 터졌다.

자신에게 와서 매달려야 하는 사람들이 이제 카트야 황태후에게 가서 매달리기 시작했다.

심지어 황실 어른이라는 명목으로 카트야 황태후가 하는 말들은 궁내에서 잘 먹혔으므로, 올리비아의 입지는 더욱 줄어들었다.

'어떻게 하지.'

고민하다 올리비아는 미소를 지었다.

'그래, 굳이 적이 될 필요가 없지 않은가?'

제 편으로 끌어들일 수 있다면 가장 좋지. 그리고 란이 충분히 자신과 가까워진 후에는.

'원래 배신은 제 편이 하는 거 아닌가.'

그렇게 생각하고 올리비아는 키득키득 웃었다.

*　　*　　*

루미에는 란이 습격을 받았다는 그 이후로 정말 껌처럼 붙어서 떨어지지 않았다.

'게다가 점점 보부상이 되어 가는 것 같아.'

란은 자신이 잊고 온 손수건이나 부채를 착착 건네는 루미에를 보며 고민에 잠겼다.

절대로 옆자리를 비우지 않겠다는 마음가짐이라는 건 알겠는데─

'하지만 이대로는 안 되지 않나.'

훈련은 언제 하며, 검술은 언제 연마한단 말인가?

"더 필요한 게 있으십니까?"

"아니, 괜찮아."

대답하고 란은 제 부채를 펼쳐 테이블에 같이 앉아 있는 사람들에게 보여 주었다.

카트야 황태후가 어머나, 하고 감탄했다.

"예쁘네요. 자개를 조각조각 붙여서 만든 건가요?"

"무지개를 담아 둔 것 같은 빛깔이군요."

이제 매우 우호적이 된 우슬라 공작 부인이 칭찬을 했다.

"여러 가지 색으로 빛나는 게 주인을 닮았군요."

우슬라 공작 영식의 말에 모두가 웃음을 터트렸다.

"어머나 공자님, 말도 참 다정하게 하시네요."

"이거이거 낯부끄러워서 있겠습니까."

몇몇 사람들이 추임새를 넣었다. 란은 기가 막혔지만 웃음을 잃지 않고 답했다.

"아마 유스타프도 그래서 선물해 준 게 아닐까요."

그녀와 유스타프가 연인 사이라는 게 공공연하게 밝혀진 후에도 이런 식의 작업은 끊이지 않았다.

'리제 말마따나 형식을 갖추지 않아서일지도.'

지금 눈앞에 있는 우슬라 공자 역시 우슬라 공작가의 셋째 아들이었다. 우슬라 공작 부인은 자신이 아끼는 아들이라고 하면서 결혼할 때 작위는 못 주지만 지참금은 어마어마할 거라고 은근히 란을 찔러보고는 했다.

'제국에서 작위를 가지지 못하는 장남 이하 남자들의 삶은 피곤하구나.'

란은 그렇게 생각하며 제게 몰려드는 구애를 무시하고는 했다.

"라치아 공작님에게 선물받으신 건가요?"

"어쩜, 이런 선물을 해 주시다니. 역시 라치아 공작가는 남달라요."

여자들은 곧 입을 모아 말했다.

연회나 다과회를 열 때 란은 인테리어와 소품과 분위기에 많은 공을 들였다.

현대적인 느낌을 가미하기는 하되 그건 10~20% 정도만 섞었고, 분위기 자체도 가볍게, 솜털 같고 말장난과 유희가 오가는 자리로 만들었다.

낭독회나 멀리서 온 유물을 관찰하거나, 우스꽝스러운 그림을 그려서 맞추거나―

엠티에서 했을 법한 게임들도 곁들이자 순식간에 카트야 황태후의 모임은 인기가 절정으로 솟구쳤다.

카트야 황태후에게 은밀한 청탁도 들어왔고, 그녀는 황제인 루스에게도 말을 넣었다.

루스도 어머니에게는 약했으므로 그녀의 말은 황제에게 먹혔고, 카트야 황태후의 입지는 단단해졌다.

'이런 사태가 일어나니까, 이슬람이나 청이나 황태후의 권력을 싹 빼앗아 버리고 뒷방에 가게 만들었지.'

란은 그런 생각을 하며 사각거리는 오렌지 셔벗을 입 안에 넣었다. 상큼하고 달콤한 셔벗이 순식간에 입 안에서 녹아내렸다.

이런 음식 역시 란이 아이디어를 내고는 했다.

'귀찮기는 하지만 확실히 황후의 입지는 줄었으니까.'

자식이 없는 황후란, 그런 거다.

심지어 요즘 카트야 황태후는 '올리비아가 정말로 석녀가 아닌가 싶다. 폐후하고 새로 황후를 뽑아야 하는 게 아닐까.' 하는 말을 란에게 은밀히 하고는 했다.

그러며 의미 있는 눈빛을 보내서 란은 '절대로 개새끼랑은 결혼 안 합니다.' 하는 말이 튀어나오려는 걸 간신히 참았다.

'더 이상 사교계에서 괴롭힘도 없고.'

엘리제는 "세상에, 란 험담하던 사람들이 이제는 란 칭송을 한다니까요?" 하고 투덜거렸지만, 란은 오히려 그런 사람들은 괜찮다고 생각했다.

여론에 따라 입장이 바뀌는 사람은 어려운 상대가 아니다. 그래도 계속 욕을 하는 사람들 쪽이 문제지.

마이너스 스토킹이 가장 무서운 거 아니겠는가.

짧은 다과회가 끝나고 모두가 '더 있었으면 좋겠어요.' 하는 아쉬움을 안고 자리를 떴다.

시간제한 역시 란의 아이디어였다.

아쉬움이 있어야, 다음에 또 오고 싶은 법.

더해서 너무 늘어지는 모임은 쉽게 지루하다는 평판을 얻게 된다.

카트야 황태후가 묵고 있는 백색궁을 나오는데 시녀가 다가와 머리를 조아렸다.

"로미아 백작님을 뵙습니다."

무릎을 굽혀 인사하고 그녀가 덧붙였다.

"황후마마께서 뵙자고 하십니다."

란은 살짝 입술을 벌렸다가 빙그레 미소 지으며 말했다.

"참으로 감사한 일이나, 지금 내가 몸이 좋지 않아 집으로 돌아가는 중이네. 괜히 폐를 끼칠까 염려가 되니 나중에 정식으로 찾아뵙겠다고 전하게나."

란은 제가 한 말을 검토해 보고 문제가 없다고 생각되어 시녀에게 "가보게."라고 한 뒤 궁을 나섰다.

마차에 올라타 란이 말했다.

"무슨 꿍꿍이일까."

"주인님의 인기에 비벼 보려는 게 아닐까요."

루미에의 말에 란은 "그런 단순한 사람이면……." 하고 중얼거렸다가 루미에를 바라보았다.

"루미에."

"네."

"내가 생각해 봤는데 말야."

그녀의 얼굴이 진지해지자 그의 얼굴도 덩달아 진지해졌다.

황궁 내의 권력 다툼에 대해서는 이제 그도 슬슬 익숙해지는 참이었다.

하지만 그래도 항상 부족한 걸 느낀다.

란이 입을 열었다.

"루미에는 더 이상 내 호위를 하면 안 될 것 같아."

예기치 못한 때에 한 대 맞은 듯한 충격에, 루미에는 순간 말을 잃었다.

"루미에, 난 루미에가 좋아."

란은 솔직하게 말했다.

"하지만 그렇다고 루미에가 이렇게 내게 하루 종일 붙어 있으면 안 된다고 생각해."

"그게 얼마 전에 습격당하신 분이 할 소리예요?"

"물론 호위는 필요하지만―"

란은 잠시 말을 멈췄다가 말했다.

"그게 꼭 루미에일 필요는 없다는 거야."

루미에는 멍하니 란을 바라보았다. 그의 예쁜 주홍색 눈동자가 떨려서 란은 저도 모르게 손을 뻗어 그의 손 위에 겹쳤다가, 루미에에게 손을 꽉 붙잡혔다.

"뭐가 마음에 안 드시나요?"

하지만 그 손아귀의 힘과 달리, 루미에의 말투는 부드럽고 나긋나긋
했다. 얼굴의 미소도 더 짙어졌다.

"주인님 마음에 드시지 않는 게 있다면 고칠게요, 원하시는 걸 말씀하
세요. 네? 검술 훈련은 저녁에 하면 되고, 훈련은 돌아가면서 참여할게
요."

"루미에."

"아니면 뭐 더 원하는 게 있으세요? 제가 많이 부족한 건 알아요, 그러
니까—"

"루미에."

란이 다시 그의 이름을 불렀다.

"괜찮아."

그녀가 그렇게 말하고 미소 지었다.

"루미에를 바꾸려거나, 부족하다거나, 그런 게 아니야. 그게 아니라
—"

"더는 제가 필요 없으신 거네요."

"어—"

"걸리적거리게 된 거지요, 구해 놓고서 친절하게 대할 때는 좋았지만
금방 거치적거리게 되신 거 아닌가요? 공작님과의 연애에 방해가 된다
고 생각하고 계신 거겠죠."

란의 에메랄드색 눈이 두어 번 깜박였다. 루미에는 제 말을 뱉어내고
스스로도 침을 수가 없었다.

시꺼먼 속을 드러낸 기분, 하지만 뱉어 내지 않고서는 참을 수가 없
어.

그래서 말은 점점 더 속도를 붙였다.

"아닌가요, 저는 신분도 알 수 없는 놈이고, 호의나 변덕도 잠깐이라는 것 역시 알았습니다. 그러니까 조금이라도 비위를 맞추려고 애쓰고, 개노릇을 했지만 그래도 더는 싫으신 거겠죠. 하, 그래서 릴리는 어떻게 됩니까? 다른 곳에 절 파실 생각인가요? 비싸게 값을 받을 수 있다면 좋겠군요."

말이 길어지면서 비아냥도 길어졌고, 점점 파탄을 향해서 달려가고 있다는 걸 알아도 이미 내뱉은 말을 주워 담을 수도 없었다.

점점 어둠 속으로 침잠하는 것 같아.

루미에는 란에게서 시선을 돌리지 않았다. 그녀의 얼굴에서 경멸이나 동정이나, 뭐가 나타나든지 간에 그러면 산산조각 날 것 같다.

하지만 란은 루미에를 바라보다가 말했다.

"루미에. 완전 마이너스잖아?!"

그야말로 놀랐다는 말투였다. 루미에는 멍하니 란을 보았다. 란은 당황해 말했다.

"아니, 그런 생각을 하고 있을 거라고는 생각도 못 했어. 그럴 리가 없잖아? 아니, 나 그런 사람도 아니거든?"

그녀가 눈을 찌푸리고 그의 뺨을 잡아당겼다.

아주 예전에 유스타프에게 했던 행동 그대로라 루미에는 어쩐지 마음속이 간지러워졌다.

"말했잖아, 루미에를 좋아한다고. 물론 사람이 우울해지면 좋은 말은 들리지 않고 나쁜 말만 들린다는 건 알고 있지만, 그래도 이건 아니다."

란은 그러며 씩 웃었다.

"진짜로 안 되겠어. 루미에, 내가 루미에를 구한 건 사실이야. 하지만 그렇다고 루미에의 세계를 나로 제한하고 싶은 생각은 없어."

"아닙니다!"

"루미에가 제한당하고 싶다고?"

미리 할 말을 안 것처럼 말하고 란은 피식 웃었다.

"그건 제한당하지 않고 나서 생각해 봐."

"주인님—"

"내가 루미에 주인인 거지?"

"당연합니다."

"그럼 내가 시키는 대로 해야겠지요?"

란의 녹색 눈에는 기묘한 느낌이 있었다. 단순히 보석처럼 빛난다거나 그런 게 아니라—

'투명해서 바닥이 보일 것 같은…….'

그리고 이쪽 역시 바닥이 들여다보일 듯한 그런 느낌.

"알겠습니다."

루미에는 고개를 떨구며 그렇게 대답했고 란은 그의 옆으로 옮겨 털썩 앉았다.

"그래도 다행이다."

"뭐가 말인가요?"

"루미에가 마음속을 이야기해서."

그제야 그의 얼굴에 당황한 기색이 떠올랐다.

"그, 전부 진심은 아니었습니다."

"그래, 그래. 하지만 어때? 나에게 말하니까 시원해지지 않았어?"

루미에는 란의 말에 쓰게 웃었다. 그야 그런 이야기를 본인에게 하고 정면으로 반박당했으니, 시원하지 않을 리가 없었다.

마음속에 고인 어둠이 단숨에 빠져나간 기분이었다.

"난 말야, 루미에에게 큰 기대를 걸고 있거든."

"큰 기대요?"

"응, 그러니까—"

란은 뭐라고 해야 할까 하다가 "아." 하고 말했다.

"커다란 마수를 한방에 쓰러트릴 정도의 능력?"

"그렇군요."

란은 커다란 마수라는 게 얼마나 큰지 짐작도 하지 못했기 때문에 쉽게 말했고, 루미에는 진지하게 받아들였다.

"루미에는 꼭 그렇게 될 거야. 난 알아."

루미에는 란의 옆얼굴을 바라보았다. 란이 고개를 돌려 그의 시선을 마주 보며 말했다.

"하지만 그렇게 되지 않아도, 내가 루미에를 좋아하는 건 변함없어."

"주인님."

"응?"

"제가 주인님을 좋아하는 건 아시나요?"

란은 그게 무슨 소리냐는 듯이 웃음을 터트리며 말했다.

"당연히 알지?"

"아뇨, 그게 아니라 키스하고 싶고 끌어안고 싶게 말이지요."

그의 말에 란의 눈이 크게 뜨였다가 곧 그녀의 얼굴이 새빨갛게 달아올랐다.

"어? 뭐? 진짜??"

목소리가 마구 떨려 와서, 란은 헛기침을 했다.

루미에는 그런 모습을 보고 웃음을 터트렸다.

자신이 란을 당황하게 한 건, 흔들리게 한 건 처음인 것 같아서.

그게 기뻤다.

"뭐, 뭐야. 농담이었어?"

란이 버벅거리며 말하자 루미에가 고개를 저었다.

"아뇨. 진심입니다. 하지만 전 이미 차였지요."

그제야 란은 전에 루미에와 했던 대화를 떠올렸다.

'그게 나였다니!'

란은 당황해 끙끙거렸다.

"아니, 그게—"

어쩔 줄 모르다가 란은 깊게 숨을 들이마시고 말했다.

"좋아해 줘서 고마워. 하지만 전 이미 좋아하는 사람이 있습니다. 죄송해요."

진지한 인사에 루미에는 미소 지었다.

자신 같은 자의 고백도 진지하게 받아 주는 그녀.

그러니까 좋아하게 된 거지만.

"아닙니다. 말해 주서서 감사합니다."

"나도, 말해 줘서 고마워요."

고백이 얼마나 어려울지는 상상조차 가지 않는다.

란이 말했다.

"내가 미리 루미에에게 호위를 그만두라고 말해서 다행이야. 아니었으면 다른 이유 때문이라고 생각했을 거 아니야."

"그러네요."

루미에는 가볍게 고개를 끄덕였다.

녹색 아치에 도착해 마차 문이 열리니 드물게도 유스타프가 시종 대신 서 있었다.

"무슨 일이야?"

란은 웃으면서 유스타프가 내민 손을 붙잡고 마차에서 내렸다.

"바쁜 일을 마치고 집에 돌아온 연인을 마중 나온 거지요."

유스타프가 그렇게 말하고 루미에를 바라보았다. 루미에는 평소와는 다른 얼굴로 싱긋 웃었고, 유스타프의 표정은 묘해졌다.

둘 사이의 기류를 눈치채지 못한 채 란은 그의 대답에 웃고 말했다.

"그렇게 바쁘지는 않았는데. 참, 유스타프."

"네."

"올리비아가 날 초대했어."

유스타프의 눈동자가 란을 보았다가 다시 정면을 보았다.

"가실 겁니까?"

"글쎄, 아직 모르겠어서……."

"가지 않으셨으면 좋겠습니다."

"그래? 그럼 아프다고 하고 집에 있을까—"

"그러실 수 있습니까?"

그의 목소리에 약간 기쁜 기색이 배어났다. 요즘 란은 사교계에서 작업하느라 통 저택에 있지 않았고, 둘이 얼굴을 보는 시간이 적었던 터였다.

"그러네. 그럴까?"

저택 안에 들어서자 희미한 꽃향기가 풍겨 왔다.

그녀가 공작이었을 때보다 지금이 더 많은 구혼자가 밀려들고 있었고, 생화는 발 디딜 틈도 없을 만큼 쌓였다.

물론 편지는 말할 것도 없고 말이다. 유스타프가 그 편지를 자신에게 달라고 해서 란은 질겁하며 "그건 아니지." 하고 편지는 그녀가 처리했다.

하지만 생화만은 어쩔 수가 없어서, 유스타프는 그 생화를 받는 족족 전부 양로원이나 고아원 같은 곳에 기부해 버렸다.

"결투 신청이라도 해야 잠잠해질까요."

유스타프가 스산한 목소리로 중얼거려 란이 말했다.

"괜히 더 화제가 될지도 몰라."

사교계의 관종이 얼마나 무서운데.

란의 말에 그는 신음을 흘렸다.

란은 '녹색 아치'에 손님으로 머물고 있었다. 그녀는 유스타프의 연인이었지만, 동시에 가신이었으므로 그녀가 가주의 저택에 머무는 것은 그렇게 이상한 일이 아니었다.

가주─가신, 이 관계에서야 매우 흔한 일이니까.

하지만 단순히 연인 사이라면, 저택에서 머무는 것은 소리가 나올 만한 일이기는 했다.

그래서 란도 한때는 저택을 구매할까 진지하게 고민했었지만, 유스타프가 만류하는 데다가 이상하게도 괜찮다고 생각한 저택 매물이 나오는 족족 없어졌다고 관리인들이 전했다.

'누구 짓인지 빤하지만……'

그렇게까지 하는데, 라는 생각과 동시에 확실히 새로 이사를 하는 것도 귀찮은 일이었으므로 "어쩔 수 없다." 하는 말과 함께 란은 스리슬쩍 넘어간 일이었다.

중간의 복도에서 루미에가 인사를 하고 물러나자 유스타프가 물었다.

"그와 무슨 이야기를 하셨습니까?"

"응, 이야기를 좀 했어."

란은 어디까지 이야기해야 할까 하다가 일단 그를 호위에서 빼기로 했다는 것을 말했다.

"내가 너무 훈련 시간도 빼앗는 것 같고 그래서 말야."

"알겠습니다."

답하고 유스타프는 침묵하다가 묻지 않을 수 없었다.

"그래도 괜찮다고 하던가요?"

"응?"

"저자가 말입니다."

"어ー 뭐 좀 대화가 있었는데, 루미에도 납득해 줬고."

란은 빙긋 웃었다.

"게다가 사교계는 호위를 데리고 갈 만한 곳이 많지 않잖아? 대부분 시녀를 데리고 돌아다니지."

"그건 그렇지요."

유스타프는 잠시 생각에 잠겼다가 말했다.

"새 시녀를 붙여 드리겠습니다."

"능력 있는?"

"물론입니다."

대답하고 유스타프는 주변을 둘러보아 아무도 없는 걸 확인하고 그녀의 허리를 당겨 키스했다.

"음ー"

작게 란이 신음을 내뱉자 허리를 안은 유스타프의 팔에 더욱 힘이 들어갔다.

살짝 벌어진 입술로 그의 혀가 들어왔다. 란은 움찔하며 숨을 삼켰다. 어쩔 줄 모르는 그녀의 혀를 천천히 문지르는, 그 돌기들이 하나씩 애무당하는 듯한 감각에 란은 소름이 돋았다.

짧게, 탐색하듯 끝난 키스인데도 다리가 후들후들 떨려 왔다.

그녀가 간신히 항의했다.

"보, 복도에서 이렇게 하면ー"

"방에서 이렇게 키스하면 곤란하지요."

밀폐된 공간에서 하는 게 더 위험한 거 아닙니까?

유스타프의 말에 란은 눈을 굴렸다.

'그게 그렇게 되는 건가?'

유스타프가 그녀 대신 방문을 열어 주었다.

"어서 오세요"

"어머, 가주님도 함께 오셨나요."

카라와 디모디아의 명랑한 목소리에 란의 얼굴도 밝아졌다.

"응, 이제 왔어."

디모디아가 화병의 꽃을 마지막으로 마무리하고 손을 뗐다.

"모임은 즐거우셨나요?"

"항상 그렇지 뭐."

디모디아가 키득키득 웃었다.

"정말이지, 다들 얻고 싶어 하는 그 자리를 쉽게 얻으셨으면서도, 별로 흥미나 미련도 없으시고."

"쉽게 안 얻었어. 노력 열심히 했거든?"

"그럼 노력 대비 성과라고 해 둘까요."

디모디아가 중얼거렸다. 유스타프가 입을 열었다.

"잠시 이야기 좀 해도 되겠습니까?"

란은 고개를 끄덕였다.

"응, 그럼 침실로 갈까."

유스타프는 입을 살짝 벌렸다가 한숨을 내쉬고 말했다.

"아뇨, 여기서 이야기하죠."

그러며 두 시녀를 보자 시녀들은 재빠르게 인사하고 퇴석했다.

"이야기할 거면 중간에 집무실에서 이야기해도 되는데."

란이 그렇게 말하고 그에게로 돌아섰다.

"거기서 할 만한 이야기는 아니거든요."

"무슨 이야긴데?"

"전에 우리를 습격했던 자 기억나십니까?"

"잊을 수가 없지."

"그자는 팀입니다."

란은 놀라 눈을 크게 떴다.

"정말? 그럼 아직 위협이 남아 있는 거네."

"아뇨, 남아 있지 않습니다."

"……어?"

"보낸 상대에게 돌려보냈거든요."

유스타프가 너무 태연하게 이야기해서 란은 잠시 머릿속에 이야기가 입력되지 않았다.

돌려보내?

보낸 사람에게?

곧 그녀의 얼굴이 창백해졌다.

"잠깐, 유스, 그거—"

"저는 그 상대가 누군지 모릅니다."

딱 잘라 유스타프가 말했다.

"그저 보낸 자에게 돌려보냈을 뿐이지요. 결과가 어떻게 나올지는 지켜보면 알겠군요."

"나 지금 결심했어."

"뭘 말입니까?"

"유스를 적으로 돌리지 말아야지."

그 말에 유스타프가 건조한 목소리로 짧게 웃었다.

"그거 고마운 말이로군요."

란 역시 피식 웃고 중얼거렸다.

"성공할까?"

"글쎄요."

유스타프는 미소 지었다.

"제 예상으로는―"

"예상으로는?"

"귀찮은 일을 피하려면 라치아로 내려가는 게 좋을 것 같습니다."

"아―"

그제야 란은 유스타프가 왜 이 이야기를 꺼냈는지 알았다. 그는 요즘 란이 사교계에 공을 많이 쏟고 있다는 걸 알고 있기 때문에, 만들어 놓은 걸 다 내려놓고 가야 하는 게 마음에 걸리는 거다.

유스타프는 란의 '아―'에 변명하듯이 말했다.

"물론 다시 라치아로 내려가는 게 여러모로 귀찮으시겠지만―"

란은 고개를 갸웃했다.

"아냐, 괜찮아. 가야 한다면 가야지."

"다른 걸로 보상하겠습니다. 뭔가 필요한 건, 아니 원하는 건 없으십니까?"

란이 웃었다.

"그게 뭐야. 그런 거 필요 없어. 괜찮아, 괜찮아."

란이 손을 위아래로 팔랑팔랑 흔들고 이어 말했다.

"이제 구애도 귀찮아지는 타이밍이었으니까."

란의 말에 유스타프는 그녀의 손을 잡고 손등에 입 맞췄다. 그의 입술이 살짝 그녀의 손등을 훑듯이 움직였다.

란이 그대로 경직해 버리자 그가 말했다.

"구애가 귀찮아진다고 하시기에―"

"아, 아, 아니, 유스타프는 이미 연인이잖아?"

"아직 연인일 뿐이지요."

그의 말에 란은 순간 찔린 듯한, 곤란한 얼굴을 했고 유스타프가 그녀의 손을 놓아주었다.

"정말로 귀찮아지면 말해 주십시오."

"그걸 어떻게 말해."

란이 그의 팔을 가볍게 쳤다.

"그리고 라치아에 내려가는 거 차라리 잘됐어. 쌓아 둔 일도 몇 개 살펴보고 싶은 게 있었으니까."

검사검사, 직접 가서 볼 수도 있게 되었으니 좋지.

란은 그렇게 말하며 빙긋 웃었다.

유스타프는 그녀의 미소를 보면서도 불안감을 느꼈다.

그녀가 자신을 좋아한다는 건 안다. 하지만—

'연인이 되면 좀 더 마음이 놓일 줄 알았는데.'

그렇지도 않았다.

게다가 란이 마음에 들지 않을 상황만 자꾸 생겨서 그게 더 마음에 걸렸다.

이런 일은 신경 쓰게 하고 싶지 않다. 유스타프는 사교계의 귀족 부인들을 알았다.

그들은 대부분 명랑하고 밝고, 큰 고민 없이 즐겁게 사교계 생활을 즐겼다.

물론 란이 그렇지 않다는 걸 알지만, 그렇다고 그녀가 그런 걸 원하지 않는 것도 아니었다.

'겨울도 되지 않았는데, 라치아에 가게 되고.'

그는 한숨을 삼켰다.

란이 그에게 투정을 부리면 좋겠다, 불만을 말하면 좋겠다, 싫은 점을 이야기해 주면 좋겠다.

그런 여러 가지 생각을 하며 유스타프는 란에게 마주 미소를 지었다.

＊　　　＊　　　＊

전령이 도착한 것은 라치아에 첫눈이 내리기 하루 전이었다.

꽤나 아슬아슬했다고, 란은 생각했다. 라치아의 첫눈은 결코 얄팍하게 쌓이지 않기 때문이다.

란은 밤의 창밖을 바라보았다.

육안으로 봐도 보이는, 깃털처럼 커다란 눈송이가 펑펑 쏟아지고 있었다. 이미 눈의 깊이는 무릎 위를 훌쩍 넘어가고 있었다.

만약 전령이 오는 중이었다면 큰 곤란을 겪었을 것이다.

‘이대로 좀 쌓이면 차라리 썰매를 타고 돌아갈 수 있으니까.’

다행이야, 한 번 더 되뇌고 란은 멍하니 눈 내리는 걸 보았다.

‘정말로 루스가 죽었어.’

이렇게 쉽게 죽어도 되나, 싶게 죽어 버렸다.

생각해 보면 올리비아가 그를 살해하고, 읽은 데에서는 별로 나오는 내용도 없으니까 이게 틀린 건 아닌데—

‘잠깐, 그러면 라벨이 다음 황제가 되는 건가?’

누가 되든지 루스보다야 낫겠지만, 그래도 라벨은 안면도 있고 내적 친밀감이 있으니 더 나은 듯이 느껴졌다.

‘그럼 이제 올리비아는 어떻게 되는 거지?’

예전에는 아이가 있었지만, 지금 올리비아에게는 아이가 없는 거 아닌가?

‘라벨의 처우에 달린 건가.’

일단 미로 공작가의 사람이니 함부로 취급할 수도 없을 테고—

'차라리 처음부터 라벨과 짝이었다면 나았을 텐데.'

하지만 그렇게 고쳐 쓸 수는 없는 일이고, 이미 모든 것이 다 달라져 버렸다.

지금쯤 수도가 얼마나 난리가 났을까를 생각하면, 미리 내려온 게 다행이었다.

눈 핑계로 올라가지 않아도 되고 말이다.

"백작님, 너무 창가에 붙어 계시지 마세요!"

힘주어 말하는 목소리에 란은 고개를 돌렸다.

그녀의 '새로운 시녀'였다. 이미 한 번 본 적 있는 얼굴에 란은 당황했지만, 상대방은 싱글싱글 웃으며 "처음 뵙겠어요." 하고 인사했을 뿐이었다.

예전에 녹영이라고 자신을 소개했던, 그 남장 여인이었다.

"키리."

란이 짧게 이름을 부르자 녹영의 두 번째인 키리는, 자신의 새 이름이 퍽 마음에 들어 다시 함박웃음을 짓고 말했다.

"창가는 외풍이 심하잖아요?"

"응. 하지만 눈 오는 게 예뻐서."

"몇 년이나 지겹도록 보신 건데도 예쁘세요?"

"키리는?"

"전 싫어요."

딱 잘라서 말하자 소다와 카라의 얼굴이 묘해졌지만, 란은 웃었다.

"맞아, 싫을 것 같아."

게다가 란 자신은 눈을 감상하는 입장이지 눈 때문에 고생하는 입장은 아니니까.

작은 길을 내기 위해서 시종들이 뻘뻘 땀을 흘리며 눈을 치울 걸 생각하면 눈 오는 게 그렇게 반갑지 않을지도 모른다.

"하지만 지겹게 오는 게 눈이니까, 거기서 즐거움이라도 찾지 않으면 힘들잖아."

란의 말에 키리는 눈을 깜박였다가 고개를 끄덕였다.

"그것도 맞는 말인 것 같아요."

"그렇지?"

란은 빙긋 웃고 창가에서 물러나며 말했다.

"하지만 키리 말도 맞아. 감기라도 걸리면 안 되지."

소다와 카라는 키리의 근원이 범상치 않은 걸 눈치챈 모양으로, 키리를 대할 때는 거리감이 있었다.

디모디아가 물처럼 녹아들었다면, 키리는 튄다고 해야 하나.

같은 시녀 제복을 입고 있는데도, 그녀는 눈에 들어오는 날카로움이 있었다. 머리카락이 쇼트커트라 그런 것도 있지만 그보다는 자세도 좋고, 걷는 방식도 고양이 같다.

그래서 란은 키리에게 물었다.

"키리."

"네."

"나에게 가벼운 호신술을 가르쳐 주지 않을래?"

란의 말에 키리는 당황한 듯 보였다가 곧 고개를 끄덕였다.

"좋아요."

"키리!"

디모디아가 눈을 찌푸리며 항의하자 키리가 웃었다.

"하지만 확실히 몸 놀리는 법 정도는 배워 두시는 게 좋잖아요? 아무것도 모르는 것보다는, 겉핥기라도 배워 두는 게 나아요."

"그렇지만—"

디모디아가 우물거렸다.

"가주님이 허락하실까요."

키리가 눈을 깜박이고 란을 향해 몸 전체를 돌리고 공손히 물었다.

"백작님, 가주님의 허락이 필요한 일인가요?"

란은 웃으며 "아니." 하고 말했고 키리가 여우처럼 생글 웃었다.

"그럼 가르쳐 드리겠습니다."

디모디아는 '아, 전 몰라요.' 하는 말을 중얼거렸고 소다와 카라 역시 걱정스러운 얼굴이었다.

란 혼자 기뻐하며 양손을 꽉 맞잡았다.

"정말? 그럼 당장 시작해도 좋아."

"그래도 준비가 있어야 하니까 내일부터 시작해요."

키리의 말에 란이 고개를 끄덕였다. 전에 유스타프가 보여 주었던 검술이 기억났다.

'그 정도까지는 못 되겠지만.'

그래도 제 몸을 간수할 정도는 되고 싶었다.

키리는 말한 대로 바로 이튿날부터 훈련을 시작했다.

그녀는 란이 가지고 있는 갑옷에 감탄했다. 전에 수리검도 막아낸 적이 있는 나디움 옷이었다.

입으면 그냥 헐렁한 속옷 같지만, 가슴 쪽에 붙어 있는 보석을 살짝 돌리면 몸에 맞게 꽉 달라붙으면서 질감이 강철로 된 것처럼 바뀌었다.

"이걸 입고 훈련하지요."

키리는 그렇게 말하고 란의 훈련을 시작했다. 훈련은 란의 생각과는 완전히 달랐다.

'적어도 나무 막대기라도 잡고 흔들 줄 알았는데.'

나무 막대기는커녕 전혀 상관없는 체력 기르는 운동부터 시작하는 게 아닌가?

인터벌과 순발력을 발휘하는 훈련을 하고 나자 겨울인데도 땀이 비오듯 쏟아졌다.

란은 숨을 헐떡였다. 그녀의 어깨 위로 김이 피어올랐다.

키리가 웃으며 말했다.

"생각보다 더 기초 체력이 있으시네요? 첫날부터 따라오실 수 있을지는 몰랐어요."

"토할 것 같아."

입에서 단내가 났다. 란이 숨을 모아 단숨에 말하자 키리가 답했다.

"토하지는 않으셨으니 된 거지요."

이어 그녀가 커다란 수건으로 란을 덮어 주며 말했다.

"오늘 훈련은 이걸로 끝이에요. 몸이 식기 전에 안으로 들어가서 씻으세요."

"응……."

고개를 끄덕이고 란은 비틀거리며 안으로 들어갔다.

기사단이 훈련하는 훈련장의 한쪽을 빌려서 훈련했기 때문에 저택까지는 약간 거리가 있었다.

'그냥 씻고 갈까?'

기사단실에 딸린 공용 샤워실이 생각났다. 청염 기사단에 여성이 없는 게 아니라서, 남녀 따로 샤워실이 만들어져 있었다.

"안 돼요."

그때 그런 생각을 읽은 것처럼, 어디서 나타났는지 루미에가 나와 속삭였다. 란은 펄쩍 뛰었다.

"루미에!"

"지금 주인님, 샤워실을 사용할까 생각하셨지요?"

그가 눈웃음치며 하는 말에 란은 어색하게 답했다.

"어, 으응……."

"안 됩니다. 다른 기사들이 기절할 테니, 저택으로 돌아가 주세요."

"그래야겠지……?"

"당연하지요."

그 사이 도구를 정리한 키리가 걸어와 말했다.

"추운데 얼른 들어가세요. 감기 걸린다고요. 그쪽도 길에서 말 걸지 말고요."

루미에가 교태스럽게―란은 이 단어가 이렇게 잘 어울리는 남자는 루미에뿐일 거라고 생각했다.― 키리를 향해 웃었다.

"제 주인님이 기사단 샤워실을 사용할까 고민하시는 것 같아서."

"돌았― 아니, 제정신이신가요?"

키리의 말에 란의 얼굴이 찌푸려졌다.

"그 정도야?"

"그 정도지요. 자, 썩 들어가세요. 디모디아가 물 받아 두고 기다리고 있을 테니까요."

두 사람에게 떠밀려 제 방으로 돌아온 란은 뜨거운 욕조에 몸을 푹 담그고 신음을 내뱉었다.

'그래, 샤워가 아니라 목욕이 필요했어.'

키리와 루미에의 현명함에 란은 속으로 박수를 쳤다.

'그리고 루미에 진짜 많이 좋아졌네.'

좋은 쪽으로 자꾸자꾸 변하는 느낌이었다. 예전처럼 맹목적인 것도 조금씩 사라지고, 게다가 요즘은 훈련에 열중하고 있는데 블레인이 진지하게 "제가 단장 자리를 빼앗길지도 모르겠습니다." 하고 란에게 이야기할 정도였다.

'그래, 우리 루미에가 쩐다니까.'

흐뭇해져서 란은 저도 모르게 미소를 지었다.

뜨거워진 뺨을, 아직 차가운 대리석 욕조의 둥근 부분에 대고 란은 숨을 내쉬었다.

'이제 내년이면 오는구나.'

시나.

이시나.

여자 주인공.

란은 그녀를 향해 죄책감과 기묘한 기분이 범벅이 되는 걸 느꼈다.

'내가 유스랑 사귀고 있으니까.'

그녀의 자리를 빼앗은 기분.

신년회 전 봉인 때에 시나가 오니까―

정말로 얼마 남지 않았다.

하지만 동시에 기대되는 것도 있었다. 어떤 사람일까, 실제로 만나보고 싶어.

여주인공인 만큼 아름답고, 씩씩하고, 불굴의 의지를 가지고 있는―

"실례합니다."

작은 목소리와 함께 소다가 문을 열고 물었다.

"물 온도는 적절하신가요?"

"응, 좋아."

"뺨이 빨갛게 되셨네요."

"약간 더운가……?"

"슬슬 탕에서 나오세요. 누우시면 마사지해 드리겠습니다."

그 말에 란은 냉큼 욕조에서 나왔다. 나무를 수천, 수만 번 사포질해서 매끄럽게 만든 침대에 눕자 소다와 카라가 좋은 향기가 나는 향유를 들고 들어왔다.

뼈와 살과 근육이 분리되는 느낌을 받으며 흐늘흐늘해질 때까지 마사지를 받고 나서 달콤한 향유 냄새를 폴폴 풍기며 란은 침실 벽난로 앞에서 머리를 말렸다.

반짝이는 밀빛 머리카락이 벽난로 불에 반짝였다.

마법 램프가 있고, 온풍기가 있지만 그래도 벽난로가 주는 낭만은 포기할 수가 없었다.

그때 약간의 소란스러움과 함께 문이 열렸다.

란이 빗질하다 고개를 드니 디모디아가 곤란한 얼굴로 서 있었다.

"가주님이 오셨는데—"

"유스가? 들어오라고 그래. 무슨 일인데?"

디모디아가 입술을 꾸욱 다물고 란을 봐서 란은 "아." 하고 자리에서 일어나 소다에게 두꺼운 가운을 받아 들었다.

"내가 나갈게."

그제야 디모디아가 싱긋 웃었다.

"네."

란은 부드러운 남색 가운을 실내복 위에 걸치고 허리띠를 꼭 묶은 후에 거실로 나섰다. 거실 가운데에 서 있던 유스타프와 눈이 마주쳐 란은 놀랐다.

그가 갑옷을 입고, 옆구리에 투구를 낀 채 서 있었기 때문이었다.

"유스? 뭐야? 무슨 일이야?"

"전령이 왔습니다. 빙벽 근처 마을에 마물이 나타났다고요. 이제 겨울이 시작이라, 겨울 사냥 전까지는 괜찮을 줄 알았는데."

그가 눈을 찌푸렸다가 말했다.

"그래서 기사단을 이끌고 나가보려고 합니다."

"알았어."

란은 고개를 끄덕이고 물었다.

"전령은?"

"어린 소년인데, 부상이 꽤 심합니다. 란이 맡아 주실 수 있을까요?"

"물론이지."

란이 힘주어 말했다. 전령이라고 해서 병사라고 생각했는데, 마을 사람이었구나.

란의 말에 유스타프가 고개를 끄덕였다.

"촌각을 다투는 일이라 바로 출발할 겁니다. 가기 전에 인사하러 온 겁니다."

그 말에 란이 머뭇머뭇 다가가서 유스타프의 망토를 고정한 어깨장식을 가볍게 만지작거렸다.

"무사히 다녀와."

"물론입니다."

그러며 그가 란의 턱을 가볍게 들어 올리고 허리를 숙여 키스했다.

"좋은 냄새가 나네요."

그의 손이 가볍게 란의 팔을 쓸어내렸다.

"막 씻어서⋯⋯."

란은 얼굴이 붉히며 말했다. 차가운 건틀릿의 감촉에 가볍게 소름이 돋았다.

"다녀오겠습니다."

"응."

저도 모르게 목소리가 작게 나왔다. 유스타프는 피식 웃고 가볍게 인사한 후에 방을 나섰다.

디모디아가 어두운 얼굴로 말했다.

"이상하게 요즘 마물의 출현이 많아졌네요."

"응."

란은 고개를 끄덕였다. 그녀 역시 유스타프와 함께 서류를 보기 때문에 최근 들어 자잘한 마물 습격 수가 상승했다는 걸 수치로 확인할 수 있었다.

'분명히 그 새끼 때문이지.'

란은 불안감을 느끼며 입술을 깨물었다.

빙벽 너머에 있는 어둠.

'빼먹지 않고 계속 봉인 의식을 하고 있으니까, 이대로 안 나와 주면 안 되나. 그러면 진짜 좋을 텐데.'

책으로 볼 때 강대한 적이 나오는 건 두근거리는 일이었지만, 막상 내 앞에 실제로 그런 적이 있다고 생각하니 도망치고 싶다는 생각이 가장 먼저 들었다.

'도망치지 않는 쪽이 진짜 대단해.'

유스타프도, 시나도, 루미에도―

'나도 힘내야지.'

란은 그렇게 생각하고 서고를 마저 뒤져야겠다고 결심했다.

어떻게든 조금이라도 뭔가 단서를 찾아내지 않으면 안 된다.

란은 디모디아에게 바로 아이를 보러 가겠다고 말했다.

진료실은 하늘 저택 1층에 위치하고 있었다.

란이 진료실로 들어가자 치료사가 인사를 해 왔다.

"마수가 나타난 걸 알리러 아이가 왔다고 들었는데. 부상이 심하다면서?"

란의 말에 치료사는 어두운 얼굴로 고개를 끄덕였다.

"상태가 썩 좋지 않습니다. 직접 보시겠습니까?"

란은 작게 고개를 끄덕였다. 치료사가 란을 안쪽 침상으로 안내했다. 거기에 소년이 누워 있었다.

이제 열둘? 열셋쯤 되었을까?

칭칭 붕대를 감고 있는 데다가 안색도 좋지 않았고, 숨 쉬는 것도 가빠 보였다.

'그러고 보니 이 세계는 자가 호흡이 안 되면 그냥 끝이구나.'

"부족한 건 없는 건가?"

"네. 다행히도 세계수 연고가 남아 있어서, 그래도 이 정도인 겁니다. 그게 없었으면 죽었을 겁니다."

치료사의 말에 란은 "그랬군." 하고 가슴을 쓸어내렸다.

하레쉬와의 딜을 통해서 얻어낸 세계수 연고는 오래된 거라 새로 만든 것보다 효용이 떨어지기는 했지만, 그래도 인간이 만든 어떤 약보다 성능이 좋았다.

'바로 새살이 솔솔 나게 하니까.'

단지 비싼 값인 데다가 가진 수도 적어서 가주용으로 보관해 두고 있었는데, 상황을 보니 유스타프가 사용하라고 한 모양이었다.

"상태가 달라지거나, 필요한 게 있으면 바로바로 이야기하게."

란은 그렇게 말하고 침상으로 다가가 아이의 손을 잡아 주었다.

"이름이 뭐지?"

란의 물음에 치료사가 "밀러라고 합니다." 하고 대답했고, 란은 미소를 지으며 작게 말했다.

"밀러, 지금 내 말이 들릴지 안 들릴지 모르겠지만, 힘내렴. 넌 곧 괜찮아질 거야. 아무것도 걱정할 건 없어."

속삭이고 란은 침대에서 떨어져서 다시금 치료사에게 신신당부한 뒤에 진료실을 나왔다.

　모피로 단단히 몸을 감싸고 란은 2층 공중정원으로 나왔다. 정면에 눈이 쌓인 빙벽이 올려다보였다.

　까마득히 높은 산은 정말로 벽과 같고—

　쿠르릉—

　멀리서 산이 우는 소리가 났다. 눈사태가 나는 소리라고 배웠으나, 란은 가볍게 몸을 떨었다.

　'네가 뭔지는 몰라도, 절대로 안 져.'

　란은 그렇게 생각하고 저택으로 돌아가 서고에 처박혔다.

# Chapter 5.

———

어둠과 문

'이럴 때는 마법사가 아쉽군.'

란은 그렇게 생각하며 양피지를 넘겼다.

'마법사 협회를 찾아가 볼까?'

마법사와 사이가 나쁜 것도 아니고, 대현자 이브리아와 빙벽에 대한 일이라면 그들 역시 관심이 많을 터였다.

마법사의 시작이 대현자니 말이다.

빙벽 때문에 마법사가 하늘 저택에 오지 못하는 건 전투에는 좋은 일이겠지만, 지혜가 필요할 때는 골치 아픈 일이다.

란은 한숨을 내쉬고 양피지를 닫았다.

유스타프 일행이 마수를 쫓은 지도 벌써 사흘째였다.

유스타프는 저녁마다 란에게 연락을 했는데, 마을을 공격한 마수는 이미 마을을 떠난 후였고, 그 마수를 추격한다고 말을 전했었다.

그리고 아직도 흔적을 추적 중이었다. 아무래도 마수는 이동속도가 인간보다, 아니 어지간한 동물보다 훨씬 더 빠르기 때문에 애를 먹는 모양이었다.

'마수 추적기 같은 걸 만들 수 있으면 좋을 텐데.'

프란체에게 그 이야기를 했더니 그는 '그런 게 가능할 리가요.' 하고 딱 잘라 말했다.

마치 디자이너를 보는 공돌이 같은 눈길로…….

'마법은 뭐든 가능할 줄 알았는데, 그것도 아니란 말이지.'

하지만 그런 것치고는 또 현대 과학으로는 불가능한 것들을 차례로 만들어 낸다.

'일단 얼음수정이라는 동력원 자체가 사기이긴 하지만.'

란은 양피지 뭉치를 들고 자리에서 일어나, 싹 비운 책장에 차례로 넣어 두고 나서 다시 빼놓은 양피지를 들었다.

이런 식으로 해서 벌써 책장의 반 정도를 채운 상태였다.

'목록도 차례로 작성하고 있고―'

이번에는 좀 쓸모 있는 게 나왔으면 좋겠다, 하고 란은 두꺼운 가죽 장정을 넘겼다.

'어?'

란이 눈을 크게 떴다.

'하늘 저택에 관한 이야기다. 세상에나. 라치아 선조 본인이잖아?'

첫 번째 라치아의 자전적인 이야기였다.

'하늘 저택을 이브리아 혼자서 짠하고 만든 게 아니었구나.'

라치아의 가주와 상의해서 이런저런 부분을 나중에 증축하기도 하고 한 모양이었다.

'증축이라고 해도…….'

그녀가 지팡이를 휘두르면 땅 속에서 새하얀 건물이 솟구쳐 올라왔다. 눈으로 보면서도 믿기지 않는 광경이라 오히려 덤덤해졌다.

이런 기록이라 란은 혀를 내둘렀다. 하늘 저택의 설계도와 왜 그 방을 만들었는지에 대해서, 그리고 몇몇 비밀 통로에 대해서도 적혀 있었다.
그리고 대현자 이브리아와의 대화와 개인적인 의견도 함께 적혀 있어서 란은 집중해서 책을 읽기 시작했다.
'나도 그녀에 대해서 모르는 건 아니지만…….'
책의 설정이랍시고 따로 끄적거린 게 있으니까.
하지만 이런 기록은 또 새로웠다.
'이미 아는 대로 '청염'도 '녹음의 관'도, 둘 다 이브리아가 만들어 준 거고…….'

청염에 정령이 깃들어 있듯이 녹음의 관에도 특별한 능력이 있다고 이브리아 님이 말씀하셨다.

란은 눈을 크게 떴다. 이건 자신도 처음 듣는 일이었다.
란은 화급히 이어지는 페이지를 넘겼다.

무엇인지 물어봤지만 웃기만 하고 알려 주지 않으셨다. 아내 역시 특별한 점은 모르겠다고 말했다.

'쓸모없어!'

란은 머리카락을 쥐었다. 녹음의 관에 대한 언급은 이게 전부였다.

이브리아 님은 이런 곳에서, 이런 기약도 없는 일을 맡게 해서 미안하다고 나에게 몇 번이나 말씀하셨다. 나도 아내도 괜찮다고 답했다. 이브리아 님이 내게 "너도 델판토를 좋아했지." 하고 말했고, 난 대답할 수 없었다.

란은 그 이름을 발견하자마자 뚜렷이 기억이 떠올랐다.

델판토.

빙벽에 봉인되어 있는 작자, 어둠의 이름이었다.

'대현자 이브리아의 연인이었다가 뒤통수를 친 찌질한 놈.'

란은 그렇게 생각하고 한숨을 내쉬었다. 그녀는 이제는 다 식어서 차가워진 차를 한 모금 미시고 다시 책에 집중하기 시작했다.

내용 자체는 상당히 흥미진진한 내용이 많았지만, 델판토 이야기는 더 나오지 않았다. 봉인이나 빙벽에 대해서도.

란은 책을 덮고 책장에 꽂아 넣었다.

'녹음의 관을 한번 봐 볼까.'

어렸을 때는 한두 번 정도 본 적이 있다. 라치아 공작 부인이 한두 번 쓴 적이 있기 때문이었다.

'직접 만져 본 적은 없지.'

한없이 투명한, 기포 하나 없이 균일한 색으로 빛나는 커다란 에메랄드와 자잘한 다이아몬드가 함께 빛나는 티아라는 기억 속에서도 상당히 아름다웠다.

'나중에 유스타프가 오면 한번 보여 달라고 해야겠다.'

이 책의 내용을 먼저 보여 주고 나서.

'괜히 오해할지도 모르고.'

란은 기지개를 쭉 폈다. 자리에서 일어나 이리저리 스트레칭을 하고 그녀는 길게 숨을 내쉬었다.

'오늘은 여기까지 해야겠다. 그리고 마법사들에게 편지를 보내서 질문을 던지고……'

란은 서고를 나섰다.


유스타프는 길게 숨을 내쉬었다.

이렇게 추격전이 길어질 거라고는 생각을 못 했다.

'란이 걱정하는데.'

그는 그런 생각을 하며 설원을 바라보았다.

나무들에 눈이 쌓여 기묘한 조각처럼 서 있고, 눈은 단단하지 않고 푹푹 빠져 들어갔다.

"코아케(타조처럼 생긴 마수, 머리는 닭처럼 생겼으며 독을 내뿜는다.) 무리 치고는 지나치게 머리가 좋은데."

유스타프의 말에 로스가 고개를 끄덕였다.

"무리가 나눠지기도 하고, 일부를 따로 보내서 현혹시키기도 하다니."

로스는 눈앞의 숲을 바라보았다.

"어째 함정으로 달려가는 기분이네요."

유스타프가 돌아보니 루미에가 싱긋 웃었다. 유스타프는 그 여유로운 웃음이 마음에 들지 않았지만, 그는 좋은 리더였고 공과 사는 구별할 줄 알았다.

"함정?"

"네. 일정한 방향으로 유인되고 있다고 생각되지 않나요. 저는 마수는 잘 모르지만요."

인간만 죽여 봐서.

루미에의 말에 유스타프는 "유인이라." 하고 눈을 가늘게 떴다.

한낱 마수라고 생각해 그런 생각은 해 보지도 않았는데, 루미에의 말을 들으니 그럴듯하게 느껴졌다.

"마수에게 그런 머리가, 특히 닭대가리에게 그런 머리가 있을 리가 없잖아?"

로스가 기가 막혀 내뱉었고, 루미에가 어깨를 으쓱했다.

"그 닭대가리를 일주일째 쫓고 있는 우리는 뭔데?"

루미에가 흰 입김을 뱉어 내며 웃었다.

"붕어대가린가?"

"너!"

순간 로스는 발끈했지만, 다른 기사단원들이 웃음을 터트려서 씩씩거리기만 했다.

"확실히, 코아케 무리에게 이렇게까지 휘둘리는 건 자존심이 상하네요."

"유인이라면 뭔가 상위권자가 있는 걸까?"

"글쎄. 코아케에게 명령이 가능한 마수가 뭐가 있겠냐?"

유스타프가 말했다.

"코카트리스."

순간, 침묵이 돌았다가 로스가 내뱉었다.

"그거 전설에나 나오는 마수 아닙니까?"

수탉과 뱀의 모습을 합친 이 거대한 괴물은 눈을 마주치는 자는 석화시키며 입에서는 독을 내뿜는다.

유스타프가 어깨를 가볍게 돌리고 말했다.

"하지만, 오는데?"

그러며 그가 투구창을 툭 내려 쓰고 말했다.

"3번 포메이션."

그러자 모두가 검을 뽑아 들며 유스타프를 중심으로 빠르게 진형을 만들었다.

—꾸엑, 꾸엑, 꾸엑.

여기저기서 코아케의 울음소리가 들리기 시작했다.

루미에는 깊게 숨을 들이마셨다.

'발이 불편하군.'

눈신을 신고 싸울 수는 없고, 부츠에 미끄럼 방지를 위한 스파이크가 박혀 있지만, 그렇다고 움직일 때 불편하지 않다는 건 아니다.

"끼에에엑!"

귀를 틀어막고 싶을 정도로 커다란 소리와 함께 나무의 눈들이 우수수 떨어졌다. 그리고 동시에 코아케 수십 마리가 뛰쳐나왔다.

매복하고 있었다는 듯한 모양새였다. 여기저기서 단단한 부리와 방패가 부딪치는 소리가 났다.

목은 어린 나무 굵기만 했는데, 단단해서 한 번에 잘라 내려면 상당한 기합이 필요했다.

하지만 청염 기사단에서 한 합에 코아케의 목을 잘라 내지 못하는 기사는 없었다.

착실하게 코아케의 숫자를 줄여 가는데 다시 커다란 소리가 들렸다.

"끼에에에엑!!"

머리까지 높이가 3m는 되어 보이는, 겨울의 눈밭에서 너무나도 눈에 띄게 화려한 색을 가진 코카트리스가 날개를 퍼덕이며 반쯤 날아왔다.

"눈을 정면으로 보지 마!"

유스타프가 외쳤다.

"A팀은 나와 함께 간다, 2번 포메이션."

유스타프가 달려 나가기 시작하자, 기사들 몇이 그의 뒤를 따라 달려 나갔다. 그들은 검은 도로 꽂고, 등에 매달린 단창을 빼 들었다.

루미에도 그중 한 명이었다.

쿵!

상당히 묵직한 소리와 함께 코카트리스가 눈 위에 안착했다. 이어 독을 뿜어내기 시작했다.

기사들은 방패를 들었다.

유스타프가 작게 속삭였다.

"청염."

동시에 코카트리스의 머리에 불이 붙었다. 끔찍한 비명 소리를 들으며 유스타프는 눈을 찌푸렸다.

'어마어마하게 빠져나가는군.'

눈만 못 쓰게 만드는 데에도, 군장 차림으로 한참을 달린 것처럼 힘이 쭉쭉 빨려 나갔다.

코카트리스는 마력에 대한 방어가 있어서 그러하리라.

제자리에서 뒹구는 코카트리스를 겨냥해 기사단은 단창을 던졌다. 크기도 컸으니 딱 좋은 표적이었다. 한두 개, 단창이 날개에 튕겨 나갔다. 하지만 나머지는 제대로 박혀 들어갔고, 그 다음에서야 기사들은 검을 빼 들고 코카트리스를 향해 달려갔다.

코카트리스는 마지막으로 독을 내뿜으며 발악했지만, 얼마 가지 못했다.

유스타프가 목을 자르는 것으로 전투는 끝났다.

로스가 코카트리스를 걷어차며 말했다.

"전설이라더니 별거 아니네요."

"피가 치료제로 쓰인다는데."

루미에는 잠시 코카트리스 시체를 바라보다가 유스타프를 보았다.

'누가 싸워서 이기겠어.'

멀리서 불을 써서 상대를 태우는 적을.

이 코카트리스도 만약 처음부터 눈을 못 쓰게 하지 않았다면 전투는 어마어마하게 힘들었을 거다.

"이거 깃털이라도 뽑아다가 전시해야 하는 거 아닙니까?"

기사단원들이 흥분해서 서로 이야기하는데 청염이 작게 울었다. 유스타프가 눈을 찌푸리는데 그 순간 코카트리스가 통나무 같은 꼬리를 휘둘렀다.

"!!"

그야말로 무방비 상태의 일격이었다.

"가주님!"

로스가 소리쳤다.

갑옷을 입은 채였는데도, 상당히 날아가 떨어졌다.

유스타프는 통증에 신음을 삼키고 몸을 일으켰다. 머리 없는 코카트리스 시체가 자리에서 일어났다.

모두가 욕설을 내뱉으며 뒤로 물러섰다.

"어, 어디……."

잘린 목이 코카트리스의 울음소리로 말했지만, 모두 그게 인간의 말이라는 걸 알아챘다.

"어, 어디, 라치……."

그러더니 코카트리스 시체는 펑 하고 검은색 연기가 되어 사라졌다.

로스는 저도 모르게 거친 욕설을 내뱉고 유스타프에게 달려갔다.

"가주님, 괜찮으십니까!"

"괜찮아."

유스타프는 그렇게 말하고 덧붙였다.

"빨리 돌아가지."

라치아로. 하늘 저택으로.

그건 기사단 모두가 한 마음이었다. 다들 그 괴물이 한 말을 못 알아들을 수 없었기에, 그들은 말없이 빠른 속도로 하늘 저택으로 향했다.

란은 연락도 없이 돌아온 유스타프를 맞이하려 옷도 제대로 챙겨 입지 못하고 생활복 차림으로 현관으로 향했다.

"유스!"

웃으며 달려오는 란을 보자, 유스타프는 그제야 제가 지금까지 얼마나 긴장하고 불안했는지 깨달았다.

그녀가 몸을 던지듯 그를 쏴 끌어안고 웃었다.

"딱딱해. 차가워."

유스타프 역시 저도 모르게 웃으며 그녀를 살짝 밀어냈다.

"옷 더러워지십니다."

"다친 곳은 없는 거지? 괜찮은 거지? 다른 사람들은? 다 괜찮아?"

"네, 다 괜찮습니다."

유스타프는 그렇게 말하고 속삭였다.

"씻고서 다시 안아 드려도 될까요?"

란이 얼굴을 붉히고 역시 마찬가지로 속삭였다.

"묻지 않아도 돼."

유스타프는 웃었다.

        \*      \*      \*

유스타프가 씻으러 간 사이에, 란은 루미에를 찾아내 안부를 물었다. 루미에는 사람들 사이에서 눈에 확 들어오는 제 주홍색 머리카락을 쓸어 올리고 웃었다.

"멀쩡합니다."

"다행이다. 걱정했어. 루미에 소식은 따로 들을 수도 없으니까."

"그리고 좀 더 노력해야겠다고 생각했지요."

"응?"

그만한 마수를 한방에 때려잡으려면 어지간한 능력으로는 안 될 것 같다.

루미에는 그렇게 생각하고 속삭였다.

"그런데 가주님은 괜찮다고 하시던가요?"

"어? 어. 무슨 일 있어?"

란의 목소리도 덩달아 낮아졌다. 루미에가 피식 웃고 말했다.

"갈비뼈 금 가신 것 같은데요. 거기다가 말 타고 오느라 더 심해졌을 것 같은데……."

"진짜?!"

란이 펄쩍 뛰어 루미에는 잠시 생각하다가 고개를 끄덕였다.

"말에 오르실 때 멈칫하는 걸 봤거든요."

루미에는 그녀의 손등에 키스했다.

"제 주인님이 사랑하는 사람이라니 열심히 보게 되더군요."

"루미에……."

그녀가 신음처럼 중얼거리자 루미에가 싱긋 웃고 그녀의 손등에 한 번 더 입 맞췄다.

"딱히 의식하라고 드린 말씀은 아니랍니다."

란은 어떤 말을 해야 할지 알 수 없어서 한 박자 쉬었다가 인사했다.

"알려줘서 고마워."

"별말씀을, 주인님이 바라는 게 제가 바라는 것이지요."

그러며 루미에가 손을 놓아주었다.

"얼른 가 보세요."

오른쪽 눈을 찡긋하며 하는 말에 란은 "고마워." 하고 한 번 더 말하고 걸음을 빨리해서 저택 안으로 향했다.

유스타프의 방으로 가기 전에 란은 치료사에게 잠깐 들렀다.

그리고 그의 방으로 올라가니 시종이 공손히 아직 목욕 중이라고 알렸고, 란은 소파에 앉아서 기다렸다.

발을 까닥거리며 기다리고 있으려니, 유스타프가 머리를 채 말리지도 못한 채로 나왔다.

"누님?"

란이 그를 가만히 바라보다가 손을 들어 밖으로 나가라는 신호를 했고, 그걸 본 시종들은 재빠르게 방에서 물러났다.

"네가 벗을까? 내가 벗길까?"

란의 말에 유스타프는 멍하니 란을 바라보다가 물었다.

"지금 그거 무슨 뜻으로 하시는 말입니까?"

란이 품에서 치료사에게 받아 온 연고와 습포를 꺼내자 유스타프가 "아." 하고 짧게 말하고 물었다.

"어떻게 아셨습니까?"

"다 아는 수가 있지. 갈비뼈 부러진 거야?"

"살짝 금이 간 것뿐입니다. 신경 쓰실 일은 아닙니다."

유스타프의 말에 란이 얼굴을 찌푸렸다.

"나에게도 그럴 거야? 나에게는 숨기지 않아도 되잖아?"

난 너의 적이 아니고, 부하도 아니야.

란의 말에 유스타프는 눈을 깜박였다.

"그렇군요."

그가 그렇게 말하고는 서츠 단추를 풀기 시작했고, 란은 시선을 슬그머니 돌리며 자리에서 일어나 수건을 가지고 돌아왔다. 그녀가 그의 머리 위에 수건을 풀썩 씌우고 문지르기 시작하자 유스타프가 당황했다.

"안 그러서도 됩니다. 이런 건 시종에게―"

"내가 머리를 쓰다듬어 주는 건 무슨 뜻이라고 했지요?"

란의 말에 유스타프는 잠시 침묵하다가 피식 웃었다.

"애정이라고 그러셨죠."

"그러고 보니 그때는 필요 없다고 그랬으면서."

"누님으로서의 애정은 필요 없었습니다. 조금도."

수건 밑으로 그의 새파란 눈이 똑바로 란을 바라봐서 그녀의 손이 느려졌다. 그녀의 뺨이 붉어지고, 란은 좀 더 힘을 주어 수건을 문질렀다.

앗, 하고 유스타프는 작게 소리를 내고 웃었다가 신음을 내뱉었다.

란이 놀라 수건을 치우며 물었다.

"아팠어? 세상에! 유스!"

란은 드러난 유스의 옆구리를 보고 비명을 질렀다. 피멍이 들어 있었다.

새파란 것에서 거무죽죽한 부분까지, 갈비뼈 부근이 다채로운 색으로 덮여 있었다.

란이 울상이 되었다.

"이런 상태에서 어떻게 말을 타고 왔어?"

"보기만큼 심하지 않습니다."

"그래도!"

란은 큰소리로 외치고 허둥지둥 수건을 던지고 연고 뚜껑을 열었다. 청량하고 시원한 향이 퍼졌다.

세계수 연고는 반쯤 투명하고 금빛을 띠고 있었다. 란은 조심스럽게 연고를 떠서 한참 옆구리를 바라보다가 아주 신중하게 연고를 발랐다.

유스타프가 몸을 움찔해서 란도 움찔했다.

"아팠어? 괜찮아?"

"괜찮습니다."

유스타프의 말에 란은 다시 조심조심 연고를 바르기 시작했다. 유스타프는 그 지나치게 조심스러운 손길이 간지럽다고 지적하고 싶었다.

하지만 바싹 붙어서 집중하고 있는 란의 얼굴을 보니 그리고 싶은 마음도 사라졌다.

란은 그의 상처에 살살 연고를 바르는 데 집중하느라, 얼굴 근육이 완전히 느슨해져 있있다.

입술까지 약간 벌린 채로 란은 집중했고, 유스타프는 그녀의 길게 드리워진 짙은 금색 속눈썹과 그늘이 드리운 녹빛 눈동자를 마음껏 바라보았다.

계속 봐도 질리지 않을 것 같았다.

'하지만 난 아니잖아, 인가.'

유스타프는 란이 했던 말을 음미했다.

상처를 입어도 말하지 않는다.

물론 숨길 수 없다면 달라지지만, 어지간한 상처는 그냥 혼자서 처리했다.

란의 말대로, 적에게도 부하에게도 보여서는 안 되는 모습이라고 생각했으니까.

그런데 란은 자신은 괜찮다고 말하고 있고, 그 역시도 거기에 수긍하고 있다.

'큰일이다.'

유스타프는 몸을 숙여 그녀의 어깨에 머리를 기댔다.

"유스, 움직이지 마."

란은 그렇게 말하면서도 젖은 머리를 기댄 그를 타박하지 않았다. 대신 반대 손을 뻗어 그의 머리카락을 쓰다듬어 주며, 마저 상처에 연고를 발랐다.

유스타프는 정말로, 정말로 곤란하다고 생각했다.

'불안해.'

불안해서 참을 수가 없었다. 그녀는 그의 연인이었다.

지금은.

그 '지금은'이라는 부분이 참을 수가 없었다.

'만약에 란이 떠나 버리면.'

나는 어떻게 될까?

상상하기가 어려운 일이었다. 아니, 너무 상상이 잘돼서 오히려 현실감이 없다고 해야 할까.

"다 발랐어. 이제 여기에 습포만 붙이면 되거든. 잠깐 좀 일어나 봐."

란이 그를 밀어내 유스타프는 순순히 허리를 폈다. 란은 치료사에게서 받아온 습포까지 붙이고서야 뿌듯한 얼굴을 했다.

"다 됐다. 그래도 나아지는 것 같지 않으면 치료사를 불러. 알았지?"

"네."

유스타프는 셔츠를 도로 입으며 말했고, 란은 그제야 그의 복근과 몸을 힐끔힐끔 바라보았다.

유스타프가 속삭였다.

"지금까지 실컷 보시고선?"

"그건 치료거든요?"

부루퉁하게 말하지 그가 미소 짓고 입 맞췄다.

'아.'

란은 눈을 감고 그가 거듭 입술을 겹쳐오는 걸 받아들였다.

'이거 큰일이다.'

점점 유스타프가 좋아진다.

달콤한 꿈 속으로 빠져드는 것처럼, 좋아지는 마음은 사귄 후에 점점 더 커져갔다.

행복하고, 행복해서 무섭다.

란은 그렇게 생각하며 눈을 떴다.

'예전에는 이 눈이 무섭다고 생각했지.'

무슨 생각을 하는지 도무지 알 수가 없는, 빙해 같은 눈동자.

하지만 이제는 무섭시 않다.

달콤하고, 다정하고―

'아, 지금은 좀 무서운가?'

어두운 욕망이 담긴 눈.

란은 숨을 내쉬며 눈을 내리깔았다.

'아니지, 무섭다기보다는 설렌다고 해야 할까.'

좀 더 키스하고 싶다, 붙어 있고 싶다, 만지고 싶다.

좀 더, 좀 더, 좀 더.

'부족해.'

란은 눈을 들어 유스타프를 보고 이번에는 제 쪽에서 먼저 몸을 뻗어 입 맞췄다.

유스타프는 그녀의 허리를 당기고 더 깊게 입 맞췄다. 거칠고 난폭하면서, 다정하고 정중했다.

어떻게 그게 공존할 수 있는지는 모르겠지만, 하여간 그랬다.

키스를 끝내고 란은 숨을 몰아쉬었다. 그녀의 뺨은 완전히 달아올라 있었고, 입술은 반짝였다.

눈가가 붉어져 그녀가 유스타프를 힐끗 보았다가 어색하게 웃었다.

"시종이 없으면 안 되겠다."

그녀의 말에 유스타프는 멈칫했다. 한참 뒤에 그가 말했다.

"그러네요."

유스타프가 작게 속삭였다.

"란."

"응?"

"조금만 더 내가 독점하면 안 됩니까?"

란이 웃었다.

"이미 하고 있잖아?"

"좀 더 말입니다."

"좀 더?"

"다른 자식들이 란을 바라보면 눈을 뽑아 버릴 권리 정도 말입니다."

"그런 권리는 어디에도 없는데."

란이 중얼거렸다.

"약혼하면 안 될까요?"

유스타프의 말에 란은 짧게 숨을 삼켰다. 그 반응에 유스타프는 미소 지었다.

"안 된다고 하면 어쩔 수 없지만 말입니다."

"유스, 나……."

란은 뭐라고 해야 할지 알 수가 없었다.

이제 조금만 기다리면 네 운명의 상대가 오거든?!

'아, 이건 아니야.'

란은 순간 정정했다.

"유스."

"네."

"내년에."

그의 눈이 커졌다.

란이 미소 지었다.

"내년 봄에 할까? 그때까지 유스 마음이 변하지 않으면."

"정말입니까?"

유스타프는 빠르게 되물었고 란은 고개를 끄덕였다.

'네 마음이 변하지 않으면.'

그녀가 묘하게 쓴웃음을 머금어 유스타프가 말했다.

"억지로 하시는 거면, 그리실 필요기 없습니다."

"그런 거 아냐."

란이 고개를 저었다.

유스타프가 손을 뻗어 그녀의 둥근 뺨을 감쌌다.

그 괴물이 '라치아'라고 했을 때 떠오른 건 란뿐이었다.

내 전부, 내 소중한 것.

라치아가 자신의 전부.

줄곧 그렇게 생각해 왔지만 그때 떠오른 것은 란이었다.

"큰일입니다."

"뭐가?"

"전부 먹어 치우고 싶어져서."

유스타프는 그렇게 말하고 다시 그녀에게 키스했다.

정말로 먹어 치울 듯한 키스였다.

란은 의아한 얼굴로 물었다.

"목을 잘랐는데 살아났단 말야?"

"네."

유스타프는 고개를 끄덕였다. 그는 이 이야기를 란에게 해야 할지, 안 해야 할지 고민했다.

그녀가 더더욱 이곳을 떠나고 싶어지면 어쩌나 싶어서.

간신히 내년 봄 약혼 약속까지 받아 놨는데, 이걸로 놓쳐 버릴지도 모른다.

하지만 란에게 이야기하지 않을 수도 없었다.

왜냐면 그녀의 말대로 그녀는 부하도 아니고 적도 아니며, 자신과 같은 곳을 보는 파트너였기 때문이었다.

란은 유스타프 앞으로 슬쩍 매시 포테이토 그릇을 밀어 주며 말했다.

"어떻게 그럴 수가 있어? 그래서?"

"그놈이 꼬리를 휘둘렀고, 제가 맞았죠."

"그래서 옆구리가……."

"갑옷이 좋아서 살았습니다. 아니었다면 그 순간 뼈가 다 부러지고 내장 파열이 됐을 테니까요."

끔찍한 이야기를 너무나 태연하게 해서 란은 입을 떡 벌렸다.

"유스타프 라반 드 라치아!"

"풀네임은 오랜만이군요."

란은 푹 한숨을 내쉬었다.

"무사해서 정말 다행이야."

유스타프가 고개를 끄덕였다. 그리고 그는 괴물이 남긴 말을 이야기했고, 란은 심각하게 그 이야기를 들은 다음 말했다.

"나도 서고에서 뭘 찾아냈어."

유스타프의 눈이 이채를 띠었다.

"기록이 있었습니까?"

"그게— 녹음의 관에도 무슨 마법이 걸려 있대."

"녹음에도 말입니까?"

"응. 그리고 '델판토'라는 사람 이야기 들은 적 있어?"

유스타프는 잠시 생각하다가 고개를 저었다.

"아뇨, 들은 바 없습니다."

"라치아의 선조가, 그러니까 천 년 전 이야기네. 대현자 이브리아와 함께 하늘 저택을 세울 때 이야기를 적어 놓은 게 있더라고."

천 년이라니.

생각하면 어마어마하다.

"언어가 통하기는 합니까?"

유스타프가 눈을 찌푸리며 말했다.

"응, 해석했어."

란은 그렇게 대답했다. 사실은 빙의자 특권인지 뭔지로 그냥 모든 언어가 대충 뜻이 통하는 것 같지만 말이다.

"그러네. 번역해 둘까."

란은 중얼거렸다.

자신이야 편하게 보지만, 언어를 모르는 사람들에게는 어려울지도 모른다. 후대를 위해서는 지금 한 번 번역해 놓는 게 좋을지도.

어차피 할 일도 없다.

텔레비전도, 인터넷도 없는 세계에서 오락이라고는 카드나 보드 게임 정도였다.

"아, 맞다. 비밀 통로도 몇 개 있더라. 유스타프도 알아? 비밀 통로?"

"저도 몇 개는 압니다. 하지만 적혀 있는 통로와 같은지는 궁금하군요."

"나도 하나 발견했지."

란이 속삭이고 웃었다.

"사실 내가 아니라 루미에가 발견한 거지만."

루미에의 이름이 나와 유스타프가 멈칫했다가 물었다.

"그와 무슨 일이 있었습니까?"

"응?"

"어쩐지 달라신 것 같아서 말입니다. 호위도 그만뒀고."

"아— 그게."

란은 '루미에가 내게 고백하고 내가 그를 찾어.'라는 말을 해야 할까, 하는 생각이 들었다.

그러다 그의 얼굴을 보자 해야겠다고 마음이 굳어져서 란이 속삭였다.

"이건 비밀인데."

"네."

"루미에가 나에게 좋아한다고 했어."

유스타프의 얼굴이 뚱해졌다.

"그건 누구나 보면 압니다."

"정말?!"

란이 놀라 눈을 크게 뜨자, 유스타프가 말했다.

"모르시는 건 누님 정도겠지요."

그러니 자신이 그렇게 밀어붙여도 몰랐지.

란은 그 말에 당황해 버벅거리다가 말했다.

"그랬는데, 내가 유스를 좋아한다고, 그리고 거절했어."

"그게 전부입니까?"

"응— 그리고 다른 이야기도 좀 했지만, 핵심은 저거야."

란은 그렇게 말하고 식탁에 팔꿈치를 올리고 턱을 괬다. 버르장머리 없다고 혼날 모습이지만, 그녀도 그도 신경 쓰지 않았다.

"얼른 많이 먹어. 그래야 빨리 낫지."

그녀가 다시 접시를 하나 더 유스타프 앞으로 밀어주며 말해 그가 물었다.

"란은 더 안 먹습니까?"

"난 많이 먹었어."

"요즘 훈련하고 있는 건 어떻고요?"

"진—짜 힘들어."

란이 우는 소리를 냈다.

"하지만 그래도 하는 보람이 있는 것 같아. 이대로 계속 체력 단련을 하면 유스타프도 번쩍 들어 올릴 수 있지 않을까."

"그 정도는 기대하지 않지만, 나중에 본격적으로 검술을 배우시게 되면 제가 상대해 드리죠."

"정말?"

"정말입니다."

유스타프가 고개를 끄덕였다.

란이 "참." 하고 말했다.

"아까 이야기하다가 말았는데, 녹음의 관은 그래서 어디에 뒀지?"

"보물실에 있을 겁니다."

"그렇군. 내가 한번 살펴봐도 될까?"

"미래의 소유주께서 얼마든지요."

유스타프의 말에 란은 웃기만 할 뿐 대답하지 않고 말했다.

"뭔가 '문'의 이상에 대한 단서가 있을지도 몰라…… 유스타프. 문 너머에 뭐가 있는지 알아?"

"'어둠'이 있다고 알고 있습니다."

"아니, 그런 추상적인 말 말고."

란의 말에 유스타프는 고개를 저었다.

"모르겠습니다. 가주에게 내려오는 뭔가가 있을지도 모르지만, 아무래도 중간에 소실된 게 아닐까 싶군요."

"그렇군. 하긴 천 년이라고. 천 년이나 뭔가 기억이 남아 있을 리가 없잖아."

단순히 구전으로 이야기를 전하려는 거였다면, 이건 너무 안일한 대책이다.

란은 눈을 찌푸렸다.

'분명히 뭔가 있을 텐데.'

대현자다. 대현자.

결코 바보가 아니란 말이다.

'아니면 이렇게 봉인이 길어질 거라고는 생각 못 했나.'

란은 그렇게 생각하며 한숨을 내쉬었다.

"걱정하실 거 없습니다."

유스타프의 말에 란은 설핏 웃었다.

"응."

나도 알아.

작게 덧붙인 말에 유스타프는 미소 지었다.


\*      \*      \*


시간은 빠르게 흘러갔다.

일찍 시작된 라치아의 겨울은 본격적이 되었고, 유스타프는 부상이 다 낫기도 전에 겨울 사냥을 떠나겠다고 해서 란의 눈을 부릅뜨게 만들었다.

'그래도 소용없었지만.'

유스타프는 곤란한 얼굴을 하면서도, 달래는 키스를 하면서도 가야겠다는 말을 취소하지 않았다.

'그 곤란한 표정이 왠지 좋아서, 좀 더 졸라 봤지.'

란은 미소를 꾹 눌러 참았다.

그녀 역시 어쩔 수 없다는 걸 알고 있었다.

그냥 쬐끔, 억지를 부려 보고 싶었달까?

란은 조심하라는 말과 함께 그를 배웅했다.

대신 유스타프는 란에게 보물관에 얼마든지 들어가 보라고 말했다. 덕분에 란은 마음껏 녹음의 관을 살펴볼 수 있었다.

'하지만 정말로 모르겠단 말야.'

프란체에게도 말해 봤지만, 그도 어떤 마법적인 느낌도 없다며 고개를 저었다.

'대체 뭐지.'

여기에 무슨 마법이 걸려 있다는 거야?

'사실은 마법이 아니라 그냥 사랑하는 마음이야, 이딴 거 아닌가.'

란은 눈을 가늘게 뜨며 에메랄드 관을 바라보았다.

그리고 슥슥 손수건으로 깨끗하게 닦아서 도로 벨벳 방석 위에 올렸다.

라치아의 보물관은 많은 물건들이 있지 않았지만, 하나하나 역사와 전통을 자랑하는 것이었다.

'청염과 녹음만 해도 천 년짜리고.'

어지간한 것들도 백 년이 넘는다.

말 그대로 '보물'이기 때문에 어머니가 사들인 보석류는 여기에 없었다. 그건 에메랄드 방에 따로 보관되어 있었다.

'여기서 또 단서가 끊어졌군.'

그녀는 한숨을 내쉬었다.

"천 년 전 사람이 있으면 뭐라도 물어볼 텐데."

입 밖으로 내서 중얼거리자마자 번개처럼 영감이 스치고 지나갔다.

'잠깐, 진짜 천 년 전에 있고 지금도 있는 사람이 있잖아?'

사람이 아니라 정령이기는 하지만, 하여간 청염은 처음 이브리아가 벽을 세울 때부터 존재했다.

'그녀라면 알지 않을까?'

란은 그렇게 생각하며 잠시 고민했다.

'정령에 대해서는 자료가 더 있었던 것 같아.'

서고나 도서관에서 목록을 봤던 게 기억났다.

정령이 좋아하는 걸 좀 모은 다음에 이스타리프에게 부탁해 보자.

란은 그렇게 생각하며 보물관을 나섰다.

도서관에서 정령이 좋아할 만한 것을 조사해봤지만, 제각각이었다. 게다가 그 변덕스러움이라니……

'도대체 이브리아는 이스타리프를 어떻게 청염에 깃들게 한 거야?'

란은 그러면서도 조사한 대로 몇 가지 정령이 좋아할 만한 것을 모았다.

그리고 조심스럽게 정령을 불렀다.

"이스타리프."

하지만 아무런 대답도 없었다.

"이스타리프?"

몇 번 더 허공에 대고 외쳐 봤지만 반응이 돌아오지 않았고, 멋쩍음을 느끼며 란은 자리에서 일어났다.

'왜 안 오지?'

그리고 란은 그날 저녁, 예전과 비슷한 느낌의 꿈을 꾸었다.

새하얀 공간에 서 있는 꿈.

위아래 좌우 분간이 되지 않는, 하지만 기묘하게 현실 같은.

"이스타리프."

란이 부르자 푸른색 불꽃이 화르륵 안개 사이에서 타올랐다.

"언제부터 인간이 내 이름을 마구 불렀을까."

불꽃을 태우는 듯한 목소리는 여전했다. 사자의 하반신에 여성의 상반신, 머리카락은 타오르는 불꽃.

그녀는 손에 과일을 들고 냠냠 먹고 있었다. 보니 란이 준비했던 과일이었다.

"불렀는데도 대답이 없어서 안 오는 줄 알았어요."

"인간이 부른다고 튀어 나가야 하나?"

"과일 맛있나요."

란의 물음에 이스타리프는 과일을 삼키고 흥 하고 웃었다.

"이런 과일은 내 입맛에는 맞지 않아. 읽는 자야, 진귀한 이방인아, 내가 너를 싫어하지 않는 걸 다행으로 여기렴."

어쩐지 기분이 나빠 보여 란은 그녀의 눈치를 살피며 말했다.

"와 주셔서 감사합니다."

"그래, 무슨 일이지?"

"하나 묻고 싶은 게 있어서요. 저 빙벽 너머예요."

란의 말이 끝나기도 전에 이스타리프의 머리카락이 화르륵 크게 불타올랐다. 란은 그걸 보고 침을 삼키고 말했다.

"델판토라고, 아시죠?"

이스타리프의 얼굴이 팍 일그러졌다. 스타사파이어처럼 갈라진 동자가 무섭게 보였다.

"그 이름은 정말로 오랜만에 듣는군. 그래, '문'에 대해서는 알아."

"나오지 않게 막는 방법이 없나요?"

그 말에 이스타리프는 잠깐 침묵하다가 말했다.

"없어. 봉인은 언제나 봉인일 뿐. 해결 방법은 아니니까."

"그럼 무찌를 방법은요?"

"몰라."

란은 입을 떡 벌렸다.

이스타리프가 돌아섰다. 그녀가 사자 앞발로 몇 번 땅을 긁으며 중얼거렸다.

"이브리아가 그를 봉인한 것도 그의 힘을 줄이기 위해서였지. 하지만 천 년, 고작 천 년인가, 아니면 벌써 천 년인가."

"당신은요?"

란의 물음에 이스타리프가 목을 180도 돌려서 뒤를 돌아보았고, 란은 비명이 터져 나오는 걸 눌러 참았다.

전부터 생각했지만 조금은 인간의 심장을 생각해 주면 좋겠다.

"내가 힘을 쓰려면 라치아 가주의 체력과 생명력이 필요해."

이스타리프가 새빨간 혓바닥을 내밀어 입술을 핥았다.

"전부 먹어 치운다면, 글쎄?"

"그럼 그건 제외하겠습니다."

란이 재빠르게 답했다.

유스타프의 목숨을 내놓는 해답은 필요 없다.

'게다가 글쎄라니.'

확실하지도 않다는 거잖아?

란은 팔짱을 꼈다. 이스타리프가 가볍게 통통 튀듯이 뒷걸음질 쳤다. 그러니까 목이 180도 돌아간 채로.

란이 질겁하는 걸 보고 이스타리프가 웃었다.

"마음이 바뀌었나? 뭐지? 예전에는 혼란스러워만 하는 것 같더니."

"유스타프가 좋아졌어요."

란은 솔직하게 말했고 이스타리프는 눈을 깜박였다.

"너를 죽이려고 하는 상대를?"

"이제는 아니거든요."

란의 말에 이스타리프는 몸을 돌렸고, 목도 제자리로 돌아왔다.

"이해할 수 없군. 그런 감정은 잘 모르겠어. 이브리아도 그렇지. 델판토도 그렇고."

이스타리프의 중얼거림을 슬쩍 넘기며 란이 이어 물었다.

"이브리아가 녹음의 관에 마법을 남겨뒀다는 이야기도 봤어요. 혹시 그 마법이 뭔지 아시나요? 도움이 되지 않을까요?"

"녹음에?"

"네."

이스타리프가 눈을 깜박였다.

그때 배경이 설원으로 바뀌었다. 란은 놀라 주변을 둘러보았다.

밤의 설원이었다. 근처에는 텐트가 있었고, 그녀의 등 뒤에 모닥불이 있었다.

"이게 무슨―"

란이 중얼거리는데 작은 텐트의 문이 열리고 사람이 나왔다.

"유스?!"

란이 놀라 소리쳤지만, 이쪽의 소리는 들리지 않는 듯했다.

란은 당황해 주변을 돌아보았지만 이스타리프는 보이지 않았다.

"이스타리프!"

외쳐도 답이 없었다.

삐이이익!

그때 귀를 찢는 호각 소리가 나서 란은 양 귀를 막으며 뒤로 물러섰다.

─구워어어어

멀리서 거대한 곰이 우는 듯한 기묘한 소리가 들려왔다.

텐트 안에서 후다닥 기사단원들이 나오기 시작했고, 시야가 새까맣게 변했다.

"─!!"

란은 꿈에서 깨어났다.

어깨로 숨을 몰아쉬며 란은 몸을 떨었다.

'뭐야, 몸 아파…….'

그녀는 눈을 찌푸렸다. 몸살 기운이 있는 것처럼 몸이 아파 왔다.

─정령에게 뭘 얻어 내면 그렇게 되는 거야.

누가 귓가에 속삭였고 란은 고개를 돌렸다. 엄지손톱만 한 푸른 불꽃이 가볍게 나폴나폴거리다가 사라졌다.

"질문에 제대로 답도 해 주지 않으면서─"

란은 짜증이 치미는 걸 느꼈다.

'마지막 장면은 현재인가?'

란은 입술을 깨물었다. 그녀는 실물의 마수를 한 번도 본 적이 없었다. 그냥 괴물이구나, 하는 느낌일 뿐이었지.

'진짜 소름 끼치는 소리였어.'

유스타프와 루미에는 그런 것들과 싸우는 건가.

란은 몸을 웅크렸다.

잠이 오지 않을 것 같은 밤이었다.


*　　*　　*


유스타프는 검을 뽑았다.

검고 끈적한 피가 꽉 터져 나왔다. 기분 나쁜, 사체 썩는 냄새가 진동했다.

"전에도 그렇고, 아무래도 죽은 것에 뭔가 붙나 본데요."

루미에가 중얼거렸다. 말투는 가벼웠지만 그의 얼굴은 딱딱했다.

쓰러진 곰 모양의 마수는 적어도 죽은 지 한 달은 되어 보였다. 그나마 겨울이라 덜 부패한 것이지.

기묘한 소리로 울며 곰은 사람을 찾고 있었나.


　"그, 너…… 어디……."


그게 곰이 한 말이었다.

루미에도 유스타프도 기묘하게 그 말에 '란'을 떠올렸다.

란이 아닐지도 모른다. 다른 어떤 사람을 찾고 있는 걸 수도 있다.

실제로 다른 기사단원들 역시 '란'은 조금도 생각하지 않는 눈치였다.

"대체 뭐하는 괴물일까요?"

블레인의 물음에 유스타프가 말했다.

"아무래도 마법사 협회에 얘기해 봐야겠군."

블레인이 고개를 끄덕였다.

"그게 좋을 것 같습니다."

그는 힐끗 유스타프의 검을 보았다. 새까만 검날에는 피 한 방울 남아 있지 않았다.

"잠은 다 잤군. 다음 장소로 이동해서 낮에 차라리 눈을 붙이지."

유스타프의 말에 블레인이 "존의." 하고 짧게 대답했다.

예상보다 겨울 사냥은 더 길어졌고, 그래서 하늘 저택에 돌아왔을 때 기쁨은 더 컸다.

연회가 준비되어 있다는 란의 말에 기사단은 환호작약했고 말이다.

씻자마자 모두가 실컷 연회장에서 질릴 때까지 먹고 마셨다.

제대로 된 음식이 도대체 얼마만인지 하며 포도주를 물처럼 마시고, 고기를 젤리처럼 삼켜 댔다.

란은 그들이 먹는 양에 질리면서도 뿌듯한 기분이었다.

"어떻게 아셨습니까?"

"응?"

"저희가 돌아올 타이밍을요."

유스타프의 말에 란이 웃었다.

"아슬아슬했어. 대부분 미리 만들어 두고 밖에서 꽝꽝 얼려 둔 거야. 그리고 슬쩍 데우기만 한 거지. 돌아온다는 시간보다 늦는다고 유스타프가 그랬었잖아. 그리고 꼭, 돌아올 시점쯤 되면 연락이 없고."

란의 말에 유스타프가 그녀의 허리에 팔을 둘러 잡아당기며 말했다.

"그것보다 한시라도 빨리 실물이 더 보고 싶으니까요."

"그거야 나도 마찬가지지만."

란은 그렇게 말하고 웃었다. 유스타프가 키스하자 달콤한 와인 맛이 났다.

란은 웃으며 그의 어깨를 슬쩍 밀어내고 말했다.

"다들 보잖아."

"아무도 안 봅니다."

"그럴 리가요."

란은 그렇게 말하고 연회장을 바라보았다. 초반에 빠르게 음식이 줄어들던 것도 슬슬 느려지기 시작했다.

시종들도 한결 여유로운 모습이었다.

"녹음의 관은 살펴보셨습니까?"

"응."

"마음에 드시던가요?"

"유스타프."

"아니면 새로운 티아라가 좋으십니까?"

"그런 의미가 아닌 거 알잖아."

란이 재빠르게 이이 말했다.

"어떤 마법적인 흔적도 찾지 못했어. 결국 그냥 농담이었던 건가, 싶기도 한데……."

란은 머뭇거렸다.

녹음에 대해서 이야기할 때 이스타리프는 분명히 상황을 돌려 말을 얼버무렸다. 게다가 그날 이후로 이틀 정도 몸살로 끙끙 앓았기 때문에, 란은 이스타리프를 또 부를 생각을 접었다.

하지만 녹음에 뭔가가 있는 건 확실하다.

'하지만 이 이야기를 하려면 이스타리프의 이름을 알고 있다고 말해야 하는데.'

그렇게 말하면 유스타프가 어떻게 생각할까?

캐묻지 않을까?

"사실 나 유스에게 고백할 게 있어."

진지한 얼굴에 유스타프가 주변을 둘러보았다.

"잠깐 자리를 옮길까요."

그의 말에 란은 고개를 끄덕였다. 그래, 연회장에서 할 이야기는 아니다.

연회장 밖으로 나와 란과 유스타프는 작은 방으로 들어갔다.

란이 깊게 숨을 들이마시고 말했다.

"그러니까, 나 사실. 청염의 이름을 알고 있어."

유스타프는 말없이 가만히 란을 내려다보았다.

란은 그를 제대로 바라보지 못하고 빠르게 이어 말했다.

"그, 그래서 청염도 낄 수 있었던 거야. 이름을 어떻게 알게 되었는지는 말할 수 없어. 그리고 그 이름을 말해 줄 수도 없어. 그게─ 정령이 싫어하거든."

란은 고개를 더 푹 숙였다.

"미안해."

"뭐가 말입니까?"

"그, 중요한 사실인데 숨겨서. 청염과 관련된 일이고……."

란이 조심조심 유스타프를 올려다보았다. 유스타프는 화난 것처럼 보이지 않았다.

단지 그는 이렇게 물었다.

"그 이야기를 이제 와서 하시는 이유가 뭡니까?"

정말? 이걸로 넘어가는 거야?

란은 그렇게 생각하면서도 행여나 타이밍을 놓칠세라 재빨리 말했다.

"내가 청염을 불러서 물어봤거든. 혹시 녹음에 대해서 아는 거 있냐고. 그러니까 말을 돌리더라고."

유스타프의 미간이 좁혀졌다.

"청염을 불렀다고요?"

"아, 응."

"그게 얼마나 위험한 일인지 아십니까?"

"정령이 대가를 요구한다는 건 알아……."

란의 말꼬리가 살짝 줄어들었다.

"'안다'고요."

유스타프의 목소리가 착 가라앉으며 미끄러워졌다.

"정령과 거래했다가 호되게 당한 사람들 이야기를 누님 앞에서 더 들려드려야 할까요, 아니면 다시는 정령을 부르지 않겠다는 약속을 받아낼까요?"

란은 잘 몰랐지만, 이곳에서 정령과 거래를 하는 건 '사채'를 쓰는 것과 비슷한 개념이었다.

정령과 거래하려면 반드시 먼저 뭘 원하는지 묻고 거래해야 하며, 그렇지 않으면 정령이 터무니없는 걸 요구하게 된다.

하지만 대부분 정령의 힘을 빌릴 정도면 상당히 절박한 상황인 거고, 일단 정령의 힘을 빌렸다가 나중에 덤터기를 쓰는 이야기가 상당히 내려오고 있었다.

하지만 그런 걸 잘 모르는 란은 '그렇게까지 화낼 일인가.' 생각했지만 얌전히 대답했다.

"알았어."

유스타프의 푸른 눈이 가늘어졌다.

"왜 그렇게 누님께서 위험한 곳으로 가면서도 자신만만했는지 알겠습니다. 여차하면 청염의 힘을 빌리면 된다는 안일하기 짝이 없는 생각이셨겠지요. 청염이라고 친근하게 부르지만, 결국 이것 역시 정령입니다."

유스타프가 그녀의 손을 꽉 잡았다.

"정말로 쓰지 않기로 약속하시는 겁니다."

"응."

란은 고개를 끄덕였다. 어차피 이스타리프에게 더 물어봐도 답이 나올 것 같지 않고…….

'괜히 유스타프를 화나게 할 필요도 없지.'

란의 대답에 유스타프는 그제야 그녀의 손을 놔주고 그녀를 끌어안으며 깍지를 꼈다.

"정말이지. 어디서 뭘 더 어떻게 해야 란을 안전하게 보관할 수 있을까 고민하게 됩니다."

그의 품에 폭 안겨서 란은 웃었다.

"이 이상 더 안전할 수는 없는 것 같은데. 물론— 좀 수상한 게 요즘 나오고 있기는 하지만."

그녀의 뒷말에 유스타프의 얼굴이 어두워졌다.

그가 낮게 말했다.

"다음 주에 문을 봉인하는 의식을 하러 갈 예정입니다."

"벌써?"

"이른 건 아니지요. 겨울 사냥이 길었으니까요."

유스타프의 말에 란은 '그런가…….' 하고 짧게 숨을 내뱉었다.

'그럼 그날이 시나가 오는 날이야.'

정말로 오늘이 왔어.

그 모든 오랜 시간을 거쳐서 드디어 '원작'이 시작하는 때가 왔다. 뭐, 원작이 아니라 자신이 읽은 것일 뿐이긴 하지만.

"같이 가시겠습니까? 아니면…….'

그가 뒷말을 흐려 란은 고개를 번쩍 들었다.

"당연히 같이 가야지!"

대답했다, 란은 아차 하고 덧붙였다.

"가는 거, 싫어─?"

드디어 흐름에 들어온 건가?

자신과는 멀어지게 하고 시나와 단둘이 있게 하려는, 그런 세계의 흐름인걸까?

편집증적이라는 걸 알면서도 자꾸 그렇게 생각하게 되었다.

도망치는 길을 파 놓는 두더지처럼 말이다.

'하지만 무서운걸.'

읽은 것은 완전한 해피엔딩이다. 흠잡을 곳 없는 끝이다.

하지만 자신이 계속 이렇게 틀어 놓는다면, 혹시 배드엔딩이 되는 거 아닐까.

유스타프가 다치거나, 무슨 일이 생기는 게 아닐까.

란의 얼굴이 어두워져서 유스타프는 그녀를 힘주어 안으며 밀했다.

"아닙니다. 그게 아니라, 누님이 겨울에 말 타시는 게 힘드니까."

사실은 그 문 근처에 데리고 가고 싶지 않았다. 그 안에 있는 위험 가까이 란을 데려가고 싶지 않다.

유스타프는 한숨을 삼키고 말했다.

"같이 가지요."

"응."

품속에서 란이 작게 대답했다.

어쨌든 자신은 봐야 했고, 만나야 했다.

시나가 이 세계로 오는 걸.

'그리고 이번에는 괴물에게 쫓기면서 설산에서 고생하기 전에 도와줘야지.'

란은 그렇게 결심했다.

읽은 것에서는 시나가 이 세계로 넘어와서 어마어마하게 헤매고 쫓기다가 간신히 유스타프를 만난다.

적어도 이번에는 그런 일이 없게 해 주고 싶었다.

처음에 라치아 공작가 일원에게 거친 취급을 받는 것도 막아 주고 싶었고.

란의 단단히 결심한 얼굴에 유스타프가 그녀의 양 뺨을 감싸며 말했다.

"대신 안전한 곳에 있겠다고 약속해 주십시오."

"할게."

"좋습니다."

유스타프가 고개를 끄덕였다. 그걸로 그녀도 함께 가는 것으로 결정된 것이었다.


일주일 동안, 란은 제대로 잠을 자지 못했다.

키리가 그녀의 어두워진 눈 밑을 보며 인상을 썼다.

"그렇게 열심히 훈련하시면서 왜 잠을 못 주무시는 거예요?"

"그러게."

란은 하하 힘없이 웃었다. 낮에 분명히 훈련으로 몸을 혹사시키고 있는데도, 밤에 잠이 잘 오지 않았다.

잠이 들어도, 얕은 잠으로 깜박깜박 깨어나고는 했다.

"무슨 걱정이라도 있으신가요?"

디모디아가 걱정스러운 얼굴로 물어 와서 란은 멋쩍게 웃었다.

"아니, 그냥 요즘 꿈자리가 좋지 않아서."

"무슨 꿈을 꾸시는데요?"

디모디아의 말에 란은 "그냥, 이런저런." 하고 말을 얼버무렸다.

아무리 그래도 시나가 와서 유스타프와 잘되는 꿈을 꾼다고는 할 수 없었다.

아니면 시나가 '내 자리를 내놔.' 하고 말하는 꿈.

'시나가 그럴 리가 없는데.'

란은 피곤한 눈을 비비고 말했다.

"걱정해 줘서 고마워. 금방 나아질 거야."

"알겠습니다."

두 사람은 더는 묻지 않고 란이 옷을 입는 걸 도와주었다.

말을 타고 장시간 눈 산을 올라가야 하니, 몇 겹이나 옷을 겹쳐 입었다. 그리고 양 주머니에는 휴대용 난로를 넣어 주었다.

'그래도 난로가 있으니까 확실히 따뜻하네.'

란은 그렇게 생각하며 밖으로 나왔다. 유스타프가 그녀의 얼굴을 바라보았다.

언제나처럼 새하얀, 무표정한 얼굴이지만 란은 이제 그 얼굴을 구별할 수 있었다.

"함께 가도 괜찮으시겠습니까?"

유스타프의 물음에 란은 고개를 끄덕였다.

이날 때문에 이렇게 전전긍긍한 건데, 같이 가지 않는다면 말이 되지 않는다.

"응."

"요즘 계속 그러시더니, 오늘은 더 심하신 것 같습니다."

밤새 한숨도 못 잤거든.

란은 그 말을 삼키고 웃었다.

"괜찮아. 보기만 심한 거야."

유스타프는 꿰뚫듯이 란을 바라보다가 말했다.

"말에 올려드리겠습니다."

"응. 부탁할게."

이렇게 옷을 껴입었으니 그녀의 운동 신경으로 등자를 밟고 훌쩍 올라타는 건 불가능했다.

유스타프는 그녀를 안아 들어 말에 올려주었다. 항상 생각하는 거지만 이 세계 남자들이 비정상적으로 힘이 센 건지, 아니면 기사들이 힘이 센 건지 모르겠다고 란은 생각했다.

'말이 그렇게 큰 편이 아니라고 해도 말이지.'

그래도 사람을 번쩍번쩍 들어서 말에 올리는 건 보통 일이 아니었다.

'아니, 일단 사람을 든다는 것부터가 대단하지.'

란은 그렇게 생각하며 말 위에 자리를 잡았다. 어젯밤 자야 한다고 몇 번이나 되뇌었지만, 그럴수록 오히려 정신은 말똥말똥해지기만 했다.

'청심원이라도 먹었어야 했나.'

스스로에게 농담을 던지며 란은 깊게 숨을 마셨다. 폐부를 찌르는 듯이 차가운 공기에 정신이 들었다.

'좋아.'

그녀는 고삐를 단단히 붙잡고 등자를 꽉 디뎠다.

유스타프는 란을 한 번 돌아보고 자신도 말에 올랐다. 그가 손을 들어 말을 출발시켜 란도 그의 뒤를 바싹 따라붙었다.

문까지 가는 길은 이제 익숙한지 그렇게 멀게 느껴지지 않았다. 아니면 오늘이 그날이라서 그렇게 느껴지는 걸까?

유스타프는 평소라면 농담이라도 건넬 란이 한마디도 하지 않는 걸 느꼈다.

그건 다른 기사단원들도 마찬가지였다.

"무슨 생각을 그렇게 해요, 주인님?"

루미에의 말에 란은 퍼뜩 정신을 차렸다.

"어? 아니, 그냥."

란은 입김을 가볍게 불어 내고 웃었다.

"새해가 다가오니 이런저런 생각이 들어서."

"걱정이라도 있으신가요?"

"걱정이야 항상 있지."

란은 부드럽게 말을 돌렸고, 루미에 역시 그걸 알아챘지만 모른 척 파고들었다.

"어떤 걱정이요?"

"그냥 이런저런?"

란은 그렇게 말하며 콧잔등을 찌푸렸다.

"겨울 걱정이랑, 내년에 새로 만날 황제 폐하랑―"

그리고 오늘 만날 시나.

문득, 란이 물었다.

"루미에."

"네."

"루미에는 운명을 믿어?"

"어느 정도는요?"

"운명의 상대, 같은 건?"

루미에의 주홍색 눈이 장난스럽게 찡그러졌다.

"지금 저에게 그걸 물으시는 건가요?"

"아, 그런가? 아니, 미안."

란이 사과해 그가 웃었다.

"글쎄요. 그건 자기가 결정하기 나름 아닐까요?"

"나름이라고?"

"이 사람이 운명이다, 그렇게 자신이 정하는 거지요."

"그렇구나······."

"이건 제 생각일 따름이지만요."

란은 희미하게 웃었다.

"아냐, 도움이 됐어."

"운명의 상대는 왜 찾으십니까?"

부드럽게 끼어든 것은 블레인이었다. 란은 그를 향해 빙긋 웃었다.

"그런 게 존재할까 하고."

블레인이 피식 웃었다.

"이미 만나신 거 아닙니까?"

은근슬쩍 한 걸음 깊숙이 들어오는 말에 란은 웃었을 뿐 대답하지 않았다.

"누님."

그때 유스타프가 말을 늦춰 그녀와 말머리를 나란히 했다.

"응?"

란이 그를 돌아보자 유스타프가 물었다.

"같이 타시겠습니까?"

"어?"

"말 말입니다."

"말이 불쌍하잖아, 요."

란은 한 박자 늦게 '요'를 가져다 붙였고, 유스타프가 "말은 괜찮습니다." 하고 답했다.

란은 잠시 생각하다가 고개를 저었다.

"아냐, 일행 멈추고 해야 하잖아요."

이 겨울에 움직이기 시작해 열이 난 말을 멈춰 세우는 것부터가 부담이었다.

유스타프가 입술을 꾹 다물었다. 란이 웃었다.

"대신 내려올 때는 같이 타요."

"……알겠습니다."

그는 길게 숨을 내쉬었다.

새하얀 입김이 부서져 내리는 것마저도 화보 같다고, 란은 그의 옆모습을 힐끗 바라보며 생각했다.

일행은 얼마 지나지 않아서 은색 아치 밑을 지났다.

아치는 여전히 반짝반짝, 눈 하나 쌓이지 않은 채로 빛나고 있었다.

말을 멈춰 세우고 기사들이 말의 몸이 식지 않게 감싸는 와중에 유스타프가 말했다.

"여기서부터는 저 혼자 가겠습니다."

린은 약간 놀랐지만, 순순히 고개를 끄덕였다.

그녀가 너무 순순히 고개를 끄덕여 유스타프도 놀랐지만, 그는 "얌전히 계세요." 하고 속삭이고는 동굴 안으로 들어갔다.

란은 서서 가볍게 한숨을 내쉬었다. 루미에가 잽싸게 그녀의 옆에 바싹 붙으며 물었다.

"왜요? 가주님이 운명의 상대가 아닌 것 같나요?"

"루미에."

란은 웃었다.

"저는 들을 권리가 있는 것 같은데요."

"그런 게 아니라―"

란은 뭐라고 말해야 할까, 생각했다. 그때 멀리서 작은 소리가 들렸고, 란은 고개를 휙 돌렸다.

"주인님?"

"지금 무슨 소리 들리지 않았어?"

그녀의 말에 기사들은 모두 입을 다물었다.

"꺄악!"

작은 비명 소리였다.

"사람이야."

란이 말하자 루미에가 고개를 갸우뚱했다.

"이 계절에, 이 설산에요?"

블레인 역시 고개를 저었다.

"사람이 아닐 겁니다. 살쾡이나, 그런 거겠지요."

란은 힘주어 말했다.

"아냐, 분명히 사람이야."

비명은 점점 작아졌고, 그럴수록 란은 초조해졌다.

시나가 틀림없는데!

란은 제 말을 잡아끌었다.

"그럼 나 혼자라도 갈래."

"주인님!"

"백작님!"

루미에와 블레인이 당황해 동시에 외쳤다. 란은 있는 힘껏, 필사적으로 말 등을 기어 올라가듯이 올라탔다. 루미에가 그녀의 말고삐를 붙잡았다.

"루미에, 놔."

"안 놓습니다. 대체 여기가 어디라고―"

루미에는 기가 찼고, 그건 블레인도 마찬가지였다. 란은 이를 악물었다.

"비켜."

"알겠습니다. 제가 갈게요."

루미에가 눈을 찌푸렸다.

"정말?"

란의 말에 그가 고개를 끄덕였다.

"사람이란 말이지요?"

"응. 꼭 구해야 해."

란이 너무 절박하게 대답하며 고개를 끄덕여서 루미에는 재빠르게 제 말에 올라탔다.

"알았습니다. 주인님께서 그러시다면 그러신 거겠지요."

"루미에 경—"

블레인에게 루미에가 가볍게 눈을 찡긋해 보였다. 란이 절박하게 덧붙였다.

"꼭이야, 응? 루미에. 꼭!"

몇 번이나 당부하는 말에 의아해하면서도 루미에는 고개를 끄덕이고 말 옆구리를 걷어찼다. 순식간에 멀어지는 루미에를 보며 란은 작게 숨을 내쉬었다.

초조함 때문에 심장이 크게 뛰었다.

만약 루미에가 못 찾아내면 어떻게 하지?

그래서 시나가 엉뚱한 곳으로 또 가면 어떻게 하지?

"백작님, 이게 대체—"

"분명히 사람 소리였어."

란이 단호하게 말해, 블레인도 입을 다물 수밖에 없었다.

사람이라는데 어쩐단 말인가?

란이 이렇게 억지를 쓰는 일은 본 적이 없던 터라, 블레인은 잠시 생각하다가 다른 기사 몇 명을 더 불러서 루미에를 도우라고 보냈다.

란의 얼굴에 안도가 새겨졌다.

"고마워, 블레인 경."

"아닙니다. 정말로 사람이라면, 라치아 영지민이니 도와야죠."

그리고 어째서 여기에 들어왔는지도 추궁해야지.

블레인이 그렇게 생각하는데 산 위쪽에서 낮은 울림이 들려왔다.

솜털이 곤두서는 소리였다.

란은 고개를 돌렸다.

"산사태?"

그녀의 중얼거림에 블레인이 말했다.

"아뇨, 그런 소리는 아닙니다─"

그때 뭔가가 허공으로 솟구쳐 올랐다.

란은 입을 떡 벌렸다.

"비행형 마수!"

블레인이 이를 악물고 란에게 말했다.

"말에서 내려오십시오!"

"어? 어어─"

란은 고개를 끄덕였다. 란은 허겁지겁 말에서 내려와 하늘을 바라보았다. 그 검은색 물체는 상당히 거리가 있을 텐데도 크기가 있었다.

'뭐야, 너무 크지 않아……?'

란은 등에 소름이 돋았다.

날개와 날개 끝의 길이가 적어도 10여 미터는 되어 보였다.

"드래곤?"

저도 모르게 중얼거리니 블레인이 말했다.

"아닙니다. 머리 부분이 다릅니다. 다들 나무 밑으로!"

위에서 공격해오는 적을 상대하려면 나무 밑으로 숨는 게 가장 확실했다. 란은 눈앞의 동굴로 가면 되지 않나, 했는데 그건 선택지가 아닌 모양이었다.

란은 다른 기사들과 함께 허둥지둥 달려서 나무 밑으로 향했다.

아니, 향하려고 했다.

갑자기 몸이 휙 위로 딸려 올라가기 전에는 말이다.

순식간에 땅이 멀어졌고, 블레인 경의 경악한 얼굴과 외침도 멀어졌다.

란은 그제야 제가 마수의 발톱에 걸렸다는 걸 깨달았다.

'어떻게?'

소리도 없이 이렇게 빨리?

그러나 곧 엄청나게 빠르게 작아져가는 땅 풍경에 소름이 돋았다.

"이스타리프!!"

그녀는 소리 질렀다.

하지만 아무런 반응도 돌아오지 않았다. 그때 마수가 말했다.

"······가······ 아니······ 야······."

등에 쭉 소름이 돋는 순간, 마수가 란을 휙 던졌다.

"─!!"

비명도 나오지 않았다.

그래서 란은 두 번째 이름을 불렀다.

"칸드랄!!"

이름이 기억난 게 다행이었다.

아니, 이런 상황이니까 기억이 난 걸까?

"살려 줘!"

퍽!

강한 충격이 온몸을 덮쳤고, 란은 눈에 처박혔다.

너무 아파서 비명도 나오지 않았다. 하지만 아프다는 건 살아 있다는 뜻이다.

일그러지는 시야를 들어 올리니 뱀의 하반신이 보였다.

남성의 상반신, 뱀의 하반신.

우슬라 공작가의 참격.

칸드랄.

그의 얼굴은 새하얗게 질려 굳어 있었다. 란이 고맙다는 말을 하기도 전에 그가 천천히 씹듯이 내뱉었다.

"내게 명령할 수 있는 건 우슬라의 가주뿐인 것을, 감히ㅡ"

'아.'

생각지도 못한 분노에 란이 당황하는데 그가 내뱉었다.

"대가는 받아 간다."

그러며 그의 모습이 사라졌다. 란은 "어?" 하고 작게 소리를 냈다.

'시야가⋯⋯.'

새까만 색.

어지러워서 토할 것 같았다.

'눈이 안 보여.'

온몸이 아프고, 눈도 안 보이고.

란은 헛웃음이 나왔다. 그녀는 눈을 감았다.

잠시 후 떴지만, 그래도 역시 마찬가지로 깜깜했다.

눈을 감았을 때나 떴을 때나 큰 차이가 없었다. 눈을 비벼 봐도 마찬가지였다.

"읏ㅡ"

눈물이 솟구쳐 나왔다.

뺨을 타고 흐르는 눈물이 금방 얼어붙는 게 느껴졌다.

란은 자리에서 일어나려고 안간힘을 썼다.

'나쁜 새끼! 개자식!'

란은 속으로 욕을 퍼부었다. 하지만 감히 그를 다시 부를 배짱은 없었다.

깜깜한 어둠을 더듬어 란은 자리에서 일어났고 모든 게 막막해지는 걸 느꼈다.

어느 쪽으로 가야 한단 말인가?

그리고 갈 수나 있을까?

'나 여기서 죽는 건가?'

갑자기 이게 운명처럼 느껴졌다.

제대로 된 주인공인 시나가 돌아오니까, 자신은 이제 필요 없는 거다.

란이 없어진 자리를 시나가 완벽하게 이어받는다.

란은 이를 악물었다.

비명이 터져 나올 것 같았다.

몇 걸음 옮기지도 못하고, 란은 뭔가에 걸려 넘어졌다.

눈밭에 얼굴이 처박혀서 눈 알갱이가 얼굴에 따끔따끔하게 박혔다.

아픈데, 일어날 마음이 들지 않았다.

눈물이 계속 흘러내렸다.

'이러다가는 눈알이 얼어붙을 거야. ……하긴 어차피 안 보이는 눈이니까 상관없지.'

란은 눈을 감았다.

눈밭에 누워 가만히 있으니 추위가 그녀를 파고들기 시작했다.

'내가 죽으면.'

유스타프는 어떻게 생각할까?

루미에는?

라치아 공작가 사람들도 슬퍼하겠지.

란은 깊게 숨을 들이마시고 양팔에 힘을 줘서 상체를 세웠다.

'안 죽을 거야.'

여기서 이렇게?

싫어, 절대 싫다.

란은 몸을 일으켜 세우고 더듬더듬거리며 걷기 시작했다.

"이스타리프……"

얼어붙은 입술 사이로 란은 그녀를 불렀다. 다른 방법은 생각나지 않았다.

새까만 시야 안쪽에 푸른색 불꽃이 일렁이는 것 같았고, 그게 란이 기억하는 마지막이었다.


"아가씨!!"

블레인은 손을 뻗었지만, 그의 손은 아슬아슬하게 그녀의 옷자락을 스쳤다.

순간 모두가 얼어붙어 움직이는 것도 멈추고 란을 붙잡은 마수가 허공으로 올라가는 걸 바라보았다.

분명히 아까는 멀리서 오는 중이었는데, 마치 마법이라도 쓴 것처럼 가까이—

'마법인가?!'

고등 마수 중에서는 간단한 마법을 쓰는 마수가 있다고 들은 적이 있었다. 란을 붙잡은 마수가 순식간에 벌어져 갔다. 모두가 현실감 없이 그 광경을 바라보았다.

"안 돼!"

그때 누가 소리를 내질렀고, 블레인도 똑같은 심정이었다.

마수가 들고 있던 란을 허공으로 내던졌다. 작은 점인 그녀가 떨어지는 게 블레인의 눈에 느리게 보였다.

마수는 허공을 한 바퀴 빙글 돌더니 갑자기 푸드득 몸을 뒤틀고 그대로 추락했다.

쿵—

거리가 떨어져 있는데도 무거운 소리가 희미하게 들려왔다.

블레인은 숨을 삼켰다. 그는 저도 모르게 동굴 쪽을 바라보았다.

동굴 안은 조용했고, 어쩌면 바깥의 소리가 들리지 않을지도 모른다.

하지만—

블레인은 그렇게 쉽게 루미에를 다른 곳으로 보낸 걸 후회했다. 그때 로스가 제 말에 올라타며 말했다.

"제가 가 보겠습니다!"

그 말에 침묵이 깨어지고 몇몇이 재빠르게 말에 올라타며 자원했다. 블레인은 고개를 끄덕였다.

"어쩌면, 살아 계실지도 몰라."

하지만 말을 하는 자신도 확신이 없었고, 그건 듣는 그들도 마찬가지였다.

로스는 말의 옆구리를 걷어차 달리기 시작했고 일행은 그 뒤를 따랐다. 나머지는 그 자리에서 대기했다.

동굴 안에 자신의 주군이 있으니까.

블레인은 이 자리를 비울 수 없었다. 유스타프를 무방비 상태로 둘 순 없다.

그는 이를 악물었다.

기묘한 소리에 루미에는 고개를 돌렸다. 갸웃하고 귀를 기울여 보자 다시 비명이 들려왔다.

"사람 살려!!"

확실히 사람 목소리다.

'어떻게 이 소리를 들은 건지.'

루미에는 혀를 차며 말을 그 방향으로 몰다가, 중간에 말을 포기했다. 쌓인 눈이 깊어지고 산세가 가팔라져 말에게는 무리였다.

눈이 단단해서 루미에는 부츠의 스파이크를 몇 번 확인하고 빠르게 뛰기 시작했다.

"여깁니다!!"

그가 외치자 상대방이 다시 소리 질렀다.

"아아악!! 도와줘요!!!"

여자 목소리인데 성량이 어마어마했다. 잘못하면 저 소리 때문에 눈사태가 날 수 있겠다.

그런 생각을 하며 루미에는 속도를 더 올렸다.

눈 쌓인 나무들 사이로 목소리가 울려 방향감각을 흐리게 했지만, 그는 몇 번 망설이지 않았다.

그는 곧 시야를 확보했다.

상대를 확인하고 루미에는 눈을 찌푸렸다.

희한한 옷차림을 한 여자였다. 그리고 그 뒤를—

루미에는 검을 뽑아 들고 여자를 시나쳐 달리며 말했다.

"나무 뒤로!"

그리고 그녀가 제대로 제 명령을 이행했는지 확인하지 않고 그대로 마수를 베어 넘겼다.

"캥!"

커다란 들개 같은 마수는 일격에 목이 베여 넘어갔다. 하지만 한 마리가 아니었다.

루미에는 차례로 들개를 쓰러트렸다. 네 마리째에서 다리를 물렸지만, 각반 때문에 이가 들어가지 않았고, 그는 제 다리를 문 상대의 목을 쳐냈다.

그게 마지막이었다.

루미에는 검날로 개의 턱을 비틀어 제 옷에서 떼어 냈다.

그는 검을 털어내고 주변을 둘러보았다.

나무 뒤에 아까의 여자가 보였다. 부들부들 떨고 있으면서도 멀리 도망가지 않은 게 용했다.

루미에가 물었다.

"넌 누구냐? 왜 이곳에 있는 거지?"

"그건 내가 묻고 싶은 거야! 넌 누구야! 여긴 어디고!"

울부짖듯이 외치는 여자를 보고 루미에는 멈칫했다가 그녀에게 걸어 갔고, 그녀는 뒤로 물러나며 주변을 둘러보았다.

무기라도 찾는 건가.

하지만 주변은 흰 눈뿐이었고, 그녀는 악을 썼다.

"가까이 오지 마! 이 코스프레 변태 새끼야!"

루미에는 순간 울컥했다.

코스프레가 뭔지는 모르겠지만, 변태라니.

"내가 네 목숨을 구해 준 거 아닌가? 그런데 왜 내가 그런 말을 들어야 하지?"

그의 말은 정당했고, 여자는 혼란에 가득 찬 표정으로 말했다.

"그건, 그건 미안해요. 그러니까, 나는, 여기가 도대체 어디죠?"

"라치아령. 빙벽."

"그게 어디예요? 미국? 영국? 아니면 프랑스? 아니 겨울이니까 북유럽 쪽인가? 핀란드?"

중얼중얼 헛소리를 늘어놓는 걸 보자 제정신이 아닐 거라는 생각이 들었다.

'하긴, 그러니 이 계절에 빙벽에 들어왔겠지.'

루미에가 검을 꽂아 넣으며 말했다.

"일단 같이 가지. 내 주인님이 널 구해 오라고 하셨으니까."

"주인……."

여자의 표정이 오묘해졌다.

잠시 생각하더니 그녀는 고개를 끄덕였다. 루미에가 물었다.

"이름이 뭐지?"

"시나. 이시나요. 그쪽은요?"

"루미에."

루미에는 짧게 대답하고 그녀의 팔을 잡아끌기 시작했다. 중간에 광증이라도 발작해서 도망치면 곤란하다.

시나는 그가 팔을 잡아당기는 게 짜증 났지만, 얌전히 따라가기로 했다. 그는 진짜 검을 가지고 있었고, 그 검을 다룰 줄 알았다.

개 비슷한 괴물 네 마리를 단숨에 베어 넘겼으니까.

그때 멀리서 목소리가 들렸다.

"루미에!"

"찾았어?"

"뭐야? 진짜 인간이야?"

저도 모르게 시나는 멈춰 섰고, 루미에가 힐끗 그녀를 보며 다독이듯이 말했다.

"괜찮아. 내 동료니까."

"동료……."

루미에의 동료들은 그와 마찬가지로 이상한 갑옷 같은 복장을 하고 있었다. 그들은 시나를 보고 눈을 깜박였다.

"진짜 사람이잖아?"

"아니, 이 계절에 왜 빙벽에 들어온 겁니까?"

시나는 입을 꾹 다물었다. 그건 그녀도 알 수 없었다.

그녀는 가을 산을 등산하는 중이었다. 등산이 취미인 젊은이는 드물고, 그녀는 혼자 산을 타는 걸 좋아해서 그냥 혼자 지리산을 타고 있었을 뿐이었다.

갑자기 어지럽다 하더니만 설원이었다. 당황해 헤매다가 저 괴물에게 쫓긴 거고.

시나야말로 이 상황에 대한 설명을 가장 듣고 싶었다.

루미에가 슬쩍 동료들을 보고 머리에 손가락을 빙글빙글 돌려 보였고, 모두의 표정이 묘해졌다.

"일단 돌아가지."

"백작님은 귀도 좋아."

다들 그렇게 말하고 다시 동굴 앞으로 돌아왔을 때, 분위기가 심상치 않다는 걸 알았다.

루미에는 금방, 란이 없다는 걸 알아챘다.

"주인님은요?"

루미에의 물음에 블레인은 침음을 흘렸다.

"마수에게 낚아채졌어."

그 간단한 말이 루미에는 순간 이해되지 않았다.

"네?"

그가 저도 모르게 되물었고, 평소보다 훨씬 더 오래 걸려 피곤한 얼굴로 유스타프가 동굴에서 나왔다.

그 역시도 상황이 이상한 걸 눈치챘다. 쭈뼛쭈뼛 서 있는 시나를 힐끗 보았다가 유스타프가 물었다.

"란은?"

"그게—"

블레인은 상황을 짧게 말했다.

루미에는 무릎에 힘이 쫙 빠졌다. 휘청하며 그가 뒤에 있던 말을 붙잡았다.

유스타프의 얼굴은 새하얗게 질려서 딱딱하게 굳었다. 하지만 눈만은 무섭도록 새파랗게 불타올랐다.

"어느 쪽이야?"

유스타프가 그렇게 묻고 제 말을 끌고 왔다.

"안내하겠습니다."

블레인이 말에 올라타며 말했다. 그 말에 다른 기사들도 빠르게 말에 올라탔다.

시나는 당황해서 루미에의 팔을 붙잡았다.

"뭐예요? 어떻게 된 거예요?"

루미에는 그녀를 여기에 두고 가고 싶다고 생각했지만, 란의 부탁을 떠올렸다.

꼭 구해야 한다고, 란이 그렇게 말했다.

루미에는 그녀를 제 말에 타게 하고, 그도 말에 올라탔다.

"꽉 잡아."

그는 그렇게 말하고 유스타프의 뒤를 쫓아 말을 달리기 시작했다.

흔들림이 심한데도 시나는 입을 꽉 다물었다. 그 침묵이 루미에는 고마웠다.

거친 길을 빠르게 달려 블레인은 중간쯤에서 멈춰 섰다.

이 이상은 어느 쪽으로 가야 할지 알 수가 없었다. 멀리서 본 것이라 거리를 가늠하기가 어려웠다.

"로스 경이 먼저 와서 찾고 있을 겁니다."

유스타프는 휘파람을 불려고 했지만, 잘 불어지지 않았다. 그는 이를 악물고 호루라기를 거칠게 찾아서 불었다.

삐익—

차가운 공기를 가르고 날카로운 소리가 퍼졌다. 그리고 얼마 되지 않아서 말을 탄 기사들이 나타났다.

"란은?"

유스타프의 물음에 모두가 어두운 얼굴로 고개를 수였다.

그때 저쪽에서 소리치는 소리가 희미하게 났다.

유스타프는 말도 없이 박차를 찼다. 중간쯤에는 덤불이 빽빽해서 말을 두고 가야 했다.

유스타프는 말을 돌보지 않고 무조건 앞으로 내달렸다.

"여깁니다!!!"

유스타프는 로스의 품에 안긴 란을 보았다.

축 늘어진 몸. 새하얀 얼굴.

얼룩진 피.

발이 땅속으로 꺼져 드는 감각이었다. 심장을 칼로 후비는 것 같아, 유스타프는 숨을 쉴 수가 없었다.

어떻게 그 앞에 도착했는지도 모르겠다.

"아직 숨 쉬고 계십니다!"

로스가 그렇게 외쳐서야, 유스타프는 숨을 토해 냈다. 그가 와락 로스의 팔에서 란을 빼앗듯이 안아 들었다. 힘없는 인형처럼 란이 축 처졌다. 로스가 놀라 말했다.

"머리를 다치신 것 같으니, 그렇게 다루면—"

"란? 란?"

로스의 말이 들리지 않는 것처럼 유스타프가 란에게 속삭였다.

"주군!"

로스가 이를 악물고 유스타프의 어깨를 꽉 잡았다.

"정신 차리십시오! 당장 백작님을 치료사에게 보여야 합니다!"

유스타프는 멈칫했다.

란의 가느다란 숨소리가 그의 귓가를 스쳤다.

유스타프가 말했다.

"들것을 만들어."

"주인님!!"

달려온 루미에의 얼굴 역시 창백했다. 로스가 "아직 살아 계셔." 하고는 힘주어 "들것을 만들자." 하며 루미에를 잡아끌었다.

망토를 벗어서 순식간에 들것이 만들어졌다.

란의 머리를 고정하고 기사단원들은 일사불란하게 란을 옮겼다.

유스타프는 그 옆을 걸으며 몇 번이나 란의 숨을 확인했다.

겨울이라 그녀가 숨을 쉴 때마다 흰 김이 뿜어져 나왔고, 그게 자신의 생명줄처럼 느껴졌다.

하늘 저택에 도착하자마자 커다란 소동이 일어났다.

란을 침대에 눕힌 뒤 시녀들이 그녀의 옷을 벗기며 남자들을 밖으로 내몰았고, 치료사만이 안으로 들어갔다.

거실에 서서 유스타프와 루미에는 초조하게 방 안의 소리에 귀를 기울였다.

"아아아악!!!"

안쪽에서 느닷없이 터져 나온 비명에 유스타프는 문을 박차고 들어갔다.

"란!!"

흰 네글리제 차림의 란이 몸을 웅크리고 흐느끼고 있었다. 디모디아가 화급히 그녀를 몸으로 가리고 외쳤다.

"나가세요!"

키리가 달려와 유스타프를 밀어냈다.

"탈골된 팔을 맞춘 것뿐이에요."

그러며 그녀가 문을 닫고 문밖에 섰다.

그녀가 깊게 숨을 들이마시고 말했다.

"가주님."

"란은? 괜찮은 건가?"

"진정하시죠. 그렇게 허둥지둥해 봐야 아무런 도움도 되지 않습니다."

키리는 약간 흥미롭다는 얼굴을 하며 말했다.

"가주님이 이렇게까지 동요하실 줄은 몰랐는데요."

유스타프의 눈에 불꽃이 튀었다. 키리가 그런 그의 눈을 피하지 않고 마주 보며 말했다.

"그 높은 곳에서 떨어졌는데도 살아 계시니 운이 좋으십니다. 전신에 타박상을 입고, 동상에도 걸리셨지만 심한 건 아니에요. 팔이 빠진 건 맞췄고, 딱히 부러진 곳도 없으신 것 같네요."

유스타프는 떨리는 숨을 토해 냈다.

도무지 똑바로, 제대로 생각을 할 수가 없었다.

그가 이마를 짚으며 낮게 말했다.

"그럼 이제 괜찮은 건가?"

"아뇨."

키리의 말에 그가 그녀를 바라보았다.

"그럼?"

"눈이 안 보인다고 하십니다."

"—!!"

유스타프는 숨을 삼켰다. 바늘 떨어지는 소리도 들릴 듯한 침묵이 거실을 내리눌렀다.

오랜 침묵 후에 그가 물었다.

"회복할 가능성은?"

"글쎄요. 머리에 충격을 받은 것 때문이 아닌지, 치료사는 생각하고 있는 것 같더군요. 상황은 더 두고 봐야 할 것 같습니다."

"그래."

유스타프는 짤막하게 답했다.

키리는 지나치게 가라앉은 모습의 그를 보고 조심스럽게 말했다.

"저는 다시 안으로 들어가 보겠습니다. 상황이 나아지면 알려 드리지요."

그녀가 침실로 다시 들어가자 유스타프는 주먹을 들어 벽을 치려다가 멈칫하고 내렸다.

큰 소리가 나면 란이 놀라겠지.

그는 눈을 감았다.

'안전할 거라고 약속했는데.'

그러지 않았다.

밖에 두고 가는 게 아니었다.

그녀를 안으로 데리고 갔어야 했다. 눈이 닿는 곳에 두었어야 했다.

저번에 들린 소리에 란이 무서워해서, 이번에 그런 일이 또 생길까 봐 밖에 두고 갔었던 건데.

'마수라니.'

새까만 뭔가가 저 자신을 좀먹는 것 같았다. 누군가가 칼로 가슴을 후비는 것 같다.

란이 뭐라고 할까?

당장 라치아를 떠나겠다고 해도 그는 할 말이 없었다.

저주할까? 원망할까?

숨을 쉴 때마다 얼음조각을 삼키는 것 같이 고통스러웠다.

마음의 고통이 육체적으로도 나타날 수 있다는 게 놀라울 따름이었다.

유스타프는 그렇게 생각하며 눈을 떴다.

봉인이 오래 걸렸다.

푸른 불꽃이 예전보다 더 느린 속도로 타올랐고, 의식은 느리게 진행되었다.

뭔가가 벌어지고 있다.

위험한 일이 생기고 있다는 걸 알았다.

'그런데도 널 놓아줄 수가 없어.'

자조하며 유스타프는 루미에에게 말했다.

"란이 구해 달라고 부탁한 사람이라고?"

"네. 손님 대접을 해 달라고 했습니다."

루미에는 조용히 대답했다. 그의 어조 밑에 분노가 스며 있다는 걸 유스타프는 쉽게 알 수 있었다.

그건 유스타프, 자신을 향한 분노였다.

"그럼 부탁하지."

유스타프의 말에 루미에는 주홍색 눈에 붉은 기를 띠며 그를 보았다가 말없이 거실을 나섰다.

어차피 그가 거기서 할 수 있는 일은 아무것도 없었다.

더 있다가는 유스타프에게 원망을 퍼부을 것 같았다.

당신이 란을 붙잡았기 때문이라고, 그녀는 여기를 떠나 그녀의 삶을 살 계획이 있었다고.

다 너 때문이라고.

그건 유스타프의 탓이 아니다. 그건 자신도 안다.

하지만 멈출 수 없이 터져 나올 것 같아서 루미에는 그곳을 떠났다.

그가 찾아간 것은 시나의 방이었다. 손님이라는 말에 손님방으로 안내되었지만, 그 후로는 방치나 다름없었다.

시나는 들어온 루미에를 보고 자리에서 벌떡 일어났다.

"저기……."

시나가 머뭇거리며 물었다.

"아까 그분 괜찮아요?"

"아니."

루미에는 짤막하게 답했고, 시나가 어깨를 늘어트렸다.

"그거 안됐네요."

시나는 금발의 대단한 미인을 떠올렸다. 상황이 급박해서 얼핏밖에 보지 못했지만, 그것만으로도 상당히 미인이라는 걸 알 수 있는 사람이었다.

시나가 이어 물었다.

"당신은 괜찮아요?"

루미에는 그 말에 시나를 뚫어져라 보았다. 새까만 눈동자에는 약간의 동정이 비쳐 보였다.

그녀는 완벽한 이방인이었고, 그와 란의 사연 따위는 모르며 유리된 존재였다.

그리고 사람은, 오히려 모르는 사람에게 속마음을 털어놓기가 쉬웠다.

"아니."

루미에는 그렇게 말하고 피식 웃었다.

"조금도 괜찮지 않아."

그는 이를 악물었다.

"조금도, 조금―"

시나는 어쩔 줄 모르다가 어색하게 그의 허리를 두들겨 주었다.

"괜찮아질 거예요."

그게 란이 괜찮아진다는 건지, 아니면 그가 괜찮아진다는 건지, 아니며 둘 다인지는 알 수 없었지만, 루미에는 위로가 되는 걸 느꼈다.

예전이라면 그런 위로 따위 헛소리라고 쏘아붙였을 터였다.

'하지만 나도 그러길 바라니까.'

란이 괜찮아지길.

그걸 간절히 바라니까.

루미에는 길게 숨을 내쉬고 말했다.

"주인님이 널 구해 달라고 부탁했으니, 그녀가 제대로 돌아올 때까지는 내가 널 돌볼 거야."

그 말에 시나는 등을 토닥이던 손을 얼른 내리고 물었다.

"당신이요?"

"그래. 그래서 넌 왜 거기 있었던 거지?"

시나는 콧등을 찌푸렸다.

"나도 모르겠는데요."

"뭐든 얘기해 봐."

루미에는 그렇게 말했고 시나는 한숨을 내쉬었다.

"믿을지 모르겠지만—"

그녀는 상당히 긴 이야기를 시작했다.

*     *     *

란은 새까만 어둠을 노려보았다.

'개새끼, 나쁜 새끼.'

아무리 그래도 그렇지, 목숨 구해줬다고 눈을 가져가냐.

어깨의 통증은 이제 거의 사라져 있었다. 세계수 연고가 대단하기는 대단한 모양이었다.

아직 붕대로 고정해 두고 있었지만, 아프지는 않다.

여기저기 타박상을 입었을 뿐 부러진 곳은 없다고 해서 란은 안도의 숨을 내쉬었다.

'그래도 안 보이는 건 안 보이는 거지만.'

란은 신음을 내뱉으며 눈을 비볐다.

머리에 문제가 있는 걸지도 모르니 치료사가 '눈이 보일 수도 있다.' 하고 말했지만, 란은 이게 보이지 않을 거라는 걸 가장 잘 알고 있었다.

그래도 치료사의 말에 매달리고 싶은 마음이 있었다.

'아냐, 헛된 희망을 품는 게 가장 큰 고문이라고 하잖아.'

포기하고 적응하려 하는 게 더 나을 거다.

'눈 안 보인다고 죽는 거 아니잖아.'

란은 그렇게 생각하며 숨을 깊게 들이마셨다.

'평생 이제 이렇게······.'

란은 베개에 얼굴을 꽉 묻었다.

'이렇게는 못 살아!'

너무 억울했다.

이렇게 빙의되는 걸 바란 적도 없었다. 죽도록 고생해 여기까지 왔는데, 이제 와 넌 필요 없으니 이 세계에서 사라져 줘. 이거냐?

'아니면 우연인데 내가 너무 비약하는 건가.'

란은 머리를 부여잡고 끙끙거리다가 한숨을 다시 푹푹 내쉬었다.

'그 마수…….'

그녀를 내던지기 전에 '아니야.'라고 했었다.

"……가…… 아니야."

기억을 더듬어 입 밖으로 내어 보고, 전에 유스타프가 했던 말을 생각해 보면 누굴 찾고 있는 것 같은데, 그게 누군지는 뻔했다.

'대현자 이브리아.'

자기를 봉인한 사람을 찾고 있는 거다.

'이미 천 년 전인데.'

란은 작게 신음을 내뱉었다. 그녀는 침대에서 상체를 세우고 팔을 뻗어 더듬었다.

침대 끝을 확인하고 란은 기듯이 침대에서 내려와서 자리에 섰다.

"일어나셨어요?"

부드러운 목소리에 란은 소리 나는 쪽으로 고개를 돌렸다.

"응. 나 며칠이나 침대에 누워 있었어?"

"나흘이요."

카라의 목소리는 부드러웠고, 란은 그게 좀 위로가 되었다. 누군가가 다가와 제 손을 붙드는 걸 란이 손을 저어 제지했다.

"아니, 내가 혼자 좀 다녀 볼래."

"하지만—"

"침실에서 나가지는 않을 테니까. 대신 다들 나가 줘."

그 말에 침묵이 맴돌더니 "알겠습니다." 하는 무거운 말이 들려오고 침실 문이 열렸다가 닫히는 소리가 났다.

란은 깊게 숨을 들이마시고 허공을 더듬으며 걷기 시작했다.

보이지 않는데 걷는다는 건 생각보다도 훨씬 무서운 일이었다.

'왜 지팡이가 필요한지 알겠어.'

란은 그렇게 생각하며 팔과 다리로 슬슬 주변을 탐색했다.

한두 걸음 옮기지도 못하고 멈추기도 여러 번 했다.

손에 가구가 걸리면 차라리 반가웠다. 아무것도 없는 허공을 더듬는 게 더 무서우니까.

란은 벽으로 이동했다.

벽에 손끝이 닿자 안심이 되어, 그녀는 벽에 손끝을 대고 크게 방을 돌아 걷기 시작했다.

맨발 아래 푹신한 러그의 감촉이 느껴졌고, 가구와 태피스트리가 걸리기는 했지만 큰 문제는 없었다.

'하지만 앞으로 어떻게 하지.'

란은 그런 생각을 하며 멈춰 섰다.

시나가 왔고. 자신은 장님이 되어버렸다.

봄에 약혼하자고 이야기했지만, 역시 그렇게 미뤄 놓기를 잘했어.

눈이 먼 사람과 약혼하는 건 아무래도 어려울 테니까.

다시금 눈물이 솟구쳐 올랐다.

나흘이나 침대에서 울고 또 울었는데도, 아직도 눈물이 나오는구나.

란은 흐르는 눈물을 닦지도 않고, 그대로 다시 걷기 시작했다.

어차피 안 보이니까, 눈물이 흐르든 말든 시야가 좁아지는 일은 없다.

방을 한 바퀴 도는 데에 얼마가 걸린 건지도 모르겠다. 중간에 창문이 있어서 창문을 열었다가 닫아 보기도 했다.

간신히 침대에 돌아왔을 때는 완전히 녹초가 되어 버려서 란은 그대로 쓰러지듯 잠들었다.

꿈은 선명하다.

란은 새하얀 공간을 보고 입술을 깨물었고, 곧 그 공간을 가르며 등장한 표범을 보고 입을 벌렸다.

처음, 그녀가 정령을 만났을 때 보았던 표범 정령이었다.

아마도 최상급 정령이 아닐까 했었던.

"프하니아스."

그가 부드럽게 란을 불렀다.

표범 머리에, 인간의 상체, 여섯 장의 날개, 표범의 하체.

그리고 여전히 표범 머리지만 나정한 얼굴이었다.

란은 또 눈물이 나서 입술을 꽉 깨물고 양 눈을 비볐다.

"안녕하세요."

간신히 인사하자 표범이 살며시 미소 지었다.

"이스타리프에게 이야기를 들었다."

란은 퍼뜩 고개를 들었다.

"이스타리프에게요?"

"그래. 그리고 칸드랄에게도."

그 이름에 란이 움찔했다. 그녀의 얼굴에 분노가 서리는 걸 보고 정령은 희미하게 미소 지었다.

"인간에게 사역하는 정령들은 자존심이 강하지."

표범은 그렇게 말하며 손을 저어, 예전처럼 구름으로 된 푹신한 의자와 탁자를 만들어 냈다.

란은 얌전히 그 의자에 앉았다. 몸을 폭 감싸는 느낌이 기분 좋았다.

표범은 탁자 앞에 네 다리를 꿇고 앉았지만 그래도 란보다 시선이 훨씬 더 위에 있었다.

"인간에게 복종해야 한다는 것 때문에, 인간의 명령을 듣는 걸 가장 싫어하거든."

그렇게 말하고 표범이 후— 하고 길게 숨을 불자 금빛 반짝거리는 안개가 그녀의 얼굴을 감쌌다.

정령의 숨에서는 봄 향기가 났다.

"눈은 칸드랄과 이야기했다. 일주일 정도 후면 뜨일 게야."

"정말요?!"

란은 저도 모르게 자리에서 펄쩍 뛰었고 표범은 고개를 끄덕였다.

"모처럼의 진귀한 자가 정령에게 원한을 품게 하는 건 싫으니까. 게다가 샬이 널 마음에 들어 하더구나."

그제야 란은 '샬'을 떠올렸다. 차라리 그녀를 부르는 게 나았을지도 모르겠다.

"고맙습니다. 정말로 고맙습니다!"

란은 여러 번 인사를 했고, 표범은 눈을 깜박이고 재미있다는 얼굴을 하더니 말했다.

"그럼 그대는 내 이름도 알까?"

란은 그 말에 살짝 입을 벌렸다. 눈치를 살피는 그녀의 모습에 표범은 흥미진진한 표정이 되었다.

"알고 있는 건가?"

"아뇨, 저도 모르겠어요. 몇 개 더 이름을 알지만 맞는지는……."

표범은 얼룩덜룩한 제 꼬리를 휙 휘두르더니 말했다.

"그대는 이번 일로 경각심을 얻는 게 좋아. 정령의 이름을 부르고 힘을 쓸 때의 대가에 대해서 말이야."

란은 깊게 숨을 내쉬었다.

"이미 충분히 경각심을 얻었어요."

피곤한 얼굴로 란이 힘주어 말했다. 이제 다시는 정령에게 먼저 부탁하지 않으리라.

'아니, 그럴 수 없는 상황이기는 했지만.'

아니었으면 죽었을 테니까.

이제 와 눈이 뜨인다고 생각해 보니, 죽는 것보다는 눈이 보이지 않는 게 더 나은 듯하다.

인간이 어쩜 이리 얄팍할까.

란은 스스로에게도 질리는 기분을 느끼며 그에게 말했다.

"이제 정령의 이름을 함부로 부르지 않을 거예요. 절대. 하지만 이스타, 아니, 청염이 이야기를 했다고요?"

"그래. 이스타리프는 인간을 좋아하거든. 장난치는 게 즐겁단다."

표범이 고개를 갸웃했고, 그제야 란은 청염이 항상 고개를 휙휙 꺾어서 자기를 놀라게 하던 게 기억났다.

"그, 그렇군요."

하지만 악의보다는 호의가 낫다.

"게다가 네가 불렀는데 가지 못한 것 때문에 미안해하고도 있고. 하지만 정령이라고 해도 두 군데에 동시에 나타날 수는 없으니까."

"아—!"

란은 작게 소리를 냈다.

청염을 유스타프가 사용하고 있었기 때문에 불러도 오지 않았던 거구나.

그 '문'을 봉인하는 의식 중이라 그러했던 거다.

란의 어깨가 축 처졌다.

"그랬군요. 그럼 그녀가 그, 당신에게 부탁한 건가요?"

"그래. 칸드랄과 중재를 좀 해 달라고 말이지."

"그거 진짜 감사한 일이네요."

덕분에 눈을 다시 뜨게 되었으니, 란은 청염에게 만세 삼창이라도 해 줄 용의가 있었다.

"그리고 어둠이 깨어나고 있다면서?"

표범의 물음에 란은 마구 고개를 끄덕였다.

"맞아요! 그래서 지금, 이브리아를 찾아다니는 것 같아요. 천 년 전에 사라진 사람을 말이에요."

그녀는 한숨을 푹푹 내쉬었다.

시나가 이곳으로 오게 된 것도 다 그 어둠, 델판토 때문이었다.

이브리아를 찾으러 다니다가 우연히 다른 공간의 시나를 발견하고, 검고 긴 머리카락의 그녀를 이브리아라고 착각해서 끌고 온 거였다.

'아, 그래서 마수를 보냈던 건가.'

시나를 붙잡기 위해서.

'엉뚱하게 내가 잡혀 버렸지만.'

란은 한숨을 내쉬었다.

"정령님은 뭔가 들은 게 없으신가요? 다시 봉인하는 방법이라든 가……?"

표범을 뭐라고 불러야 할지 몰라, 란은 적당한 호칭으로 그를 불렀다. 표범은 금색 눈을 깜박였다.

"그건 내가 말해 줄 수 있는 게 아니구나."

란이 테이블을 짚으며 자리에서 벌떡 일어났다.

"역시 아시는 건 있는 거죠?!"

"네가 원하는 게 있고, 그걸 내가 너에게 주려면 너는 대가를 지불해야 해."

란은 입술을 살짝 깨물었다.

"어떤 대가를요?"

"너는 그걸 치를 수 없을 거고, 나는 말하지 않을 거다."

그렇게 말하고 표범이 다리를 펴 자리에서 일어났다.

란이 손을 들었다.

"저기, 저는 이 이야기가 잘 끝난다고 읽었거든요? 그러니까 잘 끝나지 않을까요?"

저도 모르게 확인이라도 받는 것처럼 그녀에게서 말이 흘러나왔다. 표범이 잠시 란을 바라보다가 부드럽게 말했다.

"이미 너무 많은 게 바뀌었지. 네가 들은 이야기와 지금 일은 하나도 맞지 않아. 그렇지?"

표범의 되물음에 란은 고개를 끄덕였다.

"그렇다면 이제 불확실성의 세계에 온 것 같구나."

란의 얼굴이 창백해졌다. 그 말은, 우리가 질지도 모른다는 말이다.

'유스타프가 죽을지도…….'

"지, 지금이라도 어떻게든 흐름을 원래대로 하면―"

표범은 고개를 흔들고 말했다.

"이미 틀어진 것을 원래대로 돌릴 수는 없다. 돌아가라."

"잠깐만요. 깨우실 거면 그냥 부드럽게 깨워 주시면 안 될까요?"

표범이 씩 웃었고, 란은 발밑이 툭 꺼지는 걸 느꼈다.

"흑!!"

란은 버둥거리다가 팟 눈을 떴다.

'아, 진짜 좀.'

그녀는 한숨을 내쉬었다. 표범과 나눈 이야기가 아직 머릿속에 남아 있었다.

'아냐, 아직 모르는 거야.'

유스타프가 시나가 좋아질 수도 있잖아? 그러면, 그러면—

원래의 흐름대로 될 수도 있는 거 아냐?

하지만 그렇게 되면 괴롭겠지.

모순되는 감정에 란은 끙끙거리다가 눈을 문질렀다.

아직 눈앞은 깜깜했다.

'하지만 일주일 후에 눈을 뜨게 된다니까.'

란은 그렇게 생각하며 상체를 일으켰다. 더듬어서 침대에서 내려오는 데 아무런 소리도 들리지 않았다.

귀를 기울이니 조용하다.

'밤인가?'

모두가 자고 있는 시간인지도 모른다.

'물 마시고 싶어.'

란은 그렇게 생각하며 더듬더듬 물 컵을 찾았다.

한참 후에 그녀는 침대 협탁 위에 놓인 물병과 물컵을 찾을 수 있었다. 이미 컵 안이 채워져 있어서 그녀는 살며시 맛을 확인하고, 안에 든 게 물이라는 걸 확인하자 정신없이 물을 마셨다.

잔을 내려놓는데 묘하게 시선이 느껴지는 것 같았다.

란은 주변을 둘러보았다.

"거기 누구 있어?"

하지만 만약 시녀가 있다면, 자신이 물 마시는 걸 보고 당장 도와주러 왔을 텐데?

'뭐지?'

갸웃하고 란은 입을 열었다.

"유스타프?"

소파에 앉아 있던 유스타프는 그녀가 제 이름을 부르는 순간 쿵 하고 심장이 떨어지는 것 같았다.

하지만 대답이 나오지 않았다.

침묵하며 앉아 있으려니 란은 고개를 갸웃갸웃하고 침대에서 내려왔다.

천천히 란은 허공으로 손을 뻗어 더듬더듬 앞으로 나오기 시작했다.

유스타프는 지금이라도 말을 걸어야 하는지, 그럼 그녀가 놀라지 않을지, 이 한밤에 그녀의 방에 있는 자신을 어떻게 생각할지.

그런 생각을 하며 란을 바라보았다.

시녀들이 번갈아 밤새워 란을 보살피고 있었고, 오늘은 그녀들을 쉬라고 하고 유스타프가 란을 지켜보려 온 것이었다.

소다와 카라는 붉어진 눈으로 '침대에서 나오지 않고 계세요.' '울기만 하십니다.' 하고 번갈아 말했고, 디모디아와 키리 역시 고개를 살짝 저었다.

치료사 역시 눈이 고쳐질 가능성을 묻는 말에 "죄송합니다, 각하."라는 말만 할 뿐이었다.

아니, 사실은 낮에 그녀를 보러 올 용기가 없었던 것뿐인지도 모른다.

란이 지독하게 보고 싶었지만, 그녀가 자신을 향해 저주를 퍼붓는 건 듣고 싶지 않아서.

그래서 이렇게 밤에 살짝 찾아와서…….

'비겁자.'

스스로를 향해 유스타프는 자조하고 란을 바라보았다.

그녀는 레이스가 달린 잠옷을 입고 있었다. 금빛 머리카락은 오래 내버려 둬서 멋대로 등허리로 흘러내리고 있었다.

무릎을 살짝 덮는 길이의 잠옷 때문에 그녀의 가느다란 종아리와 흰 맨발이 고스란히 보였다.

초점 없는 에메랄드 색 눈동자가 희미한 불빛 아래서 빛났다.

한 발 한 발 조심스럽게 걷던 란이 뭐에 걸렸는지 엇 하며 휘청했고, 유스타프는 저도 모르게 달려 나가 그녀를 붙잡았다.

란은 눈을 크게 떴다.

붙잡히고 붙잡은 채로 둘 사이에 침묵이 흘렀다.

란은 자신의 허리를 붙잡은 팔을 손끝으로 더듬어 올라가기 시작했다. 그녀의 흰 손끝이 그의 어깨에 닿았다가 목에, 그리고 얼굴에 닿았다.

부드럽게 섬세하게 란이 그의 얼굴을 쓰다듬어 보고 웃었다.

"뭐야, 유스였잖아?"

그 웃음이 유스타프의 가슴에 들어와 박혔다.

숨 쉴 때마다 삼켜지는 얼음조각이 다 녹아 사라지는 것 같았다. 심장을 후비던 고통도 사라지고, 그냥 모든 게 다 녹아내렸다.

그녀의 미소 하나에, 아무렇지도 않은 그 말 한마디에.

란의 손가락이 부드럽게 그의 눈가와 뺨을 훑고 입술을 눌렀다.

"유스, 맞지?"

불안한 표정이 설핏 그녀의 얼굴을 스쳐 유스타프는 "네." 하고 간신히 대답했다.

짧은 대답인데도 목소리가 떨려 나오는 게 느껴졌다.

"그런데 왜 모른 척 답하지 않았어?"

"놀라실까 봐."

아까보다 좀 더 매끄럽게 말이 나왔다. 유스타프가 조심스럽게 헛기침을 하고 말했다.

"소파로 가도 될까요?"

"응."

란은 순순히 고개를 끄덕였다. 그러며 팔을 벌렸다.

"걸어서는 못 가."

유스타프는 저도 모르게 웃고 그녀를 안아 들었다. 순간 그는 그녀의 얇은 실크 옷감 너머로 느껴지는 맨살의 온기와 부드러움에 잠시 움찔했다가 한숨을 내쉬고 그녀를 소파로 옮겼다.

란은 그의 목에 팔을 두르고 찰싹 붙어서 떨어지지 않았다.

보이지 않으니 떨어져 있는 건 싫었다.

유스타프가 그녀의 등을 느리게 쓸어내리며 물었다.

"악몽이라도 꾸신 겁니까?"

"응? 으응, 떨어지는 꿈."

그녀의 말에 유스타프는 움찔했다. 그가 그녀를 힘주어 안으며 말했다.

"제가 있습니다."

란은 가볍게 웃었다가 말했다.

"유스."

"네."

"혹시 말야……."

"말씀하십시오."

"시나, 만났어?"

유스타프는 순간 그게 누구냐고 되물을 뻔했다가 간신히 그게 란이 구하라고 한 여자 이름이라는 걸 알았다.

그는 보고를 듣고 얼핏 보기만 했지, 제대로 이야기를 나눠 본 적은 없었다.

하지만 란이 신경 쓰고 있다는 걸 알았으니 그렇게 말할 수는 없어서 유스타프는 조심스럽게 대답했다.

"만났습니다."

"……어때……?"

"좋은 사람 같더군요."

잘은 모르지만, 하여튼.

이유는 모르겠지만, 이 상황에서 란이 이름까지 알고 있는 걸 보면 그 여자에게 상당히 신경 쓴다는 말이고 그렇다면 악담을 하고 싶지는 않았다.

"……그래……."

란은 그렇게 중얼거리고 그의 어깨에 얼굴을 묻었다.

"유스."

"네."

"잘까."

"주무시겠습니까?"

"아니, 그게 아니라—"

란이 고개를 들고 그의 얼굴을 손끝으로 훑은 후에 키스했다.

"잘까?"

그녀가 다시 물은 말은 의미가 너무 뚜렷해서, 유스타프는 순간 침묵했다.

란은 아무것도 안 보이는 게 다행이라고 생각했다. 어둠 속에서 사람은 생각보다 훨씬 더 뻔뻔해질 수 있었다.

얼굴 하나 붉히지 않고 그런 말을 하고 란은 침묵 속 숨소리에 귀를 기울였다.

유스타프가 그녀의 허리를 강하게 붙잡았다. 그의 입술이 그녀의 뺨에 부드럽게 와 닿았고 그가 속삭였다.

"그건 지금 청혼하시는 겁니까?"

"⋯⋯어?"

생각지도 못한 말에 란은 당황해 한 박자 늦게 대답했다. 란은 그가 농담을 하는 건지 아닌지 알 수가 없었다.

유스타프의 입술이 그녀의 뺨을 스쳐 광대를 지나 눈가를 지그시 눌렀다.

"아니면 제가 모르는 다른 뭔가가 있나요?"

란은 순간 할 말이 없어졌다.

"아니면 제가 부인 말고 다른 사람과 잠자리를 할 파렴치한으로 보이셨습니까?"

그런 짓은 아버지가 하는 걸 실컷 보았고, 어머니가 어떻게 망가지는지도 보았다. 그건 싫다 못해 역겨웠다.

란이 더듬더듬 물었다.

"결혼?"

"네."

대답하고 유스타프는 잠시 숨을 깊게 들이마시고 물었다.

"올봄에 약혼하기로 하지 않았었나요?"

"그게⋯⋯ 그러기는 했지만⋯⋯."

"싫어지셨습니까?"

유스타프의 목소리는 담담해서, 란은 입을 꾹 다물었다. 유스타프는 말없이 란의 얼굴을 내려다보았다.

길게 숨을 내쉬고 란은 제 마음을 솔직하게 이야기하기로 했다.

"유스."

"네."

"나 아직도 좋아해?"

이게 확인하고 싶었던 거다. 란의 말에 유스타프는 그녀의 턱을 붙잡고는 거칠게 키스해 왔다. 란은 눈을 크게 떴다.

거칠고 집요한 입맞춤이었다. 그의 커다란 손바닥이 그녀의 등을 쓸어 올라와 뒷목을 붙잡고 더 깊게 들어왔다.

지나친 자극에 눈물이 고였다.

란은 그의 어깨를 붙잡으며 몸을 비틀었고 그러자 유스타프가 그녀를 소파에 눕히며 꽉 눌렀다.

"아, 유―"

말이 다 끝나기도 전에 다시 입맞춤이 이어졌다.

눈이 안 보이니 모든 게 더 민감해져서 란은 숨을 허덕였다.

그가 그녀를 소파에 내리누르는 무게와 열기에 란은 신음을 내뱉으며 그를 꽉 끌어안았다.

무섭다기보다는 기묘한 안도감이 그녀를 감쌌다.

그의 아래에서 그녀는 완벽하게 안전했다.

그가 입맞춤을 끝내고 거친 숨을 삼키며 그녀의 뺨에 키스하고 귓가에 속삭였다.

"아뇨, 좋아하는 것 그 이상입니다."

란은 고양감에 저도 모르게 웃었다. 그의 무게가, 열기가 기분 좋았다.

마음속이 꽉 차오르는 것 같아.

"하지만, 난 눈도 멀었는데―"

조심스럽게 말하자 "눈은 제가 있습니다." 하고 유스타프가 대답했다.

"유스."

"네."

란의 손이 그의 등에서 어깨로, 목에서 뺨으로 올라와 그의 양 뺨을 감쌌다.

보이지 않는 그에게로 초점을 맞추려고 애쓰며, 란은 보이지 않는 것에 감사하고 말했다.

"만약에 다른 사람을 좋아하게 되면, 그때는 솔직하게 말해 줘."

"그런 일은 없습니다."

유스타프가 눈을 찌푸리며 대답했다.

"그건 모르는 거잖아."

란의 말에 유스타프는 단호하게 말했다.

"어떤 사람에게는 그럴지도 모르지만, 저는 아닙니다."

그가 그녀의 손목을 붙잡아 고개를 돌려 손바닥에 부드럽게 입술을 가져다 댔다.

"만약 라치아를 떠나시고 싶으시면—"

그의 목소리가 갈라졌다.

"솔직하게 말해 주십시오."

"떠나고 싶지 않아."

"그럼 제발 있어 주세요."

애원하듯 말하며 유스타프가 살며시 그녀의 이마에 키스했다.

"응."

란은 작게 대답하고 희미하게 웃었다. 몸에서 힘이 쫙 빠져나가는 기분이었다.

유스타프는 시나를 만났어.

그녀가 좋은 사람이라고도 했어.

하지만 그는 여전히 날 좋아해.

'그리고 이제 눈도 나을 거야.'

아, 이 말을 그에게 해야 하는데.

하지만 그보다 한번에 긴장이 풀린 탓인지 참을 수 없을 만큼 졸음이 밀려왔다.

란은 그대로 기절하듯이 잠들었다. 갑자기 란이 축 늘어져 유스타프는 놀라 그녀를 붙잡았지만, 곧 잠든 것뿐이라는 걸 알았다.

"대체……."

그는 한숨을 내쉬고 그녀를 조심스럽게 안아 들었다.

침대로 옮겨 내려놓는데 그녀의 손이 그의 옷자락을 꼭 쥐고 있었다. 슬쩍 빼면 빠질 것 같지만, 빼고 싶지 않아서 유스타프는 그녀의 침대 옆에 앉았다.

그리고 그녀가 옷자락을 놓을 때까지, 아니 놓고 나서도 한참을 잠든 란의 모습을 지켜보다가 동틀 때가 되어서야 그녀의 곁을 떠났다.

# Chapter 6.

—

어느 쪽의 눈이 먼 것인가

란이 기운을 차리자 그녀의 시녀들 역시 덩달아 기운을 차렸다.
머리끝부터 발끝까지 단장하고서 란은 시나를 만나기로 했다.
그 말에 루미에는 기묘한 표정으로 란에게 시나에 대해서 설명했다.
"자기가 다른 세계에서 왔다고 주장하던데요."
"그래?"
"네, 그리고―"
루미에는 한숨을 내쉬었다.
"그 말이 정말 그럴 듯하다는 거죠. 그녀가 입은 옷이나 가지고 있는
물건 중에서 본 적이 있는 건 아무것도 없으니까요."
"그렇군."
란이 고개를 끄덕였다.

그야 진짜 다른 세계에서 넘어온 사람이니까 그렇지. 더불어서 란은 그의 목소리에 담긴 친근감도 눈치챘다.

'어장의 물고기가 이렇게 들어가는 건가.'

란은 턱을 괴고 발을 까닥이며 피식 웃었다. 하지만 그런 말은 하지 않았다.

"알았어. 얘기 고마워."

그녀의 말에 루미에가 빤히 란을 보았다.

"주인님."

"응?"

"아직도 서랍 속에 그 상자가 있나요?"

아무렇지도 않게 그가 물어 와서 란은 눈을 깜박였다가 "응." 하고 대답했다.

"사용할 생각은 없고요?"

란은 당황했지만 웃으며 물었다.

"왜? 루미에 줄까?"

"라치아는 위험하니까요."

그의 말에 란은 "아." 하고 살짝 입을 벌렸다.

그건 그랬다.

위험하지.

하지만—

"내 소중한 게 전부 여기에 있는걸."

란의 말에 루미에가 한숨 비슷한 것을 쉬는 소리가 들려왔다.

"알겠습니다."

그는 대답하고 조심스럽게 이어 물었다.

"이동하는 걸 도와드려도 될까요?"

"물론이죠."

란이 손을 내밀었고 루미에는 그녀의 손을 잡아 일으킨 후에, 자신의 팔에 그녀의 팔을 올렸다.

팔짱을 끼듯이 하고 둘은 걷기 시작했다. 란이 이모저모 해 본 바로는, 남의 팔을 잡고 걷는 게 가장 편했다.

계단이 나오면 유스타프도, 루미에도 당연하다는 듯이 그녀를 안아 들고는 계단을 내려갔다.

쑥스러웠지만, 싫은 것도 아니라 란은 얌전히 안겨 있고는 했다.

방 안으로 들어가자 부산하게 일어나는 소리가 들려왔다.

"안녕하세요!"

씩씩한 목소리도.

란은 저도 모르게 웃고 말했다.

"안녕하세요, 만나서 반가워요. 란 로미아라고 합니다."

"시나라고 합니다. 이시나. 성이 '이'예요. 그냥 시나라고 불러 주시면 되어요."

"저도 그냥 란이라고 불러 주면 돼요."

루미에가 그녀를 의자로 안내해 줘서 란은 조심스럽게 의자에 앉았다.

"시나 양도 앉으세요."

란의 말에 시나는 그녀의 앞에 앉으며 란을 뚫어져라 바라보았다.

"존예⋯⋯."

시나가 저도 모르게 중얼거린 말에 란은 어깨를 떨며 기침을 했다. 아니면 웃어 버릴 것 같았다.

"시나 양은 다른 세계에서 왔다고 이야기한다면서요?"

란의 말에 시나는 고개를 끄덕였다가 화급히 "네." 하고 대답했다.

금발에 이 세상에 있을 것 같지 않은 녹색 눈동자를 한 미녀는 어쩐지 그녀에게 우호적이었다.

시나는 침을 삼켰다.

여기서 잘해야 한다. 아니면 마녀 같은 걸로 몰리거나, 구경거리가 될지도 모른다.

시나는 몇 번이나 루미에게 설명했던 대로 란에게도 이야기를 시작했다.

란은 그녀의 말을 가로막지 않고, 진지한 얼굴로 귀를 기울이며 말을 들어주었다.

"그래서, 저도 어떻게 된 건지 모르겠어요. 라치아에는 마법사가 없다고 들었고요. 전 원래 세계로 돌아가고 싶어요. 도와주실 수 있을까요?"

마지막 말을 필사적으로 덧붙이자 란은 잠시 침묵했다가 고개를 끄덕였다.

"알겠어요."

"정말이요?!"

시나가 자리에서 벌떡 일어나 그녀의 손을 잡아당겼다. 란은 깜짝 놀랐지만 시나는 눈치채지 못하고 잡은 손은 흔들며 말했다.

"저, 정말 감사합니다, 감사합니다, 흑, 으흑ㅡ"

목소리에 울음소리가 섞이기 시작해서 란은 자리에서 일어나 더듬더듬 조심스럽게 시나의 어깨를 찾아 두들겼다.

"괜찮아요. 잘될 거예요."

생각해 보면 얼마나 무서웠을까?

란은 그렇게 생각하며 그녀의 등을 두들겼고, 시나는 곧 그녀를 끌어안더니 와앙ㅡ 하고 큰 소리로 울기 시작했다.

란은 눈을 크게 떴다가 미소를 짓고 "괜찮아요. 이제 내가 도와줄게요." 하고 속삭였다.

루미에는 그걸 보면서 자신의 과거가 생각났다.

'또 나 같은 인간 하나가 생기겠군.'

그는 그런 생각을 하며 란의 품에서 펑펑 우는 시나를 바라보았다. 그리고 그녀의 등을 쓸어내리며 미소 짓는 란도.

가슴이 아릿해서 그는 시선을 아래로 내렸다.

"가, 감사합니다."

시나는 란이 손수건을 건네주어 얼굴을 닦았다.

처음 보는 사람에게 안겨서 펑펑 울었다니 부끄럽기 짝이 없었다. 하지만 그동안의 불안이 어느 정도 씻겨가니 정신이 돌아왔다.

'그러고 보니 이분은 얼마 전에 시각을 잃었다고 했지.'

그런데도 자신을 위로하다니. 시나는 란의 멘탈에 감탄했다. 이어 란이 진지한 얼굴로 말했다.

"그리고 시나 양이 왜 이 세계로 넘어왔는지도 조금은 알 것 같아요."

시나는 눈을 크게 떴다.

"왜, 왜인데요? 뭐 때문이에요?"

"이야기가 조금 길어질 것 같은데, 다시 자리에 앉아요."

란이 손짓해서 시나는 자리에 앉았다. 그녀가 가장 궁금해하고 있던 문제였다.

왜?

왜 하필 자신에게 이런 일이 일어났는가?

란은 헛기침을 하고 라치아의 기원에 대해서 설명했다.

'봉인된 어둠'과 '대현자 이브리아'.

시나는 의아해하면서도 열심히 이야기에 귀를 기울였다.

"그리고 지금 그 봉인이 깨지고 있는 상황이에요. 아무래도."

란은 한숨을 내쉬었다.

"그리고 그 어둠이 누군가를 찾고 있다고 하더군요. 그럼 누구를 찾는 걸까요?"

"이브리아요."

별 고민도 없이 시나는 대답했다. 란이 고개를 끄덕였다.

"하지만 천 년 전 일이라면서요?"

"그렇죠."

"그, 대현자라는 사람은 이미 죽은 거 아닌가요?"

"이야기에는 사라졌다고 전해지지만, 죽은 게 맞겠지요."

시나는 침착하게 이야기하는 란의 얼굴을 바라보았다. 보이지 않는 눈을 그녀에게 맞추려고 노력하는 게 보여서 시나는 어쩐지 가슴이 짜르르해졌다.

정말로 그녀는 자신을 생각해 주고 있었다.

이 낯선 곳에서 말이다.

하지만 그럼에도 입술이 떨리는 건 어쩔 수가 없었다.

"그럼, 그 자식이 착각했다는 거네요?"

"대현자 이브리아의 그림을 보면 그녀는 검은 머리에 검은 눈을 가지고 있더군요."

"말도 안 돼! 설마 여기 검은 머리와 검은 눈이 대현자 말고 없다. 그런 이야기는 아니죠?"

"아니에요."

란이 고개를 저었다. 유스타프만 해도 검은 머리니까.

"그냥, 시나 양이 운이 나빴던 거예요. 일종의 사고인 거죠."

시나는 입을 떡 벌렸다.

어처구니가 없으면서도 이해가 되어서 그녀는 한참 동안 아무런 말도 할 수 없었다.

이상한 사명 때문에 자신이 이곳에 온 거라면 정말로 참을 수 없었을 것이다.

하지만 엉뚱한 우연이라고 해도 분노가 일어나는 건 마찬가지였다.

퍼뜩, 시나가 말했다.

"그, 그럼 그 자식만 절 원래 세계로 돌려보내 줄 수 있는 거 아닌가요?"

"그건 차차 알아보도록 해요. 마법사들이나 엘프에게 연락을 해 보도록 하죠."

"엘프요?"

"네."

시나는 눈을 크게 떴다.

"진짜 엘프가 있단 말이에요? 이종족? 인간이 아닌?"

"네."

시나는 머리를 감쌌다.

"정말로 다른 세계군요."

"그런 것 같네요."

란은 그렇게 말하고 시나에게 하고 싶은 게 있다면 얼마든지 시녀나 루미에를 통해서 알려 달라고 했다.

시나는 대현자의 그림을 보고 싶다고 말했고, 일행은 복도에 걸린 거대한 그림 앞으로 함께 이동했다.

빛나는 마법 지팡이를 들고 서 있는 대현자의 그림을 보고 시나가 말했다.

"하나도 안 닮았어요."

루미에가 고개를 끄덕였다.

"대현자 쪽이 훨씬 미인이죠."

"루미에."

란이 눈을 찌푸리자 루미에가 시나를 향해 히죽 웃어 보였다.

"실례."

그 밉살맞은 웃음에 시나의 눈썹이 슥 치켜 올라갔다.

란이 시나 쪽을 돌아보자 루미에가 그녀의 어깨를 살짝 돌려 주며 말했다.

"이쪽이에요."

"아, 미안해요. 시나 양, 내가 자주 찾아올 테니— 루미에, 이쪽 아니지."

말하다 어디선가 흐느끼는 듯한 소리가 나서 란이 눈을 부릅떴고, 시나가 "흐흐익." 하고 간신히 웃음을 참으며 란의 손을 잡았다.

"이쪽이에요."

란은 한숨을 내쉬었다.

"자주 찾아올 테니까 마음 편하게 있어요."

"네, 감사합니다— 저기."

"네."

"언니라고 불러도 될까요."

시나의 말에 란은 고개를 끄덕였다.

"물론이에요."

그러고서 시나를 방으로 데려다 주고 란은 루미에에게 투덜거렸다.

"아니, 눈 안 보이는 사람을 놀리고 싶어? 내가 그림을 보고 떠드는 게 보고 싶었어?"

"화내시지 않을까 하고."

루미에의 말에 란은 의아해졌다.

"내가 루미에에게 화냈으면 좋겠어?"

"계단이에요."

루미에는 그렇게 말하고 란을 안아 든 후에 말했다.

"아뇨, 제가 아니라."

루미에는 살짝 입술을 깨물었다가 낮게 말했다.

"너무 쉽게 가주님을 용서한 것 같아서."

"……?"

란은 더더욱 영문을 알 수가 없어져서 물었다.

"유스를? 내가? 용서하고 말고 할 게 뭐가 있어?"

"공작이 주인님을 붙잡지 않았다면 이런 일도 없었겠지요."

"루미에."

란이 손을 뻗어 그의 어깨부터 더듬어 뺨까지 올라갔다. 루미에는 그녀의 손가락이 주는 감각을 즐겼다.

"유스는 나에게 선택권을 줬고, 남은 건 나야. 그리고 눈은 곧 나을 거야. 정말로."

루미에의 얼굴이 미심쩍게 변했다. 치료사도 고개를 저었는데, 눈이 낫는다고?

"주인님은 거짓말하지 않으시죠."

"응."

란이 고개를 끄덕여 루미에는 다시 물었다.

"정말, 정말이지요?"

"정말, 정말로."

루미에는 계단 벽에 등을 툭 대고 길게 한숨을 내쉬었다. 그가 힘주어 그녀를 끌어안았다.

"다행이에요. 정말, 진짜."

"나도 진심으로 그렇게 생각해."

란이 고개를 끄덕였고 루미에가 물었다.

"가주님도 이 사실을 아시나요?"

"아니, 아직."

어쩌다 보니 이야기할 타이밍을 놓쳐 버렸다.

'그보다는 잔소리 들을 것 같아서……'

정령과 거래하지 말라고 했는데, 거래했으니까.

'근데 어쩔 수 없는 상황이었으니까 이해해 줄 것 같기도 한데?'

란이 갸웃거리고 있으려니 루미에가 속삭였다.

"그냥 비밀로 하면 안 돼요?"

"잉?"

"공작님은 속 좀 타서도 될 듯."

란이 피식 웃었다.

"사적인 감정은 빼고?"

"사적인 감정은 약간만 넣어서요."

루미에가 그렇게 말하고 허리를 숙여 란의 이마에 키스한 후에 벽에서 등을 떼고 걷기 시작했다.

"루미에."

당황한 란이 이마를 문지르며 그를 부르자 루미에가 말했다.

"저는 차였고 깨끗하게 승복했고, 그래도 주인님이 좋아요. 이게 어떤 방식의 좋아함이냐고 묻는다면 말하지 못하겠지만."

성큼성큼 계단을 올라 그는 복도를 걸었다.

"루미에……."

"그런 동정은 싫습니다."

"동정하는 게 아닌데―"

"미안해하는 것도 싫어요."

"그건, 알았어."

란이 고개를 끄덕여서 루미에는 피식 웃었다. 그가 그녀를 방문 앞에서 내려주고 문을 열었다.

"물론 모든 것은 주인님의 뜻에 달려 있는 거지만요."

싱긋 웃으며 하는 말에 란은 그가 어떤 얼굴을 하고 있나, 그의 얼굴을 더듬어 본 다음 말했다.

"충고 고마워."

지금 그걸로 유스타프에게 말해야겠다는 확신이 섰다.

루미에가 미간을 찌푸리는 게 손끝에 느껴져서 란은 웃었다.

"루미에, 시나를 부탁할게."

"알겠어요."

그는 순순히 고개를 끄덕였다.

어쨌든 그는 이세계에서 왔다는 그 여자가 싫지 않았다.

아니, 정신이 나간 거라고 생각할지도 모르겠지만 그녀는 란과 비슷한 곳이 있었다.

특히 자신을 보는 눈이.

같은 인격체라는 걸, 사람이라는 걸 의심하지 않는 그 시선.

'신분이라는 게 없다는 세상에서 왔다고 했었지.'

루미에는 그건 대체 어떤 세상일까, 하고 갸웃하며 방을 나섰다.


란이 호의적이었기 때문에 시나의 붙임성이 제대로 발휘될 수 있었고, 그녀는 쉽게 하늘 저택에 받아들여졌다.

유스타프는 란의 설명을 듣고 일리 있다고 생각했다.

"다른 세계로부터의 납치란 말입니까?"

"응, 그 봉인 말인데. 예전에 하레쉬에게 자료가 있다면 보내 달라고 했었거든. 그게 도착해 있어서…… 요즘 읽고, 아니 듣고 있어."

키리에게 읽어 달라고 하고 있었다.

"그 봉인이라는 게 개미굴 같은 데에 가둬 둔 건가 봐."

"개미굴이요?"

"응, 복잡한 미로 같은 거. 입구는 라치아에 있는 '문' 하나뿐이야. 하지만 갈림길이 100개가 있고, 그 갈림길은 다시 100개의 갈림길로 연결되고, 그런 식으로─"

유스타프는 고개를 끄덕였다.

"알겠습니다. 가짜 입구가 잔뜩 있다는 거군요."

"응, 그런데 이제 어둠은 진짜 문의 위치를 발견한 거지."

"그렇게 된 거군요."

유스타프는 눈을 가늘게 떴다.

"하여간 문 너머는 그런 개미굴 같은 세상이고, 그래서 다른 세계와의 단절이 약한 부분인가 봐."

란은 그렇게 말하고 한숨을 내쉬었다.

그래서 자신이 라치아로 넘어왔으며, 그건 시나도 마찬가지다.

"그리고 유스타프, 나 조금 할 이야기가 있어."

"말씀하세요."

"내 눈 말인데─"

유스타프가 그녀가 뭐라고 하기 전에 먼저 말했다.

"날이 풀리면 하레쉬를 부르지요. 엘프 의사라면 분명히 손쓸 방도가 있을 겁니다."

"아니, 그게 아니라. 고쳐질 거야."

란이 너무 태연하게 말해서, 유스타프는 그녀가 희망사항을 말하는 것인지 아니면 사실을 말하는 것인지 알 수가 없었다.

그는 어떤 대답을 해야 하는지 알 수가 없어서 조심스럽게 되물었다.

"고쳐진다고요?"

"응. 정령이 약속했어."

"정령과 거래했습니까?"

저도 모르게 유스타프의 목소리가 높아졌다.

란은 "아니, 그게 아니라." 하고 자신이 겪었던 일을 이야기했다. 대신 우슬라의 참격을 불렀던 이야기는 빼고, 그냥 아는 정령을 불렀다는 이야기만 내놓았다.

그래서 정령이 꿈이 나타나서 빙벽에 대한 이야기와 제 눈이 나을 거라는 이야기를 해 줬다고 말하자 깊고 깊은 숨소리가 들려왔다.

"유스?"

란이 테이블 위를 더듬어 손을 뻗었다. 유스타프는 양손으로 제 얼굴을 감쌌다가 그녀의 손을 꽉 잡았다.

말이 나오지 않았다.

지독한 안도감이 그를 덮쳤다.

대화가 오가지 않아도, 맞잡은 손만으로도 충분했다.

한참 후에 란이 장난스럽게 말했다.

"그럼 부탁 하나 해도 돼?"

"말씀하세요."

"피아노 쳐 줘."

란의 말에 유스타프는 피식 웃었다.

"그러지요."

"정말?"

"정말입니다."

그는 그렇게 말하고 그녀의 손을 잡은 채 자리에서 일어났다.

피아노가 있는 방으로 들어가 유스타프는 란을 제 옆에 앉히고 가볍게 깍지를 끼어 손가락을 쭉 늘리며 물었다.

"어떤 걸 쳐 드릴까요?"

"아무거나."

란의 말에 유스타프는 잠깐 생각했다가 곧 피아노 건반을 두들겼다. 익숙한 동요였다.

가벼운 곡이라 란은 피식 웃으며 그의 어깨에 기댔다.

"우리 가주님, 피아노도 잘 치시네요."

유스타프는 기댄 란을 힐끗 보았다가 좀 더 빠르고 복잡하게 스케일을 변화시키기 시작했다. 란은 눈을 크게 떴다.

그녀가 손을 더듬어 피아노 앞쪽을 만져보았지만 악보 같은 건 걸리지 않았다.

"안 보고 치는 거야?"

"네."

"유스, 진짜 대단하다."

란은 연신 감탄했다.

유스타프는 연달아 세 곡을 내리 쳤고, 란은 끝날 때마다 열심히 박수를 쳤다.

"우리 유스는 손가락도 예쁜데 피아노도 잘 치네."

그녀의 말에 유스타프는 피식 웃고 조심스럽게 그녀의 머리카락을 목 뒤로 넘겨주었다. 이어 그의 손이 그녀의 목덜미를 부드럽게 쓸어내리며 살며시 뒷목을 감쌌고, 란은 다가오는 그의 키스를 즐겼다.

부드럽게 와 닿는 입술도, 자신을 붙잡는 그의 손도 전부 좋았다.

입술을 떼고 서로 이마를 맞댄 채 잠시 있다가 란이 말했다.

"고마워."

"뭐가 말입니까?"

"시나 말이야. 잘 대해 줘서."

유스타프가 시나가 원하는 걸 다 들어주고 있다는 이야기는 란에게도 들어왔다.

"란의 손님이니까요."

"응."

대답하며 란은 눈을 감았다.

지금은 그것뿐이지만, 아니게 될 수도 있지.

불안하지만 막을 수 없었고, 괴롭지만 말할 수 없었다.

한편으로는 그런 생각을 하는 것 자체가 유스타프와 시나에게 커다란 실례고, 자신이 속 좁은 인간이 된 것 같은 기분이 들었다.

"유스타프."

"네."

"전에 봄 되면 약혼하기로 했던 거 있잖아."

"네."

"조금만 더 미루면 안 될까?"

유스타프는 침묵하다가 대답했다.

"알겠습니다."

'어째서.' 라든가 '왜?' 하는 질문이 돌아오지 않아서 란은 안도하면서 도 불안했다.

모순된 감정을 느끼며 란이 애써 웃었다.

"그때 정령의 말에 의하면 이제 내일이나 모레쯤이면 눈이 보이게 될 거야."

"그렇습니까."

"응."

"그럼 성대한 연회라도 준비해야겠네요."

란이 웃었다.

"그럴 필요까지는 없어."

"제가 해 드리고 싶습니다."

"그럼 작은 걸로."

란의 말에 유스타프는 "그러죠." 하고 고개를 끄덕이고 다시 그녀에게 키스했다.

아까보다 좀 더 깊은 키스였다. 유스타프는 불안감을 지우려는 듯 파고들어 그녀를 탐했다.

란이 숨을 거칠게 내쉴 때가 되어서야 유스타프는 그녀에게서 떨어지며 말했다.

"방까지 바래다 드리지요."

란은 붉어진 얼굴로 고개를 끄덕였고, 유스타프는 그녀를 안아 들었다.

"유스, 걸을 수 있어."

"압니다. 하지만 이것도 오늘까지니까요."

유스타프의 말에 란은 그런가, 하고 얌전히 안긴 채로 방으로 향했다.

이튿날 아침, 눈을 뜨니 세상이 새까맣게가 아니라 하얗게 보였다.

'보이나?'

란은 눈을 비볐다.

하지만 하얗게 보일 뿐, 보이지는 않았다.

'안 보이는 건가? 아냐, 어렴풋이 보이는 것 같은데…….'

란은 자리에 누워 주변을 둘러보았다. 모든 것이 뿌옇게 안개 낀 듯 보였다.

'조금 더 기다리자.'

초조함을 억누르며 란은 누운 채로 눈을 깜박였다. 끈기 있게 기다리니 안개가 걷히듯 점점 더 시야가 밝아져서 모든 게 깨끗하게 보였다.

란은 자리에서 벌떡 일어나 침대에서 뛰어내려 왔다.

"백작님?"

놀라 디모디아가 달려왔고, 란은 그녀의 손을 잡고 빙빙 돌았다.

"이제 보여!"

디모디아가 입을 떡 벌렸다. 그녀의 표정이 우스워서 란은 다시 큰소리로 웃었다.

보인다는 게 이렇게 멋진 거였구나!

햇빛의 반짝임도, 눈부신 색채도, 다시 보는 얼굴들도, 너무 좋아서 란은 흥분이 멈추지 않았다.

"디모디아? 무슨 일이에요, 백작님?"

"키리도 이리 와! 소다랑 카라도!"

란이 큰 소리로 외쳐서 얼결에 불려 들어온 시녀들의 손을 잡고 란은 빙글빙글 돌았다.

의아해하던 그녀들도 란이 눈이 보인다고 말하자 같이 환호성을 지르며 빙글빙글 돌았다.

한참 돌다가 결국 상황이 우스워 웃음이 터져 나왔고, 모두가 웃으며 도는 걸 멈췄다.

디모디아가 킥킥거리며 말했다.

"그래도 무리하시면 안 돼요. 치료사를 부르죠."

"맞아요."

카라가 그제야 정신을 차리고 화급히 란을 자리에 앉혔다.

소다가 직접 치료사를 부르러 쪼르르 달려 나가자 키리가 가슴을 쓸어내리며 말했다.

"다시 보이게 되어 정말로 다행이에요, 백작님."

"나도 그렇게 생각해."

란이 웃으며 말했다.

"다시 보게 돼서 기뻐, 키리."

씩 웃으며 란이 말하자 키리도 웃었다.

"저도 다시 보이게 돼서 기쁩니다."

디모디아가 물었다.

"불편한 곳은 없으세요? 시야가 일그러져 보이거나?"

"아니, 그런 건 전혀 없어. 예전이랑 똑같아."

카라의 눈에 눈물이 글썽 고였다. 그녀가 손수건으로 눈물을 찍어 내며 말했다.

"정말, 정말 다행입니다."

"응."

란도 고개를 끄덕이며 다시 한번 표범 정령에게 진심으로 감사했다.

그리고 다시는 함부로 정령의 힘을 쓰지 않겠다고 다짐했다.

얼마 지나지 않아서 날아오듯이 치료사가 달려왔고, 이어 유스타프와 루미에가—그리고 시나가— 쫓아왔다.

치료사는 진찰판을 펴서 란을 살피고 눈을 살핀 후에 말했다.

"정말로 이제 보이시는군요."

"그렇다니까요."

란이 웃으면서 말하자 치료사가 진지하게 말했다.

"그래도 당분간은 조심하십시오. 하여간 이상 징후는 보이지 않는군요."

치료사는 제 말을 초조하게 기다리는 사람들을 향해 말했다.

"란 님께선 완치되신 것 같습니다."

시나가 달려와 란을 꽉 끌어안았다.

"언니, 진짜, 진짜 잘됐어요―"

그러며 제 일인 것처럼 엉엉 우는 시나를 란은 웃으며 달랬다.

타이밍을 놓친 유스타프는 눈을 가늘게 뜨고 시나를 바라보았지만, 란과 시선이 마주치자 미소 지었다.

루미에가 혀를 차고 새끼 고양이를 끌어내듯이 시나의 목덜미를 잡아당겨 란에게서 떼어 놓았다. 시나는 루미에를 향해서 얼굴을 찡그려 보였다가 그가 내미는 손수건에 얼굴을 북북 닦았다.

란은 그제야 떨어져서 시나의 얼굴을 볼 수 있었다.

생각했던 대로 미인이었다.

새까만 생머리는 차르륵 윤기가 흘러서 등허리까지 길게 떨어지고, 눈동자도 크고 까맣게 반짝거린다.

게다가 그녀는 기사 같은 복장을 하고 있었다.

셔츠에 바지 차림.

생각했던 시나 그대로라 란은 어쩐지 웃음이 나왔다.

"이렇게 보게 되어 반가워요."

"네, 저도 반가워요."

시나가 고개를 끄덕였다.

한바탕 소란이 지나간 이후에 하늘 저택의 분위기는 단숨에 밝아졌다.

이방인인 시나는 그 분위기를 피부로 느낄 수 있었다.

열리지 않을 것처럼 미뤄졌던, 뒤늦은 신년회가 열리고 저택은 활기를 되찾았다.

＊　　＊　　＊

시나는 드레스를 입은 제 모습을 거울에 몇 번이나 비춰 보았다.

'굉장하다…….'

연푸른빛의 산뜻한 드레스는 그녀에게 잘 어울렸고, 란이 빌려준―선물해 준다는 걸 시나는 거절했다― 머리 장식도 아름다웠다.

달랑이는 백금 장식이 무수히 달린 머리핀은 별의 폭포처럼 보였다. 검은색 머리카락과 꼭 맞는 한 쌍 같았다.

"계속 본다고 예뻐지는 것도 아닌데."

시나가 흥 하고 루미에를 향해 돌아서서 말했다.

"그쪽의 홍당무 같은 머리카락보다는 낫죠."

"홍당무?"

생각지도 못한 말에 루미에는 입을 떡 벌렸다.

"그나저나 라치아 공작가는 대단하네요. 아니, 공작이라서 그런 건가……."

온 집 안에 장식이 달렸다. 은가시나무와 금사가 수놓인 벨벳 리본들, 녹색에 붉은 열매가 달린 가지를 엮어 만든 거대한 리스들.

현대 호텔의 크리스마스 장식도 이렇게까지 화려하지는 않을 것 같았다.

게다가 여기에 마법 램프들까지 더해져서 환상적인 분위기를 만들어 내고 있었다.

온풍이나 온수가 나오는 시설도 그랬다.

'전기장판 같은 이불도 있고.'

시나가 지내기에 불편한 것은 아무것도 없었다.

거기다가 무도회!

여자라면 설렐 수밖에 없는 단어다.

"늦기 전에 가요."

시나가 그렇게 말하며 싱글싱글 웃어서 루미에는 픽 웃었다.

신년회는 다이아몬드 홀에서 열렸고, 올해도 풍성했다.

란은 "몇 년 전만 해도 우리가 빚에 시달렸다고 하면 누가 믿겠어." 하며 흐뭇한 얼굴을 했다.

곧, 유스타프의 짤막한 신년사가 끝나자 오케스트라 연주가 시작되었고, 란은 유스타프의 손을 잡고 플로어로 미끄러지듯 나갔다.

이제 그녀의 춤 솜씨도 상당히 나아져 있었다.

'역시 뭐든 연습을 하면 늘어.'

란은 그렇게 생각하며 능숙하게 더블릿을 춰 보였다.

둘이 첫 네 마디를 추자, 곧이어 사람들이 플로어로 들어와 함께 간격을 맞춰 춤을 추었다.

란은 루미에와 시나가 같이 춤을 추는 걸 보고 눈을 동그랗게 떴다.

유스타프는 빙글 돌아서, 란이 루미에를 바라보고 있는 걸 보고 눈을 찌푸리며 말했다.

"란."

"어?"

"지금 란과 춤을 추고 있는 건 접니다."

"아, 응."

'아, 응.'이라니?

유스타프의 눈이 더더욱 가늘어졌다. 그가 힐끗 루미에와 시나를 보았다.

"둘이 춤을 추고 있군요."

"맞아."

란은 조마조마한 기분이었다. 물론 자신은 루미에를 찼으니까, 루미에가 시나와 어떻든 상관하지 않을 일이었다.

하지만, 하지만.

'서브남으로 괜찮은 건가?'

두 번 차이는 건 좀 아니지 않은가.

"란."

유스타프가 힘주어 다시 그녀를 불러 란은 그제야 시선을 떼어 유스타프를 보았다.

어색하게 그녀가 말했다.

"시나, 예쁘지 않아?"

"예쁘네요."

유스타프는 고개를 끄덕였다.

그는 시나에게 준 드레스와 장식이 다 어디서 왔는지 알고 있었고, 여자들이 그런 걸 신경 쓴다는 것 역시 풍문으로 들었다.

"머리 장식도 참 잘 어울리고요."

그래서 그는 힘주어 란이 선물했을 장식을 칭찬했고, 란은 희미하게 웃었다.

"나도 그렇게 생각해."

그러며 그녀가 덧붙였다.

"다음 춤은 시나랑 추는 게 어때?"

유스타프는 잠시 머뭇했다가 고개를 끄덕였다.

"알겠습니다."

란이 시나를 신경 쓰고 있고, 그녀가 저택에서 호의를 얻는 가장 쉬운 방법은 영주가 환대해 주는 거다.

'이미 란 덕분에 환대는 충분한 것 같지만.'

어째서 저 여자를 저렇게 신경 쓰는지 모르겠다, 하고 유스타프는 생각했지만, 란이 원하는 거라면 눈사람이라도 극진히 대접할 생각이었다.

첫 춤이 끝나자 유스타프는 시나에게 가서 춤을 신청했고, 시나는 뺨을 붉히고 란을 한 번 보았다가 유스타프와 함께 춤을 추었다.

란과 달리 시나는 운동 신경이 좋았기 때문에, 얼마 되지 않은 레슨으로 금방 춤에 익숙해진 후였다.

"백작님, 저와 한 곡 추시겠습니까?"

공손하게 루미에가 춤을 청해서 란은 그 손을 잡았다.

란이 키득거리며 말했다.

"저번에 내가 춤 가르쳐 주려다가 실패한 거 생각나는데."

"남자 쪽 스텝은 전혀 모르신다면서 말이죠."

"맞아. 이제 루미에도 잘 추네…… 어째 나만 못 추는 것 같아."

"잘 추시는데요?"

"더블릿만 이 정도야. 다른 춤은 영― 그냥 실수만 면할 정도지."

란의 말에 루미에는 피식 웃었다. 그가 유스타프와 춤추는 시나를 바라보고 속삭였다.

"둘이 즐거워 보이네요."

그 말에 란이 힐끗 유스타프를 보았다. 그는 드물게도 웃고 있었다.

시나는 그에게 재잘재잘 뭔가를 계속 말하고 있었고 말이다.

"그러네."

란은 그렇게 말하며 시선을 돌렸다. 도무지 똑바로 보고 있을 수가 없었다.

루미에가 잠시 란의 얼굴을 내려다보다가 물었다.

"무슨 일이에요?"

"어?"

"가주님과 주인님 말이지요."

"아무것도 아닌데."

"그런데 가주님이 다른 여자랑 춤을 춘다고요?"

"내가 춰 달라고 했으니까."

그 말에 루미에가 눈을 찌푸렸다. 란이 시나를 챙기는 건 알고 있지만 그건 좀 너무 나간 거 아닌가?

란은 루미에에게 빙긋 웃어 보였다.

"미안."

"뭐가요?"

"시나가 마음에 든 거 아니었어?"

그 말에 루미에는 눈을 크게 떴다.

"저 봄날 망아지 같은 여자를 말이에요?"

"어— 아니야?"

"아닙니다."

그의 말투는 단호하다 못해 사나울 정도였다. 저도 모르게 당황한 란이 시나를 위해서 변명을 늘어놓기 시작했다.

"하지만, 시나는 괜찮은 아이야. 좋은 아이고, 명랑하고, 운동 신경도 좋고, 말도 잘 타고—"

루미에는 아차 싶었다.

지금 자신은 그 말을 '여자로 좋아하냐'고 받아들었다.

하지만 란의 말뜻은 그게 아니었던 거다.

루미에는 한숨을 내쉬고 말했다.

"그야 좋은 아이지요. 제가 오해했네요. 그리고 이건 좀 다른 이야기 인데."

루미에가 란을 빤히 보았다. 그녀의 에메랄드색 눈동자가 똑바로 그를 보는 게 좋았다.

"어딘지 주인님을 닮았어요."

"뭐?"

내가?

여주인공이랑?

어디가?

란이 눈을 크게 뜨자 루미에가 웃었다.

"사람을 사람으로 본다는 점이 말이죠."

"그럼 사람을 사람으로 보지—?"

"아뇨, 다르게 보지요."

루미에는 잠시 생각하다가 말했다.

"저는 여기서 겉돌아요."

"루미에—"

"아뇨, 자조적인 게 아니라, 진짜로요. 기사단원들은 귀족의 자식들이죠. 둘째든, 셋째든, 넷째든 말이에요. 저와는 완전히 다른 환경에서 자라 왔고 그건 건널 수 없는 뭔가예요."

"……."

란은 뭐라고 해야 할지 몰라 입술을 깨물었다.

루미에가 그녀의 얼굴에 싱긋 웃었다.

"그런 얼굴 하실 필요 없어요. 하지만 그런 식의 겉도는 건 시나도 똑같지요. 그런 느낌의 동지애라면 그럴지도 모르겠네요. 게다가."

루미에가 짐짓 눈을 찌푸렸다.

"제가 과거에 노예였다고 말하니까 뭐라고 했는지 알아요?"

"뭐라고 했는데?"

"'그거 진짜 힘들었겠네요.'라고 하더군요."

란은 입을 벌렸고, 루미에는 히죽 웃었다.

"저 진짜 배를 잡고 웃었다니까요. 그런 개념이 없는 거죠, 저 아가씨는."

그런 게 당신과 이상하게 비슷하고, 그게 마음에 든다.

루미에는 뒷말은 삼켰다.

춤이 끝나고 플로어 밖으로 나오자 시나와 유스타프가 다가왔다.

시나가 웃으며 치맛자락을 붙잡고 우아하게 인사를 해 왔다.

"백작님."

"그냥 언니라고 불러요. 우리 사이에."

"아뇨, 이런 인사를 해 보고 싶었거든요."

시나의 말에 란은 다시 웃었다. 맞아. 자신도 어릴 때 많이 해 봤다.

"뭔가 마시지 않겠습니까?"

유스타프의 말에 란은 고개를 끄덕였고, 남자들은 음료를 가지러 떠났다.

시나는 란과 둘이 남자 속삭였다.

"공작님 진짜 멋있어요."

란은 심장 어디가 쿵 하고 내려앉는 기분이었다.

그러나 그녀는 웃었다.

만약 원래 흐름대로 흘러간다면 란은 막지 않을 거다. 그녀에겐 막을 권리가 없었다. 유스타프는 행복해질 거다. 살아남을 거고.

"그렇지?"

"네."

시나가 씩 웃으며 이어 뭐라고 하려는데, 저쪽에서 일루미니티 백작이 다가왔다.

그가 그녀의 손등에 가볍게 키스하고 말했다.

"부상이 심하셨다고 들었습니다. 무사하셔서 다행입니다."

"네, 다행히도 늦었지만 신년회도 열게 되었네요."

일루미니티 백작이 고개를 돌려 시나를 보았다. 란은 시나를 '문 너머 다른 세계에서 온 손님'이라고 표현했고, 그 말에 백작은 신기하다는 얼굴로 물었다.

"인간입니까?"

"인간이에요."

시나가 씩 웃으며 대답하자 백작은 "그렇군요." 하고 고개를 끄덕였다.

란은 다른 사람들에게도 차례로 시나를 소개했고, 호기심에 더해서 란과 유스타프의 호의 덕분에 부드럽게 시나는 받아들여졌다.

어쨌든 라치아 공작이, 가주가 신원 보증한 손님이다.

그렇다면 정중하고 우호적으로 대해야 하는 게 당연한 거였다.

란이 궁금한 점을 주고받는 시나와 사람들을 바라보는데 란스 남작이 란에게 속삭였다.

"잠깐 이야기해도 되겠습니까?"

"물론이에요."

란이 웃고 시나에게 말했다.

"유스타프랑 루미에가 돌아오면 맡아 줘요."

"네."

시나가 고개를 끄덕였고, 란은 란스 남작과 이야기를 나눴다. 큰 문제는 아닌, 내년 란스 남작령에 큰 보수가 필요한데 돈을 융통해 줄 수 있겠냐는 이야기였다.

란은 몇 가지 질문을 던지고 고개를 끄덕였다.

"충분히 될 것 같아요. 유스타프에게도 이야기해 둘게요."

"네, 감사합니다."

란스 남작은 흐뭇하게 웃었다.

란은 자리로 돌아가려다가 유스타프와 시나, 루미에 셋이 서서 이야기하는 걸 보고 걸음을 멈췄다.

어쩐지 세 사람만의 세계가 있는 것 같다. 그곳에만 핀 조명이 떨어지는 것처럼.

가슴 안쪽이 욱신거렸다.

하지만 이대로 유스타프와 시나가 잘된다면, 흐름은 원래대로 돌아가는 거고 그렇다면 유스타프도 안전하겠지.

잠시 그걸 바라보다가 란은 눈이 마주치기 전에 슬며시 테라스로 빠져나왔다.

## *Chapter 7.*

——

Truth will set you free

테라스를 걸으며 란은 추위에 가볍게 몸을 떨었다.

'신데렐라를 눈앞에 두고 있는 왕자의 약혼녀 같군.'

란은 피식 웃었다.

신데렐라 책 속에 떨어져서 왕자의 약혼녀가 되었는데, 드디어 그 무도회가 열리고 재투성이 신데렐라가 마법사의 도움을 받아 눈부신 아가씨가 되어 나타났을 때.

'이런 느낌이겠지.'

란은 그렇게 생각하며 눈가를 꾹꾹 눌렀다.

자신이 세상에서 가장 멍청하고 괴로운 짓을 하고 있다고 생각하면서도, 멈출 수가 없다.

우뚝, 테라스에 멈춰 서서 그녀는 탄식하듯 깨달았다.

'나 정말로 유스를 많이 사랑하는구나.'

그녀 자신의 목숨이 걸린 일이라면, 유스타프를 시나에게 넘겨주겠다거나 운명을 따르겠다거나 그딴 얘기는 절대로 하지 않았을 거다.

하지만 유스타프의 목숨이 걸려 있다면.

그렇다면 이야기는 달라진다.

'이래서 사랑을 하면 약점이 생긴다는 건가.'

란은 그렇게 생각하며 쓰게 웃었다.

유스타프가 안전하고 행복하다면, 나는 괜찮아.

왜냐면 유스를 사랑하니까.

하지만 그렇게 사랑하기에, 이렇게나 괴롭다.

'슬슬 들어갈까. 아니면 좀 더 시간을 보내야 하나.'

하지만 너무 몸이 차가워져 있어도 유스타프가 이상하게 생각할 테니까 어딘가 들어가 있는 게 좋겠다.

'술 창고나 털까.'

란은 그런 생각을 하며 피식 웃고 안으로 들어갔다.


시나는 슬슬 유스타프의 심기가 불편해지고 있는 걸 눈치챘다. 등에 식은땀이 흐른다.

'란 언니, 왜 안 오시는 거예요?'

그녀는 주변을 두리번거리다가 란스 남작을 발견하고 손을 들었다.

"남작님!"

그녀의 발랄한 어조에 란스 남작은 피식 웃으며 다가와 물었다.

"무슨 일입니까?"

"란 언니─ 아니, 로미아 백작님과 이야기 다 끝나셨나요?"

란스 남작은 의아한 얼굴이 되어 되물었다.

"아직 안 오셨습니까? 한참 전에 끝났는데요."

"정말요?"

"네."

"그 뒤로 다른 분을 만나신 건가요?"

"그건 모르겠군요."

란스 남작은 불안한 표정으로 힐끗 유스타프를 한 번 보았다가 잽싸게 인사를 하고 자리를 떴다.

시나가 말했다.

"여성용 휴게소에 가 볼게요."

혹시 배가 아프신 걸 수도 있고!

유스타프가 가볍게 고개를 까닥해서 시나는 양 드레스 자락을 쥐어 올리고 빠르게 걸었다. 아니면 자꾸 드레스 앞자락을 밟게 되기 때문이었다.

시나는 똑같은 드레스인데 란은 어떻게 그렇게 가볍고 우아하게 걷는지 모르겠다고 생각하며 여성용 휴게소로 가 보았지만, 거기에도 란은 없었다.

쉬고 있던 다른 레이디에게 물어보니 온 적도 없다고 한다.

시나는 당황해 다시 빠른 걸음으로 연회장으로 돌아왔다. 그녀의 표정만 봐도 유스타프는 란이 그곳에 없다는 걸 알았다.

"휴게소에 안 계세요. 물어보니 오신 적도 없대요."

유스타프가 고개를 들어 플로어에서 한창 콰트로옴(4명이 짝지어 추는 빠르고 경쾌한 춤곡)을 추고 있는 키리에게 손짓했다.

키리는 쿵쿵 스텝을 밟다가 웃고는 재빠르고 자연스럽게 다른 사람을 제 자리에 넣고 플로어를 빠져나왔다.

"가주님, 무슨 일이세요?"

"네 주인이 안 보여."

"란 님이요?"

키리가 갸웃했다가 말했다.

"아까 나가시는 건 봤는데, 들어오시는 건 못 봤군요."

"나가?"

유스타프의 말에 키리가 고개를 끄덕였다.

"뒷문으로 나가시던걸요. 전 휴게소에 가시나 했지요. 혹시 여성의 사정일지도 모르니 좀 더 기다리세요."

"한 시간째?"

"어머? 벌써 그렇게 됐나요?"

키리는 고개를 갸웃했다가 낮게 말했다.

"따로 다른 보고는 없었습니다. 저택은 안전하고요."

유스타프는 답 없이 손을 저었고, 키리가 싱긋 웃고 물러났다.

"제가 가서 찾아보겠습니다."

루미에의 말에 유스타프는 "아니." 하고 손가락으로 시나의 정수리를 가리키며 말했다.

"붙어 있어."

시나가 당황해 말했다.

"저도 같이 언니를 찾아볼게요."

유스타프는 그렇게 말하는 시나를 무시하고 그대로 연회장을 떴다.

아니, 뜨려고 했다.

그는 안으로 들어오는 란을 보고 눈을 찌푸리며 빠르게 다가갔다.

"유스? 어디 가?"

"란을 찾으러요."

"아— 괜찮은데. 미안."

란이 미소 지으며 말했고, 유스타프는 뭔가 이상한 걸 느꼈다.

"란."

"응?"

"몰래 술 마셨습니까?"

란은 눈을 크게 떴다가 웃었다.

"여기서 마음껏 마실 수 있는데 왜 몰래 술을 마셔?"

"그건 그렇습니다만—"

뭔가 이상하다.

란이 키득거리며 걸음을 옮겼다.

"시나를 혼자 두면 안 되지."

"혼자 안 됐습니다."

유스타프가 대답했고, 돌아오는 란을 보고 시나의 표정이 밝아졌다.

"언니, 어디 다녀오셨어요? 걱정했잖아요."

"바깥 공기 좀 쐬었답니다. 이야기는 잘 했어요?"

시나는 고개를 끄덕였다.

그 후로 연회는 별문제 없이 이어졌고, 잘 끝났다.

그런데 그날 이후로 유스타프와 시나, 그리고 루미에는 미묘한 위화감을 느꼈다.

아니, 그건 저택의 사람들 모두가 느끼는 것이었다.

딱히 란이 유스타프를 멀리하냐고 하면 그건 아니다.

하지만……

시나는 조마조마한 얼굴로 카드를 보았다가 유스타프의 얼굴을 바라보았다.

지금 카드 룸에는 시나와 유스타프 단둘뿐이었다.

란이 잠깐 뭘 좀 가져오겠다고 짐꾼으로 루미에를 데리고 나갔기 때문이었다.

이런 식으로, 란은 시나와 유스타프 둘만을 남겨두는 일이 잦았다.

시나는 카드를 슬쩍 덮으며 말했다.

"혹시 두 분 싸우셨나요?"

"아니."

유스타프는 대답하고 시나를 바라보았다.

지금 이렇게 란이 자리를 뜬 것도 이상한 일은 아니다. 아니지만, 동시에 이상한 일이었다.

물건 가져오는 건 시녀를 시키면 된다.

란이 직접 가지러 갈 귀한 물건이라면 군이 루미에가 짐꾼으로 필요할 만큼 큰 물건도 아닐 터이다.

이게 한 번이면 그러려니 하겠는데 벌써 여러 번째였고, 유스타프는 그게 손거스러미만큼이나 거슬렸다.

그를 더 짜증 나게 하는 건 도무지 란과 둘만의 시간을 가질 수 없다는 거였다.

그가 카드를 테이블 위에 던지며 말했다.

"란에게 뭔가 들었나?"

"아니오."

시나는 고개를 저었다.

그녀는 눈앞의 공작이 흥미롭기도 했지만, 상당히 무서웠다. 그가 자신을 바라볼 때의 눈동자는 무기질적인 느낌이었다.

그가 자신에게 친절한 것은 오로지 란이 그녀에게 친절하기 때문이다.

'그러니까 이렇게 둘이 남는 거 싫은데.'

시나는 그렇게 생각하며 신음을 삼켰다.

"안 오는군."

"늦어지시네요……."

유스타프는 팔걸이에 몸을 기댔다. 그가 툭툭툭 팔걸이를 손끝으로 두들겼다.

결국 그가 참지 못하고 몸을 일으키는 찰나, 문이 열렸다.

"미안, 찾느라 시간이 좀 걸렸어."

란이 들어오며 사과했다. 루미에는 손에 큰 상자를 들고 있었다.

시나가 농담처럼 말했다.

"길 잃어버리신 줄 알고 찾으러 가려고 했어요."

진짜로.

하지만 당연히 란은 그걸 농담으로 받아들였다. 둘을 번갈아 바라보며 란이 말했다.

"재미있는 이야기라도 했어?"

"네."

유스타프는 그렇게 말했고, 시나는 "아뇨?" 하고 대답하려다가 재빠르게 입을 다물었다.

유스타프가 란에게 잘 보이고 싶어 한다는 게 너무 빤히 보여서 시나는 그의 편을 들어 주었다.

"공작님이 재미있는 이야기 해 주셨어요."

"정말? 그랬구나."

란은 그러며 얼른 상자 뚜껑을 열어 표정을 감췄다. 거기에는 검은색 망토가 들어 있었다. 뭐로 짜여 있는지 고급스러운 광택이 자르르 흘렀다. 그리고 목을 감싸는 부분에는 풍성한 털이 달려 있었다.

모두가 망토를 바라보는 사이, 란은 표정을 정돈했다.

한 박자 숨을 들이마시고 란이 말했다.

"시나에게 선물로 줄게. 겨울에 따뜻할 거야. 라치아에서 살아가는 데 망토는 필수니까."

"네? 하지만, 이거 비싸 보이는데요?"

시나가 고개를 저었다.

"이미 가지고 있는 걸로도 충분해요."

"아냐, 시나에게 어울릴 거야. 말 탈 때는 모피 달린 망토가 꼭 필요하지요."

유스타프가 그걸 보다가 낮게 말했다.

"이거 어머님 거 아닙니까?"

"어? 웅."

란이 고개를 끄덕이자 루미에도 시나도 퍼뜩 그녀를 바라보았다. 란이 웃었다.

"하지만 난 안 쓰는걸, 키도 안 맞고. 그래도 시나에게는 잘 맞을 거야."

"하지만, 유품인 거잖아요?"

"그러니까, 꼭 시나가 받아주면 좋겠어."

란이 그렇게 말하며 상자 뚜껑을 덮어 시나에게 밀어 주었다.

시나는 도로 그 상자를 란에게 밀었다.

"아니에요. 이런 건 못 받아요."

"시나."

"받아."

유스타프가 말하며 상자를 시나에게 밀고는 란에게 말했다.

"란에게는 제가 새로 하나 맞춰 드리지요."

"어?"

란이 놀라 눈을 크게 뜨는데 시나가 "아, 그런 거라면." 하고 상자를 당겼다.

진짜로 받을 생각은 없었지만, 지금은 유스타프에게 장단을 맞추는 게 좋을 것 같았다.

"나 망토 많은데."

"방금 하나 줄었잖습니까?"

유스타프가 그렇게 말하며 그녀의 손을 잡았다.

"게다가 전부 란이 번 돈인걸요. 얼마든지 사치품을 사들이십시오."

그가 손등에 입 맞추며 속삭였고 란은 웃었다.

시나가 씩 웃고 말했다.

"그러면 이렇게 하죠. 이번 게임에서 란 언니가 유스타프 님께 지면 망토를 받는 걸로요."

"괜찮군요."

유스타프가 고개를 끄덕였고, 란은 할 말이 없어 신음을 흘리며 고개를 끄덕였다.

루미에가 피식 웃고 제 카드 패를 들었다.

"새 망토 디자인을 생각해 두시는 게 좋겠네요."

그리고 당연히도, 유스타프는 게임에서 란을 이겼고 란은 새 망토를 주문하겠다고 약속했다.

*　　*　　*

화창한 겨울날이 이어졌다.

그 후로 마수의 '마' 자도 보이지 않아서, '단순히 우연이었던 걸까?' 하는 생각까지 들었다.

'하지만 아니지.'

란은 오히려 평화로운 이 상황이 더 불안했다.

어딘가에서 적이 이미 부활해 힘을 비축하고 있는 듯한 느낌이다.

란은 창문 밖으로 말을 타는 시나를 내려다보았다.

운동신경이 좋은 시나는 말을 탄 지 얼마 되지도 않아서 란보다 훨씬 더 말을 잘 탔다.

란이 그녀의 말을 시나에게 주겠다는 걸 주변에서 뜯어말리고, 유스타프가 다른 말을 시나에게 내주었다.

시나가 말을 타고 루미에와 뭔가를 이야기하고 있었다. 루미에가 제 검을 뽑아서 주자 그녀는 그걸 휘두르다가 바닥에 떨어트렸다.

란이 놀라 눈을 크게 뜨는데 루미에가 시나를 놀리며 검을 집어 드는 게 보였다.

'사이좋네.'

"백작님? 뭘 그렇게 보세요?"

디모디아의 말에 란이 장에서 시선을 떼고 제가 어루만지던 귀걸이를 들어 올렸다.

"응, 아무것도 아냐. 디아, 이거 어때?"

"자수정 귀걸이네요. 포도 넝쿨 모양이 진짜 같은걸요. 예뻐요."

"디아 줄게."

"네?"

디모디아가 놀라 눈을 크게 떴고, 란이 웃으며 귀걸이 한 쌍을 그녀에게 내밀었다.

"보라색이니까 잘 어울릴 거야."

"백작님."

디모디아가 이맛살을 찌푸렸다. 얼마 전부터 란은 이렇게 시녀들에게 조금씩 장신구를 선물하고 있었다.

란이 장신구를 사들이는 일 자체가 극히 드물었기 때문에, 그녀의 장신구가 바닥나고 있었다.

그런 말을 하면 란은 웃으며

"무슨 말이야, 공작가의 보물관이 있는데."

하겠지만, 엄밀히 말해 그건 라치아의, 공작 부인의 보물관이다.

란 로미아 개인의 물건은 아니라는 거다.

디모디아가 제 손에 올려진 귀걸이를 꽉 쥐고 물었다.

"역시 무슨 일 있으신 거지요."

"으응?"

란이 당황해 디모디아를 보자 그녀의 보라색 눈이 란을 똑바로 바라보았다.

"전 오랫동안 란 님을 모셔 왔어요. 그리고 란 님이 절대 허투루 뭔가 하시는 분이 아니라는 것도 알아요."

아니, 나 의외로 허술한데.

하지만 그런 말이 나올 분위기가 아니라 란은 입을 다물었다.

"그런데 이건 꼭—"

"신변 정리라도 하시는 것 같잖아요?"

키리가 그렇게 말하며 슥 끼어들었다. 란은 순간 대답하지 못했다.

왜냐면 그게 사실이었으니까.

유스타프와 시나의 사이는 점점 가까워지는 것 같았고, 란은 그걸 견딜 수가 없었다.

실제로도 스트레스 때문에 란의 몸무게는 줄어들고 있었다.

유스타프가 눈을 찌푸리며 먹고 싶은 걸 말하라고, 무엇이든 구해 오겠다고 말할 정도였다.

란이 웃었다.

“아냐.”

키리의 눈이 가늘어졌다.

“정말로요?”

“응. 그냥, 좀.”

란은 입을 벌렸다가 다물었다.

'바보짓을 하고 있는 거야.'

란은 그렇게 생각하며 한숨을 내쉬었다. 스스로도 바보 같다는 건 자각하고 있었지만, 어쩔 수가 없었다.

“란 님, 저희는 바보가 아니에요.”

키리가 딱 잘라 말해 란은 눈을 동그랗게 떴다. 디모디아가 놀라 키리를 보았다.

키리가 말했다.

“이거 시나 님이랑 가주님과 관계있는 거 아닌가요?”

“어?”

란은 너무 놀라 목소리가 살짝 뒤집히듯 올라갔다.

“역시.”

키리가 흥, 하며 란에게 말했다.

“저택 사람들도 다들 이상하다고 생각하고 있다고요.”

“정말?”

“네.”

“키리.”

당황해 디모디아가 키리의 팔을 잡고 흔들었다. 키리가 입을 내밀었다.

“물론 저흰 란 님이 무슨 생각이신지, 어떤 뜻인지 몰라요. 하지만―”

그때 똑똑 문 두드리는 소리가 나서 키리는 입을 다물었다.

"란 언니?"

들리는 목소리에 란은 "들어와." 하고 말했다.

시나가 문이 열리자마자 들어와 말했다.

"같이 썰매 타러 가지 않으실래요?"

"썰매?"

"네. 전에 루미에와 함께 타셨다면서요? 그래서 제가 알아보니까―"

시나가 킥킥 웃었다.

"공작님이 썰매를 만들어 두셨다는데요. 같이 타러 가요, 네?"

시나가 졸라 란은 자리에서 일어났다. 그러며 물었다.

"가주님도 같이 가는 거야?"

"아직 안 물어봤는데요."

"그럼 물어보자."

"네."

시나는 경쾌하게 대답하고 제자리에 서 있었고, 란이 갸웃하고 물었다.

"말하러 안 가?"

"아― 시녀를 시키는 게 낫지 않나요……?"

조심스럽게 시나가 되물어서 키리가 고개를 끄덕였다.

"제가 다녀오죠."

디모디아가 이어 "그럼 옷 먼저 갈아입으세요. 단단히 입으셔야지요." 하고 말했다.

란이 파티션 너머에서 옷을 갈아입는 사이 시나는 썰매가 너무 기대된다, 여기 설질 진짜 좋다, 스키나 스노보드 타고 싶다, 하는 말을 늘어놓았다.

란이 칭칭 동여맨 차림을 하고 나왔을 때 키리가 돌아와 말했다.

"가주님도 함께 타러 가신답니다."

"응."

란은 고개를 끄덕이고, 시나와 손을 잡고서 아래로 내려갔다. 시나가 웃으며 말했다.

"우리 진짜 너무 껴입지 않았어요? 계단에서 누가 밀면 통통 굴러갈 것 같아요."

란이 진지하게 고개를 끄덕였다.

"정말로. 그것도 조금도 아프지 않고."

"그죠? 그죠?"

시나가 깔깔 웃었다.

내려가니 벌써 유스타프가 기다리고 있었다. 란이 물었다.

"그렇게 얇게 입고 되겠어?"

"란처럼 입으면 걷지도 못할 겁니다."

"아닌데, 잘 걷는데."

란이 히죽 웃으며 말했다. 현관 밖으로 나오니 쨍한 겨울 햇살이 눈 위로 부서지고 있었다.

'조금만 놀아야지.'

잘못하면 설맹 되겠다.

그런 생각을 하고 란은 루미에가 들고 있는 썰매를 바라보았다.

유선형으로 다듬어진 썰매는 기하학적인 무늬가 화려하게 칠해져 있었고, 양쪽에 잡을 수 있게 만들어진 끈에는 호두만 한 방울이 잔뜩 달려 있었다.

"예쁘다."

란이 작게 탄성을 터트리자 유스타프가 말했다.

"전에 썰매가 재미있으셨던 것 같아서."

"기억하고 있을 줄 몰랐어……."

란의 목소리 끝이 희미하게 떨렸다. 유스타프가 그녀의 정수리에 키스하고 말했다.

"란에 대한 거라면 뭐든 기억하지요."

란이 살짝 몸을 비틀어 그에게서 떨어졌다. 그녀가 재빠르게 루미에 옆에 가서 서며 말했다.

"그럼 유스랑 경주할래! 누가 먼저 내려오나 내기하자."

루미에도, 시나도 순간 얼굴이 굳었다.

유스타프가 길게 한숨을 내쉬었다.

"싫습니다."

그가 단호하게 말했다. 그리고 눈을 가늘게 떴다.

"너는 참을 수가 없군요."

"유, 유스……?"

란이 당황해 말을 더듬자 유스타프는 그녀에게 성큼 다가가더니 란을 번쩍 안아 들어, 제 어깨에 멨다.

"유스타프?!"

비명처럼 란이 소리를 질렀다. 감자 포대마냥 그의 어깨에 엎혀져서 란은 버둥거렸다. 옷을 두껍게 입고 있어서 아프지는 않았지만, 그렇다 해도 이 사람들 앞에서?

유스타프가 한 손으로 그녀를 고정하고 다른 손으로 루미에에게서 썰매를 받아 들며 말했다.

"둘이 나머지는 알아서 놀지."

루미에는 어깨를 으쓱했고, 시나는 재빨리 루미에의 뒤에 숨었다.

그녀는 "말도 안 돼!", "내려줘!" 하고 외치는 란을 씩씩하게 짊어지고 가는 유스타프를 바라보며 루미에에게 말했다.

"란 언니는 대단한 것 같아."

"뭐가?"

루미에가 묻자 시나가 미간을 좁히며 말했다.

"공작님을 평범하게 대한다는 게?"

그 말에 루미에는 피식 웃었다. 시나가 말했다.

"그럼 우리는 다른 쪽으로 가서 놀까."

"그게 좋겠지."

루미에는 고개를 끄덕였다.


란은 결국 소리치며 버둥거리는 걸 포기했다.

요즘 제대로 먹지 못해서 힘도 없는데, 이렇게 발버둥 쳐 봐야 아무런 소용도 없다는 걸 깨달았기 때문이었다.

축 늘어진 란을 메고 유스타프는 별로 힘들지도 않게 설산을 올라갔다.

"유스."

"네."

"내려주면 안 돼?"

"싫습니다."

"유스."

"네."

그녀가 상체를 끙끙거리며 들어 올려 그를 돌아보려 하며 물었다.

"화났어?"

"아직요."

유스타프는 그렇게 말하고 언덕 꼭대기로 올라가 란을 내려놓았다. 그렇게 높이 걸어오고도 호흡 하나 흐트러지지 않은 모습이었다.

그가 썰매를 눈 위에 꽂아 놓고 물었다.

"왜 이러시는지 이야기를 해 보시죠. 그 다음에 제가 화낼지 결정하겠습니다."

"뭐가……?"

모르는 척 되물었지만, 유스타프는 팔짱을 끼고 란을 바라보았다. 회피는 용납하지 않겠다는 듯, 그의 푸른 눈이 그녀를 똑바로 응시했다.

란은 그 시선을 마주 보지 못하고 시선을 떨궜다.

"유스."

"네."

"만약에―"

"네."

"내가…….."

대답 없이 그는 그녀의 뒷말을 기다렸다. 란은 깊게 숨을 들이마셨다. 차갑고 날카로운 공기에 정신이 맑아지는 것 같았다.

"내가 라치아에서 떠난다고 하면 어떨 것 같아?"

그녀는 단숨에 질문을 내뱉었다.

"솔직하게 말해 줘. 어떤 대답이라도 나는 괜찮으니까."

"솔직하게요."

"응."

란은 고개를 끄덕이고 시선을 들어 유스타프를 보았다.

어떤 대답이든 솔직한 대답을 원했다.

사실은 시나가 마음에 들기 시작했다거나…….

그래서 가 준다고 하면 마음이 조금 가벼울 것 같다거나.

"못 떠나게 할 겁니다."

"역시, 그러― 으응?"

유스타프가 가만히 그녀를 바라보았다.

"떠나지 못하게 할 겁니다. 떠났다고 해도 라치아로 돌아오셔야 하겠지요."

멍하니 란은 그를 바라보았다.

"이미 제가 도망칠 기회를 드렸습니다. 그걸 차 버리신 건 란, 그대지요. 저는 한번 붙잡은 건 안 놓칩니다. 이제 와서 후회해도 소용없습니다."

낮게 으르렁거리며 유스타프가 그녀에게 한 걸음 다가왔다.

그가 그녀의 팔을 쥐었다.

"이대로 도망치게 놔둘 줄 알아?"

"유스⋯⋯."

란의 입에서 새하얀 입김이 흘러나와 스러졌다.

"시나가 좋아지지 않았어?"

"그게 무슨 개소― 실례."

저도 모르게 반사적으로 튀어나온 말을 유스타프가 재빠르게 고쳤다.

"그게 무슨 엉뚱한 소립니까?"

"아니, 그렇지 않다고 해도. 하지만, 그렇지만―"

그렇지만 혹시 유스타프가 잘못되면 어떻게 해?

"란?"

"나는, 난, 유스가 무사했으면 좋겠어. 그러니까 유스는 시나랑 잘되어서―"

말하다 그녀는 침을 꿀꺽 삼켰다.

"시나 예쁘잖아, 나랑 달리 운동신경도 좋고, 명랑하고, 너랑 말도 잘 통하는 것 같고, 대화도 즐겁다며? 시나에게 친절하게―"

"란 로미아!"

결국 소리 지른 건 유스타프였다.

그가 그녀에게 낮고 빠르게 말했다.

"제 마음은 제 것입니다. 그렇게 적당히 짐짝처럼 다른 사람에게 밀어 붙인다고 가는 게 아니란 말입니다! 게다가—"

그가 이를 악물었다가 이어 말했다.

"제 의심이 진짜였군요. 그래, 그렇게 싫어지셨습니까? 도망치고 싶으실 정도로? 그렇다면 차라리 솔직하게 말해 주십시오! 그런 식으로 구는 게 아니라!"

란은 놀라 눈을 크게 떴다.

"유—"

"그런 식으로—"

그는 이를 꽉 물었다.

멋대로 다정하고, 멋대로 상냥하고, 멋대로—

빗방울은 자기가 원하는 대로 흘러가는 것뿐이면, 영원히 구멍 난 바위는 어떻게 해야 하나?

그는 허탈해져서 손을 놓았다.

"그리고 이제 적당히 다른 사람을 밀어붙입니까? 그게 당신의 잔인한 마지막 친절인가요?"

란은 눈이 화끈해졌다. 그녀의 눈에 눈물이 고여서 후두둑 떨어졌다.

"아냐, 유스. 난, 그런 게 아니라—"

뺨을 타고 흐르는 눈물이 따끔거리며 얼어붙었다.

"유스타프가 좋아."

그녀가 양손으로 얼굴을 감쌌다.

"하지만, 난, 어떻게 해야 좋을지 모르겠어—"

유스타프가 장갑을 벗어 주머니에 넣고 그녀의 손을 밀어내며 커다란 손으로 그녀의 눈가를 닦아냈다. 금이 간 유리를 다루는 듯한 손놀림이었다.

"울지 마십시오. 다 얼어붙습니다."

그녀의 젖은 눈이 그를 올려다보았다. 유스타프는 그 눈가에 키스하고 속삭였다.

"절 좋아하신다면 곁에 있어 주세요."

"그럼, 하지만, 해피엔딩이 아닐지도 몰라."

"그럼 떨어지면 해피엔딩이 됩니까?"

"그건……."

란은 입을 벌렸다. 유스타프가 그녀에게 키스했다.

오랜만에 하는 키스였다.

'아, 제길.'

유스타프는 으르렁거리는 소리를 냈다.

지나치게 기분이 좋아서—

간신히 키스를 끝내자 란은 헐떡이며 숨을 몰아쉬었다. 붉어진 그녀의 얼굴을 보자 다시금 참을 수가 없어져 그는 거듭거듭 키스했다.

란은 숨에 허덕이면서도 그의 키스에 응했고, 그게 그를 더 짜릿하게 만들었다.

입맞춤을 끝낸 유스타프가 그녀를 꼭 끌어안았고, 란이 그의 품에서 속삭였다.

"유스."

"네."

"내 이야기, 들어 볼래?"

유스타프는 "얼마든지요." 하고 대답했다.

란은 한숨을 내쉬고 어색하게 웃었다.

"내가 미쳤다고 생각하게 될 수도 있어."

"그럼 저도 같이 미치면 되지요."

"유스."

"진심입니다. 그러면—"

유스타프는 썰매를 들며 말했다.

"여기서 이야기할 수는 없고, 근처의 오두막으로 가죠."

"오두막이 있어?"

"네."

란은 고개를 끄덕였다. 아무래도 저택으로 가서 정식으로 자리를 마련하고 이야기를 하게 되면 지금의 용기가 사라져 버릴 것 같았다.

할 수 있을 때 빨리 해치우고 싶었다.

유스타프 말대로 얼마 걷지 않아서 란은 오두막을 발견했다. 나무로 지어진 통나무집은 상당히 튼튼해 보였다.

안쪽도 깨끗하게 관리되어 있어서 란이 물었다.

"사냥용 오두막이야?"

"빙벽에서요?"

유스타프가 피식 웃고 말했다.

"겨울 사냥 때 쉬는 용입니다."

"아, 그런데 기사들이 다 묵기에는 작잖, 그렇군. 유스타프용이구나."

란이 놀리듯 목소리를 높이자 유스타프가 태연히 대답했다.

"부상자용이지요."

"아, 미안."

오해했어, 하고 란은 얼굴을 붉혔다. 유스타프가 오두막 안 화덕에 불을 붙이며 말했다.

"날씨가 갑자기 좋아지지 않을 때도 있으니까요. 이런 오두막이 곳곳에 있습니다."

"그렇구나."

란은 고개를 끄덕였다.

벽도 없는, 원룸이었다. 커다란 화덕은 다행히도 얼음수정을 사용하는 신식 물품이어서 순식간에 오두막 안은 따뜻해졌다.

벽에 붙어 있는 침대 겸 의자에는 이불도 한 채 있었다. 아무래도 '다사' 같다.

란이 깊게 숨을 들이마시고 말했다.

"어디서부터 이야기를 해야 할지 모르겠는데, 사실 난 란이 아냐."

유스타프가 눈썹을 치켜올렸다.

란은 어색하게 미소 짓고 모든 것을 이야기했다.

정령과의 만남, 자신이 읽는 자라는 거, 자신도 시나와 같이 다른 세계에서 왔다든가, 처음에는 책이라고 오해했던 것.

"이상한 소리 같지? 그런데 꿈에서 정령이 나와서—"

처음에는 제대로 말을 할 수가 없었다. 하지만 유스타프는 조금도 타박하지 않았고, 주의 깊게 이야기를 들었다.

집중해서 한 마디 한 마디 참을성 있게.

그렇게 듣는 사람이 있으면, 말하는 사람도 점점 침착해지기 마련이다.

란의 떨림은 멈추었고, 그녀는 좀 더 깊이 자기 내면의 이야기와 읽었던 내용을 이야기했다.

프하니아스, 정령의 이름을 아는 이유, 그녀가 어떤 생각을 했었는지.

그리고—

"원래대로라면 너와 시나가 이어져야 하거든. 그러면 제대로 해피엔딩인데…… 이제 미래가 불투명해졌다고 해서, 난 불안해서……."

란은 그렇게 말하고 고개를 들었다. 유스타프는 여전히 변함없는 얼굴로 자신을 바라보고 있었다.

"그래서 이렇게 된 거야."

그녀의 이야기가 끝나자 유스타프는 그녀의 옆에 앉았다. 란의 어깨가 작게 흠칫 떨렸다. 무릎 위에 올려둔 손에 저절로 힘이 들어갔다.

유스타프가 고개를 돌려 물었다.

"그럼 원래 이름은 뭡니까?"

란은 눈을 크게 떴다가 작게 말했다.

"란."

이름은 똑같아.

그녀가 그렇게 속삭이자 유스타프가 웃었다.

"그럼 적어도 틀린 이름을 부르면서 사랑 고백을 한 건 아니었군요."

란의 뺨이 달아올랐다.

그가 속삭였다.

"란."

"응?"

"란, 란."

그가 그렇게 그녀의 이름을 부르자 란은 가슴속의 응어리가 녹아내리는 것 같았다.

어차피 이름이 같으니 상관없다고 생각했었는데, 그가 알고 부르는 '란'과 그렇지 않은 란은 정말로 큰 차이가 있어서—

이름을 부르고,

이름을 부르고,

란은 눈시울이 화끈거리는 걸 느끼며 그를 꽉 끌어안았다.

지금까지와 달리 그가 부르는 이름은 그녀의 심장 안쪽에서부터 진짜 그녀를 부르는, 그런 이름 같았다.

란.

란.

세상에서 가장 달콤하고 음악적인 이름이라고, 란은 부끄럽지도 않게 그런 생각을 했다.

유스타프가 그녀를 마주 끌어안고는 말했다.

"그러니까 제가 나무에서 떨어진 순간부터라고요."

"응."

"역시."

그때부터 이상하다고 생각했다.

그리고 그가 사랑한 란은 눈앞의 란이니까, 그런 건 아무래도 좋았다.

아무래도 좋았지만.

"란."

"응?"

"혹시 동정 때문에 저와 사귀는 겁니까?"

당신이 읽은 것 속의 그 소년이 불쌍해서.

"그럴 리가 없잖아. 유스를 좋아하지 않았으면, 아까도 이야기했지만 진작 도망갔을걸."

그렇게 중얼거리고 란은 슬쩍 유스타프의 어깨를 붙잡고 밀어내며 그의 얼굴을 바라보았다.

"그게 전부야?"

"네?"

"다른 거 뭐 없어?"

"오히려 의문스러웠던 부분이 풀려서 시원합니다."

란에 대해 의심스러웠던, 하지만 덮고 지나간 부분들이 이걸로 다 풀렸다.

문득 유스타프는 떠오른 질문을 던졌다.

"그럼 루미에도 옛 지인이 아닌 거군요."

"응."

란이 고개를 끄덕였고, 유스타프의 얼굴은 좀 더 밝아졌다.

란 역시 자신의 비밀을 다 털어놓고 나니 속이 시원해졌다.

그녀는 하나 깨달았다.

진짜 친밀감은 비밀을 사이에 두고는 생기지 않는다는 것.

그녀에 대해서 이제 모두 아는 유스타프가 있다.

그녀는 그제야 이 땅에 발을 딛고 선 기분이었다. 그리고 유스타프와
도 더욱더 가깝게 느껴졌다.

유스타프는 한숨을 내쉬고 말했다.

"게다가 제가 시나를 좋아한다는 오해는 어디서 오신 겁니까?"

"그렇지만…… 전에 신년회 때─"

란이 웅얼거렸다.

"같이 춤추면서 웃었잖아…… 그리고 시나도 유스를 보고 멋있다고
했고, 나만 없었으면 둘이서 잘되지 않았을까?"

"란."

"응?"

슬쩍 그를 보니 어쩐지 유스타프는 웃고 있었다.

화를 낼 줄 알았는데.

"웃었던 건 시나가 란 칭찬을 속사처럼 늘어놨기 때문입니다."

"어?"

그의 미소가 좀 더 짙어졌다.

"질투하신 거로군요."

란은 눈만 깜박였고 그가 그녀 쪽으로 몸을 숙였다.

"아닙니까?"

란은 반짝이는 사파이어 눈동자를 보며 인정할 수밖에 없었다.

"했어……. 조금……."

그가 그녀에게 키스했다.

"저만 질투한다고 생각했습니다."

"어?"

란은 놀라 눈을 크게 떴다.

"유스가?"

"당연히 하지요. 제 것에 손을 대는 것 같은 작자가 있으면 말입니다. 그 루미에라는 놈도 그렇고―"

블레인도 너무 가까운 게 싫었다. 라벨도 그렇고.

하지만 뒷말을 삼키고 유스타프는 그녀에게 한 번 더 입 맞췄다. 그녀도 질투하는 일이 있다니.

그건 그에게 새로운 발견이었다.

입맞춤을 끝낸 후 유스타프가 얼굴을 발갛게 물들인 란에게 말했다.

"그렇다면 예언은 이미 란이 아카데미로 절 찾아올 때부터 틀어진 겁니다. 이제 와서 제가 다른 여자를 사랑하게 될 일도 없습니다. 미래가 불투명하게 되었다면, 더 좋은 방향으로 바뀔 수도 있게 된 거 아닙니까?"

"응."

란이 작게 고개를 끄덕였고, 유스타프는 홀가분한 기분이 되어 란을 끌어안았다.

"정말로 걱정했습니다. 란의 마음이 변한 걸까 봐."

"미안해."

지금 이렇게 전부 다 고백하고 유스타프의 품 안에서 생각하니, 창피하기 짝이 없는 짓들이어서 란은 얼굴이 화끈거렸다.

"안 그래도 시녀들에게 한 소리 들었어."

란의 말에 유스타프가 "그래요?" 하고 물었고 란이 고개를 끄덕였다.

"떠날 생각이냐고, 묻던데."

유스타프가 그녀를 꽉 붙잡고 말했다.

"그래서, 정말로 그러실 생각이었습니까?"

란은 그의 품 안에서 눈을 굴리고 솔직하게 말했다.

"응."

유스타프는 기가 차서 그녀의 얼굴을 들게 하고 말했다.

"라치아에서 나가서 어떻게 하시려고 그러셨습니까?"

돈 한 푼도 없이, 이곳을 나가서 어떻게 하려고?

그녀가 도망가는 것도 싫었지만, 어디 가서 그녀가 고생한다는 건 더욱더 싫었다.

란은 솔직해진 김에 마저 솔직해지기로 하고 말했다.

"마련해 둔 신분이 있거든."

그의 눈이 가늘어졌다.

"뭐라고요?"

"어, 도주용으로, 따로 파 놓은 신분이 있어…… 그걸 쓰려고 했지."

"언제부터인가요?"

"응?"

"언제부터 그 신분을 마련해둔 겁니까?"

그의 목소리는 비단처럼 매끄럽고 부드러웠다.

"생각은 처음부터 했어. 본격적으로 마련한 건 유스타프의 성인식이 얼마 남지 않았을 때일까?"

유스타프는 짧게 신음을 내뱉고 말했다.

"누님이 술을 마셔서 다행이었군요."

"어? 술?"

갑자기 무슨 말이야?

"그 날 취해서 저에게 조건을 이야기하라고 그러지 않으셨습니까? 사실 전 좀 더 있다가 이야기할 생각이었는데—"

그가 란을 빤히 보았다.

"어느 날 쥐도 새도 모르게 란이 사라질 수도 있었다는 거지요."

"그러게."

란은 갸웃하고 웃었다.

"타이밍이 좋았네."

유스타프는 다시 신음을 흘렸다. 란은 지금 가볍게 웃고 있지만 단순히 그런 문제가 아니라, 자신에게는 전부가 걸린—

'전부.'

유스타프는 생각을 멈췄다.

그는 눈앞에서 눈을 깜박이며 미소를 머금고 '왜?' 하는 얼굴로 자신을 올려다보는 란을 바라보았다.

그녀는 언제부터 자신의 '전부'가 되었을까?

나의 라치아가 언제부터 란이 되어버렸을까?

어쩐지 웃음이 나와서 유스타프는 그녀에게 몸을 기댔다.

"정말이지."

"유스?"

"아뇨. 아무것도 아닙니다."

그때 갑자기 실내가 단숨에 어두워졌다. 란은 '불이 꺼졌나?' 하고 저도 모르게 주변을 둘러보았고, 유스타프는 자리에서 일어나 창가로 다가갔다.

그가 신음을 삼켰다.

"뭐야? 왜 갑자기 깜깜해졌어?"

란이 그렇게 말하며 창문을 바라보는데 갑자기 시야가 새하얗게 변했다.

란은 입을 떡 벌렸다.

"눈 폭풍!"

그녀는 소리치고 저도 모르게 문으로 달려가 문을 열었다가, 몸이 문짝을 따라 휙 딸려 나가는 걸 느꼈다. 바람이 강해서 문짝이 열리는 걸 따라 손잡이를 붙잡은 란이 딸려 나간 것이다. 그걸 유스타프가 붙잡아 안으로 끌고 들어오며 문을 닫았다.

쾅!

요란한 소리와 함께 문이 닫히고 란은 숨을 헐떡였다.

그 잠깐 사이에 벌써 실내에 눈이 들어와 구석에 쌓였다.

"어, 어, 어떻게 하지?"

란이 떨리는 목소리로 말했다. 급격히 오두막 안의 온도가 떨어지는 게 느껴졌다.

유스타프는 오두막의 덧창을 전부 다 닫고 램프를 켰다.

덜컹덜컹 창문과 문을 흔드는 요란한 소리와 울부짖는 듯한 바람 소리가 함께 섞여 들려왔다.

"폭풍이 그칠 때까지 기다려야지요."

그가 장작처럼 가지런히 쌓여 있는 얼음수정으로 시선을 돌렸다.

"적어도 사나흘은 버틸 겁니다."

란은 한숨을 내쉬었다.

"나무 장작이 아니라서 정말로 다행이야."

"다행이지요."

란이 제 옷을 벗으며 말했다.

"이걸로 창문이랑 문틈을 다 막자. 외풍만 줄어도 훨씬 나을 거야. 그리고 이 옷 너무 두꺼워서 움직이기가 불편해."

란의 말에 유스타프는 고개를 끄덕였다. 목도리에 망토, 털 코트, 그 안에 또 다른 코트, 카디건, 스웨터, 조끼, 셔츠.

이렇게 둘둘 만 차림이었으므로 란은 옷을 다 벗고 나자 몸이 가벼워지는 걸 느꼈다.

그녀는 스웨터와 조끼까지 벗어버리고 셔츠에 카디건 차림이 되었다.

"유스타프는 안 추워?"

"저는 괜찮습니다."

"괜찮냐고 물은 게 아니라 안 춥냐고 물었어."

"안 춥습니다."

"어떻게 코트만 입고 안 추울 수가 있어?!"

그녀가 비명처럼 되물어서 유스타프는 피식 웃었다.

"그다지 추위를 타지 않는 체질인 것 같군요."

유스타프는 코트에 재킷, 조끼, 셔츠 차림이었다.

그 조끼가 자신의 조끼처럼 털 조끼면 모르겠는데, 그것도 아니다.

유스타프는 셔츠에 바지 차림이 되어서 화덕 온도를 더 높게 조절했다.

뜨거운 바람이 강하게 나오기 시작했다. 란은 제 털장갑도 벗어서 나란히 두었다.

"너무 온도 높인 거 아냐?"

란의 물음에 유스타프가 고개를 저었다.

"아뇨, 이제 시작일 겁니다. 공기를 미리 덥혀 두는 게 좋습니다."

"그래?"

란은 한숨을 내쉬고 화덕가로 다가왔다.

"그래도 마법 세공품으로 세팅해 놔서 다행이야."

"다행이죠. 나무였으면 얼마 못 버텼을 겁니다."

"큰일이다……."

란이 중얼거려 유스타프가 "뭐가 말입니까?" 하고 되물었다.

"아니, 유스타프가 여기 고립됐잖아. 지금쯤 밑에서 난리 난 거 아냐? 괜히 찾으러 온다고 하지 말아야 하는데."

"그렇게까지 멍청이들은 아니겠지요."

유스타프는 그렇게 대답하고 이불을 가져와서 나무 의자에 깔았다.

란이 흔들리는 덧창 소리를 들으며 말했다.

"빨리 그치면 좋겠다."

"그렇습니까?"

"아냐?"

란이 놀라 그를 보자 유스타프가 희미하게 웃었다.

"모처럼 단둘뿐인데요."

앗, 하고 란이 어깨를 움츠렸다. 유스타프가 의자에 앉으며 "이리 오세요." 하고 팔을 벌렸고 란은 얼굴을 붉히며 머뭇머뭇 그에게 다가갔다. 유스타프는 그녀를 가볍게 다리 위에 앉히고는 이불을 감았다.

"저택에서는 항상 다른 사람들과 함께 있으니까요."

그의 말에 란이 작게 웃었다.

"그런가? 하지만 단둘이 방에 있을 때도 있잖아? 적어도 그런 게 평범하지 않다는 건 알아."

디모디아와 카라와 소다가 매일매일 눈을 부릅뜨니까.

키리만은 '그런 거, 뭐' 하는 얼굴로 생글생글 웃곤 했다.

유스타프가 중얼거렸다.

"그러니까 참았지요."

"응?"

"아닙니다."

유스타프는 그녀의 이마에 입 맞추고 이어 물었다.

"그런데 아까 그 읽었다는 이야기 말입니다."

"응."

"좀 더 자세히 해주지 않겠습니까?"

"아, 응."

란은 고개를 끄덕이고 그녀가 기억하는 한 자세히 이야기했다. 유스타프는 린드버그 남작이 섭정한 이야기며, 그의 딸―즉 자신의 사촌과 자신이 결혼했던 이야기 같은 걸 표정 변화 없이 들었다.

그에게 있어서는 그럴 법한, 그냥 하나의 이야기에 지나지 않았으니까.

그리고 뒤로 갈수록 란의 이야기는 두루뭉술해졌고, 이후의 이야기는 거의 아는 바가 없었다.

하지만 란은 제가 아는 걸 털어놓았다.

"델판토라고 했었잖아? 그 벽에 봉인된 어둠 말이야."

"네."

"그거 아마 블랙 드래곤일 거야."

유스타프가 가볍게 눈썹을 치켜올렸다. 란이 미간을 찌푸리며 말했다.

"나도 가물가물한데, 분명히 그랬던 것 같거든. 원래는 둘이 연인 사인가? 그랬을 거야."

"연인이요?"

"응, 그런데 이브리아가 마수로부터 대륙을 구했잖아? 그녀 자체가 핑

장한 강자이기도 했지만, 그래도 희생은 컸지."

란은 유스타프에 몸을 기댔다.

"그래서 델판토는 생각한 거야. 저 자식들이 없으면, 이브리아가 힘들 일도 없는데?"

"과연."

유스타프는 고개를 끄덕였다.

인간과 드워프와 엘프.

종족간의 화합은 불가능에 가까웠고, 사실 같은 종족 내에서도 마찬가지였다.

이브리아는 그 모두의 영웅이었지만, 그래서 더 골치 아픈 일이 많았을 거라고 어림짐작할 수 있었다.

그리고 그런 놈들 때문에 자신의 연인이 희생되고 있다면.

"그래서 이브리아가 델판토를 봉인한 거야. 정확하게 뭐 때문인지는 잘 모르겠지만."

"그래서 델판토가 이브리아를 찾고 있는 거군요."

"응."

란의 말에 유스타프는 숨을 길게 내쉬고 말했다.

"그럼 저희는 블랙 드래곤을 상대로 싸워야 하는 거군요."

"그렇지."

"드래곤이라니."

중얼거리고 유스타프가 말했다.

"그게 아직도 드래곤일지는 모르겠지만 말이죠."

"응?"

"드래곤이라도 수명은 있죠. 그 어둠 속에서 천 년."

유스타프는 고개를 갸웃했다.

"글쎄요. 그게 정말로 블랙 드래곤인 델판토일까요."

유스타프는 그렇게 말하고 눈을 가늘게 떴다. 란은 그런가, 하고 잠시 생각해 보았다.

"그럴지도 모르겠네."

그녀가 고개를 끄덕였다. 이어 란이 작게 웃었다.

유스타프가 그녀를 내려다보자 란이 몸을 세우며 말했다.

"유스타프와 이렇게 될 거라고는 상상도 못 했는데, 하고."

"저도 그렇습니다."

"사람 일은 정말로 알 수가 없구나."

그녀가 몸을 완전히 돌려 제 무릎으로 지탱하고 몸을 세웠다. 유스타프가 그녀를 올려다보는 자세가 되었다.

그녀가 유스타프의 얼굴을 감싸고 천천히 엄지로 그의 입술을 훑었다.

"유스타프 라반 드 라치아."

그녀는 미소 지었다.

"사랑해."

그의 눈이 커졌다. 란이 "아직 말 안 한 것 같아서." 하고 속삭이고 그의 입술에 가볍게 키스했다.

유스타프가 손을 뻗어 그녀의 머리를 당겨 다시 깊게 입 맞췄다. 그의 다른 손이 허리를 타고 올라왔다.

셔츠 위로 그의 뜨거운 손이 느껴져 란은 숨을 삼켰다. 부드러운 옆구리를 쓸며 다시 내려온 손이 그녀를 받치며 그대로 의자에 눕혔다. 란은 그의 어깨를 끌어안고 거친 키스를 받아들였다.

자극이 너무 강해서 눈물이 저절로 흘러나왔다.

간신히 키스를 멈추고 그가 그녀의 눈물을 가볍게 핥아 올리고 허스

키해진 목소리로 말했다.

"단둘이 있는데 저를 자극하고 싶으신가요."

"결혼하지도 않고 자는 파렴치한은 아니라기에."

그녀의 말에 그는 제 말에 발목을 잡힌 듯, 신음을 내뱉으며 그녀의 몸을 살짝 눌렀다.

그의 무게에 란은 "유스!" 하고 소리치며 웃음을 터트렸다.

유스타프가 짐짓 눈을 찌푸리며 그녀의 목덜미를 가볍게 물었고, 란은 "유스타프!" 하고 소리치며 버둥거렸다.

유스타프가 고개를 들고 말했다.

"그럼 봄이 되면 약혼이 아니라 결혼을 하죠."

"뭐?"

란이 눈을 크게 떴다.

"란은요? 당기고 싶지 않습니까?"

그녀는 놀라 더듬거렸다.

"아니, 그야, 아니, 나는……."

막상 결혼이라고 하니 좋기도 하지만, 마음의 준비가 전혀 되지 않은 느낌이었다.

유스타프는 그녀의 반응에 다시 물었다.

"아니면 그냥 약혼할까요. 좀 빠르게?"

란이 재빠르게 고개를 끄덕였다.

"응, 그건 좋아."

유스타프의 얼굴에 만족스러운 미소가 흘렀다.

"좋습니다."

그가 몸을 일으키며 쉽게 란을 붙잡아 일으켜 세웠다.

"더는 제가 이성을 유지하지 못할 것 같아서."

란은 그 말이 농담처럼 들려 웃었고, 유스타프는 그녀의 귓가에 속삭였다.

"정말로, 조금도 농담이 아닙니다."

그의 목소리는 낮고, 짙게 욕망이 묻어나고 있어서 란은 재빠르게 미소를 지웠다.

"넵."

란은 얌전히 양손을 모으고 앉았고 유스타프는 벽에 몸을 기댔다.

란은 그런 유스타프를 바라보았다. 새까만 머리카락은 윤기가 흘러 단정하게 넘어가 있고, 눈은 멀리 떨어져 있어도 푸르다는 걸 알 수 있는 선명한 파랑.

넓은 어깨와 큰 키에 비율도 완벽하다.

'얼굴이 잘생긴 건 말할 것도 없고. 목소리도 좋지.'

낮은 목소리로 '란' 하고 부르면 저절로 몸이 떨린다.

피아노도 잘 치고, 검술도 잘하고. 영주로서도 손색이 없다.

무엇보다도 그와 함께 있으면 심장이 두근거리는 한편, 동시에 안심되었다.

'이런 완벽한 남자가 날 사랑한다니.'

"란."

유스타프의 부름에 란은 "응?" 하고 놀라 그를 보았고 그가 나른하게 말했다.

"저 잡아먹겠습니다."

란의 얼굴이 붉게 물들었다. 그녀가 펄쩍 뛰었다.

"그, 그런 생각 안 했거든?"

"그럼 무슨 생각을 하셨습니까?"

"그냥, 유스…… 잘생겼다고……."

소리는 입 안에서 웅얼거리는 듯했지만, 그래도 그는 잘 알아들었다.

"누님 취향이라서 다행이군요."

그의 말에 란의 얼굴이 더더욱 붉어졌다.

그녀는 자리에서 벌떡 일어나 찬장 쪽으로 다가갔다.

"뭐 먹을 건 없나? 생각해 보니까 우리 식량이 없는 게 가장 큰 문제 아냐?"

며칠 굶는다고 죽지야 않겠지만.

그녀가 찬장을 열자 거기에는 보기에도 맛없어 보이는 네모반듯하고 딱딱해 보이는 빵 같은 게 있었다.

"이게 뭐야?"

"건량입니다."

언제 왔는지 유스타프가 벽돌처럼 단단한 빵을 찬장에서 하나 빼냈다. 란이 그걸 받아 들고 혀를 내둘렀다.

"이걸로 사람을 때리면 다치겠는데? 이걸 어떻게 먹어?"

"물에 불려서요. 아니면 조금씩 떼어 씹어 먹지요."

"……맛있어?"

"설마요."

유스타프의 말에 란은 한숨을 내쉬고 도로 빵을 제자리에 올렸다.

"진짜 필요해질 때 사용하자."

유스타프는 가볍게 웃었다. 그가 다른 쪽 구석에서 차 봉지를 찾아내어, 두 사람은 차를 끓였다.

함께 있으니 이야기가 쉬지 않고 나왔다. 영지 문제에서부터 무역이나 사업, 앞으로의 계획까지.

한참 이야기하다가 란이 길게 하품했다. 시간은 알 수 없지만, 눈꺼풀이 무거운 걸 보면 상당히 밤이 깊은 듯했다.

"주무세요."

유스타프의 말에 란이 고개를 끄덕였다.

그녀가 이불 속으로 꾸물꾸물 기어들어가며 말했다.

"유스도 이리 와. 이불 하나뿐이잖아."

"제 인내심을 시험하시려고요?"

"응. 추운 데 있는 것보다는 그래도 따뜻한 데 있는 게 나으니까."

제 옆자리를 탁탁 두들기며 하는 말에 그는 한숨을 내쉬었다. 그러면서도 완전히 거부할 마음은 들지 않아서 그는 란이 권하는 대로 이불 속으로 들어갔다.

유스타프가 그녀의 허리에 손을 두르자 란은 웃으며 말했다.

"잘 자."

"네. 주무세요."

그가 그녀의 뺨에 입 맞췄고, 란은 금방 잠들어 버렸다.

유스타프는 한숨을 내쉬고 그녀를 좀 더 가까이 끌어안았다가, 자세를 고쳤다가, 다시 끙 하고 몸을 떼었다가 몸을 뒤척였다.

이튿날 란은 찌르는 듯한 햇빛에 눈을 떴다. 멍하니 주변을 둘러보다가 그녀는 자신이 오두막에서 잤다는 걸 깨달았다.

"일어나셨습니까?"

"어, 응. 아— 눈 그쳤어?"

"네. 다행히도요."

유스타프에 말에 란은 자리에서 몸을 일으키다가 순간 휘청했다.

"란?!"

놀란 유스타프가 그녀를 잡아 주었고, 란은 눈앞이 빙빙 돌아서 한참 눈을 꽉 감고 있었다.

"배고파서 어지러운가 봐."

"너무 말랐습니다. 요즘 통 못 드시더니."

유스타프가 눈을 찌푸려서 란은 웃었다.

"이제 잘 먹을 수 있어."

"당장 내려가야겠습니다."

그러며 그가 그녀의 옷을 입혀 주기 시작했다. 일곱 살짜리 어린애가 된 것 같아, 란은 스스로 옷 입을 수 있다고 주장했지만 그는 들은 척도 하지 않고 단단히 란에게 옷을 입힌 뒤 그녀를 안아 들었다. 란이 다시 "걸을 수 있어." 하고 말했지만, 그는 이번에도 들은 척도 하지 않고 밖으로 나갔다.

그는 썰매에 란을 싣고 그 뒤에 앉았다. 란은 그제야 마음이 놓였다. 내내 유스타프가 저를 안고 가는 거였다면 참을 수 없었으리라.

동으로 만들어져 아침 햇살에 반짝거리는 커다란 썰매 방울이 잔뜩 달린 끈을 란은 꽉 잡았다.

"갑니다."

"응."

란은 고개를 끄덕였고, 유스타프는 썰매를 앞으로 밀었다. 앞 코가 살짝 기울어지더니 스르륵 눈 위를 미끄러져 썰매는 순식간에 속도가 붙었다.

란은 비명 같은 웃음을 터트렸다. 굴곡진 곳을 지날 때마다 방울 소리가 경쾌하게 울렸다.

그렇게 아래로 내려가니 이미 시종들이 올라오고 있었다. 앞장서서 달려온 것은 루미에였다.

"가주님! 주인님!"

유스타프가 발을 걸어 썰매를 멈췄다. 란이 아까의 어지럼증을 생각해서 좀 천천히 일어나려는데, 유스타프가 먼저 일어나 그녀를 번쩍 안아 들었다.

"괜찮으십니까? 부상 입으신 건 아닌가요?"

루미에의 물음에 란이 고개를 저었다.

"우리 둘 다 괜찮아. 오두막에 있었거든."

루미에의 얼굴에 안도가 스쳤다.

"다행이에요."

유스타프는 "치료사를 불러." 하고 말했고 루미에가 눈을 크게 떴다가 란을 보고 눈을 찌푸렸다.

"또 어디가 아프신 거군요. 왜 말을 안 하시는 겁니까?"

"안 아파! 그냥 아침을 못 먹어서 어지러웠을 뿐이야."

"균형을 잃고 쓰러지는 게요?"

"진짜로 괜찮다니까."

란의 말을 무시하고 루미에가 말했다.

"먼저 가서 부르겠습니다."

그리고 휙 자리를 떠나서 란은 한숨을 내쉬었다.

저택에 도착하니 치료사가 대기하고 있어서 진찰을 받았지만, 역시 가벼운 빈혈이었다.

란은 곧 푸짐한 아침상―간으로 된 요리 포함―을 받았고, 모두에게 멀쩡하다는 걸 보여 주기 위해서 상을 깨끗하게 비웠다.

그리고 나자 키리가 웃으며 후식을 들고 들어와 말했다.

"약혼하신다면서요?"

"어?"

란은 차를 따르다가 놀라 키리를 보았다. 디모디아와 소다, 카라가 '어머어머?' 하는 얼굴로 란을 보았다가 키리를 바라본다.

"아까 가주님이 그러시던데요. 이번 주 가기 전에 약혼할 거라고."

"빨라!"

란은 소리쳤다가 웃었다.

"응, 할 거야."

키리가 환하게 웃으며 젤리를 내려놓고 말했다.

"축하드립니다."

디모디아 역시 얼른 무릎을 가볍게 굽히며 말했다.

"경하드립니다."

"축하드려요."

"축하드립니다."

카라와 소다도 재빠르게 이어 인사했다. 란은 어째 쑥스러워지는 걸 느끼며 말했다.

"고마워, 다들."

카라가 갸웃하고 말했다.

"그런데 이번 주가 가기 전이라니. 맙소사, 이제 3일밖에 안 남았잖아요?"

소다도 눈을 동그랗게 떴다.

"그러네요? 세상에, 언제 다 준비하죠?"

"드레스는요? 약혼식 때 입을 드레스는?"

카라의 얼굴이 창백해졌다. 란이 손을 저으며 말했다.

"어차피 약혼식이잖아. 우리끼리 하는 거니까 간단하게 할 거야. 겨울의 라치아에 손님을 부를 수도 없고."

"그래도 기본은 해야지요."

키리가 고개를 저었다. 란은 붉은 푸딩을 한 스푼 떴다가 눈을 찌푸렸다. 감촉도 이상한데 묘하게 비릿한 냄새가 난다.

"이거 무슨 젤리야?"

"선지 젤리요."

"……."

란은 스푼을 내려놓았다. 간까지는 참아줬지만, 이건 무리다.

"빈혈이라고 해서 특별히 만든 거라고요? 얼른 드세요."

"못 먹어, 안 먹어! 먹으면 아침 먹은 거 다 토할걸?"

"억지로라도 드세요."

"못 먹어."

"일부러 송아지 잡은 건데."

"불쌍하게!"

"점심에 송아지 고기가 나오겠네요."

디모디아의 말에 란이 "그건, 맛있겠네." 하고 중얼거렸다.

"하여간 이건 못 먹어."

란이 단호하게 접시를 밀어내자 키리가 아쉬운 얼굴로 젤리 접시를 들었다. 란은 몸을 부르르 떨었다.

'선지 젤리라니.'

진짜 싫다.

*     *     *

시나는 등에서 식은땀이 흘렀다. 어째서인지 그녀는 라치아 공작의 부름을 받았다. 평소에는 자신을 본체만체하는 사람인데 말이다.

그녀는 잔뜩 긴장을 한 채였다.

란은 자신에게 호의적이지만 어쨌든 성주는 유스타프였고, 그의 마음에 들지 않으면 쫓겨날 터.

그런데 그가 자신을 앉혀 놓고 하는 말은 전혀 예상하지 못했던 질문 이었다.

'왜 나에게 묻지?'

유스타프가 그녀의 앞에 다리를 꼬고 앉아서 다시 한 번 물었다.

"이세계에서는 약혼식 때 뭔가 하는 게 없나?"

"그, 글쎄요."

시나는 열심히 머릿속을 더듬었다. 약혼식 때?

뭘 하더라?

시나는 드라마 내용을 열심히 떠올려 보았다.

"샴페인 타워?"

시나가 조심스럽게 말해서 유스타프의 눈이 이채를 발했다.

"그게 뭐지?"

"어─ 유리잔을 탑처럼 쌓아 두고요, 위에서 술을 부어서 밑으로 넘치게 하는 거예요. 폭포처럼요."

"흐음."

유스타프는 한번 생각해 보았다.

비싼 술을 그렇게 붓는다니, 상당히 사치스럽지 않은가?

"하지만 이건 제가 온 세계 이야기고⋯⋯."

"그거면 돼. 다른 건?"

유스타프는 란이 시나와 같은 세계에서 왔다는 걸 알았고, 그러니 그 세계에 맞춰서 뭔가를 해 주고 싶었다. 그래서 질문을 던지는 거지만 시 나는 정말로 '왜 이러나?' 싶은 기분이었다.

뺨을 긁적이며 시나가 말했다.

"사실 저희 세계에서 약혼은 흔하지 않거든요."

"흔하지 않다고?"

"네, 다들 바로 결혼해요."

"그런가……?"

유스타프는 툭툭 팔걸이를 두들겼다. 시나가 고개를 끄덕이며 설명했다.

"보통 연애를 2년 정도? 하는 것 같아요. 그러고서 프러포즈를 하고—"

"그게 뭐지?"

"네?"

"프러포즈."

"아, 청혼이요. 어라? 여기는 없는 개념인가요?"

결혼의 대부분이 정략결혼인 사회에서 프러포즈는 그렇게 거창하지 않았다.

시나는 신나서 열심히 프러포즈에 대해서 설명했고, 유스타프는 진지하게 귀를 기울였다.

\*     \*     \*

란은 카라가 흐뭇한 얼굴로 가져온 드레스를 보고 눈을 휘둥그레 떴다.

연한 녹색 드레스에는 자잘한 수정들이 달려서 7월의 빗방울처럼 반짝이고 있었다.

"가주님이 주문해 두고 계셨더라고요."

"진짜?"

란이 놀라 되묻자 카라가 고개를 끄덕였다.

"작년에 주문하신 거랍니다. 하지만 사이즈는 본격적으로 맞추지 못

해서 아직 가봉 단계이기는 하지요. 그래도 이거면 약혼식에 맞출 수 있어요."

"조금만 고생하면요."

소다가 잽싸게 말을 잇고 웃었다.

란은 부드러운 흐린 민트색 드레스를 어루만졌다.

'세상에.'

수정을 어찌나 섬세하게 꿰맸는지 그냥 옷에 수정이 붙어 있는 것처럼 보였다. 게다가 하나하나 다른 모양과 크기로 세공이 되어 있어서, 말 그대로 눈부시게 빛났다.

"얼른 입어 보세요."

"맞아요."

'빨리빨리 입은 걸 보고 싶다!' 하는 눈으로 시녀들이 달라붙어 란의 옷을 벗거내고 드레스를 입혔다.

디모디아가 탄성을 내질렀다.

"너무 잘 어울려요."

"진짜로 아름다우세요."

주인이 이쯤 되면, 옷을 가봉하는 쪽에서도 저절로 힘이 나기 마련이다. 카라가 소매를 걷어붙이고 핀을 들었다.

"이제부터 고정할 테니까 가만히 계세요."

"응."

란은 얌전히 팔을 들고 대답했다. 키리가 옆에서 지켜보다가 말했다.

"그러고 보니 전에 그 비단 망토 말이에요, 어깨에 붙어서 늘어트리면 어떨까요?"

"그거 괜찮은 생각이네요."

"다이아몬드 브로치로 고정해요."

소다가 진지하게 고개를 끄덕였고 란이 고개를 저었다.

"그럴 시간이나 있겠어? 무리하지 마."

키리가 히죽 웃었다.

"이럴 때는 좀 무리를 시키셔도 되지요. 디모디아 님, 액세서리는요?"

"이쪽에요. 이것도 가주님이 같이 주문하신 주문품이랍니다."

노래하듯이 말하며 디모디아가 잽싸게 커다란 상자를 들고 왔다.

란은 고개를 돌리다가 핀에 찔렸고 "아얏." 하는 그녀에게 카라가 "얌전히 계세요." 하고 부드럽게 말했다.

어쩐지 장난친 사내아이가 된 기분이 들어서 란은 얌전하게 고개를 끄덕였다.

디모디아는 란이 잘 볼 수 있게 상자를 그녀 정면으로 가지고 와서 뚜껑을 열었다.

란은 작게 탄성을 내질렀다.

귀걸이, 목걸이, 팔찌, 반지로 구성된 세트였다.

샘물처럼 투명한, 연녹색의 토파즈가 빼곡하게 달려 있었다. 드레스 색과 맞춘 거라는 걸 한눈에 알 수 있었다.

"너무 예쁘다."

란의 말에 디모디아가 웃었다.

"드레스와 잘 어울리실 거예요."

카라가 마지막 핀으로 옷을 고정하고 고개를 끄덕였다.

"이걸로 한시름 놨네요. 역시 가주님이 아무런 준비 없이 약혼식을 명령하셨을 리가 없지요."

약혼이 아니라 결혼에 써도 손색이 없을 만한 물건들이었다.

일국의 공주가 가져올 혼수품과 같은 옷과 보석이었지만, 시녀들은 '우리 란 님에게 이 정도는 해야지.' 하는 얼굴로 고개를 끄덕였을 뿐이었다.

핀으로 잡은 곳을 표시하고 재빠르게 다시 드레스를 벗겨내어 카라는 침방 시녀들에게 세세한 부분까지 자세하게 지시를 남겼다.

키리가 팔을 걷어붙이며 말했다.

"자, 그러면 드레스는 끝났고, 이제 우리 아가씨 차례네요."

디모디아가 고개를 끄덕였고, 란은 "나?" 하며 갸웃했다.

잠시 후 란은 "약혼식만 할 뿐인데 이렇게까지 해야 할까?" 하며 웅얼거렸고, 시녀들은 "해야지요." 하고 입을 모았다.

란은 설탕과 아몬드 가루, 꿀을 섞은 것으로 전신을 문질러 제모하고, 알 수 없는 온갖 요상한 민간 화장 요법들을 경험했다.

"겨울이라 염소젖이 적네요."

"어쩔 수 없지, 이거라도 쓰자."

그런 대화를 하며 염소젖으로 목욕을 시키거나, 뜨거운 증기가 가득한 곳에서 땀을 뻘뻘 흘리게 하고 알 수 없는 맛이 나는 차를 잔뜩 마시게 했다.

시녀들은 "시간이 부족해요." 하는 말을 입에 달며 란의 머리카락에 진흙 같은 것을 덕지덕지 바르기도 했다. 그 기세에 란은 뭐인지는 묻지도 못했고 말이다.

음식 역시 콜라겐이 잔뜩 든 듯한 미용 보양식으로 바뀌었다.

거기에 틈만 나면 지독한 향기가 나는 사탕 같은 것을 계속 먹게 만들었다.

덕분인지 란의 피부는 삶은 계란 흰자처럼 매끈해졌고, 광택이 흘렀다. 머리카락도 여우의 털처럼 반지르르해져서 광채를 두른 듯이 빛났다.

'그리고 몸에서 향기가 나.'

그 이상한 사탕 때문인지 몸에서 달콤한 향기가 나기 시작했다.

'약혼식을 할 뿐인데 이게 필요한가.'

란은 그런 생각을 하며 침대에 털썩 누웠다. 요즘은 계속 일찍 자고 늦게 일어나는 게 일상이었다.

'그리고 깨어 있는 시간은 전부 미용에 쏟고 있고.'

거기에 잠을 충분히 자고 맛있는 것을 먹으니 저절로 혈색도 좋아졌다.

시나가 보더니 진지하게 "언니, 언니는 어쩜 갈수록 여신이 되어 가요?" 하고 말해서 란을 다시 웃게 만들었다.

시나가 란에게 속삭였다.

"언니."

"응?"

"만약에 공작님이 뭐 이상한 거 하더라도 그냥 그러려니 해주세요."

"이상한 거?"

"네."

시나가 고개를 끄덕였다.

시나는 제 세계의 풍습을 이야기해 준 거니 이쪽 사람들이 보기에는 이상하게 여겨질지도 모른다.

대체 왜 유스타프가 이세계의 풍습에 꽂혔는지는 모르겠지만, 란에게 미리 경고는 해 두어야 한다.

시나는 그런 생각을 하며 고개를 저었다.

"약혼식이 내일이죠?"

"응. 실감이 안 나."

란의 중얼거림에 시나가 씩 웃었다.

"그래도 결혼식처럼 화려하게 하지는 않으니까요. 여기 결혼식은 7일 밤낮으로 이어진다면서요?"

란은 저도 모르게 "정말?" 하고 되물을 뻔했다.

시나가 고개를 흔들었다.

"그래도 약혼식은 하루면 끝나니까 다행이죠."

"그러네."

란은 고개를 끄덕였다.

아니 결혼식을 7일 밤낮이나 한다고? 대체 뭘 하기에?

의아함은 일단 미뤄두고, 란이 시나에게 말했다.

"지내기에는 어때? 괜찮아?"

유스타프와 완전히 재결합(?)한 후에 란은 시나에게 제대로 시간을 내지 못한 걸 반성했다.

시나가 씩 웃었다.

"언니가 항상 챙겨주시는데요, 뭐. 괜찮아요."

"불편한 거 있으면 언제든지 말하고."

"그런 거 없어요."

시나가 고개를 저었다.

그러나 문득, 궁금한 게 생겨 입을 열었다가 얼른 다물었다. 이건 란에게 물어볼 것은 아니다.


시나는 란에게 쉬라고 하고 그녀의 방을 나왔다.

시나는 그녀의 방으로 돌아가지 않고 저택을 나와 기사단실로 향했다.

그리고 거기서 쉽게, 아직도 훈련에 몰두하고 있는 루미에를 찾을 수 있었다.

유스타프와 란의 약혼 발표가 있은 후부터 루미에가 훈련에 열중하는 시간이 더 길어졌다.

시나는 망토에 달린 털 후드를 더 깊게 눌러 쓰고 근처 울타리에 기대어 그가 훈련하는 것을 지켜보았다.

날이 추워 그의 어깨와 머리에서 김이 무럭무럭 올라오는 게 보였다.

한참 검을 휘두르다가 루미에가 짤막하게 말했다.

"뭐야?"

"구경."

루미에가 눈을 찌푸리고 시나를 돌아보았다.

"저리 가."

"싫은데."

"난 구경거리가 아냐."

"딱히 구경거리로 삼고 있는 것도 아니거든."

말하고 시나는 정정했다.

"아니, 구경하고 있는 게 맞기는 하네."

루미에는 시나를 바라보았다. 그는 구경거리가 실컷 되었던 경험이 있었다.

그래서 그 말은 굉장히 불쾌했지만, 시나와 눈이 마주치니 어쩐지 그 불쾌감이 사라졌다.

유흥을 위한 구경거리를 보는 눈은 아니다.

그는 한숨을 내쉬고 손을 까닥했다. 오라는 뜻이라 시나는 울타리를 껑충 뛰어넘어 가볍게 그에게로 뛰어갔다.

"한판?"

그의 말에 시나가 "좋아." 하고는 얼른 무기 거치대로 가서 제 몫의 목검을 가져왔다.

이제 검술을 배우기 시작했지만, 시나는 대련을 좋아했다. 어차피 이런 이상한 세계에 떨어진 것, 할 수 있는 건 전부 배워 갈 생각이었다. 그렇지 않으면 너무 억울할 것 같아서.

루미에는 시나와 대련하며 자세를 하나씩 지적했다.

시나는 목검을 수없이 떨어트리면서도 다시 줍는 걸 망설이지 않았다.

"오른발, 빨라."

"생각하면서 검을 휘둘러야지."

"여기, 비었고."

악 소리가 날 만큼 맞아 검을 떨어트리고도 시나는 다시 검을 주웠다. 지적하는 소리와 검을 떨어트리는 소리, 그 소리만 늘린 지 30여 분이 지나서야 시나가 손을 들었다.

"그만."

헉헉 하고 숨을 몰아쉬며 시나는 그 자리에 털썩 앉았다. 시나는 실전이라는 게 이렇게 힘든 건지 처음 알았다.

관록 있는 권투 선수도 30분을 링 위에서 싸우는 건 힘들었다.

그런데 30분간 검을 휘두르며 대련을 했으니, 지치는 게 당연했다.

'그래도 차원 이동자 버프인가. 전보다 체력이 붙은 것 같아.'

예전이라면 엄두도 내지 못할 체력이었다.

망토는 벗어 던진 지 오래였다. 턱을 타고 땀이 뚝뚝 떨어졌고, 숨은 어깨까지 차올랐다.

루미에가 그녀가 벗어놓은 망토를 들고 돌아와 시나에게 던지듯 덮어주었다.

"몸 식어."

"아, 진짜 덥다. 죽을 것 같아."

그러면서도 시나는 망토를 뿌리치지 않았다. 이대로 계속 있으면 순식간에 감기에 걸려 버릴 테니까.

"루미에."

"왜?"

"란 언니 좋아해?"

이렇게까지 직설일 수가 없는 질문이라 루미에는 시나를 바라보았다.

그녀의 검은색 눈동자가 빤히 그를 바라보았다.

"좋아해."

순순히 대답이 나왔고 시나는 쓰게 웃었다.

"그럼 마음 아프겠네."

루미에는 그녀의 앞에 털썩 마주 앉았다. 이민족들이 이렇게 앉는다고 들었는데, 시나는 자주 이런 식으로 앉고는 했다.

시나의 말에 루미에는 살짝 입을 벌렸다가 웃었다.

"그래. 좀 힘드네."

시나가 손을 뻗어 그의 어깨를 토닥여 주자 루미에는 다시 웃었다.

감히 아무에게도 하지 못했던 말이었다.

그가 란을 좋아하는 건 입 밖으로 내서는 안 되는 일이다.

'하지만.'

시나에게는 그런 장벽이 없다.

정말로 닮았다고 루미에는 생각했다. 시나와 란은 닮았다.

닮았으면서도 아주 다르다.

'이 무슨 모순이람.'

"루미에에게도 좋은 사람이 또 생길 거야."

시나는 그렇게 말하고 란을 떠올렸다. 그래, 그런 미인은 상당히 드물지.

'하지만 유스타프 쪽이 캐릭터가 강하다고 해야 하나.'

란과 나란히 서 있으면 흑금의 대비가 강렬하다.

루미에도 물론 눈에 탁 띈다.

주홍색 머리카락에 주홍색 눈동자.

저도 모르게 빤히, 시나는 그의 눈동자를 바라보았다.

노을 같은 빛깔은 물론 다른 곳에 비할 바가 아니지만……

'빠져드는 것 같은 감각이…….'

시나는 그렇게 생각하다가 화급히 시선을 뗐다.

그녀가 자리에서 벌떡 일어났다.

"하, 하여간. 힘내! 내가 같이 술 한잔 해줄 테니까!"

"술?"

루미에의 입가에 재미있다는 미소가 스쳤다. 시나가 고개를 끄덕였다.

"그래, 원래 그럴 때는 한잔하는 거야. 울고 털어버리는 거지. 내가 살게!"

호기롭게 외치고 시나가 문득 중얼거렸다.

"그런데 여기 술집이 있나?"

루미에가 웃음을 터트렸다.

"가장 가까운 술집은 말을 타고 30분은 가야 할걸."

그가 엉덩이를 털며 자리에서 일어나자 시나가 히죽 웃었다.

"그럼 다른 곳을 털자."

"다른 곳?"

"기다려 봐! 방에 가서 기다려!"

시나는 그렇게 말하고는 후다닥 뛰어서 사라졌고 루미에는 우스운 기분이 되어 서 있다가 천천히 움직였다.

기분이 훨씬 나아져 있었다.

가볍게 씻고 방으로 돌아가니 커다란 술병을 든 시나가 입을 비죽이며 기다리고 있었다.

"혼자서만 씻고."

"그 술병은 어디서 났어?"

술은 귀한 물건이다.

술 창고 열쇠는 집사에 의해서 엄격하게 관리되며, 술 창고 열쇠를 맡긴다는 것은 신뢰의 표시였다.

"달라고 해서 받았지."

의기양양하게 말한 후 시나가 속삭였다.

"란 언니의 손님이란 특권은 굉장하거든."

루미에는 피식 웃고 그녀의 품에서 술병을 빼앗아 들었다. 묵직한 술병의 크기는 상당해서 적어도 2리터쯤은 되어 보였다.

'하긴 약혼식 준비 중이니, 술 한두 병 정도야.'

그는 그렇게 생각하며 마개를 뽑았다.

독한 술 냄새가 확 올라왔다. 북부가 자랑하는 엄청난 도수의 증류수다.

"마시고 죽자!"

시나는 그렇게 외치며 품에서 잔을 꺼냈다. 커다란 맥주잔이라 루미에는 웃음을 터트렸다.

그가 맥주잔을 가득 채우자 시나는 눈을 크게 뜨고 침을 꼴깍 삼켰다. 술 냄새가 장난 아니다.

"엄청 독한 것 같아."

"아무래도."

"맥주잔으로 마시면 죽지 않을까."

"술 마시고 죽는 사람도 있나?"

"있어!"

시나가 주장했다.

"마시고 죽자며."

"그건 비유지."

시나는 투덜거리며 조심스럽게 한 모금 술을 마셨다. 마시자마자 목구멍 안쪽에서 화끈한 기운이 확 올라오며 위장을 타고 알코올 기운이 휘몰아쳤다.

"으—"

시나는 몸을 부르르 떨었다. 루미에가 재미있단 얼굴로 그녀를 보며 홀쩍홀쩍 술을 마셨다.

독하긴 하지만 깔끔하다. 역시 술 빚는 기술은 북부가 가장 나은 듯싶다.

얼마 마시지도 않아서, 시나의 입에서 혀 꼬인 소리가 나오기 시작했다.

"루, 루미에는 잘생겼으니까— 애인은 또 생겨!"

그런 칭찬은 처음이라 그는 픽 웃었다.

"그거 고맙군."

"지인짜로? 짱, 짱!"

엄지를 치켜들며 하는 말이 무슨 말인지는 모르겠지만, 어쨌든 칭찬인 것 같다. 그런데…….

"너 술 마시자고 먼저 말한 사람치고 너무 **빠르게** 취하는 거 아니냐."

그 말에 시나가 힛힛 웃었다. 그 웃음을 보자 루미에는 아무래도 좋겠다는 생각이 들었다.

그리고 다시 시간이 지나자 루미에는 자신도 좀 취한 것 같다고 느꼈다.

왜냐면 술술 자신의 과거를 시나에게 말하고 있었기 때문이었다. 노예로 팔린 일, 노예 생활, 불법 투기장에 간 일, 사람을 죽인 일.

란에게도―

아니 그 누구에게도 말한 적 없는 일이었다. 말하다 루미에는 시나를 바라보고 손을 뻗었다.

"왜 우는 거야?"

"하지만, 하지마안―"

눈도 깜박하지 않고, 시나는 눈물을 줄줄 흘리고 있었다.

"너무하잖아. 루미에, 너무 고생했고. 진짜 사람들 나빴어."

그의 손이 부드럽게 그녀의 눈가를 훑었다.

"울라고 한 이야기는 아냐."

"울려고 우는 것도 아냐."

시나가 술병을 들어 자신의 잔과 루미에의 잔을 채우고 말했다.

"이제 행복해질 거야. 루미에, 꽃길만 걷자!"

루미에는 픽 웃고 잔을 받았다. 시나는 눈물 콧물이 흐른 제 얼굴을 싹싹 닦고 잔을 들었다. 너무 마시면 내일 약혼식에 참석을 못 할지도 모른다는 생각은 들지 않았다.

루미에가 더 중요했다.

'어떻게든 되겠지!'

시나는 그렇게 생각하고 쭉 잔을 마셨고, 그게 그녀의 마지막 생각이었다.

＊　　＊　　＊

약혼식은 단출하게 열렸다.

아니, 유스타프의 생각으로는 단출하게 열렸다.

가신들을 초대해서 연회를 베풀고, 둘이 약혼했음을 선포하고 약혼반지를 교환했다.

연회장 상석에 란과 나란히 앉아 유스타프는 시종에게 눈짓했다.

그러자 연회장 문이 열리면서 유리잔이 층층이 피라미드처럼 쌓인 커다란 카트가 들어왔다.

손님석에 앉아 있던 시나는 숙취로 아직 지끈거리는 머리를 붙잡고 있다가 입을 떡 벌렸다.

'아니, 내가 말한 건 저렇게 큰 게 아닌데?!'

사람의 키보다 높은 탑이었다.

란 역시 눈을 휘둥그레 떴고, 연회장에 모인 모든 사람들이 탄성을 내질렀다.

유스타프가 신호하자 시종이 사다리를 가져와 그 옆에 서서 샴페인을 따서 붓기 시작했다.

첫 잔이 채워지고 그 아래쪽 잔들이 채워지자, 사람들은 그제야 하려는 게 뭔지 눈치챘다.

'하지만 병이 너무 작지 않나?'

모두가 그렇게 생각하는데 샴페인이 끊이지 않고 계속 흘러나왔다.

세 번째, 네 번째 단을 채우면서 계속 샴페인이 흘러넘치자 이제 연회장에 모인 사람들은 박수를 치며 환호성을 내질렀다.

란 역시 입을 떡 벌렸다.

마지막 단까지 채우고 흘러넘치고서야 시종은 샴페인 병을 들었다.

란은 그제야 그 시종이 프란체라는 걸 깨달았다. 3일내내 시달려 프란체는 샴페인이 계속 흘러나오는 와인 병이란 마법 세공품을 만들어 낸 것이다.

그가 깊게 고개를 숙여 보이자 다시 한 번 사람들이 손뼉을 치며 환호성을 질렀고, 란 역시 열심히 박수를 쳤다.

유스타프가 속삭였다.

"마음에 드시나요?"

"응?"

"시나 말에 따르면 저런 걸로 약혼식을 축하한다고 하던데요."

그 말에 란은 웃음을 터트렸다.

아니, 비슷하기는 한데― 시나는 대체 무슨 말을 한 거람?

"응, 맞아. 고마워."

키득거리며 란이 고개를 끄덕이자 유스타프가 그녀의 뺨에 키스했다.

"마음에 드신다면 저도 기쁩니다."

그러고서 맨 꼭대기에 있던 잔과 그 아랫잔을 유스타프와 란에게 올리도록 지시하고 나서, 나머지 잔들을 연회장에 모인 사람들에게 나누어 주었다.

일루미니티 백작이 가볍게 잔을 두들겨 시선을 모으고서는 말했다.

"두 분의 약혼을 축하드립니다."

그 말에 모두가 잔을 들어 올리며 "축하합니다!" 하고 외쳤다.

그러고서야 본격적으로 연회가 시작되었다.

약혼 선물이 빼곡히 그녀의 발치에 놓였고, 모두가 다가와 축하 인사를 건넸다.

뒤늦게 시나 역시 란에게 다가와 축하 인사를 건네는데, 그녀의 표정이 너무나 어두워 란이 "시나, 괜찮아?" 하고 묻자 시나는 고개를 저었다.

"괜찮아요. 어제 술을 좀 독한 걸 마셨더니 숙취가 있나 봐요."

그렇게 말하는 시나에게서 아직 술 냄새가 나서 란은 '저런.' 하고 납득했다. 시나가 란에게 나뭇가지와 깃털로 만든 드림캐처를 건네주었다.

"손재주가 없어서 엉성하지만, 그래도 축하해요. 언니."

란은 그걸 열심히 만들었을 시나를 생각하니 마음속이 꽉 죄어드는 걸 느꼈다.

"정말 고마워. 예쁘다."

"악몽을 막아주는 부적이에요. 창문가에 걸고 자면 된대요."

"응."

란이 고개를 끄덕였다.

시나가 자리를 뜨는 걸 란이 유심히 바라보자 유스타프가 그녀의 어깨를 감싸며 말했다.

"약혼식 하루라도 저에게 집중해 주시면 안 됩니까?"

"충분히 하고 있지 않나요? 약혼자님?"

란의 말에 유스타프가 "좋습니다. 지금처럼 말이지요." 하고 그녀의 이마에 키스했다.

"란에게서 좋은 냄새가 납니다."

"그 사탕 때문인가 봐."

"사탕이요?"

"응."

란은 고개를 끄덕였다. 먹을 때는 지독한 냄새의 사탕이라고만 생각했는데, 생각해 보니 그 향기가 옅어진 게 지금 그녀에게서 나는 향이 아닌가 싶었다.

"좋지만, 다음에는 그냥 먹이지 말라고 해요. 란의 원래 향기가 더 좋으니까요."

유스타프가 그녀의 목덜미에 고개를 묻으며 말해 란이 얼굴을 붉히며 몸을 틀었다.

"유스타프! 다들 보잖아!"

"보라고 하죠. 제 약혼녀인데."

"그거랑 이거랑은 다르거든."

란이 몸을 빼자 유스타프는 "그럼 아무도 안 보면 되는 겁니까?" 하고 물었다.

"아무도 안 보고 있을 리가 없잖아. 연회장 한복판인데."

유스타프가 그 말에 고개를 들어 주변을 둘러보았다. 눈이 마주친 사람들은 전부 몸을 잽싸게 돌렸다.

"이제 아무도 안 보네요."

"……."

란은 눈을 가늘게 뜨고 유스타프를 본 후에 가까워지는 그의 이마를 꾹 손끝으로 눌렀다.

"시선으로 협박하는 거 그만둬."

나도 그거 예전에 당해 봤었는데 정말로 무섭거든?

유스타프는 한숨을 내쉬며 물러났고, 란은 얼른 샴페인 잔을 들어 올려 거리를 확보했다.

샴페인을 비우고, 란은 꿀 술로 시선을 돌렸다.

긴장해서 그런지 술이 술술 넘어간다. 인사하러 오는 사람 중에는 술을 채워 주는 사람도 있어서 평소보다 좀 더 페이스가 빨랐다.

유스타프가 속삭였다.

"춤출까요."

"응."

란은 고개를 끄덕였다.

계속 앉아만 있는 것도 고역이다. 유스타프가 내민 손을 잡고 자리에서 일어나 둘은 플로어로 향했다.

발이 가벼웠다.

땅이 아니라 공기를 밟고 있는 듯한 기분이라 란은 환하게 웃으며 말했다.

"어때?"

"……."

대답이 돌아오지 않아 란은 의아해하며 되물었다.

"유스?"

"아뇨."

유스타프는 눈동자를 돌렸다가 다시 란을 보았다.

"무슨 말씀을 하시는지 못 들었습니다."

란이 입을 내밀었다가 다시 말했다.

"어때, 내 춤 솜씨 많이 늘지 않았어?"

"네, 많이 느셨네요."

갸웃하고 란이 중얼거렸다.

"이 대화 어쩐지 전에도 한 것 같아."

"했습니다."

"했었나? 역시?"

"네."

란이 다시 웃었다. 그녀가 빙글 한 바퀴 돌았다.

"하지만 그럼 그때보다 더 잘 추는 것 같은 기분인데, 어떻게 생각하시나요?"

"그때처럼 취하셨다는 것만 알겠습니다."

"에이."

란은 투덜거렸다.

두 사람은 연거푸 네 곡을 연달아 췄고, 이어 콰트로움 차례가 되자 란은 간신히 한 곡을 끝낸 후에 도망치듯이 플로어를 나왔다.

그녀가 빠지고 나자 좀 더 춤이 빨라지면서 제대로 추는 게 느껴졌다.

'쾌트로움은 안 느네.'

하긴 평소에 연습을 안 하니까.

그때 누가 잔을 내밀어 바라보니 루미에였다.

"축하드려요."

싱긋 웃으며 그가 말해서 란은 잔을 받았다. 한 모금 마시고 그녀는 기침을 했다.

"쿨럭, 쿨럭, 이거 뭐야?"

"술이죠."

"독해."

"제 마음이랄까요."

"루미에!"

란은 소리치고 눈을 치켜올렸다가 단숨에 잔을 비웠다. 그러자 오히려 놀란 건 루미에였다.

"주인님!"

투명하고 독한 증류주를 큰 컵으로 비우고 란은 후욱 올라오는 취기에 눈을 깜박인 후에 루미에에게 잔을 내밀었다.

"잘 받았네요."

루미에의 얼굴이 슬며시 일그러졌다. 란이 그의 얼굴을 향해 손을 뻗다가 휘청했다. 루미에가 그녀를 붙잡았다.

"우와, 지금 그거 진짜 독했나 봐. 아니, 루미에. 표정 안 좋아서……."

말하고 그녀가 눈을 찌푸리고 말했다.

"그냥, 내 약혼 때문이 아니라, 뭔가…… 무슨 일 있어?"

루미에는 잠시 침묵하다가 그녀를 놓아 주며 말했다.

"주인님께 말할 이야기는 아니에요."

그가 그녀에게 속삭였다.

"단지 제가 정말로 축하드린다고, 말하고 싶었답니다."

란은 흔들리는 시야를 몇 번 눈을 깜박여서 깨끗하게 하려고 노력하며 말했다.

"고마워."

그때 뒤에서 누군가가 허리를 획 잡아챘다. 등허리가 단단한 뭔가에 부딪쳤다.

"내 약혼녀에게서 떨어져."

루미에가 눈을 동그랗게 뜨고 웃었다.

"내 주인님에게서 떨어져, 라고 할 수 없는 게 유감이네요."

이렇게 노골적으로 적의를 드러내다니.

루미에는 어쩐지 즐거워졌다.

유스타프는 그의 여유에 더더욱 짜증이 나서 내뱉었다.

"방금 시나가 연회장을 나가던데. 따라가 보지?"

순간, 루미에의 얼굴이 굳었다.

파란 눈과 주홍색 눈동자가 서로 마주 보았다가, 루미에가 먼저 빙긋 웃으며 고개를 숙였다.

"그럼 물러나겠습니다."

유스타프는 한숨을 내쉬고 란의 귓가에 속삭였다.

"절 도발하지 말아, 란?"

갑자기 몸이 축 늘어져 유스타프는 당황해 그녀를 꽉 붙잡았다.

"란, 괜찮습니까? 왜─"

쌕쌕 건강한 숨소리가 들려왔다. 유스타프는 단번에 전신에 힘이 빠지는 기분이 되었다.

'잠들다니.'

그는 이를 악물고 그녀를 번쩍 안아 들었다.

주변의 가신과 기사들은 싱글벙글하는 얼굴로 이쪽을 보고 있었다.

가주님이 로미아 백작에게 푹 빠져 있는 건 모두가 아는 사실이었다. 그게 유스타프의 차가움에 거리감을 느낀 사람들에게 친근감을 안겨 주었다.

유스타프가 쭛 하고 혀를 차자 모두 재빨리 얼굴을 돌리며 표정을 고쳤다.

그래도 가주님은 무서웠다.


'더워…… 답답해…….'

란은 끙끙거리다가 눈을 떴다. 이마에 땀이 흐른다.

뭔가 답답하게 묶여 있어.

상황을 제대로 파악하게 된 건 십여 초가 지나서였다.

'유스타프?!'

유스타프에게 안겨 있다. 그래서 더운 거다. 팔로 나를 꽉 끌어안고 있으니까.

머릿속 논리 회로가 딱딱하게 돌아갔다. 그러고 나서야 경종이 울렸다.

'나, 옷은?'

없어!

드레스 어디 갔어?!

슈미즈? 슈미즈뿐이야?

잠깐, 약혼식이잖아? 약혼식인데 한 침대 괜찮은 건가요?

나 기억도 안 나는데? 어라? 뭐지?

어젯밤 뭐 있었나?

"풉……."

그때 머리 위에서 작은 소리가 나서 란은 엉망으로 붉어진 얼굴을 들었다. 그녀와 눈이 마주치자 유스타프는 크게 웃음을 터트렸다.

"아하하하하!"

란은 입을 떡 벌렸다. 유스타프가 이렇게 웃는 건 처음 본다.

멍하니 그를 바라보고 있자니, 유스타프가 웃음을 간신히 멈추고 손가락으로 가볍게 그녀의 코를 툭 눌렀다.

"조금은 제가 남자라는 게 실감 나셨습니까?"

란의 얼굴이 붉게 물들었다. 그녀가 이불을 끌어당겨 제 앞을 가리며 말했다.

"항상 그렇게 생각하고 있거든요?!"

유스타프가 그 말에 눈을 깜박였다. 란이 상체를 일으켜 세우다가 침대를 반으로 가르는 레이스 커튼을 발견했다.

"저 커튼은 대체─ 꾸왁!"

갑자기 팔을 홱 잡아당겨져서 몸이 다시 침대에 처박혔다.

지금 엄청 괴상한 소리 나왔다.

란이 그렇게 생각하며 눈을 찌푸리는데 정면에 유스타프의 얼굴이 있었다.

"언제부터입니까?"

"뭐?"

"언제부터 제가 남자라고 생각하셨습니까?"

"그게─"

무슨 말이야, 라고 하려다가 란은 그의 진지한 얼굴을 보고 숨을 삼켰다.

란이 천천히 손을 뻗어 그의 얼굴을 감쌌다. 그의 눈썹이 살짝 일그러졌다.

"유스타프."

란이 조심스럽게 그를 불렀다.

"뭐가 그렇게 불안한 거야?"

뭘 그렇게 확인하고 싶은 거야?

"유스타프를 좋아해. 뭐라고 해야 하나, 일단 내가 있던 곳에서 사랑 없이 결혼하는 건 없는, 일은 아니지만 하여간 난 상상도 해 본 적 없는 일이야. 아직 약혼뿐이기는 하지만, 그래도―"

란이 손이 부드럽게 그의 뺨을 쓸고 손끝이 가볍게 그의 입술을 눌렀다.

"내가 좋아하는 건 너뿐이야."

유스타프는 눈을 크게 떴다가 확 얼굴을 붉히며 그녀의 목에 얼굴을 묻었다.

"……한심하네요."

"유스?"

"이래서야 란이 연하라서 어쩔 수 없다고 해도 할 말이 없네요."

"!"

란은 눈을 동그랗게 떴다.

"그거 신경 쓰고 있었어?!"

"당연히 신경 쓰지요."

"유스타프는 그런 거 전혀 신경 쓰지 않을 거라고 생각했어……."

그녀의 말에 그가 상체를 세웠다.

"항상 의식하고 있습니다. 란에게 어울릴 만한 사람인가 하고요."

"나?"

란의 에메랄드 색 눈이 꿈벅거린다. 유스타프가 조용히 말했다.

"얼마든지 도망칠 수도 있었는데 그러지 않았죠. 숙부님에게도 휘둘리지 않고, 밤늦게 쓰러질 때까지 일하고, 가신들도 전부 다 푹 빠져 있는 데다가 항상 그런 눈으로 보니까―"

이쪽을 꿰뚫어 보는 듯한 투명한 눈.

탐색하고 있는 게 아닌데도, 탐색하는 것 같아.

"제가 가지고 있는 건 전부 란이 준 겁니다."

그가 그녀의 손목을 붙잡고 손바닥에 조심스럽게 입 맞췄다. 란의 얼굴이, 목덜미에서 귀 끝까지 전부 붉게 달아올랐다.

"아, 아니, 난 그렇게 대단하지는―"

"그렇게 말한다는 점까지 대단하지요. 그러니까 믿음직스럽게 보이고 싶었는데 말이죠."

란은 유스타프의 멋쩍은 얼굴을 보았다.

아, 이런 얼굴은 처음이다.

본 사람도 나밖에 없을 거야.

나밖에 모르는 유스타프의 표정. 말, 온도, 손길.

사랑스러움이 꽉 차올랐다.

"항상 의지하고 있는걸."

정말, 정말로.

란은 팔을 뻗어 그의 목을 감고 힘주어 그를 꽉 끌어안았다.

'어쩜 이렇게 멋있는데 귀여운 거야? 아니, 귀여운데 멋있는 거야?'

유스타프의 팔이 그녀를 마주 안았다. 그리고 부드럽게 등을 쓸어 올렸다. 얇은 실크 잠옷 너머로 유스타프의 손길이 정말 너무 기분 좋아서……

'잠깐, 나 지금 속옷 한 장뿐인가?'

"유, 유스……"

저절로 불안한 목소리가 흘러나왔다. 유스타프는 멈칫하고 그녀를 놓아주었다.

"무섭네요, 란은."

"어어?"

"사람을 이렇게까지 휘두르고."

"내가 언제?"

란이 항의하자 그가 피식 웃고 침대에서 내려와 레이스 건너편으로 향하더니 털썩 누웠다.

"유스?"

"약혼식이니까, 이 커튼 너머로 넘어오면 안 되는 겁니다."

"방금 넘어와 놓고서!"

"그건 란의 옷을 벗겨야 하니까 어쩔 수 없이."

"이거 유스가 벗긴 거야?!"

"그럼 술주정뱅이 옷을 누가 벗깁니까?"

란은 얼굴이 붉어져서 이불 속으로 기어들어갔다.

"이제 넘어오지 마."

"네, 네."

잠시 침묵이 흐른 후 란이 말했다.

"손은 넘어와도 괜찮아."

유스타프는 웃으며 레이스 커튼 너머로 손을 내밀었고 란은 그 손을 마주 잡았다.

*　　*　　*

시나는 머리를 부여잡았다.

'아아악, 미쳤어. 미쳤어, 이시나!'

그녀는 커다란 침대에서 좌로 세 번, 우로 세 번 굴렀다.

'이렇게 구르고도 떨어지지 않다니 침대 정말 굉장하다. 이세계 최고네.'

그런 생각을 하다가 시나는 다시 자리에서 벌떡 일어났다.

'아니! 내가 진짜 미쳤지. 미쳤어!'

루미에를 위로한답시고 술 창고에서 가져온 독한 술을 연신 들이켠 것까지는 좋았다.

'루미에의 과거 이야기도 들었지.'

다시 생각해도 좋은 이야기는 아니었다.

가슴 안쪽이 욱신거렸다.

'그런데 문제는 그게 아니야.'

그 이야기까지는 기억난다. 그런데 그 뒤로 건배를 한 후에 중간부터 필름이 끊기고…….

'깨어나니 알몸으로 한 침대.'

상황이 너무 뻔해서 악 소리조차 나오지 않았다.

그대로 황망해서 허둥지둥 옷만 챙겨 입고 도망치듯이 루미에의 방을 빠져나왔다.

그 후로 루미에와 마주치는 일은 죄다 피하고 있다.

'란 언니에게 상담하고 싶은데.'

약혼식을 치르는 란에게 가서 징징거릴 수도 없었다.

시나는 입속으로 온갖 욕을 내뱉으며 깃털베개를 마구 후려쳤다.

'내일. 내일은 꼭 언니에게 이야기를…….'

똑똑.

그때 노크가 들려 흠칫하고 시나는 어깨를 움츠렸다.

"누, 누구세요?"

"나."

자신을 루미에라고 밝히지도 않는 저 당당함.

뻔뻔스러운 자식.

시나는 그렇게 생각하며 문을 바라보고 말했다.

"나 자는 중이야."

하지만 문은 거침없이 열렸고 시나는 침대에서 굴러 떨어지듯이 내려왔다.

깃털베개를 방패처럼 꽉 끌어안고 시나가 날카롭게 말했다.

"자, 자는 중이라고 했잖아."

"자는 중인 사람은 자는 중이라고 대답하지 않지."

루미에는 그렇게 말하고 빤히 시나를 바라보았다.

"왜 피하는 거야?"

"……뭐……?"

순간 벙쪄서 말이 나오지 않았다. 루미에가 이어 말했다.

"날 피하는 건 그렇다고 쳐. 너 약혼식도 엄청 기대했잖아. 드레스도 몇 번이나 다시 입어 보고. 그랬는데 춤도 안 추고 연회장을 나가 버리고."

루미에가 슬쩍 허리를 숙이며 그 특유의 애교스러운 미소를 지었다.

"무슨 일 있는 거 아닌가요? 시나 양?"

그 순간 시나가 깃털베개로 그의 얼굴을 후려쳤다.

"다 너 때문이잖아!"

어찌나 강하게 쳤는지 깃털베개가 그대로 터지면서 사방으로 깃털이 흩날렸다.

시나가 몇 번 더 터진 베개를 휘두르려는 걸 루미에가 붙잡았다. 그리고 그가 말했다.

"아, 역시."

"뭐? 아, 역시?"

시나는 화가 치밀어서 말이 나오지 않았다. 루미에가 혀를 찼다.

"깨 보니 알몸이어서 놀란 거 아냐?"

"……."

루미에가 곤란하다는 표정으로 시나를 보았다가 말했다.

"안 잤어."

"!"

시나의 온몸이 움찔했다. 그녀의 검은색 눈동자가 마구 흔들리기 시작했다.

루미에가 한숨을 내쉬고 말했다.

"술 취해서 네가 옷 벗은 거야."

"무슨……."

"진짜거든. 기억 안 나냐. 덥다고 옷 벗어 버리고, 내가 그만두라고 말해도 듣지도 않고, 그래서 내가 이불로 널 둘둘 싸매 놓은 거잖아. 알몸으로 덥다고 나가겠다고 그래서."

"……!"

순식간에 시나의 얼굴이 불타오르듯이 붉게 물들었다. 동시에 안도감이 몰려왔다.

"진짜야? 그, 그럼 넌 왜 벗고 있었는데?"

"네가 나에게 술 쏟아서. 윗옷만 벗은 거거든……?"

"아!"

그러고 보니 벗은 상체만 보고 하체는 못 봤다. 왜냐면 옷을 벗고 있다는 것 자체가 너무 충격적이라서.

시나가 마지막으로 말했다.

"그, 그러면 따로 자야지. 한 침대는 너무 파렴치한 거 아냐?"

"가지 말라고, 같이 자자고, 아니면 소리 지르겠다고 한 게 누굴까요?"

"거짓말!"

"진짜다. 너 어디 가서 술 그렇게 마시지 마라. 정말이지."

기절시키지 않은 게 내 인내심의 한계였다, 하며 루미에가 한숨을 내쉬었다.

"그랬는데 아침에 사라져서 없지, 보이지도 않지, 어쩌다 마주치면 도망쳐 버리지. 오해하고 있는 게 뻔해서 일부러 만나러 온 거야."

"미, 미리 말해 주면 좋았잖아……."

다리에서 힘이 빠져서 시나가 주르륵 미끄러지는 걸 루미에가 붙잡았다. 그녀의 눈에서 눈물이 또르륵 흘러내렸다.

"나, 진짜 놀랐단 말이야. 그, 그리고 약혼식도 다 놓쳐 버렸잖아아ㅡ"

루미에가 손을 뻗어 그녀의 눈가를 닦아내고 말했다.

"그러니까 왜 평소처럼 물어보지 않고."

시나가 빽 소리를 질렀다.

"너라면 물어보겠냐? 잤냐고? 아니, 잠깐. 그래도 너 내, 그, 다 본 거잖아!"

"아."

루미에는 순간 할 말을 잃었고 시나의 얼굴이 붉게 달아올랐다.

"아, 몰라, 진짜!"

시나가 후다닥 침대로 달려가 몸을 던지고 민망함을 이기려 빽빽 소리쳤다.

"진짜! 나 시집 다 갔어!"

루미에는 뭐라고 해야 하나 고민했다.

예뻤어?

아니지.

보기 좋았, 도 아니고.

"잘 안 보였어."

"뭐?"

루미에가 헛기침을 하고 말했다.

"나도 술 많이 마셔서 기억이 아리까리하고, 그냥 잘 기억이 안 나니까……."

"진짜……?"

시나가 슬그머니 침대에서 고개를 들며 물었고 루미에는 고개를 끄덕였다.

그녀가 "그럼 그런 걸로 해 둘까?" 하고 되물어서 루미에는 다시 진지하게 고개를 끄덕였다.

"응, 전혀, 조금도, 기억 안 나."

시나는 손부채질을 하며 살그머니 침대에서 다시 내려왔다. 그리고 한숨을 내쉬었다.

"엉망이다. 진짜."

"그러네."

루미에가 그렇게 말하며 그녀의 머리에서 깃털을 떼어주다가 포기했다. 시나는 털투성이가 된 제 드레스를 내려다보며 말했다.

"지금 무도회 가는 건 안 되겠지?"

"깃털 이불을 털다가 온 아가씨 같겠지."

게다가 파장 시간에 가깝다.

시나는 한숨을 내쉬었고 루미에가 손을 내밀었다.

"지금이라도 출까?"

"뭐?"

"춤."

시나가 눈을 깜박였다.

"정말?"

"그래. 아직 드레스도 안 벗은 채였네."

"그야……."

모처럼이니까, 예쁘니까 계속 입고 있고 싶었다. 내려다보고 시나는 문득 루미에뿐 아니라 자신도 완전히 깃털투성이라는 걸 깨달았다.

"헐? 완전히 깃털투성이잖아?"

"깃털베개가 터졌으니까."

"다 루미에 때문이잖아. 아, 이거 어떻게 하지? 내일 시녀분들이 보면 ─"

그제야 당황해 시나가 주변을 둘러보았다. 루미에와 자신뿐 아니라 사방에 온통 깃털이 잔뜩 붙어 있었다.

루미에가 피식 웃고 말했다.

"나중에 치워 주겠지."

"그게 문제야."

"이제 와서 어쩔 수 없잖아? 하지만 여기서는 못 추겠고. 베란다에서 추자."

시나는 그가 끄는 대로 끌려가 베란다로 나갔다. 라치아치고는 바람 없는 온화한 날씨였다.

루미에는 예전에도 이렇게 베란다에 나온 적이 있었다고 생각했다. 란이 춤을 가르쳐 주겠다고 했었던 그때.

하지만 지금은 시나와 나와 있다.

"한 곡 추시겠습니까?"

깃털투성이로 정중히 물어 와서, 시나는 웃으며 그의 손을 잡았다.

"물론이지요."

좁은 베란다에서도 더블릿은 추기 어렵지 않았다.

시나가 조심스럽게 물었다.

"이제 괜찮아?"

"뭐가?"

"란 언니 약혼 말이야."

루미에는 잠시 시나를 내려다보았다. 방금까지 걱정이 많았을 텐데, 그게 해소되자마자 남 걱정.

"어제 같이 마셔 준 덕분에 괜찮아."

"정말?"

"응, 덕분에 진짜로, 제대로 축하한다고 할 수 있었어. 고마워."

솔직한 인사에 시나는 환하게 웃었다.

'이상하지.'

시나가 울어 줘서, 뭔가 후련해졌다. 누군가가 대신 울어 준다는 말은 듣도 보도 못 했는데.

하지만 정말로, 그녀가 울어 줘서 괜찮다.

루미에는 그렇게 생각하며 느긋하게 춤을 추었다.

\*       \*       \*

제투라는 란이 입을 떡 벌린 걸 보고 만족스러운 얼굴을 하며 제 수염을 당겼다.

"어때? 굉장하지?"

"굉장해. 세상에."

란은 연신 감탄했다.

"겨울에는 광산 일을 안 한다니까 말이야. 인간은 약해 빠져서는……. 하여튼 손이 비어 심심하니까 만들었지."

그러며 제투라는 마갑을 탕탕 두들겼다. 다른 드워프들도 흐뭇한 얼굴이었다.

겨울 내내 풀무를 밟아서 만든 마갑은, 말에게 씌우자 더더욱 그 빛을 발했다.

새까만 마갑으로 전신을 무장한 말이 뿜어내는 분위기는 무시무시했다.

'여기에 청염 기사단 갑옷도 검은색이잖아?'

그야말로 칠흑 같은 중갑부대다. 심지어 마갑의 무게는 가벼웠다.

즉, 경갑옷을 입었을 때와 말의 기동력이 거의 비슷하다는 뜻이었다.

"이거 몇 개나 만든 거야?"

란의 물음에 제투라가 "30개 정도?" 하고 말했고 란은 고개를 끄덕였다.

제투라가 슬쩍 란의 표정을 보며 말했다.

"원하면 기사단 전원에게 만들어 줄 수도 있지."

"꼭 좀! 부탁할게요."

란의 말에 제투라는 다시 큰소리로 웃었다. 그래, 이렇게 하니 좀 은혜를 갚는 것 같다.

"나디움과 미스릴과 강철을 적절히 섞은 거거든. 봐 봐. 가장 큰 곳도, 이렇게 한 손으로 들 수 있을 정도로 거뜬하고 강철로 만든 창칼은 박히지도 않지."

제투라의 설명을 란은 열심히 들었다. 청염 기사단원들 역시 몸이 저절로 그쪽으로 기울 정도로 제투라의 이야기에 집중했다.

블레인은 당장이라도 전투에 나가고 싶어져서 몸이 근질거렸다.

새로운 마갑의 성능을 당장 알아보고 싶었다.

제투라가 얼음수정을 넣는 공간을 보여 주며 말했다.

"그리고 여기에다가 얼음수정을 딱 끼워 넣고, 이 부분을 발로 탁 차면 마법이 발동된단 말이야. 말의 스태미나와 속도도 올려주지. 이 부분은 프란체의 도움을 받은 거야. 인간치고는 쓸 만하던걸."

"어쩐지 프란체가 혹사당하고 있다고 생각했지……."

란은 프란체에게 주는 연봉을 두 배로 올려야겠다고 생각했다.

제투라가 와하하 웃었다.

"뭐 이제 봄이라서 광산도 다시 움직일 테고, 우리가 알려준 대로 잘 하나 감시 정도만 하니까. 마갑을 마저 만들 시간은 되겠지."

"고마워."

"별말을. 그보다 우리 쪽에 자료가 없어서 미안하구만. 대현자 이브리아에 대한 자료들은 전부 반출 금지라서 말이야."

"괜찮아."

란이 고개를 저었다.

예전에 하레쉬가 준 자료도 극히 일부분이라고 했다. 대부분의 자료는 반출 금지라고.

'뭐, 그래도 릴리는 잘 지내고 있다고 했고.'

릴리와 루미에는 꾸준히 편지를 주고받고 있었다. 날마다 건강해져서 올해는 다시 돌아올 수 있을 거라는 희망적인 예측도 함께 말이다.

'봄인가.'

란은 고개를 들어 빙벽을 바라보았다. 부드러운 봄바람이 불어왔다. 더 이상은 귀가 떨어져 나가는 것 같은 칼바람이 아니었다.

'다시 수도로군.'

란은 한숨을 삼켰다.

수도에 올라가면 올리비아와 라벨이 기다리고 있겠지.

'아, 리제를 보는 건 기대되네.'

란은 그렇게 생각하며 설핏 웃었다. 하지만 올리비아를 생각하면 다시 답답한 기분이 들었다.

'그때 그냥 만나볼걸.'

올리비아가 보자고 했는데, 만나지 않고 바로 라치아로 내려온 것이 마음에 걸렸다.

그때 혹시 만났다면 뭔가 달라질 수 있지 않았을까?

내가 너무 그녀를 기피한 걸까?

'아냐, 진짜 무서웠다고.'

어떤 방식으로도 얽히고 싶지 않았다. 하지만 일이 이렇게 되고 나니.

란은 하나 궁금함이 들었다.

'루스는 올리비아가 치운 걸까? 아니면⋯⋯.'

"란."

"흐힛!"

란이 자리에서 펄쩍 뛰었고, 유스타프가 한 걸음 물러서며 말했다.

"그렇게 놀랄 줄 몰랐습니다."

"아, 아냐. 미안."

'아니면—'

란이 빤히 그를 바라보아 유스타프가 제 턱을 매만지며 물었다.

"뭔가 묻었습니까?"

"아뇨, 아닙니다."

대답하니 유스타프가 미심쩍다는 얼굴을 했다가 그녀의 뺨에 입 맞춰 주고 말했다.

"오늘도 아름다우시군요."

"평소랑 똑같거든."

"그러니까요."

싱긋 웃고 유스타프가 고개를 들어 무장한 말을 바라보았다.

"라치아에 평지가 많다는 게 다행이군요."

"대부분 자갈밭이지만."

란의 중얼거림에 유스타프가 고개를 끄덕였다.

밀농사를 지을 수 없는 곳이 대부분이었다.

유스타프가 이어 제투라에게 예의를 표하자 제투라가 펄쩍 뛰며 손을 저었다.

"너 좋으라고 한 거 아니니까 말이야."

인사 받아도 곤란해, 하며 말이다. 유스타프는 "그럼 누님께 인사해야 겠네요." 하고 그녀에게 속삭였다.

"가지고 싶은 걸 말씀해 보세요."

란이 웃었다.

"딱히 없어."

"그러실 줄 알았습니다."

유스타프는 그렇게 말하고 제투라에게 물었다.

"지금 전부 입혀 봐도 되는 완성품입니까?"

"물론이지."

유스타프가 고개를 끄덕이고 블레인에게 말했다.

"입혀서 한 바퀴 돌아보지."

"존의."

블레인은 들뜬 얼굴로 잽싸게 사라졌고, 유스타프가 말했다.

"저도 함께 다녀와야겠습니다."

"응, 조심해."

란의 말에 유스타프는 가볍게 고개를 끄덕이고 제 말을 데리러 갔다. 제투라가 떠나기 전에 "참." 하고 란에게 손짓했다.

"전에 그 기사에게 검 만들어 달라고 부탁했었지?"

"아, 응!"

제투라에게 루미에의 검을 부탁했었다.

"완성했거든. 내가 직접 줄까 했는데, 주문자는 어쨌든 자네니까 말이야."

기다려 보게, 하더니 곧 제투라는 검을 가지고 돌아왔다.

"고마워."

란이 검을 받아들고 환하게 웃었다. 제투라가 히죽 웃고 말했다.

"기다려, 그 기사도 불러줄 테니까."

"응."

란이 고개를 끄덕였고, 제투라는 종종걸음으로 떠나갔다. 그러고 나서 얼마 되지 않아, 갑옷을 입고 있는 루미에가 나타났다. 그가 란을 보고 놀란 얼굴을 했다.

"부르신 게 주인님이신가요?"

"응."

"그랬군요."

"뭐야? 왜? 실망했어?"

란의 말에 루미에가 빙긋 웃으며 "그럴 리가요." 하고 물었다.

"어쩐 일이신가요? 지금 전 마갑 때문에─"

"아, 바로 가 봐야 하는구나. 이거!"

란이 그의 품에 밀어붙이듯이 검을 내밀어서 루미에는 얼결에 검을 받아들었다.

"제투라가 만들어 준 거야. 드워프제 검이니까, 분명히 마음에 들걸."

루미에는 가만히 검집을 바라보다가 검날을 뽑았다. 새파란 검날은 제 존재를 뚜렷하게 드러내고 있었다.

"아름다운 검이군요."

"마음에 들어?"

"물론이지요."

"다행이다."

란은 가슴을 쓸어내리고 그를 떠밀었다.

"얼른 가 봐. 마갑도 시험해 본다며."

루미에가 떠밀리며 웃었다.

"알겠습니다."

란은 그를 배웅하고 저택으로 들어갔다.

"백작님."

집사가 그녀를 불러 공손히 은쟁반을 내밀었다.

"마법사 협회에서 편지가 와 있습니다."

"드디어!"

란은 잽싸게 편지를 집어 들었다.

"시나는?"

그녀의 물음에 집사가 "방에 계십니다." 하고 답해서 란은 시나의 방으로 향했다.

"시나! 마법사 협회에서 답장이 왔어."

란이 방으로 들어서며 하는 말에 연습용 날 없는 검을 휘두르고 있던 시나가 검을 소파에 던지고는 달려왔다.

"정말이요? 뭐라고 해요?"

"나도 아직 안 열어 봤어."

란이 그렇게 말하고 편지를 내밀었다. 시나는 편지를 받아 들었다가 도로 란에게 내밀었다.

"저 못 읽겠어요. 언니가 보고 알려주세요."

란은 그 말에 시녀에게 편지 칼을 받아 들어 편지를 개봉했다. 그리고 재빠르게 내용을 훑었다.

"……."

"언니……?"

란이 편지를 접고 "시나야." 하고 작게 부르자 시나의 얼굴이 일그러졌다. 그녀의 입술이 파르르 떨렸다.

"아, 안, 안 된대요?"

란이 작게 고개를 끄덕였고 시나가 란의 손에서 편지를 낚아챘다.

정신없이 편지를 읽고 시나가 이를 악물었다.

"아예 안 된다는 건 아니네요? 그렇죠? 조금이라도 확률은 있다는 거잖아요?"

란은 고개를 끄덕였고, 시나의 눈에서 눈물이 주르륵 흘렀다.

"어, 엄마, 엄마 보고 싶―"

란은 가슴이 미어지는 걸 느끼며 시나를 꽉 끌어안았고 시나는 울음을 터트렸다.

"엄마, 엄마, 엄마 보고 싶어― 어엉―"

"언니가 어떻게든 도와줄게. 돌아갈 수 있을 거야."

란은 스스로에게 되뇌듯이 말하며 시나의 등을 쓸어내렸다. 원래대로라면 시나는 돌아가지 못한다.

하지만, 이미 모든 게 바뀌었으니 그녀라고 돌아가지 못하라는 법이 있나?

란의 눈에도 눈물이 글썽 고였다.

어떻게든 모든 방법을 다 수소문해 보리라.

*　　*　　*

아직 상복을 벗지 않은 올리비아의 얼굴은 창백했다. 슬픔이 아니라 분노 때문이었다.

거울을 바라보다가 그녀는 참지 못하고 화장대의 향수병을 던져 거울을 깼다.

와장창 요란한 소리를 내며 은세공을 넣은 비싼 거울이 산산조각 났다.

그래도 분이 풀리지 않아서 올리비아는 손끝을 깨물었다. 방에는 아무도 없었다.

'그 날 유스타프와 잤어야 했어.'

올리비아는 숨을 내쉬며 생각했다.

리젤로티 백작 부인의 연회가 열리던 그날 밤, 올리비아는 황궁에서 유스타프와 마주쳤다.

우연이라기에는 너무 좋은 기회였다.

황궁에 오겠다는 말도 없이 나타났기에, 그걸 빌미로 올리비아는 유스타프의 옷자락을 잡아끌었다.

올리비아는 미녀였고, 그녀는 그걸 잘 이용할 줄도 알았다.

미인과 권력.

양쪽을 다 손에 넣을 수 있는데, 어느 남자가 그걸 거부하겠는가?


"처음 봤을 때부터, 공작님이 마음에 들었답니다."

달콤한 말을 내뱉으며 올리비아가 킥킥거리고 그의 허리띠를 손가락으로 잡아당겼다. 유스타프의 새파란 눈이 어스름 속에서 올리비아를 내려다보았다.

어쩐지 소녀 시절로 돌아간 듯 심장이 두근거려 올리비아는 웃었다.

"제 아이의 아버지가 되실 수 있지요."

의미심장하지도 않게 직설적으로, 올리비아가 붉은 입술로 속삭였다.

"차기 황제가 당신의 아이가 되는 거예요."

제국과 저를 둘 다 손에 넣는 거지요.

올리비아는 드반이 주었던 약을 떠올렸다. 확실하게 임신이 된다는 그 약.

하룻밤, 아찔한 유혹에 그저 실수로 그가 넘어온 거라 해도, 아이를 가진다면 자신의 승리다.

그녀가 발돋움하며 그에게 입맞춤하려는데 유스타프가 몸을 뺐다. 그가 제 허리띠에 걸린 그녀의 손가락을 더러운 것이라도 되는 양 떼어내며 말했다.

"저는 선약이 있어서."

"제국의 지배자가 되는 것보다 더 중요한 약속이 있나요?"

올리비아가 입을 비죽이며 묻자 유스타프는 고저 없이 대답했다.

"있지요."

그러고는 뒤도 돌아보지 않고 그 방을 나섰다. 올리비아는 부끄러움으로 얼굴이 달아오르는 걸 느꼈다. 지금까지 그녀가 유혹해서 실패했던 적은 단 한 번도 없었다.

그리고 다음 날, 유스타프가 란을 만나러 리젤로티 백작 부인의 연회에 가는 길이었기 때문에 자신과의 만남을 거부했다는 걸 깨닫자마자 격렬한 화가 솟구쳤다.

새까만 질투와 분노가 란을 향했다.

그녀만 없었으면, 자신이 수치를 당할 일도 없었을 터였다.


'그때 임신했다면 모든 게 다 잘 풀렸을 거야!'

자신도 이렇게 친정으로 돌아와 있지 않아도 됐을 거다. 미로 공작가와 라치아 공작가를 등에 업고, 제국의 상속자를 품에 안은 채로 황궁의 정점이 되어 있었겠지.

'절대로 용서하지 않을 거야.'

순진하고 착한 척하는 얼굴을 해서는, 뒤로 남자를 꼬셔대는 여자. 올리비아는 그런 여자를 아주 잘 알았다.

란도 그 한 꺼풀만 벗기면 똑같은 것을.

'그리고 내 초대를 거절해?'

란이 했던 행동과 말, 하나하나가 계속 떠오르며 올리비아의 분노를 부추겼다.

올리비아 자신이 그런 사람이고 그런 사람들 사이에서 살아왔기 때문에, 그녀는 정말로 권력욕이 없는 사람이 존재한다거나 선의로 사람이 움직인다고는 생각하지 않았다. 정말 선의로 움직이는 사람이 있다면, 올리비아에게는 멍청이로 보일 뿐이었다.

올리비아는 란이 저를 짓밟고 지금쯤 승리의 웃음을 짓고 있다고 믿었다.

'절대 용서하지 않을 거야.'

올리비아는 다시금 굳게 결심했다.


드반은 얼굴을 찌푸렸다.

그는 도무지 제 여동생을 이해할 수가 없었다.

물론 남편이 죽었다는 건 마음 아픈 일이었다. 그녀의 슬픔은 이해한다.

'하지만 그 자식이 좋은 남편도 아니었고.'

제국의 황제만큼이야 못하겠지만, 왕국의 왕비를 재취 자리로 알아보는 중이었다.

'아직 나이도 젊으니 너무 연연하지 않고, 새로 시집을 가서 남편과 해로하면 좋을 것을.'

드반은 루스가 죽은 후 올리비아가 며칠을 침대에서 나오지 않았던 걸 생각하면 지금도 가슴이 철렁했다.

딸처럼 키운 여동생을 잃을까 봐 그는 제발 일어나서 뭐라도 먹으라고 애원했고, 올리비아가 그런 오라비의 손을 꽉 잡고 말했다.

"그 계집 때문이에요."

움푹 들어간 보라색 눈이 형형한 빛을 발했다.

"그 라치아 계집 때문이라고요!"

드반은 도무지 그게 왜 그렇게 연결이 되는지 알 수가 없었다.

물론 사교계에서 사소한 대립은 있었지만, 루스가 죽은 직접적인 원인은 마약 과다 복용 때문이었다.

제 애첩인 코르티잔과 그녀의 저택에서 또 진탕 놀고 술에 약을 타서 마시다가 죽은 거다.

심지어 알몸이었는데 뭘 했는지, 성기가 베어져 피투성이였다. 그것 때문에 처음에는 타살인가 했었다. 하지만 조사 결과 아무래도 루스가 약을 하고 스스로 칼을 휘두르다가 그랬다고밖에 볼 수 없는 증거가 나왔다.

제국의 황제라고 하기에 그야말로 너무나 한심하기 짝이 없는 죽음이었다.

모두가 쉬쉬했지만 이미 소문은 퍼질 만큼 퍼져 있었고, 드반은 제 손으로 남은 코르티잔과 그녀의 자식을 베어 버렸다.

"들어가마."

드반의 말에 "들어오세요." 하고 올리비아가 대답했다.

그녀는 미로 공작가 저택에서 지내는 중이었다.

새카만 상복으로 전신을 휘감은 올리비아의 모습은 위태로워 보였고, 동시에 오싹한 뭔가가 있었다.

"정말로 이걸로 되겠니?"

드반의 말에 올리비아는 새빨간 입술로 고혹적인 미소를 지었다.

"네. 구해 주신 건가요?"

"그래. 하지만― 난 그렇게 믿을 만한 자 같지 않다. 너도 알겠지만 이 민족은―"

"괜찮아요. 제가 알아서 할게요."

올리비아가 자리에서 일어나 드반을 끌어안았다.

"고마워요. 오라버니. 저 때문에 무리해 주신 거 알아요."

드반이 한숨을 내쉬고 그녀의 등을 토닥이며 말했다.

"널 위해서는 뭐가 어렵겠니? 하지만 내가 해 줄 수 있어. 굳이 네가 하지 않아도."

"제가 제 손으로 꼭 하고 싶어요. 그러면 원하는 곳에 다시 시집가겠어요."

"올리비아."

드반이 조심스럽게 제 누이를 불렀다.

"네가 원하지 않으면 왕국이 아니라 다른 곳을 알아보마."

올리비아는 입을 살짝 벌렸다가 고개를 저었다.

"아니에요. 제국에서 제가 어떻게 고개를 들고 살겠어요."

드반은 뭔가 말하려 했지만 올리비아가 먼저 몸을 떼며 싱긋 웃었다.

"그럼 그 사람을 들여보내 주세요."

드반은 한숨을 내쉬고 고개를 끄덕였다.

그가 나가는 걸 보고 올리비아는 비죽 웃었다.

드반이 자신을 아끼는 걸 알지만, 그가 할 수 있는 최대의 애정은 여동생인 자신을 좋은 혼처에 보낸다는 것뿐이다.

'하지만 최고의 혼처는 사라졌어.'

제국의 황후.

그 자리가 자신의 것인데.

올리비아의 드높은 자존심은 깊이 상처를 입었다.

분명히 그녀 앞에는 탄탄대로가 있었다. 올리비아는 착실히 그 계단을 올라가는 중이었다.

그 계집이 나타나기 전까지는.

'네가 이긴 줄 알지.'

올리비아는 비릿한 미소를 지었다.

라치아 공작을 차지하고, 이제 제 세상이 열렸다고 생각하겠지? 올리비아 자신이 그를 유혹했지만 거절당했다는 이야기도 들었을 터였다.

란의 비웃는 얼굴이, 올리비아에게는 또렷하게 그려졌다.

'하지만 마지막에 이기는 건 나야.'

잠시 후 문이 열리고 전신을 천으로 가린 작은 사람이 들어왔다.

올리비아가 부드럽게 미소 지으며 말했다.

"그대가 옛 트라반 왕국 사람인가?"

"그렇습니다."

이방 억양이 강한 말투에 올리비아는 경멸스러운 마음이 들었지만, 더더욱 미소 지으며 이어 말했다.

"뭐든 그대가 원하는 대로 조종할 수 있다고 들었네만."

"뭐든은 아닙니다."

"동물이나 인간을 다룰 수 있다고 들었는데?"

"네에, 그 정도는…… 가능하지요…… 조건이 있기는 하지만 말입니다."

올리비아가 활짝 웃었다.

"그렇다면 되었네. 우리 이야기를 좀 나눠야겠군."

# Chapter 8.

———

편협과 일반화의 오류

시나는 마차 창을 활짝 열었다. 수도의 봄바람은 기분 좋았고, 약간 더울 정도였다.

"진짜 온도 차이 엄청나네요. 라치아는 그래도 마차 창문을 열고 달릴 수는 없는데 말이에요."

시나의 말에 란은 고개를 끄덕였다.

"훨씬 따뜻하지."

"네."

"게다가 올해는 더 빨리 따뜻해졌다고 들었어."

"온난화일까요?"

"응?"

"아뇨, 시답잖은 소리여요."

씩 웃으며 시나가 손을 저었다. 란은 '그거 나도 알아.' 하고 말하고 싶은 걸 슬쩍 누르고 창밖으로 시선을 돌렸다.

"봐봐, '삼나무 길'이야."

"와─ 진짜 판타지 같아요."

시나는 엉덩이가 저절로 들썩거리는 걸 느꼈다. 그녀가 수도로 따라온 것은 수도 구경도 물론 구경이지만, 마법사를 직접 만나기 위해서였다.

라치아로 마법사는 들어올 수 없다.

하지만 수도라면 상관없으니, 거기에서 만날 예정이었다. 시나 역시아직 희망을 버리지 않았고, 그건 란도 마찬가지였다.

시나를 반드시 돌려보내겠다는, 일종의 사명감에 불타올라서 란은 주먹을 꼭 쥐었다.

봄의 녹색 아치는 여전히 아름다웠고, 녹색 아치 역시 봄 햇살에 눈부시게 빛났다.

"이게 다 에메랄드란 말이죠."

시나는 몇 번이나 아치를 어루만지다가 손톱으로 긁기도 했다.

란이 웃으며 말했다.

"마음에 들면 에메랄드 장신구를 사 줄게."

"언니 장신구를 사세요. 그럼 전 옆에서 구경을 하겠어요."

시나가 그렇게 말하며 란의 팔짱을 꼈다. 하늘 저택에서 시간을 보내며 시나는 하나 깨달은 것이 있었다.

시나가 란에게 장신구를 사게 하면, 유스타프가 매우 기분이 좋아진다는 거였다.

그래서 시나는 제 핑계로 란에게 이것저것 사게 만들었고, 유스타프는 시나를 따로 불러서 필요한 게 있다면 얼마든지 요구하고 란도 챙겨 주면 좋겠다고 말했다.

'약혼녀에게 제발 사치를 해 달라고 부탁하는 약혼자라니.'

"뭐, 언니니까."

"뭐가?"

란이 의아하게 되물어서 시나가 씩 웃었다.

"그런 게 있어요. 와―"

뒤의 탄성은 저택 안으로 들어와 나온 탄성이었다. 입구부터 명성에 걸맞게 아름답게 구부러진 올리브 나무가 드리워져 있었다.

"너무 아름다워요.

"나도 그렇게 생각해."

란은 고개를 끄덕였다.


녹색 아치에 라치아 공작이 왔음을 뜻하는 깃발이 걸리고 채 30분도 지나지 않아 황실에서 초대장이 도착했다.

"번개 같군요."

유스타프가 그렇게 말하며 심드렁하게 편지를 던졌다.

"안 갈 거야?"

란이 조심스럽게 물어와 유스타프는 "가야지요." 하고 대답했다. 그가 잠시 침묵하다가 말했다.

"그 날, 제가 늦은 날 말입니다."

"늦은 날?"

갸웃하자 유스타프가 말했다.

"그 무슨 백작 부인 연회 말이죠."

"아아, 응."

리젤로티 백작 부인의 연회 말이구나.

그날 암살 위협을 받았으니, 잊으려야 잊을 수가 없는 밤이었다.

"그날 라벨 황자를 만났습니다. 아니, 이제 황제네요."

란은 눈을 휘둥그레 떴다.

"라벨을 만났어?"

"네. 그래서 약속을 뺄 수가 없었던 겁니다."

유스타프는 올리비아와의 일은 이야기하지 않았다. 아니, 하지 않은 게 아니라 완전히 잊어버리고 있었다. 그에게 올리비아의 유혹은 조금도 중요치 않은 일이어서 그는 그 일을 잊었다.

란은 '라벨을 만났다니.' 하고 잠시 생각에 잠겼다가 카우치에서 몸을 일으켰다. 그녀 앞으로도 초대장이 벌써 두 개나 도착해 있었다.

그 초대장을 보는 둥 마는 둥 하며 란이 물었다.

"무슨 대화를 했어?"

"준비하는 게 좋지 않겠냐는 이야기요."

뭘, 이라고 란은 묻지 않았다.

뭐냐고 묻지 않아도, 뭘 말하는 건지 너무 뻔했기 때문이었다.

황제의 남동생이 대귀족과 준비할 일이란 보통 한 가지로 정해져 있지.

란은 어깨를 움츠리고 자신에게 온 초대장으로 시선을 돌렸다.

"황태후마마께 초대장이 왔어."

다른 이야기를 꺼내는 란에게 다가가 유스타프가 그녀의 머리카락을 부드럽게 쓸어 모았다. 드러난 흰 목덜미에 그가 입 맞추고 속삭였다.

"란을 위협하는 건 하나도 남겨 두지 않을 겁니다."

"무시무시한 고백을 하시네요. 제 약혼자님은."

란은 그렇게 말하고 잠시 생각에 잠겼다. 그녀는 자신과 유스타프가 그때 암살자에게 습격당한 일과 죽을 뻔했던 일을 떠올렸다.

그녀가 몸을 돌려서 유스타프의 손을 잡아당겨 그 손등에 키스하고 말했다.

"내 약혼자를 위협하는 것도, 하나도 남겨두지 않을 거예요."

"사랑스러운 말씀을."

유스타프가 새끼 고양이가 제 발톱을 드러낸 것처럼 중얼거리고 그녀의 뺨을 가볍게 쓸어주었다.

'이러면서 자기가 연하라 고민한다니.'

란은 그런 생각을 하며 웃고 그의 손에 뺨을 부볐다.

"란."

"응?"

"가끔 란이 이렇게 너무 무방비한 모습을 보이면 힘듭니다."

"어?"

란이 눈을 뜨고 그를 올려다보았다. 뭐가, 하고 묻지 않아도 알 수 있을 듯한 얼굴이지만 그래도 물을 수밖에 없었다.

아니면 어색해질 테니까.

"뭐가?"

"이성을 유지하기가요."

그렇게 말하고 유스타프가 엄지손가락으로 란의 산호색 입술을 눌러서 벌렸다. 란이 순순히 입술을 벌리자 유스타프는 눈을 찌푸렸다가 손을 놓았다.

벌어진 입술 사이로 언뜻 보이는 분홍색 혀에서 시선을 떼며 유스타프가 한숨을 내쉬었다.

"누님은 정말로 사람을 휘두르는 데 천재적입니다."

"엑? 뭐야? 왜?"

"저 유혹하신 겁니까?"

"아닌데요."

잽싸게 란이 대답해서 유스타프는 다시 한숨을 내쉬었다.

하루하루 자제하기가 힘들다.

약혼자는 어디까지 해도 되는 걸까? 통상적인 관념에 따라서? 아니면 란은 어디까지 해도 된다고 생각하고 있을까.

'일단 생각을 다른 걸로 돌리자.'

유스타프는 잠시 생각하고 말했다.

"란."

"응."

"모임에 나가려면 드레스가 필요하겠지요."

갑자기? 싫기는 하지만 란은 고개를 끄덕였다.

"응, 필요하겠지."

"얼마나 필요하십니까?"

"글쎄? 한 두 벌이면 되지 않을까?"

"알겠습니다."

유스타프는 고개를 끄덕였다.

'곱하기 십 정도 하면 되겠군.'

남들은 드레스나 장신구를 해 달라고 야단이라 힘들다는데, 왜 자신은 해 주느라 이렇게 힘든 걸까.

유스타프는 그렇게 생각하며 종을 울려 시녀를 불렀다.

*　　*　　*

레버리는 선물을 잔뜩 들고 녹색 아치로 찾아왔다.

"올해도 꼭 독점 연장을……."

그녀의 말에 유스타프는 "글쎄요." 하고 중얼거리며 레버리를 보았다.

골든로즈 상회의 규모는 어마어마하게 커졌다. 이제 삼 대 상단은 옛 말이다. 전 대륙에서 최고의 상단이라고 한다면 누구나 골든로즈 상회를 꼽을 것이다.

하지만 뭐든 독과점은 좋지 않다.

물론 얼음수정의 가격을 유지하는 데에는 서로 담합해서 독점하는 편이 나을지도 모르지만, 너무 한 곳에 밀어주는 것보다는 다른 곳까지 손을 뻗어 두는 편이 나았다.

결국 집요한 밀고 당기기 끝에 레버리는 1년 채굴량의 50%를 가져가는 것으로 만족해야 했다.

유스타프와 만남을 끝내고 나온 그녀가 란에게 투덜거렸다.

"50%라니, 너무 줄이는 거 아닌가요?"

란이 웃으며 레버리의 잔을 채워 주었다.

"50%나 줬어요? 전 50% 미만으로 줘야지, 하고 있었는데."

"너무하시네요."

레버리는 그렇게 말하며 한숨을 내쉬고 힘이 빠진 듯한 척을 하며 말했다.

"하지만 요즘 저희도 힘들다고요."

"골든로즈 상회가 힘들다는 말은 안 믿어요. 게다가 대신 저희 눈설탕을 1년 독점하잖아요?"

"그건 그렇지만요."

설백나무 설탕은 저렴한 가격으로 순식간에 중산층에게까지 퍼졌다. 라치아에는 설백나무를 심고 설탕을 만드는 영지민들이 늘었고, 설백나무는 다행히도 자갈밭에서도 잘 자라 주었기 때문에 수액이 제대로 나올 몇 년 후에는 대단한 부를 가져다줄 터였다.

'그렇다고 밀농사를 아예 안 지을 수는 없지만.'

그래도 쓸모없는 땅에서 돈이 나오게 되었다는 것만으로도 영지민 사이에 활기가 돌았다.

일단 만들면 일정한 가격으로 골든로즈 상단에서 전부 구매하기 때문에도 그렇고.

'무엇보다도 설탕을 모두 먹는 게 좋다.'

너무 저렴한 가격까진 아직 내려가고 있지 않지만, 그래도 중산층을 상대로 디저트 가게가 생길 정도로는 가격이 내려갔다.

'가난해서 단 걸 못 먹는 건 슬프잖아.'

라치아가 가난했을 때를 떠올리며 란은 밀크티에 설탕을 텀벙텀벙 넣었다.

"그나저나 제국도 힘들겠네요. 몇 년 되지도 않아서 두 번이나 새로운 황제가 즉위하다니."

레버리의 말에 란은 한숨을 내쉬었다.

"그렇지요."

"소문도 무성하고."

"어떤 소문이요?"

"아― 루스 황제의 죽음에 대해서라든가……."

그 말에 란은 움찔하며 물었다.

"무슨 이상한 소문 돌아요?"

"어머? 모르셨어요?"

레버리는 눈을 동그랗게 떴다가 "참, 라치아에 계셨죠." 하고 소문을 이야기했다.

"코르티잔과 광란의 파티를 즐기다가 죽었다더라고요. 술에 약을 타서 마시는 게 요즘 유행이라나요."

레버리가 홍 하고 콧방귀를 뀌었다.

"그러다가 과다 복용한 거죠. 술 취해서 놀다가 일어나 보니 폐하가 깨어나지 않아 놀라 의사를 부름. 그리고 보니 죽어 있네? 이거죠. 심지어 알몸이었다는걸요?"

란은 입을 떡 벌렸다. 그녀는 처음 듣는 소식이었다.

레버리가 목소리를 낮췄다.

"그래서 황후마마는 소식을 듣고 쓰러지셨고, 미로 공작가로 돌아가서 나오지 않는다던데요. 코르티잔과 사생아는 쥐도 새도 모르게 사라졌는데 미로 공작이 처리했다고 하더라고요."

레버리라도 할 말은 가려야 하는 걸 알고 있어서, 황제의 성기 운운하는 말은 하지 않았다.

"그런 일이……."

"뭐, 대외적으로 황제가 창부랑 약하다가 죽었다고는 못 하니까, 그냥 심장마비로 죽었다고 말하고 쉬쉬하더군요."

"세상에."

란은 한숨을 내쉬었다.

'그래도 유스타프가 죽였다거나 그런 소문은 안 난 모양이구나.'

다행이다, 하고 가슴을 쓸어내리는데 레버리가 눈썹을 모으며 더더욱 목소리를 낮췄다.

"그리고 루스 폐하의 아버지, 그러니 선선황제 폐하 말이에요."

"네."

"그분의 죽음에 루스 폐하가 관련 있다고……."

란은 너무 놀라 숨을 삼켰다.

"정말로요?"

"이런 소문이 파다해요. 뭐 자칫 잘못하면 황실모독죄가 되니까 대놓고 말은 못 하지만요."

레버리가 싱긋 웃으며 잔을 들었다.

"이번에 황제가 되신 라벨 황자 전하는 영명하신 분이라고 하시니, 오랫동안 보위를 지키시길 바랍니다."

레버리의 말에 란은 진지하게 고개를 끄덕였다.

"저도 그러길 바라요."

레버리가 싱긋 웃고 자리에서 일어나며 말했다.

"저 말고도 부르신 분이 많다면서요?"

"네?"

"밖에 부티크에서 온 사람들이 기다리고 있던걸요."

"정말요?"

란은 눈을 크게 떴고 레버리가 후후 우아한 미소를 지으며 말했다.

"자기 마음이 있는 곳에 금은보화를 쌓는다고 하지요. 사랑받고 계시네요, 백작님."

란의 뺨이 붉어졌고 레버리는 웃으며 물러났다.

그리고 레버리의 말대로, 그녀와의 만남이 끝나기가 무섭게 상인들이 줄줄 들어왔다.

머리부터 발끝까지, 정신없는 쇼핑이 이어졌다.

옆에서 시나와 디모디아가 열심히 란의 정신을 챙겨 주지 않았다면 도중에 포기하고 말았을 터였다.

하루 종일 쇼핑을 하고 나자 란은 지쳐 버렸다.

"지쳤어!"

란이 외치자 시나가 웃으며 말했다.

"그럼 맛있는 거 먹어요!"

"그럴까? 전에 먹었던 수플레 핫케이크가 먹고 싶다. 거기에 시트러스

향 홍차."

디모디아가 얼른 자리에서 일어나 설렁줄을 당겼다.

"당장 만들어 올리라고 하지요."

시나가 "수플레는 좀 오래 걸리지 않나요?" 하고 물었고 란은 널브러진 카탈로그들을 가리키며 말했다.

"저걸 정리하다 보면 충분히 시간이 지날 것 같아."

시나가 동의하며 고개를 끄덕였다.

오늘 마담 클라인이 인형을 가져왔던 게 가장 히트였다.

그녀는 60cm 정도의 큰 인형을 열 개나 가져왔는데, 모두가 정교하게 만든 드레스를 머리끝부터 발끝까지 입고 있었다.

한마디로 간이 마네킹인 셈이다.

란은 그중에서 서너 개 정도를 주문했고, 마담 클라인은 그 인형을 선물로 주었다.

"이거 인형 진짜 굉장하다……."

란의 중얼거림에 디모디아가 슬쩍 드레스를 들춰 보이며 말했다.

"안에 입은 페티코트에도, 보세요, 레이스를 달아 놨어요."

"진짜네? 세상에."

"어머나? 드로어즈에도요."

차마 남들 앞에서는 궁금해도 들춰 보지 못했던 터라 란은 디모디아의 말에 궁금증이 풀려 연신 감탄했다.

"이거 어린 아가씨들 사이에서도 유행하겠는걸요."

디모디아의 말에 란이 고개를 끄덕였다.

"맞아. 가격도 만만치 않을 텐데."

란은 고개를 저었다.

인형을 구경하고, 카탈로그를 넘기며 오늘 고른 옷에 대해서 한 번 더

품평하고, 거기에 맞출 장신구에 대해서도 이야기하자 시간은 훌쩍 흘렀다.

그래서 샘플 천과 카탈로그를 치웠을 때쯤 딱 맞게 디저트가 나왔다.

푹신푹신한 수플레 핫케이크 위에 시럽을 뿌리고 크게 포크로 베어서 입에 넣자 금방 행복감이 밀려왔다.

키리가 "세상에, 단 거 위에 또 시럽이에요?" 하며 편지 묶음을 들고 들어왔다.

보통이라면 은쟁반에 공손히 모아서 올릴 테지만 키리나 란이나 효율을 중시하는 타입이라 그 부분은 생략하기로 합의했다.

"편지 정리했어?"

"네, 초청장이 많이 왔지만 갈 만한 곳은 그렇게 많지 않네요. 그보다는 직접 여는 편이 나으실지도 몰라요."

키리가 그러며 가장 고급스러운 봉투를 들어 보였다.

"그리고 전 황태후마마께서 보내신 초대장에 답은 언제 하실 예정인가요?"

"카트야 황후마마 말이지."

"네. 어쨌든 그분은 현 황제 폐하의 어머니이시기도 하시죠."

이래서 아들은 둘 이상 낳아 두는 게 안전하다니까요.

키리가 어깨를 으쓱했다. 란은 잠시 고민하다가 고개를 끄덕였다.

"찾아뵙겠다고 답장을 보내겠어."

남편도 죽고, 아들도 죽었으니 상심이 크실 터. 찾아뵙는 게 예의라 여겨졌다.

'올리비아를 밀어내는 데도 도와주셨었고.'

란의 말에 키리가 "알겠습니다." 하고 다른 봉투를 들고 물었다.

"리젤로티 백작 부인의 초대장은요오—?"

묘하게 뒷말을 끌어서 란은 웃으며 손을 저었다.

"되었다고 그래. 안 좋은 기억이 있거든."

란이 시나에게 소곤거리고 다시 키리를 보았다.

키리는 차례로 초대장을 보낸 사람 이름을 불렀고, 란은 가부를 결정했다.

마지막 초대장까지 넘기고 나서 키리가 물었다.

"어떻게 하실 건가요?"

"뭘?"

"녹색 아치에서 모임을 여실 건가요?"

란은 잠시 생각하다가 고개를 끄덕였다. 어쨌든 그녀는 이제 라치아 공작의 약혼녀이고 기본적인 사교 활동을 한 번 정도는 해 두는 게 좋을 거다.

"그래. 열자. 하지만 날짜는 아직 미정이야."

"알겠습니다."

키리는 가볍게 인사하고는 종종걸음으로 사라졌다. 시나가 꿀꺽 핫케이크를 삼키고 말했다.

"파티 여나요?"

"응. 하지만 어떻게 할까가 가장 큰 고민이네. 너무 큰 규모로 주최하는 건 좀 싫고."

나도 이런 걸 좋아해서 팍팍 하는 성격이면 좋았을 텐데, 하고 란은 생각에 잠겼다.

'싫어하지는 않지. 사실.'

파티 자체를 즐기는 건 좋아한다. 단지 그걸 계획하는 게 조금 힘들 뿐이지.

'하지만 같이 하면 재미있지 않을까?'

란은 그런 생각을 하며 히죽 웃었다. 그녀가 시나를 바라보며 물었다.

"시나, 혹시 파티 좋아해?"

시나가 그 말에 히죽 웃으며 말했다.

"제가 이 구역 술 게임 왕인데요."

란은 저도 모르게 웃어 버렸다.

"그럼 시나에게 부탁해볼까?"

"뭘 말이에요?"

"파티 계획. 같이 하면 재미있을 거 같아서."

시나가 눈을 동그랗게 뜨고 말했다.

"정말요? 진짜 재미있을 거예요. 언니."

"응, 같이 해 보자."

란이 빙긋 웃었다.

＊　　＊　　＊

유스타프는 카드를 살피다가 고개를 들었다. 키릭스 후작이 파이프 담배를 옆에 내려놓으며 말했다.

"받고, 100 더 얹지."

알록달록한 칩이 착착 눈앞에 쌓였다. 유스타프는 말없이 자신의 칩 역시 쌓았다.

같은 자리에 앉아 있던 다른 사람들도 눈치를 보다가 한 명이 손을 들었다.

"난 포기야."

그가 제 카드를 내려놓았다.

칩 수가 올라갈수록 포기하는 사람 수도 많아져서 결국 유스타프와 키릭스 후작 둘이서 패를 열었다. 감탄이 터진 것은 같은 테이블에 앉아 있던 사람들에게서였다.

"풀 하우스!"

"스트레이트 플러시!"

"이건 올릴 만하구만."

"라치아 공작님, 이건 아깝게 되셨군요."

키릭스 후작이 씩 웃으며 담배 연기를 뱉어내고 제 칩을 당겼다. 유스타프가 싱긋 웃고는 자리에서 일어나며 말했다.

"전 잃었으니 손을 털겠습니다."

키릭스 후작이 그 말에 칩의 반을 테이블 가운데로 밀고 말했다.

"나도 일어나지. 나머지는 개평이니 나눠 가지라고."

"역시 키릭스 후작님. 통이 크십니다."

아부하는 사람들에게 손을 저어 보이고 키릭스는 유스타프에게 따라붙었다.

남자들로 가득 찬 사교 클럽은 남자들이 얼마나 수다스러운지를 보여주는 사교의 장이었다.

동시에 권력 앞에 얼마나 약한지도.

유스타프는 창가로 자리를 옮겨 앉으며 말했다.

"앉을 거면 담배는 끄지."

"싫어하는 건 몰랐는걸."

"란이 싫어해."

냄새도 배서 돌아가고 싶지 않다는 말이다.

사교 클럽에서 두 사람은 쉽게 말을 텄다. 아내들 사이의 인연으로 만났지만, 이제 두 사람노 제법 가까워졌다.

키릭스 후작이 가볍게 웃고 제 파이프 담배를 껐다. 대신 클럽 집사에게 온더락을 주문하고서 그가 물었다.

"어쩐 바람이 불어서 여기를 나왔어?"

"그냥, 이야기를 좀 들을까 하고 말이지."

유스타프는 팔걸이에 비스듬히 몸을 기댔다.

젊고, 잘생기고, 부와 작위까지 한 손에 쥔 라치아 공작은 사교 클럽 내에서 선망과 질투의 대상이었다.

집사가 다가와 정중하게 잔을 키릭스 후작 옆에 내려놓았다.

그 순간 다가온 남자가 거칠게 집사를 밀쳤고, 집사는 비틀거리며 잔을 놓쳤다.

쨍그랑!

유리잔 깨지는 요란한 소리와 함께 모두의 시선이 이쪽으로 쏠렸다.

키릭스 후작은 상대를 보고 눈을 찌푸렸고, 유스타프는 무표정하게 상대를 올려다보았다.

"키릭스 후작, 비켜 주지 않겠나?"

"지금 내가 그러고 싶을 것 같아?"

키릭스 후작은 깨진 잔을 보며 혀를 찼다. 그러자 상대가 검을 빼 들었고 모두가 숨을 삼켰다. 그가 검날을 유스타프에게 들이댔다.

유스타프가 제 목에 들이댄 검날을 보았다가 상대를 보고 물었다.

"이름이?"

그러자 빠득하고 이를 간 젊은 남자가 낮게 말했다.

"캐머론 후작이다."

"아."

짧게 말하고 유스타프가 칼날을 손끝으로 밀어내자 캐머론 후작이 칼을 잡은 손에 힘을 주었다.

"후, 후작님. 여기서 이러시면 안 됩니다."

당황한 클럽 집사가 캐머론 후작을 말리기 시작했다.

"시끄러워. 부모님의 원수가 눈앞에 있는데!"

유스타프가 눈을 깜박였다.

"내가 언제 캐머론 후작을 죽인 적이 있던가?"

"네가 내 형님을 살해하고서부터 앓기 시작하셨다! 네가 죽인 거나 마찬가지야!"

"내 영지에 침입한 그 인간 말인가?"

'이름이 뭐였더라?' 하고 갸웃하는 걸 보고 키릭스 후작은 속으로 혀를 찼다.

'저 자식은 도발에 능력이 있다니까.'

"이 새끼가!"

'거기다가 또 그 도발에 넘어가는 멍청이.'

캐머론 후작이 검을 치켜 올리는 순간 유스타프가 자리에서 일어나며 그의 손목을 잡아 꺾었다.

"악!"

비명과 함께 떨어트린 검을 반대쪽 손으로 잡아 유스타프가 가볍게 후작의 목에 가져다 댔다.

"힉!"

저도 모르게 숨을 삼키며 캐머론 후작은 몸을 떨었다. 유스타프는 잠시 고민하다가 그를 놓아주고 검을 바닥에 꽂았다.

"검은 도로 가지고 가지."

그러고는 도로 제자리에 털썩 앉아서 집사에게 말했다.

"키릭스 후작님께 새로 잔을 가져다 드리게."

캐머론 후작은 시뻘게진 얼굴로 부들부들 몸을 떨다가 제 검을 챙기지 않고 쌩하니 나가 버렸다.

키릭스 후작은 혀를 찼다.

"적을 만드는 재능이 있네."

"드문 재능이지."

유스타프가 그렇게 말하고 한숨을 내쉬었다.

"괜한 얼간이나 만났군."

"무슨 이야기를 들으러 온 건데?"

키릭스 후작은 새로 잔을 가져다 준 집사에게 미소를 지어 보이며 "소동 미안하네." 하고 인사한 후에 그를 보았다.

유스타프가 잠시 생각하다가 말했다.

"아니. 아무것도 아니야."

유스타프가 자리에서 일어나며 말했다.

"말한 대로 괜히 나왔어."

키릭스 후작이 제 잔을 빙글 돌렸다. 호박색 액체가 얼음을 타고 가볍게 춤췄다.

"란이 전 황제의 정부였다는 소문?"

순간 유스타프의 푸른 눈에 불이 붙는 걸 본 기분이라, 키릭스 후작은 '괜히 찔렀네.' 하면서도 자리를 가리켰다.

"앉지?"

＊　　＊　　＊

원탁의 제1 마법사이자, 마법사 협회장인 리젠드는 미소와 함께 인사했다.

"오랜만입니다. 가주님, 아니 이제 로미아 백작이라고 불러야겠군요. 그때보다 더 아름다워지신 듯합니다."

리젠드의 인사에 란 역시 방긋 웃으며 정중히 인사했다.

"오랜만에 뵙습니다. 리젠드 님은 변함없으시네요."

"라치아에서 들리는 소식은 항상 흥분되는 것뿐이라, 이 늙은이도 생기가 도는군요."

"마법사 협회에서 들리는 소식 역시, 라치아에 기쁨을 주지요."

리젠드는 한 마디도 허투루 넘기지 않는 말솜씨는 여전하다고 생각하며 란의 안내에 따라 안으로 들어갔다.

방금 그의 말은 귀족적 용례에 따르면 '너네 자꾸 일 생기네? 뭐 이상한 거 하냐?' 하는 말이었고, 란의 반박은 '그래 봐야 마법사 협회민 하겠어? 우연이야.' 하는 대답이었다.

두 번째 응접실로 들어가니, 시나가 잔뜩 긴장한 얼굴로 자리에서 벌떡 일어섰다. 리젠드를 본 시나가 중얼거렸다.

"간달프……."

란이 '그런가?' 하고 리젠드를 다시 바라보았다. 새하얀 수염을 길게 기른 모습이 비슷한 것 같기도 하고…….

"크흠."

리젠드가 헛기침을 해서 란이 아차 하고 얼른 소개했다.

"이쪽은 마법사 협회장인 리젠드 님이십니다. 그리고 이쪽은 이계에서 오신 귀한 손님인 이시나 님입니다, 성이 '이'랍니다."

"그냥 시나라고 불러 주시면 돼요."

시나가 그렇게 말하고 가볍게 인사했고, 리젠드 역시 수염을 쓰다듬고 마주 인사했다.

"이계에서 오셨다고 들었습니다."

"네."

시나는 고개를 끄덕였고 리젠드의 눈이 이채를 발했다. 그가 자신의 지팡이를 흔들며 말했다.

"잠시 시험을 해 봐도 되겠습니까?"

"아픈가요?"

시나의 물음에 리젠드가 고개를 저었다.

"아닙니다. 라치아의 귀한 손님을 다치게 할 리가 없지요. 그냥 살짝 보기만 하는 거랍니다."

"그럼 좋아요."

시나가 고개를 끄덕였고, 리젠드가 가볍게 지팡이를 흔들었다. 란 역시 마법을 쓰는 마법사를 보는 건 처음이라 그의 지팡이를 빤히 바라보았다.

작은 마법진이 그려지고 반짝이는 빛이 시나의 머리 위로 떨어졌다.

"와―"

시나가 탄성을 지르며 제 몸에 떨어지는 빛 가루를 보았다.

"호오― 과연."

리젠드는 고개를 연신 끄덕이고 란에게 말했다.

"백작님이 한번 손을 대어 보시지요."

그 말에 란이 조심스럽게 손을 뻗어 빛 가루에 손을 대자 가루가 란의 팔에 달라붙었다.

"어머?"

란은 놀라 손을 뗐지만, 여전히 빛은 반짝거리며 그녀의 팔에 붙어 있다가 스르륵 스며들 듯이 사라졌다. 시나는 제 팔을 보았다.

빛 가루는 그녀에게 달라붙지 않고 그냥 후두둑 떨어졌다.

"이건 이 세계의 마력입니다. 시나 님은 이 마력과 동화가 되지 않으시는군요. 정말로 이계에서 오셨군요."

란은 그 말에 제 팔에 스며든 가루를 보았다.

정말로 난 이제 이 세계 사람이구나.

"그럼 이제 증명된 거죠? 어떻게 원래 세계로 돌아갈 방법이 없는 건가요? 네?"

"차원을 뛰어넘는 마법 자체가 없는 데다가, 있다고 해도 그것을 실행할 만한 마력이 없습니다."

리젠드가 고개를 저었다.

"대현자 이브리아라면 또 모를까요."

"이브리아."

짧게 내뱉고 시나의 검은 눈이 타오르듯 빛났다.

"그 사람이 있으면 돌아갈 수 있는 건가요?"

"시나 님."

안타깝다는 듯 리젠드가 말했다.

"하지만 그녀는 이미 존재하지 않습니다."

"그럼 절 여기로 데려온 사람은요? 데려왔으니 돌려보내 줄 수도 있겠죠?"

리젠드가 당황한 듯 말했다.

"그야, 가능할 수도 있지만. 누가 그랬는지 아십니까?"

리젠드의 말에 시나는 입술을 깨물었다가 말했다.

"그 문의 뒤편에 있는 괴물이요."

"그게 무슨—"

리젠드가 눈을 찌푸려서 란이 고개를 젓고 말했다.

"지금 말씀드리는 걸 비밀로 해 주실 수 있을까요?"

"마력을 걸고 맹세하겠습니다."

리젠드가 진지하게 말해서 란은 문과 델판토에 대해서 이야기했다. 리젠드는 신음을 흘렸다.

"그랬군요…… 대현자가 그래서……."

리젠드가 진지하게 말했다.

"마법사 협회에도 대현자의 기록이 여럿 남아 있습니다. 문에 대한 기록도 그렇지요. 첫 번째 마법사가 바로 이브리아니까요."

란의 눈이 반짝였다.

"정말입니까?"

"네, 저희들 역시 라치아에 통행하지 말라는 대현자의 말뜻이 궁금했으니 말입니다."

허허 하고 리젠드가 웃었다. 마법사들은 호기심의 집합체고 그러니 빙벽에 대해서, 문에 대해서 집요하게 조사했다.

리젠드가 제 수염을 쓰다듬었다. 얼음수정이 발견된 이후 라치아는 다시 뜨거운 감자가 되어 마법사들 사이에 오르내렸고, 옛날 연구들이 다시 발굴되었다.

리젠드도 그런 연구집을 수십 개나 읽었다.

"문 안쪽에 흑룡을 봉인했다는 건 마법사들 사이에선 이미 잘 알려진 사실입니다. 강대한 힘을 가진 드래곤이라 봉인하는 게 고작이었다고 하더군요. 문의 마법을 만들기 위한 계획서도 몇 장 보았습니다. 완성품에 미치지는 못하겠지만 말이지요."

"그럼 다시 봉인할 수 있는 방법도 있는 겁니까?"

란이 저도 모르게 다급하게 물어서 리젠드가 생각에 잠겼다.

"그건 아무래도 다시 살펴봐야 할 것 같습니다. 확답은 드리지 못하겠군요."

"꼭 다시 부탁드립니다."

시나는 란을 바라보다가 작게 말했다.

"제가 돌아갈 수 있는 길도요."

리젠드가 시나를 돌아보며 인자하게 웃어 보였다.

"물론입니다. 다시 조사해 보겠습니다."

시나가 고개를 끄덕이고 말했다.

"그러기 위해서 필요한 건 뭐든 하겠어요. 제 피나 머리카락이나 그런 게 필요하시면 얼마든지 말씀해 주세요."

그 말에 리젠드가 놀라 눈을 꿈벅였다.

"그쪽에서는 마법을 쓰기 위해 그런 게 필요한 겁니까? 어떤 마법을 쓰기에……?"

그의 질문에 시나는 당황해서 "아, 아닌가요?" 하고 되물었고 리젠드는 고개를 저었다.

"인간의 살과 피로 무슨 마법을 씁니까?"

하고 이해할 수 없다는 얼굴을 해서 시나는 "그렇군요……." 하고 어깨를 늘어트렸다.

자기가 생각한 마법과는 다른가 보다.

"그쪽에서는 살과 피를 사용하나요? 어떻게 쓰는 거죠?"

신기한 얼굴로 리젠드가 물어서 시나는 손을 저었다.

"아뇨. 저희는 마법이 없어요. 그런데 마법사에 대해서 그런 소문은 있어서……."

"좋지 않은 소문이군요. 마법사는 여러 가지 안 좋은 소문에 휩싸이기 마련이죠."

리젠드가 혀를 차며 고개를 저었다. 시나는 적당히 이야기가 넘어간 것에 감사했다.

리젠드가 슬쩍 란을 보고 말했다.

"저잣거리 소문은 너무 신경 쓰지 않으셔도 됩니다. 하잘것없는 이들이 내는 소문이니까요."

란이 고개를 갸웃했다.

"무슨 소문이 있나요?"

그녀의 물음에 리젠드가 허허 웃고 말했다.

"풍문이야 항상 도는 거지요. 그럼 이만 가 보겠습니다."

그러며 허겁지겁 저택을 떠나서 란은 눈을 가늘게 뜨고 그를 배웅했다.

'소문? 무슨 소문?'

리젠드가 저렇게 직접적으로 언급할 정도라면, 소문은 꽤 퍼져 있는 상태일 터.

란은 키리를 털 것인가, 리제에게 찾아갈 것인가 고민하다가 좀 더 만만한 키리를 털기로 마음먹었다.

"소문이요오—?"

말꼬리를 길게 잡아 빼며 키리는 눈을 끔벅였다. 란이 냉정하게 말했다.

"마법사도 알고 있는 소문을 녹영이 모른다고 하면 난 예산을 재고해 볼 수밖에 없겠는데."

그녀의 말에 키리는 끙 하고 신음을 내뱉고 어깨를 으쓱했다.

"별 소문 아니에요."

"아니면 더더욱 나에게 말하지 않을 이유가 없지."

란의 말에 틀린 점은 없어서 키리가 곰곰이 생각하는 와중에 란이 덧붙였다.

"키리가 말했다고는 하지 않을게."

"아하, 그러시다면야."

여우처럼 헤죽 웃고 키리가 손바닥을 비빈 후에 말했다.

"란 님이 루스 황제의 정부였다는 소문이 돌고 있어요."

"……뭐?"

"그래서 임신을 해서 라치아로 허겁지겁 내려간 거라든가?"

"그거 시기가 안 맞지 않아……?"

"라치아에서 애를 떼고, 그 기술로 공작님을 사로잡아서 약혼하게 만들었다든가."

란은 입을 떡 벌렸다.

키리가 어깨를 으쓱해 보이며 란에게 위로하듯 말했다.

"너무 신경 쓰지 마세요."

"아니, 소문 질이 너무 더럽잖아? 이걸 어떻게 신경을 안 써? 대체 누가 그런 소문을……."

"말씀하신 대로 너무나 악의가 보이는 소문이니까요. 그냥 헛소문이라기보다는 누군가가 만들었다고 봐야겠죠. 그리고."

키리가 고개를 기울였다. 그녀의 눈도 가늘어졌다.

"질투하는 사람들은 쉽게 그 소문을 입에서 입으로 옮긴 거겠지요. 누가 소문을 만들었는지는 모르겠지만."

저라면 절대로 공작님의 심기를 건드는 일 따위 안 할 텐데요.

키리는 뒷말을 삼키고 란에게 말했다.

"아직 그렇게 본격적으로 소문이 퍼져 있지는 않아요. 딱 봐도 루머니까요."

"하지만 돌기는 돈다는 거군."

"그렇지요."

키리가 싱긋 웃으며 "인기 많으시네요." 하고 말했고 란은 이마를 짚었다.

"내가 아니라 유스가 인기가 많은 거겠지."

"마이너스 인기도 인기랍니다."

호호 웃고 키리는 제 일은 아니니까요, 하고 시원하게 말하고 가버렸고 란은 한숨을 내쉬었다.

'디모디아에게 물었으면 위로라도 받았을 텐데.'

뭐, 그런 위로가 다 소용없다는 것도 알지만 말이다.

'그런데 그런 악의적인 소문을 대체 누가 낸 거지?'

란은 머릿속에서 제 적을 정리해 보다가 '그냥 한 명씩 직접 추궁할까.' 하고 생각했다.

SNS가 발달한 현실에서도 한 명씩 "그 얘기 누가 했어?" 하고 추궁하면 결국 진원지에 도착하기 마련이다.

심지어 여기는 익명 게시판 같은 것도 없다. 하지만 그녀의 고민은 헛된 것이었다.

얼마 후 만난 엘리제가 동그래진 눈으로 말한 것이다.

"나 그거 누군지 알아."

"진짜?"

깜짝 놀라 란이 되묻자 엘리제는 고개를 끄덕이고 초코 무스 케이크를 정중한 손길로 한 스푼 떠서 입 안에 넣었다.

"세상에! 이거 어떻게 만드는 거야?!"

"잘."

"란 로미아."

"그보다 말해 봐. 그래서 누군데? 대체 누가 그딴 소리를 지껄이는 거야? 혹시 캐머론 후작 영애야? 아니면―"

엘리제가 짙은 호박색 눈동자를 깜박이고 무스 케이크를 한 입 더 느긋하게 먹은 후 말했다.

"클로에 남작 영애."

"……그게 누구야……?"

란은 황망해졌다.

어디서 들은 이름도 아니었고, 본 이름도 아니었다.

"으一음, 란은 걱정하지 않아도 되지 않을까?"

엘리제가 눈웃음을 지으며 말해서 란은 눈을 찌푸렸다.

"걱정하는 건 아니지만一 기분 나쁘잖아? 게다가 그건 대체 누구야? 난 듣도 보도 못 한 사람인데, 대체."

"내가 예언을 하자면一"

엘리제가 수정 구슬을 들여다보는 시늉을 한 후에 목소리를 굵게 해 말했다.

"어디 보자, 내일모레쯤이면 해결될 것 같습니다."

"뭐? 왜? 뭐야? 뭘 알고 있는 거야?"

"비밀입니다. 아, 이거 진짜 맛있네. 이번 티파티 때에 넣을 거야?"

"티파티 여는 건 또 어떻게 알았어?"

"왜 몰라, 지금 녹색 아치에 얼마나 이목이 집중되어 있는데. 여기를 드나드는 업자들까지 주요 관찰 대상이라고."

"그럴 수가……."

"그보다, 카트야 황태후마마께서 여는 가든파티에 참석한다면서?"

"응."

"유스타프랑 같이 올 거야?"

"아니. 낮에 하는 파티인걸. 그리고 황태후마마가 지금 유스를 보고 싶을 것 같지도 않고."

란이 손을 저었다.

"하긴, 그건 그러네."

엘리제도 동의했다. 아무래도 아들 또래의 다른 사람을 보고 싶지 않겠지.

게다가 루스와 유스타프가 대립했다는 건 모르는 사람이 없으니 말이다.

'하지만 그건 란도 마찬가지 아닌가.'

엘리제는 문득 그런 생각을 하며 란을 바라보았다. 그녀 역시, 죽은 아들인 루스가 그렇게 매달렸는데도 넘어가 주지 않은 사람이다.

사람의 마음이라는 게 이상해서, 대상이 죽으면 미화되기 마련.

'좋은 의미로 부르신 건지. 아니면……'

엘리제가 말했다.

"나도 가니까 꼭 같이 가자. 알았지?"

엘리제의 말에 란은 고개를 끄덕이고 웃었다.

"알았어. 안 두고 가."

엘리제가 싱긋 웃고 얼른 화제를 바꿨다.

"그러고 보니 라치아에 문 너머에서 온 사람이 손님으로 있다면서?"

"응."

란이 고개를 끄덕였고 엘리제가 조심스럽게 물었다.

"어떤 사람이야? 말은 통해?"

"우리랑 똑같은 사람이고, 좋은 아이야. 말도 통해. 안 그래도 소개시켜 주려고 했는데. 지금 불러도 될까?"

"물론이지!"

두근거리는 마음으로 엘리제가 고개를 끄덕여서 란은 시녀를 시켜 시나를 불렀다.

시나에게도 미리 언질해 뒀던 터라 그녀는 평소처럼 셔츠와 바지 차림이 아니라 그녀에게 잘 어울리는 군청빛 드레스를 입고 있었다.

"안녕하세요. 이시나라고 해요. 그냥 시나라고 불러 주시면 됩니다."

예의를 갖춰 인사하자 엘리제 역시 마주 인사하고 웃었다.

"엘리제라고 해요."

"란 언니에게 이야기 많이 들었답니다. 좋으신 분이라고."

싱긋 웃으며 시나가 말해 와서 엘리제도 고개를 끄덕였다.

"저도 이야기를 들었어요."

"자, 두 사람 다 자리에 앉아요. 시나는 아이스티? 아니면 따뜻한 걸로?"

"따뜻한 걸로 마실게요."

녹색 아치 내부는 냉풍기가 강하게 돌아가고 있어서 살짝 추울 정도였다.

"그럼 시나 양도 황태후마마께서 여시는 가든파티에 나올 건가요?"

"네, 마마께서 허락하신다면요."

시나의 말에 란이 보충했다.

"카트야 황태후마마께 지금 참석해도 될지를 물어본 후거든."

"아아."

엘리제가 고개를 끄덕였다.

"허락하시지 않을까?"

"나도 그렇게 생각해. 태후마마는 첫 번째를 중요하게 생각하시니까."

"그렇지."

엘리제가 고개를 끄덕였다.

마법 세공품을 팔 때도 카트야 황후가 가장 먼저 좋은 것을 사용해야 했다. 유스타프가 나온 무도회도 마찬가지다.

그러니 이계인인 시나가 첫 번째로 나오는 파티가 되는 걸 거절할 리가 없었다.

란이 엘리제가 다시 초콜릿 무스 케이크를 향해서 손을 뻗는 걸 딱 중간에서 부채로 막으며 말했다.

"그래서. 클로에 남작 영애 이야기를 계속해 봐."

"포기한 거 아니었어?"

"했을 리가?"

란의 말에 시나가 의아한 얼굴을 했고, 란이 제 소문을 이야기해 주자 오히려 시나의 얼굴이 새빨갛게 물들었다.

"누가 그런 말도 안 되는 소문을 퍼트리는 거예요?!"

"방금 내가 말한 클로에 남작 영애가. 그런데 난 진짜 만난 적도 없거든? 아닌가? 만났는데 내가 기억 못 하는 거야?"

엘리제는 쿡쿡 몇 번 제 스푼으로 란의 부채를 찔렀지만, 란이 치울 기미를 보이지 않자 한숨을 내쉬었다.

"클로에 남작 영애가 그런 헛소리를 하기는 했었어. 하지만 자기들끼리 이야기였지, 사교계에 퍼질 만한 영향력은 없었단 말이야."

"……그렇지."

이름을 들어본 적도 없는 남작가인 걸 보면 아마 궁내 귀족이 아닌가 싶었다.

즉, 어디 다른 가문에 가신으로 봉사하고 있고, 제 영지가 없는 한미한 가문이라는 뜻이다.

"그런데 어느 날 올리비아 황후마마께서 딱 옆자리에 세워 두시더라고."

"어—"

란의 눈이 가늘어졌고 엘리제가 한숨을 내쉬었다.

"처음에는 엄청 어색하게 말하더니, 올리비아 황후마마가 어쩜, 어머나, 세상에— 하면서 맞장구를 쳐 주니까 그냥 헛바닥이 술술 나불나불 지껄여 대더군."

"올리비아 황후가 그런 짓을 했단 말이야?!"

"그래. 물론, 마지막에 '어휴, 그래도 사실은 아니겠죠.'라고 하고 클로에 남작 영애는 사실이라고 막 맹세하고 말이지."

란은 신음을 흘렸다.

"아주 그냥 대놓고 날 저격하셨다 이 말이군."

"저격? 그렇게 표현되나? 응. 뭐, 그것도 루스 황제 폐하께서 돌아가시기 전까지의 일이지만."

"그럼 내가 라치아로 돌아가고 나서 난 소문이잖아? 거기에 약혼 이야기는 없는 거 아냐?"

"약혼 이야기 부분은 최근에 덧붙여진 거. 그 전까지는 루스 황제의 애를 배서 영지로 내려갔다, 였고."

란은 눈을 가늘게 떴다.

"클로에 남작 영애라."

"언니, 당장 찾아가요!"

시나가 흥분해서 말했다.

"찾아가서 제 눈앞에서 지껄여 보라고 하겠어요."

씩씩거리며 시나가 제 일처럼 화를 내는 걸 보고 엘리제가 웃으며 말했다.

"걱정하지 않아도 될 거예요. 왜냐면—"

"왜냐면—요?"

"라치아 공작님이 아셨거든요."

"아."

시나의 얼굴이 밝아졌다. 저 '아.'는 '아, 그렇다면 괜찮겠네요.'의 '아.'다. 란이 눈을 찌푸렸다.

"유스타프가 알았어?"

"그래."

엘리제가 빙긋 웃고 말했다.

"황후마마도 더는 뒷배가 되어 줄 수 없는 상황에서, 클로에 남작 영애는 어떻게 나올까?"

란은 '유스타프에게 좀 살살 하라고 해야 하나.' 하는 마음과 '아냐, 그래도 그런 소문은 진짜 최악이야.' 하는 마음 사이에서 갈등했다.

'설마 이런 소문 때문에 영애를 없애거나 하지는 않겠지.'

만약에 클로에 영애가 호숫가에 떠오른 시체라도 되어서 발견된다면 란은 밤잠을 설칠 것 같았다.

시나가 생글생글 웃으며 말했다.

"이런 점에서 공작님은 믿음직스럽거든요."

"그, 그런가?"

란이 더듬더듬 말하자 엘리제도 고개를 끄덕였다.

"맞아요. 절대로 놓치지 않을 것 같죠. 원하는 건 뭐든지."

의미심장한 어조로 뒷말을 덧붙여서 란의 얼굴이 붉어졌다.

"유스타프는 좋은 사람이야."

변명처럼 내뱉은 말에 엘리제가 얼른 초코 무스 케이크를 스푼으로 뜨며 "어머? 누가 뭐래?" 하고 말했고, 시나도 "칭찬이에요." 하고 말하며 싱글싱글 웃었다.

다음에는 꼭 우리 저택에 놀러 와, 하는 엘리제에게 고개를 깊게 끄덕이고 그녀를 배웅했다.

그러자마자 시나가 벌떡 일어나 말했다.

"그럼 전 얼른 이 드레스를 벗고 셔츠와 바지를 입겠어요."

"예쁜데, 더 입고 있지?"

"루미에가 같이 말 타러 나가자고 했거든요."

"정말?"

란이 놀라 묻자 시나가 움찔하고 물었다.

"안 될까요? 생각해 보니 언니에게 먼저 허락을 받았어야 했는데―"

"아냐, 괜찮아. 루미에랑 가는걸."

란의 말에 시나는 "고맙습니다." 하고 인사하고는 얼른 위층으로 올라갔다.

뜻밖에도 루미에와 마침 복도에서 마주쳤다.

루미에가 위아래로 시나를 훑어봐서 시나는 괜히 더 가슴을 펴며 말했다.

"어때?"

"예쁜데."

"아, 그래― 그래?!"

놀라 시나가 눈을 크게 뜨자 루미에는 재미있다는 얼굴로 고개를 끄덕였다.

"잘 어울려."

"뭐, 뭐야, 갑자기."

"뭐야? 나는 칭찬도 못 해?"

"맨날 놀리기만 하더니……."

루미에가 웃으며 손을 뻗어 그녀의 머리를 쓰다듬었다.

"예뻐, 예뻐."

짐짓 얼굴을 찌푸리고 그의 손을 피하며 시나가 말했다.

"아, 진짜, 얼른 갈아입고 나올 테니까―"

"그냥 그대로 가지 그래?"

시나가 제 드레스를 내려다보고 말했다.

"이내로? 이러고 말 타면 드레스가 다 말려 올라가서 추할 텐데."

"……옆으로 타는 거야."

"불안하잖아?"

"나랑 같이 타자고 하려는 거였는데…… 됐다. 갈아입고 나와라."

루미에가 손을 젓자 시나는 입을 내밀고 방 안으로 들어갔다. 하지만 딱 10초 후에 시나가 방문을 빼꼼 열고 말했다.

"그럼 같이 탈까?"

루미에는 웃었다.

*　　*　　*

유스타프는 제 눈을 누군가가 뒤에서 덥석 가려서 느긋하게 대답했다.

"이 시간에 어쩐 일이십니까?"

"누구, 아니, 나 오는 거 알았어?"

"알지요."

란은 흥이 깨져 손을 뗐고, 그 손을 유스타프가 붙잡으며 제 의자를 돌려 뒤를 보았다.

그가 그녀의 손등에 키스하고 말했다.

"밤이 늦었습니다."

"이 시간까지 누가 일하고 있다고 해서. 뭐야? 무슨 일이 그렇게 많은 거야? 내가 나눠서 할게."

"아뇨. 별거 아닙니다."

"유스타프가 과로로 쓰러지는 건 싫어."

"저는 란이 아니니 괜찮답니다."

"모처럼 수도에 왔는데 같이 있는 시간도 없고……."

그녀가 중얼거리며 유스타프의 팔을 잡아당겨 자리에서 일으켰다.

"란이 말하면 시간은 언제든지 낼 텐데요."

"그건 알지만, 그렇게 바쁘면 시간을 내달라고 할 수가 없어요."

란이 그렇게 말하며 소파에 유스타프를 밀쳐 앉혔다. 유스타프는 힐 끗 시계를 보았다.

새벽 두 시가 가까워지는 시간이었다.

"왜 안 주무시고 계십니까?"

"유스가 안 자서."

란이 그렇게 말하고 그의 옆, 바닥에 털썩 앉아서 그의 허벅지에 턱을 올렸다.

"란?"

"어리광 부리기."

그러며 빤히 유스타프를 바라보아서 그는 홀린 듯이 그녀의 머리를 쓰다듬었고, 란은 키득키득 웃었다.

그녀가 몸을 좀 더 그의 다리에 기댔다.

"뭐 하고 있는 거야, 유스타프. 말해 봐."

"황제와 이런저런 이야기가 오가고 있습니다."

"라벨이랑?"

"네."

란이 이맛살을 좁혀서 유스타프가 웃으며 엄지로 그녀의 이마 주름을 눌러 펴 주며 말했다.

"심각한 이야기는 아닙니다."

"이렇게 밤늦게까지 일하고 있는데?"

"네."

"유스."

"네."

"도망치자."

"네?"

란이 자리에서 벌떡 일어나 그에게 손을 내밀며 말했다.

"라치아 도련님, 저와 함께 도망가요. 이런 건 아무래도 좋잖아요? 당신만 있으면 되는걸요."

이대로 있다가는 내 유스타프가 과로사 하겠다.

유스타프는 멍하니 란을 보다가 그 팔을 획 잡아당겨 그녀를 끌어안았다.

"정말이지, 란은."

제가 듣고 싶은 말만 해 주는 능력이라도 있는 건가요?

그는 뒷말을 삼키며 란의 말을 곱씹었다.

네 돈? 네 작위? 그깟 거 아무것도 아니야.

너만 있으면 돼.

이 얼마나 달콤한 말인가?

유스타프는 쿡쿡 웃고 그녀를 안은 채로 자리에서 일어나서 반대로 란을 소파에 앉히고 자신이 그 옆에 앉아 란의 무릎에 턱을 괬다.

"유스?"

"어리광입니다."

그의 말에 란은 웃고 "우리 유스는 참 잘 배워요." 하고는 그의 머리를 쓰다듬었다.

유스타프는 웃으며 잠시 그녀에게 기대 있다가 그대로 잠이 들었다.

란은 한참 머리를 쓰다듬다가 유스타프가 정말로 잠들었다는 걸 깨닫고는 놀랐다.

'으, 진짜로 피곤했나 보다.'

황제랑 무슨 이야기를 하는 거지?

란은 걱정이 되어 조심스럽게 그의 머리카락을 쓸었다.

단정한 이마와 콧대가 보였다.

'내가 도와줄 수 있으면 좋은데.'

란은 그렇게 생각하며 한숨을 내쉬었다. 사실, 란이 라치아 공작가 내부에서 맡은 업무량은 일반 귀족 부인들과는 차원이 다를 정도로 많은 양이었다. 하지만 이미 가주 생활에 길들여진 란에게는 그렇게 많은 양으로 느껴지지 않았다.

'예전에 쓰러진 날 보는 가신들도 이런 마음이었을까.'

란은 작게 속삭였다.

"너무 무리하지 마, 유스."


유스타프는 설핏 눈을 떴다가 자신이 어떤 자세로 자고 있는지 깨닫고 몸을 뗐다.

계속 이 자세로 있었던 건가?

"란―"

당혹해 그녀를 부르니 소파에 기대어 입을 벌리고 자는 모습이 보인다. 유스타프는 웃음이 나왔다.

'아, 입 벌리고 자는 모습도 왜 이렇게 귀엽지?'

살짝 벌어진 입술과 새하얀 치아, 촉촉한 혀가 눈에 들어왔다. 약간 젖혀진 새하얀 목과 드러난 쇄골.

자는 란이 자신을 유혹할 리는 없으니, 자신이 외설스러운 눈으로 그녀를 보고 있는 게 확실하다.

유스타프는 그녀에게서 눈을 떼고 시계를 보았다. 보지 않아도 커튼 사이로 빛이 새어 들어와서 아침이 왔다는 걸 알 수 있었다.

그는 조심스럽게 그녀를 안아 들었다. 그런데도 란은 잠에서 깨지 않고 쿨쿨 자고 있었다.

'정말이지.'

너무 무방비한 거 아닙니까.

그는 한숨을 내쉬었다.

둘이 한방에서 잤다는 게 소문이 나면 또 어떻게 될지.

'하긴 상관없나.'

어차피 자신은 그녀와 결혼할 예정이니까.

그녀의 방으로 돌아가니 디모디아와 소다가 눈을 동그랗게 뜨고 자신을 보았다.

유스타프는 별말 없이 란을 제 침대에 눕히고는 방을 나섰다.

기분 좋은 아침이다.


"정말이지. 아가씨는 자각이 없으세요, 자각이. 그래도 세상에, 여자분이 밤을 새고 약혼자 팔에 안겨서 돌아오는 게 말이 됩니까?"

카라가 늘어놓는 말을 "으응, 미안." 하고 란은 한 귀로 흘렸다.

처음에는 진지하게 듣고 있었지만, 아침에 일어나서부터 아침 식사를 끝내고 옷을 입는 와중에까지 저렇게 말하고 있으면 한 귀로 흘리게 된다.

카라도 그걸 눈치채고 눈을 찌푸렸다. 그녀가 잔소리에 좀 더 박차를 가하려는 찰나, 집사가 문을 두들겼다.

"백작님, 손님이 와 계십니다. 약속 없이 오신 손님이신데……."

곤란함이 팍팍 묻어나는 어조라서 란은 거울로 집사를 바라보며 물었다.

"누군데?"

"클로에 남작 영애라고 합니다."

"어."

란은 눈을 굴렸다가 말했다.

"곧 내려갈게."

"알겠습니다. 그런데, 그. 상태가 안 좋으십니다."

란의 눈이 재빠르게 좌우로 움직였다. 그녀가 조심스럽게 물었다.

"어디 다치기라도?"

"아뇨, 그게 아니라 울음을 그치지 않으셔서."

"아."

란은 고개를 끄덕였다.

"그럼 됐어. 얼른 머리 묶어 줘."

란의 말에 키리가 잽싸게 그녀의 머리카락을 반묶음으로 해서 고정했다.

"머리 장식을 달까요?"

"응, 무난한 걸로."

소다가 루비가 달린 머리 장식을 가져와 란은 '저게 무난인가.' 하고 생각하며 장식을 다는 걸 바라보았다.

그러고 나서 란은 곧장 아래 응접실로 향했다.

첫 번째 응접실로 들어가기도 전에 벌써부터 울음소리가 들려왔다.

'이런.'

란이 한숨을 삼키며 안으로 들어서자 눈물로 얼굴이 엉망인 클로에 남작 영애가 고개를 들었다.

"안녕하세요, 남작 영애. 처음 뵙는군요."

란이 우아하게 인사하자, 이제 클로에 남작 영애는 전신을 부들부들 떨기 시작했다.

"괜찮으세요?"

란이 묻자 클로에 남작 영애는 그대로 땅에 쓰러지듯이 엎드려서 외쳤다.

"죄, 죄, 죄송해요, 잘못했어요, 어어엉, 요, 용서해 주세요, 용서, 으흑흑흑."

어찌나 공포와 두려움에 질린 울음소리던지, 란은 저도 모르게 주변을 둘러보았다.

누군가가 칼이라도 들고 서 있나 하고 말이다.

"일단 일어나서 이야기를 하죠."

"아, 아닙니다. 제, 제, 제가 가가감히."

부들부들 떨며 클로에 남작 영애는 이마를 땅에 박았다. 훌쩍훌쩍 우는 소리가 계속 들렸다.

"죄송해요, 잘못했어요."

란은 결국 그녀를 세우기를 포기하고 그 앞에 쭈그려 앉아 턱을 괴고 물었다.

"대체 왜 그런 소문을 낸 거죠?"

그 말에 다시 클로에 남작 영애는 엉엉 울음을 터트렸다가 진정이 좀 되고 나서 말했다.

"지, 질투가 나서―"

"질투요?"

"네. 흑, 그, 라치아 고, 공작님을 뵌 적 있는데, 너, 너무 멋지셨고……."

"아."

란의 '아'에 클로에 남작 영애가 화들짝 놀라 고개를 들고 말했다.

"지금은 아니에요! 절대 아니에요!"

지금은 줘도 싫다.

그런 무서운 사람인 줄 몰랐다. 끔찍한 악마는 잘생긴 사람이라더니 옛 속담이 딱 맞았다.

부들부들 떨며 클로에 남작 영애가 부정하는 소리를 들은 란은 고개를 끄덕였다.

"알겠어요. 그러니까 날 질투해서 그런 소문을 냈다는 거지요?"

"네, 그, 그다음은 황후마마께서…… 이야기를 더 해 달라고 하셔서…… 사람들에게 그렇게 관심을 받은 게 처음이라, 흑, 죄송해요."

그 다음은 관종이었던 거란 말인가.

'올리비아가 사람을 참 잘 이용한단 말이지.'

자기는 쏙 빠지고.

물론 이용당한 사람도 나쁘기는 하지만…….

란은 클로에 남작 영애를 보았다. 이제 겨우 열여섯? 열다섯?

뭐라고 더 화낼 기운도 나지 않았다. 란이 낮게 말했다.

"알겠어요. 그러면 사과문을 작성해 주겠어요?"

"사과문이요?"

"네."

"쓸게요."

클로에 남작 영애는 고개를 끄덕였고, 곧 자필 사과문을 써서 란에게 건네주고 저택을 나서며 말했다.

"라, 라치아 공작님에게 잘 이야기해 주세요."

그러고는 후다닥 도망치듯 마차를 타고 가 버렸다. 란은 자필 사과문을 바라보고 한숨을 내쉬었다.

"뭔가 해프닝으로 끝났네."

그녀는 이 사과문을 녹색 아치 옆에다가 붙일 생각이었다.

뭐, 금방 소문이 다 퍼지겠지.

클로에 남작 영애는 당분간은 사교계에 얼굴을 들고 다닐 수 없겠지만, 원래 유명인이 아니었으니 소문도 금방 사그라들 거다.

'결혼이라도 하면 성도 달라지니까.'

완전히 묻히겠지.

란은 그렇게 생각하며 사과문을 시종에게 건넸다.

'이걸로 한 건 끝인가.'

유스타프가 대체 뭘 어떻게 한 건지는 모르겠지만, 평범하게 '제 약혼녀에게 사과하십시오.'라고 한 게 아니라는 건 빤히 보였다.

'이 정도는 내가 알아서 할 수 있는데.'

란은 뺨을 부풀리면서도 배시시 웃음을 참을 수가 없었다.

'좋아. 가든파티에 갔다 오면 오늘이야말로 유스타프에게 털어놓게 하겠어.'

자신이 도울 수 있는 부분이 있다면 돕고 싶다.

유스타프는 항상 괜찮다고 할 뿐이니까, 란은 그 점이 걱정이었다.

자신이 헤아릴 수 있는 부분은 노력하겠지만, 그렇지 않은 부분도 존재할 테니까.

'말해주면 좋을 텐데. 앗, 혹시 연하의 자존심인가.'

란은 그렇게 생각하며 킥킥 웃었다.

\* \* \*

카트야 황태후의 가든파티는 황궁이 아니라 외부에서 열렸다.

수도 근처의 사냥터 호숫가에서 열린 파티는 규모가 작았기에 더 호화로웠다.

호수에는 장식용 상앗빛 배를 띄웠고, 꽃잎도 뿌려 뒀다.

휘장이 늘어진 천막 아래에서는 냉풍기 여러 대가 무섭게 돌아가고 있어서 선선했다.

현재 황실의 내궁은 비어 있는 상태였다. 보통은 올리비아가 남아 있어야 했겠지만 그녀에게는 아이가 없었고, 그녀가 황태후 노릇을 하기에는 위치가 미묘했다.

미로 공작가의 요청도 있어서 올리비아는 본가로 들어갔다.

젊고 아름다운 과부가 곧 재혼할 거라는 건 어렵지 않게 짐작할 수 있는 사실이다. 그리고 라벨에게는 아직 황후가 없다.

즉, 지금 내궁에 남아 있는 여성은 카트야 황태후뿐이었다.

검은색 상복에 흑진주 장식을 단 카트야 황후의 얼굴은 밝지는 않지만 그렇다고 어둡지도 않았다.

어쨌든 그녀의 아들이 황제니까.

"로미아 백작."

카트야 황태후가 우아하게 걸어와 란이 고개를 숙여 인사했다.

"황태후마마."

"파티는 잘 즐기고 있나요?"

"마마의 파티를 즐기지 못하는 자는 없지요."

란의 말에 카트야가 후후 낮게 웃었다. 그녀가 시나를 향해 고개를 돌리고 말했다.

"이계에서 온 그대도 환영하오."

"감사합니다."

얼른 시나도 인사했다. 카트야 황태후가 그런 시나에게 말했다.

"그대가 온다는 소식을 듣고 내 마법사가 밤잠을 설쳤으니, 잠깐이라도 이야기를 나눠주지 않겠나?"

"마법사분이요?"

시나가 갸웃하자, 황태후가 손짓했다. 그러자 뒤에서 분홍색 바탕에 꽃무늬가 흩어진 사랑스러운 드레스를 입은 여성이 다가왔다.

마흔 중반쯤 되어 보이는 나이였는데 벌써 머리카락이 새하얀 색이었다. 그 머리를 보기 좋게 부풀려서 드레스와 매우 잘 어울렸다.

"내 마법사인 잘린이라오."

"만나서 반갑습니다. 이계에서 온 손님."

잘린의 말에 시나는 웃으며 마주 인사했다.

"반갑습니다. 이시나라고 합니다."

잘린은 나이가 있었지만 어딘지 소녀 같은 면이 있었고, 시나는 그게 금방 좋아졌다. 시나가 힐끔 란을 보고 말했다.

"잠깐 이야기를 나누고 올게요."

란이 고개를 끄덕이기도 전에 카트야 황태후가 말했다.

"로미아 백작은 나와 할 이야기가 있으니 다녀와요."

란이 살짝 고개를 끄덕여 시나는 얼른 잘린과 천막을 떠났다.

카트야 황태후가 란을 돌아보고, 말했다.

"잠깐 걷지 않겠나?"

"네, 마마."

카트야 황태후가 밖으로 나가자 거기에는 승마를 위해 준비해 둔 말들이 나란히 서 있었다.

모두가 이마나 등에 꽃 장식을 달고 있었고, 검은 터럭 하나 섞이지 않은 흰색 말뿐이었다.

'승마용 드레스를 입고 오라고 한 이유가 있었군.'

란은 시종의 도움을 받아서 말에 올라탔고, 카트야 황태후도 말에 올랐다.

시종이 두 사람의 말고삐를 잡고 걷기 시작했고, 카트야 황태후의 말에서 투명하고 아름다운 무지갯빛 날개가 솟구쳤다.

'봐도 봐도 예쁜 건 예쁘단 말이야.'

란은 그렇게 생각하며 날개를 바라보았다. 그때 황태후가 말을 걸었다.

"예전처럼 란이라도 불러도 될까?"

"물론입니다."

란이 미소를 지으며 말했다. 오늘은 승마용 장식 모자도 쓰고 와서 레이스가 햇살에서 그녀의 눈가를 살짝 가려 주고 있었다.

"루스가 그렇게 죽고 나니, 내 삶에 대해서 여러 가지 회의감이 들었네."

카트야 황태후가 그렇게 말하며 한숨을 내쉬었다.

"올리비아에 대해서도 뒤늦게 미안한 기분이 들었지. 그렇게 젊어서 생과부가 되었으니 말이야."

란은 놀라 눈을 깜박였다. 카트야 황태후의 성격이라면 '며느리가 잘했으면 루스가 그런 창녀에게 빠질 일도 없잖아?' 하고 말했을 텐데?

"사실 이 가든파티도 올리비아가 제안한 거라네."

갑자기 목덜미의 솜털이 곤두서는 기분이었다.

"가든파티를요?"

"그래, 원래는 황궁에서 열 생각이었는데, 올리비아가 기분 전환 겸 밖에서 여는 게 어떠냐고 그러더군."

카트야 황태후가 빙그레 웃었다.

"그리고 밖에 나오니 확실히 상쾌한 것 같네. 그렇지 않은가?"

"그렇군요. 그러면 올리비아 님께서도 오늘 참석하시나요?"

"아니, 그 아이는 몸이 안 좋아서 말이야. 오늘 오지 않을 거야."

"그렇군요."

란은 마른 입술을 핥았다. 호수 가까이 다가가자 카트야 황태후는 순간 멍한 얼굴을 했다가 중얼거렸다.

"달리기하지."

"네?"

갑작스러운 말에 란이 당황해 되묻자 카트야 황태후가 어딘지 얼빠진 듯한 웃음을 지으며 말했다.

"경주하자고. 저쪽 호수 끝까지."

머릿속에서 경종이 울렸다. 란이 고개를 저었다.

"죄송합니다. 황태후마마, 저는 마마와 겨룰 만한 실력이 되지 못합니다."

"그러지 말고. 응?"

황태후가 손을 뻗어서 란이 탄 말의 머리 장식 부분을 건드리자 푸드덕 하는 소리와 함께 새하얀 날개가 솟구쳤다. 란이 당황해 반대로 마법 세공품을 끄려고 하는 순간, 말고삐를 끌던 시종이 란이 타고 있는 말의 엉덩이를 단검으로 찔렀다.

"히히힝!!"

고통에 말은 펄쩍 뛰었고 란은 비명을 지르며 갈기를 붙잡았다. 이어 말은 놀란 채 전속력으로 달리기 시작했다.

순간 란의 머릿속은 공포로 텅 비었다.

원래 승마에 익숙하지 않은 데다가 지금은 옆 안장이다. 이대로 옆으로 굴러떨어질지도 모른다는 공포에 란은 갈기를 꽉 붙잡는 거 외에 다른 행동을 할 수가 없었다.

날개가 달린 말은 훨씬 빠른 속도와 힘으로 달렸고, 란은 고개를 들거나 몸을 펴면 떨어질 것 같은 공포에 옆 안장 다리 지지대에 힘을 꽉 주며 부들부들 떨었다.

말은 사냥터 안쪽으로 계속 달리다가 어느 순간 쓰러진 나무를 뛰어넘었다.

란은 갈기를 잡은 손만 빼고 전신이 붕 떠오르는 걸 느꼈다.

'아.'

떨어진다.

그 예상대로 란은 바닥에 구르듯이 떨어졌다.

퍽!

단단한 소리가 났고, 란의 몸이 축 늘어졌다. 말발굽 소리는 빠르게 멀어지고 새가 우는 소리만 뱃종뱃종 멀리서 들려왔다.

잠시 후 사냥터의 그늘에서 로브를 뒤집어쓴 사람이 나타났다.

드반의 소개로 올리비아와 만났던 트라반 왕국 사람이었다. 그는 슬금슬금 란에게 다가가 그녀를 쿡 찔러 보았다.

란은 미동도 하지 않고 있었다.

그래도 가슴이 가파르게 위아래로 움직이는 걸 보면 그녀가 죽은 게 아니라는 건 알 수 있었다.

그가 품에서 갈색 병을 꺼내어 란에게 냄새를 맡게 하자, 란이 움찔움찔하며 감은 눈 너머로 그녀의 동자가 빠르게 움직이는 게 보였다.

그가 거친 목소리로 속삭였다.

"보름달이 뜨는 밤은 날기 좋은 밤이지. 저택의 가장 높은 곳에서 뛰어내려라."

란의 눈이 떠졌다.

그녀의 흐릿한 녹색 눈이 초점을 맞추려는 듯이 여기저기를 바라보자 그는 다시 갈색 병의 향기를 들이마시게 했다.

지독한 꽃향기에 란은 숨을 헐떡였다.

"보름달이 뜨는 밤에 날아올라라."

그가 다시금 말했고 란은 눈을 껌벅이다가 다시 파르륵 정신을 잃었다. 남자는 갈색 병의 내용물을 약간 란의 입으로 흘려 넣었고, 그녀가 발작하듯 움찔거리는 걸 보고 킬킬 웃고는 몸을 일으켜 재빠르게 그 자리를 떠났다.

그가 사라지고 나서 얼마 지나지 않아서 남자 둘이 란을 발견했다. 숲속에서 화려한 드레스를 발견하기란 어렵지 않은 일이었다.

"이거 죽은 거 아냐?"

"아직, 살아 있어. 빨리 옮기자고. 누가 오기 전에."

두 남자는 허둥지둥 란을 둘러업고 옮기기 시작했다.

시나는 잘린과 이야기를 나누다가 카트야 황태후 혼자 돌아오는 걸 보고 의아해졌다.

"란 언, 아니 로미아 백작님은요?"

"혼자 달리겠다고 하던데."

"네?"

시나는 눈을 크게 떴다가 말했다.

"그럴 리가 없어요. 로미아 백작님은 옆 안장을 잘 못 타는걸요."

"지금 내가 거짓말을 하고 있다는 건가?"

카트야 황태후가 눈을 찌푸리자 곁에 함께 있던 엘리제가 얼른 나서서 시나를 감쌌다.

"그런 게 아닙니다. 단지 시나 양은 의아했던 것뿐이지요. 그나저나 란 혼자 달리려면 심심하겠네요. 같이 가 보지 않겠어요?"

엘리제의 말에 시나는 고개를 끄덕였다. 잘린 역시 의아한 얼굴이 되어 다가왔다.

"카트야 님, 괜찮으신가요?"

"아니, 내가 경주를 하자고 했는데, 란이 그냥 뛰쳐나갔어."

"경주요? 카트야 님, 나이를 생각하셔야죠."

잘린이 눈을 찌푸리자 시나가 화난 목소리를 억누르며 말했다.

"방금은 저에게 산책 가셨다고 하셨잖아요?"

카트야 황태후는 갸웃하며 되물었다.

"누가?"

"란 언니가요."

"아니지, 란은……."

카트야 황태후는 이마를 찌푸리며 관자놀이를 눌렀다.

"머리가 아프구나."

잘린이 황태후를 부축하며 말했다.

"내 지팡이를."

시녀가 허둥지둥 잘린의 지팡이를 가지고 오자 잘린이 지팡이를 들고 작게 주문을 외웠다. 엘리제가 초조하게 그걸 바라보는데 시나가 말했다.

"전 언니를 찾겠어요."

시나는 밖으로 뛰쳐나가 말에 올라탔다. 그녀가 시종에게 물었다.

"로미아 백작이 어디로 갔는지 봤어요?"

시종이 손가락으로 호수 너머를 가리켰다.

"저쪽입니다."

"이랴!"

전속력으로 말을 출발시키고 시나는 주변을 살폈다.

'언니, 어디로 가셨어요?'

시종이 가리킨 쪽으로 시나는 계속 말을 달렸다. 흰색 말이 어딘가에서 보이길 바랐지만, 아무런 징조나 소리도 들리지 않았다.

"란 언니!"

시나는 있는 힘껏 소리를 질렀다.

"언니! 있으면 대답하세요!"

혹시 말발굽 소리에 답이 들리지 않는 걸까 하고 시나는 말을 멈추고 소리에 귀를 기울였지만, 작은 새가 멀리서 지저귀는 소리만 한가롭게 들렸다.

시나는 불안한 얼굴로 주변을 둘러보았다.

언니가 이렇게 깊은 숲까지 말을 몰고 왔을 리가 없다.

게다가 숲 가운데에 서니 놀랍게도, 방향을 전혀 알 수가 없었다.

어디가 어디인지, 어느 쪽으로 가야 왔던 길이고 어디가 빠져나가는 길인지, 사방이 나무였고 길을 찾는 건 불가능해 보였다.

시나는 말에서 뛰어내려 제 치맛자락을 찢어서 주변 나뭇가지에 묶었다. 그렇게 하나씩 표시를 해 가며 시나는 말을 끌고 안으로 들어갔다.

"언니! 란 언니!"

목이 터져라 시나는 소리를 질렀지만 답이 돌아오지 않았다.

'혹시 천막으로 돌아가신 걸까? 내가 괜히 소동을 피우고 있는 걸까.'

하지만 루미에와 이런저런 이야기를 하다가 란이 예전에 납치당할 뻔했다는 이야기도 들었었다.

게다가 황태후의 태도가 너무나도 미심쩍어서…….

"……! ……!!"

그때 멀리서 소리가 들려 시나는 숨을 삼키고 그쪽으로 걸음을 옮겼다.

'드레스 따위 입고 오는 게 아니었어.'

그나마 부츠인 게 다행이지만, 승마용 드레스에 맞춰서 굽이 꽤 있는 부츠였기 때문에 울퉁불퉁한 숲 속을 걷기 불편했다.

중간에 말을 버리고 빠르게 움직이던 시나는 어느 순간 걸음을 늦췄다.

'남자 목소리?'

그것도 여럿이다.

시나는 몸을 낮추어 기듯이 그쪽으로 움직였다. 물 흐르는 소리가 나서 호수에서 흘러나오는 강이라는 걸 알 수가 있었다. 시나는 계곡 위쪽에서 아래를 바라보는 유리한 위치를 선점했다.

'언니!'

정신을 잃고 축 늘어진 란이 보였다. 이마에서 피가 흐르는 게 보였다.

남자 셋이 그녀를 강가의 낡은 배에 태우고 있었는데, 뭐 때문인지 싸움이 난 듯했다.

"약속 장소에 없었어! 찾는 데 고생했으니까 큰 금화 100개가 아니라 200개를 내놓으라고."

거친 목소리로 란을 데리고 있는 남자가 말했다.

"200개라니, 도둑놈 심보 아닌가. 고작 정신 잃은 여자 하나 끌고 왔으면서 말이야."

배에 탄 선원이 말하자 란을 데려온 남자가 "흥, 찾느라 고생했으니 그 값을 내라고." 하고 말했다.

보니까 란을 데려온 남자 둘이서 선원 한 명에게 흥정하고 있는 듯했다.

시나는 주변을 둘러보았다.

사람은 한 명도 보이지 않는다.

'내가 언니를 구할 수 있을까?'

남자 셋을 자신이 상대할 수 있을까?

심지어 시나에게는 칼도 없었다.

'어쩌지.'

그녀가 고민하는데 선원이 말했다.

"어쩔 수 없지."

그러며 품에서 뭔가를 꺼내는가 싶더니, 그대로 남자를 찔렀다.

시나는 눈을 크게 떴다. 찔린 남자의 등에 뾰족하게 나온 칼끝이 얼핏 보였다. 그녀는 헉 숨을 삼켰다. 사람이 죽는 건 처음 봤다.

"욕심이 많으면 죽는 법이야."

"너, 너, 네놈!"

남자와 같은 편인 듯한 다른 남자가 놀라 검을 뽑으려다가 그대로 뒤로 돌아 달아나기 시작했다. 그러자 배에 타고 있던 다른 선원이 나와 활로 그를 쏘아 맞혔다. 쓰러진 남자에게 검을 든 선원이 달려가서 마지막 숨통을 끊었다.

시나는 손으로 제 입을 막았다. 배 안에 사람이 또 있는지 몰랐다.

작은 배에는 선장실 같은 방이 있었는데 거기에 사람이 있었던 거다. 두 사람은 시체를 끌어다가 강에 던지고 란을 배에 실은 후에 출발했다.

시나는 제 드레스 자락을 그곳에 남기고 강기슭을 따라 배를 뒤쫓기 시작했다.

따라가며 중간중간 찢은 옷감을 남겼지만, 제대로 묶어 둘 시간은 없어서 그냥 빵 부스러기처럼 던져 둘 뿐이었다.

나중에 찢어 둔 천이 떨어졌을 때쯤에는 단추 장식도 마구 뜯어 던졌다.

하지만 유속이 빨라질수록 시나는 점점 더 뒤처졌다. 그때 선원 중 한 명이 시나를 발견했다.

선원이 그녀를 가리키며 손가락질해서 시나는 숨을 삼켰다. 이어 그는 활을 겨눴고, 시나는 몸을 날렸다.

픽!

근처 바닥에 화살이 박히자 시나는 전신이 떨려왔다. 그녀는 이미 턱까지 오른 숨을 몰아쉬며 자리에서 일어났다.

다음 화살이 이어 날아오는데, 반짝하고 빛나는 건 알았지만 피할 수가 없었다.

시나가 눈을 질끈 감은 순간 누가 뒤에서 그녀를 휙 잡아당겼다.

챙!

날아온 화살을 튕겨 내는 소리에 시나는 눈을 뜨고 발버둥 쳤다.

"쉬이, 괜찮아. 나야."

들려온 목소리에 시나는 전신에서 힘이 빠졌다.

"루미에에……."

우는 목소리가 저절로 흘러나왔다. 루미에가 그녀를 안은 팔에 힘을 주었다.

"괜찮아? 다친 곳은?"

시나는 고개를 저었다.

"하, 하지만 언니가─"

"이제 괜찮아."

루미에가 그렇게 말하고 시나의 등을 쓸어내렸다가 눈을 찌푸렸다.

그가 작게 욕설을 내뱉었고, 시나는 의아해하며 시선을 돌렸다.

"아!"

뭘 했는지 배의 속도가 휙 올라갔다. 모터보트 같은 속도로 배가 멀어져 가기 시작했다.

"어, 어떻게─"

루미에가 시나를 안은 팔을 놓고 자리에서 벌떡 일어났다. 그녀는 저도 모르게 그의 옷자락을 잡았나. 루미에가 흠칫하고 시나를 내려다보았다.

그의 눈에 극심한 갈등이 스치는 걸 보고 시나는 옷자락을 스르륵 놓았다.

그때 그의 옆을 스치듯 흑마가 달려 지나갔다. 날개가 달린 검은색 말은 나는 듯한 속도로 달려 배를 따라잡았다.

루미에가 시나의 손을 잡아 일으켜 세우고 말했다.

"뒤에 말이 있어."

"나, 나 두고 가도—"

시나가 더듬더듬 하는 말에 루미에가 "그럼 나중에 주인님께 혼날걸." 하고 그녀를 당겼다.

강의 폭이 넓어지고 있어서 유스타프는 혀를 찼다.

청염으로 배를 날려버리고 싶었지만, 란이 어디 있는지 모르니 그리 할 수가 없었다.

유스타프는 말 머리를 틀어 강으로 뛰어들었고, 말은 마법의 힘으로 놀랍도록 빠르게 헤엄쳤다.

배와 말이 점점 가까워지자 선원들은 당황한 듯 보였고, 그중 한 명이 안으로 들어가더니 란을 끌고 나왔다.

"—!!"

축 늘어진 란을 보자 유스타프는 속에서 뭔가가 울컥 솟구치는 걸 느꼈다.

"계속 따라오면 이 여자 목을 따겠다!"

뾰족한 단검이 란의 목에 닿았고, 그녀의 목이 찔려 피가 흘렀다. 유스타프가 멈칫한 틈을 타서 다른 선원이 유스타프를 겨냥해 활을 쏘았지만, 활은 그에게 다가오지도 못하고 푸른 불꽃에 휩싸여 재가 되었다. 그러자 단검을 들고 있던 선원이 소리쳤다.

"반지를 버려!"

그의 돌발 행동에 다른 선원은 놀란 듯했지만, 곧 그의 말에 동조해서 소리쳤다.

"청염을 버려라! 그렇지 않으면!"

활을 들고 있던 선원이 화살을 뽑아 들어 란의 팔을 찔렀다.

고통에 란이 소리를 지르며 눈을 떴다.

"란!!"

"반지를 버려라! 잘 보이게 확인시켜 주고 버려!"

유스타프는 망설임 없이 청염을 빼어 강에 던졌다.

그러자 신원들이 히죽 웃었다.

"좋아, 그러면 이리로 가까이 와."

"무기도 버려."

유스타프는 순순히 검대도 벗어서 던졌다. 란은 머리가 어질어질했다. 제대로 서 있을 수가 없었고, 고통이 전신을 찌르고 있었다.

"유스……?"

"정신이 드셨나?"

"생각지도 못한 월척을 건졌는데?"

유스타프가 배에 오르자마자 활을 들고 있던 선원이 다가가 활로 유스타프의 무릎 뒤를 후려치며 "무릎 꿇어!" 하고 외쳤다.

순순히 무릎을 꿇고 유스타프는 란을 바라보았다.

"안 돼…… 유스, 도망…… 악!"

란은 상처 난 팔을 꽉 붙잡혀 소리를 질렀다.

"그만둬."

유스타프의 한 마디는 서늘했고, 묵직했다. 그래서 선원들은 저도 모르게 움찔했디기, 움찔했나는 섯에 당황하며 외쳤다.

"그만두지 않으면 뭐 어쩔 건데!"

"이 새끼까지 묶어."

발로 유스타프를 걸어차고 활을 든 선원이 유스타프의 손을 뒤로 묶었다. 일부러 피가 통하지 않을 만큼 강하게 묶고 이어 란도 묶으려고 했는데, 그녀가 다시 정신을 잃고 축 늘어져 있는 걸 보고 혀를 찼다.

"머리를 다친 것 같은데, 이러다가 죽는 거 아냐?"

유스타프가 이를 갈고 말했다.

"당장 그녀를 치료사에게 보이지 않으면―"

"어쩔 건데?"

활을 든 선원이 그렇게 말하며 이죽거렸다.

"그만하고 둘 다 창고에 던져 둬."

단검을 든 선원이 말해서 활을 든 선원이 유스타프를 먼저 배 밑 창고에 넣고, 그 다음 란을 넣었다.


"미친―!"

멀리서 그걸 보던 루미에는 욕을 내뱉었다.

시나 역시 당황해서 말했다.

"무, 무슨 계획이라도 있는 거야?"

"있을 리가. 지금 우리 둘뿐인데."

루미에가 이를 악물었다. 잠시 생각하다가 루미에가 말을 멈춘 후에 말했다.

"돌아가자."

"뭐?! 저대로 도망치게 두자고?!"

"우리 둘이 쫓아가 봐야 도움이 안 돼."

그리고 뒤로 돌아서 전속력으로 달리기 시작했다.

달리는 말 위에서 시나가 외쳤다.

"둘뿐이라니, 둘은 어떻게 온 거야?"

당연히 기사단을 끌고 온 거라고 생각했다. 루미에가 답했다.

"가든파티 중간에 참여하려고 했거든."

시나가 신음을 흘렸다. 그러니까 두 사람이 여기 온 건 순전히 우연이라는 말이다. 눈이 화끈거리면서 눈물이 다시 솟구쳤다.

"그, 그럼 이제 어쩌지?"

"라치아 공작가가 얼마나 무서운지 알게 되겠지."

루미에의 목소리는 서늘했고, 시나는 입을 꾹 다물었다.


<다음 권에 계속>